윈터 문

Winter
MOON

윈터 문
은지윤 장편소설
D&C BOOKS ROMANCE STORY
1
Winter
MOON
D&C BOOKS

겨울이 없다면 봄은 그리 즐겁지 않을 것이다.

-앤 브래드 스트리트-

프롤로그

나는 눈 오는 날이 좋았다.

꾸물꾸물 뭔가 내릴 것처럼 흐리다가 서서히 어두워지는 하늘. 곧 밤의 장막이 드리워지면 어둑한 하늘을 뚫고 꼭 새하얀 종잇장이 내려오는 것 같았다.

그 흩뿌려지는 깃털과도 같은 작은 눈송이가 세상을 하얗게 물들이는 데는 오래 걸리지도 않았다. 눈 깜짝할 새에 정말 거짓말처럼 순식간에 일어난 일이었다. 하늘하늘거리며 흩날리는 어여쁜 새하얀 눈송이를 보고 있으니 낭만적인 소녀의 꿈을 꾸는 것 같기도 하고 기적을 보는 것 같기도 했다.

고개를 돌려 주변을 둘러보면 아무런 변화도 보이지 않는 고인 물과도 같은 낡은 상점들, 그린 의상실, 나무 헤어, 팔팔 철물점 그리고 행복 공인중개사무소. 그 옆을 무표정하게 지나가는 사람들과 회색빛의 칙칙한 아스팔트 도로 위에서 번지를 뒤집어쓴 채 매연을 뿜어내는 차들이 눈에 익은 살풍경한 거리를 홱홱 스쳐 지나갔다.

일상적이다 못해 지루한, 어쩌면 재미없기까지 한. 이제는 눈을 감고도 떠올릴 수 있는, 내가 늘 스쳐 가는 거리가 새하얀 눈의 마법에 덮이는 게 좋았다. 어쩌면 끝나지 않을 꿈을 꾸는 것 같기도 했다.

그 꿈속에서 나는 언제까지나 겨울의 거리에 울려 퍼지는 크리스마스 캐럴의 선율, 눈의 왈츠와 투명한 눈송이 요정. 이를테면 하얀 레이스와 핑크빛 리본으로 장식된 낭만, 그러한 것에 취해 있는 어린아이였다.

그렇게 소녀가 된 나는 로맨틱하고 낭만적인 사랑을 꿈꿨다. 그런 나를 가리켜 철없다고 해도 좋았다. 아직 어린 나는 혼자만의 안락한 세상에서 행복했으니까. 스노우볼 속 작은 세상에서 하얀 눈송이가 너풀거리며 끝없이 춤을 추는 것처럼.

나는 아름다운 사랑을 꿈꾸었다. 분명 그랬던 것 같은데…….

세연은 천천히 고개를 들었다. 눈앞에 꼭 눈으로 빚은 것 같은 미형의 남자가 조용히 그녀를 바라보고 있었다. 정확히는 눈을 떼지 못하고 그녀를 정신없이 바라보았다. 그 허겁지겁 바라보는 시선은 이윽고 그녀의 마음에 칼날처럼 박혀 사정없이 찢는 듯했다. 그럴 수밖에 없는 것이 그녀가 아는 그답지 않았기 때문이었다.

평소의 그는 매시간 정확히 초침을 울려 대는 시계처럼 정확히 삶을 조율하고, 매 순간 진절머리가 날 정도로 냉정하게 자신의 삶을 통제하는 이였다. 아니, 그뿐만이 아니라 내 삶까지 정신없는 풍랑으로 밀어 넣었지. 그 갈구하듯 노려보는 시선은 얼마 가지 않았다.

덥석, 그가 힘주어 세연을 끌어안았기 때문이었다.

"……!"

순간 덜컹 가슴이 내려앉는 듯했다. 그 부서지라 끌어안는 손길, 그녀를 낳고 키운 부모님보다도 더 강하게 그녀를 안았다. 동시에 얼어붙은 듯 차가워진 세연의 눈이 흔들렸다. 온 진심을 다해 끌어안는 손길엔 미친 듯이 그녀를 사랑한다는 그의 애정이 담겨 있어서 밀어내려다가도 흔들렸다. 그 애정은 잔인한 5년의 세월 동안 얼어붙을 대로 얼어붙어 뾰쪽해진 그녀의 위태로운 마음 한편으로 스며들어 와 사정없이 녹인다.

그녀가 순간 동요하는 것을 느끼지 못할 그가 아니었다. 무엇보다 꼭 박제하듯 그녀에게만 고정된 눈길은, 그 집요하리만큼 스산한 텅 빈 시선은 세연에게 머물러 떠날 줄을 몰랐다. 결코 그와 다시 맺어질 생각이 없는 세연인데도. 놓칠세라 샅샅이 훑던 눈길은 이윽고 순간의 찰나, 그녀의 동요를 포착하고는 천천히 고개를 숙였다. 순간 세연은 소름이 돋았다. 그 소리 없이 하늘에서 내려오는 하얀 눈송이와도 같은 고요하고도, 엄숙한 몸짓은. 그녀를 향한 의식을 수행하는 경건한 사제 같았다.

그랬다. 그는 오로지 자신만 바라본다. 그것이 세연을 미치게 만든다. 이미 5년 전에 그들은 끝났음에도. 그냥 끝났을 뿐인가. 일반적인 남녀의 헤어짐이었다면 이리도 필사적으로 그를 거부하지 않았을 것을. 그 생각을 떠올리자 견딜 수 없어졌다. 세연은 아무런 죄 없는 입안의 가장 연약한 속살을 일부러 힘주어 깨물었다. 그러자 거듭된 스트레스로 한계에 달한 예민한 잇몸이 깨물려지면서 비릿한 피가 번져갔다. 쇠 맛이 느껴지자 말없이 고개를 돌렸다.

세연은 다시금 한기가 일 정도로 싸늘한 시선으로 눈앞의 남자를 노려보았다. 침묵이 흘렀다. 눈앞에 버티고 선 그도 세연도 말없이 서로를 바라보고 있었다. 그 눈빛에서 그녀의 냉담한 거부를 읽었을까.

"……!"

갑자기 말없이 석고상처럼 버티고 서 있던 그가 몸을 돌렸다. 그리고는 갑자기 그녀의 턱을 기다란 손가락으로 들어 올리고는 자신을 바라보게 했다. 그녀가 들어도 믿기지 않는 괴로운 음성으로 달콤하게 애원하듯 말했다.

"넌 날 미치게 만들어, 세상에서 유일하게. 다른 건 몰라도 이건 확실해."

그가 아무렇지 않게 말했다.

"네가 떠나면 난 미쳐 버릴 거야. 이미 5년 전에도 그랬지만, 이번엔 더 이상 살 수 없을 정도로 철저히 망가지겠지."

순간 세연의 눈이 커다래졌다. 눈앞 남자의 모든 걸 던진 처절한 애원은 세연의 눈과 귀를 의심하게 만들었다.

수없이 많은 여자들이 바라마지 않는 남자가 자신에게 무릎을 꿇듯 매달린다는 사실이 믿기지 않았다. 세연은 헛웃음 지었다. 정확히 말할까. 너무도 어이가 없어 쓴웃음이 났다.

그녀가 아는 권기우, 라는 남자는 차가운 냉혹함의 화신이었다. 자신의 감정을 통제하다 못해 숨 쉬는 것조차도 딱 떨어지게 조절하는 듯한, 종종 정나미까지 떨어지게 하는 그가 자신에게 헤어나지 못한다니.

그러한 그녀를 도무지 틈이라고는 느껴지지 않는 남자가 가만히 바라보았다. 그리고는 나직한 어조로 속삭였다.

"넌 늘 이렇게 웃지, 손에 잡았다고 느껴지면 절망하게 만들어. 순식간에 모래알처럼 빠져나가는 것 같아서."

그 음성에 세연의 얼굴이 굳어지자 기우가 놓칠세라 그녀를 자신에게 끌어당겼다. 그 절박한 손길에 세연은 움찔했다. 어떻게든 그녀를 잡으려 하는 그의 강한 의지가 느껴지는 것 같아서.

그녀가 잘못 느끼지 않았는지 기우가 고개 숙여 키스했다. 이어지는 절실한 키스, 말캉거리는 속살과 타액, 느껴지는 거친 숨결이 그녀를 서서히 미치게 만들었다. 그것뿐만이 아니었다. 마치 영혼을 태우는 것 같은 입맞춤, 마치 타들어 가는 화인을 찍는 것도 모자라서 기우가 그녀의 작은 손을 끌어당겼다. 그리고는 손을 들어 자신의 목을 힘주어 감게 했다. 정확히는 자신의 목을 조르게 했다.

"내게서 벗어나고 싶지? 그럼 날 죽여. 그래야 네가 자유로워질 수 있어."

그는 그 말을 하는 순간에도 뚫어지라 그녀의 동요하는 눈을 들여다보았다. 순간 세연은 오싹해지면서 이루 말할 수 없는 기분에 사로잡혔다. 마주 보는 그의 눈은 너무도 투명해서, 악을 쓰는 감정의 동요라곤 비치지 않아서. 평정 어린 목소리는 숨소리 하나 흐트러지지 않았다. 세연은 질렸다. 당장 누가 들어와서 그의 목에 칼을 들이대도 기우는 눈 하나 깜짝하지 않을 것 같았다. 인간인 이상, 타인이 자신의 목숨을 좌지우지하고 생명을 빼앗을 수 있는 상황에서 초연한 이가 얼마나 될까. 그 자리에서 동요해 살려 달라 애원하고 제발 도와 달라 떠나가라 소리나 지르지 않으면 다행인 것이다.

세연은 그런 그를 차갑게 바라보았다. 여전히 서늘하게 기우를 바라보며 그녀는 떠올렸다.

……내게 다가온 사랑은 핏빛 악연이었다. 내심 꿈꾸고 바라던 낭만적이고 아름다운 사랑이 아닌, 그래. 팔딱팔딱, 뛰는 붉은 창자와 심장 내지는 아름답게 피어난 꽃이 피에 얼룩지고 찢긴, 남은 건 폐허뿐이었다.

세연이 부르르 몸을 떨었다. 거짓말 같았다. 누구나 그렇듯 그저 눈부시고 아름다운 사랑을 마음 깊은 곳에 품고 있을 뿐이었다. 그런데 이 순간 깨달은 것 같다. 내 인생이라는 내가 주인공인 영화 속에서 난 완벽한 멜로 영화의 여주인공이 아닌, 잔혹한 고어 영화의 난도질 당한 주인공이라는 것을. 게다가 아직 그 영화는 끝나지 않았다. 자신에게 보란 듯이 선택을 종용하는 눈앞의 매혹적인 남자를 향해서 세연은 머뭇거림 없이 다가갔다. 도망치지 않고 그에게 맞서겠다는 듯이 세연이 눈을 질끈 감았다.

눈을 떴을 때 주변엔 새하얀 눈이 가득 쌓여 있었다. 밤새 멈추지 않고 눈이 온 것이다. 지난 모든 건 그와의 끝나지 않은 악몽이었다. 아침에 깨어난 세연은 낮게 중얼거렸다.

"악몽을 꾸었어. 아직도 그 사람을 못 잊은 걸까?"

백화점 아르바이트를 앞두고 다시금 악몽을 꿔서 몸서리가 쳐졌다. 너무도 생생해서, 정말 다시 그를 만난 것 같아 세연은 부르르 몸을 떨었다. 아무리 해도 섬뜩하리만큼 몸의 한기가 멎지를 않았다.

"하아, 하아……."

세연은 잠시 가빠진 숨을 내쉬다가 두 손으로 눈을 가렸다.

"안 돼."

그녀는 낮게 말했다.

"난 아직 그 사람 만나면 안 돼."

순식간에 눈앞이 새하얗게 점멸하는 기분이 들었다. 외상 후유증처럼 쿵쿵 세차게 가슴이 뛰었다. 순식간에 과거가 되살아나면서 끊이지 않는 걱정으로 쿵쿵거렸다.

"하아."

세연은 식은땀을 수건으로 닦으며 작게 혼잣말했다.

"정말 진짜 같잖아. 꿈이 아니고."

꿈이 아니었어. 동시에 세연은 그대로 비틀거리며 다가가 핸드폰을 들었다. 그리곤 포털 사이트에 '케이'라고 검색을 했다. 일본 검색사이트에 가타카나로 이름을 치자 줄줄이 그의 사진이 나왔다.

[마지막 라이브 공연 실황입니다. 보시다시피 외모도 수려하고 연주 실력도 뛰어났는데 정식 멤버가 되기 전에 사라져…….]

"이것 봐. 사라졌다잖아. 역시 악몽을 꾼 거야."

세연은 생각하며 다시금 쭉 그의 이름을 검색했다.

자꾸 숨이 가빠지는 가운데 세연은 두 팔로 떨리는 몸을 감쌌다.

"어째서?"

그녀가 계속 떨고 있을 때였다. 갑자기 맞은편 방에 불이 켜지더니 누군가의 찢어지는 목소리가 들려왔다.

"제정신이 아닌 것아! 밤에 안 자고 뭐 해? 불빛이 다 새어 나오잖니."

해옥 고모였다.

세연은 "죄송해요." 서둘러 말하고는 얼른 방의 불을 껐다.

'그래, 악몽이야. 그냥 꿈을 꾼 거야. 다시 그 사람을 볼 리가 없잖아. 벌써 5년이나 지났는데.'

어둠 속에서 세연은 고개를 저으며 다시금 싸늘한 침대로 들어갔다.

'하지만 너무 생생해. 그 전해져 오던 감촉하며, 날 보던 눈까지.'

세연은 애써 다시금 눈을 붙였다. 내일 아르바이트를 가야 해서 더는 악몽에 시달릴 여유가 없었다. 중간에 쉬는 시간이 있지만 서서 일해야 하는 매장 근무는 체력이 중요했고 여러모로 신경 써야 할 게 많았다. 어둠 속에서 세연은 눈을 꼭 감았다.

"자야 돼. 어떻게든…… 자야, 힘들게 여기까지 왔어."

그녀는 혼잣말했다. 제일 만나고 싶지 않은 인물이 꿈에 나왔다고 달라질 건 없다. 내일 해야 할 매장 근무를 생각하며 세연은 억지로 눈을 붙였다.

第 1 幕

그 다음 날도 어김없이 날이 밝아 왔다. 비록 악몽에 시달리기는 했지만 매일 일어나는 시간에 기상한 그녀는 일단 욕실로 가서 머리를 감았다. 그리고 해옥 고모가 깨어날세라 발끝을 살짝 들고 주방으로 갔다. 주방에서 토스트를 하나 먹고 머리를 말리고 옷매무새를 다듬은 세연은 곧장 일터로 향했다.

그녀가 행사 아르바이트를 하는 곳은 서울 시내에 있는 서원 백화점이었다.

"세연이 왔니?"

"네, 언니. 안녕하세요."

매장에 도착한 세연은 공손하게 인사를 했다. 그리고 한 올이라도 흘러내릴까 단정히 묶은 머리칼과 행사 유니폼을 입고 근무를 시작했다.

그녀가 일하는 곳은 지하 식품 매장의 와인 행사 매대였다. 매장 직원 미주는 평상시에 상냥했고 행사 아르바이트생인 그녀를 잘 챙겨주었다.

"세연아! 미안한데 창고에 가서 와인 남은 물량 마저 가지고 올 수 있을까?"

"네, 제가 가지고 올게요."

"참, 물건 발주 넣으면 내일 아침에나 들어올 거야. 오늘은 예상한 것보다 매상이 좋으니까, 조금은 번거롭더라도 계속 창고 오가면서 버티자. 이참에 남아 있는 물량 정리한다 생각하면서. 알겠지?"

"네, 그렇게 할게요."

하루가 시작되는 아침, 개점 시간을 앞둔 서원 백화점.

매장 직원 미주의 말에 깍듯하게 대답하며 세연은 곧장 커트를 끌고선 김이 나오는 차가운 냉동 창고로 향했다.

직원들만 출입할 수 있는 물품 창고의 문을 열고 들어서자 특유의 싸한 냉기가 느껴졌다. 동시에 얼음물을 정수리에 끼얹기라도 한 것처럼 번쩍 정신이 들었다. 변함없이 오늘 하루가 시작됐단 사실이 폐부로 다가오는 기분이다. 어찌 됐든 아직 살아 있다는 생각에 뭔가 할 수 있지 않겠냐는 희망이 솟아올랐고 다시금 결의를 다지는 계기가 되었다.

"하나둘, 하나둘."

선선한 아침 공기 속에 아침 체조를 하듯 구령 소리를 나직하게 냈다.

이런 의지가 차오르는 것도 확실히 드문 일이었다. 그녀만의 닫힌 성 같은 골방에 웅크리고 있으면 그저 하루하루 잠긴 물과도 같았고 몸은 젖은 솜뭉치처럼 무겁기만 했었다. 이런 걸 발상의 전환이라고 했던가.

'그래, 계속 집에 있으면 달라지기는 어려울 거야.'

문득 머릿속을 스친 지난날의 기억에 표정이 딱딱해진 것도 잠시, 세연은 입꼬리를 말아 올려 살짝 웃었다.

한국에 돌아와 한동안 웅크리고 있다 안 되겠다 싶어 암굴과도 같은 방에서 나왔다. 그리고는 있는 돈을 털어서 시나리오 학원에 등록했고 나중에는 부족한 대로 일대일로 연기 지도도 받았다. 언젠가 영화 시나리오를 실제로 써 보고 싶다고 생각했고 연기도 포기할 수 없었기 때문에……. 평소 조용하고 내성적이었기에 연기할 때 꼭 다른 사람이 된 것 같은 희열을 잊을 수 없는 건지도 모른다.

둘 다 돈이 부족해서 길어야 두세 달만 배울 수 있었지만.

– 그럼 더는 못 나오는 거예요?

– 죄송해요. 시나리오 학원도 중급반에 진학하고 싶고 연기도 계속 배우고 싶은데…….

그 뒤의 말은 차마 할 수 없었다.

매일 출근할 때 드는 교통비와 식비, 매달 내는 공과금 등등. 고정적이지 않은 수입에 매달 허덕이며 규칙적으로 뭔가를 배울 수 없다는 것을.

뭔가 시작하기엔 확실히 어려운 상황인지도 모른다. 그래도 세연은 보란 듯이 허리를 폈다.

비록 남들보다 부족할지라도 그리고 조금 늦었더라도 멈추지 않고 걸어간다는 게 중요했다. 조금은 답답하게 보일지라도, 느릿느릿 속도를 줄여 걷더라도 포기하지 않으면 됐다.

더 이상 마음 아파하지 말자.

여기까지 오면서 힘겹게 내린 결론을 떠올리며 세연은 팔을 들었다. 그리고는 흐릿해진 눈을 슥슥 유니폼 소매로 문질러 닦았다.

Rrrrr……!

그때 기다렸다는 것처럼 실내 매장 안에 커다란 종소리가 울려 퍼졌다. 그러자 그녀를 비롯한 매장 근무 직원들은 내상 동선을 따라 각자의 자리로 향했다.

"어서 오십시오, 손님."

비발디의 사계가 경쾌하게 흐르고 있는 백화점 지하 식품 매장. 백화점 개장 시간에 맞춰 막 영업을 시작한 매장에선 특유의 활기가 느껴졌다.

3월 초반, 갑자기 찾아온 꽃샘추위로 아직은 쌀쌀한 날씨였다.

고객의 동선을 고려해 단정하게 정리된 널찍한 실내. 환풍기에서 새어 나오는 서늘한 바람이 드넓은 곳곳을 휘감는 가운데, 향긋하기까지 한 막 간 원두 냄새가 코를 찔렀다. 오픈 시간을 앞둔, 이제 막 시음 준비를 마친 행사 직원이 분주하게 원두를 갈고 있었다.

그 옆으로 눈길을 끄는 노랑, 초록 색색의 허브 향신료들과 다양한 소스 병들이 보였다. 역시 다양한 상표의 수프와 파스타 그리고 라면과 통조림, 일회용 레토르트 식품들이 꼭 딱딱 맞춘 사각의 냅킨처럼 널찍하게 진열되어 있었다.

"얘, 세연아! 세연아."

그때 그녀를 부르는 소리가 들려왔다.

한창 바쁘게 와인 시음 행사를 준비하던 세연이 고개를 들었다.

"네?"

"내가 깜빡했지 뭐야. 세연아, 백화점 교육 이번에 받았니? 두 달 전에 시음 행사했을 때 네가 온 건 기억나는데 이번에 교육받았는지 헷갈려서 말야."

"아, 예. 어제 받았어요. 수료증도 받아서 가져왔는걸요."

생각났다는 것처럼 행사 아르바이트생인 그녀가 앞치마 주머니에 넣어 둔 종이를 꺼내서 내밀자, 매장 직원인 미주가 고개를 끄덕였다.

"그래, 얘. 혹시 잊을까 해서. 아까 들었는데 오늘 누가 시찰 나온다는 소리도 있고. 알다시피 여긴 규칙이 엄격하고 깐깐하잖니?"

상품 진열 매대를 정리하던 미주가 소리를 죽여 속삭이듯 덧붙였다. 백화점 중에서도 유독 깐깐하다고, 그룹을 이끄는 노회장의 성미가 그대로 반영된 거 아니냐고 말이다. 세연은 조용히 대답했다.

"아, 예. 제가 좀 더 조심하고 신경 써서 일할게요."

열심히 하겠다는 그녀의 말에 바쁘게 상품 진열 매대를 정리하던 미주가 답했다.

"세연이야 늘 열심히 하지. 내가 잘 알지."

나직하게 고맙다 말한 세연은 고갤 돌려 조용한 식품 매장에 시선을 주었다. 번들거리는 대리석과 검은 마노로 꾸며진 백화점 특유의 고급스러운 인테리어가 제일 먼저 눈에 들어왔다.

개점 시간이기에 아직은 한적한 편이었다.

"……."

사실 여기 말고도 웬만한 백화점에서 행사 아르바이트를 많이 해 봤지만 유독 눈길을 끄는 곳임은 확실했다.

일단 전국에서 두 번째로 규모가 큰 백화점일뿐더러, 요즈음 들어 부쩍 감각적인 인테리어에 대한 호평이 늘었다.

거기에 여러 나라에서 들여온 다양한 물품들. 그것도 모자라 전국에서 싱싱한 해산물들과 육류, 가지각색의 과일까지 대량으로 공급되어 저렴한 가격대에 구입할 수 있었다. 마치 유럽의 마켓처럼 활력이 흘러넘친다고 하면 과장일까. 새로운 피를 수혈한 서원 백화점, 이라고 했었지? 요즘 들어 연일 매스컴에 자주 거론되는 기사 제목이 머릿속을 스치고 지나갔다.

[서원 유통 백화점 그룹. 그룹 회장 이명순]

티비를 틀면 뉴스 화면에서도 자주 보이는 인물이라 세연도 알고 있었다. 통이 큰 여장부로 유명한 창업주의 장녀로 지금까지 큰 기복 없이 서원 그룹을 이끌어 왔다고 한다.

들기론 손자가 두세 명 있는데 그중 유학파인 손자가 유력한 후계자로 거론되고 있다던데.

그러다 머릿속에 꼬리를 물고 이어지는 생각에 세연은 고개를 저었다.

'아아, 틈만 나면 공상하는 버릇 어디 가질 않네.'

세연이 쓴웃음을 지을 때였다.

매장 안에 가득 퍼져 가는 향긋한 원두 향 속에 치익, 소리와 함께 왠지 고급스러운 느낌의 포플러 향이 공중에 분사되는 듯하더니 기다렸다는 것처럼 경쾌한 음악이 흘렀다. 곧이어 개점을 알리는 안내 방송이 스피커에서 흘러나왔다.

"……고객에게 친절하게 대하며 고객의 눈높이에 맞춰 마음에서 우러나오는 서비스로."

그러자 각자의 위치에 정자세로 선 매장 직원들이 낭랑한 목소리로 안내 방송의 멘트를 복창했다.

"나는 고객에게 친절히 대하며……."

"고객의 눈높이에 맞춰……."

짧게 자른 손톱과 눈에 띄는 액세서리 하나 없는 단정한 차림, 역시 말끔히 머리를 빗어 넘기고 상품 진열 매대 앞에 서 있던 세연 역시 나직한 목소리로 안내 방송의 멘트를 따라 했다.

"항상 고객의 눈높이에 맞춘 응대로……."

연이어 오픈 시간을 알리는 경쾌한 백화점의 로고송이 흘러나오자, 손님들이 하나둘씩 상품 진열매대앞에 서 있는 매장 직원들을 지나 들어왔다.

"어서 오십시오."

"안녕하십니까?"

매장 직원들이 일제히 인사하는 가운데, 세연은 잔잔히 미소 지으며 매장 물건을 둘러보는 손님들을 바라봤다.

그녀는 마트가 좋았다. 여기저기 눈에 띄는 먹음직스러운 식품의 진열을 보면 왠지 기분이 따스해지는 것 같아서였다. 평소에도 바람을 쐴 때마다 멀리 가지 않고 가까운 동네 마트를 찾곤 했다.

굳이 많이 사지 않아도 카트를 끌고 이리저리 돌아다니듯 매장 구석 구석을 훑고 다니다 보면 왠지 기분 전환이 되는 것 같았기 때문이다.

딴생각에 빠져 있던 세연은 혹여 잊어버릴세라 머릿속으로 행사 멘트를 연습했다. 명색이 행사 아르바이트생인데 기본적인 상품 지식도 숙지 못하고 무작정 판매를 할 수는 없었다.

한국에서 나고 자랐다지만 10년 가까이 낯선 이국 생활을 한 탓에 본의 아니게 말이 꼬일 때도 있어서 머릿속으로 계속 멘트를 연습해야만 했다. 급작스레 손님이 와도 당황하지 않을 수 있도록.

'영국 스코틀랜드에서 생산된 오크통의 위스키, 주조 과정…… 또 뭐가 있더라. 그래, 프랑스 보르도 지방에서 만들어진 와인, 브로크뉴와 보르도 와인. 200년 전통의 싱글 몰트 위스키. 과일 향 꽃향기.'

이 순간 세연은 끊임없이 소리 없이 오늘 해야 할 행사의 멘트를 머릿속에 떠올렸다.

'오늘은 아침에는 샴페인으로 시음하기로 했으니까 잊지 말자.'

세연은 카운터에 서서 테이블에 올려진 컴퓨터로 시선을 주었다. 카운터에 켜진 컴퓨터에 매장 아이디와 비밀번호를 누르고 접속하면 바로 발주 주문 리스트를 볼 수 있었다. 혹여 고객들이 찾는 와인이나 위스키가 떨어지면 바로 주문서를 작성하고 상품을 추가해서 발주하는 시스템이었다. 세연은 재빨리 눈으로 훑어 현재 수량과 재고를 확인했다.

세연은 얼마 안 있어 와인 시음을 하러 손님이 오자 잔잔히 미소 띤 얼굴로 응대했다.

"어서 오세요. 시음해 보시겠어요?"

처음 시음하러 온 손님은 20대 남녀 커플이었다. 세연은 미리 준비해 둔 일회용 컵에 샴페인을 따라서 그들에게 내밀었다.

"맛이 괜찮네요. 행사 상품이에요?"

"네, 이번 주말까지 세일 중이에요."

세연은 세일 중인 샴페인의 품종을 시음한 이들에게 설명했다.

"세연아!"

그리곤 매장 직원이 부를 때마다 창고로 가서 세일 중인 다른 와인 품종이 담긴 박스를 카트에 실어서 가져왔다. 상품 진열 매대에 진열된 수십 종의 와인들과 종류가 뒤섞이지 않게 다시금 진열하는 동안, 손님들이 끝없이 그녀를 지나쳐 갔다.

'그러고 보니 계속 아르바이트를 했었지. 귀국한 직후 몇 달 쉬었던 걸 제외하면.'

처음 한국에 왔을 땐 정말 몸 상태가 최악에 가깝게 안 좋아서 오래 쉬긴 했었다.

그럼에도 한국에 왔다는 사실이 좋았다.

사실 한국에 와서 다시 일어나 싸울 용기가 생겼는지도 몰랐다. 비록 잊을 만하면 돌아오는 안과 정기 검진 시기와 심리 상담 문제로 거의 대부분의 시간을 병원에서 보내 아쉽긴 했지만.

한국 사람들이 겉으로는 무뚝뚝해도 속정이 넘쳐 마음에 큰 위로가 됐다.

– 세연아, 간식 먹고 일해야지.

매장 직원 미주 역시 마찬가지였다. 매일 새벽같이 들어오는 물품들을 매장에 진열하고 매상을 정리하느라 바쁜 와중에도 미주는 세연을 살뜰히 챙겼다. 그리곤 고맙다고 말하는 그녀에게 오히려 이렇게 답했다.

–아니야. 세연 씨, 원래 이렇게 해야 되는 거야.

그 덕에 마음이 꽤 안정되었는지 모른다.
"안녕하세요?"
두 번째 샴페인 병의 마개를 열었을 때였다. 웅성거리는 소리와 함께 서늘한 바람이 환풍구 사이로 스며든 건지 서늘한 냉기 어린 분위기가 매장 가득 퍼져 나갔다. 갑작스런 분위기 변화에 세연이 의아해하며 매대 사이로 고개를 내밀었다.
이상하리만큼 기이한 침묵. 매장에 있던 직원들이 아무도 움직이지 않는 것이 시야에 들어왔다.
세연은 천천히 고개를 돌렸다.
조용한 가운데, 꼭 그쪽에만 길이 난 것처럼 눈에 띄는 남녀가 천천히 걸어오고 있었다.
그 광경을 본 세연은 순간적으로 눈을 의심했다.
처음엔 잘못 본 게 아닐까 싶었지만, 아니었다. 설마, 설마! 그녀의 시야에 들어온 믿기지 않는 광경에 세연의 얼굴이 무섭게 창백해졌다.
쿵쿵, 절로 심장 박동이 빨라지기 시작했다. 남녀가 가까워짐에 따라 그녀의 가슴이 쿵쾅쿵쾅 뛰었다.
처음엔 인테리어에 맞춘 채도가 낮은, 침침한 조명 탓에 잘못 본 것이라 생각했다. 완전히 회복되었다곤 하지만 종종 외상 후 스트레스 장애처럼 눈에 이상 증후가 나타날 때도 있었으니까. 잘못 볼 수 있을 거라 여겼다. 그래, 그냥 비슷하게 생긴 남자일 수도 있는 것 아닌가.
하지만 아니었다. 아무리 봐도 저 익숙한 실루엣이란. 닮은 사람이라도 저렇게 키와 체형까지 똑같을 수는 없었다.
남자가 가까이 올수록 경악 어린 그녀의 얼굴은 새하얗게 질렸다.
제발 아니기를 바랐지만 부질없는 짓이었다. 부들부들 떨리는 손을 부여잡고 상품 진열 매대 앞에 버티고 서 있던 세연은 지그시 입술을 깨물었다.

'왜 하필……? 왜 하필 지금이야? 그것도 여기서. 말도 안 돼. 저 사람을 여기서 만난다고?'

그 사실을 확인하자 절로 숨이 막혀 오면서 발작적으로 실소가 터져 나왔다. 세연은 급히 입을 틀어막았다. 그러자 미주가 걱정스레 말을 걸었다.

"세연아. 세연 씨, 괜찮아?"

만약 혼자였다면 못 볼 것을 본 사람처럼 얼른 도망쳤을지도 모를 일이었다.

……남자는 키가 컸다.

긴 다리가 두드러지는 늘씬한 근육질의 호리호리한 체격, 무채색의 양복을 입었을 뿐인데도 비율이 좋아서일까. 어느 패션 잡지에서 튀어나온 모델과도 같았다. 거기에 다이아몬드 라인의 갸름한 턱선까지 더해져 사람들의 시선을 끌었다.

이 순간 세연의 눈은 못 박힌 것처럼 남자에게 고정되었다. 깔끔히 빗어 넘긴 헤어 스타일과 검은 안경테에 감싸인 얼굴은 얼핏 보면 그저 단정한 느낌만 줄 뿐이라 무심히 지나칠 수도 있었다. 하지만 지나쳤다가도 모두가 흘낏 돌아봤다. 자석처럼 사람들의 시선을 끌어당기는 건 특유의 가라앉은 듯한 분위기 탓이리라.

세월이 흘러도 이건 현재 진행형이었다. 지금도 매장 내 직원들의 시선이 일제히 그에게로 향한 가운데, 마침내 그들이 세연 쪽에 근접했다. 세연의 시선은 눈에 띄게 흔들렸다. 그녀는 애써 갈팡질팡하는 자신을 추슬렀다.

'정신 차려. 정세연, 여기서 소리라도 내면 끝장이야. 더 시선을 끌게 될 테니까.'

아무리 생각해 봐도 이 방법이 최선이었다.

'어떻게든 자연스럽게 넘어가지 않으면…….'

아무 일 없다는 것처럼 서 있으면, 그도 자신을 못 알아보고 그냥 지나치지 않을까. 그것에 기대를 걸었다. 확실히 그녀의 욕심이었다.

그다음 일은 순식간에 일어났다. 쨍그랑, 그녀의 손에서 시음용 잔이 미끄러져 바닥에 떨어진 것은.

와장창.

테이블 아래로 떨어진 시음 컵은 제발 무사히 넘어가길 바라는 그녀를 비웃는 것처럼 무참히 산산조각이 나고 말았다. 날카로운 소음에 주변의 이목이 일제히 그녀 쪽으로 쏠렸다.

"……!"

동시에 그녀는 헉, 숨을 죽였다.

여기까지 힘들게 와서일까. 세연은 마지막 순간까지도 그의 눈에 띄지 않았기를 바랐다. 그를 비웃듯 고개를 푹 숙인 세연의 시야에 남자의 신발이 들어왔다.

그 모든 건 찰나였다. 그리고 뚜벅뚜벅 눈에 띄는 번들거리는 검은 수제 구두의 주인이 곧바로 세연에게로 걸어왔다.

순간 가슴이 차가운 바닥에 내리붙는 것만 같았다. 황망해진 기분에 세연은 질끈 눈을 감았다 떴다. 그런 그녀의 곁엔 예외 없이 미주가 있었다.

"세연아, 손 안 다쳤어? 잔 깨진 건 비닐봉지에 담으면 되니까."

그러자 세연은 서둘러 말했다.

"죄송해요, 저 때문에 잔이 깨져서……."

"괜찮아. 잔 깨뜨릴 수도 있지 뭐. 내가 담을게, 괜히 손 다칠 수 있으니까 가만히 있어."

미주가 재빠르게 깨진 잔을 수습하는 동안, 더욱 가까워진 서늘한 한기에 세연이 천천히 고개를 들었다.

"……!"

눈앞에 그가 말없이 버티고 서 있었다. 그것도 꼭 모르는 사람을 바라보는 듯한 시선에 순간 가슴이 철렁했다. 차라리 그가 자신을 알아보고 노려보았다면 마음이 편했을 것이다.

'역시…… 못 알아봤겠지? 1, 2년도 아니고 벌써 5년이나 흘렀으니까. 내 착각일지도 몰라.'

처음 그를 만났을 때는 19살, 이제 24살이니까 시간이 꽤 오래 흐른 것이다.

본능적으로 시선을 내리깐 세연이 그가 자신을 못 알아봤다고 안도한 것도 잠시, 그녀는 멈칫했다. 잘못 본 게 아니었다. 눈이 마주치자 예리하게 내리꽂히며 그녀에게 와서 머무르는, 날카롭게 파고드는 것 같은 특유의 시선. 그 시선을 느끼자 순간 소름이 돋았다.

'날 알아봤어. 날 알아봤다구.'

세연은 순간적으로 패닉 상태에 휩싸였다.

말소리도 들려오지 않았다. 웅웅대는 주변의 소음도, 매장 안의 사람들의 인기척도 거짓말처럼 그와 재회하자마자 사라져 버렸다. 그의 옆에 서서 거슬릴 정도로 싸늘하게 세연을 쳐다보는 여자도 눈에 들어오지 않았다. 그저 숨이 막혀 왔다. 막상 그와 맞닥뜨리자 잊고 있던 5년 전의 악몽이 고스란히 되살아나는 것만 같았으니까.

그 자리에서 쓰러지지 않은 게 다행이었다.

"얘! 세연아, 손님이 이번 행사 상품인 보르도 와인 설명해 달라고 그러시잖아? 뭐해, 설명해야지."

그저 윙윙대는 소리만 귓가에 이명처럼 울릴 뿐.

머릿속이 새하얘졌고 순간순간 끊긴 것 같은 둔탁한 충격이 이어질 뿐이었다.

"……!"

그럼에도 그녀는 저도 모르게 기계적으로 이번 행사 상품인 와인에 대해서 설명하고 있었다.

그런 그녀에게 흘낏 차가운 시선을 던진 그가 아무렇지 않게 요구했다.

"그럼 행사 상품은 이 제품밖엔 없는 건가요? 여분이 있다면 이 자리에서 다 구입하고 싶은데."

그는 세연을 보고도 전혀 당황하지 않고 오히려 담담한 말투로 상품 구입 의사를 밝혔다. 그것도 행사 중인 와인을 모조리. 오히려 당황한 건 매장 직원인 미주였다.

"아, 그러신가요? 정말 이 와인 종류를 전부 다 구입하실 건가요?"

재차 조심스레 확인하던 미주는 그가 고개를 끄덕이자 약간 당황한 기색을 보였다.

"죄송하지만 이 와인들은 재고가 있는지 확인해 봐야 해서요. 일단 창고에 가서 와인 여분이 얼마나 있는지 확인해 봐야 할 것 같습니다. 괜찮으시다면 일단 제가 본사에 추가로 주문하는 게 어떨까요? 그럼 시간이 걸립니다만."

"아니, 난 지금 당장 구입하고 싶은데."

그가 재차 지금 당장 문제의 와인을 종류별로 구입하겠다는 의사를 밝히자, 미주가 양해를 구했다.

"아, 그럼 고객님, 잠시만 기다려 주시겠습니까?"

그리고는 재빨리 카운터에 올려진 컴퓨터에 들어가 발주 사이트에 접속했다.

"잠깐만, 세연아. 내가 본사에 전화를 해 볼게."

와인의 재고를 확인한 미주가 곧장 본사로 전화를 걸었다.

그 옆에서 여전히 세연은 붕 떠오른 것 같은 묘한 기분에 사로잡혀 있었다. 웅, 거짓말처럼 맞닥뜨린 급작스런 재회에 아직도 머리가 울렸다. 귀에 이명이 들리는 것 같기도 했다. 미주가 본사와 전화하는 소리가 환청처럼 들려왔다.
“아, 네. 현 재고 상황 파악했구요. 추가 발주 가능 시간은 본사에서 부여한 계정에 들어가서 확인했는데.”
본사와 통화를 이어 가던 미주가 조심스레 소리를 낮춰 말했다.
그리곤 곧 결론을 내렸다.
아무래도 본사에서 와인을 받아오는 데 시간이 걸릴 것 같으니 일단 백화점 지하 1층에 있는 물류 창고에 가서 남은 재고라도 전부 가져오기로 한 것이다.
곧이어 미주가 재차 당황한 목소리로 말했다.
“아, 손님. 그러시면 제가 지하 창고에 가서 남은 와인을 가지고 오겠습니다. 그럼 잠시 기다리고 있으세요.”
하지만 그런 미주를 차가운 목소리가 저지했다.
“아니, 난 저 행사 아르바이트생이 가지고 왔으면 좋겠는데.”
쭈뼛, 절로 머리끝이 곤두섰다. 고개를 돌려 보자 그가 보란 듯이 세연을 지목하고 있었다.
갑자기 등줄기에 식은땀이 흘렀다. 세연은 바짝 마른 입술을 축였다. 본능적인 반응이었다. 갑자기 5년의 시간을 거슬러 도쿄의 길가로 돌아간 것만 같은 착각이 일었으니까. 하지만 이곳은 그녀가 근무 중인 서울의 백화점 매장이었고, 그는 차분하게 요구하고 있었다.
“난 이 사람이 창고로 안내해 줬으면 좋겠는데. 괜찮겠죠?”
계속해서 환청처럼 들려오는 그의 뚜렷한 음성, 동시에 세연의 얼굴은 하얗게 질렸다.
‘내가 지금 뭐 하고 있지?’
뒤늦게 정신이 든 세연은 고개를 돌려 그제야 눈앞의 남자를 쳐다보았다.
“네, 그렇게 하겠습니다.”

"세연아."

당황한 듯 미주가 부르고 있었지만 세연은 개의치 않고 흔들림 없이 답했다.

"지금 행사 중인 보르도 와인 말씀하시는 거죠? 그럼 제가 창고에 가서 남은 물량을 가져오겠습니다. 조금만 기다려 주시겠어요? 손님."

맨 마지막에 '손님'은 일부러 들으란 듯 뚜렷한 어조로 덧붙였다.

세연은 말없이 바라보는 남자의 시선에 굴하지 않듯 깍듯하고 빈틈없는 태도를 보이며 몸을 돌렸다. 하지만 남자가 다시 끼어들었다.

"그럼 내가 창고로 가서 직접 와인을 확인해 보고 싶군요? 괜찮겠죠?"

"아, 손님이 꼭 필요하시다면……."

당황한 미주가 남자를 저지하려 했으나 세연이 애써 괜찮다고 하자 물러섰다.

"그럼 제가 창고로 안내하겠습니다. 따라오세요."

그렇게 원한다면 굳이 말리지 않을 테니, 알아서 따라오라고. 그녀는 일순간 목구멍까지 올라온 말을 꾹 삼켰다.

겉으로는 담담한 척했으나 사실 정말 만나고 싶지 않은 사람을, 잊고 싶었던 기억의 한가운데 있는 인물을 이렇게 급작스레 맞닥뜨리게 된 후유증에 절로 다리가 후들후들 떨렸다.

그렇게 커트를 끌고 잠시 걸어가다 고개를 돌리자 예의 놓칠세라 그녀를 따라오는 그의 모습이 보였다. 고개를 돌림과 동시에 물끄러미 그녀를 보는 눈과 마주쳤다. 그리고 옆에서 어이없다는 듯 얼음처럼 차가운 시선을 던지는 여자도.

창고에 가면서 세연은 생각했다.

'대체 저 여자는 누굴까?'

아무리 봐도 처음 보는 얼굴이었다.

경멸에 찬 눈빛. 처음엔 무관심하게 있더니 와인을 직접 눈으로 확인하겠다는 남자의 행동에 심상치 않음을 느낀 것 같았다. 여자 친구? 애인?

"……."

그렇게 직원들이 오가는 물품 출납 동선을 따라 지하 1층에 있는 백화점 물류 창고에 커트를 끌고 들어오자, 조용한 가운데 한기가 느껴졌다.

마침내 찬 공기가 흘러나오는 조용한 물류 창고 안에 들어오자 여자의 얼굴이 험악하게 굳어졌다. 그리고는 고갤 돌려 노골적인 경멸을 담아 백화점 유니폼을 입은 세연을 차갑게 쳐다보았다. 어이없다는 얼굴로.

"저기, 권기우 씨."

마침내 번들거리는 고가의 검은 토트백을 손에 든 여자의 입이 열리고 그녀가 기억하는 남자의 이름 석 자가 흘러나왔다. 여자의 음성엔 어이없고 황당하다는 듯한 기색이 역력했다.

"권기우 씨, 지금 이 상황은 뭐죠? 아까부터 이상하다고 생각하긴 했는데 좀 상식적으로 말이 안 되네요?"

기우를 힐난하는 서릿발과도 같은 어조. 무엇보다 백화점 유니폼을 입은 그녀를 바라보는 너무나도 싸늘한 눈길, 외모만 보고 급을 나누는 것은 우스운 일이지만 딱 떨어지는 단발머리에 검은 정장 차림까지 여자는 정말 상류층인 것 같은 고급스러운 느낌을 풍겼다.

여자는 계속 기우를 노려보았다.

"권기우 씨, 말 좀 해 보시죠? 내가 본 게 맞나요? 이게 무슨 상황인지 설명을 해야 이해를 하죠."

여자의 오만한 음성에 마침내 침묵하던 그 특유의 서늘한 목소리가 울렸다.

"굳이 설명할 필요가 없을 것 같은데. 아닌가?"

"네? 뭐라고요?"

"보다시피 난 그쪽과 약혼할 생각이 없습니다. 이걸 꼭 구구절절 설명해 줘야 하나?"

딱딱한 어조, 그만큼이나 빈틈없이 냉기가 묻어나는 태도. 여자의 시선에도 굴하지 않듯 그가 정자세로 딱 버티고 서서 흔들림 없이 말했다.

"굳이 이야기하지 않아도 알아들을 거라 여겼는데 아니었나 봅니다. 내 착오도 있다는 걸 인정해야겠네요."

"그럼 그러시든가요. 나 참 어이가 없어서. 분명히 말해 두죠. 먼저 선을 넘은 건 그쪽이에요."

여전히 창백하게 굳은 세연을 앞에 세워 두고 이해할 수 없는 날 선 대화들이 오갔다.

그럼에도 남자는 눈 하나 깜짝하지 않았다. 그 기세에 분해하듯 여자가 이를 갈며 말했다.

"끝까지 예의가 없으시네요. 지금에야 말하지만 나도 크게 마음은 없었어요. 집안에서 적극적으로 밀길래 한번 고려해 본 것뿐이지."

그리곤 세연에게 관심을 돌렸다.

"이왕 이렇게 된 거 궁금해서 묻는데, 혹시 이 백화점 여직원이 권기우 씨 애인인가요?"

여자가 노골적으로 물었지만, 무채색의 양복 차림의 기우는 팔짱을 낀 채로 동의도 부정도 하지 않은 채 묵묵히 바라볼 뿐이었다.

"그쪽 마음대로 생각하시든지."

이윽고 그의 잇새에서 들릴락 말락 한 나직한 어조가 흘러나오자, 여자가 갑자기 몸을 홱 돌렸다. 그리고는 분해서 견딜 수 없다는 어조로 갑자기 세연에게 요구했다.

"그럼 문제의 와인이나 보여 주세요. 여기 창고까지 끌고 왔으니까 이렇게 된 거 내가 돈 주고 다 사지 뭐."

꼭 자신에게 화풀이를 하는 것 같은 여자의 말에 일순간 세연은 귀를 의심했다.

여기까지 오면서 물론 여러 번 뛰쳐나갈 상황은 있었다. 왜 하필 이러한 상황에서 그를 다시 만났던가?

그녀가 커트를 끌고 올 때부터 위아래로 훑어보며 기분 나쁜 시선을 던지던 여자는 서늘한 김이 흘러나오는 물류 창고에 들어오자마자 돌변했다. 그 사납게 돌변한 태도에 잠시 할 말을 잃을 정도였다.

물론 기분이야 좋지 않겠지만 어디까지나 그녀와 그 사이를 오해한 것 같고 무엇보다 지금 세연과 그는 아무 사이도 아니니까……, 안 본 지도 몇 년 됐지 않은가? 그래서 솔직히 억울했다. 분명 여기까지 오면서 여러 번 그녀도 반박할 상황이 있었다.

그럼에도 하지 않은 것은…… 눈앞 남자의 고요한 눈길 때문이었다. 그의 눈빛은 평생 잊지 못할 5년 전의 끔찍한 기억을 떠오르게 했다. 그 사건의 중심의 존재했던 남자의 눈길에 어디까지나 잠시 침묵했을 뿐이다. 왜냐하면 그게 그에 대한 최소한의 예의라 여겼으니까.

"못 들었어요? 와인 다 가져오라니까?"

무엇보다 지금은 그를 상대할 때가 아니었다. 세연은 잠시 말없이 눈을 깜빡이며 시선을 눈앞의 여자에게로 돌렸다.

"그럼 하나만 묻겠습니다, 손님. 지금 정말 필요하신 건가요?"

"그래요. 내가 필요하다니까."

재차 정말 필요한지 구입 의사를 세연이 묻자 여자가 깔보듯 못마땅하단 미소를 지었다. 여자가 물러서지 않자 결국 세연은 남은 재고 물량들을 가지고 왔다. 혹시 모를 품절 사태를 위해 미리 물량을 확보해 둔 와인들은 원산지 또한 프랑스, 칠레, 이태리 등등 다양했다. 카트에 실린 상당한 와인의 양에 세연이 잠시 끙끙거렸지만 최대한 얼굴에 동요를 드러내지 않으려 애썼다. 그리곤 침착하게 말했다.

"여기 있습니다."

왠지 모르게 험악한 분위기가 감도는 가운데, 여자는 이윽고 핸드백에서 지갑을 꺼내 잔금을 계산했다. 그러더니 무표정한 기우와 세연을 번갈아 노려보았다.

여자가 가장 고가의 와인을 집어 든 건 그 직후였다.

"생각할수록 너무 기분이 더러워. 그러니까 이 정도는 이해해 줬으면 좋겠네요. 이미 계산은 다 했으니까 알아서 치우길 바랄게요."

그 말과 동시에 여자가 거침없이 와인 병을 벽에 집어 던졌다. 곧이어 쨍그랑, 산산조각이 났다. 세연은 흠칫 놀라 굳었다. 동시에 애써 봉인하듯 잊고 있었던 끔찍한 지난 기억이 되살아났다. 세연의 눈이 고통으로 물들자 그 광경을 말없이 보던 기우가 앞으로 나섰다.

다시 어마어마한 고가의 와인 병을 집어 던지려는 여자를 얼음처럼 싸늘한 목소리가 저지했다.

"대체 이렇게 난동을 부리는 이유가 뭡니까? 사과했을 텐데."

"사과라고요? 이렇게 대놓고 이 여자 앞에서 나한테 망신을 줬잖아요? 두세 번 만나는 동안, 꼭 내가 여자도 아닌 것처럼…… 날 쳐다도 안 보고 굴욕감을 주더라니."

옆에서 그 모든 광경을 보고 있던 세연은 할 말을 잃었다.

"그러더니 이제는 시찰하는 매장에서 저 와인 파는 여직원을 넋을 잃은 것처럼 바라보고. 최소한 옆에서 그걸 보는 내 기분은 생각해 줘야죠?"

동시에 더는 참을 수 없다는 듯 여자의 언성이 높아졌다.

"당신, 식사를 할 때조차 날 쳐다도 안 보고 늘 딴생각 하고 있었잖아! 사람도 아닌 것처럼."

여자가 그가 들으란 듯 또박또박 잘라 말했다.

"당신은 날 모욕했어요, 권기우 씨. 태어나 이런 모욕을 받기란 처음이라구요. 알아요?"

그 말과 동시에 여자가 그들 곁에서 하얗게 질린 얼굴로, 정확히는 어이가 없어 가만히 서 있는 세연을 위아래로 훑어보더니 씩씩거리며 와인 병을 집어 들었다.

"……위험해!"

기우의 경고에 세연은 본능적으로 몸을 틀었다. 쨍그랑, 다시금 와인 병이 아슬아슬하게 세연을 지나쳐 바닥에서 깨지자 기우가 난동을 부리는 여자의 팔목을 붙들었다.

"……!"

정말로 화가 난 그의 눈은 위협적이리만큼 싸늘하게 가라앉아 있었다.

"대체 무슨 짓을 저지르는 겁니까?"

"어떡하지? 난 너무도 기분이 나쁜데."

여자가 아랑곳하지 않고 그를 비웃자, 기우가 위압적인 시선으로 내려다보았다.

"그럼 우리 둘이서 얘기하죠. 여기서 이럴 일이 아닐 텐데?"

"어디서? 설마 서원 그룹과 대영 그룹 협상 테이블에서 이야기를 마무리하자는 건 아니겠죠?"

"글쎄요."

여자의 노골적인 조롱에도 아랑곳하지 않고 기우가 얼음처럼 차디찬 눈으로 말했다.

"확실한 건 그쪽이 내게 준 만큼 나 역시 돌려주겠다는 의사는 전할 수 있겠군요. 적어도 공개된 곳에서 이런 짓을 벌였으니 그만한 대가를 치를 준비가 되어 있다고 생각해야겠습니다."

"뭐라구요?"

"가령, 꽤 만만치 않은 총액이 걸려있는 대영 그룹과 관련된 투자

건이라든지. 적어도 저희 측에 유리한 결정을 내려 볼 수는 있겠지요? 안 그렇습니까? 유소영 씨. 물론 사업 가치를 논할 수준도 안 된다면. 아니, 정정하죠. 가치를 재고할 필요도 없다면 어디까지나 시간 낭비겠지만."

기우가 다음 말을 덧붙였다.

"가치를 따질 수 없는 물건은 즉시 폐기해야 할 테니까요."

"……!"

그러자 여자가 입을 다물었다. 처음으로 두려워하는 기색을 보였다.

침묵이 흘렀다.

한없이 가라앉은 눈, 기우가 무표정하게 여자를 응시하면서 회색의 셔츠 단추를 아무렇게나 풀었다. 그리곤 아무 말도 하지 않았다. 침침한 조명을 받아 더욱 어두워 보이는 무채색 양복을 입고 그저 서 있을 뿐인데도, 묘하게 위협적인 분위기를 뿜어냈다.

정적이 흐르는 가운데, 한기가 느껴지는 물류 창고 안에서 기우가 피식 웃었다.

"괜찮다면 사과하시죠? 이제 얼어 죽기 전에 난 여기서 나가고 싶은데. 그쪽은 아닌가?"

기우의 무덤덤한 말에 여자가 부르르 몸을 떨었다. 분해서 견딜 수 없다는 듯이. 그러다 포기했는지 다시금 검은 핸드백을 집어 들었다. 그리고는 두드러지는 새빨간 장지갑을 열어 세연에게 지폐를 내밀며 사과했다.

"미안해요. 와인 두 병인가? 세 병인가 깨뜨려서 사과해요. 제정신이 아닌 짓을 했지만."

아직 분이 풀리지 않은 듯, 여자가 씩씩거리면서 말했다.

"그쪽이 저 사람이랑 정말 사귀는 사이인지 애인인지 모르겠지만, 난 그동안 모욕감을 느꼈어요. 날 정말 여자로 대하지도 않았거든요.

그래서…….”

세연은 흘깃 눈앞의 여자에게 시선을 주었다. 흥분한 와중에도 잘 정돈된 윤기가 흐르는 새카만 머리칼과 역시 관리받은 것이 역력히 느껴지는 번들거리는 피부, 고가의 검은 원피스 정장과 구두까지. 아무리 봐도 세연과는 다른 세계에 사는 것 같은 여자였다. 이런 여자에게 비참한 모욕감을 주었다니. 웬만한 이들은 그럴 엄두도 내지 못했겠지만, 상대가 기우라니 수긍이 갔다.

“그럼 갈게요. 참, 그리고…….”

여자가 입가에 비웃음을 띤 채로 그녀에게 경고했다.

“저 사람 너무 좋아하지 말아요. 가슴을 찢어 놓을 테니까.”

그 말과 동시에 여자는 아무 일도 없었던 것처럼, 또각 하이힐 소리를 내며 여전히 석고상처럼 표정 없이 버티고 서 있는 기우를 지나쳐 갔다. 순식간에 쾅, 문을 닫고 나가 버렸다.

물류 창고의 문이 닫히자 다시금 정적이 찾아들었다.

마침내 찾아온 평화 속에서 세연은 입술을 깨물며 바닥에 떨궈진 와인 병을 실었다. 그리고는 아무런 일이 없던 것처럼 깨진 와인 병을 청소하려는데 예외 없이 서늘한 목소리가 끼어들었다.

“그만둬. 경비 직원을 불러서 치울 테니까.”

“……놔둬요.”

여자가 나가자 그제야 정신이 드는 느낌이었다. 세연은 아랑곳하지 않고 깨진 와인 병의 파편을 청소함에서 꺼낸 도구로 쓸어 담기 시작했다. 묵묵히 그 모습을 지켜보던 그가 말했다.

“그럼 내가 하지.”

그 말과 동시에 기우가 재킷을 벗고 셔츠의 소매를 걷어붙였다. 아무렇지 않게 옆으로 다가와 깨진 와인 병의 파편을 청소함에 쓸어 담는 그를 보며 세연은 눈썹을 치켜올렸다.

"하아……."

절로 심장 박동이 빨라졌다.

주변이 조용해진 가운데 그제야 거짓말처럼 그를 다시 만났다는 실감이 났다. 눈앞의 남자는 그녀가 기억하는 5년 전의 권기우가 맞았다.

동시에 거짓말과도 같은 현실이 자각되었다. 이상하리만큼 고요한 가운데, 아스라한 이 순간이, 혀끝을 감도는 씁쓸한 감각이 꿈결처럼 아득하기만 했다. 그리고 전신을 휘감는 서늘한 물류 창고의 냉기. 이 순간의 느껴지는 감각과 아픈 폐부가 그를 만난 현실을 일깨웠다. 절로 가슴이 답답해진 세연은 눈을 감았다 떴다.

환영이 아니었다.

빤히 쳐다보고 있자, 그 역시 시선을 느꼈는지 눈을 마주쳤다.

"……안녕?"

이번엔 제대로 된 인사였다.

그녀 역시 나직하게 가라앉은 어조로 답했다.

"안녕, 잘 지냈어요?"

짧지만 많은 의미를 간직한 인사였다. 왠지 우습기도 했고 여전히 가슴이 찌를 듯이 아픈, 복잡한 감정이 섞여 있었다.

우연히 5년 만에 맞닥뜨린 상황에서 도대체 무슨 말을 해야 할까? 혼란스러운 기분에 휩싸였던 세연은 다시금 그의 눈을 똑바로 마주했다.

또 그 눈……!

여전히 황폐하게 느껴지는. 그녀를 물끄러미 바라보는 안경 속의 눈동자를 바라보자 정체를 알 수 없는 감정이 폭발해 버렸다.

그녀는 자신도 모르게 불쑥 내뱉었다.

"……안경, 벗어 줄래요?"

"뭐?"

기우가 의아한 듯 물었으나, 곧 아무렇지 않게 안경을 벗었다.

낯선 안경이 사라지자 그녀의 뇌리에 각인되어 있던, 익숙한 눈매가 드러났다. 꼭 다시금 예전으로 되돌아간 듯한 느낌에 세연은 숨을 들이마셨다. 기억하던 그대로였다.

여전히 호리호리한 근육질의 체구이지만, 전보다 조금 더 여위었을까. 움푹 들어간 눈매, 깊어진 눈이 더욱 서늘한 느낌을 풍겼다. 시선을 떼지 못하던 세연은 머릿속으로 떠올렸다.

달라진 것은 무채색의 양복에 물빛의 넥타이, 커프스 버튼과 반짝이는 넥타이 핀까지 예전 기억과는 다른 낯선 비즈니스 맨의 모습을 하고 있다는 정도일까?

'더 이상은 생각하기 싫어. 머리가 아파…… 잠깐 동안 너무도 많은 일이 일어났어. 쉬고 싶어.'

일순 세연의 표정이 단호해졌다.

'그래, 여기서 나가는 게 급선무야.'

거기까지 생각이 미치자 세연은 저도 모르게 불쑥 내뱉었다.

"아니, 안경 다시 쓰는 게 좋겠어요."

무슨 말인지 의도를 가늠하는 듯한 그를 향해서 세연이 차갑게 일갈했다.

"그래야 모르는 사람인 것처럼 대할 수 있으니까요."

침묵이 흐르고 이윽고 기우가 담담하게 말했다.

"엉뚱한 건 여전하네?"

"네?"

"내 기억에 처음 만났을 때도 그랬었지? 네 멋대로 고맙다고 말하고 가 버렸다가 갑자기 멈춰 서서 똑바로 날 보면서 말했었지. 다시 날 만나고 싶다고."

"그건……."

당황한 세연이 일순간 할 말을 잃자, 놓칠세라 그가 단호한 시선을 던졌다.
"아니, 이젠 안 돼. 아무 일 없었던 것처럼 가 버리는 건 내가 허락 못 해. 그러니까 근무 끝나면 바로 나와. 백화점 입구에 차 세워 놓고 기다리고 있을 테니까."
세연이 거절의 뜻으로 단호하게 고개를 가로젓자 정적이 흘렀다.
그 정적을 참지 못한 세연이 불쑥 내뱉었다.
"그럼 나, 먼저 가 볼게요."
그대로 창고 문을 열고 나가려던 세연은 빳빳이 굳어 버렸다.
가만히 그녀를 바라보기만 하던 기우가 갑자기 두 팔을 벌려 그녀를 안았다. 황급히 자신에게서 벗어나려는 다시 만난 그녀를 질책하듯 차가운 시선을 던지면서.
"가지 마."
기우가 말했다.
"널 기다렸어, 5년 동안. 하루도 네 생각을 안 한 적 없었다."
세연은 그대로 얼어붙었다.

第 2 幕

처음엔 잘못 들은 줄 알았다. 환청이 아닌 이상 이런 말을 들을 이유가 없으니까.

하지만 여전히 벗어날 수 없게 그녀를 꽉 끌어안은 채로 기우가 강렬한 시선을 던지면서 말했다.

"이제 내 눈앞에서 절대 사라지지 마. 5년 전으로 충분하니까."

무섭게 굳어졌던 세연은 본능적으로 입을 달싹였다.

"놔주세요."

곧 세연은 고개를 들어 그를 보며 정색했다.

"놔주세요, 권기우 씨. 못 들었어요?"

여전히 입이 접착제로 달라붙은 것만 같다. 번들거리는 아교가 칠해진 것처럼 낯설고도 생경한 느낌. 그럼에도 할 말은 해야 했다. 동시에 지난 세월의 기억이 그녀에게로 밀려왔다. 연거푸 가시지 않고 파도처럼 밀려오는 충격에 세연은 고개를 저었다. 하다못해 세계가 무너져도 할 말은 해야 했다. 그런 그녀의 생각엔 변함이 없었다.

"말했지만 이제 와서 이런 소리 들을 이유가 없어요."

세연은 곧 정색하며 말했지만 소용없었다.

그녀 눈앞의 기우가 나직한 한숨을 내쉬었다. 세연의 커다래진 동공 속 사라지지 않는 그가 곧이어 괴롭게 속삭이듯 말했다.

"계속 이러고 싶었다."

"……권기우 씨!"

"아니, 이랬어야 했어. 널 안아 줬어야 했어. 5년 전에, 계속 곁에서 따스하게 위로해 줘야 하지 않았을까. 네가 떠나고 내내 생각했었다."

언제였던가. 영화를 보면서 만약 다시 기회가 온다면, 영화배우가 된다면 비련의 여주인공 역할은 맡고 싶지 않다고 생각했었다. 어울리지도 않았을뿐더러 이제는 밝은 모습을 사람들에게 보여 주고 싶다고 생각했으니까. 하지만 역시 현실은 영화와 달랐다. 세연은 흠칫 떨면서 내뱉었다.

"이제 그만 놔주세요."

세연은 서서히 흐릿해진 눈을 깜빡였다. 그러자 주변의 시야가 하나둘씩 눈에 들어왔다. 변하지 않은 그녀의 현실 역시.

다음 순간 그녀는 보란 듯이 기우를 밀어냈다.

여전히 차가운 냉기가 뿜어져 나오는 창고. 여전히 놓칠세라 그녀를 두 팔로 껴안고 있던 기우에게서 벗어나려고 했다. 그게 여의치 않아, 본의 아니게 팔꿈치를 세워 가격하듯이 그를 밀쳐내고 말았지만.

그것도 잠시, 뒤이어 폭발할 듯 분노한 그녀의 목소리가 창고에 울렸다.

"이게 무슨 짓이에요? 정말…… 갑자기 나타나서 이게 말이 된다고 생각해요?"

다음 순간 들려오는 괴로움 가득한 음성에 세연의 눈은 커졌다.

"하지만 난 널……."

그녀가 기억하는 냉철한 그답지 않게 속삭이듯 띄엄띄엄 말하는 목소리, 쥐어짜며 호소하는 어조였다. 눈앞의 세연에게서 시선을 떼지 않은 채로 기우가 괴롭게 말했다.

"난 계속 널 그리워했어. 너를 다시 만날 기회가 있기를 바라고 있었지."

그 음성은 세연을 믿지 못할 기분으로 몰아넣었다. 헉, 절로 숨이 막혀 왔다. 가쁘게 숨을 몰아쉬던 세연의 얼굴이 창백해졌다.

이건 악몽이었다.

다음 순간 칼날처럼 날이 선 그녀의 음성이 창고 안에 메아리쳤다.

"다 끝났잖아! 우린 끝났어요. 이미 끝난 일이에요. 권기우 씨, 난 당신과 만나서 좋았던 기억이 없어요. 너무 괴롭고 힘들었으니까…… 더는 고통스럽지 않고 싶으니까 그래서 난 이만 가야겠어요."

숨소리도 들리지 않을 정도의 고요한 정적.

침묵이 흐르고 세연은 그에게 무심히 시선을 주었다. 그녀가 더 이상 용건이 남아 있지 않다는 듯 몸을 돌리자 기우가 낮게 숨을 들이마셨다.

하얀 김이 뿜어져 나오는 창고 안, 세연을 보는 기우의 눈빛에 일순간 깊은 절망과 실망감 그리고 차갑게 굳어진 일련의 감정들이 꿈틀거렸다.

더 이상 보지 않기 위해 세연이 서둘러 출입문 쪽으로 걸어갈 때였다. 기우의 눈이 일순간 날카로운 빛을 띠었다.

이윽고 기우가 고개를 갸웃했다. 꼭 이렇게 나오는 그녀를 이해할 수 없다는 것처럼. 다음 순간 그가 아무렇지 않게 말해서 세연은 소름이 돋았다.

"그럼 너는 우리가 다시 만나지 않아도 상관없다는 거야? 그럴 리가."

아니라고. 그녀가 서둘러 입을 열어 부정하려고 하자 기우가 손을 들어 저지하며 빙그레 웃으면서 말했다.
"우린 아직 할 말이 남아 있을 텐데?"
"하지만……."
서둘러 덧붙이던 세연은 그녀를 꿰뚫을 듯한 무기질의 시선에 그대로 얼어붙었다. 기우가 들으란 듯 낮게 반문했다.
"어딜 가려고?"
세연이 그를 돌아보자 그는 결심한 것처럼 천천히 팔짱을 낀 채로 나직하게 내뱉었다.
"당신을 만난 걸 후회해."
동시에 세연은 하얗게 굳어졌다. 곧이어 그녀를 경악하게 만드는, 어디서 많이 들은 말이 흘러나왔다.
"……당신을 만난 걸 정말 후회해. 잘 들어, 만약 당신을 만나지 않았다면 내 눈도 다칠 일이 없었겠지."
그의 어조는 너무도 분명해서, 억양 역시 뚜렷해서 못 들은 척 외면할 수 없었다. 그녀의 가슴에 결코 잊지 못할 화인을 새겼다.
분명 5년 전에 직접 내뱉은 말이었는데도. 그가 조용히 말하자 어마어마한 파괴력을 가졌다.
"모든 게 멀쩡했을 거고 내 인생도 이렇게 절망적인 진흙탕에 떨어지지 않았겠지. 너무 힘들고 고통스럽다."
그는 느릿느릿 계속 말을 이었다.
"그러니 내 인생에서 이만 사라져 줘. 못 알아들었어? 그럼 분명히 말해 줄게. 권기우 씨, 내 인생에서 꺼져 달라고."
바로 어제 일처럼 생생했다. 하아, 절로 세연의 숨이 거칠어졌다. 이 기분은 이루 말할 수가 없었다. 누가 그녀의 목을 조르는 것 같기도 했고 쿵쿵, 꼭 튀어나올 것처럼 심장이 가파르게 뛰는 기분이었다.
과거 자신이 했던 말이 이 순간 부메랑처럼 돌아왔다.

그러자 그런 그녀에게 예의 파고들듯 빤히 시선을 준 기우가 빙그레 웃었다.

"근무가 끝나고 폐점 시간에 만나지. 내가 데리러 올 테니까 기다려."

"잠깐만요……, 분명 그땐 내가 지나쳤어요. 하지만 당신도 알잖아요? 난 정말 고통스러웠고…… 유감스럽지만 지금도 상황이 그다지 나아지지 않았어요. 아직도 내가 많이 힘드니까……."

목 끝까지 올라온 '더 이상은 나 힘들게 안 해 줄래요?' 말을 삼켰다. 그 대신에 세연은 붉게 충혈된 눈으로 그를 보며 보란 듯이 음울하게 웃었다. 그리곤 조용히 물었다.

"지금 나, 어떻게 보여요?"

그러자 왜 그런 질문을 던지냐는 듯 시선을 던지면서 기우가 음울하게 대답했다.

"어떻게 보일 것 같아? 아주 비참해 보여. 됐어?"

비참해 보인다니.

순간 세연은 할 말을 잃어버렸다.

그녀가 기억하는 모습은 허상이었던가. 눈으로 보고도 믿기 힘들 지경이었다.

세월이 흘러 다시 맞닥뜨린 그는 너털웃음을 지으며 농담을 늘어놓는 듯하다가 어느 순간 심장에 예리하게 상처를 입혔다.

"그럼 저녁에 보자고."

곧이어 쾅 소리와 함께 문이 닫혔다. 마지막까지 정색한 그가 재킷을 걸치더니 돌아보지 않고 가 버렸다.

남겨진 세연은 가시지 않는 냉기 속에 떨고 있었다.

第 3 幕

물품 창고를 나온 뒤에도 계속해서 한기가 느껴졌다. 아무리 해도 그 몸을 감싼 냉기가 사라지지 않았다. 좀 전에도 그러했다.

"빨리 정리해."

어디선가 기다렸다는 듯이 귀에 이어 마이크를 단 경호원들이 일제히 몰려와 창고를 정리했다. 세연은 더욱 어질어질하고 정신이 없어졌다. 그들 덕에 와인 병 파편들이 널려 있던 창고는 언제 그랬냐는 것처럼 말끔해졌다.

절로 덜덜 떨리는 몸의 한기를 멎게 한 건 결국 현실이었다. 도망칠 수 없는 현실. 그녀가 근무하는 매장에 돌아오자마자, 매장 직원 미주가 걱정스레 맞이하며 무슨 일 있냐고 극구 물어서 세연은 괜찮다고 안심시켜야 했다.

"그래? 그럼 다행이고. 하도 창고에서 나오지 않아서 혹시 무슨 일 있나 싶었지. 정말 괜찮은 거지?"

괜찮다고 말했음에도 미주는 창고에 커트까지 끌고 가서 고생했다고 중간에 한 차례 있는 쉬는 시간을 지금 쓰라고 했다. 자신이 근무하겠다면서.

"그럼 가서 잠깐 쉬고 올게요."

"그래, 다녀와."

작은 화장품 케이스를 들고서 세연은 총총걸음으로 직원 휴게실로 향해 갔다. 직원 휴게실은 물류 창고와 마찬가지로 직원들만 쓰는 화물용 엘리베이터가 있는 지하 후미에 위치했고 직원용 화장실도 함께 있었다.

직원들로 붐비는 점심시간을 지나서인지 휴게실 안은 한가로운 편이었다. 삼삼오오 매장에 근무하는 직원들이 쉬는 가운데, 세연은 털썩 검은 소파에 앉아 그대로 몸을 파묻었다.

그제야 '하아' 낮게 한숨을 내쉬었다. 아직도 골이 흔들리는 것처럼 어질어질했고 속이 안 좋았다.

미동 없이 꼼짝 않던 세연은 눈을 감았다 떴다. 창백해진 얼굴에는 식은땀까지 송송 맺혀 있었다. 본의 아니게 물류 창고에 오래 있어서 그런가. 몸이 덜덜 떨리는 것이 정말 컨디션이 안 좋았다.

세연은 정수기에서 차가운 물 한잔을 종이컵에 담아서 마셨다. 한결 기분이 나아졌다. 물을 마신 세연은 다시금 검은 소파에 몸을 파묻은 채 꼼짝하지 않았다.

사람들이 오가는 발자국 소리도, 말소리도 윙윙대며 어느 순간 완전히 사라져 버려서 귀에 들리지도 않았다.

'드디어 만났다……. 그를.'

권기우.

세연은 지그시 눈을 감았다 떴다.

그러고 보니 본능적으로 떠올렸던 것 같다.

'제발 죽을 때까지 그 사람을 안 만나게 해 주세요.'

그러한 말도 안 되는 생각을 언제부턴가 열심히 하고 있었다.

괜히 계속 떠올렸다가 어디선가 정말 한번은 만날 것 같아 더럭 겁이 나서, 본능적으로라도 떠올리지 않으려 했는지도 모르겠다.

결국 이렇게 다시 만났다.

그것도 거짓말처럼 웃긴 상황으로. 좀 전의 해프닝은 다시 생각해 봐도 우스웠고 꼭 영화 속 한 장면 같았다. 그만큼이나 현실감이 없었다.

“하긴 5년 전에도 그랬었지…….”

두 팔로 아직도 떨리는 몸을 감싼 채로 세연은 작게 혼잣말했다.

“그때도 지독히도 현실감이 없기는 했지.”

그것 역시 변하지 않았다.

단조로운 회색빛의 거리를 스쳐 지나가는 사람들. 그저 평범하기만 한 일상 풍경일 뿐인데 이상하게 그가 서 있으면 근사한 영화의 한 장면으로 변하는 느낌이었다.

‘그와 함께라면 내가 꼭 영화 속 주인공이 된 것 같은 기분이었어.’

지금까지 그녀의 삶을 영화로 만든다면 아마도 기우와 만났던 순간이 가장 하이라이트 장면이 되지 않을까 여겼던 때도 있었다. 그것도 잠시, 현실로 돌아온 그녀는 영화가 아닌 냉정한 현실을 스스로에게 일깨우듯 곱씹었다.

‘하지만 넌 이제 19살이 아니잖아. 더 이상은 교복을 입고 다니며 영화 속 낭만적인 사랑을 꿈꾸는 10대가 아니라고.’

이제 그 시절은 졸업했다.

그러자 발작처럼 멎지 않던 몸의 떨림이 멎었다.

언제였던가. 한국으로 돌아와 다친 눈의 치료와 함께 이어 가던 심리 치료 때 들었던 말처럼.

– 스트레스와 불안감으로 인한 우울 증세가 있네요. 되도록 지나간 일에 대해 생각하지 말고 책을 좋아한다고 했죠? 영화를 많이 보면서

감정을 환기시키는 것도 좋아요.

그때 그녀를 상담해 준 이는 이미 다 끝난 일이라며 더는 괴로워하지 말라고 위로해 주었다.

'서둘러 뛰어가도 이미 출발한 버스는 잡을 수 없는 것처럼. 더는 내가 어떻게 할 수 없는 일이야. 지나갔어. 이미 지나갔다고.'

어디까지나 끝난 일이라 생각하며 세연은 천천히 눈을 떴다. 그러자 휴게실 내에서 쉬고 있는 백화점 직원들이 눈에 띄었다. 발 마사지 기계에 온종일 근무하느라 지친 발을 기대고 잠시 눈을 붙이고 다시 일하러 갈 준비를 하는 이들을 보며 세연은 다시 마음을 추슬렀다.

'그래, 이런 거 신경 쓰기엔 내가 너무…… 너무 상황이 안 좋아. 지금은 먹고살기 바빠서 도무지 딴생각을 할 여력이 없어.'

가뜩이나 스트레스받는 일이 많은 상황. 초연하려고 해도 머릿속에 거머리가 달라붙은 것처럼 그녀의 신경을 예민하게 긁어 댔다.

그 이유는 굳이 떠올리려 하지 않아도 하나로 귀결됐다.

'유지수.'

휴게실을 나오며 세연은 고개를 저었다.

'유지수……, 그 애 하나만으로 충분해. 그리고 부모님도 그렇고 해옥 고모까지. 막중한 부담감에 그까지 얹을 필요는 없으니까.'

"세연이 쉬고 왔니?"

"감사합니다. 덕분에 잘 쉬었어요."

휴게실에서 돌아온 세연은 언제 새하얗게 질려 미주의 우려를 샀나 싶게 다시금 평정을 찾았다. 매일 그래왔던 것처럼 열심히 근무를 했다.

나른하기까지 한 오후.

겉으로 보기에는 그저께 어제와 크게 다른 바 없는 일상적인 하루였다. 와인을 사러 온 손님을 응대하고 상품 진열 매대를 다시 정리하고, 시음 행사를 진행한다. 시음대에 매달아 놓은 비닐봉지에 시음을 한 일회용 종이컵을 다시 넣고 넣기를 반복하는 일련의 과정이 이어졌다. 그러던 중, 세연은 어느 순간 시큰하게 눈을 찌르는 날카로운 감각에 흠칫 몸을 떨었다. 환영일까?

겉으로는 아무렇지 않게 근무하고 있었지만, 반사적인 눈의 통증은 거부할 수 없는 증거였다. 그녀를 나락으로 빠뜨렸던 5년 전 사건의 뚜렷한 증거이자 증명. 그리고 피할 수 없는 현실.

그 한가운데 오늘 갑자기 예기치 않게 만난 그가 있었다.

다시금 송곳으로 미세하게 찌르는 것 같은 통증에 세연은 살짝 몸을 떨었다. 이건 아무리 해도 없어질 것 같지 않았다.

매장 폐점 시간이 가까워지자 매대를 정리하던 세연은 그제야 핸드폰을 꺼내 재빨리 무언가를 검색했다.

[대영 그룹]

검색어를 쳐 보자 곧바로 국내 굴지의 대기업의 약력이 줄줄이 나오며 그룹 경영자들의 프로필이 눈에 띄었다.

무심코 보던 세연은 곧 충격에 흠칫 시선을 고정시켰다. 혹시나 싶었는데 진짜 맞았다.

[유소영]

인터넷 포털 사이트에 뜨는 프로필 사진. 좀 전에 물류 창고에서 그 난리를 쳤던 여자의 얼굴이 떡하니 올라와 있었다. 낯익은 그 얼굴을 잠시 보고 있던 세연은 어이가 없어 잠시 쓴웃음을 흘렸다.

'혹시…… 설마 하던 게 맞은 걸까?'

역시나였다. 역시 그와 집안에서 혼담이 오가는 상대라는 말이 된다. 그는 냉담했던 것이고 저 여자는 애꿎은 그녀에게 화풀이를 했던 것이리라.

이 순간에도 매장 시계에서 째깍째깍 소리가 들려왔다.

'무엇보다 아직 끝나지 않았어.'

그를 만날 운명의 시간이 다가오고 있었다. 그의 말대로 아직 할 말이 남았으니까.

핸드폰을 들여다보며 생각에 잠긴 세연의 눈에 부재중 메시지가 들어왔다.

[세연아, 엄마야. 3일 후에 목요일이다. 삼성동에 있는 일식집에서 저녁 식사하기로 한 거 잊지 않았겠지? 그 날 지수가 생일이잖니? 잊은 거 아니지? 꼭 오렴. 엄마 아빠는 기다리고 있을게.]

다른 사람도 아닌 유지수 생일을 그녀의 가족들이 모여서 축하하자고?

메시지를 보기만 해도 순간적으로 소름이 일었다.

액정 화면 속 메시지를 노려보던 세연은 말도 안 되는 끔찍한 현실에 실소했다. 이건 아무리 해도 익숙해지지 않는다.

– 너 또 이상한 소리 하는구나. 지수가 뒤에서 아이들을 좌지우지해서 네 눈을 다치게 만들었다고? 그런 소리 하고 다니면 오늘 정도로 안 끝난다. 내가 가만 안 있을 테니까.

잠시 잊고 있었던 아버지의 폭력. 그 기억을 떠올리자 유지수 생일에 가족들이 모이자는 메시지에 더욱 소름이 돋았다. 세연은 말없이 두 팔로 싸늘해진 몸을 감쌌다.

"세연아, 오늘 고생했어. 그럼 내일 보자."

"네, 감사합니다. 그럼 가 볼게요."

마침내 다가온 시간.

겨우 고단한 하루를 마감한 세연은 탈의실에 가서 사물함에 넣어 둔 옷을 갈아입었다.

"……."

백화점 폐점 시간이 점점 가까워질수록 점점 무거워지는 마음을 보란 듯이 떨쳐 내듯, 옷을 갈아입은 세연은 거침없이 핸드백을 들고선 직원 출입구로 나갔다. 내일도 출근해야 되기 때문에 사물함에 유니폼은 그대로 넣어 두었다.

일부러라도 무표정하게 앞만 주시하면서 직원 출입구를 걸어 나가고 있던 때였다. 내심 그녀가 가장 두려워하던 목소리가 들려왔다.

"왔어? 네가 약속은 지켜서 다행이야."

변함없이 간결하고도 분명한 어조.

고개를 돌려 바라보자 예의 낯익은 모습의 그가 모습을 드러냈다. 꼭 생각지도 못한 눈 부신 햇살이 그녀를 비추는 것 같은 기분이 들었다. 그만큼 익숙한 그늘 속에 있다가 갑자기 모두의 시선을 받는 그를 마주하자 마음이 불편해졌다.

그렇게나 노력했는데 다 허사였나.

그녀는 지그시 입술을 깨물었다.

고개를 돌리자 말없이 버티고 서 있는 그가 보였다. 물끄러미 자신만을 바라보는 그를 본 세연은 말없이 숨을 들이마셨다.

문득 이 순간이 믿지 못할 환영처럼 생각되었다. 하루아침에 5년의 시간을 뛰어넘어 그는 그녀의 눈앞에 나타났다. 그로 인해 치명적인 상처를 새긴 지난 세월이 다시 현실로 다가왔다. 아이러니하게도 세월의 간극을 느끼게 하는 것은 이 순간에도 웅성대는 여자들의 수군거림이었다. 세연은 그녀들의 음성을 들으며 쓴웃음을 지었다.

"너무 멋있다."

"혹시 연예인이야?"

여자들의 흘낏흘낏 쳐다보는 시선과 소리 죽인 속삭임은 여전했다. 그녀에게 크게 변하지는 않은 현실을 자연스럽게 주지시킨다.

그 모습을 무표정하게 보던 기우가 담담하게 잘라 말했다.

"그럼 가지."

이것 역시 변함없구나. 세연은 무심코 떠올렸다.

낮고 나지막한 어조, 평소엔 무감각하게 응시하는 듯하다가 결정적인 순간엔 꼭 심장을 내리긋듯 직접적이고 명료한 말을 내뱉었었지. 꼭 그녀의 본질을 꿰뚫는 듯한 말들을.

"어디로 가는 거예요?"

고개를 돌려 묻는 그녀에게 기우 역시 아무렇지 않게 대답했다.

"일단 주차장으로 가자. 차를 세워 뒀으니까."

또각또각.

세연은 아무렇지 않게 평정을 유지하며 그와 주차장으로 향했다. 그녀의 마음은 세차게 동요하고 있었다. 시선은 어쩔 수 없이 눈앞의 그에게로 향했다.

무심하게 걸어가는 그의 흩날리는 검은 머리카락과 여전히 낯설게 느껴지는 무채색의 슈트, 습윤하게 가라앉아 간간이 그녀에게 머무르는 눈동자 역시 애써 의식하지 않으려 했다.

그렇게 겉으로는 아무런 표정의 변화 없이 주차장에 도착해 곧 그의 차에 올라탔다.

달칵.

그의 체취가 배어 있는 차 안을 흘낏 보고선 매끄러운 차 시트에 깊숙이 몸을 파묻었다. 그는 의식적으로 앞만 보는, 말 없는 그녀를 응시하고선 말없이 시동을 걸었다. 얼마 안 있어 차가 출발했다.

"……."

너무 조용한 나머지 차 안에서 그와 단둘이 있다는 사실이 어쩔 수 없이 의식되었다.

그렇게 얼마나 달렸을까. 그를 의식하느라 아무것도 떠올릴 수 없었다. 그저 똑바로 앞만 보고 있었으니까.

이후의 기억은 이상하게 끊겨 있었다.

한없이 졸음이 쏟아져 비몽사몽 정신이 없었고 잘 기억이 나질 않았다. 어쩌면 그를 만난 강렬한 충격에 드문드문 기억이 끊긴 것일지도 모른다. 사람은 너무 힘든 일을 겪으면 의식적으로 기억을 지워서 자신을 보호하는 걸까.

분명 지하 주차장에서 걸어 나와 엘리베이터를 타고 건물의 라운지까지 왔다. 짙은 오크목의 인테리어가 인상적인 실내 복도를 지나, 회색의 유니폼을 입고 정중하게 응대하는 직원들을 따라 더 깊은 개별룸까지 안내되었는데. 그 모든 건 순식간에 이루어졌다.

그렇게 조용한 실내로 들어와 고개를 들자, 그가 고요한 눈빛으로 말없이 그녀를 보고 있었다.

그 건조한 시선은 그녀를 꿰뚫을 듯했다. 세연은 동요했지만 흔들림 없이 그를 응시했다.

"앉아."

그가 침착하게 말했다. 그리고는 직원이 내온 김이 나는 찻주전자를 들어, 하얀 도자기 잔에 그녀가 마실 차를 직접 따랐다. 세연은 멍하니 시선을 주었다.

"마실래?"

그 능숙하게 따르는 손놀림을 보자 꼭 꿈을 꾸는 것만 같았다. 아무리 익숙해지려고 해도 적응이 안 되는 건 어쩔 수 없다. 여전히 귀신에 홀린 듯한 기분이다.

마지막에 그를 생각했던 건 언제였던가. 세연은 뒤늦게 깨달았다. 운명의 장난 같지만 바로 오늘이라는 것을.

오늘 갑작스런 악몽에 세연은 일본 포털 사이트에 접속해 그의 이름을 검색해 봤었다.

사실 그녀가 기우를 처음 만났을 당시, 그는 전도유망한 일본 그룹의 베이시스트였다. 정확히는 세션맨이었다. 그룹에 정식 멤버로 들어가기 직전 그녀가 사고를 당했고 결국 그는 음악을 포기했으니까.

[한때 남다른 재능을 보였던 그룹 '에어(air)'의 세션으로 베이스를 담당했습니다. 연주 영상을 지금 다시 봐도 관객들을 사로잡던 유려한 연주가 흠잡을 곳이 없을뿐더러 분명 걸출한 재능이 있었는데, 어느 날 갑자기 사라져 버려서 안타까운 베이시스트이기도 합니다.

이름이 'カョン・カシス(권기우), 가타카나로 'カシス'로 표기했고 팬들이 부르기 쉽게 '케이'라고 부르기도 했습니다. 외모도 꽤 매력적인데 연주 영상은 가와사키(川崎)에서 있었던 라이브 하우스가 유일합니다. 실제로 이때를 끝으로 갑자기 사라졌습니다.]

포털 사이트에 실제로 그룹 에어를 치면, 베이스를 맡았던 세션 멤버, 그의 이름 '케이'가 뜨면서 그녀가 만났던 그의 사진이 떴다. 이미지 파일을 눌러서 익숙한 그 얼굴을 확인하고 마지막으로 근황을 찾았던가. 그리고 기억 속의 그가 출연했던 독립 영화의 제목을 쳤는지 오늘 새벽의 기억이 가물가물했다. 악몽을 꿨던 것부터가 오늘 일의 전초전이었을까. 반나절 동안 너무 많은 일이 일어나서 정신이 멍했다. 그녀가 김이 모락모락 나는 찻잔을 들여다보고 있을 때, 예의 꿰뚫을 듯한 눈동자로 그녀를 보던 기우가 갑자기 말을 꺼냈다.

"한국에 돌아온 지 얼마나 됐지? 5년?"

"맞아요……, 그 일이 있고 바로 한국으로 돌아왔으니까."

"치료받았어?"

담담히 묻는 듯했지만, 그의 새카만 눈동자는 금방이라도 그녀의 마음을 꿰뚫을 것 같았다. 세연은 흔들렸지만 곧 침착하게 말했다.

"그렇죠. 돌아와서 병원 다니고 다친 망막은…… 레이저 치료하고 꾸준히 약 먹고."

"안과?"

세연은 겨우 잊었던 끔찍했던 참상의 흔적이 떠오를 것 같아 소리라도 지르고 싶었지만, 애써 가라앉히고는 고개를 끄덕였다.

"네, 다친 눈 때문에…… 안과 다녔어요. 한동안 쭉 계속 다녔죠."

"그럼 입원한 거야?"

"아뇨, 통원 치료했어요."

"그래……."

그 말을 끝으로 침묵이 흘렀다.

기우가 천천히 손을 들어 차가운 물이 든 컵을 입가로 가져갔다. 여전히 그림을 그린 듯한 동작이었다. 사람들의 눈에 띄지 않게 검은 안경테를 쓰고 있음에도 그 특유의 샤프한 턱선이라든지, 윤기 흐르는 어두운 색 머리칼이라든지 그를 감싼 고유한 분위기는 사라지지 않아서 계속 시선을 끌었다. 그는 조용히 숨을 죽이듯 앉아 있을 뿐인데.

내색하진 않았지만 그 모습에 괜히 가슴이 쓰라렸다. 비록 예전의 일이기는 하지만, 서로 이끌렸던 적이 있었다. 지금은 이렇게 꼭 처음 보는 남처럼 서먹하게 마주 보고 있지만.

걷잡을 수 없이 흘러간 지난 세월을 세연은 씁쓸한 심정으로 반추했다.

남들에게는 짙은 색의 차를 앞에 두고 일상적인 안부 인사를 주고받는 듯 보여도, 뚝뚝 끊어지는 그 단문의 말들을 내뱉는 심정을 이루 말할 수가 없었다.

한없이 쓸쓸하고 황량한, 다시는 돌이킬 수 없는 황무지를 마주한 것처럼 이루 말할 수 없는 회한에 젖는 것이다.

5년 전 그는 신기루처럼 사라졌다. 사라졌고 그녀만 남게 되었다. 엊그제 일처럼 잔영을 드리운, 황폐한 그 속에서 다시 돌아온 그를 바라보는 기분이란……. 이런 기분일 때, 그가 예전 이야기를 꺼내면 못 견딜 것만 같은데.

정적은 결국 그녀의 재촉으로 깨졌다.

'여기까지 온 이상 도망칠 곳은 없어.'

이윽고 세연은 고개를 들고 과거에의 그림자를 떨쳐 내듯 단호한 어조로 말했다.

"할 이야기가 있다고 하지 않았어요? 아까 난 그렇게 들은 것 같은데."

세연이 고개를 들고 눈을 똑바로 마주 보며 말하자, 기우가 예의 무기질 같은 시선으로 물끄러미 바라보았다.

"난 들을 준비가 됐는데. 할 말 있으면 해요."

"정말 준비가 된 거야? 넌."

세연은 그 말에 심상치 않은 눈빛을 던졌다. 왜일까. 묘하게 신경이 쓰였다. 다시 만난 순간부터 왠지 모르게 의미심장한 말과 그를 감싼 분위기가 묘하게 위화감이 들며 그녀의 신경을 긁는다.

"유소영."

세연의 말에도 여전히 그녀를 보는 기우의 눈은 고요했다.

"아까 그 여자 맞죠?"

"맞아."

그가 담담히 긍정하자 세연은 말을 이었다.

"대영 그룹, 아까 시음 행사 정리하면서 핸드폰으로 포털 사이트에 검색해 보니 그 여자 이름이 나오던데요."

굳이 그의 대답을 들을 의도는 아니었다. 그럼에도 기우는 희미하게 입꼬리를 올렸다. 그리고는 아무렇지 않게 이야기했다.

"원래대로 진행되었다면, 내 약혼녀겠지. 집안에서 혼담이 오갔으니까."

그가 세연이 들으란 듯 정정했다.

"물론 난 거절했지만. 아무래도 외조모님이 강력히 원하시는 일이다 보니. 애초에 내가 아니라고 해도 그 여자가 얼쩡거리는 건 내 영역 밖이야. 분명한 건 난 거절 의사를 확실하게 밝혔다는 거지."

그 말과 동시에 그가 똑바로 고개를 들어 그녀를 마주 보았다. 동시에 세연의 숨은 절로 빨라졌다.

그는 항상 그랬다. 냉담한 듯 특유의 무심한 시선을 던지다가도 방심한 순간 결정적으로 파고드는 듯한 말을 했었지. 그 태도에 이끌렸는지도 모른다. 방심한 순간, 그녀의 본질을 꿰뚫어 보는 듯한 말들, 쉽사리 떨쳐 낼 수 없었으니까. 분명히 그랬었다. 과거에는. 세연은 이를 악물었다. 그 일직선으로 내리긋듯 거침없던 말들은 이제 그녀에게 영향력을 행사하지 못했다.

"당신이 그 여자랑 약혼하든, 결혼하든 나와는 상관없는 일이에요."

그러자 기우가 고요하게 답했다.

"그런 일은 절대로 없을 거라고. 난 애초에 그 여자랑 결혼할 생각이 없었으니까."

"말했지만 그건 이제 나랑 상관없어요."

질끈 눈을 감았다.

정말 이대로는 예전과 똑같을 것만 같아 세연은 변함없이 흔들림 없는 시선에 굴하지 않는다는 듯 말했다.

"서원 그룹."

기우가 고개를 끄덕이자, 세연은 예외 없이 정면으로 맞서듯 흔들림 없이 덧붙였다.

"이명순."

세연이 계속 말을 이어 갔다.

"역시 이명순 회장의 외손자 맞는 거죠? 오랜 외국 유학을 마치고 돌아왔다는."

"맞아."

그녀의 물음에 기우가 한 치의 망설임도 없이 대답했다. 그리고는 묘한 웃음을 지으며 찻잔의 남은 차액을 단숨에 들이켰다. 꼭 거침없는 그녀의 어조에 피식 웃는 것처럼.

세연은 그 표정을 유심히 보았다. 그의 태도에선 이상하리만큼 여유로움이 느껴졌지만, 마구 헝클어진 것 같은 복잡한 그녀의 마음은 그렇지 못했다. 아무리 태연하려고 해도 적응이 안 됐다.

전신을 감싼 무채색의 슈트와 넥타이, 이 순간에도 보란 듯이 반짝이는 커프스 버튼까지 눈앞의 낯선 사업가의 모습을 한 그가 너무 낯설어서 견딜 수 없었다. 이루 말할 수 없이 이상한 기분이었다.

"한국에 돌아와서 본격적으로 경영 수업을 받게 되었어. 뭐, 우여곡절이 있었지만 아직 배우는 과정이라고 해야겠지. 갈 길이 머니까."

그녀만 악몽을 꾼 것인가. 그는 5년 세월의 간극을 뛰어넘어 아무 일도 없었다는 듯 턱을 괸 채로 그녀를 바라봤다. 그 모습을 보던 세연은 미칠 것만 같은 기분이 되었다. 그 몸에 밴 강철과도 같은 자제력 있는 태도에 꼭 다른 사람을 보는 듯한 기분이 드는 건 착각일까?

곧 그가 생각났다는 것처럼 표정 없이 물었다.

"넌 어떻게 지냈어?"

세연은 애써 심호흡했다. 쿵쿵, 절로 심장 박동이 빨라졌다. 애써 평정을 유지했지만, 역시 다시 만난 그를 상대하기란 쉬운 일이 아니었다. 그것도 포커페이스를 유지하는 그가 낯설어서 견딜 수 없는 기분이었다. 그녀는 자신도 모르게 '제발 어제 헤어지고 오늘 만난 사람처럼 그렇게 태연한 태도를 유지하지 말라구요!'하고 소리를 높이고 싶은 충동을 애써 억눌렀다. 그렇게 하는 대신 세연은 자연스럽게 얼굴을 굳혔다. 결국 가면을 쓴 것처럼 딱딱해진 얼굴의 그녀가 최종적으로 택한 것은 완강한 거부였다.

"당신이 내 일을 궁금해할 이유 없을 텐데요. 우린 끝난 사이에요."

안경을 벗은 기우는 천천히 턱을 괴었다. 그리고는 웃으면서 부드럽게 말했다.

"끝났다고? 맞아, 물론 우린 예전에 끝났지."

그것도 잠시, 그가 고개를 갸웃했다.

곧이어 방심한 세연의 숨을 가빠지게 만드는 매끄러운 목소리가 흘러나왔다.

"그럼 알아서 잘 살아야지, 너는 왜 이렇게 비참하게 지내는 건데?"

그 말과 동시에 기우가 서류 가방에서 무언가를 꺼내 조용히 내려놓았다. 그리곤 창백하게 질린 세연의 앞에 그 자료들을 들이밀었다.

"……!"

동시에 세연은 전율한 듯 움직일 수 없었다.

세연은 그가 내민 검은 케이스에 담긴 스크랩 자료를 뚫어지라 바라보았다.

"이게 뭐죠? 당신, 혹시…… 날 조사한 건가요?"

이해할 수 없어 퍼뜩 굳어졌다. 세연의 얼굴은 새하얗게 질렸다.

"그동안 날 조사했어요? 내 근황 다 파악하고 있었어?"

그는 대답하지 않았지만, 이 순간 어두운 기우의 눈동자가 그 사실을 긍정하고 있었다.

"미쳤어."

당황해 겨우 목소리를 짜냈다. 잔뜩 쉬어 버린, 꼭 다른 사람처럼 들리는 자신의 목소리가 낯설었다.

그는 오로지 여유롭게 직원이 다시 내온 차를 마시면서 그녀에게 흘낏 시선을 던질 뿐. 느긋한 그의 태도엔 변함이 없었다.

그럼에도 피할 수 없는 것은 이 순간에도 그의 순수하리만큼 까만 눈동자였다.

그대로 드러난 눈빛, 감추지 않은 날것 같은 시선과 마주하자 오스스 소름이 돋았다. 보란 듯이 기우가 담담히 뇌까렸다.

"나와 닮았다고 생각했었지……."

"네? 뭐라구요?"

세연이 잘못 들었나 싶어 깜짝 놀라 되물었지만, 기우가 우울한 눈빛으로 너털웃음을 지으면서 말했다.

"한때는 나와 닮았다고 생각했어. 그래서 더욱 강하게 이끌렸지. 너 역시 그렇다고 믿었었어. 아닌가?"

예외 없이 그 간결하기까지 한 어조는 그녀에게 폭발적인 파괴력을 행사했다.

순간 쭈뼛 머리끝이 곤두선 세연은 애꿎은 찻잔만 만지작거렸다.

지금 그는 어떤 대답을 원하는 것일까? 머릿속으로는 짐작이 갔지만 세연은 끝내 대답할 수 없었다. 막연히 짐작은 했지만 아무 말도 하고 싶지 않았다. 왜냐하면 그와는 예전에 끝났으니까.

그렇게 끈질기게 그녀의 대답을 기다리듯 얼마나 보았을까. 기우가 천천히 덧붙였다.

"그것과는 별개로 할 일은 해야겠지? 여기까지 왔으니까."

그 말과 공시에 그가 보란 듯이 스크랩한 자료를 펼쳐 들었다. 그리고는 눈에 띄는 은빛의 몽블랑 만년필로 준비한 것처럼 가리키며 하나하나 지적하는 것이 아닌가.

동시에 세연의 머릿속이 아찔해졌다.

'설마 뭔가 더 있을 거라 생각하긴 했지만, 유지수와 관련된 일까지 그가 파악할 줄은 몰랐어.'

믿지 못할 눈앞에 벌어지는 일들에 절로 그녀의 심장 박동은 빨라졌고 시선은 눈앞의 그가 내미는 스크랩 자료들에 못 박혀 있었다. 다음 순간 세연은 거칠게 숨을 내쉬며 뚫어져라 바라보았다.

바로 문제의 유지수가 인터뷰에서 그녀를 언급한 기사였다. 그것도 한 개가 아니었다. 그녀의 기억대로 잊을 만하면 여러 개가 끊이지 않고 계속되었다.

[네, 일본에서 학교를 다녔어요. 졸업하고 한국으로 와서 데뷔하게 되었지만…… 꼭 일본에서 좋은 기억만 있었던 건 아니에요. (중략)]

[저는 굳이 일본에서의 기억을 떠올리려고 하지 않아요. 전에도 말했지만, 꼭 행복한 기억만 있는 게 아니라서요, 호호. 제 입으로 이야기하기 좀 그렇지만요.]

그동안 마음에 가시처럼 박혀 그녀의 신경을 갉아먹은 한 문제의 기사를 보자 다시금 피가 거꾸로 솟는 것 같았다. 본능적인 반응이었다. 그동안 얼마나 속을 썩였던가. 동시에 꼭 파블로프의 개처럼 시큰시큰, 눈이 아파 왔다. 망막에 다시 이상이 생긴 걸까 하는 괜한 염려증이 들어 애꿎은 입술만 잘근잘근 깨물었다.

무엇보다 다른 사람이 아닌 그가, 어찌 보면 그 사건의 한복판에 있던 그가 그녀를 분노하게 만드는 스크랩한 기사를 내밀었다는 자체가 충격이었다.

'나한테 왜 이래? 당신!'

저도 모르게 입술을 깨물자 비릿한 피 맛이 배어났다.

세연은 말없이 비난하듯 차가운 시선을 눈앞의 침묵하는 그에게로 던졌다. 아무렇지 않다면 거짓말이었다.

그 무엇보다 지금 그녀의 눈앞에 벌어지는 일은 현재 진행형이었다. 이제 와서 도망칠 수도 없는.

새삼 마음을 단단히 먹은 세연은 천천히 눈을 감았다 떴다.

그리고는 그가 내민 모든 스크랩한 기사를 꼼꼼히 보았다. 이내 다시금 확인했다. 지금껏 마음에 가시처럼 박혀 그녀를 고통스럽게 하고 매 순간순간 지옥에 끌려가는 것처럼 마음을 괴롭히던 그 모든 일들이, 이 모든 사태를 야기한 장본인이 실재한다는 것. 그녀의 착각이 아니라는 것. 이 인터뷰의 주인은 세연을 겨냥하고 있었다.

그런 그녀를 바라보면서 기우가 드디어 입을 열었다.

"보다시피 이건 3년 전 기사야. 이건 작년도 기사, 그리고 이건 최근 일자 대중 매체와 한 인터뷰, 모두 널 언급했어."

그가 다소 음울하게 들리는 어조로 말했다.

"꽤 끈질기군. 보통 폭력 사건의 가해자인 경우, 양심에 걸려서라도 당사자와 대면하려고 하지 않는데 지속적으로 네 주변을 맴돌고 있어. 네가 이 애와 다시 만나고 싶어 하지 않는 것을 알고 있어. 유감스럽지만 쉽게 끊어질 것 같진 않은데."

그가 재킷을 벗고는 눈에 익은 회색의 셔츠를 걷어 올린 채 시선을 끄는 은빛의 만년필로 보란 듯이 인터뷰 기사를 체크하기 시작했다. 그의 입으로 '피해 사건의 가해자'란 말이 나오자 절로 머리끝이 쭈뼛 곤두섰다.

그럼에도 더는 물러설 곳이 없기에 세연은 그의 시선을 피하지 않고 애써 평정 어린 태도로 마주 보았다. 그러자 그 심장까지 파고드는 짙은 눈동자로 그녀를 응시하던 그가 고개를 돌렸다.

그리고는 대수롭지 않은 태도로 담담하게 말을 이었다.

"덕분에 인터넷 포털 사이트에 검색해 보면 유지수와 일본, 유지수의 일본에서의 생활 그리고 유지수가 다닌 학교와 최종적으로 인터뷰에서 거론된 너를 찾는 검색어들이 종종 보여."

그가 보란 듯이 은빛의 만년필로 길게 줄을 그었다.

"여기 네가 거론된 인터넷 페이지의 글이 있어."

그가 미동 없는 세연을 응시하며 간단명료하게 말했다.

"네 착각이 아니야. 착각도 환상도 아니지. 일방적인 피해망상은 더더욱 아니야. 분명 가해자가 존재하니까. 그러니 안심해도 돼."

그가 안심하라고 말했다.

그녀의 일방적인 착각이 아니라고, 하다못해 그녀의 가족들도 도와주지 못하고 방관하고 외면하는데 그가 안심하라고 말한다?

세연은 숨을 들이마셨다.

일순간 이루 말할 수 없는 안도감과 환희가 마음속에 솟구쳤다. 누군가 불이 나서 활활 타는 건물에서 구해 준 것처럼. 순간적으로 더럭 몇 년 만에 만난, 그래서 낯선 두렵기까지 한 그를 의지하고 싶은 충동이 일순간이지만 솟구쳐서 당황스러울 정도였다.

그녀는 혼잣말처럼 중얼거렸다.

"……이렇게 만나게 되다니. 어찌 됐건 이제 와서 이런 소리 우습겠지만, 알아줘서 고마워요. 그동안 꼭 나 혼자 허공에 대고 외치는 기분이었거든요."

세연은 조용하게 말했다.

"그래서 기뻤어요. 더 솔직하게 말하자면, 왜 하필 당신이. 그때 사건의 한복판에 있던 사람이 갑자기 나타나서 내게 이런 말을 하는지 모르겠어요."

라운지 안의 별실에 정적이 깔리는 가운데, 의구심을 표하던 세연은 갑자기 정색했다.

"권기우 씨, 당신은 내게 이런 말 해서는 안 되는 거잖아?"

다른 사람도 아닌 당신이.

조용하지만 힘주어 말하는 음성. 그러한 그녀의 어조엔 강한 확신이 깔려 있었다. 비록 겉으로 보기엔 연약해 보이는 외양이었지만 그만큼 조용하게 말하는 세연의 눈빛은 지난 세월, 기나긴 터널을 지나온 이들만이 담을 수 있는 자기 확신이 있었다.

"미안해요. 무례하게 들릴 수 있다는 거 알아요. 내가 그쪽한테 한 짓도 있고. 그런데 할 말은 해야겠어요. 고마운 것과는 별개로 난 더 이상 그쪽과 연관이 안 되면 좋겠는데……."

나직한 목소리로 말하는 강한 진심. 웬만한 이들이라면 제발 가 버리라는 눈빛을 쏘아 보내는 그녀의 기세에 질릴지도 모르겠으나, 그는 무표정했다.

이상하리만큼 그녀를 흔들리게 만드는 동요 없는 눈동자로 그게 무슨 문제냐며 빤히 바라볼 뿐이다.

"그게 무슨 상관이지?"

이윽고 그가 대수롭지 않다는 듯 말했다.

"어차피 넌 날 다시 볼 생각이 없을 텐데. 아닌가? 그래서 지금 이야기하는 거야."

곧이어 그가 그녀의 귀를 의심하게 만드는 설득력 있는 음성으로 말했다.

"물론 이렇게 갑자기 만나서 네가 혼란스럽고 힘들어할 거라는 거 알아. 하지만 어차피 얘기할 거라면 널 만났을 때 이야기하는 게 낫다고 생각했으니까."

"만나자마자 이렇게 기다렸다는 것처럼 준비해 둔 자료를 꺼내 들고. 도대체 나한테 원하는 게 뭔데요?"

"유지수가 네 주변을 맴도는 건 사실이야."

그가 뚜렷하게 '유지수'라 덧붙이자 절로 오금이 저렸다.

"이렇게 증거 자료가 있잖아?"

"하지만 권기우 씨, 이걸 어떻게…… 갑자기 나타나서 다짜고짜 이러니 내가 받아들이기가 힘이 들어요."

그때였다. 권기우 씨라는 존칭에 미묘하게 그의 표정이 변했다.

"뭐, 네가 처음부터 날 받아들일 거라 생각하진 않았지만……."

기우가 다시금 차갑게 미소를 지으면서 그녀가 잊고 있는 것을 일깨워 주듯이 말했다.

"그래도 '권기우 씨' 매번 그 딱딱하게 부르는 거 솔직히 거슬려. 뭐, 이제 막 만났으니 많은 걸 바라서는 안 되겠지만."

묘한 뉘앙스를 풍기는 말에 그녀가 의아해하자 곧 그가 부드럽게 미소 지으면서 말했다.

"뭐, 마음대로 생각해. 널 만나고 문득 생각난 김에 평소 가지고 있던 문제의 인터뷰 스크랩 기사들을 내민 것뿐이니까."

"평소 가지고 있었다니…… 오늘 날 마주치기 전부터 말인가요?"

세연이 어렵게 물었지만, 그는 여전히 의미를 알 수 없는 야릇하고 묘한 미소만 지을 뿐.

"왜?"

여전히 건조한 눈길을 던지며 기우가 물었다. 세연은 그런 그에게서 눈을 뗄 수 없었다.

처음 만났을 때 그대로였다. 그때와 마찬가지로 아랑곳하지 않고 거침없이 담배 연기를 내뿜는 그는 나쁜 남자였다.

뭉게뭉게 흩어져 나가는 새하얀 담배 연기를 보던 그녀는 문득 그와 떨어져 있던 세월을 실감했다.

세연은 고개를 돌려 직원들이 저만치 떨어져 있는 오롯이 그와 둘만이 있는 느낌을 풍기는 라운지 별실을 흘낏 쳐다보았다. 벗어나고 싶었다.

허를 찌르듯 그가 담담하게 입을 열었다.

"너와 떨어져 있던 세월이 너무 길어. 난 시간 낭비를 줄이고 싶어."

그 지나치게 확고한, 딱 떨어지는 음성은 누구라도 설득할 느낌을 주었다.

'그가 이렇게 철두철미했던가? 이건 꼭…….'

이건 꼭 기업의 프레젠테이션을 하는 기분이잖아. 세연은 고개를 저었다.

"나한테 무슨 대답을 원하는 건가요? 권기우 씨가 말한 대로 우린 몇 년 만에 처음 오늘 만났고, 난 충분히 머리가 아프고 복잡해요. 그래서 그만 돌아가서 쉬었으면 좋겠는데…… "

"넌 결국 내게 도와 달라고 하지 않겠다는 거군. 그렇지?"

그 말과 동시에 기우가 피우던 담배를 그대로 비벼 껐다. 재떨이에 짓이기듯 담뱃대를 끄는 그 모습을 보자, 왠지 모르게 불길해졌다.

숨 막히는 라운지 별실의 차가운 공기에 세연은 고개를 들었다. 그가 무슨 대답을 원하는지 본능적으로 알 것 같았다. 지금도 신경 쓰이는 휴대전화 메신저의 메시지 한 줄. 그녀가 읽은 표시가 남아 있는 기분 나쁜 한 마디.

[내가 언제 그런 말을 했지? 여튼 잘해 봐. 네 가식으로 한국에서 연예 기획사에 하나라도 합격하면, 가능할지도 모르니까.]

문제의 유지수가 보낸 메시지를 생각하며 세연은 신경질적으로 애꿎은 머리만 다시 묶었다.

그러한 그녀의 반응에도 그는 가차 없었다. 말한 그대로 더 이상의 시간 낭비는 필요 없다는 듯이, 더는 그 어떤 호소도 들어주지 않겠다는 듯 가차 없이 잘랐다.

"결국 말할 생각이 없다는 거지? 그럼 마지막으로 내가 보여 줄 게 있는데.”

그녀를 질리게 만드는 냉정함은 거기까지였다. 생각해 보면 5년 전 일본에서도 그런 기미를 보이긴 했지만.

– 네가 어떻게 생각하는지는 잘 알고 있어. 단지 나는 이렇게 하면 더 합리적일 것 같다는 얘기야.

그때도 그랬었다. 일견 부드럽게도 들리는 온화한 음성, 들으면 들을수록 묘하게 이끌리는 담담한 어조에 취하듯이 귀를 기울이다 보면, 깜빡하고 그 본질을 놓쳐 버리곤 했지. 그땐 지금보다 어렸으니 오죽했을까. 불가항력인 매혹에 취해서 속수무책으로 이끌리지 않는 게 다행이었다.

지금은 잘 알겠다.

꼭 일직선으로 딱딱 떨어지는 것 같은 단문의 어조, 분명하고도 명료하게 자신이 원하는 것을 설명했다. 마치 어떻게 하면 그녀가 알아듣고 수긍하게 만들지 안다는 것처럼.

라운지의 별실에 걸터앉은 기우는 그녀에게 양해를 구하고 스마트폰을 꺼냈다. 반짝이는 잿빛의 눈에 띄는 디자인의 폰으로 뭔가를 찾던 그는 능숙하게 뭔가를 최종적으로 검토하듯 시선을 고정시켰다. 여전히 사로잡힌 것처럼 눈앞의 그에게서 시선을 뗄 수 없었다.

눈앞의 대상에만 맹렬하게 집중하는 모습.

“이제 된 거 같다. 그럼 여기 앉아서 잠깐 볼래?”

그녀가 기억하는 상냥한 목소리로 기우가 말했다. 꼭 시간을 거슬러 올라가 그를 다시 만난 느낌이 들었으나, 확실한 건 눈앞의 그는 잔인한 현실이었고 그녀가 부셔야 할 과거의 기억이었다.

“그리 오래 걸리지 않을 거야. 그리고 네가 잘 아는 거야.”

데자뷔일까. 그 상냥하기까지 한 부드러운 음성에 하마터면 이끌려 들 뻔했다가 퍼뜩 정신이 들어 세연은 고개를 저었다.

"그럼 용건이 뭔지 말해요. 난 들을 준비가 됐으니까요. 적어도 도망치고 싶지는 않아요. 예전처럼."

그녀의 말을 끝으로 무거운 침묵이 흘렀다. 이윽고 가라앉은 눈빛의 기우가 애써 부드럽게 말을 받았다.

"그럼 다행이야. 적어도 이걸 보여 주기 전에 명확히 해 둘 게 있는데……."

다음 순간 기우가 그녀의 귀를 의심하게 만드는 명랑한 어조로 말했다.

"오해하지 않았으면 해. 난 널 도와주고 싶어."

"왜요?"

세연이 묻자 기우가 표정을 일그러뜨리듯 웃었다.

"지난 사건에 대한 속죄와 보상? 미리 말해 두는데 그런 거창한 게 아니야. 그냥…… 네게 책임을 느낀다고 해 두지. 물론 넌 원하지 않겠지만."

"마음대로 해요. 결국 쓸데없는 시간 낭비를 하게 될 거에요."

그녀는 경고했다.

다시 만난 순간부터 어쩌면 끊임없는 사건들의 연속.

동요하지 않는 세연을 보며 서서히 기우의 표정이 변해 갔다. 들릴락 말락 한 목소리로 '역시'라고 낮게 중얼거린 그가 팔짱을 끼고 묘한 미소를 짓더니 손에 든 스마트폰의 동영상 재생 버튼을 눌렀다.

이 순간 세연의 시선은 팽팽하게 고정된 듯 그가 누른 스마트폰의 재생되는 동영상 속에 못 박혔다.

곧이어 어디서 많이 본 것 같은 낯익은 장소가 눈에 들어오고 순간적으로 머리가 멍해졌다. 그리고 나서 자신의 목소리가 귓가에 들려왔다.

– 안녕하세요? 팬텀 엔터테인트먼트 오디션을 보러 온 정세연입니다.

벼락과도 같은 충격에 그녀는 움직일 수 없었다.

第 4 幕

– 부족하지만 다시 연예인 지망생으로 팬텀 엔터테인먼트의 오디션을 보게 되었습니다…….

저기가 어디일까?

낯익은 하얀 벽과 의자, 테이블. 그리고 테이블에 앉아 있는 이들까지. 얼핏 보면 평범한 사무실 같지만 스타 오디션을 보는 장소였다.

서서히 그녀의 눈이 커졌다.

어떻게 잊을 수 있겠는가. 그녀가 오디션을 본 연예 기획사였으니까.

그동안 세연은 대한민국에 있는 웬만한 연예 기획사의 오디션은 거의 다 봤었다. 대부분의 곳에서 떨어진 가운데, 정말 마지막이라는 심정으로 오디션에 임했던 기억이 났다.

쿵쿵, 다시금 절로 심장 박동이 빨라졌으나 세연은 절대로 그의 앞에서 내색하지 않았다. 적어도 그가 보는 앞에서 눈물을 흘리거나 무너지는 나약한 모습은 보이기 싫었다. 세연은 습관처럼 잘근 입술을 깨물었다.

미칠 것만 같았다. 아니라고 하고 싶은데, 그 앞에서 보란 듯이 부정하고 싶은데. 세연은 애꿎은 핸드폰 속 동영상만을 뚫어져라 노려보았다. 부정하고 싶었지만 그리하여 다시금 연예계의 문을 두드리고 싶어 지망생으로 오디션을 보게 되었습니다'라고 말하는, 그 가라앉은 목소리는 그녀 자신이 맞았다. 꼭 남의 일기장을 보듯 낯설고 생경한 기분, 보다 보니 그 묘한, 이상야릇한 이질감에 미칠 듯한 기분이었다.

세연은 복잡다단하게 이는 상념들에 고개를 저었다.

그런데 왜 그가 이 오디션 동영상을 가지고 있지?

뒤늦게 생각이 미쳐 돌아봤다가 그와 눈이 마주쳤다. 기우가 입을 열었다.

"오해할까 말해 두는데 의도한 건 아니야. 팬텀 엔터테인먼트의 김석준 대표와는 전부터 아는 사이니까."

곧이어 그가 차분한 어조로 설명했다.

"내가 듣기론 오랜 공백기 때문에 아직 확신이 들지 않아서 일단 결정을 유보한다고 했는데, 김 대표는 원래 신중한 성격이야. 그래도 내게 전에 일본 연예계 활동을 하지 않았냐면서 자문을 구했으니 아예 널 붙일 생각이 없지는 않았던 거겠지?"

분명 그녀가 분노한 것을 알아차렸을 텐데도 침착하게 설명하는 그 때문에 이상하게도 서서히 들끓었던 심정이 가라앉았다.

그가 아니라고 부정하고 소리를 높였다면 아마 그녀도 화를 냈으리라.

이윽고 라운지 별실에 다시금 찾아온 정적에 세연은 천천히 고개를 들고 물었다.

"그러니까…… 저 오디션 동영상을 처음 봤을 때 기분이 어땠어요?"

기우가 의아하다는 듯 시선을 던지자, 다음 순간 세연은 일순간 동요를 그대로 드러낸 눈빛으로 되물었다.

"생각해 봤어요. 전에 알던 여자애가 한국에 돌아와 이런 오디션을 본다고 했을 때 기분이 어땠을까? 특히나 그런 일이 있었는데."

그러자 기우는 여전히 감정이라고는 느껴지지 않는, 가라앉은 눈동자로 그녀를 바라보면서 아무렇지 않게 말했다.

"기분이 좋았다고 하면 거짓말이겠지? 그것도 눈에 훤히 보이는 거짓말."

곧이어 그가 다시금 뚫어져라 그녀를 응시하면서 낮게 깔리는 허스키한 어조로 말했다.

"적어도 널 만날 때는 솔직하고 싶으니까……."

그 묘한 의미심장한 울림에 세연은 바짝 마른 입술을 축이면서 고개를 저었다.

"마지막으로 당신을 만났을 때, 무척 심한 말을 했었는데. 이렇게 구질구질하게 사는 모습을 보여 주게 되어서 미안해요."

거기까지 얘기했는데도 그녀의 눈앞에 버티고 서 있는 남자의 시선엔 흔들림이나 동요가 내비치지 않았다. 꼭 조용한 수면의 호수를 보는 느낌이 들었다. 지금 그녀의 말을 듣고는 있는 것인지 혼란이 일었다.

"그럼 하나 묻자. 왜 갑자기 오디션을 보러 나온 거지?"

갑작스레 허를 찌르고 들어오는 그의 말에 세연은 움찔 놀랐다. 기우가 예의 무표정한 눈길을 던지면서 아무렇게나 넥타이를 흐트러뜨리며 질문해 왔다.

"그렇지 않아? 넌 5년이나 너를 억누르면서 잘 살았어. 보다시피 계속해서 아르바이트도 하면서, 네가 원하던 대로 사람들 속으로 숨어서 한국으로 돌아와 잘 살고 있었지. 그런데 왜 갑자기 다시 연예인을 하겠다고 나선 거지?"

곧이어 흔들림 없이 파고드는 그의 눈길에 보란 듯이 세연은 조용히 답했다.

"다른 사람은 몰라도 권기우 씨한테는 말하기 싫어요."

"그럼 그 이유, 내가 찾아낸다면 어쩔 건가?"

"……당신이라면 결국 찾아내겠죠. 하지만 내 입으론 말할 수 없어요."

세연의 확고한 말 다음 순간 침묵이 흘렀다. 세연은 새어 나오는 한숨을 억눌렀다.

겉으로는 그 앞에서 무너질세라 팽팽하게 긴장을 유지하고 있지만, 완전히 탈진 직전 상태였다.

어제 난 무슨 꿈을 꾸었던가? 열심히 더듬었지만 생각나지 않았다. 그저 평소 해 왔던 대로 백화점 할인 매장에서 근무하고 파김치가 되어 돌아와 잠을 청했을 뿐이다. 이런 악몽의 전조를 짐작도 못 하고 날이 밝자마자 출근했을 뿐이다.

제발 이쯤해서 그가 보내 주기를 바랐건만 오늘 하루는 아직 끝난 게 아니었다.

"그럼 이건 어때?"

그가 보란 듯이 제안했다.

"앞으로 팬텀 엔터테인트먼트에서 3년 동안 정세연의 모든 홍보와 활동 일체를 지원하고 전담한다."

놀라운 발언의 연속.

말없이 기우를 노려보는 세연의 얼굴이 이제는 창백하게 질렸다.

"지금 뭐 하는 거예요?"

침묵이 흐르고 세연은 쉬어 버린 목소리로 말했다.

"지금 내가 구질구질한 상황이라고 우스워 보여요?"

그간 참고 참았던 억눌린 분노를 담은 서릿발처럼 차가운 어조의 목소리가 잇새로 흘러나왔다.

"날 갖고 노는 거예요? 내가 가만히 있으니까 그냥 당신 의도한 대로 끌려가서 이리저리 쉽게 흔들릴 거로 보여요?"

그리고 나서 세연은 마침내 억눌렀던 마음속의 말들을 꺼냈다.

"아니, 난 그냥 마지막 예의를 지키고 있었던 거야."

이윽고 그녀는 꼿꼿이 턱을 치켜들고선 온몸에서 자신이 그가 함부로 짓밟을 수 없는 사람임을 보란 듯이 주지시켰다.

"착각하지 마. 권기우, 난 네가 심심하다고 심심풀이로 갖고 놀 수 있는 장난감 아니야."

그 말을 끝으로 세연은 입을 다물었다.

갑작스레 별실 안에 감도는 침묵이 거슬렸다. 보이지 않는 그 무거운 침묵이 꼭 그녀를 집어삼킬 것만 같았다. 아니, 정확히는 이 순간 그녀에게로 향한 말없는 기우의 무자비한 검은 눈동자가 그녀를 집어삼킬 것만 같은 기분이 든다면 착각일까.

"역시 넌……."

침묵이 흐르고 이윽고 기우가 천천히 입을 열었다.

"그때보다 더하면 더했지 기세가 전혀 변하지 않았어."

그답지 않게 상냥한 눈으로 유혹하듯이 말했다.

"다행이야. 네게 왜 이끌렸는지 다시금 깨닫게 해 줘서. 후회하지 않게 해 줘서 역시 고맙다는 말을 해야겠지?"

"지금 장난해요?"

기우의 무기질과도 같은 시선이 세연을 향했다.

"내가 허튼 말을 하지 않는 사람이란 건 알 텐데? 지난 세월, 너와 만난 시간이 있으니까."

그녀에게서 눈을 떼지 않으면서 기우가 아무렇지 않게 말했다.

"네가 팬텀에 들어가고 싶다면, 역시 네 최종 목표는 유지수겠지. 유지수와 연기로 맞붙고 싶다면 내가 도와주겠어."

"뭐라구요?"

완전히 쉬어 버린 목소리로 세연이 되물었으나 기우는 아랑곳하지 않고 말을 이었다.

“네 말대로 지난 5년 전의 사건에는 내 책임도 있으니까 보상해 줄 생각이야. 물론 네가 내 제안을 받아들인다면.”

그녀가 제안을 받아들이는 한, 보상을 해 주겠다고 그가 전제를 달았으나 세연은 여전히 혼란스럽기만 했다.

“내게 이러는 이유가 뭐예요?”

“오히려 묻고 싶은데. 왜 연예인이 되려 하지? 역시 유지수 때문인가.”

여전한 그 눈, 고요하면서도 본질을 꿰뚫는 것 같다.

“유지수 때문이라고 해도 왜 5년 만에 반격하려는 거지? 그동안 충분히 기회가 있었을 텐데.”

갑자기 마음이 바뀐 이유가 뭐냐고 묻고 있었다.

세연은 고개를 저었다.

“당신한테는 말 못 해요……. 뭐 그렇게 대단한 이유도 아니지만. 권기우 씨한테는 말하고 싶지 않아요.”

결코 물러서지 않겠다는 의지가 담긴 그녀의 말을 끝으로 다시금 침묵이 감돌았다. 갑작스레 폭풍우가 종결된 것 같은 의미심장한 정적이 흘렀다. 그는 무슨 의도인 걸까?

그리고 다음 순간 놀랍게도 찰칵, 소리와 함께 급작스레 라운지 별실의 문이 열렸다.

기우가 손을 들어 보란 듯이 잠겨 있던 별실의 문을 연 것이다. 나가도 좋다는 것처럼. 다시 만난 그는 사람의 허를 찌르는데 능숙한 인물이었다.

“가.”

이윽고 기우가 짧게 말했다.

“내 마음이 변하기 전에 가는 게 좋을 거야.”

“오디션 일에 대해선 사과할게요. 난 확실히 말했어요.”

"그러든지. 하지만 이건 알아줬으면 해."

그 말에 기우가 빙긋, 입가에 서늘한 미소를 띤 채로 조용히 이야기했다.

"일 얘기는 여기까지."

다음 순간 기우가 고개를 숙여 삼키다시피 그녀의 입술을 빼앗았다.

눈으로 보고도 믿기지 않는 촉감에 세연은 새하얗게 질렸다. 그럼에도 기우는 별다른 동요를 드러내지 않았다. 겉으로 보기엔 무표정하게 보이는 눈빛, 그러나 그 안엔 차가운 욕망이 타오르고 있었다.

"……!"

그녀가 놀란 이유는 또 하나 있었다.

분명 그녀가 아는 그는 이렇게 직접적으로 감정을 드러내는 사람이 아니었다. 웬만해서는 자신의 감정을 표현하지도 않았을뿐더러, 그녀를 좋아한다고 말한 적도 없었다.

– 널 좋아해. 사랑하니까.

눈 깜짝할 사이에 스치고 지나간 기억을 떠올리며 세연은 질끈 눈을 감았다 떴다.

애써 망각하듯 까맣게 잊고 있던 기억들이 하나둘씩 떠올랐다. 단 한 번, 그것도 헤어질 때 그의 좋아한다는 말을 들었고 실상 만나자고 한 것도 항상 그녀였고 웬만해서는 그는 감정을 드러내지 않았었다. 물론 그때 그녀는 19살이었고 교복을 입은 여고생이어서 그가 적극적으로 감정을 표현할 수 있는 상황이 아니었지만.

그랬다. 도무지 형체를 가늠할 수 없는 자욱한 안개처럼. 그가 뭘 좋아하는지, 정말 그녀에게 호감을 가지고 이끌리고 있는지 아니, 그녀를 사랑하는지 과거엔 아무것도 알 수 없었다. 그저 막연하게 눈대중으로 짐작하듯 더듬어 떠올릴 뿐이었다.

'단 한 번도 날 좋아한다고 말한 적 없는 사람. 먼저 만나자고 말한

적도 없었지.'

그녀 혼자 일방적으로 설레다시피 그를 바라보고 생각할 뿐이었다.

5년 전엔 기우가 자신을 사랑하는지 그저 짐작밖에 할 수 없었다. 가끔 보이는 미소에 그저 자신을 싫어하지 않을 거라 짐작했을 뿐이었다. 거의 그녀가 일방적으로 매달린 거나 마찬가지였다. 겉으로는 명랑한 척 헤헤 웃고 있었지만 속은 시커멓게 그의 애정을 갈구하며 타들어 갔었다. 언제 다시 그를 만날지 기약할 수 없었으니까. 매 순간 그를 만날 때 마지막일지도 모른다는 생각을 떨쳐 낼 수 없었다.

그랬던 그가 지금 숨 막힐 듯한 입맞춤을 퍼붓고 있었다. 절로 정신이 아찔해지는 것 같은 짙은 키스를.

간신히 그에게서 벗어난 그녀는 숨을 가쁘게 몰아쉬었다.

여전히 미동 없는 그를 올려다보는 세연의 눈엔 혼란이 가득했다.

"도대체 이건 무슨 뜻이죠?"

그녀가 정색을 하며 물었으나 여전히 그녀를 보는 그의 눈은 차가웠다.

"말 그대로. 난 너와의 관계를 다시 이어 가고 싶은 거야."

그 일방적인 나직한 선언에 당황한 세연은 주먹까지 불끈 쥐었으나 그런 그녀를 보는 그의 눈은 흔들림 없는 감정들을 담고 있었다. 그 속에는 오래된 분노와 복잡한 감정들, 얼핏 그녀를 향한 연민까지 엿보였다.

결정적으로 차갑게 가라앉은 그 눈에 떠오른 것은 사라지지 않는 욕망이었다. 여전히 이 순간이 깨지 않는 꿈속을 헤매는 것처럼 지독히도 현실감 없이 느껴졌다. 그럼에도 여전히 가시지 않는 그의 생생한 입술의 감촉, 노골적으로 드러난 그 욕망에 생각보다 사태가 심각한 걸 느낀 세연은 서둘러서 말했다.

"오해하는 것 같은데 난 당신과 다시 얽히고 싶지 않아요. 당신과 함께했던 시간은 다시 생각하기도 싫은 끔찍한 시간이었어요."

그녀가 정색하며 말했음에도 기우는 눈 하나 깜짝하지 않았다.

"다시는 보고 싶지 않아?"

이윽고 나직한 어조로 기우가 반문했다.

그녀의 말에도 아랑곳하지 않고 거침없이 말하는 그를 세연은 홀린 듯이 바라보았다.

"분명하게 말하지. 난 널 원해. 내가 원하는 건 다시 네 곁에 있는 거야."

착각이 아니었다. 돌아온 그는 명확한 어조로 자신이 원하는 것을 그녀에게 주지시켰다.

세연은 자신이 들은 말을 믿을 수 없어 자신도 모르게 바짝 메말라 버린 입술을 축였다. 절로 바짝바짝 목이 말랐다.

"그게 말이 된다고 생각해요? 솔직히…… 우리가 그렇게 애절했던 사이는 아니었잖아요? 죽고 못 살던 사이도 아니고 벌써 5년이나 지났는데 이렇게까지 할 필요 없잖아요."

이윽고 기우가 하얀 셔츠의 소매를 걷어 올리면서 조용하게 말했다.

"물론 넌 그렇겠지. 하지만 난 아니야."

이 순간 흔들리는 세연의 시선은 눈앞의 그에게 머물러 있었다.

기우가 다시금 입을 열었다.

"난 아니라고."

명료하리만큼 맑은 음성.

"난 아직 끝나지 않았어. 넌 모르겠지만."

한기가 돋았다.

꼭 커다란 손가락이 그녀를 인정사정없이 찍어 누르는 기분.

"……널 그렇게 갖고 놀 거라면 시작도 안 했을 거야. 난 그렇게 한가하지 않아."

기우가 그녀의 의문을 한마디로 일축했다.

"나와 만나. 기한은 네가 유지수와 드라마를 찍을 때까지, 장소는 호텔 펜트하우스. 그게 내 조건이야."

그의 제안에 세연은 숨을 들이마셨다. 절로 심장 박동이 빨라진다.

익히 예상했던 일이었지만, 순간적으로 잘못 들은 게 아닐까 착각이 들었다.

순식간에 얼굴이 시뻘게진 그녀를 빤히 응시하면서 기우가 무표정하게 덧붙였다.

"네가 목적을 이루고 유지수와 드라마를 찍는 즉시 널 떠날 거야."

"갑자기 나타나서 이러는 이유가 뭐예요? 오늘 만남도 다 의도적이었나요?"

5년 전의 악몽과 갑자기 맞닥뜨리면 어떻게 될까?

그것도 죽기 전에 다시는 만나고 싶지 않았던 그라면.

거듭된 충격에 얼굴이 붉으락푸르락해진 것도 잠시, 세연이 택한 것은 정면으로 맞서는 것이었다.

그녀는 붉어진 얼굴을 아무렇게나 손으로 꾹꾹 누르며 서늘하게 말을 이어 나갔다.

"이게 말이 된다고 생각해요?"

그녀의 나지막한 항변에 기우가 까만 눈으로 말없이 보더니 덧붙였다.

"시간이 촉박하니까. 유지수는 이제 미니시리즈 한 편만 더 찍고 당분간은 작품 활동을 하지 않을 거야."

그는 팔짱을 낀 채로 거침없이 말을 이었다.

"한동안 해외 활동에 주력할 거라는군."

"그게 나랑 무슨 상관인가요?"

그의 목소리에 세연은 절로 숨이 찼다.

[요즈음 가장 주목받는 핫스타.]

사실 세연도 유지수와 관련된 기사는 정기적으로 클릭해 보며 근황을 체크하고 있었다. 실제로 만나기도 했고.

[어머님, 아버님. 이번 주 시간 되시죠? 제가 잘 가는 한정식집에서 식사 대접할게요.]

아무렇지 않게 친근하게 웃으며 다가오는 음성. 특유의 애교 섞인 사랑스러운 목소리를 거절하기란 어려울 터였다. 그렇게 매번 넘어가는 부모님들을 떠올리며, 어쩔 수 없이 세연의 눈은 늪처럼 가라앉았다.

그의 말을 듣자 가장 최근의 신문 기사가 떠올랐다. 세연은 천천히 심호흡하고 유지수에 대한 가장 최근 기사를 소리 없이 머릿속에 떠올렸다.

[탤런트 유지수가 처음부터 스타로 올라선 것은 아니다. 데뷔한 이래로 다수의 작품에 출연했으나 모두 저조한 시청률을 보였다. 그러다 두 편의 드라마가 연이어 히트하면서 현재 가장 주목받는 20대 여성 스타 반열에 올랐다.

최근 성황리에 드라마를 종영한 유지수는 시청자들의 과분한 사랑을 받았다며 한동안 휴식기에 들어갈 예정이라고 한다.

유지수의 소속사인 웨스트 엔터테인먼트 역시 요즈음 대세 여배우로 떠오른 유지수가 연기 활동을 펼칠 수 있게 도울 것이라고(중략)]

한국에 돌아온 유지수가 곧바로 들어간 웨스트 엔터테인먼트.

2년 넘게 쉬지 않고 영화와 드라마를 찍더니 얼마 전에 대박이 난 드라마 한 편과 차기작 역시 흥행해서 유지수의 콧대는 높아질 대로 높아져 있었고, 기회를 놓칠세라 소속사 역시 일제히 홍보 기사들을 쏟아 냈다.

그런데 이제 당분간 활동을 안 하고 해외 활동에 주력한다? 왠지 모르게 찜찜한 기분이 들었는데 역시 그녀의 착각이 아니었나 보다. 세연은 지그시 눈을 감았다 떴다.

"당분간 활동을 쉰다면 몇 년이 더 지나갈 수도 있겠죠."

언제 혼란스러워했냐는 듯 세연이 가라앉은 목소리로 말하자 기우가 그녀를 빤히 보더니 아무렇지 않게 정정했다.

"이참에 아예 연예계를 뜰지도 모르지. 내가 보기에도 딱히 이제 톱스타 자리에 미련이 없어 보이니까 말이야."

팔짱을 낀 기우가 무심히 덧붙였다.

"물론 유지수가 네게 악의를 품고 주변을 맴돌고 있지만. 뭐, 아예 머리가 없는 건 아닌 건 같고 이게 자신이 올라올 수 있는 최대치라는 걸 아는 거지. 어찌 보면 현명해."

왜일까. 그 말이 거듭해서 귓가를 맴돌고 마음에 걸렸다. 기우가 나지막이 말했다.

"굳이 더 올라가서 더 큰 위험 부담을 질 이유가 있을까. 나라도 모험은 하지 않을 거야. 확실한 건 네가 유지수와 맞닥뜨릴 시간은 이제 한정되어 있다는 거지."

변함없이 그 명료한 음성은 그녀의 선택을 종용하고 있었다.

"그렇게까지 해서 왜 계속 날 만나고 싶어 하는 거예요? 그것도 이런 날."

"넌 이미 알고 있잖아. 왜 알면서 물어보는 거지?"

조용한 그 말에 세연은 순간적으로 할 말을 잃어버렸다. 기우는 그녀가 들으란 듯 천천히 강조하듯 말하며 짓궂게 웃었다.

"분명하게 확인하고 싶은 거지? 그래, 널 가지고 싶어, 널 내 손에 다시 넣고 싶은 거야. 몇 번이고 말해 주지. 네가 만족할 때까지."

창백해진 그녀의 귓가에 울리는 그의 음성은 마치 악기를 연주하는 듯한 일정하고도 부드러운 운율을 담고 있었다.

"비록 네가 거절한다고 해도."

"……어떻게 그럴 수 있죠? 예전에 그런 일이 있었는데."

세연이 겨우 목소리를 짜내자, 기우가 피식 웃었다.

"납득이 안 되면 네가 찾아봐. 내가 숨기는 이유."

그 보일 듯 말 듯한 미소는 그녀를 미치게 했다. 그가 어떻게 나올지 알 수 없어서, 그리고 금세라도 그녀가 가장 잊고 싶어 하던 끔찍한 과거로 다시금 돌아갈 것 같아 본능적인 공포심을 불러일으켰다.

그럼에도 그의 앞에서 무너지는 모습을 보이면 그에게 다시 휩쓸려 갈 것 같아 세연은 애써 목소리를 쥐어짰다.

"정말 내가 찾아도 돼요? 그 이유를 찾아도 되는 거죠?"

이상했다. 오기로라도 쥐어짠 그 음성을 비웃을 법도 한데, 기우는 그저 가만히 쳐다보았다.

그리고 안쓰럽게 덧붙이는 음성으로 조용히 대답했다.

"그래. 그래도 달라질 건 없을 테지만."

곧이어 그가 몸을 돌리면서 아무렇게나 덧붙였다.

"내 제안을 수락할 의사가 생기면 찾아와. 그때 다시 얘기하지."

그는 그것도 모자라서 그녀에게 명함을 꺼내어 내밀기까지 했다.

[서원 그룹 전략 마케팅팀 실장, 권기우]

세연은 그가 내민 명함을 가만히 보고 있었다.

그리곤 기우를 다시 보았다. 그도 부쩍 피곤해 보였다. 기우 역시 그녀와의 팽팽한 신경전에 지쳤으리라.

잠시 눈길을 주던 세연은 몸을 일으켰다. 그리고는 그의 시선 속에 보란 듯이 꼿꼿하게 허리를 펴고는 라운지 바의 입구를 쳐다보았다.

그냥 이대로 가려다가 문득 이건 아니라는 생각에 세연은 멈춰 섰다. 이대로 허겁지겁 집에 가서 비참한 기분으로 잠들고 싶지 않았다.

"하아……."

세연은 숨을 들이마셨다.

이대로는 견딜 수 없어졌다. 답답했다. 숨이 막혀와 질식할 것만 같아 불현듯 치밀어 오르는 충동을 더는 이길 수가 없어졌다.

"뭐지?"

기우가 그녀의 대답을 재촉했다. 그녀의 가슴에 묘하게 박히는 그 공허한 눈동자가.

세연은 팔짱을 낀 채로 단호하게 말했다.

"……지금까지 당신이 하고 싶은 말만 했는데, 나도 할 말은 하고 가야겠어요."

第 5 幕

"그거면 돼?"

그 말이 끝이었다.

그렇게 그는 업무와 관련된 핸드폰이 울리고 바빠 보이는 와중에서도 그녀를 차에 태우고서 곧장 세연이 가고 싶어 하던 곳으로 달렸다. 바로 바람을 쐬러 한강을 보러 가는 것이었다.

목적지는 한강이었다. 이동하는 중에도 전화벨은 계속 울려 댔고 기우는 운전을 하면서 아무렇지 않게 통화를 지속했다. 경어를 섞은 차분하고도 흔들림 없는 어조로 직원과 업무상의 통화를 이어 나갔다.

"그럼 진행하도록 하죠. 아니, 팀원들의 결정을 전적으로 신뢰합니다. 한 번 더 검토한 후에 최종 시안을 올리면 그때 결재할 겁니다."

운전석에 앉은 그녀가 흘낏 시선을 주었는데도 기우는 남은 업무 시안을 지시하더니 그의 뜻대로 된 것을 확인하고 나서야 핸즈프리를 껐다.

그런 그를 보던 세연의 마음이 불편해졌다.

'아무리 봐도 다른 사람이 된 것 같아. 정말 딴 사람 같잖아. 아무리 세월이 흘렀다지만. 5년 동안 무슨 일이 있었던 걸까?'

그렇게 얼마나 달렸을까?

거짓말처럼 푸른 물결이 그녀 앞에 모습을 드러냈다. 멈춘 것 같은 그 고요한 물결을 보자 묘하게 마음이 차분해지는 것 같으면서도 현실감이 사라졌다. 한강에 온 꿈을 꾸는 것 같은 느낌.

정작 그녀를 이곳으로 데려온 그는 말이 없었다. 그러다 나직한 어조로 말을 꺼냈다.

"나카메구로, 기억해?"

급작스러운 그의 질문에 침묵이 깔린 것도 잠시, 굳게 다물려 있던 그녀의 입이 열렸다.

세연은 팔짱을 낀 채로 천천히 답했다.

"……둘이서 전에 갔던 곳? 자세히는 모르겠어요. 사실 5년 전에 겪었던 일이…… 사건의 충격이 너무 커서 아직도 도쿄 지명이 띄엄띄엄 기억나니까요."

조용히 출렁이는 한강 고수 부지에 있어서일까. 저도 모르게 차분한 대답이 흘러나왔다.

그녀가 솔직하게 답하자, 기우의 눈빛이 어두워졌다. 어쩌면 과거 사고의 참상을 떠올리고 있는지도 모른다.

세연은 다시 고집스레 입을 다물었다. 사실 모르겠다고 답했지만, 어렴풋이 기억은 났다. 비록 사고의 충격에 드문드문 흩어지듯 한때 살았던 도쿄의 지명은 희미했지만. 그 겨울, 그때의 기억이 머릿속을 스쳐 지나갔다. 조용한 메구로 강. 그 강을 그와 함께 봤었지. 골목을 터벅터벅 걸어 올라가서 미끄러지듯 아래로 내려왔었다. 그리고는 도쿄에 있는 한적한 강을 나란히 서서 내려다보았었지.

당시엔 옆에 그가 있다는 이유만으로 회색빛의 거리가, 평소와 다를 바 없는 칙칙한 아스팔트 길이 세상에서 제일 이국적이고 멋진 장소가 된 것 같다고 착각했던 기억이 생생히 되살아났다.

그럼에도 세연은 내색하지 않았다. 이제 와서 이런 추억을 끄집어내 봐야 아무것도 달라지지 않으니까.

그런 그녀를 꿰뚫어 보듯 기우가 입을 열었다.

"나카메구로. 메구로강, 너와 함께 갔던 곳. 분명 예전의 나라면 이렇게 흘러가는 한강을 보면서 감상에 젖을 수도 있었겠지만. 지금은 아니야."

그가 그녀를 응시하며 명확한 어조로 말했다.

"지금은 아니야. 왜냐하면 네가 나타났으니까."

기우가 힘주어 말하자 세연은 다시금 머릿속이 새하얘지는 듯한 느낌을 맛보았다.

동시에 깜짝 놀랄 일이 일어났다. 천천히 그녀와 시선을 마주치던 기우가 다음 순간 기다란 손가락으로 자신도 모르게 떨고 있는 세연의 입술을 눌렀다.

쿡, 그 감촉에 세연은 움찔 놀랐다. 이를 놓칠세라 기우가 고개를 숙여 시선을 맞댔다. 여전히 느껴지는 그의 손의 감촉이 따스했다. 그녀를 휘감는 잔향은 또 어떤가. 오랫동안 억눌렀던 그녀의 감정이 꿈틀대는 것 같아 세연은 애꿎은 입술만 꾹 힘주어 깨물었다. 아무런 죄 없는, 말캉거리는 그녀 입 안의 예민한 속살을 치아로 힘주어 눌렀다.

"……!"

기우는 순식간에 부어오른 그녀의 탐스러운 붉은 입술을 눌렀다. 마치 과일을 매만지듯 입술을 누르는 기다란 손가락. 그 숨 막히는 분위기 속에서 세연은 자신의 입술에서 눈을 떼지 못하는 기우에게 세연은 차가운 목소리로 말했다.

"그만둬요."

동시에 서늘한 세연의 목소리가 차 안에 울려 퍼졌다. 자신이 듣기에도 싸늘한 한기 어린 목소리가 낯설었지만, 걷잡을 수가 없었다.

세연은 정색하며 그를 보았다.

"지금 이러는 게 말이 된다고 생각해요?"

그는 침묵했다.

그러다 성가시다는 듯 그린 듯한 눈썹을 살짝 찌푸리고 조각과도 같은 음영 진 옆얼굴을 돌렸다. 윤기 흐르는 검은 머리칼이 흘러내림과 동시에 잿빛의 실크 셔츠 사이 번쩍, 은빛 커프스 버튼이 예리한 빛을 발했다.

"나도 말이 안 된다고 생각해."

이윽고 기우가 쓰게 웃었다.

세연은 잠시 그런 그에게서 눈을 떼지 못했다.

괜히 할 말이 있다고 자리를 옮겼나.

참 못났다.

세연은 스스로를 자책했다. 한국에 돌아와 늪처럼 혼자만의 방에서 침잠했던 것도 잠시, 일부러라도 쉬지 않고 일하면서 스스로 과거를 극복했다 여겼는데 모두 허사였다. 이래서 다시 유지수를 맞닥뜨릴 수 있을까. 기우를 다시 만난 것만으로도 숨이 막히고 이리도 동요하는데 과연 내가 할 수 있을까? 스스로 어쩔 수 없는 의구심이 들었다.

서서히 세연의 숨이 거칠어졌다. 잊고 있던 5년 전의 일본에서의 기억이 스멀스멀 밀려들어 오는 듯했다.

침묵이 흘렀다.

그녀가 택한 것은 소리를 지르고 뛰쳐나가거나 도망치는 대신 눈앞에 나타난 악몽 다름 아닌 그를 뚫어져라 바라보는 것뿐이었다.

그러고 보니 달라진 건 있었다.

바로 그녀가 시야 밖으로 벗어날까 우려하듯 집요하게 쫓아오는 그의 시선. 세연은 움찔했다. 이루 말할 수 없는 기분이었다. 텅 빈 기우의 눈은 마치 오래된 화석을 연상케 했다. 오래되고 황량한 유적지를 연상케 하는 음울한 눈동자가 그녀에게로 향했다. 그제야 무서우리만큼 여윈 얼굴도 눈에 들어왔다. 세연은 왜 자꾸 그가 자꾸 다른 사람인 것 같은 이질감이 문득문득 드는지 알아차렸다.

그녀가 이렇게 만든 것이다.

다른 사람도 아닌 자신 때문에 이렇게 되었다는 생각에 세연은 두렵고 무서워졌다.

기우는 그런 세연의 동요를 놓치지 않았다. 그는 핏기가 가신 창백해진 세연의 얼굴을 들여다보면서 천천히 물었다.

"지금 키스해도 돼?"

말없이 그런 그녀의 눈을 들여다보면서 낮은 목소리로 그녀의 동의를 구했다.

"……."

도무지 정확한 사고가 안 됐다.

"마음대로 해요. 키스하고 나서 날 놔준다면, 다시는 내 인생에 얼씬대지 않는다면 괜찮은 대가일지도 모르죠. 권기우 씨."

이 순간 어두워진 세연의 눈동자는 깊은 자조감을 담고 있었다.

"너 때문이야."

기우가 낮게 속삭였다.

그런 그를 세차게 밀어내지 않았던 건, 아니 밀어내지 못했던 건 그간 도저히 무슨 일이 있었는지 가늠할 수 없는 텅 빈 눈동자 때문이었다. 기우가 고개 숙여 가차 없이 세연의 입술을 빼앗았다.

"네가 말도 안 되는 제안을 하게 만드는 거야……."

그리고 들려오는 믿지 못할 나지막한 속삭임.

세연은 완전히 할 말을 잃어버렸다.

다시 다가온 그의 입술은, 그녀를 꼭 비웃기라도 하듯 말랑거리는 그 믿지 못할 느낌이 따스하고 부드러웠다. 그 부지불식간에 엄습해 오는 느낌에 움찔 놀라 세연은 본능적으로 몸을 웅크렸다.

은은한 노란 빛의 가로수 조명을 받으며 조용하고 유유히 흘러가는 한강. 한강 고수부지에 주차되어 있는 그의 차 안.

밀폐된 장소였고 사람들의 시선에서 자유로운 장소였다. 때문에 그는 더욱 거리낌이 없었고 거침없었다.

더는 그들 사이를 막을 게 없다는 것처럼 그렇게 거침없이 그녀를 탐했다.

짙은 다크 초콜릿을 음미하는 듯한 감미로운 키스에 도무지 정신을 차릴 수가 없었다.

몸부림치면서도 그에게 끌려가다가 기우의 하얀 실크 셔츠에 배어 있는 유혹적인 잔향이 문득 현실을 일깨웠다.

가쁘게 숨을 몰아쉬던 세연은 결국 이성을 잃었다.

폭발하는 듯한 그녀의 음성이 차 안에 울려 퍼졌다.

"안 되겠어요. 당신과 있으니 끔찍한 기억들이 다시 떠올라요."

세연은 헉헉 가쁜 숨을 내쉬었다.

"당신은 결코 이해 못 해. 그 일본 여자아이들에게 에워싸인 채 폭력을 당한, 공포가 가시지를 않아."

결국 견디다 못한 그녀는 무너졌다. 너무 힘주어 세차게 입술을 깨물어 아릿한 피 맛이 배어나고 눈시울이 절로 붉어졌다.

그럼에도 석고상처럼 버티고 있는 기우를 보자 절로 세연의 숨이 거칠어졌다. 정말 최악이었다. 이제 다시 멈출 수는 없는 걸까. 너무 늦은 건가? 머릿속이 새하얘졌을 때, 갑자기 세찬 두 팔의 감촉이 느껴졌다. 말없이 세연을 보던 기우가 두 팔을 벌려 힘껏 그녀를 끌어안은 것이다.

"괜찮아. 힘들었다는 걸 알아."

다음 순간 기우가 부서지라 그녀를 껴안으며 조용히 말했다.

"이제는 괜찮아. 내가 있으니까. 이번에야말로 널 보호하고 지킬 테니까. 그러려고 돌아온 거니까. 그리고…… 더 이상 힘들었던 과거는 널 괴롭히지 못해."

그가 괜찮다고 거듭 말했다.

그녀에게 확신을 주듯 힘주어, 여러 번.

정말 괜찮은 걸까? 이대로 다 잊어도 되는 걸까? 위로받는 동시에 덜컥 두려움이 엄습했다. 이대로 그가 사라져 버리면 또다시 난?

물론 세월이 흘렀고 그는 더 이상 그룹 'Air'의 세션 멤버도, 혜성같이 나타나 인디 영화에 출연해 주목받았던 신인도 아니지만,

오늘만 해도 그는 약혼녀와 있었다. 물론 그의 집안에서 밀어붙이는 혼담이라지만 싫었다. 그에게 매혹당해 몰려드는 부나방 같은 여자들로 인해 피해를 보는 건 예전으로 족했으니까. 이미 한번 눈을 다친 그녀였다. 위험했다. 이제야 겨우 끝도 보이지 않는 암담한 절망의 터널에서 벗어났는데 이기적이라고 해도 어쩔 수 없다.

그의 품 안에서 벗어난 세연은 차가운 음성으로 말했다.

"당신과 다시 엮여 버리는 이상 나는 과거로부터 벗어날 수가 없어요."

거기까지 말했을 때였다.

갑자기 기우가 다시금 그녀에게 거칠게 입맞춤해 눈앞이 새하얗게 변했다. 세연은 일순간 피가 몰려 새빨갛게 붉어진 얼굴로 가쁜 숨을 내쉬었다.

아랑곳하지 않고 그녀의 전부를 빨아들이듯 거칠게 키스한 기우가 천천히 고개를 들었다.

"그런 말은 하지 마. 그건 정말 날 자극하는 행동이니까."

이윽고 기우가 손을 들어 아무렇게나 머리를 흐트러트리며 덧붙였다.

"권기우 씨가 제정신이 아니라는 건 확실히 알겠네요."

침묵이 흐르고 쉬어 버린 목소리로 말한 세연이 붉게 충혈된 눈으로 말없이 노려보자, 기우가 운전대를 잡으며 착 가라앉은 목소리로 말했다.

"그만 돌아가지. 데려다줄게."

이내 차가 출발했다. 그가 자신의 집을 아는 게 싫었다.

다른 사람도 아닌 권기우가, 어제까지도 마음 깊은 곳에서 다시는 안 만나길 바라던 그가 집에 데려다준다니 정말 웃기지도 않은 코미디 영화 같았다.

긴 하루였다. 끝날 것 같지 않은 하루가 막을 내리고 그에게서 벗어나는 건가 했는데.

세연은 충혈된 붉은 눈을 문지르며 차 안의 정적 속에 차갑게 일갈했다.

"내려 줘요."

"집이 여기야?"

"그냥 내려 줘요. 여기가 내 집일 리 없잖아?"

차들이 지나가는 시내 한복판 대로를 보란 듯이 가리킨 세연이 건너편 횡단보도를 곁눈질하며 말했다.

"좀 더 솔직히 말할게요. 당신이 내 집을 아는 게 싫어요."

세연은 운전석의 그와 차갑게 눈을 마주치며 말했다.

"그러니까 같은 말 여러 번 하게 만들지 말고, 여기서 내려 줘요."

내려 달라는 세연의 말에 그는 의외로 순순히 수긍했다. 끼익, 그녀의 말대로 차선을 돌려서 횡단보도 옆 도로에 잠시 차를 세웠다.

"내려."

정적이 흐르고 그녀는 쉬어 버린 목소리로 말했다.

"이게 정말 끝이면 좋겠는데."

다음 순간 세연은 내내 머릿속을 떠나지 않던 생각을 잊을세라 끄집어냈다.

"그런데 어쩐지 끝이 아닐 것만 같네요. 만약 아까 말한 이유, 그걸 찾아온다면 어떻게 할 건가요?"

만약 그렇다면.

그녀의 힘주어 말한 가정에 잠자코 있던 기우가 고갤 돌려서 가만히 시선을 주었다.

고요한 까만 눈이 한없이 깊게 느껴졌다. 그녀가 모르는 깊은 심연이 아득하게 일렁이는 기분에 세연은 눈을 깜빡였다.

의미를 알 수 없는 그 깊은 시선이 거슬릴 즈음, 기우가 천천히 입을 열었다.

"내 명함 줬을 텐데? 그 이유를 찾아와. 만약 네가 원하는 걸 얻고 싶다면."

그가 흔들림 없는 평정 어린 목소리로 말했다.

"내가 제시할 수 있는 건 같아. 네가 팬텀에 들어오고 가수로서 성공해서 최종적으로 배우가 되는 것. 아무래도 그냥 신인 배우로 오디션을 보는 것보다 먼저 인지도를 높이는 게 나을 테니까. 그다음은 드라마겠지. 드라마에서 유지수와 맞붙는 것. 그게 내가 제안할 수 있는 시나리오야."

"뭐라구요?"

배우가 아니라 가수라고.

그녀는 태어나 한 번도 남 앞에서 노래를 불러 본 적이 없었다. 춤도 냉정히 말해서 몸치에 가까웠다. 세연의 반응을 기우가 가차 없이 지적했다.

"시간을 절약해야지. 이미 넌 5년을 허비했잖아. 아닌가?"

예외 없이 냉정한 말이었다. 믿을 수 없어 세연은 눈을 크게 떴다.

"그게 쉬운 줄 알아요?

그녀가 잘라 말했지만 그는 고개를 저었다.

"아니, 그게 가장 빨라. 네가 원하는 걸 가질 수 있는 지름길. 팬텀에 들어가 가수가 된다, 그리고 유명세를 얻어 유지수와 드라마에서 맞붙는다. 네가 원하는 대로 단 한 번이라도 반격을 날린다."

세연은 자신도 모르게 눈을 크게 떴다. 이 순간 그녀가 듣는 것을 의심하게 만드는, 마치 일정한 운율을 담은 듯한 웃음 띤 어조였다.

"그리고 난 그 모든 걸 지원한다. 대신 널 만난다. 내가 정한 펜트하우스에서. 네가 유지수와 같은 드라마에 캐스팅되는 순간, 난 널 떠난다. 어때? 너에게 더 유리한 이상적인 제안이야."

그리고 나서 침묵이 흘렀다.

기우가 찰칵, 소리와 함께 차 문을 내렸다.

"이제 그만 내려야지. 집에 돌아가야 할 시간이야."

그렇게 의미심장한 제안만을 남긴 채 마침내 그는 가 버렸다.

차에서 내린 세연은 순식간에 연기를 내뿜으며 맹렬하게 달려가는 차를 말없이 노려보았다.

그런 그녀의 세차게 움켜쥔 떨리는 손엔, 어느새 발작적으로 손톱으로 계속 찍어 누른 붉은 피가 묻어 있었다.

"이제 왔니? 제정신이 아닌 년아."

어떻게 집에 왔는지도 모르겠다. 비틀거리며 집안으로 들어서자 쏟아지는 불빛 속에 휘청거리며, 독뱀같이 버티고 서 있던 해옥 고모를 지나쳐서 겨우 방에 들어오긴 한 것 같은데. 꼭 필름이 끊긴 것처럼 흐릿했고 자세히 기억이 나지 않았다.

물론 해옥 고모가 언제나처럼 화풀이했던 기억만큼은 생생했다. 그녀는 바람난 남편에게 이혼당하고 하나뿐인 딸이 자신을 다시 보지 않겠다며 외국으로 떠나자, 모든 원한과 저주를 유감없이 조카인 세연에게 퍼부었다.

찰칵.

정신을 차리니 어느새 방문을 잠근 뒤였다. 드디어 불가능할 것 같던 그녀만의 작은 방에 돌아온 것이다. 동시에 세연은 털썩 침대에 몸을 던졌다.

'다시 그를 만났어. 내가 죽기 전에는 보고 싶지 않았는데. 무엇보다 5년 동안 난 아무것도 바뀐 게 없고. 아니, 더 비참해서 그를 보기 더 힘들었는지도 몰라.'

지난 세월, 그녀는 아무것도 바뀐 게 없다. 아무리 애써 마음에 담아 두지 않으려 했지만 처참한 심정이란 이루 말할 수 없었다.

너무나도 긴 하루였다.

마침내 결코 끝날 것 같지 않던, 힘들었던 일과가 마무리되자 아무것도 생각나지 않았다. 세연은 가물거리는 눈으로 힘겹게 떠올렸다.

내일 부모님과 약속이 있다. 그녀의 부모님은 언제나처럼 그녀가 가장 힘들 때, 화끈거리고 아프게 신경을 긁듯 유지수를 불러낼 것이다.

고로 내일 유지수를 대면해야 한다. 몇 달 만인가? 보란 듯이 맞서야만 한다. 지금 아무리 비참하고 고통스러울지언정 말이다.

곧이어 수마와도 같은 잠이 까무룩 온종일 지친 그녀를 삼켰다. 세상은 익숙한 암흑이었다.

第 6 幕

문제의 엄마의 생신 축하 장소는 시내의 한 일식집이었다.

“어서 오세요.”

그녀가 들어감과 동시에 유니폼으로 보이는 기다란 검은 웃옷을 걸친 이들이 바쁘게 일하고 있었다.

“예약하셨나요?”

카운터에 있던 여직원이 가게 안으로 들어서는 세연을 보며 물었다. 세연은 고개를 끄덕였다.

“네, 예약했어요.”

아버지 일영에게 거듭 물어서 알아낸 별실의 룸 번호를 말하며 세연은 흘낏 일식집 내부 인테리어에 시선을 주었다. 번들거리는 검은 대리석과 마호가니 자재가 눈에 들어왔다. 한눈에 보기에도 꽤 고가의 곳으로 전복과 붉바리, 민어 코스 요리가 나온다고 했다.

물론 그녀의 부모님은 딸인 그녀가 찾아오는 것을 탐탁지 않아 했지만.

– 꼭 와야 되겠니?

혹시나 싶어 마지막으로 확인차 전화했을 때에도 그녀의 어머니 라은은 꺼림칙해하는 태도를 보였다. 이해할 수 없는 일이었다.

– 3일 후에 삼성동 일식집이다. 지수도 오기로 했으니 너도 꼭 잊지 말고 오렴.

처음에는 꼭 오라고 신신당부했던 그녀의 어머니 라은이 왜 일식집에 오지 말라고 번복했는지 모를 일이었다. 이미 단단히 마음의 결심을 하고 찾아왔지만 서서히 세연의 얼굴은 고통으로 흐려졌다. 그녀는 고개를 돌려 자신을 안내해 주는 일식집 직원에게 양해를 구했다.

"저, 잠시만요. 부모님 어디 계신지 알았으니까 잠깐 화장실 좀 들렀다 갈게요."

세연은 그대로 몸을 돌려 화장실로 갔다. 잠깐 머리를 식힌 다음 그녀의 부모님과 지수를 볼 생각이었다. 지수를 대면할 것을 생각하자 그녀의 눈은 결연해졌다. 그랬다. 유지수를 다시 보는 일은 그녀의 단단한 결심을 필요로 했다.

조용한 화장실.

뚝뚝, 그녀가 틀은 물이 흘러내렸다. 다행히 화장실 안에는 아무도 없었다. 세연은 거울에 비치는 자신을 뚫어져라 바라보며 꼼꼼히 얼굴을 점검했다. 혹시나 부은 기색은 없는지, 자다가 흘린 눈물 자국은 남아 있지 않은지. 다른 사람은 몰라도 지수 앞에서 조금이라도 비참하고 불리한 기색은 보이기 싫었다. 그런 세연의 눈은 붉게 충혈되어 있었다.

그녀는 조용히 마음속으로 되뇌었다.

어차피 이렇게 되고 말았다고. 그러고 보면 뭐든 때가 있듯이 그녀가 어찌할 수 없는 운명의 흐름도 있는 모양이다. 급작스레 물살을 타고 이리저리 방향을 잃은 뗏목이 거센 물결에 휩쓸려 폭포수로 떨어지듯, 생각지도 않게 급살을 탄 그녀 삶 역시 갑자기 빨라진 시간에 적응하기 힘들었다. 갑자기 들이닥친 과거의 편린이 사정없이 자신을 집어삼키는 기분에 견딜 수 없어졌다.

그러다 문득 지끈거리는 아픔이 느껴져 세연은 천천히 손을 들여다보았다.

그러자 그녀의 하얗고 작은 검지 마디에 있는 깊은 상처가 보란 듯이 아려 왔다. 잊을 만하면 욱신거리는 상처는 그녀에게 과거를 절대로 잊지 말라고 깊고도 아린 통증을 선사해 주는 듯했다. 이건 다른 사람이 아닌 바로 그녀의 아버지가 낸 상처였다. 세연은 여전히 남의 손가락을 보듯이 무심하고도 덤덤히 머릿속에 떠올렸다.

정일영, 정확히 1년 전 지수가 그녀를 다치게 했을 리가 없다고 히스테릭한 반응을 보이며 결국 집에서 세연을 쫓아낸 장본인.

세연의 아버지는 그녀를 집에서 쫓아내기 전에 딸의 방을 부쉈다. 불을 뿜다시피 눈을 치켜뜨곤 시커멓게 볕에 그을린 얼굴이 시뻘게지도록 씩씩대면서 이성을 잃은 모습은 꼭 야차를 연상케 했다. 당시 화로 가득 찬 일영은 딸의 방으로 쳐들어와 모든 걸 마구 부숴 댔다. 제일 먼저 그녀가 공부하던 검정고시와 대학 교재가 올려진 테이블을 발로 걷어차 망가뜨렸고 연이어 책장의 책들을 우르르 쓰러뜨렸으며 나중에는 그것도 모자라, 그녀를 바닥에 쓰러뜨리고 무자비한 발길질을 해 댔다. 동네가 떠나가라 고래고래 소리를 질러 댄 건 물론이었다.

그때 그녀의 검지에 아무리 약을 발라도 낫지 않을 깊은 상처가 새겨졌다.

사실 새삼스러운 일은 아니었다. 그녀의 아버지, 일영은 못 말리는 다혈질이었다.

"소주 마실 테니까 이 신용카드로 생선회 좀 사 와라. 알겠지? 너 때문에 살맛이 안 나니까 소주나 마셔야겠다."

일영은 그녀의 어머니 라은이 보는 앞에서 신용카드를 주며 그대로 가져오라고 신신당부했다.

물론 세연은 착실히 심부름을 마치고 그대로 신용카드를 가지고 와 거실 테이블 위에 올려놓았다.

하지만 일영의 분노를 피할 순 없었다.

"네가 내 신용카드 훔쳐 갔지? 이 도둑년아! 너 같은 년을 키운 내 세월이 아깝다."

그게 그녀의 아버지가 세연을 집에서 쫓아내기 전 마지막으로 한 말이었다.

정작 문제의 신용카드는 딸의 방을 때려 부순 일영의 바지 뒷주머니에 꽂혀 있었다.

고교생 때 사고를 쳐서 그녀를 임신한 어머니 라은과 고교를 중퇴하고 일본으로 건너가 고단한 삶을 이어 가던 일영은 항상 사람들 앞에서 돋보여야 한다는 강박관념이 있었다.

"내가 그렇게 힘들게 널 키웠는데. 이딴 식으로 날 실망시킬 수 있냐? 어이구, 너 같은 걸 딸이라고 키운 내 세월이 아까워."

일영이 평소 습관처럼 자주 하는 말버릇이었다.

일영은 일본으로 가서 재래시장에서 일하며 결국 자기 가게를 낼 정도로 열심히 살았던 사람이었다. 그러나 5년 전, 본의 아니게 딸인 세연으로 인해 일본 생활을 접고 한국으로 돌아오게 되자 그 원망이 하늘을 찔렀다.

한국으로 돌아와 살고 있는 동네에 작은 마트를 냈지만 성에 차지 않아 했고 무엇보다 늘 딸이 남들보다 돋보이고 화려한 삶을 살기 원했기에 일영은 홧병 증상을 보였다.

결국 매일 술에 절어 세연을 원망하던 그는 하나뿐인 딸을 보기 싫다며 집에서 쫓아냈다.

"꼴도 보기 싫으니까 내 눈앞에서 얼씬도 하지 말아라. 아뇨, 해옥 누나. 저런 년은 잘해 줄 필요도 없어요. 그냥 밥만 주고 재워만 줘도 되지. 네, 암요. 그냥 막 때려도 돼요. 저런 사람 같지도 않은 년은."

나중에는 도저히 그녀의 아버지라고 믿기지 않는 막말을 일삼았던 일영은 친누나인 해옥에게 하나뿐인 딸을 떠맡겼다. 한국에 돌아와 다친 눈을 치료받는 중에 있던 세연은 그때부터 고모인 해옥의 집에서 기거하며 계속 아르바이트를 해 왔다.

중간에 검정고시도 보고 명문대에도 합격했으나 눈을 치료받느라 등록금을 낼 수 없었다. 일영은 그 뒤로 그녀를 사람 취급하지 않았다.

깊어진 부녀의 앙금은 설상가상으로 그녀의 고모 해옥이 세연에게 화풀이를 하기에 아주 좋은 구실이 되었다.

"무슨 낙으로 세상을 사니, 확 죽어 버릴까 보다."

딸조차 해옥의 화풀이에 넌덜머리를 내며 외국으로 떠나자, 조카인 세연에게 타겟을 돌렸다. 세연은 그런 해옥을 위로했다.

"그러지 마세요. 고모."

"아니, 확 죽어 버릴란다. 너도 봤지? 내가 운영하던 커피숍도 넘기고 무슨 소일거리로 산다니."

살던 집도 넘어갈 거 같다고 말하면서 해옥이 이리저리 눈을 굴렸다. 그러면서 조카인 그녀를 간절하게 쳐다보았다. 결국 세연은 그간의 아르바이트비가 고스란히 담긴 통장을 고모인 해옥에게 주었지만, 그런 그녀에게 돌아온 건 기분이 나빠지면 예외 없이 날아드는 해옥의 욕설뿐이었다.

"돈 한 푼도 없는 너 같은 것도 숨을 쉬고 사는구나?"

집을 사는데 그녀가 돈을 보태도 해옥은 고마워하기는커녕, 오히려 날 잡았다는 것처럼 그녀를 공격했다. 절로 가슴이 타들어 가는 것 같은 치명적인 독설을 퍼부어 댔다. 어떻게 하면 그녀에게 상처 줄 수 있는지 골똘히 연구를 거듭한 것처럼 해옥 고모가 밉살스런 목소리로 말해 댔다.

"그러니까 네 부모가 지수한테 혹하는 거지. 안 그러니? 지수는 이번에 가서 보니 네 부모한테 딸보다 더 잘하더라. 새로 나온 커다란 냉장고도 사서 주고 차도 사서 주고. 너 같은 걸 키워 봐야 뭐해. 지수보다 못한데."

고모 해옥의 집을 사는데 고스란히 보태진 그녀의 돈은, 바닥을 드러낸 그녀의 통장은 다시 공격의 빌미가 되었다.

"그런데 너, 지수가 네 눈을 다치게 했다고 거짓말했다면서? 그 애가 그럴 리가 없잖니. 잘나가는 탤런트인데 네 부모도 네가 제정신이 아니라고 생각하더라. 널 창피해하더라."

먹잇감. 말 그대로 공격하기 좋은 먹잇감이었다.

세연은 쓰게 웃었다.

물론 좋은 점도 있었다. 거듭된 폭력과 막말 세례에 단련되어 웬만한 일에는 눈 하나 깜짝하지 않게 되었다는 것.

– 너 꼭 와야겠니? 일식집에 오지 말고 다음에 그냥 집으로 오렴. 그때 네 아버지랑 셋이 얘기 나누자꾸나.

아무리 생각해 봐도 그저께까지만 해도 일식집에 아버지의 생일을 축하하러 지수도 온다며, 세연도 꼭 와 달라고 신신당부했던 그녀의 어머니 라은이 마음을 바꿔 오지 말라고 할 일이 없었다.

이유는 하나였다.

유지수.

세연은 조용한 일식집 화장실 속 거울을 보며 보란 듯이 핸드백에서 빗까지 꺼냈다. 빗으로 힘주어 빗어 가며 머리를 꽉 묶던 세연의 얼굴이 차게 굳어졌다.

'역시 유지수가 오지 말라고 했겠지.'

쿵쿵, 유지수의 증오스러운 얼굴을 떠올리기만 해도 심장이 빠르게 뛰었다.

그녀의 가족들이 그녀를 다치게 한 장본인인 유지수를 부르지 못해 안달하다니. 이 모든 상황이 희극처럼 생각되었다.

아무도 들어오지 않는 화장실의 적막 속에서 세연은 비릿하게 웃었다.

더 이상의 도망은 사절이었다.

기우의 말대로 너무 오래 시간을 허비했다.

이제는 싸울 시간이었다.

더는 미룰 수 없었다.

다음 순간 결심한 듯 표정을 굳힌 세연은 결연하게 지수와의 대면을 위해 발걸음을 내디뎠다.

"예약하신 동행분 찾아오셨습니다."

그것도 잠시, 화장실에서 나온 그녀를 다시금 별실로 안내한 여직원이 가볍게 미닫이문을 두드리며 문을 열자, 순간적으로 숨이 막혀왔다. 다른 날도 아닌 엄마의 생신날까지 찾아온 지수의 얼굴을 볼 생각을 하자 절로 피가 거꾸로 솟는 기분이었다.

세연은 천천히 심호흡했다. 언제 그랬냐는 것처럼 서둘러 안으로 들어섰다. 그리고는 담담히 인사했다.

"잘 지내셨어요?"

미리 전화라도 하고 들어갈 걸 그랬나.

갑작스레 예고도 없이 세연이 들어서자 별실에 미리 와 있던 부모님의 눈이 휘둥그레졌다. 그 모습을 본 세연의 표정이 희미하게 굳어졌다. 그녀는 마음속으로 생각했다.

'아, 내가 정말 안 올 거라고 생각하셨구나.'

각오는 했지만 막상 딸의 등장에 까무러지듯 놀라는 부모님을 보자 정말 못 올 데를 왔구나 싶었다. 물론 그 분위기도 잠시 세연의 부모는 곧 재빨리 시선을 교환하며 눈짓을 했다.

그러자 이미 거나하게 술 한 잔 기울였는지 거무튀튀한 얼굴에 도드라지게 붉은 기가 도는 일영이 헛기침을 하며 입을 열었다.

"여긴 뭐 하러 왔니? 세연아. 굳이 올 필요 없었는데."

담담한 어조였지만 일영의 취기로 시뻘게진 얼굴엔 뾰로통 못마땅한 기색이 역력했다.

어렸을 때만 해도 그녀를 눈 녹듯이 부드러운 목소리로 '우리집 공주님'이라 불렀던 일영은 언제부턴가 심사가 뒤틀린 것처럼 못마땅한 얼굴로 딸을 보았다. 정확히는 일본에서 가게를 정리하고 한국에 돌아왔을 때부터. 아니, 치명적인 부상을 입은 그녀가 어쩔 수 없이 학교를 그만두게 되었을 때였던가. 침묵 속에서 세연은 천천히 입을 열었다.

"죄송해요. 안 올까 했지만 그래도 엄마 생신이시잖아요."

하루 이틀 겪어서 놀랍지도 않은 터라 세연은 먼저 양해를 구했다. 그리고 말없이 방석을 꺼내서 별실의 바닥에 자리를 깔고 앉았다.

"어머, 얘가!"

그러자 오랜만에 본 그녀의 어머니, 라은이 움찔 놀란 표정을 지었다. 그들은 내내 여기 없는 누군가의 눈치를 보듯 좌불안석이었다.

그때 세연은 일영의 코가 그새 찌를 듯 높아지고 새빨갛게 물들어 있는 걸 알아차렸다.

"혹시 코 수술 하셨어요?"

세연이 시선을 고정하며 묻자 일영이 흠흠 멋쩍은 표정을 지으며 헛기침을 했다.

"음, 그렇게 됐다. 이번에 좋은 선생님을 만나서 성형외과 가서 했지. 어떠니? 나는 그전보다 훨씬 마음에 드는구나."

그 말에 내내 불안한 표정을 짓고 있던 그녀의 어머니가 얼른 입을 열었다.

"그래, 얘. 훨씬 보기 좋지 않니? 젊을 때 혈기에 취객들 싸움에 휘말려 코가 부러져서 네 아버지가 맘고생 많이 했잖니. 이번에 큰맘 먹고 해치운 건데, 정말 5년은 더 젊어 보인다. 진즉에 했어야 되는 건데 사는 게 뭔지 참."

라은이 드물게 말을 많이 하는 게 느껴졌다. 물론 그것도 잠시 라은이 특유의 인상 쓴 어두운 얼굴로 말끝을 흐렸다. 그리고는 마뜩잖은 표정으로 조곤조곤 말을 덧붙였다.

"집에 돈 들어가는 게 좀 많니? 산 입에 거미줄 칠 수 없다고, 한번 마트에 가면 생활비는 왜 이렇게 줄줄이 들어가는지. 그런데 넌 벌어 둔 돈에서 깎아 먹고만 있으니 어떡하겠니. 방법이 없잖니. 그렇지 않니?"

속삭이는 듯한 조곤조곤한 말투는 그녀 어머니의 특징이었다.

"생활비는 떨어져 가는데. 네가 먼저 엄마 필요한 거 있으면 전화주세요, 먼저 이렇게 얘기하면 안 되니? 명색이 딸이면서."

그 말에 며칠 전에도 생활비를 부쳐 드렸다는 대답을 할까 했지만 결국 세연은 아무 말 하지 않았다.

그때였다.

내심 못마땅한 기색을 숨기지 않던 일영이 버럭 언성을 높인 것은.

"언제 얘가 우리를 신경이나 썼어! 자식이 부모 용돈도 줄 수 있지 자기 사는 것만 바빠서. 나 참, 이런 걸 자식이라고."

순식간에 분위기는 차갑게 얼어붙었다.

일식집이 떠나가라 언성을 높이는 일영의 다혈질적인 성격은 여전했다. 그러자 라은이 어쩔 줄을 무표정한 세연의 눈치를 살폈다.

"당신도 참! 내가 한마디 하면 옆에서 두세 마디 하면서 거들고 난

리 치는 버릇 좀 버려요. 애 앞에서 미쳤지, 미쳤어."

라은이 펄쩍 뛰자 일영이 흠흠 헛기침을 했다. 세연은 여전히 별다른 표정 변화 없이 담담하게 그들을 보았다.

막장드라마 같은 일이었다. 하나뿐인 딸보다 지금 당장 큰 액수의 생활비와 용돈을 시시때때로 안기는 살가운 여자아이한테 마음을 준다는 것이. 물론 유지수같이 행동하면 비록 피 한 방울도 섞이지 않은 남이라도 해도 마음이 가는 건 어쩔 수 없는 일이리라.

동시에 줄기차게 그녀의 부모님이 되풀이하는 말이 머릿속을 스쳤다.

– 그 애가 그랬을 리가 없잖니! 넌 일본에서 학교를 다녔을 때부터 항상 주변 아이들이 널 괴롭혔다고 했잖니. 이젠 네 말 안 믿는다! 다른 사람도 아니고 지수가 네 눈을 다치게 했을 리가 없어.

어느 순간부터 감정은 메말라 버렸다.

분노도, 슬픔도 메말라 버려서 음식물을 쑤셔 넣으며 연명하는 것에 불과했다. 지금 역시 딱히 할 말이 없는 세연은 애꿎은 물만 벌컥벌컥 마셔 댔다. 끝내 부모님을 포기 못 해 그 자리를 지킨 채로.

그러다 어느 순간 당연한 귀결에 이르렀다.

'언제부터 이렇게 된 걸까? 분명 처음부터 이렇지는 않았는데.'

물론 아버지가 그녀에게 언제 실망을 했는지는 알고 있었다. 그녀가 본의 아니게 일본에서 학교를 그만둔 순간부터 크게 실망한 일영은 그녀를 못 잡아먹어 안달이었고, 정확히는 그녀가 아르바이트를 해서 모은 돈을 해옥 고모가 집 사는 데 보태 드리자 그 이후로 완전히 없는 딸 취급을 했다.

– 뭐? 이 미친 것아! 네가 해옥이한테 돈을 왜 꿔 줘? 남은 돈은 싹 우리한테 갖고 올 것이지.

고등학교 때 혼전 임신으로 세연을 낳고, 어렵게 딸을 키워 온 일영에게는 늘 자식에게 보상받아야 된다는 강박관념과 마음 깊은 곳에 그녀가 살림 밑천이 되어 줬으면 하는 바람이 있다는 것을 이제는 모르지 않았다.

– 내가 잘 살아 보려고 네 엄마랑 어린 널 데리고 무일푼으로 일본까지 건너갔는데 말야. 잊어버렸어? 그 오타루 시장, 하다못해 오사카 재래시장에서 그렇게 고생하면서 너 하나 잘 되는 것만 바랐는데. 어떻게 이렇게 날 실망시킬 수 있냐?

결국 일영의 분노가 어디로 귀결되는지 세연은 이제는 눈을 감고도 떠올릴 수 있었다. 아버지의 원한 맺힌 목소리를 듣다 보면 그녀가 아직 살아 있다는 게 죄송할 정도였다.

– 결국 이렇게 폐인처럼 살면서, 그것도 그 록 그룹인지 뭔지 한다는 남자 때문에. 그놈이 그렇게 잘났어? 엉? 이럴 줄 알았으면…….

– 여보! 그만해요. 저 애도 아파요! 아직 멀쩡한 게 아니잖아요. 그런데도 한국 온 뒤로 매일 일하러 나가잖아요!

그만하라는 어머니 라은의 만류에도 일영은 동네가 떠나가라 고함치곤 했다.

– 이러느니 차라리 다른 딸이 있었으면 좋겠어. 저 애 말고 누가 봐도 예쁘고 자랑스럽고 그래, 살림에 보탬이 되는 딸 말야.

그것이 지수였을까? 세연은 담담하게 지난날을 떠올렸다. 실상 그 일 이후로 쫓겨나다시피 집에서 나왔고 결국 남편과 이혼해 혼자 사는 해옥 고모님 댁에 머무르며 일을 나갈 수밖에 없었다.

반면 한국에 돌아와 곧바로 탤런트로 데뷔해 드라마 몇 편을 연이어 히트시키고 승승장구하며 톱스타 반열에 오른 유지수. 누가 봐도 도회적이고 세련되고 화려해 보일뿐더러, 애초에 경쟁도 할 수 없을 물량 공세를 그녀의 부모님께 퍼부었다.

애초부터 상대가 안 되었다. 어릴 때부터 아버지가 원하는 이상적인 딸의 모습은 실상 지수에 가까웠으므로. 평소에도 일영은 입버릇처럼 말하곤 했다.

– 네가 갓난아기일때 CF 감독이 광고를 찍자고 했었어. 난 네가 이렇게 살 줄 몰랐다.

세연은 여전히 단련될 대로 단련되어 무심해진 눈동자로 꼭 남의 일을 떠올리듯 일정하게 거리를 두고 과거를 되새겼다.

– 안녕, 세연아!

그래서 한국에 돌아와 그녀가 온종일 일하고 집에 돌아왔을 때, 지수가 와 있던 걸까.

아직도 뚜렷하게 기억난다. 지수가 다른 곳도 아닌 집에서 퇴근한 그녀를 맞이하며 환하게 웃을 때의 공포를. 그 심장이 서늘해지는 감각은 시간이 지나도 사라지지 않았었다. 당시 지수는 꼭 어제 만났던 것처럼 세연을 보며 방글방글 웃었다. 한없이 상냥한 미소는 세연에겐 그저 악귀처럼 보일 뿐이었다.

– 세연아, 잘 지냈지? 우리, 일본에서 친하게 지냈잖아. 그때 네 부모님이 너무 잘해 주시기도 했고 정말 가족처럼 지냈던 게 생각나서. 옛날 생각나서 한번 놀러 와 봤는데, 너무 잘 대해 주시네. 나 또 와도 되지.

– 물론이지. 언제든지 놀러 와라. 나도 웃을 일이 하나쯤은 있어야지. 우울한 인생에서.

떨어져 살고 있지만 그녀의 아버지는 변한 게 없었다.

지금 역시 마찬가지였다.

"이러지 말고 넌 집에 가 있지 그러니."

일영의 말에도 세연의 시선은 여전히 텅 비어 있을 뿐이었다. 집, 그래. 본가로 돌아가면 어떤 일이 기다릴지 이제는 눈을 감고도 떠올릴 수 있었다.

'네가 없는 동안 세연아, 우린 누구 덕분에 잘 지내고 있었단다.'

'걱정하지 마라. 누구 덕분에 이것도 사고 저것도 사고 잘살고 있으니까.'

굳이 보지 않아도 알 수 있었다. 집 안 곳곳에 새로운 물건들이 가득할 테니까. 반짝이는 고급스러운 가구들과 최신형 냉장고, 에어컨, 공기청정기까지. 새로 구입한 세간들이 자리를 잡고 있으리라.

떠올리기만 해도 절로 숨이 거칠어지는 상상을 하면서도 세연의 눈은 여전히 고요했다.

이미 그간 수 없는 고통 속에 맞닥뜨린 현실이기에 오히려 담담해질 수 있었다.

오늘도 부모님의 태도가 고통에 부채질했지만 울음을 터트리지도, 뛰쳐나가지도, 이러지 좀 말라고 애원하지도 않았다. 그저 조용히 자리를 지킬 뿐이었다.

'생일 축하해요, 엄마.'

그래도 그녀를 낳아 준 어머니이기에, 키워 주신 부모님이기에 세연은 말없이 자신이 할 수 있는 최선을 다했다. 그런 세연의 눈빛은 처연하리만큼 가라앉아 있었다. 본의 아니게 길거리 캐스팅을 당해 어렸을 때부터 연예인을 지망했고 비록 짧은 시간이었으되 녹록지 않은 업계에서 버텼던 시간이 있었다.

오랫동안 단련된 또 다른 가면을 쓰듯이 이 순간 세연은 자신을 데면데면하게 대하는 부모를 오랜만에 눈에 담으며 부드럽게 미소 지었다.

미칠 듯한 분노와 슬픔, 배신감과 원망. 아무리 화염같이 타오르는 감정일지라도 극점에 다다르면 오히려 담담해질 수 있다는 것을 배웠다. 눈앞에 그 애가 나타나기 전까지는.

"제가 늦었죠? 죄송해요. 촬영이 늦어서요."

그렇게 얼마나 지났을까 마침내 드르륵, 일식집 별실의 미닫이문이 열리고 화사한 얼굴이 모습을 드러냈다.

유지수, 그녀를 이 끝도 보이지 않는 수렁 속에 몰아넣은 장본인. 여전히 마치 뽀얀 빛깔을 띤 진주처럼 해사한 빛을 띠고 있는 특유의 고운 얼굴을 보자 곧바로 심장이 반응했다. 전문가의 손길을 받은 그녀의 모습이 날카롭게 심장을 할퀴었다.

두근.

'이건 고맙다고 해야겠네.'

그간 무엇에도 반응하지 못하고 산송장처럼 살았는데 이렇게 보자마자 정신이 번쩍 들다니. 다음 순간 세연은 비릿하게 웃었다.

꼭 유령처럼 실체가 없는 적과 싸우는 기분이었는데, 유지수를 보니 적이 누구인지 분명하게 새겨졌다. 이제 서서히 위로 올라와야겠다 동기 부여가 되니 그건 다행이었다. 이래서 나쁜 일에도 좋은 점이 있다고 하는 모양이었다.

"어머, 세연이도 와 있었네. 여긴 절 도와주는 친하게 지내는 스타일리스트 언니에요. 언니, 세연이는 아시죠?"

지수는 그녀를 보고도 어제 만난 것처럼 태연히 스타일리스트에게 소개했다. 그런 지수를 세연은 늪과도 같은 한없이 가라앉은 시선으로 담담히 보았다.

물밑에서 움직여 그녀에게 폭력을 행사했으면서, 사과는커녕 그녀의 부모님에게 접근해 종국에는 딸 자리까지 탐을 내는 아이. 눈앞에 영화 속 등장인물보다 더하면 더했지 못하지는 않은 인물이 있었다. 그녀가 사는 현실은 어쩌면 영화보다 더 추악할지도 모른다.

세연은 여전히 그 어떤 동요도 드러내지 않고 무표정하게 보았다. 이 순간 꼭 표정이 딱딱하게 굳어진 것처럼 아무 말 할 수 없었다. 그런 세연에게 지수가 살갑게 인사를 건네 왔다.

"어머, 안녕, 세연아. 그동안 잘 지냈지? 왜 아무 말이 없어?"

카랑카랑한 음성.

얼핏 들으면 소프라노의 목소리처럼 듣기 좋은 울림이 있지만 세연에겐 참을 수 없는 감정을 불러일으키는 음성이었다. 새하얀 얼굴, 특유의 짝 찢어진 듯 위로 올라간 눈매. 상냥한 듯 굴지만 비웃음을 남고 있는 지수와 눈을 마주쳤다.

지수는 그런 세연에게서 시선을 돌려 세상 물정 모르는 고명딸처럼 옆에 있던 라은의 품에 와락 안겨 들었다.

"엄마, 호호. 이렇게 세연이도 올 줄 정말 몰랐네요?"

마지막에 터지는 웃음.

그것은 분명 오랜만에 만난 세연을 향한 조롱이었다. 구질구질해 보이는 세연의 모습에 만족한 듯 지수의 까만 두 눈동자가 반짝거렸다.

아무리 눈을 깜빡여도 사라지지 않았다.

눈앞에 그녀의 모든 것을 앗아 간 장본인이 화사하게 미소 짓고 있었다.

"엄마, 세연이도 먹을 수 있게 식사 추가해야죠. 안 하셨죠?"

엄마.

왜 지수는 자신의 어머니를 살갑게 엄마라고 부르는 건지 의아했다.

그리고는 세연에게 비참한 현실을 확인시켜 주듯, 묘하게 웃음 띤 채로 그녀가 보는 앞에서 뭔가를 내밀었다. 반짝이는 은빛의 열쇠였다.

"엄마 생신 축하드려요. 제가 막 신차 시승하고 가져왔어요. 직접 타 보셔야죠."

지수가 순간 세연을 흘겨보더니 빙그레 미소 지었다.

현재, 대한민국에서 가장 주가가 빠르게 오르는 시청률 40%가 넘는 드라마의 여주인공인 그녀가.

갑작스럽게 이루어진 회동은 그다지 오래가지 못했다.

계속 일영이 어색하게 헛기침을 하며 세연에게 눈짓을 해 왔지만,

세연은 그 자리에서 꼼짝하지 않았다. 그녀의 어머니 라은 역시 마찬가지였다. 지수의 눈치를 살피며 지금이라도 딸이 자리에서 일어났으면 하는 눈치였다.

세연은 꼿꼿이 앉아 계속 식사를 했다. 지수가 시켜 준 추가 식사를 밥알 한 톨이라도 놓칠세라 꼼꼼하게 씹어 먹으면서.

지수는 끈덕지게 자리를 지키고 묵묵히 식사하는 그녀에게 비웃음을 보냈다. 지수가 말했다.

"어머, 그러고 보니 세연아, 너 백화점 아르바이트 한다면서? 엄마한테 저번에 들었어. 이번엔 어느 매장에서 근무해? 하도 자주 행사 알바를 해서 네가 어디서 일하는지 생각이 안 나네."

불편한 상황에서도 입 안에 착 종잇장처럼 감겨드는, 하얀 생선 살을 씹던 세연은 천천히 지수에게 시선을 주었다. 이상하게 입맛이 썼다.

눈처럼 새하얀 원피스에 치렁거리는 진주가 박힌 목걸이를 늘어뜨리고 있던 지수가 한없이 상냥한 어조로 말했다.

"내가 가서 다 팔아 줘야 되는데."

너무나도 선량한 음성이었다.

금세라도 감독이 사인을 내리면 눈가에 그렁그렁 눈물이 맺힐 것만 같은. 그리고 컷, 소리와 함께 진주와도 같은 눈물방울을 떨어뜨릴 것만 같은. 아무리 봐도 도무지 그녀를 이렇게 만든 폭력의 장본인이라고 믿기지 않는 얼굴이었다.

세연은 여전히 아무 말 하지 않았다.

"응? 왜 말 안 해? 이번에는 어디서 일하는데?"

세연의 침묵에도 지수가 계속 생글생글 웃자 말캉거리는 회를 입으로 가져가려던 세연이 결국 한마디 했다.

"이미 내 동태는 다 파악하고 있으면서. 뭐가 그렇게 궁금한데?"

숨 막히게 조용한 가운데, 나직한 세연의 목소리에 지수가 입술을 씰룩였다. 그린 듯한 미소녀의 모습이 아닌 세연에게 익숙한 짐승의 일부분이 미세하게 살짝 드러났다. 물론 아주 유심히 살펴봐야 알아차릴 수 있는 변화였다.

그러자 자신이 모욕당한 것처럼 일영이 벌떡 일어섰다. 그가 세연에게 삿대질을 했다.

“입 다물어라!”

일영이 모두가 보는 앞에서 강압적으로 찍어 누르듯이 소리쳤다.

“어이구 참. 깐죽거리기는. 있을 거면 그냥 조용히 밥이나 먹고 가! 잘난 지수에게 질투하지 말고.”

“네, 아버지.”

그녀가 바로 공손히 대답하자 할 말을 잃어버린 일영이 흠흠 헛기침을 했다. 라은은 여전히 지수의 눈치를 살피고 지수와 스타일리스트는 묘한 비웃음을 입가에 띤 채로 자리에 앉아 있었다.

“호호호.”

크리스털 컵에 생수를 따라 마시며 지수의 스타일리스트가 기분 나쁜 웃음을 흘렸다. 쿡쿡 소리 죽여 웃었지만 막 일영이 호통친 바로 직후에 이어진 웃음이라 더욱 불쾌하게 느껴졌다.

“언니 왜 웃어?”

히죽 웃으며 지수가 묻자 스타일리스트가 고개를 저었다.

“아니, 그냥. 웃겨서.”

“호호, 나도 웃음이 나네.”

“킥킥.”

뭐가 그리도 즐거울까? 꼭 눈앞에 있는 세연을 바보로 만드는 것처럼 두 사람이 소리 내어 웃는 가운데, 정작 상석에 앉은 어른인 일영과 라은은 그저 방관할 뿐이었다.

“어머, 세연 씨라고 했죠? 가족들끼리 사이가 좋은가 보다. 그러지 말고 이 참치회도 먹어 봐요. 참치 뱃살이 아주 입에서 살살 녹네."

언제 웃었냐는 것처럼 표정을 정돈한 지수의 스타일리스트가 말했다.

"그러지 말고 지수랑 사이좋게 지내요. 내가 듣기론, 둘이 일본에서 학교 다닐 때부터 친하게 지냈다면서. 자매처럼 붙어 다녔다고 하던데, 안 그래요? 지수가 지금도 그쪽 부모님한테 이렇게 잘 하잖아요?"

지수의 스타일리스트가 계속 지껄여 댔다.

"듣자 하니까 얼마 전에도 지수도 찍는 드라마, 그쪽이 찍고 싶다고 그랬다면서요. 맞나?"

다시금 정적이 감돌았다.

모두의 시선이 그녀에게로 와서 쏠리는 가운데, 세연은 천천히 보란 듯이 지수의 스타일리스트가 젓가락으로 권한 참치 뱃살을 입으로 가져가서 씹었다. 그리고는 웃으면서 말했다.

"참 맛있네요. 덕분에 잘 먹었습니다. 말하신 대로 기름이 많고 입 안에서 살살 녹아서 아주 좋네요."

세연은 여전히 웃으면서 연신 맛있게 먹었다고 고개 숙여 인사를 했다. 조금이라도 수가 틀리면 세연의 따귀를 올려붙일 일영이 봐도 흠을 찾을 수 없는 정중한 태도였다.

그러나 왜일까.

세연의 깍듯한 인사에 지수와 스타일리스트의 표정이 변했다. 둘은 말없이 짜증스럽다는 눈빛을 교환했다. 이윽고 똥 씹은 표정을 짓고 있던 지수가 말했다.

"언니, 그러지 말고 나가서 차나 마시자. 내가 살게."

❄

"어머니, 아버지 그럼 안녕히 가세요. 제가 전화 드릴게요."

지수가 아무 일도 없었던 것처럼 생글생글 웃으면서 그녀의 부모님에게 붙임성 좋게 말했다.

“다음엔 제가 한정식집에서 한 번 제대로 모실게요. 오늘은 음식 맛이 생각보다 좀. 그럼 다음에 봬요.”

그 말과 동시에 은빛 사각의 체인이 두드러지는, 딱 보기에도 고가의 핸드백에서 새하얀 봉투를 꺼냈다. 그리고는 영화의 한 장면처럼 능숙하고도 매끄러운 태도로 봉투를 그녀의 부모님에게 내밀었다.

“아니, 이걸 또 뭐.”

일영이 연신 손사래를 치고 거절했으나, 지수는 물러서지 않았다.

“이러면 제가 섭해요. 오랜만에 뵈었는데. 그동안 왕래하면서 정말 딸처럼 절 대해 주시기로 했잖아요. 그러니 받아 주세요.”

결국 라은이 못 이긴 것처럼 눈짓을 보내면서 말했다.

“여보, 이렇게까지 말하는데 받아 줍시다. 지수가 마음이 예쁘잖아요. 배우 체면도 있는데.”

그렇게 말하는 라은의 뺨은 장밋빛으로 발갛게 물들어 있었다. 세연이 평소에 보기 힘든 녹아들듯 웃음 띤 얼굴이었다. 그녀 앞에서는 항상 짜증을 내고 한숨을 쉬었으니까.

“그럼 안녕히 가세요, 어머니. 아버지. 다음에 또 뵐게요”

지수는 드라마의 한 장면처럼 과장스러운 포옹을 하고 일영과 라은을 대리까지 불러서 태워 보냈다. 세연은 그 떠들썩한 일련의 과정을 묵묵하게 지켜보았다. 식사를 하는 내내, 시뻘겋게 그녀의 가슴을 태우는 듯한 울화가 사라지지 않았다. 시커멓게 타 버린 목탄이 된 듯한 기분이었다.

연기와 함께 차가 떠나간 뒤 남겨진 세연은 여전히 무표정하게 서 있었다. 그때 지수가 아무렇지 않게 그녀의 팔짱을 꼈다. 그리고는 보란 듯이 그녀를 일식집 화장실로 이끌었다.

"나랑 얘기 좀 해, 세연아."

화장실에 들어온 지수가 제일 먼저 한 일은 "쾅" 떠나가라 화장실의 문을 닫고 누가 들어오지 못하게 걸어 잠그는 것이었다.

지수가 그녀를 매섭게 쏘아보면서 팔짱을 꼈다. 그리고는 찰칵, 소리와 함께 아무렇지 않게 담배를 피워 물었다. 그렇게 얼마나 있었을까.

침묵이 흐르고 본격적인 공격의 포문은 지수가 먼저 열었다.

"넌 변함없이 구질구질하다, 너무 변함이 없어서 소름이 끼친다고 해야 하나. 한국에 돌아온 지 얼마나 됐는데 아직도 정신 못 차리고 있는 거야?"

그 말과 동시에 후, 하얀 담배 연기를 내뿜었다. 그것도 일부러 노리는 것처럼 그녀의 눈 쪽으로 매캐한 담배 연기가 뿜어지자 세연은 화를 내기보다는 피식 웃으며 고개를 돌렸다. 그리고는 천천히 말을 꺼냈다.

"너야말로 여전하네."

세연은 말했다.

"언제까지 어린애같이 살 건데? 솔직히 지긋지긋하네."

음울하게도 들리는 낮게 가라앉은 탁한 어조.

유지수 옆에 있으면 감정이 소용돌이치듯 맹렬하게 솟구쳤다.

세연은 '하아' 숨을 들이마셨다. 그리고는 억누르듯 숨을 길게 참았다가 내뱉길 되풀이했다.

크게 한번 심호흡한 세연은 낮게 말했다.

"날 괴롭힌 것도 모자라 이제 부모님에게까지 접근하는 거야? 아직도 부족해?"

그녀가 혐오감을 숨기지 못하고 차갑게 말을 던지자, 들은 척도 하지 않고 뿌연 담배 연기를 내뿜던 지수가 키득키득 웃었다. 그리고는 보란 듯이 딴청을 부렸다.

"어머, 왜 이래. 난 다른 사람은 몰라도 항상 너 앞에선 예의를 지켰어, 세연아."

이윽고 담배를 비벼 끈 지수가 일방적으로 할 말을 쏟아 냈다.

"내가 유명세가 있는데 어떻게 성질을 부리겠어."

지수는 세연을 어린아이 취급하듯 빈정거렸다.

"내가 이 업계에서 여기까지 올라오느라 얼마나 힘들었겠니."

그 말과 함께 지수가 탐스럽게 웨이브 진 머리칼을 쓸어 넘겼다. 다음 순간 음산하리만큼 조용한 세연의 목소리가 울렸다.

"왜 그랬어?"

"뭐가? 뭐가?"

지수는 놀리는 듯한 음성으로 고개를 갸웃했다. 세연은 손을 뻗어 지수의 목덜미를 엄지손가락으로 힘주어 짓눌렀다.

"……!"

전혀 생각지도 않은 그녀의 반격에 방심해서일까. 일방적으로 당하기만 하던 그녀가 이렇게 나올 줄 몰랐던 걸까.

지수가 캑캑거리며 밖에서 기다리는 스타일리스트를 부르지도 못하는 가운데, 세연은 하얗게 질린 지수를 싸늘하게 노려보면서 말했다.

"왜 애들을 좌지우지해서 날 공격했어? 차라리 뒤에 숨지 말고, 네가 공격에 직접 가담해서 날 쳤더라면 지금같이 증오스런 기분은 들지 않았을 거야."

그 말과 동시에 세연이 지수를 놔주었다. 갑작스레 풀려난 지수가 기침을 했다. 세연은 동요하지 않았다.

세연의 눈은 여전히 싸늘한 빛을 띠고 있었다.

"내가 아무리 목이 쉬어라 처절하게 물어도 넌 들은 척도 하지 않았어. 지금처럼."

사실이었다. 그녀가 아무리 물어도 지수는 '내가 그랬었나' 이러고 말끝을 흐리거나, 그녀와 부모님 사이를 이간질했다.

– 아무리 생각해도 세연이가 이상해요. 제가 생각해 봐도 이해가 안 가서요.

다시금 조용한 일식집 화장실에 귀기 어린 세연의 서늘한 목소리가 울려 퍼졌다.

"너는 그렇게 계속 발뺌했고, 나만 이상한 애가 되고 말았어. 덕분에 지금까지 부모님은 날 보려고 하지도 않으니까."

세연은 계속 한 자 한 자 힘주어 내뱉었다.

"그것도 모자라서 내 부모님한테 이제 용돈까지 줘? 그것도 내가 보는 눈앞에서. 하? 부모님 앞이라 참은 거야. 네가 잘난 거라고 착각하지 마."

그간의 분노와 증오를 실어 그녀가 보란 듯이 내뱉을 때였다. 갑자기 퉤, 소리와 함께 촉촉하고 불쾌한 뭔가가 날아와 그녀의 얼굴에 흩뿌려졌다.

그녀에게서 풀려난 지수가 침을 뱉은 것이다.

"지랄하고 있네, 병신 같은 년이."

지수는 평소 세련되고 도회적인 느낌을 주는 얼굴을 보기 흉하게 일그러뜨렸다.

그리고는 킥킥 악마같이 웃었다.

그건 정말 악마의 웃음소리처럼 들렸다. 실제 지수에게는 남들 모르게 음산하고도 끈질긴 면이 있었다.

"그래서 어쩌라고? 너, 정말 집요하게 캐묻고 또 캐묻는다. 지겹지도 않아?"

지수가 들으란 듯 그녀의 말투를 흉내 냈다.

"거슬리게 딱 버티고 서서 뻣뻣하기 그지없는 말투로 잘난 척은. 그래서 더 짓밟고 싶어지잖아. 확실히 넌 벌레같이 바닥에서 꿈틀거릴 때 짓밟는 재미가 있었는데."

그 말에 세연은 무표정하게 손을 뻗어 수돗물을 틀었다. 지수가 얼굴에 뱉은 침을 천천히 닦아 냈다.

"넌 정말 나 대신 우리 부모님 딸이라도 되고 싶은 거야?"

세연의 물음에 지수는 묘하게 비웃는 표정으로 되물었다.

"왜? 그러면 안 돼?"

동시에 차가운 얼음물을 머리에 뒤집어쓴 것처럼 소름이 돋았다.

"조심해. 네 말대로 네 부모님, 특히 네 아버지 잔뜩 독이 올라서 벼르던데. 한국은 부모가 자식을 정신병원 넣을 수 있는 거 알지?"

지수는 친절하게 충고하기까지 했다.

"나한테 신경 쓸 시간에 네 부모님한테나 신경 좀 써."

"네가 이러는 이유는 아무래 생각해도 하나밖에 없어. 내가 네 자존심을 상하게 해서. 넌 항상 누구보다 우월해야 하고, 그렇지 못하면 기분 나빠 하니까."

세연의 말에 지수의 눈빛이 표독스러워졌다. 세연은 서늘하게 날을 세운 어조로 흔들림 없이 덧붙였다.

"일본에 있을 때, 나만 유명한 소속사에서 전속 계약 제안을 받았고 넌 떨어져서. 역시 그 이유겠지?"

그리고 나서 침묵이 흘렀다.

평소 그녀를 볼 때마다 재밌어서 미치겠다는 것처럼 깔깔 웃던 기분 나쁜 웃음은 온데간데없이 사라지고 없었다.

지수가 정말 짜증 나고 거슬린다는 표정으로 팔짱을 낀 채로 그녀를 노려보았다. 그것도 무시무시한 살기를 담아.

무섭게 뒤바뀐 지수의 표정에도 세연은 눈 하나 깜짝하지 않았다. 놀랄 이유도 없었다. 그녀에겐 익숙했고 가면을 벗은, 끔찍할 정도로 노골적인 악의를 담은 얼굴을 이미 예전에 보았으므로.

"얘, 진짜 웃기네."

이윽고 지수가 코웃음 치며 잘라 말했다.

"어차피 네 말은 아무도 안 믿어. 네 부모님조차 내 말을 더 신뢰할걸."

지수가 그녀에게 바짝 고개를 들이밀었다. 담배 향에 뒤섞인 숨 막힐 듯 짙은 향수 냄새가 서서히 그녀를 압박해 왔다.

"잘 들어. 네가 아무리 일본에서 내가 폭행을 사주하고, 그래서 애들한테 습격당했다고 해도 아무도 널 안 믿어. 하다못해 널 낳고 키워 준 네 부모님도 아주 너라면 진절머리를 내니까. 나라도 잘나가고 돈도 더 많이 주는 나로 딸 맞바꾸고 싶겠어."

여유를 되찾은 지수가 담배에 다시 불을 붙이며 카랑카랑한 어조로 거침없이 내뱉었다.

"넌 영광인 줄 알아. 내가 아무나 상대해 주는 줄 알아? 다 네 잘못이야. 너는 일본에서 그 에이전시에 들어가지 말았어야 했어."

아무도 들어오지 않는 조용한 일식집 화장실의 칸막이를 고개 숙여 확인하던 지수가 소리 내어 웃었다. 남들이 볼 때는 강렬한 느낌으로 아름답게 보이겠지만. 특유의 치켜 올라간 매서운 눈매와 새하얀 톤이 두드러지는 화장이 그녀에겐 여전히 악귀처럼 보였다.

조곤조곤하게 말했던 지수의 표정이 변했다.

"언제였더라. 네가 그랬지? 드라마에서 맞붙어 보자고."

그랬었다.

지수가 지금처럼 대놓고 그녀 앞에서 빈정거려서 일어난 일이었다.

아마도 몇 달 전이었을 것이다.

– 저, 왔어요.

생글생글 웃으면서 두 손 가득 값비싼 과일 바구니를 들고선 지수가 집으로 찾아왔었다.

– 저, 새 드라마에 들어가게 될 것 같아요. 축하해 주실거죠?

지수는 만면에 흐뭇한 미소를 머금은 채로 세연이 보는 앞에서 그녀의 부모님에게 정말 딸처럼 어리광을 부려 댔다. 누가 들어도 사랑스러운 목소리로 담뿍 진심을 담아 속삭였다.

– 제가 식구가 없잖아요. 엄마는 일본에서부터 그렇게 속을 썩이더니 결국 제 신용카드를 들고 종적을 감춰 버렸고. 아버지란 인간은 누구인지도 모르고. 그래서 대신 제게 가족 같은 분들에게 축하를 받고 싶었어요. 제겐 의지가 되는 분들이니까요.

그것도 모자라서 지수는 눈가 가득 촉촉한 물기를 담고 누가 봐도 사랑할 수밖에 없는 어여쁜 미소를 지었다.

– 제겐 정말 힘이 돼요. 정말. 고마워요. 엄마, 아빠.

그 광경을 보던 세연은 순간적으로 딸이 자신인지 지수인지 헷갈렸다. 눈물을 글썽이며 품으로 파고드는 지수를 예의 다정하게 토닥이며 그녀의 부모님이 달래 주셨다.

– 일본에서부터 네가 세연이 친구로 왕래했잖니. 그런 부모 같지도 않은 사람은 잊어버려라. 우리끼리 있어 하는 말이지만, 집 나간 네 엄마 말이다. 일본에 있을 때도 이 남자 저 남자 바꿔 재혼하며 널 힘들게 하더니, 결국 이렇게 됐구나.

– 괜찮아요. 이제 부모님이 계시니까 저는 정말 괜찮다니까요. 게다가 제가 이번에 들어가는 드라마, 올해 상반기 최고 기대작이에요. 정말이에요. 기사도 계속 떴구요. 톱 탤런트들하고 찍으니까 이번 드라마만 히트하면 저도 뜰 거예요. 더 이상 올라갈 수가 없을 정도로요.

결국 그 날은 지수의 드라마 캐스팅을 축하하고자 샴페인까지 땄다. 지수는 한 병에 백만 원이 넘는다는 고가의 샴페인을 계속 부모님에게 권했다.

– 어우! 이런 비싼걸. 안 마셔도 되는데.

그녀의 부모님이 또 손사래를 쳤다. 달콤한 금빛 샴페인처럼 설레하는 지수의 목소리가 집안 가득 울려 퍼졌다.

– 아셨죠? 꼭 드라마가 잘되길 빌어 주세요. 저도 앞으로 더 신경쓸게요. 제겐 부모님 같은 분들이니까.

– 허허! 그래, 그래. 우리 지수가 착하지.

그 날은 다들 취했다. 세연만 제외하고는. 평소 그녀 때문에 암울했던 집안 분위기가 한껏 장밋빛으로 달아올랐다. 그녀만 아무 말 하지 않으면 부모님은 행복해질 수 있었다. 세연만 화끈거리는 마음속의 울화를 억누르면, 자신을 제외한 모두가 행복해질 것이다.

– 드라마가 성공하면 이제 우리 집 안 올 거니?

묵묵히 있던 세연이 입을 연 건, 일영과 라은이 자리를 비웠을 때였다. 마음껏 여배우의 우아한 분위기를 발산하듯 꼭 새하얀 백합을 연상케 하는 어여쁜 하얀 원피스, 예의 입가에 기분 나쁘게 느껴지는 묘한 웃음을 담고 완벽하게 세팅한 웨이브 머리칼을 만지작거리면서 지수가 입을 열었다. 그리고는 보란 듯이 그녀를 비웃었다.

– 아니, 왜? 난 계속 올 건데.

술에 취한 지수가 그녀가 들으란 듯 '영원히'를 강조했다.

– 네가 싫어도 계속 네 집에 올 거야. 이제 시작인데 뭘. 영원히 올 거야~.

마지막엔 억양을 올려서 꼭 노래를 부르는 듯한 어조였다. 이윽고 취기가 올라 발그레해진 얼굴로 지수가 손가락으로 머리칼을 꼬기 시작했다. 그리곤 빙빙 돌리던 손가락으로 세연을 가리켰다.

– 네가 백화점 마트 지하에서 햇빛도 못 보고 썩어 가는 동안, 난 드라마도 찍고 배우로서 승승장구할 거야.

그래서였을까. 지수의 말 한마디 한마디가 쿡쿡 동공을 찔러 대는 것 같은 환시 속에, 세연이 불쑥 내뱉고 말았다.

– 그래? 그럼 드라마로 붙어 보자. 내가 직접 널 끌어내려 줄게.

그리고 나서 멈출 수 없는 불길 같은 기운에 휩싸여 세연은 내뱉고야 말았다.

– 내가 백화점 마트 일한다고 무시했었지? 내게는 소중한 직장이야. 다른 많은 사람들한테도 그러고. 그러니까 모독하지 마. 네가 그렇게나 자신 있어 하는 드라마, 나도 연기는 자신 있으니까. 널 끌어내릴 정도는 돼. 그때도 지금처럼 날 비웃을 수 있을지 꼭 한번 지켜볼게.

잠시 침묵이 흘렀다. 지수는 흥이 사라진 듯한, 싸늘한 얼굴로 세연에게 응수했다.

– 물론 들었어. 그런데 어떻게 드라마를 찍을 건데? 네 주제에 나랑 같이 캐스팅될 수 있어? 한국에 와서 연기를 해 보기는커녕, 소속사도 없잖아.

지수가 보란 듯이 그녀를 비웃었다.

–네가 한국에서 빌빌거리고 있는 동안 내가 내 몸값 올리려고 얼마나 힘들었는데. 넌 어떻게 여기까지 기어 올라오려고?

당시 지수의 말을 떠올리며 세연이 소리 없이 숨을 골랐다. 지수가 술에 취해 기억 못 하는 줄 알았다. 눈앞의 지수의 얼굴이 보이자 절로 숨이 가빠졌다.

"한번 생각해 봤어. 그래, 네가 배우가 돼서 나랑 드라마에 맞붙겠다고 한 거."

지수가 의기양양한 어조로 말했다.

"그럼 한번 올라와 보든가. 네 말대로 진짜 나랑 같은 드라마에 캐스팅되나 두고 볼게. 네가 날 이길 수 있는지."

지수가 계속 키득거렸다. 그 비웃음을 들을 때마다 결코 벗어날 수 없는 지긋지긋한 운명의 사슬에 갇힌 느낌이었다.

"심심했는데 잘 됐다. 이런 재미도 있어야지. 힘겹게 올라온 널 밀어서 떨어뜨리는 것도 카타르시스지."

"약속해. 연기에서 네가 밀리면 다시는 나와 내 부모님 앞에 나타나지 않을 거라고."

보란 듯이 고개를 들이밀며 눈을 마주치면서 선언하듯 흔들림 없이 대답을 요구하자, 그때였다.

그 말에 지수가 고개를 젖히며 크게 웃었다. 그리고는 고개를 내려 뚜렷한 어조로 답했다. 마치 세연을 지옥으로 끌고 가는 듯한 음성이었다.

"좋아, 우선 네가 나와 같은 드라마에 캐스팅된다면 그때 가서 한번 생각해 볼게."

지수가 말했다.

"내가 드라마 화제성에서 너한테 밀리면 사라져 줄게. 그러니 단 한 번이라도 날 이겨 보세요, 정세연 씨."

지수가 시뻘겋게 충혈된 눈을 들이밀며 그녀를 노려보는데, 지옥에 있는 악마의 얼굴이 이러하지 않을까 싶었다. 등줄기에 식은땀이 흘러내리는 가운데, 세연의 머릿속에 기우가 떠올랐다.

이상한 일이었다.

이 순간 말도 안 되는 기우의 제안이 떠오른 것은.

– 실제로 유지수는 널 공격하고 있고, 반격의 서막을 열어 줄 수 있지. 그러니 생각이 바뀌면 날 찾아와. 유지수와 맞붙게 해 줄 수 있으니까.

유지수의 말대로 현재 세연은 돈 한 푼 없는 처지였다. 이 상황에서 캐스팅이 되려면 기적이 필요했다.

'그 사람은 적어도 지키지 못할 말은 하지 않을 테니까.'

기우는 허언을 내뱉을 사람이 아니었다. 냉정하면서도 목표 지향적인 그는 분명 그녀가 원하는 것을 그녀에게 안겨다 줄 사람이었다. 현재로선 그녀가 원하는 목표에 가장 빠르고 정확하게 데려다줄 사람.

– 분명히 넌 유지수에게 배신당했어. 내가 아니까 이제 마음 놓아도 돼.

하다못해 그녀를 낳고 기른 부모님도 유지수의 말만 믿었지 그녀의 말을 믿지 않았었는데.

착각이 아니라는 기우의 말을 떠올리자 그녀의 마음이 흔들리기 시작했다.

第 7 幕

이 모든 상황이 여전히 불길하고 두려운 꿈처럼 느껴졌다.

손에 잡힐 듯하면서도 현실감이 없었다.

그럼에도 확실한 건 앞으로도 그녀는 살아가야 한다는 것이다.

무슨 일이 있어도 단 한 번이라도 반격을 가해야 했다. 지금껏 그랬던 것처럼 다친 눈을 부여잡고 한없이 아래로, 아래로만 내려가던 상황엔 이제 종지부를 찍어야만 했다. 죽기 전에 단 한 번이라도.

물론 불가능에 가깝다는 사실을 알았다. 현재 유지수의 위치를 생각해 볼 때, 세연이 반격할 만한 틈이 없었다.

거창하게 말하지 않아도 유지수는 가장 주목받는 신인 탤런트였다. 티비를 틀면 하루에도 몇 번씩 지수가 출연한 CF 광고가 나왔으니까. 그것도 잠시, 세연은 고개를 저었다.

쉽게 물러날 거라면 이 결심 자체를 하지 않았을 거다.

아무리 생각해도 결론은 같았다.

일본에서 세연의 삶을 엉망진창으로 만들어 버린 것으로 복수할 명분은 충분했다. 그것도 모자라 그녀의 부모님의 환심을 얻으려 들었으며, 세연의 처지를 조롱했다. 덕분에 세연은 단잠을 취하고 있던 이 부자리에서 쫓겨나야만 했다.

더 이상은 곪을 대로 곪은 상처를 껴안고 살 수가 없었다. 비바람이 몰아치는 냉혹한 세상에서 벌벌 떨기 싫었다.

집에서 쫓겨난 세연이 갈 곳은 없었다. 결국 해옥 고모의 집에서 아직까지 구박을 받으며 살고 있는 상황이었다.

실상 눈이 아직 낫지 않았음에도 계속 아르바이트를 강행해 온 것도 해옥 고모의 탓이 컸다. 일을 하지 않으면 매일 강박적이리만큼 온 집 안을 먼지 한 톨 없게 청소하는 고모에게 시달려야 했으니까.

해옥 고모가 운영하던 커피숍에서 일을 했을 때도 마찬가지였다. 커피숍이 새 주인에게 넘어가기 전까지 매일 고모의 가게로 출근해 대걸레질에 온갖 잡일을 해야만 했다. 물론 아르바이트비는 따로 없었다. 청소는 그저 세연이 밥값을 지불하는 방법이었다.

"아니, 얘가 그새 또 어디 갔다 왔니?"

다시금 예외 없이 해옥 고모가 눈을 부라렸다. 고모는 그녀와 눈만 마주치면 악담과 저주를 퍼부어 댔다. 세연은 조용히 인사했다.

"다녀왔습니다, 고모님."

세연은 해옥 고모가 뭐라 뭐라 언성을 높이는 가운데 조용히 방문을 닫고 돌아왔다.

집에 돌아온 세연은 피할 수 없는 현실의 무게 속에서 담담히 떠올렸다.

'그래, 더 이상 피해서는 안 돼. 정면으로 맞닥뜨려야 해. 기우를 다

시 만났으니 이제는 어떤 식으로든 끝을 봐야 해.'

세연은 생각했다.

물론 힘들어서 모든 걸 그만두고 싶을 때도 있었다. 잠시 숨도 쉬지 못할 정도로 답답하게 짓누르는 삶의 무게에 도망치고 싶을 때도 있었다.

'더 나아질 거야. 그래, 지금보다는 더 나빠질 일은 없을 테니까.'

그나마 멈추지 않고 여기까지 올 수 있던 건 치열하게 살다 보면 삶의 행복을 찾을 수 있을 거라, 마지막 희망을 품고 있었기 때문이었다. 하지만 그녀의 일상은 다시 무너질 위기에 처했다.

유지수가 그녀의 지난 아픈 생채기를 헤집은 것도 모자라, 보란 듯이 침을 뱉고 모욕을 했으니.

고통은 지난 일본에서의 일로 충분했다. 19살, 모든 게 이른 나이였다. 그저 친구들과 어울리고 즐겁게 뛰어놀며 아직은 막연한 앞날을, 미래를 꿈꾸며 살아가도 됐을 것이다. 더 이상은 덫에 걸린 쥐처럼 버둥거릴 자신이 없었다. 다시 찾아온 현실에 참을 수 없으리만큼 서글퍼졌다.

결국 포기하지 못하고 비분강개해 일어선 지금 그녀의 생각은 변함없었다.

'이제 일어날 거야. 이건 복수도, 앙갚음도 아니야. 그냥 원래대로 부모님과 내가 살던 집으로 다시 돌아가는 것뿐이야.'

익숙하고 따스했던 잠자리를 되찾으리라. 세연은 소리 없이 맹세했다.

그러기 위해선 무엇보다 그동안 일부러라도 떠올리려 하지 않았던 과거의 기억과 정면으로 마주하는 수밖에 없었다.

그녀가 결코 떠올리고 싶지 않았던 고통스러운 과거.

계속 피하면 5년 전과 달라질 게 없다.

'하지만 떠오르지 않아.'

분명 한때 일본에서 살았지만, 그녀가 기우와 함께 걸어 다녔던 일본의 거리 이름과 길가 하나하나가 거짓말처럼 기억에서 지워졌다. 오로지 극심한 충격의 순간만 리플레이되듯 떠오를 뿐이었다.

처음 일본에 와서 잠깐 살았던 홋카이도 오타루의 운하 거리와 실제로 부모님이 일하셨던 오사카 신사이바시 인근 재래시장. 그리고 마지막으로 도쿄로 올라와 신오쿠보 인근에서 살았다는 것 외엔 대부분이 기억나지 않았다. 일본에서 만났던 사람들에 대한 기억도 흐릿했는데, 습격 사건의 장본인들과 지수, 그리고 유일한 친구였던 유키의 얼굴 정도를 떠올리는 게 고작이었다.

한국에 돌아와 치료를 받았을 때 의사는 그런 그녀의 증상을 이렇게 진단했었다.

– 현재로선 공황장애보다는 외상 후 스트레스 증상에 가까워 보입니다.

감당할 수 없는 충격을 받아 생긴 외상 후 스트레스 장애.

– 그때 19살이라고 했죠? 어린 나이에 겪은 사건의 후유증으로 생긴 회피나 망각, 아니면 악몽을 꿀 수도 있고. 극단적인 경우 환청이나 환각을 볼 수도 있는데. 사건과 관련된 도쿄의 학교와 동급생들, 하다못해 거리 지명까지 잘 생각나지 않는 증상과도 관계가 있을 수 있습니다.

그런데 어째서 기우와 관련된 그 모든 일들은 생생하게 떠올라 그녀를 괴롭히는지 모를 일이었다. 운명처럼 이끌렸던 첫사랑의 기억. 잃어버린 순수했던 순백의 시절을 떠올리며 세연은 쓰게 웃었다. 비록 순식간에 붉게 피에 젖어 버렸지만.

그녀는 서서히 굳게 닫았던 마음의 봉인을 열었다. 5년 만에 결코 떠올리고 싶지 않던 과거를 회상했다. 애써 기억을 헤집지 않았다. 그러니 자연스레 망막에 새겨진 기억들이 머릿속을 스쳐 지나갔다. 세연은 생각했다.

'좋아. 어차피 맞닥뜨려야 할 과거라면 이제 피하지 않아. 얼마든지 기억해 주겠어.'

그 순간 떠오른 그 멈춘 것 같은 순간 유유히 흘러가는 도쿄의 하천.

회색의 거리를 감싸는 듯한 느낌을 주던 곳. 가끔 힘들 때는 교복을 입은 채로, 초록빛 나무들 속 조용히 흘러가는 물결에 무심히 시선을 주었던 기억이 났다. 그 속에서 예기치 않게 그를 만났다.

……첫 만남은 19살의 어느 봄날이었다.

第 8 幕

5년 전 일본 도쿄.

「내가 전에 말한 여자애 있잖아. 이번에 CSE 방송국에서 드라마를 하는데 거기에 저 여자애가 나온대.」

「아, 그 한국계 여자애?」

뚜렷한 음성이 세연의 귓가를 스쳤다.

도저히 안 들을려야 안 들을 수 없는, 기분 나쁠 정도로 노골적인 키득거림.

그럼에도 세연은 말없이 무표정한 얼굴로 그 자리에 버티고 서 있었다. 빛바랜 듯한 감색의 교복을 입은 채로.

'여기까지 따라왔는데 그냥 갈 리가 없겠지.'

아무리 생각해도 오늘은 일진이 안 좋았다.

볼일이 있어 방과 후에 전철을 타고 도쿄 시내까지 나온 그녀였다. 그런 그녀에게 같은 학교 교복을 입은 남자아이들이 따라붙었다. 일부러 같은 전철 칸을 타는 것 같더라니 역시 나쁜 예감은 언제나 들어맞는다.

학교에서부터 여기까지 따라온 아이들이 그녀를 쉽게 놓아줄 리 없었다.

방과 후 소속 사무실에 들른 그녀였다. 그녀는 애써 그들을 무시하고 소속사 사무실에 들어갔다. 소속사 사무실로 쓰이는 오래된 회색의 건물 근처에 그녀와 같은 한국인들이 많이 다니는 학교가 있었다. 음악 연습실로 쓰이는 스튜디오 역시 자리했는데 그래서일까. 평소 커다란 악기를 멘 이들이 들락날락하곤 했다.

세연은 금세 용건을 마치고 소속사 건물 계단을 내려왔다. 그러자 기다렸다는 것처럼 다시 남자아이들이 집요하게 따라왔다.

「무서워!」

「하나도 안 예쁜데 뭐가 예쁘다고 그래? 키레이 쪽이라고 누가 그런 건데?」

세연은 자신을 보며 노골적으로 낄낄거리는 그들에게 잠시 시선을 주었다.

그녀가 진학한 일본의 학교는 몇 년 전, 재단이 바뀌며 다시 신설된 곳이었다. 학업 성적은 우수했으나 집안 사정상 전학이 잦았던 세연을 받아 준다는 곳은 그곳뿐이었다.

신설된 지 얼마 되지 않아 두드러지는 학교 분위기는 딱히 없었다. 대체로 자기들끼리 떠들고 어울리는 개인주의적인 분위기라고 해야 할까. 그렇다고 아이들을 괴롭히는 불량한 무리가 아예 없는 것은 아니었다.

「이름이 뭐라고?」

「이름도 이상해. 세연? 한국인 이름은 발음하기 어려워. 탤런트 예명은 세영, 이라고 활동한다던데.」

저들의 말이 맞았다.

정세연. 소속사에서도 그녀의 한국어 이름에 난색을 표하며 발음하기 어렵다고 '세영'이란 예명을 쓰는 게 어떻겠냐며 먼저 제안했다.

「가지 마!」

「잠깐 기다려. 우리 아직 할 얘기가 남았잖아? 킥킥.」

헉헉, 절로 숨이 가빠졌다. 불량한 남자아이들이 점점 속력을 내는 가운데, 세연 역시 멈추지 않고 무서운 속도로 걸어가기 시작했다. 그런 그녀의 눈앞에는 길게 계단으로 이어진 해질 무렵의 언덕이 펼쳐져 있었다.

「이상해!」

「무섭다고.」

꺄악 꺄악. 꼭 시커먼 까마귀들이 기분 나쁘게 울부짖는 소리처럼 들렸다.

그 소리에 우뚝 멈춰 선 세연은 갑자기 고갤 돌려 차갑게 쳐다보았다.

동시에 짓궂게 놀리며 따라오던 무리들이 깜짝 놀라 멈춰 섰다.

조용하던 그녀의 입이 열리고 흔들림 없는 음성이 흘러나왔다.

「내 이름은 정. 세. 연이야. 부르고 싶으면 똑바로 불러.」

분명한 음성. 그녀는 일부러 또박또박 한 글자씩 힘주어 말했다.

「그리고 할 말 있으면 여기서 얘기해. 더는 나 따라오지 마.」

그녀가 보란 듯이 유창한 일본어를 구사하자 무리들이 순간 멈칫했다.

당돌한 세연의 말에 잡아 죽일 듯이, 살기등등한 눈빛을 쏘아 보내는 무리를 향해서 세연은 보란 듯이 입가를 치켜올리며 우아하게 웃었다.

「할 말 다한 것 같으니까 그럼 이만.」

생각지도 않은 그녀의 반격에 당황한 것일까. 잠시 할 말을 잃은 것처럼 멍하니 있던 무리들이 갑자기 화를 내면서 소리를 질렀다.

「잘난 척하지 마! 어디서 고고한 척이야.」
예상했던 일이라 세연은 놀라지 않았다.
살짝 두렵긴 했으나, 만만해 보이는 이방인이라고 비웃는 무리에게 굴복하는 모습을 보이기 싫었다. 오로지 그 이유만으로 세연은 용기를 냈다. 무리들이 여전히 씩씩거리는 가운데, 이윽고 계단 위에 버티고 선 세연은 보란 듯이 허리를 쫙 폈다.
「할 말 있으면 지금 얘기해.」
「없어! 너 같은 것 따위! 죽어 버려.」
동시에 '확' 소리와 함께 그녀의 몸이 드높게 치솟았다.
순간적으로 일어난 일이었다.
그들 중 하나가 괜한 객기를 부리며 그녀를 계단 밑으로 밀어 버린 것은.
정신을 차릴 새도 없었다. '어, 어' 소리와 함께 세연은 사정없이 뒤로 밀렸다. 아무리 몸의 중심을 잡으려고 해도 이미 끝까지 올라온 계단에서는 불가능했다.
머리가 깨지겠구나 싶어 눈을 질끈 감았을 때였다.
"……!"
거짓말처럼 싸한 향이 밀려들었다. 묘하게 유혹적인, 후각을 자극하는 머스크 향.
동시에 탁 그녀를 잡아끄는 강한 팔 힘이 느껴졌다. 고개를 돌리자 한심한 듯 그녀를 쏘아보는 강렬한 눈빛이 있었다.
「조심해! 계단에서 떨어질 뻔했잖아. 계단 안 보여?」
쿵. 갑자기 나타난 남자의 차가운 시선에 세연은 꼭 계단 아래로 굴러떨어진 것처럼 심장이 내려앉았다. 동시에 쿵쿵, 심장이 빠르게 뛰기 시작했다. 그 꿰뚫어 보는 듯한 눈빛에 절로 오금이 저렸다. 순간적으로 꿈인지 현실인지 헷갈렸다.

「너, 위험했다고.」

남자가 그녀의 눈을 마주하며 억양 없이 말했다.

「모르겠어? 이대로 계단에서 떨어져 운이 안 좋으면, 목이 부러질 수도 있었어. 그럼 바로 즉사야.」

남자가 꽉 잡아 준 덕분에 살았다.

아니면 정말 계단에서 볼썽사납게 미끄러져 자칫 잘못하면 생을 마감할 뻔했다. 일본에 온 이래로 긴장을 놓을 수 없는 나날들의 연속이었지만, 오늘은 저도 모르게 방심했나 보다.

「고맙습니다.」

절로 몸이 덜덜 떨리는 상황이었지만 애써 몸을 바로 세웠다.

남자와 눈을 마주치며 고맙다는 인사를 했다.

「덕분에 살았어요.」

남자는 거듭 고맙다고 말하는 그녀를 말없이 응시했다. 왜일까. 순간적으로 빤히 보는 그 눈이 폐부 깊숙이 파고드는 것 같은 느낌이 들어 멈칫했다.

이내 남자가 천천히 고개를 끄덕였다. 그리고는 그때까지도 계단 위에 서서 시선을 돌렸다. 그녀를 이렇게 떠밀었음에도 무리들은 전혀 미안한 기색이 없었다.

「이봐, 너희들이 밀었나?」

곧이어 남자가 언성을 높이자 무리들이 멈칫했다.

위협적으로는 느껴지지 않았는지 무리 중의 하나가 비웃는 것처럼 되물었다.

「뭐, 지금 우리한테 말하는 거야?」

「그래, 너희들. 못 들었어? 지금 이 애를 떠밀었냐고 물었어.」

오싹하리만큼 차가운 음성.

그제야 심상치 않음을 느낀 세연은 남자를 자세히 훑어보았다.

제일 먼저 윤기 흐르는 검은 머리칼과 큰 키가 눈에 들어왔다. 검은 셔츠를 걸친 늘씬한 체격. 처음엔 경황이 없어서 미처 못 봤지만 그는 등 뒤에 검은 케이스로 싸인 악기를 메고 있었다.

남자는 한눈에 보기에도 사람들의 시선을 잡아끄는 외양의 소유자였다.

단정하면서도 묘하게 차가운 느낌이 묻어나는 것은 아마도 특유의 서늘한 눈빛 때문인지도 모른다. 마치 심장으로 파고드는 것 같은.

그 눈으로 빤히 보면서 거침없이 상대를 몰아붙이니 무리들이 동요하지 않을 수 없었다.

「우리가 그럴 리가 없잖아? 그리고 저게 먼저 잘못했다고! 감히 우리들 심기를 건드렸어.」

여전히 정신을 못 차린 걸까. 그녀를 계단 밑으로 떠밀고도 모자란다는 것처럼 시끄럽게 떠들자, 깜짝 놀랄 일이 벌어졌다.

차갑게 쏘아보던 남자가 불쑥 언성을 높인 것이다.

「너희들, 비겁한 짓 그만둬!」

그의 말에 세연은 깜짝 놀랐다. 아랑곳하지 않고 남자가 차갑게 힐난했다.

「그렇게 여러 명이 몰려다니면서 한 명을 괴롭히면 기분 좋아?」

마치 웅변하는 듯한 어조였다.

그 모습에 세연은 훅, 숨을 들이마셨다. 다시금 쿵쿵 심장 박동 소리가 커지기 시작했다. 그러자 무리들이 움찔하며 처음으로 당황한 기색을 보였다.

동시에 남자가 멘 악기에 세연의 시선이 머물렀다. 뭐지? 그녀는 검은 케이스에 싸인 커다란 악기를 흘낏 쳐다보았다. 첼로? 첼로는 아닌 것 같고.

“……!”

그건 중요하지 않았다.

남자가 말 그대로 매고 있던 악기를 내려 휘두를 것처럼 심상치 않은 태도를 보였기 때문이다. 그제야 무리가 동요했다.

무리들은 툴툴거리면서도 '미안합니다' 중얼거리더니 서둘러 도망가 버렸다.

뒤늦게 긴장이 풀린 세연은 다리의 힘이 빠져 털썩 주저앉았다. 그런 그녀를 남자는 말없이 보고 있었다.

「이봐. 너 괜찮아?」

남자가 빤히 그녀를 쳐다보면서 물었으나 세연은 대답할 수 없었다.

"콜록, 콜록."

갑자기 사레가 들려 계속 기침이 나왔기 때문이다. 태연하려 했지만, 어쩔 수 없이 겁이 났다.

"……."

간신히 기침을 멈추고 고개를 들 때까지 여전히 남자는 가지 않고 멈춰 서 있었다.

「괜찮아요. 고맙습니다. 죄송해요……, 저 때문에 시간을 빼앗아서.」

그녀가 다시금 감사 인사를 하자 남자가 무표정하게 보다가 곧 고개를 돌렸다.

「어차피 집에 가던 길이었으니까.」

동시에 남자가 더 이상은 관심 없다는 것처럼 그녀를 홱 스쳐 지나쳐 걸어갔다. 세연의 시선은 그러한 남자의 뒷모습에 오래 머물렀다.

괜히 그녀를 걱정하는 태도를 보였으면 부담스러워서라도 피했을지 모르겠다. 하지만 돌아보지 않고 언제 그랬냐는 것처럼 걸어가는 그 냉정한 발걸음이, 무심하리만큼의 동요 없는 눈빛이 왠지 마음에 걸렸다. 이대로 아무 일 없던 것처럼 지나치면 후회할 것 같았다.

어떻게 할까?

고민한 것도 잠시, 세연은 지체 없이 걸어가 그대로 남자를 막아섰다.

그리고는 갑자기 길을 막은 그녀에게 황당하다는 눈빛을 보내는 남자를 향해 흔들림 없는 어조로 또박또박 말했다.

「제가 차 살게요. 괜찮다면 감사의 인사를 할 기회를 주지 않으시겠어요?」

부탁하면서도 절대 거절하면 안 된다는 눈빛을 쏘아 보내니 남자도 당황할 수밖에 없을 터였다.

초면에 다짜고짜 이런 제안을 하면 황당하지 않은 사람이 몇이나 될까.

게다가 그녀는 교복 차림이었다. 부담을 갖지 않으면 이상했다.

"……."

그럼에도 세연은 계속 버티고 서서 눈빛을 쏘아 보냈다. 보통 사람이라면 부담스러워하면서 자리를 피했을 것이다.

「그냥 도와줬을 뿐이야. 사례는 필요 없어, 부담스러우니까.」

하지만 그는 별거 아니란 듯이 건조한 음성으로 말하더니, 그제야 뜻을 알 수 없는 미소를 지었다.

차갑게도, 따스하게도 보이는 묘한 미소.

그 웃음은 그녀와 눈이 마주치자 거짓말처럼 사라져 버렸지만. 남자는 자리를 피하지 않고 세연의 양해를 구하더니 라이터를 꺼내 담배에 불을 붙였다.

「네가 감사 인사를 하든지, 아니면 사례를 하든지 나와 상관없어.」

거침없이 잘라 내는 음성이었다.

불어온 차가운 바람에 그가 내뿜는 알싸한 담배 연기가 그녀 쪽으로 실려 왔다. 세연은 천천히 시선을 고정시켰다. 감사 인사로 나름대로 사례를 하겠다는 제안에 보란 듯이 그녀 쪽을 향해 '후' 담배 연기를 내뿜는 그는 누가 봐도 나쁜 남자였다.

그런 남자 앞에서 세연은 잠시 침묵했다.

바람에 실려 흩어지는, 매캐한 하얀 담배 연기가 서서히 그녀의 후각을 자극했다.

결국 세연은 몸을 숙여 정중하게 인사했다.

「이제 담배 피우세요. 더는 귀찮게 안 할 테니까.」

그녀의 진심이었다.

도대체 왜 처음 보는 남자에게 커피숍에 가서 감사의 의미로 차 한 잔을 사겠다고 말했던 걸까?

지금까지 이런 적이 없었는데, 왜 굳이 싫다는 남자한테 그랬을까? 그녀가 첫눈에 반했다고 오해하기 딱 좋은 상황이다.

도대체 왜?

확실히 고마운 상황이긴 했다.

이 낯선 나라에 와서 누군가 도와줬다는 것이.

일본 사람들은 스미마셍, 이라고 사과를 자주 하며 친절한 듯했지만, 정작 그녀가 위기에 처했을 때 도와주는 이들은 없었다.

그렇게 오랫동안 보이지 않는 선입견과 폭력에 시달려 왔던 탓일까. 내심 지쳐 있었나 보다. 그래서 생각지도 않게 그녀를 도와준 낯선 이 남자가 눈물 나게 고마웠던 걸까.

그런데 정말 그 이유뿐일까?

아니다.

빤히 보는 그 눈빛에 묘하게 가슴이 두근거렸다. 지르르 전율이 느껴지고 그 오싹한 서늘한 느낌에 사로잡히듯 결국 그녀답지 않은 충동으로 말을 건넸는지 모르겠다.

그러자 생각지도 않은 일이 일어났다.

그녀가 당돌하게 차 한잔 사겠다고 말했을 땐, 들은 척도 하지 않고 차갑게 거절했던 그였는데.

이만 가겠다고 하자 남자의 표정이 변했다.

그녀가 몸을 돌려 걸어가자 마침내 그가 막아섰다. 그리고는 아무렇지 않게 담담하고도 깊은 어조로 말했다.

「찻집이 아니라 레코드샵에 들를 생각이었으니까.」

뭐? 지금 뭐라고 한 거지? 갑작스러운 말에 그녀가 놀라자 그가 희미하게 보일 듯 말 듯 미소 지었다.

그리고는 아무렇지 않게 덧붙였다. 너무나도 자연스럽게 지극히도 담담한 음성으로.

「음악 듣는 걸 싫어하지 않는다면. 뭐, 한 명이나 두 명이나 상관없으니까. 괜찮다면 따라와도 상관없어.」

그렇게 말했으나 그는 이미 세연을 보고 있지 않았다. 그저 돌아보지 않고 성큼성큼 걸어가고 있을 뿐.

「네 선택이니까.」

그녀에게 일임하지만 의미심장한 어조.

세연은 홀린 듯 그런 그를 바라보며 시선을 떼지 못했다. 아까부터 느꼈는데 확실히 이 남자 딱 꼬집어서 말할 수 없지만, 뭔가가 이상했다.

지금 역시 그러했다.

갑자기 그녀의 눈앞에 나타난 남자는 도대체 어떤 사람인지 쉽사리 가늠할 수 없었다.

세연은 고개를 돌려 관심이 가는 음반들을 유심히 보고 있는 남자를 흘낏 쳐다보았다. 큰 키에 눈에 띄는 분위기. 흘낏흘낏 그를 훔쳐보던 세연은 다음 순간 그와 눈이 마주쳤다.

「아까부터 왜 그렇게 쳐다보는 건데? 내가 희귀종이라도 돼?」

당황한 세연은 콜록콜록, 헛기침했다.
직설적인 그의 어조에는 도통 적응이 되질 않았다.
그리고 그때였다.
헤드폰을 귓가로 가져가던 그가 나직하게 말한 것은.
「왜 그렇게 쳐다보냐고 물었어.」
「아뇨……, 그냥 이 노래 들어 본 것 같아서. 그 생각하고 있었어요.」
의아하다는 시선을 받으며 세연은 천천히 말했다.
「레니 크레비츠의 'It Ain't Over Till It's Over' 맞죠? 」
그러자 의외라는 듯이 레코드샵에서 흘러나오는 음악에 귀를 기울이던 그가 고개를 돌렸다.
「이 노래 알아?」
이윽고 그가 묻자 세연은 고개를 끄덕였다.
「유명하니까요. 광고 음악에도 나왔는데……, 관심 없는 사람들도 한 번쯤은 들어 봤을걸요?」
「제목을 아는 사람은 많지 않으니까.」
그가 보란 듯이 지적했다. 그가 다시금 레코드샵에 흐르는 음악에 귀를 기울이며 물었다.
「음악 좋아하나 봐? 평소에 음악 뭐 들어?」
그가 생각났다는 것처럼 묻자, 세연은 잠시 생각하다가 신중하게 대답을 골랐다.
「음, 외국에 와서 딱히 말 상대가 없다 보니. 자연스럽게 영화와 음악도 많이 접하게 됐죠. 또래 여자아이들이 좋아하는 제이팝은 잘 듣지 않아요. 뭐라고 설명해야 되나 좀 어려운데. 이를테면 가라오케나 핸드폰 벨소리로 많이 깔리는 그런 친숙하고 듣기 좋은 멜로디들 있잖아요?」
잠시 생각하던 세연은 스스로에게 되묻듯이 자그맣게 '이를테면 니

시노 카나의 노래?'하고 반문했다.

「레니 크레비츠 노래도 그렇고 제이 지와 알리샤 키스 노래도 그렇고. 티비에서 나오는 핸드폰이나 컴퓨터 광고는 아무래도 최신이니까. 왠지 모르게 감각적으로 들려서 꼭 음악 제목을 찾아봐요」

세연은 혹시나 그가 알까 싶어 작게 광고에서 들었던 멜로디를 흥얼거렸다.

「혹시 이거 들어 봤어요?」

그녀의 진지한 대답에 그가 미소 지었다. 세연은 그 미소가 신경이 쓰였다.

「그 노래, 나탈리 콜 노래 잖아.」

「맞아요. 노래 제목이 아마 unforgettable 였을 거예요. 광고 음악에 나왔던. 넷 킹콜과 딸인 나탈리 콜이 부른 재즈 음악, 예전부터 좋아했어요. 들으면 꼭 꿈꾸는 것처럼 분위기 있게 들려서.」

그러자 그가 아무렇지 않게 말을 받았다.

「그러고 보면 블랙 뮤직을 많이 듣네? 네가 말한 레니 크레비츠, 알리샤 키스, 나탈리 콜까지 말야.」

「저야 관심 가지고 찾아보는 정도고, 그쪽이 나보다 음악에 대해서 훨씬 많이 아는 것 같은데요. 아닌가?」

그러자 잠시 빤히 그녀를 보던 남자가 희미하게 웃으면서 근사한 저음의 목소리로 대답했다.

「아무래도 그렇겠지. 나야 직업이니까. 하지만 네 나이 또래 여자애들 중에서 이 정도로 관심 가지는 것도 흔치 않아.」

「아, 그냥 노래가 좋으니까요. 이런 말 좀 그렇지만 외로울 때 위안받는 느낌이 들기도 하고. 블랙 뮤직이라고 하기엔 거창하지만. 처음 관심을 가지게 된 게 잭슨 파이브 노래거든요. 광고에 나온 노래가 좋아서 찾아서 듣게 됐고. 그리고 나탈리 콜은 스트리밍 사이트에서 재생하다가 우연찮게 듣게 되어서…… This Will Be, 이 노래가 너무 좋으니까요. 나중에야 티비나 광고에서 많이 들어 본 곡이라는 걸 알았죠.」

자신도 모르게 한참 이야기하다가 평소답지 않게 수다를 떨고 있다는 생각에 세연은 말을 멈췄다.

그러자 여전히 헤드폰을 낀 채로 음악을 들으며 가만히 그녀와 시선을 마주치는 남자의 얼굴이 보였다. 그가 보일 듯 말 듯 웃으면서 되물었다.

「그럼 영화 드림걸스 좋아하겠구나. 아닌가?」

「맞아요.」

세연은 고개를 끄덕였다.

「어쩌다 보니 말이 많아졌네요. 평소에 이런 음악 얘기를 할 사람이 없어서.」

너무 재잘거렸나 싶어 곁눈질하자, 음악을 감상하며 눈을 감던 그가 불쑥 내뱉었다.

「한 명이라도 즐거우면 된 거 아닌가? 그냥 편하게 생각해.」

동시에 세연은 움찔 동요했다. 꼭 그녀의 생각을 꿰뚫어 본 듯 말했기 때문이었다.

무엇보다 헤드폰으로 음악을 듣는 그가 살짝살짝 고개를 기울여 말을 건넬 때마다 그녀의 후각을 자극하는 머스크 향 덕분에 정신을 차릴 수가 없었다. 세연은 애써 태연하려 했지만 머릿속에 계속 떠올리고 있었다.

'뭐야? 이 사람……. 그런데 뭔가가.'

초면에 이런 생각을 하는 게 조심스럽지만 아까부터 이상하게 관능적인 느낌이 들었다. 세연이 희망하는 '어른'의 모습이었다. 딱 꼬집어 말할 수는 없지만 전체적인 이미지가 그랬다. 드물게 웃을 때나 몸에 밴 냉담하면서도 거침없는 태도 역시 그러한 느낌을 강하게 풍겼다.

그녀만 그렇게 생각하는 걸까? 아닌 것 같다.

눈에 띄는 그를 레코드샵 안의 여자들이 놓칠 리가 없었다. 그를 흘낏흘낏 곁눈질하는가 싶더니 이윽고 그녀와 또래 무리들이 언성을 높여 말하는 소리가 귀에 들어왔다.

「어디서 많이 봤는데?」

「그치? 분명히 어디서 봤는데.」

그러다 얼마 안 있어 호들갑스러울 정도로 흥분한 일본 여고생들의 목소리가 주변을 갈랐다.

「생각났어! Air!」

에어, 공기?

계속해서 '에어'라고 떠나갈 듯 외치던 여고생 중 한 명이 큰 소리로 말했다.

「맞아. 케이! 그룹 에어의 세션인 케이야. 베이시스트인.」

여고생들은 한참 그를 쳐다보다가 세연에게로 시선을 돌렸다.

「그런데 저 애도 아무리 봐도 연예인 같아. 여고생 탤런트 아니야? 전에 잡지에서 본 것 같은데.」

그녀를 아래위로 훑어보는 학생들을 뒤로하고 세연은 고개를 갸웃했다.

연예인이었어? 케이는 예명인 걸까?

정작 이 레코드샵이 떠나가라 시끄럽게 만든 장본인은 담담했다.

「혹시 연예인이에요?」

「응.」

레코드를 고르며 그가 아무렇지 않게 되물었다.

「너도 마찬가지 아니야? 아까 그 애들이 그러던데.」

「……그렇긴 하네요. 소개가 늦었어요. 정세연, 난 한국 사람이에요.」

그러자 그가 헤드폰을 벗으며 그녀를 정면으로 바라봤다.

「활동명은 '세영'이구요. 세연은 아무래도 발음하기 어렵잖아요. 일본으로 온 지는 꽤 됐어요. 그런데 어찌하다 보니 캐스팅이 되어서…….」

너무 장황한 소개였을까? 잠깐의 침묵이 흘렀다.

쿡. 또 그 미소다. 뭘 생각하는지 도무지 종잡을 수 없는 웃음.

이윽고 눈앞의 남자가 묘한 미소를 짓더니 손을 내밀었다.

「그래, 반가워. 난 권기우. 저 애들이 떠드는 대로 그룹 '에어'의 세션을 담당하는 베이시스트야.」

냉소적으로도 들리는 어조.

그는 아무렇지 않게 자신을 소개했다.

「나 역시 발음하기 어려워서 최종적으로 케이라고 불리게 됐지. 뭐 거창한 의미가 있는 게 아니고 그냥 내 이름이 이니셜이 k가 두 개 들어가니까. 내 의사는 아니고 소속사 뜻이었지만.」

곧이어 기우가 담담하게 덧붙였다.

「굳이 거절할 이유는 없었어.」

단정한 외모에 덧입혀진 나른한 어조와 공허한 눈빛.

「……한국인?」

「맞아. 너도잖아?」

순간 눈을 뗄 수 없었다. 처음으로 빙그레 미소 짓는 얼굴이, 반짝이는 눈빛이 너무나도 아름다워서…… 잠시였지만 천연의 빛을 내뿜는 원석 같았다.

'이건 그냥 한국인이라서 반가워서 그러는 거야. 생각지도 않게 날 구해 주었는데 같은 한국 사람이라서 반가운 것뿐이라고.'

아무것도 아니라고 생각했다.

평소에 환경이 환경인지라 그녀가 느낀 바를 유감없이 바깥에 내보이고 거침없이 행동할 수만은 없었지만, 그래도 쭈뼛거리거나 눈치를 본 적은 없다고 자신했다. 최소한 말을 더듬지는 않았다. 오늘따라 왜 자꾸 이러지. 평소 같지 않게 당황한 세연은 자신답지 않은 쩔쩔매며 눈치를 보는 태도에 헛웃음이 나왔다. 말까지 더듬는다. 확실히 평소와 달랐다.

그러자 기우가 그런 그녀를 빤히 보면서 한국말로 말하기 시작했다.

"어색하게 억지로 웃지 않았으면 좋겠는데."

"네?"

세연의 반문에 그가 아무렇지 않게 대답했다.

"아니, 억지로 웃으면 꼭 가면을 쓴 거 같잖아. 자연스러운 게 예쁘니까."

쿵쿵. 순식간에 세연의 얼굴이 붉어졌다. 이상했다. 그저 무심한 듯 바라볼 뿐인데도 심장의 박동이 절로 빨라진다는 게. 평소와 다르게 심장이 빠르게 뛴다는 것이. 그녀는 헛기침을 하며 되물었다.

"내가 웃는 게 이상해요?"

"그저 어색하게 억지로 웃는 걸 싫어할 뿐이야."

"억지로 웃은 거 아닌데……."

세연은 무심코 바라보는 그의 시선에 보란 듯이 환한 웃음을 입가에 걸쳤다.

"봐요, 이게 바로 억지로 웃는 거라죠."

그 얼굴을 기우가 잠시 팔짱을 낀 채로 바라보았다.

여전히 속을 알 수 없는 검디검은 차분한 눈동자로. 이 순간 그 칠흑 같은 눈동자 속에 그녀가 비쳤다.

삼삼오오 교복을 입은 무리가 몰려들고 웃음소리와 떠드는 소리가 들려오는 가운데 두 사람은 말없이 서로를 마주 보았다. 이상하게 머리가 멍해졌다. 왠지 모르게 이 순간을 오랫동안 기억하게 될 것 같았다.

잠시 일상에서 벗어난 듯한 설레면서도 두근거리는 느낌이 든다면 착각일까.

이내 세연에게서 눈을 떼지 않던 검은 눈동자의 주인이 나직하게 말했다.

"잠깐 차를 마시는 것도 나쁘지 않을 것 같네."

이곳은 기묘한 정적이 떠도는 세계였다.

흘깃흘깃, 절로 시선이 머무르는 카페의 검은 회벽에 박힌 글자는 우연히도 '아프락사스' 새가 알을 깨고 밖으로 나오려고 하는 것처럼, 그녀 역시 스스로 껍질을 깨고 새로운 삶을 향해 나아가려는 시기였다. 길거리 캐스팅 제안을 받고 용기 내어 연기를 시작한 시점이었으니까. 그리고 그는 꼭 절묘하게 타이밍을 맞춘 것처럼 세연의 앞에 나타났다.

세연은 '아프락시스' 글자에 시선을 고정시키며 머릿속으로 떠올렸다.

'일본에 이러한 곳이 있었던가…….'

분명 평소와 같은 하루인데 미묘하게 느낌이 달랐다. 꼭 진한 커피를 연거푸 마신 것처럼 머리가 어지럽고 혼미한 가운데, 언뜻언뜻 스쳐 지나가듯 왠지 모르게 낯익은 기시감이 느껴졌다.

이곳 역시 그녀가 몇 번 들어온 적 있는 익숙한 카페들과는 왠지 다른 분위기였다. 이 남자와 함께 있어서 그럴까? 세연은 흘깃 말없이 곁눈질했다.

그는 커피숍의 앰프에서 흘러나오는 현악기의 선율에 조용히 귀를 기울이고 있었다. 이곳에 자주 와 본 듯 편안한 자세로 폭신한 소파에 지그시 몸을 기대고는 말 그대로 음악 감상을 하는 모습이 얼마나 여유롭게 보였는지. 세연이 뚫어져라 보자 그가 눈을 떴다.

눈이 마주치자 기우가 여전히 짙은 눈동자로 고요하게 그녀에게 물었다.

"왜?"

"아뇨……, 여기 분위기가 좀 특이해서요."

그녀가 일본 같지 않다고 작게 중얼거리자 기우가 피식 웃었다. 그러더니 턱을 괸 채로 아무렇지 않게 말했다.

"네가 말한 독특하다는 기준이 뭔진 모르겠지만 약간 다르기는 하지."

그가 생각났다는 것처럼 천천히 덧붙였다.

"이런 카페는 처음이야?"

세연은 그 특유의 묘한 분위기에 빠져든 듯 눈을 깜빡이며 입을 열었다.

"물론 처음은 아니에요. 여기 캣 스트리트에 종종 왔는데 아기자기한 가게가 참 많더라고요. 그러고 보니까 생각났는데, 들를 때마다 자잘한 물건들을 쇼핑하곤 했는데……."

그는 그런 세연의 목소리에 귀를 기울였다. 그 경청하는 자세에 신이 나서 말을 이어 갔다. 정신을 차리고 보니 그녀답지 않게 수다를 늘어놓고 있었다. 다행히 그는 질색을 하는 것 같지 않았지만.

평소의 그녀는 단짝인 유키와 대화를 나누지 않으면, 학교에서 한마디도 안 하고 보낼 때도 많았다.

그러나 지금 세연은 그 누구보다 열심히 재잘댔다. 오랜만에 한국어로 이야기할 수 있는 상대를 만나 반가운 마음도 컸다.

"내가 일본어가 서투르니까 상점 주인들이 계산기로 직접 숫자를 찍어서 보여 줬어요. 그럼 금액에 맞춰 잔금을 치를 수 있었죠."

그러나 그녀가 말을 멈출 때마다 침묵이 흐르자 초조해지기 시작했다.

꼭 커피숍에 혼자 들어온 것 같은 침묵이 계속 이어지니 서서히 부담감이 느껴지는 것은 어쩔 수 없었다. 그녀라도 뭔가 이야기해야 할 것 같은 강박관념이 들었으니까.

결국 초조해진 그녀가 생각나는 대로 말을 꺼내자, 기우는 그저 말없이 턱을 괸 채로 지그시 응시했다. 세연은 고개를 갸웃했다.

'그러고 보니 내 얘길 듣긴 하는 걸까?'

다시 침묵하는 듯싶던 그가 갑자기 생각났다는 듯 불쑥 물은 건 그때였다.

"갑자기 일본에 왔다면서. 너, 일본어가 서툴렀을 텐데 학교는 어떻게 다닌 거야? 학교 수업도 따라가지 못했을 텐데."

"아, 처음엔 적응하기 힘들었죠. 그렇다고 학교를 안 갈 순 없었으니까. 무슨 말인지 하나도 모르고 아이들은 웃고 떠드는데, 꼭 나를 가리키면서 비웃는 것 같았어요. 그때 솔직히 생각한 건 하나였어요. 단 한 명이라도 내게 말을 걸어 줬으면 좋겠다, 점심시간에 반에서 나 혼자 밥을 먹고 싶지 않았거든요."

그러자 기우가 예의 무표정하게 그녀를 응시하더니 물었다.

"꽤 솔직하네. 나한테 이런 얘기를 하는 이유가 뭐야?"

그가 묻자 세연은 진짜 깜짝 놀랐다.

"네?"

"처음 만난 사람한테 꽤 마음속 얘기를 많이 한다고 생각하지 않아? 그렇다고 내가 심리 카운슬러나……."

역시나 거침없는 어조였다.

"네 정신과 상담의는 아니니까 말야."

기우가 서늘하게도 들리는 어조로 대답을 요구하듯 되물었으나 세연은 당황하지 않았다. 그녀야말로 소리 내서 되묻고 싶었다.

'그쪽이야말로 직접적이네요? 돌려서 말하지 않고.'

세연은 휘휘 새까만 빛깔의 커피에 우유를 넣어 하얗게 될 때까지 휘저었다. 보란 듯이 꿀꺽, 잔에 담긴 커피를 단번에 마셨다. 그리고는 딱 잘라 말했다.

"처음 만난 사람이니까 말하는 거예요. 다시 만날 일이 없으니까 편해서 이야기하는지도 모르죠. 매일 학교에서 마주치는 애들에겐 이렇게 얘기 못 해요"

"그러니까."

그녀의 말에 귀를 기울이던 기우가 이윽고 툭툭, 생각났다는 것처럼 커피잔을 기다란 손가락으로 치면서 나른한 어조로 되물었다.

"다시 만날 사람이 아니다?"

침묵이 흐르고 세연은 고개를 끄덕였다.

일 초, 이 초, 삼 초.

다음 순간 들려오는 나직한 웃음소리. 그가 소리 내 웃고 있었다.

세연은 커피잔을 손에 든 채로 조용히 곁눈질했다. 확실히 종잡을 수가 없다니까.

그가 아무렇게나 다음 말을 재촉했다.

"계속해."

"네?"

"그다음 얘기. 결국 점심 시간에 반에서 혼자 밥을 먹은 거야?"

"그랬죠."

기우의 물음에 세연은 순순히 고개를 끄덕였다.

"한동안은 그랬어요. 처음엔 무슨 말인지 모르고 온종일 멍하니 앉아 있다 집에 가고. 지도 교사도 그런 절 난처해했지만 뭐 딱히 방법은 없었죠. 그냥 문제를 일으키는 골칫거리인 전학생이었던 거죠. 이를테면 이것저것 손이 가는 게 많은 외국인."

말없이 그가 경청하는 가운데, 말을 잇던 세연은 자신도 모르게 그와 비슷한 냉소적인 어조로 덧붙였다.

"내심 이런 골칫거리가 왜 하필 내가 지도하는 반으로 왔나 원망하지 않았을까. 그렇다고 일일이 날 쫓아다니면서 지도해 줄 수도 없었을 테고. 결국 내가 스스로 외국어를 깨우치는 수밖에 없었어요. 그렇지 않은 이상 전혀 의사소통이 되지 않았으니까."

세연은 잠시 깊은 우물과도 같은 그의 눈빛에 시선을 주었다.

확실히 눈앞의 남자에게는 계속 입을 열게 하는 묘한 분위기가 존재했다. 그 때문에 계속 그녀답지 않게 주절거리게 되는 것이다.

"그럼 계속 그렇게 지낸 거야? 일본 말도 하나도 못하면서. 그냥 물과 기름처럼 반 아이들 속에 뒤섞인 채로?"

"한동안 그랬죠. 노력하는 수밖에 없었어요."

그러자 기우가 예의 냉정해 보이는 눈길을 던지더니 그 다음 말을 재촉했다.

"그래서?"

"음, 짝꿍이 도와줬어요. 처음엔 손짓 발짓을 하고 교과서에 그림을 그려 가면서 대화했어요. 내가 빨리 말이 늘라고 만화책도 빌려줬어요. 만화책 보면서 모르는 단어를 물어보기도 했고. 지금 생각하면 참 고맙네요. 그 애 덕분에 빨리 일본어 단어를 외웠죠……."

지난 기억을 떠올리며 세연은 고개를 저었다.

"지금 생각해 보니 필사적이었네요. 어찌 됐든 눈을 뜨면 학교에 가서 아이들과 이야기해야 되니까. 나만 아무 말 안 하고 입 다물고 학교 끝날 때까지 있을 수는 없었으니까."

왠지 모르게 쑥스러워진 세연은 후르륵 소리 내어 남은 커피를 마시는 걸로 서둘러 이야기를 마무리했다.

"여기까지 끝! 내 얘기 이제 다 했어요."

그때까지 빤히 시선을 주던 기우가 다시 질문을 이어 갔다.

"고등학생이지? 아직 졸업을 안 했으니까."

"그쪽은 졸업했죠? 몇 살이에요?"

세연이 문득 호기심이 생겨 묻자, 기우가 턱을 괸 채로 답했다.

"20대 중반이라고 해 두자."

"그럼 나랑 몇 살 차이지……, 계산이 안 되네. 나처럼 갑자기 일본에 왔어요? 아니면 쭉 한국에서 살다가 일본에 잠깐 온 거예요?"
계속 말을 잇던 세연은 고개를 갸웃했다.
"유학생? 아, 베이시스트라고 했죠?"
"그룹 'air'의 세션을 담당하는 베이시스트야."
꼭 남의 이야기를 하는 것처럼 담담한 표정이었다.
"에어? 유명한 그룹인가요? 들어 본 것도 같은데."
"들었을지도. 너희 또래 여자애들도 공연장에 오니까."
기우가 묵묵하게 수긍했다.
"물론 주 팬층은 꽤 과격한 편이지만. 실제로 성별로 따지자면 남자들이 더 많이 오기도 하고. 하드하게 연주할수록 좋아하니까. 개인적으로 추천하지는 않아. 아무래도 듣기엔 거칠고 시끄러울 테니까……."
"많이 시끄러운가 봐요? 나도 록 음악은 잘 몰라요. 그냥 유명하다는 곡 정도만 알지. 헤비메탈은 매니아층이 따로 있을 테니까. 아닌가?"
그는 진지한 그녀의 반문에도 별다른 관심을 보이지 않았다. 그저 무료하게 컵을 들어 입가로 가져가며 말을 이었다.
"아, 그리고 언제 일본에 왔냐고 물었지?"
"네, 그래요. 한국에서 언제 왔어요?"
"꽤 오래전에. 10년은 넘었으니까. 어렸을 땐 세계 여러 나라 곳곳을 돌아다녔어."
"어디요?"
그녀가 묻자 말없이 에스프레소 커피를 마시던 기우가 빤히 시선을 주면서 답했다.
"미국에 살다가 영국에 갔다가 잠깐 덴마크에 체류하기도 했어. 다시 한국으로 갔다가 그 뒤로 쭉 일본에서 있었지."
"그럼 계속 일본에 있을 거예요?"
"아무래도? 그렇겠지. 이대로라면 정식 멤버가 될 것 같으니까……. 아직 확정된 건 아니지만 현재로선 떠날 예정은 없어."

"그래요? 나도 빨리 한국에 가고 싶지만. 이제 연기를 시작했으니까. 나도 앞으로 한동안 일본에 있겠네요."

그러자 그가 갑자기 생각났다는 것처럼 불쑥 물었다.

"그건 네가 원해서 하는 거야?"

"네?"

"정말 네가 원해서 하는 거냐고. 학교에 가서 아이들과 대화하려고 어쩔 수 없이 일본어를 배운 것처럼, 그저 떠밀려서 배우를 하는 게 아니냐고 물었어."

그 지적에 세연은 잠시 할 말을 잃어버렸다.

"아니요. 내가 하고 싶어서 하는 일이에요."

세연은 여전히 그와 눈을 마주치며 분명한 어조로 부정했다. 그런 그녀의 쭉 편 허리와 곧은 자세에선 여기까지 오면서 스스로 깨우친 강한 자기 확신이 묻어 나왔다. 그리고 기우는 그런 그녀의 모습을 눈을 떼지 않은 채 물끄러미 바라보았다.

"아, 솔직히 집안 사정이 썩 좋지 않아요. 그래도 내가 처음으로 하고 싶어서 하는 일이니까."

대답이 없자 세연은 다시금 조용히 되물었다.

"그러는…… 그쪽은요? 베이스 원래 좋아했어요?"

그러자 차가운 커피를 마시던 기우가 무료한 어조로 말했다.

"글쎄, 나야 이것저것 건드린 건 많은데 딱히 이끌리는 게 없어서. 그래도 이게 제일 좋아서 하는 일이겠지? 현재로선 그래."

여전히 시선을 잡아끄는 기다란 손가락으로 톡톡 테이블을 두들기던 그가 생각났다는 것처럼 덧붙였다.

"원래대로였다면 경영 수업을 받아야 했겠지."

"경영 수업이요? 베이스랑은 분야가 너무 다르네요."

"아냐. 비슷해."

그가 팔짱을 끼고 고개를 기울인 채 세연에게만 들리는 낮은 목소리로 말을 이어 갔다.

"간단해. 경영은 결국 냉정한 태도로 최선의 판단을 내리고, 상대에게 영향력을 행사하며 내게 유리한 판을 짜는 행위야. 사람들을 내 편으로 끌어들이는 게 중요하지. 지금 나는 연주를 하며 다양한 유형의 사람들을 만나고 있고, 나중에 이게 다 경험이 될 거야."

"혹시 친구들한테 영향력 행사하는 거 좋아하는 편이에요? 음, 내 말은 그러니까 지금은 그냥 열심히 베이스 연주하면서 친구들하고 즐겁게 어울려도 충분할 것 같은데. 아닌가?"

왠지 그의 말에 빨리 대답을 해야만 할 것 같았다.

그런 세연의 말에 기우가 어이없다는 듯 소리 내서 웃었다. 그가 황당하다는 표정으로 자신을 보며 웃자, 세연은 어깨를 으쓱했다.

"내 말이 틀려요?"

당당한 그녀의 목소리에 기우가 어이없는 아이를 보는 표정으로 세연을 응시하며 어깨를 으쓱했다.

"아니, 맞아."

그것도 잠시, 그가 진지하게 수긍했다.

"어렵게 생각하지 말고, 지금은 그냥 하는 일을 즐기는 게 정답인지도 몰라."

그런 그의 입가에 보일 듯 말 듯 희미한 웃음이 어려 있었다.

다음 순간 그와 눈이 마주쳤을 때 세연은 눈앞의 남자에게 본능적으로 이끌렸다.

살면서 이런 사람을 또 만날 수 있을까 하는 생각이 들어, 세연은 눈앞의 남자에게서 눈을 뗄 수 없었다. 자신을 이상하게 볼지도 모른다 여기면서도.

흘낏흘낏. 말없이 느껴지는 시선. 세연은 고개를 돌렸다.
이 순간에도 카페 안의 여자들이 커피를 마시고 케이크를 먹으면서 그를 훔쳐보는 게 눈에 들어왔다. 그도 그럴 것이 그에게는 특유의 분위기가 있었다. 윤기 흐르는 어두운색의 머리칼만큼이나 단정하고 차분한, 그러면서도 묘하게 유혹적인 분위기가 있어 이성들의 시선을 끄는 것이다.
'아, 이제야 왜 오늘이 평소와 다른 느낌인지. 일상을 벗어난 다른 느낌을 주는지 이제야 알 것 같아.'
문득 세연은 그제야 평소와 다른 묘한 기시감의 정체를 알았다. 그녀는 여전히 늘 다니던 학교 주변 거리, 사람들 속에 있는데 꼭 어제까지 익숙하던 일상에서 벗어난 것 같은 건지.
바로 눈앞의 남자 때문이었다.
세연은 이 순간에도 말없이 커피를 홀짝이는 남자를 새삼 다른 시선으로 바라보았다. 그는 그저 커피를 마실 뿐인데 손에 쥔 푸른 빛이 감도는 커피잔이 이루 말할 수 없이 우아해 보였다. 아마도 그의 긴 손가락 탓이리라.
베이시스트라기보다는 피아니스트가 더 잘 어울리는 섬세한 손가락. 세연은 왠지 웃음이 날 것 같아 입술을 깨물었다.
사실 웃긴 일이었다. 그는 여유로운 태도로 그저 홀짝이며 차를 마실 뿐이기에.
어찌 됐든 보기 드문 사람이라고 결론 내렸다.
이 순간이 실감 나지 않아 세연은 어깨를 으쓱했다.
카페 안엔 음악이 흐르고 있었다.
간간이 일정한 톤으로 수다를 떠는 여자들의 말소리를 제외하곤 꼭 의도한 것 같은 고요한 침묵이었다. 유리알 같은 현악의 멜로디가 공기 중에 떠다니는 것처럼, 겨울 밤하늘에 가득한 별을 보는 것처럼 묘하게 낭만적인 느낌을 주었다.

현악기에서 흘러나오는 파편이 떠다니는 듯한 실내의 한가운데에서 그는 미동 없이 음악을 듣고 있었다.

그리곤 카페 안에 구비된 잡지를 펄럭거리면서 넘기며 침묵을 유지했다.

그 광경을 보던 세연은 어깨를 으쓱했다.

'앞으로도 이런 남자를 만나기는 힘들겠지? 확실히 보기 드문 사람이니까.'

직감적으로 이런 사람은 쉽사리 만나지 못할 거란 생각에 좀 더 일상에서 벗어난 이 순간을 만끽하고 싶어졌다.

꼭 실낱처럼 흩어지는 일 초, 일 초를 음미하듯 거대한 앰프에서 흘러나오는 음악에 귀를 기울였다.

'그럼 일본에 어렸을 때 온 거예요?'

'그룹 생활은 어때요? 멤버들하고는 사이 좋아요?'

'일본에서 어떻게 지냈는지 얘기 듣고 싶어요.'

그것 말고도 그녀가 학교에서 어떤 기분을 맛보는지, 하루하루가 어떤 느낌으로 지나가는지 자잘하게 그에게 수다를 떨고 싶어졌다. 처음 본 그에게 지나친, 말도 안 되는 친근감일 것 같아 억누르기는 했지만.

하지만 그는 계속 말이 없었고, 세연은 그런 그를 관찰하며 서서히 저물어 가는 카페의 차창 너머 풍경과 아스라이 번져 가는 붉은 석양빛을 차곡차곡 마음에 담았다.

그리고는 일 초, 이 초, 삼 초, 심호흡을 하고는 재빨리 책가방을 챙겨 들었다. 곧 차분히 그와 눈을 마주치고선 인사했다.

"정말 오늘 도와주신 거 감사드려요. 제가 사례할 수 있다면 좋겠지만, 보다시피 아직 학생이라서 돈이 많지 않거든요. 솔직히 받을 분

같지도 않고……, 그럼 잊지 않겠습니다."
눈이 마주치자 세연은 꾸벅 고개를 숙였다.
이내 보란 듯이 꼿꼿이 허리를 세웠다.
"지금도 유명하지만, 앞으로 일본에서 더욱 이름을 날리는 록 밴드로 성공하길 응원하고 있을게요. 그럼 이만 가 볼게요."
그렇게 조금 창피하기는 했지만, 진심을 담아 그에게 인사했다.
카페 안의 이들이 흘낏흘낏 시선을 던지는 가운데, 세연이 몸을 돌려 나가려던 순간이었다.
"앉아."
기우가 짧게 잘라 말했다.
"네 볼일 끝났다고 가 버리는 거야?"
"네?"
당황한 세연이 짧게 시선을 주자 그가 턱을 괸 채로 나른하게 중얼거렸다.
"난 아직 용건이 끝나지 않았는데?"
"네?"
기우의 강렬한 시선에 세연은 자신도 모르게 얼굴이 벌겋게 달아올랐다. 아랑곳하지 않고 그가 천천히 말했다.
"하나만 물어보자."
그는 긴장하지 말라고 말했다. 편하게 생각나는 대로 말해도 된다고. 하지만 세연은 이상하게 그럴 수 없었다. 여전히 조용한 그의 눈빛은 꼭 그녀를 꿰뚫을 듯했으니까.
기우가 그녀에게서 눈을 떼지 않은 채 처음으로 상냥하게 물었다.
"처음 만나서 이런 걸 물어보니까 좀 웃기기도 한데. 네게 삶이란 어떤 느낌이야? 물론 아직 어린 너한테 인생이 어떤지 논하는 자체가 우습지만. 그냥 네 생각이 궁금한 거야. 사람이 힘들고 고통스러운데도 살아가는 이유가 뭘까?"

예기치 못한 그의 질문에 세연은 심각하게 대답을 고민했다. 진지하게 이마에 주름까지 잡히며 대답을 떠올리는 그녀를 보며 기우가 피식 웃었다. 그럼에도 그녀를 보는 그의 눈빛은 한층 부드러워져 있었다.

"응, 그러니까…… 솔직하게 얘기해도 돼요?"

"그래."

기우가 보기 드물게 입가에 다정한 웃음을 머금자, 도로 자리에 앉은 세연이 천천히 숨을 들이마시며 신중하게 답했다.

"이를테면 내게 삶은 얼어붙어 있는 얼음 같았어요."

"……."

기우가 고개를 끄덕이자, 그런 세연의 눈빛은 마치 꿈꾸는 듯한 아련한 빛을 띠었다. 그녀는 턱을 괴고선 천천히 말했다.

"이런 생각, 다른 사람한테 처음 말해 봐요. 내게 삶이란 꼭 한겨울처럼 춥고 고통스러웠어요. 아빠가 시장에서 일하는 친척 일을 도우러 일본에 왔는데. 처음엔 관서 지방에 있었고 나중엔 삿포로로 갔어요. 처음엔 삿포로 시장에서 일하다가 그때 오타루에 잠깐 머물렀죠."

아무에게도 이렇게 말한 적 없어서 두근거렸다. 쑥스럽기도 하고 덜덜 떨리듯 몸의 전율이 멎지 않았다. 절로 얼굴은 화끈거렸고 뺨 역시 붉게 달아올라 뜨거웠다. 그러면서도 그 누구에게도 말할 수 없던 자신의 생각을 누군가에게 말한다는 사실에 흥분했다.

기우가 건조한 눈길을 던져서 담담하게 말을 이어 갈 수 있었다. 다행이었다.

"어느 겨울날 밤이었어요. 엄마 심부름으로 오타루의 운하 길을 거슬러서 걸어가는데 주변이 온통 얼어붙어 있었어요. 눈이 많이 왔거든요. 춥고 발도 시렵고…… 그때 문득 앞으로 펼쳐질 내 삶의 길이 이리도 춥고 고통스럽지 않을까 그런 생각을 했어요. 손을 호호 불면서."

여전히 기우가 대답이 없는 가운데, 어쩌면 그녀의 말을 듣는지도 의아해지는 상황에서 세연은 피식 웃었나.

"지금 생각해 보니 조숙했죠? 엉뚱하기도 하고. 뭐 아직 어리지만……."

"그래서? 오타루 얼어붙은 길을 계속 걸어갔어?"

갑자기 기우가 물었다.

기우가 말을 계속하라고 재촉하자 그녀는 다시금 생각에 잠겨 꿈을 꾸는 듯한 아련한 눈길로 턱을 괴고는 말을 이었다.

"네, 그러다 문득 고개를 들고 하늘을 봤는데……."

세연은 천천히 말했다.

"아주 커다란 겨울 달이 떠 있었어요. 얼어붙은 것 같은, 하얗고 커다란 달. 그게 꼭 투명한 거울처럼 날 비추고 있는 것 같단 느낌이 들었어요. 아마 그때…… 생각했던 것 같아요. 앞으로도 난 저 얼어붙은 커다란 달 아래 살아갈 거라고. 항상 춥고 헐벗은 채로 그럼에도 꿈꾸는 걸 멈출 수 없다고."

서서히 세연의 목소리가 가늘어졌다. 희미한 물기를 머금고 촉촉해진 세연의 눈빛에 잠시 기우의 알 수 없는 시선이 머물렀다. 그리고 나서 그는 정말로 궁금하다는 것처럼 질문을 던졌다.

"그런데도 살아가는 이유가 뭘까? 왜 인간은 춥고 얼어붙은 삶을 살아가는 거지?"

잠시 대답을 고민하던 세연은 천천히 대답했다.

"음, 그건…… 그래도 희망이 있으니까 살아가는 게 아닐까. 난 그렇게 생각해요."

진지하게 대답하던 세연은 이윽고 짧게 웃으며 손을 들어 아무렇게나 머리를 헝클어뜨렸다.

"그리고 난 아직 어리니까요. 무언가 좋은 일이 있을 거라 기다려지는 게 그 이유라고."

할 말을 다 한 세연은 왠지 모를 개운하면서도 낯 뜨거운 감정에 얼굴을 붉히면서도 꼿꼿하게 허리를 펴고선 자리를 지키며 그의 반응을 살폈다. 내심 처음 만난 남자의 공감과 칭찬을 바랐는지도 모른다.

하지만 들려오는 그의 냉소적인 반응에 세연은 귀를 의심했다.

"대책 없는 낙관주의자? 이를테면 넌 판도라의 상자에 남아 있는 마지막 희망, 그걸 믿는 부류군. 그렇지?"

"……그럴지도 모르죠."

그의 말에 세연은 잘근잘근 입술을 깨물면서 말했다.

표정이 굳어진 것도 잠시, 세연은 그의 시선을 피하지 않고 정면으로 눈을 마주치며 마음 깊숙이 그녀의 영혼에 꿈틀대던 말들을 토해냈다.

"난 힘들었어요. 이 나라에 와서 하루도 마음 편할 날 없었죠."

세연은 용기를 내서 말을 이어 갔다.

"이런 말 우습지만…… 내 외모가 눈에 띈다는 이유로 남자애들이 많이 괴롭혔어요. 실내화 숨기기도 예사였고 쓰레기 소각장에서 교과서들을 찾은 적도 있었죠. 왜 난 스무 살이 되기도 전에 이렇게 고통스러울까 하는 생각도 했어요. 하지만 난 그 모든 것들을, 이 땅에 와서 하루, 하루를 모조리 버텨 왔기에 이런 말할 자격이 있어요. 분명 고통 끝엔 희망이 있을 거라고. 안 그러면 너무 괴로우니까……."

나직한 한숨을 토해 내듯 마지막으로 덧붙인 세연은 입을 다물었다. 하고 싶은 말을 모두 다 했다.

또 너무 많은 걸 털어놓은 것 같은 헛헛함까지 찾아왔다. 그것도 처음 만난 사람에게.

"그럼 진짜로 이만 가 볼게요. 안녕히 계세요."

그래서 견딜 수 없어진 세연이 서둘러 고개를 숙이고는 허겁지겁 가방을 챙겨서 일어서는데, 그 모든 걸 지켜보던 기우의 조용한 다음 말이 들려왔다.

"오늘은 시간이 늦었고 그럼 다음에 만나자."

"네? 지금 뭐라고?"

세연은 정말 깜짝 놀랐지만, 곧 그가 들으란 듯 정색을 하며 되물었다.

"아무래도 제가 잘못 들은 것 같아서."

"잘못 들은 거 아니야. 난 널 다시 만나고 싶으니까. 너도 그랬으면 좋겠다. 네 허락이 필요해."

세연은 일순간 귀를 의심했다.

네가 날 만나길 원하면 만날 수 있다고.

눈이 마주치자 기우가 매력적인 미소를 지었다.

"물론 네가 거절할 수도 있어. 하지만 난 널 만나고 싶어, 정세연."

"언제 만나고 싶은데요? 내일, 아니면 모레?"

세연은 자신도 모르게 황급히 답했다. 내뱉고 나서 뒤늦은 민망함을 느끼고 드물게 화끈거리며 붉어진 얼굴로 후다닥, 세연이 뛰어나가자 이 모든 게 꿈이 아닌 것처럼 나직한 웃음소리가 들려왔다.

"기다려, 연락처는 서로 교환하고 가야지."

다시 봐도 드물게 매혹적인 그가 웃으면서 말하자 아직도 꿈을 꾸는 것만 같았다.

"내가 전화할게. 그러니까 꼭 받아."

第 9 幕

난 널 다시 만나고 싶은데.

아무리 해도 그 잠긴 듯한 건조한 목소리가 잊히지 않았다.

"세연이 왔니? 왔으면 말을 하고 부엌으로 와서 엄마 도와줘야지. 엄마가 온종일 밖에서 일하면서 얼마나 힘들었을지 생각 못 하니?"

그 목소리 덕분에 언제나 이어지는 엄마의 짜증에도 견딜 수 있었다.

이해했다. 엄마는 체력이 약하니까.

세연의 어머니 라은은 평소에도 청소기만 돌려도 숨이 차서 헉헉 가쁜 숨을 들이마시고는 했다. 일을 할 때도 오만상을 찌푸렸다.

하지만 엄마가 그럴수록 세연은 서서히 마음이 병들어 가는 기분이었다.

– 너는 왜 엄마를 이렇게 힘들게 하니? 도와주지는 못할망정.

원망하듯 바라보는 눈길.

꼭 넌 왜 태어났냐는 듯 책망하는 것 같다면 그녀의 착각일까?

아무리 먼지 한 톨 없게 방안을 싹싹 닦고 청소하고 계속 엄마를 도와드리려고 해도 허사였다. 뭘 해도 엄마를 만족시키기엔 모자랐고 아무런 소용이 없는 것처럼 느껴졌다.

그녀가 최선을 다해서 도와도 라은은 인상을 쓰고 짜증을 내기 일쑤였으니까. 일명, 우거지상이라고 했었지. 라은이 일하던 오사카 시장의 가게 아주머니가 그렇게 부르곤 했다. 항상 크게 소리를 높이지도 않아도 인상 쓴 표정으로 주변을 숨 막히게 만들었다. 그럼에도 세연은 엄마의 미소를 한 번쯤은 보고 싶어서 부단히도 노력해 왔다.

딱 한 번 예외는 있었다. 그녀가 소속사에 들어갔을 때, 이제 평생 안정적으로 월급이 나오는 거냐고 처음으로 환하게 웃긴 하셨었다. 그런 엄마를 실망시키지 않아야 될 텐데. 늘 긴장을 하게끔 만드는 분위기가 항상 라은에게는 있었다.

지금 역시 마찬가지였다.

"학교에서 바로 온 거니? 시간이 좀 늦은 것 같은데."

직접적으로 묻진 않았지만 어떤 대답을 원하는지 느껴졌다.

'어디 들렀다 온 건지 엄마한테 다 말해 주지 않을래.'

소리 없이 파고드는 라은의 시선을 느끼며 세연은 이윽고 두 손 모아 차분하게 대답했다.

"학교 끝나고 소속사 건물 들렀다 오는 길이에요. 걸어서 오느라 좀 시간이 걸렸어요. 잠깐 골치 아픈 일이 생겨서……."

그냥 솔직히 말할까 잠시 생각도 해 보았지만, 역시 말하지 않는 게 나았다. 괜히 말하면 엄마가 더 걱정하고 불안해할 테니까. 조용히 넘어갈 수 있는 일이 더욱 커지고 시끄러워질 것이다. 게다가 거짓말은 아니었다. 어찌 됐건 큰일은 없었고 결과적으로 볼 때 그도 만났으니 말이다.

"그냥 큰일은 아니구요. 머리가 복잡해서 식힐 겸 해서 길가를 쭉 걸어서 내려왔어요. 그래서 한결 기분이 나아졌어요, 엄마."

세연이 숨을 들이마시고 천천히 말하자 라은이 느리게 고개를 끄덕였다.

"알았어. 그럼 씻고 쉬렴, 우리 딸. 엄마가 마실 거 갖다 줄게."

라은이 방문을 닫고 나가자 그제야 세연이 숨을 하아, 편히 내쉬었다.

돌아온 집의 조용한 방 안은 먼지 하나라곤 없이 깨끗하게 청소되어 있었다. 그녀는 새하얀 벽을 쳐다보았다. 아무런 장식이 없어 가끔은 정신병원의 하얀 벽을 연상케도 하는 살풍경한 방. 철저히 엄마의 취향에 맞춰 꾸며진 방이었다. 라은은 하다못해 그녀가 방에 액자를 거는 것도 좋아하지 않았다. 또래 여자아이들이 거리낌 없이 벽에 좋아하는 연예인 사진들로 장식하고 친구들과 함께 찍은 스티커도 붙여서 알록달록 꾸미는 것에 비해 확실히 천지 차이였다.

보이지 않게 억눌린 환경이었다. 내색하지는 않았지만, 꼭 무자비하게 그녀의 입을 틀어막는 기분이었다.

'엄마.'

그녀가 다른 또래 아이들처럼 학교에서 있었던 시시콜콜한 이야기를 하면 라은은 한숨부터 쉬었다. 바짝 메마른 것 같은 지친 표정을 하고선 더 이상은 이야기하고 싶지 않다는 제스처를 취했다.

– 세연아, 엄마 머리 아프다. 나중에 이야기하자.

아버지 역시 마찬가지였다. 아니, 더한다고 해야 할까.

그녀의 아버지는……. 세연은 말없이 두 손으로 천천히 어깨를 감쌌다.

괜찮아. 그녀는 스스로를 타일렀다.

'춥고 비바람이 부는 바깥에서 사는 아이들도 있는데, 나는 학교도 보내 주시니까. 연예인 활동도 반대 안 했고. 다 내 미래를 기대해서 그러시는 걸 거야.'

그걸로 만족한다고.

게다가 한국도 아니고 낯선 외국에서 생활을 꾸려 가다 보니 마음에 여유가 없고 짜증이 절로 나실 거라 그렇게 이해했다.

세연은 지그시 눈을 감았다.

세연은 다시 눈을 뜨곤 평소 소속사와 집이 아니면 연락 올 곳 없는 핸드폰을 뚫어져라 쳐다보았다.

주말 내내 기다렸지만 끝내 전화벨은 울리지 않았다.

분명 그가 물어봤는데. 특유의 무슨 생각을 하는지 알 수 없는 얼굴로 그녀의 핸드폰 번호를 물어본 게 확실히 기억나는데.

'그만해, 전화 안 와도 네가 어떻게 할 건데?'

그렇게 생각은 하면서도 핸드폰을 밀어내진 않았다.

그렇게 얼마나 지났을까. 마침내 전화벨이 울렸다.

Rrrrrr…….

또 스팸 전화일까?

이제는 두근거리지도, 기대되지도 않았다. 그녀는 익숙한 멜로디가 흘러나오는 푸른색으로 반짝이는 핸드폰을 무심하게 보다가 곧바로 통화 버튼을 눌렀다.

"여보세요?"

침대에 누워 있던 그녀가 잠긴 목소리로 전화를 받자 잠시 침묵이 흘렀다.

곧이어 기대하지도 않았던 저음의 매력적인 목소리가 들려왔다.

– 안녕? 라이브 투어 끝나고 전화하는 거야.

순간 머리카락이 일순간 곤두섰다. 피가 머리에 몰린 게 아닐까 싶을 정도로 열이 올랐다. 물론 내색하지는 않았지만.

– 이제야 연락할 여유가 생겼어.

수화기 너머로도 전해지는 간결하고도 딱 떨어지는 음성. 그가 분명하다.

그녀가 가만히 있자, 그가 다시금 확인하듯 물어 왔다.

– 내가 너무 늦게 전화한 건가?

후, 그래도 대답이 없자 그가 옅게 웃었다.

그 희미한 웃음소리가 수화기 너머로 전해져 오자 수화기를 손에 쥔 채로 세연이 움찔했다. 어느덧 등줄기에 식은땀이 흘렀다. 확실히 기우는 그녀를 긴장하게 했다. 도무지 이 사람이 어떻게 나올지 예측할 수가 없었다.

그리고 다음 순간 생각지도 않게 그가 세연의 이름을 불렀다.

–정세연? 맞지? 내가 번호를 잘못 누른 건가?

속삭이는 듯한 어조가 묘하게 유혹적으로 들렸다. 통화하던 세연의 얼굴이 확 붉어졌다.

그는 뚜렷하게 그녀의 이름을 발음했다.

'정. 세. 연.'

늘 불려 온 이름이 한 글자, 한 글자 그녀에게 각별한 의미로 다가오는 기분이었다. 어떻게 된 것이 그가 이름을 부르자 점점 더 머리에 피가 몰리는 것 같았다.

그때 기우가 장난스런 어조로 곧바로 카운트에 들어갔다.

– 대답이 없네? 역시 그냥 끊는 게 나으려나. 잘 들어. 전화 끊기 전 3-2-1…….

"앗, 잠깐만! 잠깐만요. 아직 끊지 말아요."

세연이 당황해 허둥대자, 이윽고 기우가 낮게 웃었다. 그러더니 뜸 들이지 않고 곧바로 그녀에게 용건을 말했다.

– 그럼 오늘 오후 5시, 시부야 캣 스트리트, 전에 만났던 카페에서 만나자. 그럼 끊는다.

"잠깐만요. 전에 만났던 카페요? 거기 말하는 거 맞죠?"

– 그래, 거기로 나와. 알겠지? 그리고 다른 데로 이동할 거야. 너만

괜찮다면.

공연이 막 끝난 걸까? 스태프들의 웅성거림과 들뜬 공연장의 열기가 그대로 핸드폰 너머 전해져 오는 듯했다. 그의 목소리 역시 살짝 들뜬 것처럼 들렸다.

"기대돼요. 가 보고 싶어요."

세연이 전화를 끊기 전에 서둘러 덧붙였다. 기우가 부드럽게 웃으면서 말했다.

– 최소한 지겹거나 무료하지는 않을 거야. 약속할게.

일방적인 그의 말을 끝으로 전화가 끊겼다.

거기로 나와.

그의 따스한 물처럼 부드러운 음성이 떠나지 않고 귓가를 맴돌았다. 그 목소리는 그녀를 약속 장소까지 끌어냈다.

그녀가 이제껏 못 가 본 장소로 데려가 준다 했었지. 어쩌면 무료한 회색빛의 일상에서 그가 선사해 줄 시간을 기대하며 들뜬 기분으로 일 분 일 초를 흘려보냈다.

그렇게 오후 5시, 시부야 캣 스트리트의 카페 'Royal'

세연은 정확히 4시에 떨리는 마음으로 서서히 어둑어둑해지는 거리로 그와 만나기로 한 약속 장소로 향했다.

때마침 휴일인 데다 엄마는 가게 일로 자리를 비운 상태였다.

5시에 만나면 얼마나 오래 있을 수 있을까? 잠깐 차 마시고 얘기하면 끝이겠지? 그는 스케줄로 바쁠지 모르니까.

서서히 옅어지는 금빛 햇살 아래 왠지 모르게 이국적인 분위기를 자아내는 상점 거리가 자유로우면서도 활달하게 느껴졌다. 꼭 놀이공원을 걸어가는 것처럼 들뜨고 두근거리는 기분이었다.

그를 만나러 가기 때문일까?

사람들로 붐비는 거리를 지나 내내 마치 붕 뜬 애드벌룬을 탄 것 같은 기분으로 걸어가, 마침내 그와의 약속 장소에 도착했다.

너무 일찍 온 걸까?

세연은 가느다란 손목에 찬 시계를 들여다보았다. 혹시 안에 있을까. 흘낏 사람들로 꽉 차 있는 커피숍 안을 두리번거리며 곁눈질했으나 눈에 익은 그의 모습은 없었다.

커피숍 안에는 웃으며 떠드는 다정한 커플의 모습이 보일 뿐이었다. 세연은 문득 기우가 안 올 수도 있겠다는 불안감이 들었다. 그제야 꿈에서 깨어난 것처럼. 뒤늦게 정신이 들었다.

"뭐 안 와도 어쩔 수 없지만……."

문제의 커피숍 앞에 버티고 선 세연은 팔짱을 낀 채로 낮게 혼잣말했다.

"그냥 집에 가서 밀린 잠을 자면서 쉬면 되니까."

크게 손해 볼 건 없었다.

그렇게 애써 스스로를 달래고 있을 때, 거짓말처럼 빵빵 차 클랙슨 소리가 울렸다. 세연은 혼잡한 주말 도로에서 울린 소리라 생각하고 무심히 넘겼다.

그런데 뭔가 느낌이 이상했다. 이쪽으로 흘낏흘낏 시선을 던지는 사람들도 그렇고, 스르륵 그녀 쪽으로 미끄러지듯 다가오는 차량도 그렇고. 다음 순간 고개를 돌린 세연은 그대로 멈칫 굳어져 버리고 말았다.

"……!"

전혀 예상치 못하게 어둡게 선팅한 차창 너머로 기우가 그녀를 바라보고 있었다. 그는 시간을 딱 맞춰서 나타났다. 그 모습을 보자 묘한 전율이 느껴졌다. 세연이 당황하자 짙은 검은 선글라스를 낀 기우가 손짓했다.

선글라스를 낀 모습은 정말 연예인 같았다.

이렇게 생각하는 걸 알면 그가 우습다고 하겠지? 잠시 그녀답지 않게 넋 놓고 있자, 그가 차창을 내리며 말했다.

"미안한데 빨리 탈래? 아까부터 뒤차가 경적을 울려서."

그의 말대로였다.

또한 기우는 조수석에 앉아 있는 남자를 가리키면서 말했다.

"소속사 차가 픽업하러 오기로 했거든. 일단 네가 타야 이 녀석이 내리지. 셋 다 타고 갈 수는 없으니까."

그러자 같은 그룹의 멤버로 보이는 염색한 머리의 남자가 열린 차창 사이로 흘낏 그녀를 쳐다보았다.

순간의 찰나였지만, 세연은 기우의 동료가 그녀를 마음에 들어 하지 않는다는 것을 알아차렸다.

남자가 못마땅한 기색으로 말했다.

「네가 말한 사람이 이 애야? 굳이 만날 약속을 잡을 필요 없잖아. 조심히 다녀.」

그의 반응에 세연은 생각했다.

내가 아직 학생이라 그런 걸까. 아니면 기우에게 해를 끼칠까 봐 조심하라는 걸까. 순간적으로 그녀는 집에 돌아갈 생각을 했다. 기우와 같은 그룹 멤버에게서 이런 말까지 듣고 굳이 그를 만날 이유가 없어서였다.

"그냥 갈게요."

하지만 그녀가 단호히 몸을 돌리자 이번에는 기우가 클랙슨을 울려대며 그녀를 붙잡아 세웠다. 그리고는 딱 잘라 말했다.

"빨리 타지 않을래?"

선택의 여지는 많지 않았다.

기우는 세연이 타지 않는 이상 물러설 기미가 보이지 않았기 때문에. 차들이 더 크게 경적을 울렸다. 세연은 결국 서둘러 차의 문을 열고 올라탔다.

기우의 그룹 멤버가 여전히 못마땅하게 그녀를 쳐다보더니 차 문을 열고 내렸다.

「알아서 해. 난 경고했다.」

그러자 기우가 차게 웃더니 보란 듯이 차를 출발시켰다.

「아끼는 동료지만 확실히 도를 넘은 충고는 반갑지 않아, 류스케.」

둘은 친해 보였다.

곧 다른 차가 와서 류스케라 불린 남자를 태워 갔고 기우는 차에 올라탄 그녀에게 다정하게 말했다.

"미안. 내가 대신 사과할게. 원래 걱정이 많은 녀석이라서. 운동하는 놈이라 성질이 나면 꽤 직설적인 성격이기도 하고. 물론 친한 사이에서만."

"알겠어요."

세연은 운전하는 그를 쳐다보며 쉬어 버린 목소리로 말했다. 그러자 기우가 진심에서 우러나온 부드러운 표정으로 짧게 덧붙였다.

"그럼 내가 고맙고."

달리는 차 안에서 세연은 긴장을 풀 수 없어 단정히 두 손을 모으고 뻣뻣하리만큼 허리를 편 채로 있었다. 그러자 차의 속도를 내던 기우가 피식 웃더니 손을 뻗쳐 아무렇게나 오디오의 버튼을 눌렀다.

"……."

동시에 엔진음같이 무척이나 빠른 일렉트릭 기타 속주가 이어지더니, 힘찬 보컬의 음성이 흘러나왔다.

너는 항상 나와 함께 있겠다고 했지. 우린 서로 사랑을 맹세했었어. 분명 그랬었지. 하지만 너와 내가 둘이 하나가 된다는 것은 정말로 허상이었던가…….

세연은 잠시 귀를 의심했다.

차 안 가득 음악이 울려 퍼졌다.

나는 왜 둘이 하나가 될 수 있다는 믿음을 가졌던가. 그것은 정말 무의미한 신념 아니었던가. 지나와 생각해 보면, 서로의 외로움의 무게와 고독은 죽을 때까지 가지고 갈 각자의 몫, 나는 왜 그것을 몰랐던가…….

철학적인 가사.

보컬의 음색 역시 인상적이었다.

말 그대로 정공법. 과한 바이브레이션이나 흔히들 개성으로 치부되는 특색 있는 보컬이 아닌, 마치 상대에게 호소하듯 투박한 진심을 담은 노래였다.

너는 분명 내 곁에 있었지. 우리가 하나였다 생각했던 시절도 있었지. 하지만 그것 역시 세월이 흘러 당연하게 없었던 일이 되고 말았어. 그것 역시 흘러가는 것처럼, 미련을 두지 않은 것이 각자의 삶인 것처럼…….

무엇보다 인상적인 것은 묵직하게 깔리는 베이스 소리였다. 묻지 않아도 알 수 있었다. 바로 기우의 연주였다.

기우가 속한 그룹은 그의 말대로 하드했다. 확실히 하드한 록 음악을 좋아하는 남성 팬들의 취향에 가까운 음악이었다.

악기를 다뤄 본 적 없는 그녀가 듣기에도 연주 실력들이 엄청났다. 그 그룹의 멤버인 기우 옆에서 세연은 유심히 처음 듣는 그의 연주에 귀를 기울였다.

강물이 유유히 흘러가며 사방에 퍼지듯 진동하는 그의 베이스 소리는 무척이나 인상적이었다. 그는 악기를 자유자재로 다루고 있었다.

세연은 말없이 고갤 돌려 흘낏 운전하는 그를 보았다. 의외였다.

'이 사람, 꽤 실력파구나. 인기 많겠는데.'

그에게 내색하지 않고 세연은 속으로 계속 생각했다.

물론 여성 팬도 많을 것이다. 쫓아다니는 열성 팬도 있겠지? 뿐인가. 지금처럼 앞만 보며 운전하듯, 잘 모르는 그녀가 보기에도 무대에서 여성팬들을 휘어잡을 것만 같았다.

'열성 팬들도 있겠지? 혹시 따라다니는 여자들한테 질려서 평소에 냉담한 걸까?'

그럴지도 모르지.

세연은 갑자기 든 엉뚱한 생각에 피식 웃었다.

그러자 검은 선글라스를 낀 왠지 모르게 냉담해 보이는 기우가 흘낏 시선을 주었다.

"왜 웃는 거지?"

"네?"

"내가 우스워?"

자신도 모르게 움찔한 세연은 뚫어져라 보며 말끝을 흐렸다.

"아뇨……, 반가워서."

"반가워?"

"네! 다시 만나서 너무 반가워요. 권기우 씨."

세연은 자신도 모르게 긴장해서 흘낏 그의 표정을 살폈다. 그러자 그가 재미있다는 듯 또 나직한 웃음소리를 흘렸다.

그런 그가 악당처럼 보여서 세연은 가만히 쳐다보았다.

전혀 예상치 못한 순간 장난기를 드러냈다. 우연한 첫 만남에도 그러더니 오늘 역시 마찬가지였다.

"거짓말 아닌데. 다시 만날 줄 몰랐어요. 그래서 더 반갑게 느껴지나 봐요."

앞으로도 이런 멋진 사람을 만날 기회가 많지 않다는 걸 본능적으로 느끼기에, 나중에라도 후회할 여지를 남기기 싫었다.

그래서 세연은 주저 없이 그에게 진심을 내뱉었다.

"다시 만나지 못할 줄 알았거든요. 그래서 이 두 번째는 내게 더 의미 있고…… 소중해요."

그러자 말없이 검은 선글라스를 들어 올린 기우가 가라앉은 눈으로 세연을 주시했다. 순간 가슴이 내려앉는 듯했다. 다음 순간 표정 변화가 없던 그의 차분한 목소리가 울려 퍼졌다.

"안전벨트나 매. 그 답례로 네가 좋아할 만한 곳으로 데려가 줄 테니까."

그가 말했다.

"전화했을 때도 말했지? 기대해도 좋아."

그들이 도착한 곳은 그녀의 시선을 잡아끌었던 캣 스트리트의 카페와 달리 또 다른 의미로 이목을 집중시켰다. 이국적인, 도저히 시선을 뗄 수 없는 풍경이었다.

그랬다. 믿지 못하게도 입구에 들어서자마자, 커다란 통유리창 사이로 압도적인 전경이 펼쳐졌다.

창밖엔 황토빛을 띤 조용한 도쿄의 강이 유유히 흐르고 있었다. 한눈에 들여다보였다. 꼭 넓게 펼쳐진 큼직큼직하게 배열된 듯한 녹색의 장원을 연상케 하는 산책로.

서서히 뉘엿뉘엿 해가 져 가는 가운데, 희미하게 번져 가는 붉은 석양빛이 암영을 드리웠고 모든 것이 조용한 저녁의 침묵 속으로 아스러지듯 빨려 들어가고 있었다.

게다가 실내에 흐르는 음악은 쳇 베이커.

원목의 테이블과 실내에 가득 찬 붉은 톤의 장식품들. 꼭 50년대 미국 칵테일바를 연상케 하는 고풍스럽고 낭만적인 인테리어, 그녀의 귀를 잡아끄는 재즈 선율까지 세연은 첫눈에 이 장소에 사로잡혔다.

"와."

고층 건물의 라운지 바에 들어서는 순간부터 시선을 떼지 못하던 세연이 나직한 탄성 소리를 내자, 그가 웃으면서 보았다.

"여기 좋아할 것 같았어. 원래는 가끔 들르는 소바 집에 가서 저녁 식사를 하고 올까 했는데……."

그가 팔짱을 낀 채로 느릿느릿 말했다.

"이곳의 해가 지는 풍경을 보여 주고 싶어서. 식사는 다음에 하자. 도쿄의 맛있는 음식점들 많이 알고 있거든."

"맛있는 거 먹는 거 좋아해요?"

"음. 솔직히 투어 때는 비타민 알약들의 힘으로 버티기는 하는데, 비타민만 먹으면 삶이 황량하고 재미없으니까. 너무 거창한가? 그냥 맛있는 음식 먹으면 기분 좋아지지 않아?"

"그렇긴 하죠. 우울할 때는 더 그런 것 같아요."

"다음엔 내가 말한 소바집에 가자. 아마 너도 좋아할 거야. 건물 전체가 1층에서 3층까지 전 층을 쓰는데, 노란 불빛이 은은하게 켜져서. 추운 날 거기 가면 따뜻해지는 것 같고 서서히 기분이 좋아지거든."

"나도 가 보고 싶어요! 상상만 해도 정말 기분이 좋아질 것 같아요."

세연이 그와 눈을 마주치며 적극적으로 호응하자 기우가 낮게 소리 내어 웃었다.

"그렇게 말하니까 이제 제 나이로 보인다."

그는 종종 강아지 쓰다듬듯 그녀를 대했다. 귀엽다고 꼬집지 않는 게 다행일 정도였다. 그녀는 이제 19살이고 그는 26살, 하긴 7살 차이면 그녀가 많이 어려 보이긴 할 것이다. 세연은 고개를 저었다. 그래도 이제 1년만 더 다니면 지긋지긋한 고교도 드디어 졸업인데.

그나저나 아직 두 번째 만나는 건데 너무 앞서가는 걸까? 그는 나를 특별하게 생각 안 할지도 모르는데.

"어서 오세요. 주문하시겠습니까?"

"맨하튼 커피 두 잔, 그리고 미네랄 워터 한잔."

곧이어 듣기 좋은 나직한 저음의 목소리가 울려 퍼졌다.

세연은 고개를 돌려 능숙하게 주문하는 기우에게 흘낏 시선을 주었다.

여전히 뭘 생각하고 어딜 바라보는지 가늠할 수 없다. 그가 무엇을 떠올리는지, 그녀의 말에 어떤 반응을 보일지 도무지 짐작되지 않는 것이다.

하지만 자신에게 관심이 없으면 어떡할까 이런 스스로를 괴롭히는 초조함과 불안은 저만치 멀리 밀어내기로 했다. 그녀 나름의 확신이 있었다.

정말 호감이 없는 여자에겐 다시 만나자는 소리는 안 할 테니까.

「주문하신 커피 나왔습니다.」

그녀는 그가 마시라고 밀어 준 커피잔을 집어 들었다. 그러자 기우가 흘낏 무심하게 시선을 주더니 말했다.

"커피 마셔."

"네, 고마워요."

그녀가 눈을 빛내며 당당하게 커피잔을 받아들자 기우가 흥미롭다는 듯 턱을 괴고는 물끄러미 바라보았다.

"참, 커피 마셔도 되나?"

그가 뒤늦게 생각났다는 것처럼 묻자 세연은 턱을 괸 채로 소리 내어 웃었다. 이제는 완전히 그가 편해진 느낌이 들었다.

"늦었어요. 이미 전에 만났을 때도 마셨는걸요."

그녀의 말에 기우가 말없이 보았다.

아, 그랬었나 하는 표정.

세연이 만족스레 커피 맛을 보며 소녀다운 행복한 표정을 짓자 그가 피식 웃었다. 곧 창밖의 풍광으로 시선을 돌려 버리긴 했지만, 그녀에 대한 약간의 관심이 엿보였다. 쿵쿵, 그때마다 어쩔 수 없이 그녀의 가슴은 두근거렸다. 고장 난 것같이 불규칙하게 뛰는 심장의 박동이 낯설기도 했지만 기분 좋았다. 따스한 찻잔을 손에 든 채로 세연은 천천히 말했다.

"맛있어요. 독특한 커피 맛이 나는 것이. 여기 인테리어와도 잘 어울리네요."

기우의 흥미로워하는 눈빛에 아랑곳없이 다음 순간 세연은 억양의 고조가 없는 단조로운 음성으로 인사했다.

"맛있는 커피 마시게 해 줘서 고맙습니다."

별다른 생각은 없었다. 맛있거나 멋진 풍광을 보게 해 준 것에 대한 감사 인사는 꼭 해야 된다고 여겼기에.

언제부턴가 이 낯선 땅에서 살아가면서 그저 당연하게 받아들이던 것들에 감사 인사를 부여하고 싶어질 때가 많아졌다. 익숙한 땅에서 살아가던 때엔 소중한 줄 몰랐던 것들이 참 많았다. 친구들과 함께 어울렸던 시간, 학교, 학원, 다정했던 부모님. 이제는 상황이 달라졌고 세연은 당연하게 여겼던 사소한 것들에 습관적으로 감사 인사를 표하게 됐다. 기우는 어이없다는 표정으로 짧게 쳐다보았다. 그리고는 팔짱을 낀 채로 아무 말 하지 않았다.

바람이 불어왔다.

이곳은 말 그대로 그와 닮은 유혹의 공간이었다.

이 순간 세연은 그와 마찬가지로 그녀의 마음을 사로잡는 애상한 풍경에서 눈을 떼지 못했다.

"……."

햇볕을 머금은 것처럼 금빛으로 반짝이는 갈대들이 서서히 저물어

가는 태양을 받아 유혹적으로 빛나는 가운데, 그 알알이 영근 갈대가 바람에 흔들리며 이루 말할 수 없는 우수와 감상을 불러일으켰다. 이곳에 있자 답답한 집과 학교.

이 둘로 요약되는 다람쥐 쳇바퀴와도 같은 일상이 거짓말처럼 서서히 사라져가는 듯했다.

쌉싸름하기까지 한 커피 맛도 일상에서 벗어난 느낌을 실감하게 해주었다.

세연이 그렇게 음미하듯 천천히 커피를 마시자 기우가 피식 웃더니 생각났다는 것처럼 물었다.

"배 안 고파? 먹을 거 시킬까?"

다시 만난 그는 생각지도 않게 친절했다. 전혀 기대하지 않았던 부분에서 세심한 게 의외였다.

"왜?"

그녀가 말없이 보자 기우가 웃으며 메뉴판을 내밀었다.

"그럼 같이 주문할래? 어느 음식이 맛있나?"

"……꼭 주문하지 않아도 돼요. 배고프지 않거든요."

세연은 메뉴판을 다시 그에게로 밀었다.

세연은 개의치 않고 커피를 마시며 마지막으로 다시 석양에 시선을 주었다.

"그냥 보고 싶어요, 이 순간을. 왜냐면 다시 오지 않으니까."

세연은 커피를 한 모금 한 모금 천천히 마셨다.

"학교와 집만 오갔는데, 이런 일상을 벗어날 순간은 많이 오지 않으니까요."

아름다웠다.

도저히 눈을 뗄 수가 없었다. 그렇게 서서히 어둑해져 갈 무렵, 갑자기 불쑥 그가 입을 열었다.

"가끔은 일상에서 벗어나서 이렇게 멋진 광경을 보는 것도 확실히 기분 전환이 될 거야. 맛있는 음식을 먹는 것도."

"나도 그렇게 생각해요."

"확실히 인간이란, 지극히 자기중심적인 동물이야. 따뜻하고 배부르게 먹으면 일단 만족하지. 그렇게 본능적으로 움직이는 것도 나쁘지는 않아. 그것보다 최악인 건……."

찻잔을 손에 든 채로 이윽고 기우가 느릿느릿 말을 이었다.

"본능적으로 움직이다가 종국에는 상대를 파괴하는 거지. 그게 의도하든, 의도하지 않든 간에. 지나고 나면 치명적으로 상대를 파괴하는 게 돼."

그 말과 동시에 그가 입을 다물었다.

그럼에도 세연은 그를 위로해 주고 싶어졌다.

무언가 슬픈 드라마를 본 것과도 같은 울적한 기분이 들었다. 이제 두 번째 만나는 거라 이런 느낌이 드는 것이 오버한다는 걸 알았지만, 그저 그를 안아 주고 싶었다.

"혹시 그쪽 얘기에요?"

그녀가 머뭇거리지 않고 묻자, 그의 눈이 가늘어졌다.

"아니."

기우가 평정 어린 어조로 반문했다.

"왜 그렇게 생각했지?"

"본인 경험에서 우러나온 이야기 같아서요. 가슴이 동요했거든요."

커피잔을 내려놓은 세연이 애써 입가에 미소를 머금으며 농담조로 말했지만, 기우의 얼굴에선 여전히 표정을 찾아볼 수 없었다.

다음 순간 왠지 모를 충동에 세연은 말없이 그의 손을 잡았다. 기우의 손은 크고도 따뜻했다. 그녀는 말없이 그의 하얀 손에 자신의 작은 손을 겹쳤다. 그리고는 아무 말도 하지 않았다.

……따뜻하다.

상대의 체온이 느껴지자 추위가 순식간에 가셨다. 그녀의 착각인지 몰라도 잠시라도, 세상에 혼자가 아니란 느낌이 들었기 때문일까.

그러자 기우가 빤히 그녀를 응시했다.

"이건 무슨 뜻이야?"

그가 잠긴 어조로 묻자 그녀는 솔직하게 말했다.

"왠지 눈이 슬퍼 보여서요. 위로해 주고 싶어서."

여전히 따뜻한 그의 손의 감촉이 전해져 오는 가운데 세연은 말없이 눈을 깜빡였다.

"넌 내가 남자라는 걸 잊고 있는 것 같은데."

그 말과 동시에 그가 보란 듯이 단정한 입가를 비틀어 올렸다.

기우가 처음으로 장난스럽게 짓궂을 정도로 힘주어 그녀의 손을 꽉 잡았다. 세연의 눈이 커졌다. 그리고는 그녀의 작은 손가락 하나하나를 유혹하듯 헤집어 놓기 시작했다. 그러자 꼭 전류가 흐르듯 짜릿한 감각이 손으로 퍼져 갔다. 순간적으로 일어난 일에 그녀는 잠시 할 말을 잃고 어쩔 줄을 몰랐다.

세연을 보던 기우가 기분 좋게 웃었다. 그러더니 아무렇지 않게 손을 들어 메뉴판을 보고 다시금 능숙하게 음식을 주문했다.

"자, 배고플 테니까 식사를 하자."

그리고는 그녀의 대답은 기다리지 않는 것처럼 장난스레 음식을 그녀 쪽으로 들이밀었다. 그 믿지 못할 친근하기까지 한 태도에 세연은 말없이 눈썹을 치켜올렸다. 그러자 기우가 팔짱을 낀 채로 중얼거렸다.

"그러고 보면 확실히 넌 네 나이대로 보이지는 않아."

"아무래도 다르긴 하겠죠? 전학도 여러 번 다녔고 사실…… 집안 사정상 학업을 쉰 적도 있었어요. 집이 너무 어려워져서 석 달 정도 학교를 못 가서 따라가기가 힘들었거든요."

애꿎은 머리칼을 손가락으로 집어넣어 배배 꼬면서 세연은 조용하게 말했다.

"역시 홈스쿨링하는 게 나았으려나."

"정말 그렇다고 생각해?"

그가 물끄러미 시선을 떼지 않고 묻자 세연은 잠시 생각에 잠겼다. 막 나온 김이 모락모락 나는 음식을 앞에 두고 은빛으로 반짝이는 포크를 집어 들었다.

"요샌 홈스쿨링도 많이 하고 대안학교도 많이 생기는 추세니까요. 꼭 학교에 가지 않아도 또 다른 선택지가 있을 거라 생각해요."

"추세? 선택지?"

그로 말하자면 웃고 있었다.

짐짓 흥미롭다는 얼굴로. 딱 짚어서 꼬집을 수는 없었지만 미묘하게 아까와는 느낌이 달랐다.

눈길을 뗄 수 없는 흐트러진 머리칼 사이 가늘어진 눈으로 웃고 있었다. 그 특유의 서늘한 검은 눈이 이채를 발했다. 기우가 턱을 괴었다. 그리고는 상냥하게 들리는 음성으로 말했다.

"그러고 보니 정말 또래 여자아이들 같지 않은 한자를 많이 쓰는 것 같은데?"

"칸지? 확실히 일본어는 한자가 많아서 어려워서. 처음에 일본 와서 읽고 쓰기가 힘들었어요. 처음엔 책이 유일한 친구였어서 책만 파고들어 읽었으니까요. 부모님이 어렸을 때 문고판 100권을 세일한다고 사 주셨거든요. 반 아이들하고는 어휘 쓰는 게 다를지도 몰라요. 확실히 좀 노땅스럽다고? 해야 할까."

어느새 신이 나서 평소답지 않게 재잘거렸다. 그러자 말없이 듣고 있던 기우는 피식 웃더니 그녀의 머리를 쓰다듬었다.

"많이 먹어라."

그 말과 동시에 그는 침묵했다.

따뜻하다. 사라지지 않는 그의 손의 감촉, 정말 이대로는 애 취급받는 것 같잖아. 불만스럽게 입을 삐죽인 것도 잠시, 세연은 식사를 하기 시작했다.

그리고 정말로 열심히 먹었다.

정말 눈물 나게 맛있었으니까.

그가 시킨 것은 크림 명란 파스타, 오므라이스 그리고 김치 나베. 세연은 이상하리만큼의 식욕이 생겼다. 한참 그와 재잘거리면서.

식사를 마치고 그들이 한 일은 바로 포켓볼 당구를 치는 것이었다.

"그럼 뭐 딱히 할 게 없는데, 시간도 보낼 겸 이거 할까?"

성큼성큼 다가가 능숙하게 당구채를 잡는 그를 세연은 홀린 듯이 바라보았다.

다행히 라운지 안에는 손님이 많지 않아서 신경 쓰지 않고 그와 포켓볼 당구를 칠 수 있었다.

다음 순간 딱 경쾌한 소리와 함께 그가 기다란 당구채로 친 색색깔의 볼들이 경쾌하게 흩어졌다. 세연은 우르르 쓰러지듯 한꺼번에 당구대 움푹 팬 구멍 속으로 들어가는 공들을 홀린 듯 잠시 쳐다보고 있다가 발걸음을 떼어 놓았다. 그러자 기우가 가만히 그녀를 보면서 물었다.

"뭐해? 안 할 거야?"

그가 재촉했다.

곧 세연은 기다란 당구채를 잡았다. 그리곤 곧잘 포켓으로 공을 쏙 넣자, 그 광경을 유심히 보던 기우가 짧게 웃었다.

"좋아, 그럼 오늘 한번 제대로 해 볼까."

그가 팔짱을 끼고 말하자 세연은 피하지 않겠다는 듯 응수했다.

"얼마든지요. 굳이 피할 이유는 없으니까."

"그럼 내가 먼저 시작한다?"

곧이어 기우가 몸을 굽혀 능숙하게 큐대로 색색깔의 볼을 겨냥했다. 얼마 안 있어 탕, 소리와 함께 예외 없이 흩어진 색색깔의 볼들이 이리저리 돌아다니다 포켓으로 들어갔다.

질세라 세연도 열심히 포켓볼에 집중했다.

기우는 포기하지 않고 따라오는 세연을 여유만만하게 리드했다.

'뭐야. 베이스만 잘 치는 줄 알았더니 다 잘하잖아. 이대로 당구 선수가 되어도 손색없겠다.'

그러고 보니 운전도 잘하는 것 같았다.

불만스러워진 세연은 퉁명스럽게 내뱉었다.

"좋아하는 게 뭐예요?"

"뭐?"

"좋아하는 취미요. 포켓볼 말고 좋아하거나 평소에 하는 운동 있어요?"

잠시 질문의 의미를 가늠하듯 말없이 그녀를 보던 그가 곧바로 대답했다.

"계속 꾸준히 하는 거라면 스키, 수영 그리고 격투기 정도일까?"

기우의 대답에 세연은 의외라고 생각했다.

"격투기요?"

그녀가 되묻자 기우가 가만히 보더니 덧붙였다.

"그래, 체력도 단련할 겸 꾸준히 다니고 있어. 주짓수 도장도 다녔으니까. 물론 악기를 연주하니까 손을 안 다치려고 각별하게 조심하느라 몸을 사리긴 하지만. 확실히 예전처럼 자주 못 가."

격투기라니.

전혀 그렇게 안 보이는데?

딱딱. 그는 말하는 순간에도 멈추지 않고 포켓볼을 정확히 겨냥했다. 그 모습을 세연은 사실상 승부를 포기했다.

역시 이쯤 해 두는 게 좋겠지? 세연은 생각했다. 차라리 저기 남은 오므라이스를 마저 먹는 게 낫겠다고. 크림 명란젓 스파게티는 통통 불었을지 모르겠지만, 오므라이스라면 아직 시간이 있었다.

세연은 잠시 포켓볼을 치는 그와 음식에의 유혹을 저울질하다가 곧장 몸을 돌려 다시 테이블로 돌아가는 것을 택했다.

“그럼 수고하세요. 저는 배고파서 이만.”

그 말과 동시에 꾸벅 목례한 뒤 한 치의 미련 없이 테이블로 돌아가는 세연을 기우가 어이없다는 표정으로 응시했다. 그것도 잠시, 세연이 행복하다는 표정으로 싹싹 남은 음식들을 긁어먹자 그 어이없다는 표정은 낮은 웃음소리로 변했다.

“정세연? 넌 참 재미있어.”

세연은 아랑곳하지 않고 싹싹 반짝이는 은색 수저로 남은 음식을 긁어먹었다.

“이런 음식을 먹을 수 있는 기회가 흔한 건 아니잖아요? 거기다가 이런 멋진 풍광과 음악까지.”

그녀가 작게 반문하듯 되묻자, 잠깐의 정적이 감돌았다. 꼭 침묵의 공기가 떠도는 것만 같다. 가만히 보고 있던 기우가 기다란 큐대를 내려놓았다. 그리고는 성큼성큼 걸어오며 조용히 화답했다.

“나 역시.”

기우가 그녀와 시선을 마주쳤다. 그리고는 아무렇지 않게 제안했다.

“괜찮다면 다른 데 갈래?”

그가 말했다.

“네 말대로 인상적인 오늘 하루가 저물기 전에.”

그래서 그와 함께 마지막으로 가게 된 곳은 록본기에 있는 호젓한 바였다.

이번엔 전망이 두드러지는 곳이 아니었다.

라운지와 다르게 이곳은 수수한 분위기였다.

숨겨진 듯 찾아오기 힘든 지하의 바. 아는 사람들만 찾아오는 듯한 왠지 모르게 비밀스런 분위기도 풍겼다.

계단을 내려오면 암막과도 같은 캄캄한 어둠이 바 안에 드리워져 있었다. 은은히 흔들리는 노란 조명을 제외하면 꼭 조용히 침잠한 듯한 동굴을 연상케 했다.

그 안에서 능숙한 손놀림으로 잔을 닦고 있던 바텐더는 만면에 미소를 띠고선 들어서는 그들을 맞았다.

「아, 케이 씨.」

탈색한 머리와 얼굴의 피어싱이 두드러지는 바텐더가 반가운 표정을 지어 보였다.

「어서 와요. 요즘 좀 뜸하던데 잘 지냈죠?」

「덕분에 그럭저럭.」

그러자 기우 역시 친근한 말투로 말을 받으며 자리에 앉았다. 쿵쿵, 낮게 사이키델릭한 음악이 흐르는 가운데 바텐더가 묘한 미소를 지으며 시선을 주었다.

「오늘은 동행이 있으시네요. 그럼 늘 마시던 걸로 가져올까요?」

그러자 그가 조용히 고개를 끄덕였다.

케이.

세연은 만남 이전 그가 출연했다는 인디 영화를 보았다. 물론 유명한 인터넷 스트리밍 재생 사이트에서 영화의 하이라이트 장면만 살짝 보았지만, 그가 왜 스타덤에 올랐는지 단번에 알 수 있었다.

감독은 그저 지금처럼 정직하게 눈에 띄는 그의 모습을 영화 필름 속에 담아낸 것에 불과하리라. 그의 아름다운 외양을 정말이지 이상적인 각도로 잡아낸 것이다.

「영화에서 이 장소가 나왔다고 찾아온 사람들이 있었어요. 케이 씨가 종종 여길 들린다는 걸 아는 건지.」

「그건 술값 달아 놓았다는 뜻인가?」

친근한 어조로 말을 받으며 기우가 바텐더가 내온 차가운 미네랄워터를 먼저 들이켰다.

세연은 말없이 그런 그를 곁눈질했다. 이제 두 번 만났을 뿐이지만, 평소의 그를 떠올리면 상상이 안 되는 친근하고도 편안한 분위기. 입가에 옅은 미소까지 띠고 익숙하게 응대했다. 평소에 친구들도 이렇게 대하는 것일까.

전혀 그럴 것 같지 않지만, 사람들과의 관계에 능한 사람.

"넌 뭐 마실래?"

"음, 콜라요."

세연이 고민하는 기색을 보이다가 대답하자 기우가 팔짱을 낀 채로 나지막한 웃음소릴 냈다. 바텐더 역시 흥미롭게 지켜봤다.

"콜라라니 아직 술을 못 마시는 걸까요? 케이 씨."

"유감스럽게도 아직."

나직하게 웃음 띤 어조로 말을 받은 그가 고개를 기울인 채로 말했다.

"그래도 명색이 바인데, 콜라 말고 다른 걸 마셔 보는 게 어때? 무알콜로 만들 수 있는 것도 있으니까."

어느새 자신도 모르게 그의 설득에 넘어가, 세연은 고개를 끄덕였다.

"그럼 모히토로 할게요."

「아, 그럼 콜라로 맛을 내는 게 어떨지?」

바텐더가 만면에 미소를 머금은 채 그녀에게 반문했다. 그리고는 능숙한 손놀림으로 빠르게 모히토를 만들어서 그녀에게로 내밀었다.

「자, 여기 있습니다.」

"네. 고맙습니다. 잘 마실게요."

예의 바르게 받아서 마시는 세연을 바텐더와 기우는 짐짓 흥미롭다는 듯 바라보고 있었다.

세연은 바텐더가 만들어준 모히토를 맛보았다. 정말 라임 잎을 직접 빻아 많이 넣어 줘서 청량한 맛이 났고 맛있었다. 언젠가 이세탄 백화점 지하 식품 매장에서 마셨던 모히토보다 더 맛있는 느낌이었다. 세연은 솔직하게 말했다.

"시원하고 청량한 맛이 나요. 맛있어요. 내가 지금껏 마셔 본 그 어떤 모히토보다."

곧이어 세연은 진지하게 말했다.

"아무래도 장소가 장소이니만큼 더 그렇게 느껴지나 봐요."

그녀의 진지한 품평에 바텐더가 세연을 흥미로운 듯 관찰했다.

「솔직한 친구? 표정이 솔직하고 쾌활해 보이는데. 한국말로 이야기해서 정확히는 모르겠지만.」

「루카, 그렇게 생각해?」

바텐더가 고개를 끄덕였다.

「그럼요. 이를테면 사랑하기 때문에 자연스럽게 교태를 부린다든지, 애교 어린 목소리로 살갑게 대한다든지. 아, 물론 애교 있는 건 나도 좋아하지만. 사실 얼마 전에 만난 잡지 모델도 '루카 짱~♡ 미야는 너무 너무 좋아' 말끝마다 이랬지만요.」

바텐더가 과장스러운 음성으로 여자 친구의 목소리를 흉내 내자 기우가 피식 웃었다. 아랑곳하지 않고 바텐더가 수다를 떨었다.

「노랗게 탈색한 머리에 인형 같은 외모였지만, 너무 과하니까 확실히 지나친 것이. 어느 순간 질려 버리더라구요. 하지만 이 어린 친구는…….」

어두운 조명 아래 바텐더가 흥미롭다는 눈길을 세연에게 던지며 수다를 떨어 댔다.

「과묵하고 정말 딱딱 필요한 말만 하는 것이. 음, 역시 솔직담백해서 매력적인 걸까요? 다른 사람은 모르지만, 케이 씨한테는 그렇게 느껴질지도 모르죠.」

바텐더의 생각지도 않은 칭찬에 세연은 말없이 얼굴을 붉혔다. 그러자 기우가 피식 웃었다.

「수다 떠는 건 여전하네. 처음 왔을 땐 인상 쓰고 불편한 것처럼 한마디도 안 해서 손님을 쫓더라니. 루카, 넌 쓸데없는 말이 너무 많아.」

「아, 그거야 내가 이야기하고 싶은 사람만 골라서 수다를 떠니까요. 가게의 마스터는 매일 혼내지만 세상에는 참 많은 술이 있잖아요. 그 중에서 굳이 맛없는 술을 마실 필요가 있나. 구미가 당기지 않는데 굳이 수다까지 떨 필요는 없잖아요.」

기우의 말대로 엄청나게 빠른 어조로 수다를 떨던 바텐더가 불만스레 말했다.

「그리고 나도 서비스를 많이 개선했다구요. 일단 손님이 오면 이야기하려고 노력해요. 그전엔 음악만 듣고 머릿속에 디제잉을 어떻게 생각했다면 말이죠.」

기우가 고개를 끄덕이자 바텐더가 기우에게 매달리듯 말했다.

「그럼 케이 씨, 내가 새로 생각해 본 디제잉 선곡인데 한번 봐 줄래요? 다른 사람도 아니고 그룹 에어의 베이시스트 케이 씨라면, 케이 씨가 내 선곡을 봐 준다면 아주 좋은 반응이 나올 것 같은데. 어때요?」

그 말과 동시에 바텐더가 생각해 둔 디제잉 선곡들을 그에게 들이밀었다.

그가 바텐더와 음악 선곡에 대해 품평을 하는 가운데 세연은 분위기 좋은 바 안에서 혼자 조용히 음미하는 시간을 가졌다.

꼭 철학자가 된 순간이랄까. 물론 지금 그녀 곁에 있는 그는 '꼬마 철학자'라며 웃을 테지만.

엉겁결에 부모님을 따라서 오게 된 일본, 눈보라 치던 새하얀 눈 속에 파묻힌 오타루와 오사카, 그리고 최종적으로 도쿄에 올라와 지금의 고교를 다니기까지 그간 겪었던 일이 머릿속을 스쳐 지나갔다.

– 학생인가? 혹시 탤런트 해 볼 생각 있어요?

생각지도 않은 길거리 캐스팅과 역시 엉겁결에 속하게 된 소속사까지. 그렇게 갑자기 연예인 지망생이 되었다. 한 번도 생각해 보지 않았는데.

– 정말 한 번도 연기해 본 적 없어요? 그럼 한번 대사 해 볼래요?

–네, 해 볼게요.

한 번도 카메라 앞에서 연기할 거라 생각하지 않았지만, 내성적인 그녀에겐 연기를 빌미로 뭔가 감정을 발산하고 자신을 표현한다는 것이 매력적이었기에 순식간에 연기에 매혹되었다. 이제 탤런트로 데뷔하게 되어 일본에서 드라마까지 찍을 예정이지만, 연예계 역시 실상 크게 좋은 일이 없었던 유년시절과 별다를 게 없다고 여겼다. 이리저리 옮겨 다니면서 정착할 수 없이 부초처럼 떠돌았던, 그래서 결국 마음 깊은 곳에 그늘이 생긴 어린 날의 기억처럼 딱히 좋을 건 없을 거라고. 표현은 안 했지만 무의식중에 그런 생각을 하고 있었는지도 모른다.

그런데 생각지도 않은 선물 같은 그와의 만남. 이 순간 조용한 바의 어둠 속에서 은밀히 그녀에게 다가와 옆에 앉은 그를 세연은 곁눈질했다. 그 음영 진 조각과도 같은 옆모습에서 눈을 떼지 못하며 생각했다. 그전에도 만난 적 없고 앞으로도 만날 가능성이 희박한.

이런 절로 눈을 의심케 하는 매력적인 남자는 갑자기 어디서 나타났나 하고. 그것도 모자라서 지금 그녀의 곁에 있었다. 그때 눈이 마주친 그가 입가에 미소를 머금은 채로 자연스레 물어 왔다.

"지루하지 않아?"

"지루하지 않아요. 그냥 이것저것 생각할 수 있는 시간이 생겨서 오히려 좋은 걸요.”

“어떤 생각? 넌 생각을 너무 많이 하는 것 아니야?”

기우가 가볍게 웃으면서 아이를 대하듯 그녀의 머리를 쓰다듬었다.

“너무 많이 생각하면 머리가 하얗게 세어 버린다?”

그의 다정한 음성에 세연은 일순 빠져들었다. 정신을 차리고 보니 술술 그간의 사정을 이야기하고 있었다. 학교에서의 이야기, 소속사에서 겪은 이런저런 일들, 미래에 대한 불안감과 포부 등등.

그러다 보니 금방 늦은 시간이 되었다. 그녀를 차로 집까지 데려다주면서 기우가 말했다.

“할 얘기가 아직도 많은 것 같은데. 그럼 또 만나자.”

“아, 그걸 꼭 말로 물어볼 필요 있을까요?”

세연이 일 초의 머뭇거림도 없이 대답하자 기우가 고개를 갸웃했다. 어이없다는 표정을 지으면서. 그것도 잠시, 명랑한 웃음소리가 차 안으로 퍼져 나갔다.

第 10 幕

믿지 못할 한때. 순간의 연속.

아직도 실감 나지 않았다. 그와의 만남을 끝마치고 집으로 돌아오자 꼭 한바탕 꿈을 꾸고 깨어난 것처럼 멍하기까지 했다.

꼭 다른 세계에 사는 것 같은 사람과의 만남이라 그런지도 모르겠다.

확실히 그와 함께하면 그저 그런 회색의 아스팔트빛 거리가 꼭 영화 촬영지의 한 장소처럼 근사한 장소로 탈바꿈하는 느낌이었다.

그저 무심하리만큼 특유의 차가운 표정으로 그녀 곁에서 성큼성큼 걷고 있을 뿐인데도.

"추우니까 들어가서 차 마실래?"

그저 생각났다는 것처럼 툭툭 한마디 던지고 커피를 마실 뿐인데도. 그가 하는 것이라면 무엇이든 근사해 보였다.

지금 역시 반짝이는 은빛 시계라든지, 코트 깃을 세운 카키색 코트마저도 어찌나 근사한지.

"평소에 어떤 스타일 옷을 즐겨 입어요?"

그녀가 자신도 모르게 눈을 가늘게 뜨면서 질문을 던지자, 기우가 웃으면서 의외로 진지하게 답해 주었다.

"정장 스타일에 가까운 무채색을 선호해. 이를테면 피코트 같은 것? 지금 입은 건 밀리터리룩에 가까울까."

그의 말대로였다. 은연중에 록 그룹의 베이시스트라면 펑크룩이나 눈에 띄는 은빛 체인벨트로 장식한 블랙룩을 고수하지 않을까 하고 상상했다. 그래서인지 몸의 라인을 자연스레 살려 주는 무채색 트렌치코트에 멋스러운 청바지 차림의 그가 신기했다. 꼭 해외 컬렉션 모델을 연상케 했으니까. 물론 특이할 것 없는 차림이긴 했으나, 목까지 단정히 채운 짙은 빛깔의 트렌치코트가 유난히 고급스럽게 느껴졌다.

"저기, 혹시."

세연이 운을 떼자 나란히 걷던 기우가 특유의 눈길을 던지며 물끄러미 바라보았다. 세연은 잠시 망설였으나 물었다.

"전에 혹시 모델하려고 한 적이 있어요? 사람들의 권유라든지, 길거리 캐스팅이라든지."

진지한 세연의 물음에 기우가 어이없다는 것처럼 웃었다.

"그럴 생각은 없었어."

"있었다는 거네요."

"아니라면 거짓말이겠지."

그 말과 동시에 기우가 가지고 다니는 베이스 쵸퍼를 꺼내 만지작거렸다. 그가 내뱉듯 나직하게 말했다.

"안 그럼 이걸 할 이유가 없을 테니까."

그런 그에게서 세연은 시선을 뗄 수 없었다. 그는 특유의 거침없는 말투로 말하면서도 기분이 좋은지 환한 미소를 지었다. 화사하고 부드러운 웃음, 세연은 그런 그를 빨려 들어갈 듯 바라보았다.

'이런 얼굴로 웃으면 도저히 눈을 뗄 수가 없잖아.'

세연은 생각했다.

'나와의 대화가 즐거웠으면. 그렇다면 정말 기분 좋을 텐데.'

그 생각과 동시에 세연도 갑자기 즐거워지면서 들떴었다.

5년이 지난 지금, 그녀에게 후회하느냐고 묻는다면 대답할 자신이 없다.

금지된 열매는 유독 달콤하다지.

확실히 그때의 기우는 너무도 매혹적이었고 그녀가 거부할 수 없는 금단의 과실이었다. 그때 그녀는 너무도 힘들었었다. 매섭게 파고드는 일본의 3월의 추위, 이어지는 신학기. 당시 세연은 묘하게 그녀를 괴롭히는 타국의 아이들에 질려 있었고 학교생활에 지쳐 있었다.

그 아이들은 그녀가 보는 앞에서는 웃었지만, 뒤에서는 그녀가 신는 실내화에 압정을 집어넣는 폭력에 지쳐 있었다.

그래서인지 눈앞에 나타난 눈부시게 빛나는 원석의 보석에 속절없이 이끌렸다.

그 결과 정신을 차려 보니 이렇게 되어 있었다. 앞을 가늠할 수 없는 캄캄한 어둠이었다. 머리가 멍했다.

지금 그녀는 완전한 탈진 상태였다. 이 순간 그녀가 탁하고 멍해진 머릿속으로 과거를 반추하듯 떠올리는 찰나에도 놓칠세라 해옥 고모의 고함이 들려왔으니까.

"이게 미쳤나! 집에 돌아와 방에만 틀어박혀서. 너, 빨리 못 나와!"

'내게 아주 잠깐의 생각할 여유도 허락하지 않지.'

그렇게 세연은 다시 현재로 돌아왔다.

하지만 그에 대한 기억은 사라지지 않아서 겨울이 올 때마다 거짓말처럼 그에 대한 기억에 사로잡혔다. 그랬다. 노란 가로등 아래 하얀 눈송이가 흩날리며 희뿌연 안개가 피어오르는 영화 속 한 장면처럼, 차가운 바람이 부는 스산한 겨울밤이 되면 그의 노래가 듣고 싶어졌다.

정확히는 기우가 속했던 그룹 에어의 노래가.

참 이상한 일이었다. 하긴 사람들이 10대, 20대 때 좋아한 음악을 평생 좋아한다고 어디선가 본 기억이 났다. 그래서 그런 걸까?

아니, 모두 변명일지도 모른다. 이 역시 그가 보고 싶다는 반증이었다. 하다못해 이런 눈을 하고 있으면서도.

"큭큭."

세연은 시니컬한 웃음을 흘렸다.

히스테릭하기까지 한 스스로를 향한 냉소.

세연은 비릿한 미소를 입가에 흘리며 머릿속에 울리는 익숙한 그 멜로디를 더듬고 있다가, 마침내 체념하듯 오디오의 재생 버튼을 눌렀다.

곧이어 흘러나오는 익숙한 노래.

너와 난 서로 사랑했었어. 넌 나를 사랑한다고 말했지. 하지만 그때 넌 무슨 생각을 했던가. 지금도 알 수 없어.

그룹 에어의 보컬 코지가 쩌렁쩌렁, 떠나갈 듯한 음성으로 노래하고 있었다.

온유한 바람이 불고 나뭇가지를 간질인다. 그 유혹하듯 평화로운 한때의 추억. 다시 생각해 보니 지나가 버린 그때의 기억은 다 꿈이었던가. 너는…… 대답이 없는 너는.

모두가 잠든 새벽녘 노래를 들었다.

희뿌연 여명 속에서, 서서히 밝아 오는 회색의 동이 터오는 가운데 귓가를 사로잡는 쓸쓸하고 허망하기까지 한 멜로디. 그 가사가 절로 귓가를 잡아끌었다.

너는 꿈이었던가?

그녀가 묻고 싶은 것이있다.

힘차게 내지르는 그룹의 보컬도, 리드미컬한 기타의 선율도, 그리고 힘찬 드럼의 연주까지도 윙윙거리며 사라져 갔다. 남은 것은 관능적이기까지 한 베이스 선율뿐.

물결같이 관능적으로 일렁이는 특유의 연주는 왜 세월이 흘러도 그대로인 건지. 이대로는 불공평하지 않는가?

모두가 잠든 새벽녘,

그랬다. 잊을 수 없었다.

불공평하게도 그에 대한 기억은 아무리 해도 귓가를 맴도는 치명적인 연주처럼, 머릿속에 선명하게 새겨져서 지워지지도 않았다.

차가운 새벽 공기를 맞아 하얀 성에가 낀 창가 앞에 서 있던 세연은 초조하게 방 안을 서성였다. 그러다 문득 유리창에 손을 갖다 댔다. 차갑다. 소름이 끼칠 정도로 추운 겨울의 새벽의 공기가 유감없이 손바닥 사이로 느껴졌다.

답답해진 세연은 창문을 열었다. 그러자 폐부 가득히 특유의 서늘한 바람이 밀려들었다.

"하아."

이윽고 세연은 서늘한 공기를 가득 들이마셨다. 그리고는 고개를 들어 조용한 하늘을 올려다보았다. 그러다 문득 느껴지는 한기에 퍼뜩 몸을 떨었다.

또다시 그녀는 그 마지막 만남을 떠올리고 있었다.

– 언제 만날래?

– 시간 될 때 언제나요.

언제였을까. 두 번째 만남이었나. 커피숍에서 헤어지면서 그가 언제 만나겠냐고 물었을 때, 그녀는 홀린 듯이 답했었다. 시간 될 때 언제나, 라고. 지금 생각해도 평소의 자신이었다면 결코 꺼내지 못했을 과감한 말을 어떻게 내뱉었던 건지, 이상야릇한 기분에 휩쓸렸었다.

그러한 그녀의 대담한 말에 그가 보였던 반응은 어떠했던가. 눈길을 뗄 수 없는 검은 눈동자로 물끄러미 시선을 고정시키면서 세연에게 말했었다.

– 기꺼이.

"안녕? 또 만났네요."

그리고 마지막이 된 세 번째 데이트.

다시 그에게서 전화가 걸려왔다. 세연이 두근거리는 마음으로 그를 만나러 갔고, 마침내 마주한 그의 차에 올라탔을 때, 검은 선글라스를 쓴 기우는 선글라스를 살짝 내리고선 예의 무표정한 눈으로 물끄러미 그녀를 응시했다.

기분이 안 좋은 걸까?

세연이 말없이 눈을 떼지 못하고 바라보자, 기우가 갑자기 그녀의 손을 잡았다.

"손이 차갑다."

그 말과 함께 기우는 아무렇지 않게 자신의 손을 그녀의 손을 겹쳤다. 그렇게 그는 자신의 체온으로 집 근처에서 그를 기다리다 얼은 그녀의 손을 녹여 주었다. 입으로 호, 하고 숨결을 불어 주기까지 하면서. 그 순간, 그의 체향이 밴 차 안에 울려 퍼지는 음악, 때마침 차창 밖에 흩뿌려지고 있던 하얀 눈송이들이 모두 마법처럼 느껴졌다. 정말 심장이 멎는 줄 알았다.
그때 흐르던 음악은 언포게터블.
"다양한 음악을 듣네요."
그녀의 질문에 기우가 빙그레 웃으며 답했다.
"어찌 됐든 지금은 음악하니까. 그리고 너도 노래 많이 듣잖아."
"뮤지션이라 이거죠?"
이제는 한결 편해진 탓일까.
장난기 어린 그녀의 어조에 운전하던 기우가 피식 웃더니 말없이 그녀의 머리를 쓰다듬었다.
"또, 또. 강아지처럼 내 머리 쓰다듬네요?"
세연이 못마땅한 눈길을 하자 기우가 소리 내어 웃더니 차를 세웠다.
"그런 적 없어. 자, 들어가자. 배 안 고파?"
물론 배가 고팠지만, 그가 어느 멋진 곳으로 데려가 줄지가 더 기대됐다. 그러면서도 실상 기우와 밥을 먹는다면 장소가 어디든 상관없다는 생각이 들었다. 하다못해 그와 편의점에서 컵라면을 먹어도 맛있을 것 같았다.
"들어가자."
그 본능적인 마음은 그가 전에 말했던 긴자에 자리한 유명한 우동집에 들어가는 순간까지 계속 이어졌다.
「어서 오십시오.」
우동집 안으로 들어서자 미리 예약을 했는지 검은 앞치마를 두른 직원들이 정중하게 응대를 했다.
「그럼 창가 자리로 안내하겠습니다.」
본격적인 저녁 식사 시간대가 아닌 오후 4시. 아직 한적한 시간인지 홀 안에는 사람이 그리 많지 않았다.
그녀는 압도적인 우동집 내부 인테리어에서 눈을 떼지 못했다.

우동집은 긴자에 자리 잡은 3층짜리 건물로 드넓은 통유리창에 외부 전경이 훤히 드러났고, 은은한 노란 조명이 건물 전체를 분위기 있게 밝히고 있었다. 그 빛은 하얗게 눈이 내리는 가운데, 추위에 떨며 헤매는 이들을 향해 유혹적인 손짓을 했다.

그가 말한 것이 과장이 아니었다.

가게 홀 중앙에 난로가 자리 잡고 있고 펄펄 물 주전자가 끓어오르는 가운데, 이윽고 그녀를 이곳까지 데려온 기우가 검은 선글라스를 벗었다.

"여기 자주 와요?"

세연의 물음에 그는 선글라스를 탁자에 내려놓은 다음 흘낏 시선을 고정시켰다.

"글쎄? 가끔 생각나면 와."

메뉴판을 보던 그가 조용히 덧붙였다.

"마음에 들었으면 좋겠다."

그 나직한 어조에 다시금 가슴이 두근거렸다. 세연은 지그시 눈을 감았다 떴다.

기우가 알아서 주문하는 사이, 세연의 머릿속에 학교에서 줄기차게 따라다녔던 동급생 남자애들의 얼굴이 떠올랐다.

그들에겐 정말 아무런 관심도 생기지 않았을뿐더러, 스스로도 매정하다 싶을 정도로 거절하는 대답이 바로 튀어나왔다. 억누르기도 전에 반사적인 반응처럼.

그런데 이상했다. 눈앞의 남자는 사소한 행동 하나하나도 그녀의 마음을 뛰고 동요하게 만들었다.

'그렇다고 소속사 사무실에서 잘생긴 남자들을 안 본 건 아닌데.'

단순히 외모 때문이 아니었다.

그와 있으면 통한다는 느낌이 들었다. 착각일지도 모르겠지만.

무엇보다 그러한 느낌이 드는 것은 그와의 안락하고도 따스한 식사였다. 주문한 음식이 나오자마자 세연은 젓가락을 들었다.

"혹시 이런 분위기 좋아해요? 일본 가정식을 파는 식당 분위기?"

"좋아하냐 묻는 거면 아니야. 솔직히 일본 음식이 취향에 맞지는 않거든. 너무 달고 짠맛만 이어져서 개인적으로 내 입맛엔 맞지 않아."

식사를 하던 그가 부드러운 어조로 말을 이었다.

"난 그냥 이런 따스한 분위기를 동경했던 것 같아. 저기 가운데 있는 난로 보이지? 저런 소품이 자아내는 분위기 같은 게 있잖아. 우스운가."

젓가락을 능숙하게 움직이며 기우가 나직한 어조로 말했을 때, 세연은 똑바로 그와 시선을 마주치며 말했다.

"그런 걸 우습다고 생각할 리가 없잖아요?"

그와 세연의 눈이 마주쳤다. 하얀 크림 우동을 말없이 먹던 기우는 젓가락을 내려놓으면서 말했다.

"다 먹고 나가서 걸을래?"

우동을 먹고 나오자 이상하리만큼 따뜻했다. 속이 데워져서 그럴까.

주변이 어둠에 휩싸인 가운데, 횡단보도의 신호등이 바뀌면서 규칙적인 알림음 소리가 울려 퍼졌다. 흘낏 본 기우는 그녀를 끌어당겨 팔로 감싸고 걷기 시작했다. 세연이 살짝 붉어진 얼굴로 보자 기우가 가라앉은 목소리로 말했다.

"위험하니까."

동시에 특유의 체취와 뒤섞인 유혹적인 체향이 스쳐 지나가는 바람처럼 일순간 후각을 자극해 왔다.

그 알싸한 향에 정신이 혼미해졌다.

이대로는 자신을 우스운 애로 알 것 같아 세연은 내색하지 않고 그와 함께 걸었다. 특색 없는 회색 아스팔트 거리.

평소라면 무심히 넘겼을 풍경이지만 그와 함께라는 이유로 뇌리에 강렬히 박혔다.

디리릭, 디리릭. 신호가 바뀌기 전에 건너가라는 듯이 규칙적인 음이 울리는 횡단보도를 지나, 조용한 밤의 정기를 머금은 것 같은 회색빛의 육교를 조용히 올라갔다. 그리고는 어둠에 싸인 은행 건물을 마주 보고 마침내 드러난 그 황량하기까지 한 강물을 내려다봤다. 환영처럼 어둠에 싸인 검은 강물이 조용히 흘러가는 가운데, 기우가 꼭 남의 이야기를 하듯이 담담하게 말했다.

"어렸을 때 여러 나라를 전전하며 살았었어. 그렇다고 부모님이 외교관은 아니고. 어머니가…… 외조모님. 그러니까 어머니 집안 사업에 관련되어서 여기저기 돌아다녔거든. 한국, 일본, 유럽의 여러 나라들. 그중 가구 수입업 때문에 덴마크 코펜하겐에 갔었는데."

속삭이는 듯한 그의 말이 이어졌다.

"그때 눈이 펑펑 내리고 있었어. 어머니는 가업으로 내려오는 가구 회사들이 몰려 있는 코펜하겐 외곽 지역에서 차를 돌려 숙소로 돌아오셨지. 날씨가 무척이나 추운 날이었는데, 숙소엔 사우나가 있었어. 내가 추워하니까 사우나에 넣고는 이렇게 녹색 가득한 잎들로 열심히 땀을 흘리는 내 등을 부쳐 주셨지."

기우가 가라앉은 어두운 눈동자로 부드럽게 미소 지었다.

"그리고 어머니와 사우나를 마치고 화롯가에서 우유를 먹었어. 이렇게 내 작은 발을 이불로 감싸 주셨던 게 생각이 나. 잊지 못할 행복한 어린 시절의 기억이야. 한동안 잊고 있었는데, 저 우동집에서 멤버들하고 밥을 먹다가 불현듯 생각이 난 거야. 그래서 생각나면 가끔 찾아가지."

"나도 잊히지 않는 기억이 있어요. 생활고로 부모님을 따라 갑자기 일본에 오게 되고 잠깐 홋카이도에 있었거든요. 아빠가 오타루의 창고에서 일을 하셨죠."

세연은 조용히 머무르는 그의 눈길을 느끼며 천천히 말을 이었다.

"사실 고생한 기억이 대부분이고 그리 행복하고 즐거운 기억은 많지 않아요. 부모님은 힘드시니까 많이 다투시고 엄마는 울면서 소리 지르고 아빠는 한숨 쉬면서 언성 높이시던 기억."

기우가 그런 그녀를 고개 돌려 말없이 응시했다. 세연은 웃었다.

"하지만 그 속에서도 얼어붙은 겨울밤의 오타루에서 보았던 그 환한 불빛은, 유혹하듯 반짝반짝거리는 노란 조명들은 아직도 내게 잊지 못할 추억으로 남아 있어요."

세연은 꿈꾸는 듯한 음성으로 말했다.

"아름다웠어요. 사람은 가끔 그렇게 반짝이는 금빛 신기루와도 같은, 빛나는 기억들로 삶을 견디는지도 몰라요."

곧이어 세연은 고개를 들었다.

"그 반짝이는 순간의 기억으로 살아갈 수 있어요."

순간 기우와 그녀의 눈이 어둠 속에서 마주쳤다. 그녀를 뚫어질 듯 바라보던 기우는 이윽고 비스듬히 몸을 돌리며 웃음 띤 어조로 말했다.

"알았어, 꼬마 철학자. 말했지만 계속 그렇게 생각을 많이 하면 머리 과부하 알지?"

타박하는 듯한 말투였지만, 눈은 진지했다.

"생각 많이 안 하는데……."

세연은 투정거리듯 답했다.

그때였다. 기우가 조용한 정적을 깨며 물었다.

"오타루에 잠깐 머물렀다고 했지?"

"네, 아주 잠깐 있었어요. 당시엔 힘든 게 많았지만, 돌이켜 보니 그 때가 가장 좋았더라고요."

그 말에 기우가 비스듬히 시선을 던지면서 물었다.

"뭐가 그렇게 좋았는데? 얘기해 줄 수 있어?"

"아뇨……, 그랬으면 좋겠는데 사실 내게 오타루는 일과 관련된 느낌이라서."

"그럼 가고 싶은 곳이 어디였는데?"

"가 보고 싶은 곳은 많았죠. 오타루도 그렇고 삿포로 여기저기 못 가 본 곳이 많으니까요."

"어디? 그 오르골 박물관 있는 곳?"

"아, 거기도 가 보고 싶었지만."

기우의 물음에 반가운 표정을 짓던 세연은 재잘거리듯이 말했다.

"진짜 가 보고 싶은 곳은 따로 있었어요."

"어딘데?"

"음, 오타루 얼음 박물관이요. 조각들이 전시되어 있다던데, 지하에 전시된 얼음 눈 결정들은 꼭 직접 보고 싶어요. 아니면, 새하얀 눈 설원을 볼 수 있는 곳이라면 꼭 북해도가 아니더라도, 어디든 나쁘지 않을 것 같아서."

말을 하다 보니 밤이 선사하는 보이지 않는 마법에 취하는 기분이었다. 세연은 꿈꾸듯이 읊조렸다.

"그 눈들을 보고 있으면, 잠시나마 꿈을 꾸는 환상적인 기분을 맛볼 수 있거든요."

그러면서도 떠올렸다.

꼭 오타루가 아니더라도 된다고. 그와 함께라면 장소는 상관없다고. 물론 소리 내어 말하지 않았지만 말이다.

재잘거리다 왠지 모르게 쑥스러워진 세연이 고개를 돌렸다.

"……!"

다음 순간 기우가 그녀의 손을 잡았다.

그리고는 흔들림 없는 어조로 조용하게 말했다.

"너가 가고 싶다던 곳들, 나도 다 가고 싶어지는데."

세연이 눈을 가늘게 뜨며 바라보자, 기우가 눈을 떼지 않고 덧붙였다.

"물론 너와 함께."

너와 함께.

그 말에 정말 미친 듯이 가슴이 뛰었다. 그녀는 본능적으로 깨달았다. 앞으로 살면서 이런 순간은 인생에 몇 번 오지 않을 거라고.

이후로도 그와 많은 이야기를 나누었다.

"그럼 책 읽는 게 유일한 취미야?"

"아뇨. 영화도 좋아하는데……."

"그래? 책 좋아하는 줄만 알았는데. 어떤 영화 제일 좋아하는데."

"영화요? 너무 많은데. 사실 어렸을 때 티비에서 해 준 영화들이 참 좋았어요. 옛날 클래식한 영화들. 그냥 웬만하면 다 재밌는 편이지만 사실 인상 깊게 본 영화는 따로 있어요."

그게 뭐냐며 기우가 묻자 잠시 반짝이는 검은 눈을 빛내며 고민하던 세연은 천천히 말했다.

"하나는 조금 오래된 무협 영화고. 하나는 역시 오래된 음악 전기영화에요."

"음악 영화?"

"네, 19세기에 유명했던 천재 바이올리니스트였던 파가니니를 다룬 영화인데. 영화배우 나스타샤 킨스키의 아버지가 감독한 영화에요."

"악마의 연주자 파가니니?"

그녀의 말에 기우가 턱을 괸 채로 나직하게 말을 받았다.

"아아, 그 영화배우가 나오는 영화 본 적 있어. 그 엘도라도를 찾아서 떠나는 이야기였던가. 독일 감독 영화였는데."

"네, 그 영화도 인상적으로 보긴 했지만. 물론 전문적으로 영화를 만드는 감독이 아니라서 그렇게 뛰어난 수작은 아니지만. 개인적으로 기억에 남아서요. 특히 마지막에 주인공이 죽고 나서 온몸에 새하얀 붕대를 친친 감고 차가운 땅속에 묻히는데. 이상하게 그 장면이 계속 떠올라요."

세연의 솔직한 감상에 잠시 미소 짓는 것 같던 기우가 말없이 커다란 손을 그녀의 작은 손에 겹쳤다. 동시에 세연의 심장이 걷잡을 수 없이 빠르게 뛰기 시작했다.

이윽고 기우가 그녀에게 고개를 기울인 채 상냥하게 말했다.

“실제로 18세기, 19세기 유럽에선 사람이 죽으면 그 사람의 몸을 하얀 붕대로 친친 싸서 차가운 흙 속에 묻었어. 한국에서는 염을 한다고 하는데 모르겠어. 내가 겪은 장례식은 좀 달라서. 기독교식으로 장례식을 했거든.”

기우가 완전히 그녀에게 고개를 기울인 채 부드럽게 속삭였다.

“내가 13살 때 어머니가 갑자기 돌아가셨어. 이상하게 내게 그 뒤로 세상은 멈춘 기분이 들어. 뭘 해도 심드렁했고 별다른 감정을 느낄 수 없었어. 그리고 묻고 싶었지. 세상은 왜 이다지도…….”

이어지는 그의 속삭임.

물론 그가 다 이야기하지는 않았지만, 그 담담한 고백에 세연의 눈망울에 금세 눈물이 차올랐다.

“왜 당신의 마음은 아픔이 가득한 걸까. 그리고 심장은…… 슬픔으로 채워져 있는 걸까.”

그녀가 낮게 읊조리듯 말하자 정적이 찾아들었다.

기우는 그녀의 눈물에 이해할 수 없다는 표정을 지어 보이다, 다시금 미소 지었다. 여유를 되찾은 것처럼 팔짱을 끼더니 그가 아무렇지 않게 답했다.

“지금은 아니야.”

“네?”

의아해진 세연이 눈을 깜빡이며 되묻자, 기우가 환하게 웃으며 말했다.

“네가 있으니까 이제 괜찮아.”

第 11 幕

그와의 만남을 뒤로하고, 다시 익숙한 집으로 돌아왔다.

자로 잰 것같이 반듯한 책상과 침대, 최소한의 가구들만 놓여 있는 그녀의 방. 꼭 병원을 연상케 하는 새하얀 벽. 한없이 익숙하면서도 살풍경하기까지 한, 몸에 익은 작은 방처럼. 보는 것만으로도 권태를 불러일으켰다.

졸업하기만을 손꼽아 기다렸던 학교 역시 마찬가지였다. 매일 일어나 몸에 걸치는 옷처럼, 어쩔 수 없이 다녀야 하는 의무에 불과했다.

'한국에 살았다면 좀 달라졌을까……. 모르지.'

한국에서 모국어를 쓰는 친구들과 함께 학교 다니는 상상을 하니, 절로 반갑고도 친근한 감정이 일었다. 그러다 일어날 리 없는 무의미한 가정 따위 그만두었다.

확실한 건 이곳에서 학교 다니는 게 반갑지 않다는 것이다.

실내화를 신고 복도에 발을 디디는 순간, 복도를 지나 교실로 들어서기까지 절로 가슴이 답답해졌다.

그러나 겉으로 내색하진 않았다.

어쩌면 학교에서부터 자신은 연기를 시작하고 있는지도 모르겠다. 언제부터 이곳을 싫어하게 됐는지는 기억나지 않았다.

일본에 왔을 때, 뒷자리에 앉은 여자아이가 날카로운 연필심으로 그녀의 목을 쿡쿡 찔렀을 때부터였을까.

아니면 실내화에 누가 못을 집어넣었을 때일까. 오래되어서 기억도 나지 않았다. 분명한 건 그녀의 앞에서는 방글방글 웃고 떠들던 아이들이 뒤에서만 그런다는 것이었다.

그렇게 세연의 마음은 복도 옆 창가에 흐드러지게 핀 새하얀 목련이 시들며 툭툭 떨어지듯 죽어 버렸다.

물론 그녀도 활짝 웃으면서 아이들과 잘 지내려 노력하던 순간이 분명히 있었다. 하지만 그 노력을 비웃듯 그녀를 찌르는 보이지 않는 가시들은 점점 늘어났다. 아이들은 세연이 이미 데뷔한 연예인인 양 수시로 흘겨봤고 질투했다.

처음엔 눈에 뜨이는 게 싫어 몸을 움츠려 봤지만 소용없었다.

한창 호기심 가득한 10대 아이들에게 척 보기에도 눈에 띄는 외양의 세연은 주요 관심사였다.

「재야?」

「세영? 재가 그렇게나 유명해?」

그녀를 머리에서 발 끝까지 점수 매기듯 집요하게 뜯어보는 시선. 그 시선에는 한국인에 대한 배타적인 감정까지 포함되어 있었다. 그 귀에 익은 단어에 마치 벌거벗겨진 듯한 느낌이 들었다. 그 무엇으로도 채워지지 않는 외롭고도 헛헛한 감정이었다.

그러나 그들 앞에서 주눅이 들거나 의기소침해하는 모습을 보여 즐거움을 주고 싶진 않았다. 세연은 보란 듯이 꼿꼿이 허리를 세우고 다녔고, 어떤 품평과 조롱에도 개의치 않았다.

"세연아, 안녕?"

그린 마음 붙일 데 없는 학교에서 잠시나마 위로가 됐던 것은.

"안녕? 너도 오디션 보러 온 거 맞지?"

길거리 캐스팅을 받고 찾아간 소속사 오디션장에서 만난 아이였다. 그 애가 먼저 인사를 건네 왔다.

"난 유지수야. 전에 학교에서 지나가다가 널 봤는데 그때 말을 시킬까 말까 망설였거든. 너, 학교에서 유명하잖아."

그 말에 자세히 보니 어쩐지 낯이 익었다.

눈에 띄는 검은 긴 생머리와 새하얀 얼굴이 먼저 눈에 들어왔다. 이어서 꼭 먹을 연상케 하는 새카만 눈과 치켜 올라간 듯한 특유의 눈매, 상냥하게 웃음을 머금은 입매까지.

학교에서 금테 안경을 낀 지수는 호리호리한 체형에 세련된 분위기로 눈에 띄었다. 지금 역시 짙은 네이비 빛깔의 코트를 걸치고 있었는데 도회적인 느낌을 풍기기도 했다.

"계속 너랑 얘기하고 싶었다니까. 반가워. 네 소문은 듣고 있었어. 나도 연예인을 지망하니까 이런 데서 만났네."

세연은 생각지도 않게 먼저 말을 걸어 준 지수의 상냥함에 마음이 흔들렸다. 그 애를 보면서 처음으로 누군가와 친해지고 싶다고 생각했었다.

하지만 그건 웃는 얼굴의 악마와의 첫 조우였다. 겉모습은 누구라도 홀릴 듯이 세련되고 샤프하지만, 그 안에 숨겨진 뒤틀린 악의는 치명적인 독이었다.

지수는 복도에서 마주칠 때마다 늘 자연스럽게 다가와 불러세웠다.

"세연아! 저번에 오디션 때 봤었지. 학교에서 이렇게 보니까 너무 반갑다."

"세연아, 너도 한국에서 왔지? 나도 그래."

그 한국에서 왔다는 말에는 도저히 초연할 수 없었다. 어서 나와 서둘러 이야기하자는 유혹처럼 들렸다. 세연은 이끌리듯 고개를 돌렸고 정신을 차리고 보니 이미 지수와 대화를 시작한 후였다.

그렇게 세연은 지수와 제법 친밀한 이야기들을 나누며 순식간에 가까워졌다.

일본으로 온 지 얼마나 되었으며, 지금 어디 살고 언제 소속사에 캐스팅되어 데뷔를 앞두고 있는지. 정확히 지수의 표현을 빌리자면, 일본에서 예능업계로 불리는 쇼 비즈니스 세계에 언제 몸을 담게 되었는지에 대한 그것도 꽤 구체적인 대화를 말이다.

물론 지수 외에 다른 친구가 없는 건 아니었다.

「세연아, 집에 갈 때 같이 갈래?」

동급생인 유키가 있었으니까.

하라 유키. 그녀는 세연이 처음 일본에 왔을 때 같은 중학교를 나왔고, 당시 꿔다 놓은 보릿자루처럼 앉아 있는 그녀에게 손짓 발짓으로 처음 말을 걸어 준 친구였다.

「봐, 세연아. 이 그림이 뭔지 알겠어?」

유키가 귀엽게 그린 여자애의 얼굴을 가리켰다. 세연은 손짓 발짓을 해서 예쁘다고 표현했다.

「예쁘다. 혹시 일본 만화?」

「응, 내가 좋아하는 순정만화 여주인공이야. 예쁘지?」

「앞으로 내가 글씨 읽게 되면 만화책 빌려줄게.」

유키가 다시 교과서에 만화책을 그리며 그녀가 알아맞히라는 표시를 해 보였다.

「내가 좋아하는 만화 속 여주인공을 교과서에 그릴 테니까, 네가 알아맞히는 거야. 어때?」

「아, 나야 좋지. 고마워.」

일본어로 고맙다는 말은 할 수 있었다. 세연이 고맙다 말하자 유키가 활짝 웃었다.

「아니야. 내가 그림 그리면 누가 맞췄으면 좋겠다고 생각하고 있었어. 난 친구가 없어서. 그러니까 내가 써 준 단어 꼭 외워. 알았지?」

「정말 고마워, 유키.」

「아니야. 심심해서 그래. 원래 만화가가 꿈이었거든.」

「아 그렇구나. 그림 정말 잘 그리는데?」

손짓 발짓으로 이어지는 그녀의 칭찬에 평소 수줍고 말이 별로 없는 유키가 신이 난 듯 재잘거렸다.

「부모님이 나도 회사에 취직했으면 좋겠다고 하셔. 그래서 난 사람들 눈에 뜨이지 않고 빨리 졸업했으면 좋겠어. 빨리 커서, 어른이 돼서 돈을 벌어서 내 맘대로 만화책도 사고 맛난 케이크도 실컷 사 먹을 거야. 지금은 부모님 잔소리로 쉽지 않거든.」

유키가 어서 어른이 되었으면 좋겠다고 잔뜩 별렀다.

첫 만남을 시작으로 세연은 상냥한 유키와 항상 단짝으로 다녔다. 조용하지만 친절한 유키. 일본에 온 이후로 아무도 말을 걸지 않았는데, 유키가 교과서에 그림을 그려주며 말을 걸어 준 그녀 덕분에 일본어가 빨리 늘 수 있었다.

그러나 유키는 바쁜 부모님 사정에 맞추느라 세연과 함께 하교하지 못할 때가 많았다.

내심 친구가 한 명만 더 있어도 좋겠다 싶었던 찰나, 나타난 게 지수였다.

한국에서 초등학교를 다니고 급작스레 낯선 곳에 떨어지듯 말 그대로 어쩔 수 없이, 살아남기 위해 일본어를 터득한 그녀보다 지수는 훨씬 예전에 이곳에 왔으며 현지인에 가까운 편이었다. 확실히 그녀가 듣기에도 지수의 일본어는 유창했고 종종 한국인이라기보다는 일본인에 가까운 표현을 쓰기도 했다.

"물론 한국에서 데뷔하면 좋았겠지만, 일단 여기서 시작하는 거니까."

지수는 자신이 어떻게 연예인을 꿈꾸게 됐는지 말하며 야릇한 미소를 지어 보이곤 했다.

"잘나가는 소속 사무소에 속하기만 한다면 일본에서는 평생 월급의 개념으로 생각하면 되니까. 뭐, 나쁘지는 않아."

그녀와 대화를 하다 보면, 꼭 일본 예능 잡지를 읽는 기분이었다.

보통의 학생이라면 모두 똑같은 교복을 입고 그저 수조 속의 물고기들처럼 이리저리 뒤섞여 교실과 복도, 계단을 오르락내리락하다가 종이 울리면 비로소 수조 밖으로 빠져나가겠지.

그런데 지수와 만난 후엔 달랐다. 그녀와 수다 떨다 보면 평소에는 들을 일이 없는 낯선 말들이 파도처럼 급작스레 쏟아져 조금은 얼떨떨한 기분이었다.

"그렇게 생각하지 않니?"

확인하듯 웃음 띤 얼굴로 그녀를 향해 묻고 있었다.

그 미소는 한없이 상냥해 보였지만 묘하게 위험한 속삭임처럼 느껴지기도 했다. 세연은 본능적으로 자신이 선택의 기로에 놓여 있음을 감지했다. 같은 연예인 지망생 친구와 어울릴까, 아니면 다시금 지루하기까지 한 평범한 생활로 돌아갈까의 기로.

"우리 집에 놀러 갈래?"

그때 지수가 발을 뺄 것 같은 그녀를 눈치챈 걸까. 놓칠세라 재빨리 말을 건네 왔다.

돌이켜 생각해 보면 그건 정말 뿌리칠 수 없는 악마의 유혹이었다.

방과 후 지수를 따라온 곳은 날이 저물 때에야 하나둘씩 거리의 불이 켜지는 시끌벅적하기 짝이 없는 곳이었다. 바로 일본 최대 유흥가가 있는 거리였다. 그중에서도 한인들이 많이 거주하는 동네와 그리 멀지 않은 장소였지만 이렇게 온 적은 처음이었다.

지금 그녀는 살풍경하리만큼 비현실적인 붉은 커튼이 드리워지고 때가 지난 크리스마스 트리 전구가 번쩍번쩍하는 지수의 집에 와 있었다.

"뭐 먹을래?"

"아니, 딱히 먹고 싶은 거 없는데……."

그녀가 말끝을 흐리자 지수가 피식 웃었다. 그리고는 아무렇게 땋은 머리를 풀어 커다란 핀으로 틀어 올렸다. 다음 순간 찰칵 소리와 함께 지수가 아무렇지 않게 담배에 불을 붙이자 세연은 말없이 돌아보았다.

지수가 눈에 띄는 붉은 담뱃갑을 내밀었으나 세연은 고개를 저었다.

"아니, 난 됐어."

그녀가 거절하자 지수가 웃었다. 그리고는 치켜 올라간 눈으로 말없이 빤히 그녀를 쳐다보았다.

"왜?"

세연이 팔짱을 낀 채로 묻자, 지수가 피식 웃으면서 말했다.

"아니, 재미있어서. 좀 웃기다고 해야 할까? 너 왜 나 따라서 우리 집 온 거야?"

"네가 그랬잖아. 우리 둘 다 한국에서 왔으니까, 친하게 지내자고."

지수가 의외라는 듯 쳐다보았다. 노골적인 호기심을 담고선. 꼭 영화의 한 장면 같았다. 이상하리만큼 나른하고 정지된 듯한 기묘한 순간.

일부러 의도한 것처럼 지수가 입을 오므려 피우던 담배 연기로 동그란 모양을 만들어 보였기 때문이다. 새하얀 담배 연기가 거짓말처럼 도넛처럼 동그란 모양이 되었다가 없어지자, 세연은 말없이 버티고 서서 그 광경을 바라보았다.

다음 순간 지수가 두 팔을 벌려 그녀를 등 뒤에서 꼭 껴안았다.

"고마워. 우리, 친하게 지내자."

순간 깜짝 놀랐다. 지수는 품을 파고들며 친근하게 굴었다.

"세연아, 너도 외롭잖아. 그렇지? 그동안 쭉 외로웠잖아. 우리, 자매처럼 친하게 지내자. 이렇게 서로 처지가 비슷한 둘이 만난 건 분명 하늘의 뜻일 거야. 헤헤, 그렇지?"

그저 애원이었다면 뿌리쳤겠지만 그 말에는 마음이 약해질 수밖에 없었다. 솔직히 세연은 흔들렸다.

"널 안 만났더라면 그냥 예전처럼 학교 끝나고 혼자 오디션 보러 다녔겠지. 이젠 예전처럼은 돌아가지 못할 것 같아. 더 외로워질 것 같아. 난 낯선 이 나라에서 늘 혼자였으니까."

무엇보다 지수의 그 말엔 약해질 수밖에 없었다. 그녀 역시 그러했으므로.

"안녕하세요. 세연이 친구 유지수예요. 지수라고 불러 주세요."

그 뒤로는 일사천리였다. 지수는 그녀의 집까지 놀러 왔고 붙임성 있는 싹싹하고 허물없는 태도로 부모님의 호감을 얻는 데 그리 오랜 시간이 걸리지 않았다.

그 모든 게 이상하리만큼 빠르게 진행되었고 또 자연스러웠다. 지수는 아무런 이질감 없이 그녀와 가족들에게 물처럼 스며들어 왔다. 확실히 무뚝뚝한 말수 없는 엄마는 그렇다 치자.

평소 유들유들해 보이고 우스갯소리를 남발하지만 또 그만큼 변덕스러운 성정을 보이는 그녀의 아버지에게도 지수는 높은 점수를 샀다. 그 사실은 지수가 얼마나 사람의 마음을 사로잡는 기술이 뛰어난지 새삼 깨닫게끔 했다.

"많이 먹어라."

지글, 소리와 함께 가득 삼겹살이 구워지고 그릇에 탐스럽게 상추와 마을, 양파가 쌓였다. 지수가 놀러 온다는 말에 맛난 음식을 대접한다며 평소 인색한 그녀의 부모님이 앞서 나선 것도 실상 놀라운 일이었다.

"세연이도 많이 먹어."

삼겹살 고기가 익자 정신없이 젓가락질을 했다. 그 모습을 흐뭇하게 보던 엄마가 웃으면서 말했다. 그러자 그녀의 아버지도 옆에서 삼겹살을 집어먹는 지수를 따스한 눈길로 보았다. 그리고는 상추쌈을 싸서 지수에게 먹으라고 내밀었다.

"지수도 많이 먹어라."

"네, 감사합니다. 잘 먹을게요, 호호."

지수가 감사하다는 인사와 함께 특유의 드높은 웃음을 터뜨리며 쌈을 받아 곧바로 입으로 가져갔다.

"어머, 소담스럽게도 먹네. 어른들한테 이쁨받겠어."

"아, 그러면 저야 감사하죠."

그러자 지수가 다시금 빙긋 웃었다.

"사실 제가 세연이 졸라서 밥 먹고 가겠다고 했는데 정말 고기도 맛있고 밥도 너무 맛있고. 내가 오늘 정말 잘했구나, 이렇게 생각하고 있었는걸요?"

지수의 애교 어린 음성에 말없이 식사를 하던 그녀 부모님의 입가에 서서히 웃음꽃이 피어났다.

"그래서 일본에 언제 왔다고? 한국에서 초등학교 졸업하기 전에 왔어? 부모님은?"

자연스레 아버지는 지수에 대해 궁금해하며 이런저런 이야기를 물었고 지수는 특유의 애교스러운 음성으로 조곤조곤 대답을 이어 나갔다. 그 옆에서 엄마 역시 기분이 좋아 보였다. 평소의 얼굴 찌푸린 표정은 온데간데없이 잔잔히 웃음을 머금고 지수의 이야기에 귀를 기울이고 있었다.

그 광경을 보던 세연은 문득 행복하다고 느꼈다. 고개를 돌려 보면, 툭 하면 삿대질하고 언성을 높이던 다혈질 아버지와 늘 우울한 얼굴을 하던 어머니가 거짓처럼 웃고 계셨다. 드문 가정의 평화였다. 세연은 잠시나마 일상의 행복감에 취했다. 세연은 내색하지 않고 이 모든 믿지 못할 변화의 선물을 준 지수를 바라보았다.

그 날 먹은 고기는 참 맛있었다.

"정말 어머니 미인이세요. 세연이가 어머니를 닮았네요."

"호호, 그러니? 일본에 와서 고생을 많이 해서."

"아니에요. 정말 고우세요. 저 또 놀러 와도 되죠? 참, 세연이랑 오디션 보러 가기로 했는데. 그때 어머니도 오실 건가요?"

"그럼. 다음에 또 놀러 오거라. 오디션이라고? 시간 되면 한 번 갈게. 지수는 세련됐으니까 한번에 붙겠지, 뭐. 세연이도 지수처럼 바로 좋은 결과 있으면 얼마나 좋을까? 자식은 부모에게 늘 기쁨을 줘야 된단다."

세연은 지수가 마법처럼 얻어 낸 집안의 평화에 푹 빠져들었다.

세상 누구라도 호감을 이끌어 내고 쉽사리 마음을 얻을 것만 지수였지만 유감스럽게도 그러지 못했다.

이를테면 지수가 강조하던 일본 쇼 비즈니스 업계에서 가장 중요한 소속사의 마음을 얻지 못했다고 해야 할까.

「안녕하세요? 처음 뵙겠습니다. 유. 지. 수. 라고 합니다.」

마침내 일본에서 제일 크고 유명한 연예 소속사에 그녀와 함께 지원한 지수는 프로필과 포트폴리오를 보내고 초조하게 기다렸지만, 정작 합격한 건 세연뿐이었다.

처음 프로필을 보냈을 때, 캐스팅 담당자는 직접 그녀와 지수에게 전화를 걸어 예명부터 먼저 고민해 줬었다. 담당자는 계속해서 꼼꼼하게 일본어 실력이 어떤지, 의사소통에는 무리가 없는지 체크해 나갔고 내부 회의를 몇 번 더 하더니 합격 소식을 전해 줬다.

하지만 상황이 애매해졌다. 소속사 담당자들은 지수의 첫인상은 마음에 들어 하더니, 정작 계약을 하는 것은 우물쭈물 뜸을 들였다. 갑자기 두 명이나 계약을 맺게 되면 무리한 상황이라 내부 조율을 거쳐야 하나 이런 생각도 들었지만, 세연과 흔쾌히 계약을 맺겠다고 한 것과 다르게 지수와의 계약에는 망설이는 기색이 역력했다.

그렇게 계속 뜸을 들이자 지수의 태도가 눈에 띄게 변하기 시작했다. 항상 웃음을 잃지 않던 지수의 표정은 날이 갈수록 못마땅하다는 듯 불퉁한 기색을 보였다. 늘 세연을 대할 때마다 부르르 미세하게 떨리는 입술이 그 애의 분노를 대변했다.

결국 지수도 계약에 성공했지만, 그녀를 대하는 태도 자체가 달라졌다.

"안녕? 왔어?"

학교에서 지수는 언제 그녀와 친밀하게 어울렸냐는 것처럼 새침하다 싶은 얼굴로 말없이 교재만 들여다보곤 했다.

물론 중간중간 꼭 사막에 단비가 내리는 것처럼 그녀와 말을 주고받기는 했지만, 확실히 예전 같지가 않았다. 입 안의 혀처럼 감겨 들던 때는 어디로 사라졌나 싶었다.

그래서인지 세연은 더 큰 허전함을 느꼈다. 한때나마 자매처럼 지내며 의지했던 친구가 갑자기 거리를 두었으므로.

"세연아! 집에 가지? 같이 가."

그러면서도 지수는 다시 언제 그랬냐는 것처럼, 천연덕스럽게 하굣길을 함께했다.

"저, 놀러 왔어요."

"어머, 지수아. 오랜만이다. 매일 집에 들르더니 어떻게 된 거니? 요새 뜸했네."

"죄송해요. 제가 정말 매일매일 놀러 와야 되는데."

지수가 드물게 반색을 하는 엄마에게 웃으며 매달렸다.

"죄송해요. 잘 지내셨죠?"

"나야 뭐 늘 그렇지. 세연아, 지수가 오랜만에 집에 놀러 왔는데 먹을 것 좀 내와야지. 엄마 다리가 아프니까 냉장고에서 먹을 만한 거 꺼내 줄래? 그래, 과일 사 둔 거 가져와."

엄마의 재촉에 그녀는 쟁반에 식료품 가게에서 사 온 과일을 잘라 두고, 주스를 컵에 따르며 고개를 돌렸다. 그러자 정말 사이좋은 모녀처럼 대화에 여념이 없는 지수와 그녀 어머니의 모습이 보였다.

"뜨개질 얼마나 하셨어요? 전에 봤을 때 예쁜 색 털실로 정성껏 짜고 계셨잖아요? 그쵸? 저 좀 보여 주세요."

"아니, 그냥 뜨는 거야. 호호, 집에 있을 때 뭐 할 일 없으면 심심하기도 해서. 온종일 계속 가게에서 일해서 그런가. 가만있으면 무료해서 뭘 찾게 되네."

"너무 예뻐요. 많이 뜨셨네요? 완성하려면 얼마나 걸릴까."

"계속 떠야지 뭐. 딱히 할 일이 없으니."

"완성되면 너무 예쁘겠어요! 참, 털실 색이 너무 예쁘고 색감이 잘 어우러져서 마음에 들어요."

"어쩜. 지수는 말도 이렇게 예쁘게 하니? 우리, 세연이는 애가 무뚝뚝하고 지수에 비하면 정말……."

계속해서 '호호' 웃으며 정말 다정해 보이는 두 사람을 흘낏 보며 세연은 무심코 생각했다.

'정말 나보다 사이가 좋아 보이잖아? 지수가 엄마 딸 같아.'

거기까지 생각이 미쳤을 때 문득 소름이 돋아 세연은 멈칫했다.

– 짜증 나니 네가 다 알아서 하렴. 알았지? 고등학생이면 다 컸지. 너까지 엄마에게 스트레스를 줘야 하겠니?

그녀가 소속사에 관한 상의를 한마디라도 하려고 하면 짜증을 내고 히스테릭한 반응을 보이던 엄마였다. 지금 눈앞의 엄마는 어쩐지 그녀가 아닌 지수의 엄마 같았다.

그것은 불쾌한 기시감이었다.

세연은 고개를 저었다.

설마 착각이겠지, 그래 착각일 거야.

꼭 중간에 낀 들러리가 된 것 같은 기분에 세연은 몸을 떨었다.

그렇게 세연은 변덕스럽게 다가와 입 안의 혀처럼 굴다 사라진 지수에 의해 완전한 혼자가 되었다. 그래서 기우와의 우연한 만남에 열병에 걸린 양 빠져들었던 건지도 모른다.

그렇게밖에 생각되지 않았다. 지나와 생각해 보면 운명이라는 말로밖에는 설명되지 않았다. 이루 말할 수 없이 절묘한 타이밍이었다.

그룹 에어는 남녀 비율로 보자면 남성 팬이 압도적으로 많아, 여성 팬은 희귀한 축에 속했다. 그 와중에 지수 패거리의 일원은 그룹 에어를 따라 라이브 하우스 투어까지 보러 갈 정도의 팬이었다고 한다. 당연히 그 애는 기우를 알고 있었다. 어쩌면 그 뒤에 일어나는 모든 일은 당연한 귀결이었다.

아직도 어제 일처럼 생생하게 떠올랐다. 운동장 옆 기다란 수돗가 옆에는 학교 건물과 떨어져 있는 화장실이 하나 있었는데, 주로 이용하는 이들은 따로 있었다.

막 점심시간을 알리는 종소리가 울리면 교정이 활기차게 변하며 끼익, 소리와 함께 본관과 떨어져 있는 화장실의 문이 열렸다. 그리고는 감색의 교복을 입은 여자아이들이 불량한 태도로 건들거리듯이 걸어 나왔다.

한적한 화장실엔 선도의 눈을 피해 담배를 피우는 여자아이들이 주로 몰려들었다. 눈에 띄게 길게 치마를 늘어뜨려서 입고 눈썹은 가늘게 밀다시피 했다. 어쩔 땐 자기들끼리 패싸움을 하는지 손에는 하얀 붕대를 감고 있을 때도 많았다.

「킥킥.」

「도대체 뭐라고 지껄이는 건데? 똑바로 말해 봐!」

세연도 가끔 체육 시간이 끝나고 운동장을 지나쳐 언덕 위를 올라갈 때 그 불량스러운 무리와 마주칠 때가 있었는데, 그때마다 그들은 입가에 묘한 웃음을 담고선 그녀를 흥미롭다는 것처럼 아래위로 훑어 내렸다. 예의 자기들끼리 뭐가 그리 즐거운지 킥킥대면서. 뒤늦게 그 애들이 학교에 존재하는 불량 서클이라는 걸 알았고 그중 두 명이 그녀와 같은 반 급우라는 걸 알았지만 신경 쓰지는 않았다.

그러나 그들은 무심한 태도의 세연이 못마땅했는지 노골적으로 노려보고는 했다.

「뭐야? 쟤.」

그런 그때, 방글방글 미소 지으며 친밀한 어투로 지수가 끼어들었다.

「안녕? 다들 잘 지냈지?」

무리를 무시한 채 지나치려던 세연은 지수의 친근한 모습에 내심 정말 엄청난 사교성을 지녔다고 감탄하며 멈춰섰다. 그리고 지수가 그들과 속닥거리는 모습을 잠시 지켜봤다.

세연은 한동안 말없이 그런 지수에게로 시선을 던지면서 서 있었다.

그 뒤로도 세연은 불량 서클 무리와 계속 마주쳤다. 처음 균열의 시작은 은밀하게 속삭이는 웃음 띤 대화들이었다. 그나마도 작은 소리로 자기들끼리 킥킥거려서 확실하지 않은.

「재야?」

「맞아. 시내에서 봤다던데? 둘이 다정하게 걸어가는 거. 데이트한 거 맞겠지?」

「어디? 신주쿠? 긴자?」

「록본기 어디쯤이라는데. 둘이서 만나는 걸 봤대. 듣기론 외모가 엄청 눈에 띈다던데.」

그렇게 긴가민가하면서도 사라지지 않는 불안감이 폐부를 찔렀다.

평소의 그녀였다면 기민하게 발달된 감각으로 위험을 감지하겠지만, 그녀는 어떻게든 착각이라 치부하고 싶었다. 기우를 생각하는 것만으로도 벅찼으니까.

사라지지 않는 신기루처럼 아직도 기우를 만났다는 게 실감 나지 않았다. 그만큼 학교와 집, 그리고 소속사만 오가는 그녀의 지루하리만큼 재미없는 일상에서 그의 존재는 이질적이었다.

설레서 그 순간만큼은 살아 있다는 것이 생생히 느껴졌다. 머릿속으로는 멈춰야 한다는 걸 알고 있으면서도 '조금만, 조금만 더' 그를 만나는 순간을 연장하고 싶어졌다.

'지금은 아니야. 지금은…… 잠시라도 기대고 싶은 대상이 필요하니까.'

그렇게 그와의 헤어짐을 뒤로 미룬 채 하루하루, 시간을 연장해 가고 있었다. 마음 한편에 스멀스멀 불안감이 퍼져 갔지만, 기우와의 만남에 취했다.

"……!"

그러다 정신이 들었을 때, 꼭 머리가 깨지는 것 같은 예리한 통증이 느껴졌고 눈이, 눈이 꼭 불타는 것만 같았다. 붉게 충혈되어 화끈거리고…….

무엇보다 그 숨 막힐 듯한 공포가 그녀를 휘감았다. 고개를 돌렸을 때 둔기를 손에 든 여자애들이 키득거리며 웃고 있었다.

그 모든 악몽의 서막은, 지수가 그녀를 불러내면서 시작되었다.

第 12 幕

물론 그 전에도 심상치 않은 조짐이 있긴 했다.

「세연아, 너 지수랑 많이 친한가 보구나.」

유키가 부쩍 말끝을 흐렸다.

그녀가 급격히 지수와 가까워지자 그동안 단짝이었던 유키는 굳이 서운한 표정을 숨기지 않았다. 유키가 조심스레 입을 열었다.

「그래도 조심해. 반 아이들이 술렁이고 있어. 네가 그 유명한 록 그룹 멤버인지 뭔지 그 남자랑 만난다고 소문이 났어. 부러워하는 애들도 있고 솔직히 질투도 하고 그래. 그리고…….」

그러더니 유키가 눈치를 보더니 소리 죽여 그녀의 귓가에 대고 말했다.

「여기 신설된 지 얼마 안 된 학교라서 애들이 좀……, 사실 불량 서클도 있잖아. 모두 쉬쉬하지만 그 애들 눈치를 봐. 게다가 나 봤는걸.」

유키는 그녀에게마저 들리지 않을 작디작은 목소리로 속삭였다.

「지수가 불량 서클 아이들하고 같이 웃으면서 시끄럽게 떠들고 있었어. 학교 근처 카페테리아를 지나다가 내가 직접 내 눈으로 봤어. 아주 친해 보이던걸. 그 애는 참 누구와도 잘 어울려. 난 죽었다 다시 태어나도 그렇게 못할 것 같은데.」

그런 유키의 어조엔 빈정거리는 게 아닌, 정말 마음에서 우러나 지수의 사교성을 부러워하는 것 같은 순수함이 뒤섞여 있었다.

기우를 만난 이후로 온 신경이 그에게 쏠려 있어서 예전처럼 지수를 신경 쓰기가 어려웠다.

서먹하게 군 지 꽤 오래되었다고 생각됐는데, 어느 날 갑자기 지수가 그녀에게 다가왔다. 그리곤 활짝 웃으면서 말을 걸었다. 꼭 이날을 고대하며 기다린 것처럼.

"세연아, 너한테 꼭 얘기해야 될 일이 있어."

"무슨 일인데?"

"실은 같은 반인 토모코와 리나가 있잖아. 걔들이 며칠 전부터 널 험담하고 다니고 있어. 내가 아무리 말려도 고치지를 않네. 그 애들은 네가 못마땅한가 봐."

지수가 특유의 생글거리는 얼굴로 말을 이어 갔다.

"그래서 말하는데 세연아, 혹시 너 그 애들에게 뭐 잘못한 거 있니? 아무리 좋게 이야기해도 내 말을 믿지 않아서."

여전히 입가에는 미소를 살짝 걸친 채로, 짐짓 대수롭지 않다는 말투로 지수가 말을 이어 갔다. 세연은 왜 지수가 이런 말을 하는 걸까 생각에 잠겼다. 그러자 곧 지수가 말한 무리들의 얼굴이 머릿속에 스쳐 갔다. 지수의 말대로 같은 반인 불량스러운 외양의 토모코는 항상 엎드려서 자다시피 하고 수업에 관심이 없었다. 무엇보다 토모코는 부쩍 유키한테 만화 잡지를 뺏다시피 빌려서 많이 보았다.

"알고 있어. 모리 토모코, 우리랑 같은 반이잖아. 그리고 너와 요즘 들어 무척 친해졌다던데. 아니야?"

침묵이 흘렀다. 세연은 뭔가 이상한 기분이 들어 고개를 돌렸다. 그리고는 잠시 불길해 보이는 지수의 미소에 시선을 고정시켰다. 그때 사태가 심상치 않음을 간파했어야만 했다.

"토모코가 널 봤다던데. 어디였더라? 긴자였나, 신주쿠였나."

지수가 작심한 것처럼 그녀를 보며 반달처럼 휘어진 눈으로 보드랍게 웃었다.

"아, 록본기라고 했나. 그룹 에어, 맞나? 듣기론 그 그룹 세션 맨이랑 데이트하는 거 맞지? 인디 영화에도 나왔던 케이?"

지수가 의미심장하게 '그 사람, 한국인이라고 하더라. 아이들이 알고 있던데.'라며 속닥거렸다.

"아이들 말로는 엄청 잘생겼다고 하던데. 아직 정식 멤버도 아닌데, 에어의 공연장에서 반응이 좋다던데?"

지수가 그녀를 보며 쉴 틈 없이 말을 이었다.

"라이브 하우스에서 공연할 때마다 여성 팬들이 잔뜩이라며. 사실 난 이름만 들었어. 시끄러운 음악 싫어해서 안 듣거든. 에어, 헤비메탈 그룹 아니야?"

지수가 자세히 이야기할수록 세연은 이상한 기분이 들었다. 이루 말할 수 없이 묘한 기분이었다. 꼭 그녀에 대해 자세히 파악한 것 같아서 절로 등줄기가 서늘해졌다.

"세연이 너 정말 부럽다. 세상을 다 가진 것 같을 기분일 것 같아. 일본에서 가장 유명한 소속 사무소랑 전속 계약도 하고. 그것도 모자라 그렇게 잘나가는 남자와 만난다니."

지수의 눈이 번들거렸다.

"사실 너 연예인 할 생각도 없었지? 간절하지도 않았는데 곧바로 연예계에 데뷔하고 승승장구할 일만 남았네. 그 남자뿐만 아니라 대중들 모두 널 보면 사랑에 빠질 거야."

웃으면서 말하는 지수의 표정엔 질투를 넘어선 살기가 엿보였다. 평소와는 다른 지수의 모습에 마음이 절로 불안해졌다. 그러나 지수는 표정을 추스르고 걱정 어린 어투로 말을 이었다.

"참, 그래서 토모코와 리나 애들한테 뭐라고 말해야 할까? 널 왜 이리들 못마땅해하는지. 다들 내 말을 안 들어서 말야."

그러나 세연은 지수의 눈을 똑바로 보고 답했다. 입가에 여유로운 웃음을 띤 채 말하니 지수의 표정이 일순 파들거렸다.

"마음대로 해. 어차피 걔넨 날 처음부터 못마땅해했으니까. 내가 숨 쉬는 것조차 싫어하는 것 같은데 뭘 어쩌겠어? 그런데 너, 나한테 그딴 말 전하는 이유가 뭐야? 나랑 친해지고 싶다고 말한 건 너잖아."

그리고 나서 침묵이 흘렀다.

어느새 지수의 얼굴이 보기 흉할 정도로 일그러져 있었다. 그러다 이내 표정을 갈무리하더니 환히 웃었다.

"난 널 위하려고 했어."

그리고 나서 팔짱을 낀 지수가 의미심장하게 말을 이었다.

"세연이 네게 잊지 못할 선물이 기다릴 거야."

지수가 말했다.

결코 그녀가 잊지 못할 선물이 기다리고 있을 거라고.

하지만 그런 게 기다리고 있을 리가 없었다.

세연은 지수의 말을 불신해 별관에 가지 않았지만, 그 근처를 아예 지나지 않을 순 없었다. 학교 본관 건물에서 좀 떨어져 있던 한적한 운동장 너머 별관에서 튀어나왔던 건 그녀를 기다리던 시커먼 괴물들이었다.

「안녕?」

세연은 보았다. 말 그대로 각목을 손에 든 채 불량하게 치마를 길게 늘어뜨리고 웃음 짓는 아이들을. 그들의 입가에 떠오른 건 기기한 미소였다. 그들은 기다렸다는 듯 순식간에 그녀에게 폭력을 휘둘렀다.

「너 그룹 에어의 누굴 사귄다고 사방에 떠들고 잘난 척하고 다닌다더라.」

「거슬려! 그 전부터 거슬렸어. 못 알아들어? 소속사 사무소, 탤런트 데뷔한답시고 설치고 다니던 네 꼴이 우습다고.」

「오늘에야말로 깨끗하게 청소를 하고 말겠어.」

그 모습이 꼭 악마처럼 보였다.

공기에 눌려 가슴이 답답하고 도무지 숨을 내쉴 수가 없었다. 붉게 충혈된 그녀의 시야에 들어오는 건 자신을 향해 휘둘러지는 각목들이었다.

「이게 누굴 만나고 다니는 거야?」

「그러지 않아도 손 좀 봐주려고 했다고. 눈에 영 거슬려서.」

「그래. 원래 네가 있던 곳으로 돌아가. 한국으로 꺼지라고!」

그렇게 한참 무차별한 폭력이 이어졌다. 그 순간들이 그녀의 뇌리에 장면 장면 각인되었다.

말 그대로 갑작스레 커다란 폭풍에 휩싸인 배가 암초에 부딪쳐 산산조각이 난 것 같았다. 계속해서 쏟아지는 무자비한 폭력에 꼼짝 못하고 있던 순간, 세연의 눈에 정통으로 각목이 내리꽂혔다. 그녀의 눈이 순식간에 붉게 물들었다.

"……!"

「세연아!!」

그러다 어느 순간 꿈결처럼 귀에 익은, 누군가가 그녀를 부르는 것 같은 소리가 들려왔다.

「세연아! 조심해.」

그건 중요하지 않았다.

세연은 아무것도 떠올리지 못했다. 잔인한 짐승들의 사냥 시간에서 그녀는 헤어 나올 수 없었다.

퍽퍽, 소리와 함께 말 그대로 동네북처럼 얻어맞았고 종국에는 무자비한 발길질에 머리와 눈을 다쳤고 나중에는 머리채를 잡혀 질질 끌려갔다.

「아, 덕분에 스트레스 풀린다.」

퍽. 머리에 둔탁한 충격이 이어지면서 그 벽돌에 얻어맞은 것 같은 강도 높은 폭력과 함께 세상이 새하얗게 물들었다.

그대로 세연은 정신을 잃었다.

눈을 떴을 때 익숙한 집안이 아니라는 것을 깨달았다.

아니, 정확히는 코를 스치는 병원 특유의 소독약 냄새와 하얀 벽을 보고 본능적으로 깨달았다. 다시는 원래의 일상으로 돌아갈 수 없다는 것을. 학교와 집만 오갔던 지겨운 다람쥐 쳇바퀴와도 같은 일상이 오히려 그리울 지경이었다.

그렇게 그녀는 자다 깨다를 반복하며 현실로부터 계속 도피하려 했다. 그러다 다시 눈을 떴을 때.

"깼어?"

고개를 돌리자 거짓말처럼 그가 있었다.

이런 상황에서 제일 만나고 싶지 않던 그가.

동시에 세연의 눈은 두려움으로 흐려졌다. 차라리 다른 사람이 그녀 눈앞에 있었으면 이렇게 본능적인 무서움을 느끼지 않았을 것이다.

"헉헉……."

세연은 절로 가빠진 숨을 몰아쉬었다.

땀이 비 오듯이 흘렀고 사시나무처럼 몸이 떨렸다. 순식간에 딱딱해진 몸의 경련이 멎지를 않았다.

쩌억, 소리와 함께 갈라지듯 그녀 마음에도 균열이 일어났다.

탁!

그답지 않게 당황한 기우가 그녀를 달래려 껴안았을 때, 세연은 보란 듯이 그의 손을 무섭게 쳐냈다.

"너 왜 그래?"

심상치 않은 그녀의 기세에 심각성을 느낀 듯 기우가 어둡게 가라앉은 눈동자로 묻자, 세연은 홱 고개를 돌렸다.

그를 보고 싶지 않았다. 두려움, 분노 그리고 사라지지 않는 공포. 그녀가 느끼는 복잡하고 두려운 감정은 이루 설명할 수가 없었다. 절로 머릿속이 새하얘지면서 그를 보는 것만으로 쭈뼛 머리끝이 곤두서서 미쳐 버릴 것 같았으니까.

"미안해요. 더는 보기 싫어요. 이만 가 주세요."

기우가 참을성 있게 말했다.

"……망막 열공은 일시적인 현상이야. 물론 지금은 잘 보이지 않으니까 두렵고 겁이 날 수 있어. 하지만 응급 처치는 끝났다니까 레이저로 시술하고 치료받으면 잘 보일 거야."

"눈은 예민하고 고치기 힘든 부위라면서요! 앞이 보이지 않으면 어떡해요. 앞으로 눈이 보이지 않는 캄캄한 암흑 속에서 살아가야 한다구요."

"제발, 진정해. 세연아, 내 말 좀 들어 봐."

"아뇨……! 그만 가 주세요. 당신의 소리를 들으니 끔찍한 순간이 생각나요. 차라리 나 혼자 힘들고 말래요. 당신을 만나지 않았으면 이런 일도 없었을 텐데. 하루아침에 눈까지 이렇게 됐는데 이제 난 어떻게 살아가란 말이에요?"

병실이 떠나가라 크게 외치는 음성. 그녀의 숨넘어갈 듯한 목소리에 기우가 말없이 귀를 기울였다. 세연은 몸부림쳤다.

"헉헉……."

갑자기 거대한 얼음물에 내던져진 것처럼, 본능적인 공포심이 치솟았다. 일시에 공황장애처럼 숨이 막혀 왔다. 어느새 몸은 식은땀 범벅에 머리칼 역시 흐트러졌다. 세연은 충혈된 붉은 눈으로 주변을 두리번거렸다.

"헉헉. 하아, 하아……."

길게 산발한 머리칼, 붉어진 눈. 불안한 눈으로 주변을 두리번거리는 그녀의 모습은 꼭 미친 여자처럼 보이겠지.

이 순간 가장 견딜 수 없는 것은 앞이 보이지 않는다는 사실이었다. 지금껏 한 번도 눈이 먼 채로 세상을 보게 될 거란 생각을 해 보지 않았다.

의식을 잃었다 깼다 반복하는 사이, 세연에게 상태를 설명해 주던 의사의 음성이 귓가에 맴돌았다. 냉정하게 들렸던 고조 없는 의사의 목소리가.

– 실제로 눈은 예민한 부위라서 한번 손상을 받거나 나빠지면 복구할 수 없어요. 다시 원래대로의 시력으로 돌아갈 수 없고. 일단 망막열공 응급 처치를 받았으니까, 혹시나 망막 박리가 되면 그때 다시 망막 수술을 받을 생각을 해야 합니다.

그 말에 두근거리고 행복했던 순간들도 잠시, 그녀 인생에서 가장 찬란했던 시절은 이제 막을 내렸다. 그녀가 의식을 차리지 못하고 있을 무렵, 아무렇지 않은 척 병실을 찾은 이들의 얼굴이 서서히 떠올랐다.

– 불쌍해서 정말 안 되겠네. 호호, 역시 알려 주는 게 좋으려나. 담임이 어떻게든 내 퇴학은 막고 싶은가 봐.

린치를 했던 토모코였다. 적대감 가득한 목소리가 날아와 정신을 차리지 못하는 세연을 공격했다.

– 그거 알아? 학교 홈페이지도 그렇고 sns에 '지수 VS 세영' 이라고 게시물이 올라와 있는 거. 네가 들어간 소속사 사무소에 원래 지수가 들어가야 되는데, 네가 뺏어서 싸움 났다고 알려졌더라. 어차피 아이들은 믿고 싶은 것만 믿으니까.

거듭해서 환청처럼 '호호' 비웃는 소리가 들리는 것만 같았다. 멎지 않는 그 소리는 그녀가 당한 사건을 생생하게 인식시켜 주는 동시에 숨겨져 있던 진실을 일깨워 줬다.

– 하라 유키. 네 친구잖아? 네가 걱정 돼서 별관에 쫓아왔다면서, 분명 우리가 널 두들겨 패는 걸 봤을 텐데. 입을 꼭 다물고 있네. 그날 본 걸 담임 교사한테 말하기만 해도 될 텐데. 어쩌면 좋아? 아무도 널 도와주지 않네.

토모코는 피해자 앞에서 아랑곳하지 않고 득의양양 수다를 떨어 댔다.

– 세상에 아무도 네 편은 없어. 어쩜 좋아. 이렇게 된 이상 좀 불쌍하기도 하네? 그나저나 붕대 잘 어울려. 그 환자복도 생각 외로 어울리네. 혼자 보기 아까울 정도야. 우리, 기념으로 사진 한 장 찍을까?

모리 토모코, 병원에 문병 온 것처럼 생색은 잔뜩 내면서 새하얀 붕대를 감은 그녀를 보란 듯이 조롱했다. 그러면서도 선심 쓴다는 듯 말을 보탰다.

– 지수가 널 두들겨 패 주면 제대로 한몫 챙겨 주겠다고 했어. 일어나지 못할 정도로 흠씬 손을 봐주면 용돈은 톡톡히 준다고 했으니까 나야 뭐 굳이 거절할 이유가 없잖아?

지수가 그녀를 공격하라고 했다고 말했다. 보란 듯이 교내의 불량스러운 무리들을 선동해 뒤에서 폭력을 사주했는데도 그녀만 모르고 있었다. 세연은 그저 기우를 떠올리며 황홀해했을 뿐이었다.

"아악!"

다시금 시뻘겋게 툭 터져 버린 물집처럼 비명소리가 튀어나왔다. 순간적으로 놀란 간호사들이 똑똑, 노크 소리와 함께 조심스레 고개를 들이밀었을 정도로. 기우가 괜찮다며 안심시키고 내보내긴 했지만, 거칠어진 호흡은 잦아들 줄 몰랐다. 불에 덴 듯 화끈거리는 가슴의 통증 역시 점점 심해졌다. 모든 기억이 뒤늦게 밀물처럼 밀려들어 세연은 부르르 몸을 떨었다. 사라지지 않는 불길하고도 기분 나쁜 뒷맛이 찝찝하게 계속 그녀를 괴롭혔다. 미움, 원망 그리고 솔직히 이해할 수 없는 상대의 살의에 아무것도 모른 채 어리석게 웃기까지 했던 자신을 떠올리자 수치심에 견딜 수가 없어졌다. 무엇보다 당장 앞이 잘 보이지 않았다. 이러다 눈이 멀면, 완전히 지수가 의도한 대로 된다. 뒤늦게 이래 봐야 늦었다. 다시금 세연은 몸부림쳤다.

그러자 벗어날 수 없이 어두워진 시야 속 그녀를 끌어안는 강한 두 팔의 감촉이 느껴졌다.

"세연아, 눈을 떠."

몇 번이나 말해도 이미 패닉 상태인 그녀가 알아듣지 못하자, 기우가 천천히 고개를 숙였다. 기우는 계속해서 제정신이 아닌 상태로 큰 소리로 외쳐 대는 그녀를 부서져라 안은 채 귓가에 대고 속삭였다.

"눈을 떠. 난 항상 네 곁에 있어."

그가 말했다.

영원히 네 곁에 있을 거라고.

그 말을 듣자 서서히 온몸의 떨림이 멎었다. 이상한 일이었다. 숨이 쉬어졌다.

쿵쿵. 거듭해서 심장이 울려 대고 얼굴은 붉어지고 열이 나 화끈거리기 일쑤였다. 거짓말처럼 무서운 느낌이 사라졌다. 그의 뜨거운 체온과 심장 박동 소리가 서서히 반 패닉 상태였던 그녀를 진정시켰다.

그가 달래 주듯 반복해서 말했다.

"걱정하지 마. 네 곁에 있을 테니까. 절대로 네 곁을 떠나지 않아."

그 음성은 그녀를 진정시킴과 동시에 묘한 슬픔까지 느끼게 했다. 시야가 흐릿한 가운데에서도 그의 검게 가라앉은 눈이 절실하리만큼 애달픈 빛을 담고 그녀를 조심스레 살펴보는 건 알아차릴 수 있었다.

그러다 갑자기 꺼져 가던 불꽃이 불어온 바람에 힘입어 확 불길이 일어나듯 그간의 서운했던 감정이 폭발했다.

세연은 잘 보이지 않는 가운데, 혹여 그가 벗어날세라 더듬더듬 그의 팔을 꽉 잡고 서운한 감정을 털어놓았다.

"왜 그땐 내 옆에 없었어요?"

세연은 행여 그가 벗어날라 절실하게 그를 꽉 잡고선 빛이라고는 들어오지 않는 캄캄한 터널 속을 헤매는 기분으로 끝없이 말을 늘어놓았다.

정신을 차리고 보니 그에게 모든 사건의 자초지종을 털어놓은 후였다. 그 집단 린치의 배후에 지수가 있다는 것도.

세연은 자신도 모르게 언성을 높였다.

"왜 그 아이들까지 날 습격하게 만든 건데? 왜. 왜 이제 와서 내게 다정한 건데!"

세연은 헉헉 가쁜 숨을 몰아쉬었다. 말을 하면 할수록 화끈거리는 감정의 울화를 억누를 수가 없었다. 발작처럼 터져 나왔다.

기우는 그런 그녀를 참을성 있게 내려다보면서 끝까지 다 받아 주었다. 그리고는 달래 주며 속삭였다.

"괜찮아. 다 괜찮으니까."

세연은 훅 숨을 들이마셨다. 기우가 그녀의 부드러운 머리칼에 무너지듯 고개를 묻고 그녀에게사과하고 있었다.

"미안해. 다 내 잘못이야."

"왜 그랬어요? 왜 어렵게 만나도 인색하게 웃음을 보인 건데? 감정을 잘 표현 안 하고 날 왜 이렇게 힘들게 만든 건데? 나 혼자서만 좋아한다는 느낌을 받게 만들고 헤어질 때 이번이 마지막인 것 같아서 혼자 마음을 졸였어요. 돌아보지 않고 가 버리는 당신 뒷모습 보면서 혹시나 잊어버릴세라 머릿속에 새겼어요. 오랫동안 혼자서 기억할 수 있게. 기억해요? 하다못해 당신은 나랑 사진 한 장 안 찍었죠? 왜 그런 건데요?"

여전히 흥분과 두려움으로 반쯤 넋을 잃어버린 것 같은 그녀를 달래는 기우의 목소리가 슬픔에 젖어 있었다.

"미안해. 그럴 수밖에 없는 사정이 있어. 정말이야. 하지만 널 정말 좋아했으니까…… 사랑하니까. 아마도 날 아는 사람이라면, 내가 이런 말 자체를 안 한다는 걸 알 거야. 하지만 널 향한 내 마음은 정말 진심이니까. 어떻게 하면 믿겠어?"

그는 믿을 수 없으리만큼 다정하게 속삭였다.

그 보드라운 목소리에 세연은 부르르 몸을 떨었다.

그는 세연의 머리칼을 쓰다듬으며 그녀의 피가 배어나는 입술과 오뚝한 콧날, 이마에 입을 맞췄다. 그리고는 머리칼 사이에 숨어 있던 작은 귀에도 오롯이 입을 맞추면서 한없이 달콤하고 부드러운 속삭임을 불어넣었다.

"거짓말 아니야."

곧이어 기우가 다친 그녀의 눈을 보면서 단호히 말했다.

"나랑 함께 가자. 원한다면 더 이상 여기서 살지 않아도 돼. 네가 말했지? 이 나라는 처음 왔을 때부터 혹독하게 얼어붙는 느낌뿐이었다고. 그러니 벗어나게 해 줄게. 원하지 않으면 억지로 버티지 않아도 돼. 나와 함께 벗어나자."

그가 이리도 말을 많이 했던가?

그는 그녀와 만날 때마다 항상 석양이 지는 풍경을 왠지 모르게 쓸쓸한 표정으로 바라본다든지, 꼭 그녀만 모르는 낯선 세계 속으로 침잠하듯 동떨어진 느낌을 주었었다. 그랬던 그가 이런 모습을 보이는 것만으로도 감동이었다. 하지만 너무 늦었다. 이제 더 이상은 이 암담한 현실에 갇혀 벗어날 수 있을 것 같지가 않았다.

무엇보다 사고는 이미 일어났고 그녀의 마음은 닫혔다. 세연의 표정이 급격히 어두워졌다.

"그러니까 나와 함께 여길 떠나자."

그가 말을 덧붙였다. 외가가 한국의 무슨 그룹이라고. 사고의 극심한 충격 탓일까. 세연은 그의 말을 제대로 인지하지 못했다.

기우는 여전히 아무 말 하지 않는 그녀를 깊게 잠긴 검은 눈빛으로 담듯이 응시하면서 참을성 있게 말했다.

"나와 한국으로 가자. 꼭 한국이 아니어도 돼. 원한다면 네가 살고 싶은 곳 어디에든 살 수 있어. 네가 원하는 곳은 어디든 갈 수 있어. 그러니 말해. 아예 떠나는 게 아니더라도 잠시 지쳤던 심신을 달래고 머물렀다 오는 거야. 어때? 나쁘지 않지?"

허언이 아니었다.

그는 원하기만 한다면 세계 곳곳에 그녀를 데리고 갈 것이다. 그리고 지금껏 그래 왔듯 능숙하게 자리를 잡고 그녀를 리드하면서 배려해 줄 것이다. 그녀가 자리를 잡을 때까지. 그리고 그의 곁에서 오롯이 쉴 때까지.

"널 만난 것을 제외하면 나도 이 나라가, 일본이 너무 지긋지긋해. 이젠 더는 미련 없어."

그녀가 기억하는 그답게, 흔들림 없는 어조였다. 그 목소리로 그는 계속 말을 이었다.

"내가 더는 춥지 않게 해 줄게. 그냥 하는 말이 아니야. 더는 얼어붙은 것같이 춥고 헐벗은 기분으로 겨울에 떠오른 커다란 달을 보면서, 얼어붙은 발을 동동거리면서 혼자 걷는 암담한 기분. 다시는 느끼지 않게 해 줄 테니까."

세연은 침묵했다. 내색하지 않았지만 너무나도 황홀했다. 이어지는 그의 말에 취해서 붕 허공에 떠오른 것 같았다. 계속 감미로운 유혹의 언어가 쏟아졌다.

"나 역시 늘 얼어붙은 마음으로 살았어. 인간을 불신하게 된 일이 분명히 있었지. 하지만 이렇게 기적처럼 네가 나타났어. 그러니까 더는 힘들지 않게 해 줄게. 더는 불행하지 않게, 네 곁에 있을 테니까. 누군가를 지켜 주고 싶어졌으니까."

그의 말대로라면 그녀는 세상에서 제일 행복한 여자가 될 것이다.

그는 그렇게 그녀에게 시선을 못 박은 채로 대답을 기다리고 있었다.

이 순간 세연의 대답을 기다렸다.

망설여졌다.

침묵이 흘렀다. 심장이 튀어나올 것 같았지만 세연은 천천히 눈을 감았다. 그러자 그녀가 처한 현실이, 그녀가 겪은 고통이 좀 더 생생하게 느껴졌다.

사라지지 않았다.

이대로 그의 곁에 있어도 그녀가 보게 될 거대한 어둠은 결코 사라지지 않는 것이다. 결국엔 그녀를 좀먹겠지. 세연의 표정이 침울해지자 기우가 녹아들듯 부드럽게 불렀다.

"세연아."

갖고 싶었던, 그가 바로 그녀의 눈앞에 놓여 있었다. 이제 그녀는 손만 뻗으면 될 일이다.

그러나 세연은 눈물을 흘리면서 결국 자신을 통째로 삼켜 버릴 거대한 어둠을 붉게 충혈된 눈으로 노려보았다. 그녀의 눈이 소리 없이 물방울을 떨어뜨렸다. 처음으로 기우에게 눈물을 보였다.

그리고는 그에게 잠긴 목소리로 말했다.

"당신 옆에 있어도 내가 눈이 보이지 않는다는 사실은 달라지지 않아."

"세연……."

"당신이 옆에 있어도 내가 눈이 머는 건 막지 못할 테니까. 당신은 내가 어둠 속에 갇혀 몸부림쳐도 결국 꺼내 주지 못할 테니까. 내게 아무런 도움도 되지 않아."

그가 그녀의 말을 저지했으나 세연은 고개를 저었다. 지금 상황에 닥쳐서야 그녀는 나이에 비해 조숙한 어쩌면 겉늙어 버린, 그를 배려하고 항상 혼자서 마음 아파하는 애늙은이가 아닌 아직 미성숙한 감정을 다 내보였다. 슬프게도 그를 마지막으로 만났을 때에 말이다.

처음으로 보이는 솔직한 맨 얼굴이었다. 세연은 고집을 꺾지 않았다.

"이 고통은 결국 내가 겪는 거니까. 아무도 대신해 주지 못해!"

곧이어 폭발할 것 같은 음성이 조용한 병실을 갈랐다.

"그만 가요! 당신 때문에 이렇게 된 거야. 당신 때문에 이렇게 다친 거라고."

환자복 차림의 세연은 머리에 진득하게 피가 묻은 붕대를 감고 표독스러운 표정으로 눈앞의 기우를 노려보았다.

그녀는 평생 캄캄한 암흑 속을 헤맬지도 모른다는 머리가 새하얘지는 두려움에 제정신이 아니었다. 세연은 마음속의 온 원망과 미움을 끌어모아 그가 들으란 듯 고함쳤다.

"당신 때문에 눈이 보이지 않게 될 거라고! 내가 앞이 보이지 않게 되면 당신이 책임질 거야! 이제 와서 사랑한다고 말도 안 되는 소리 뒤늦게 내뱉는 당신 가증스러워. 그러니 필요 없으니 가요!"

"……세연아."

여전히 기우는 애달프게 그녀를 부르고 있었지만, 그녀는 무시했다. 그리곤 차갑게 말을 이었다.

"이 악몽에서 깨어나면 참 좋겠지만 그렇지 않잖아요."

그녀의 머릿속에 일순 기우와 함께 떠났을 때 마주할 세계 곳곳이 스쳐 지나갔다. 카리브해의 아름다운 섬, 포르투갈의 고즈넉한 풍광 그것도 모자라 북유럽의 차갑게 얼어붙은 회색에 가까운 푸른빛 물을 함께 들여다볼 기회를 지금 그녀 손으로 버렸다. 와장창 소리를 내며 그 모든 것이 서서히 멀어져 갔다.

물론 둘이 함께 있는 게 서로 위안이 된다는 것을 잘 알았다. 그러나 다친 눈 때문에 기우에게 동정 섞인 사랑을 얻는 건 그녀에겐 비참하고 더욱 힘든 일이었다

세연은 지친 가운데 꺼져 가는 불꽃을 어떻게든 되살려 그녀 안에 남은 힘을 어떻게든 쥐어짜며 그에게 최후 통첩을 했다.

"제발 가요. 부탁이에요. 더는 날 비참하게 만들지 마……."

그 이후의 기억은 없었다.

어쩌면 떠올리기도 수치스러운 기억이라 자연스럽게 머릿속에서 지워졌는지도 모르겠다.

기억나는 건 다시 눈을 떴을 때, 그가 떠났다는 것이다.

차가운 병실에서 소원대로 홀로 남겨진 세연은 부들부들 몸을 떨었다.

"아악!"

왜일까. 그렇게 그가 떠나기를 바랐는데 막상 막막한 현실에 홀로 남겨지자 정작 미치도록 그가 원망스러웠다.

흉측하게 일그러진 현실은 그녀가 움직이는 족족 상처를 주었다.

"너, 당분간 내 눈에 보이지 마라. 으이구, 자식 하나 있는 게 저렇게 되다니. 내가 남들 보기 창피해서 원."

그리고 기다리는 것은 그녀의 부모님의 처절한 냉대와 외면이었다.

일본에서 다니던 학교에서 아이들에게 습격당해 눈을 다치고 비틀거리면서 집에 돌아온 그녀를 일영과 라은은 반기지 않았고 험악한 소리만 늘어놓았을뿐더러, 종국에는 집에서 내쫓고 싶어 했다.

단 한 번도 다친 데가 아프지 않으냐고 위로조차 안 했다. 그저 그들은 남들의 이목을 의식하고 눈치를 보기 급급했다.

"너, 그렇게 고생해서 힘들게 키웠는데 록 그룹인지 뭔지 하는 남자 때문에 이렇게 됐어? 기가 막혀서. 병원서 보니 좀 있는 집 자제로 보이기는 하던데. 그래도 그렇지 하루아침에 이렇게 되다니."

일영은 그녀를 볼 때마다 비난했다.

"이참에 시장에서 하던 가게 싹 정리하고 한국에 들어갈 테니까 그렇게 알아. 한국 가서 조그맣게 동네 슈퍼를 낼 테니까."

그녀의 어머니 라은 역시 혀를 차며 그녀를 방에 몰아넣지 못해 안달이었다.

그렇게 암굴 같은 지하 방에서 숨죽여 웅크린 채 얼마나 고통의 시간을 보냈던가. 끊이지 않는 시커먼 터널 속, 빛이라고는 보이지 않는 캄캄한 암흑과도 같은 시간 속에서 세연은 서서히 말수를 잃어 갔다.

물론 눈물 한 방울 흘리지 않았다.

여기서 눈물까지 흘리면 더는 견딜 수 없을 것 같아서였다. 그녀가 눈물을 흘리고 스스로의 지난 시간들을 애도하면, 그 모든 눈부시게 일렁였던. 삶의 시간들이 온데간데없이 사라질 것 같았다. 무엇보다 그를 사랑한 기억을 잃고 싶지 않았다. 그마저도 없으면 너무도 비참할 것 같으니까. 서서히 암굴 속에서 세연의 눈은 결연해졌다.

'짧은 순간이었지만 사랑하고 사랑받은 게 사실이니까. 다른 사람은 몰라도 난 분명하게 기억할 거야.'

그렇게 세연은 스스로를 위로하며, 한국으로 돌아가 부모님에게 보란 듯이 일어났다. 아무리 생각해도 결론은 같았다. 이대로 넘어져 쓰러진 채로 유지수가 즐거워하는 최후를 맞이할 수는 없었으니까.

그러나 유지수는 기어코 한국까지 따라왔다.

"오랜만이야. 세연아, 잘 지냈니? 네가 어떻게 지내나 너무 궁금해서 한번 와 봤어, 호호."

정착한 동네에서 슈퍼를 시작한 그녀의 부모님과 그녀의 앞에 지수가 아무 일 없었다는 듯 나타난 것이었다.

"세연이 부모님은 제게 가족 같은 분들이에요. 앞으로도 잘 지내고 싶어요. 계속 집에 놀러 와도 되죠?"

어쩌면 지수는 오사카 재래시장에서 계속 돈과 관련된 남자 문제로 사고를 치고 자취를 감춰 버린 제 어머니를 대신해서, 그녀의 자리를 빼앗고 딸이 되고 싶은지도 몰랐다.

어쩌면 지수가 마지막 벼르고 벼른 무기였을까.

그것은 곧 세연에게 치명타였다.

우여곡절 끝에 힘들게 일어난 그녀를 기다렸다는 것처럼 짓밟는 지수의 입가엔 생글생글 웃음이 떠올라 있었다.

"일본에서처럼 한국에서도 잘 지내자."

아무렇지 않게 지수가 인사했다.

하지만 그녀는 그럴 수 없었다.

이미 까만 지수의 눈에 깃든 시커먼 악의를 읽었으니까. 아무렇지 않게 그녀를 향해 내밀어진 손. 웃고 있는 그 눈에 일렁이는 그 치명적인 독과 같은 그녀를 향한 살의는 결코 사라지지 않았다. 그러나 아이러니하게도 그 미소는 세연을 움직이게 하는 동력이었다.

그리고 다시 만난 기우.

5년 만에 다시 만난 그는 여러 의미로 그녀를 전율케 했다.

하지만 그런다고 크게 달라질 건 없을 것이다.

'아무것도 달라지지 않았다.'

세연은 질끈 눈을 감았다 떴다.

그동안 그렇게 몸부림쳤음에도 5년 전의 상황과 지금이 아무것도 뒤바뀐 게 없다는 사실을 견디기 어려웠다.

그 어떤 이유든 간에 산산조각 나 버린 잔은 더 이상 원래대로 붙일 수 없고, 무참히 깨지기 전 그 순간으로 다시는 되돌아갈 수 없었다.

그가 어떻게 그녀에게 다시 돌아오든 간에 그 사실은 변하지 않는다.

아니, 상황은 5년 전보다 더 나빴다. 한국에 돌아와 쭉 아르바이트를 하면서 번 돈은 그녀의 부모님과 해옥 고모가 집을 사는 데 보탰다.

그녀의 수중엔 돈 한 푼 없었다. 다친 눈까지 부담을 안고서 지수와 대결하려 혼자 안간힘을 쓰고 있을 뿐이었다.

'당하고만 있진 않을 거야. 내 모든 걸 걸고서라도.'

이 순간 세연은 맹세했다.

第 13 幕

가장 마주하기 싫은 끔찍한 과거와 마주했다.

그리고 하나의 결론에 도달했다.

'하지만 달라지는 건 없지.'

한없이 씁쓸하면서도 달콤한, 그녀에겐 쓰라린 그와의 기억을 반추해 봤자 달라지는 건 아무것도 없었다.

다시 현재로 돌아와도, 통장 잔고가 바닥난 건 사실이니까.

그나마 과거에서 교훈을 얻기는 했다. 절대로 그와 다시 엮여서는 안 된다는 것이었다. 특히나 사적으로는 절대 다시 엮여서는 안 된다. 결론적으로 그들은 서로에게 악영향을 끼치는 악연이었다. 만나서 좋을 게 없는.

세연은 천천히 손을 들어 눈두덩이를 한번 눌렀다 뗐다. 그리고는 눈을 떴다. 눈앞의 세상은 여전히 그 사건 전보다 흐릿하게 보여서 그녀의 마음을 아프게 했다. 다시는 돌이킬 수 없는 세월의 흔적이자 그녀에게 남은 아픔의 결과였다. 지난 5년, 그녀는 매일 매일 이 일그러지고 달라진 현실의 무게를 느끼면서 겨우 숨 쉬며 살았다.

"얘! 뭐 하니, 뭐 하는데 방문을 안 열어? 얘가 정말 미쳤나!"

그런 그녀의 결심을 부채질하듯 해옥 고모의 악에 받친 목소리가 들려왔다.

결코 벗어날 수 없는 현실. 고개를 돌려도 변함없는 때 묻은 새하얀 벽지가 눈에 들어왔다.

무엇보다 끔찍한 것은 절망과 마주하는 것이었다.

그 절망은 그녀가 포기하는 순간 탐욕스레 먹어 치우려 기다리고 있었다.

그래서 눈물 한 방울 떨어뜨리기 싫었다. 누구 좋으라고.

포기는 이미 충분히 했다.

– 세연아. 너희 부모님도 딸인 너보다 날 더 좋아하고 아껴 주시는데 네가 어쩔 거야? 응?

그녀를 조롱하던 목소리. 어쩌면 지수를 만나지 않았더라면 쉽사리 잊었을지도 모르겠다.

– 넌 뭘 해도 안 되고 나보다 못해. 나한테 안 된다고.

적어도 지수가 가장 원할, 절망하고 포기한 채로 널브러져 있는 건 그만두자. 기나긴 과거의 상념에서 빠져나와 다시금 현재로 돌아온 세연은 마음으로 되뇌었다. 지수가 원하는 모습을 보여 줄 수 없었다. 지수는 그녀가 평생 낙담한 채 바닥에서 꿈틀거리며 제 발에 밟히기만을 바랄 것이다. 반격은커녕 일어나지도 못하는 그녀의 모습을 보며 지수는 만족스럽게 웃으리라.

'어떻게 하면 이 난관을 뚫고 나갈 수 있을까?'

이 순간 세연은 소리 없이 머릿속에 떠올렸다.

그녀는 골몰하며 운명을 뒤집을 하나의 실타래를 찾으려 애를 썼다. 절로 그녀를 비웃는 것 같은 지수의 얼굴이 떠올라 세연은 지그시 입술을 깨물었다.

그렇게 하루, 이틀. 시간은 흘러갔다. 마음은 까맣게 타들어 가는데 딱히 할 수 있는 일이 없어 속절없이 시간만 흘러가는 기분이었다. 마음은 한없이 급하고 초조하기만 한데 실상 그녀가 할 수 있는 일은 없었다. 실상 마지막 희망을 걸었던 엔터테인먼트 면접과 오디션에서 모조리 다 떨어졌을뿐더러. 하다못해 면전에서 통렬하게 그녀를 비웃은 업체도 있었다.

– 구두가 낡아 보이는데. 새 신발 좀 사서 신지 그래요? 예쁜 하이힐로. 지금보다 훨씬 나아 보일 것 같은데.

모두가 불친절한 가운데, 초라한 그녀의 외양을 보며 그들은 정말 기가 막힌다는 웃음을 지었다.

– 이래서 배우 하겠어요?

그냥 이대로 포기했으면 차라리 마음은 편했을 것이다. 하지만 포기하고 싶지 않았다. 더 이상 여유롭게 있을 시간이 없었다. 결국 세연은 치열한 고민 끝에 결론 내렸다.

– 아무리 생각해 봐도 방법은 하나뿐이야. 실상 내게 남아 있는 방법, 처음이자 마지막일 기회.

권기우. 어차피 처음부터 답은 하나였다. 그는 모두가 그녀를 거절했던 기회를 줄 테니까.

– 그럼 답을 찾아와. 내가 왜 다시 널 원하는지.

하지만 그에게서 어떻게 원하는 것을 얻어 낼지, 어떻게 반격의 실마리를 손에 쥘 수 있을지 알지 못했다. 그러나 정확히 이틀 후 세연은 그녀가 쓰는 스마트폰 액정 화면에서 그 실마리를 발견했다.

[프로젝트 그룹 R&T 내한. 오늘 23일 삼성동 골드 홀에서 기자 회견과 공식

행사, 한국 팬들과의 만남을 가질 예정으로……」

정확히는 유명 포털 사이트의 하단에 있는 기사였다.

답답한 상황에 뭔가 돌파구가 나올까 싶어 샅샅이 메인 포털 사이트의 기사들을 훑던 세연은 문화, 엔터테인먼트 섹션에서 문제의 기사를 발견했다.

프로젝트 그룹 R&T.

왠지 모르게 눈에 익었다. 세연은 손에 든 스마트폰 액정 화면을 뚫어져라 바라보았다. 혹시나 자신이 모르는 그의 지나온 5년에 대한 실마리를 얻을 수 있을까 싶어, 역시 일본 메인 포털 사이트와 기사를 검색해 보았던 그녀가 그 이름을 모를 리 없었다.

프로젝트 그룹 R&T의 멤버, 사토 류스케.

류스케는 바로 기우가 속해 있던 그룹 에어의 드러머였다.

기우의 동료가 한국에 온 것이다.

그라면 누구보다 기우에게 무슨 일이 일어났는지 잘 알겠지. 기우가 속했던 그룹의 멤버였으니.

물론 선택의 여지는 없었다.

이것이 운명의 장난이든, 어쩌면 지금보다 더한 불행의 전조이든 더는 피하지 않기로 했다.

결심을 굳힌 세연은 망설이지 않고 기우의 이전 동료를 찾아갔다.

바로 내한 행사가 열리는 문제의 장소로.

서울 삼성동 골드 홀.

행사가 열리는 장소는 강남의 골드 호텔의 컨벤션 홀이었다.

행사 시작 전에 도착한 세연은 골드 홀 앞에 붙은 광고 포스터에 흘낏 시선을 주었다.

[일본 프로젝트 그룹 R&T, 전격 내한!]

그러자 낯선 남자의 모습이 그녀의 시선에 들어왔다.

분명 록 그룹이라기보다는 꼭 힙합 뮤지션에 가까운 분방한 차림의 남자는 기우가 속해 있던 그룹의 드러머라고는 쉽사리 믿기지 않았다. 차라리 그 옆에 악기를 들고 서 있는 심각한 표정의 동료라면 모를까.

하지만 세연은 그를 알고 있었다. 언제였던가. 처음 기우와 데이트를 했을 때, 류스케를 처음 보았다. 차 속에서 짧게 흘낏 그녀를 쳐다보던 그는 우직하고도 성실한 인상을 주었었다.

실제로 유도를 했던 류스케는 운동선수에서 드러머로 전향을 한 케이스였다. 결국 여기까지 왔다.

인터뷰가 진행되는 골드 홀은 취재하러 온 기자와 팬들, 관계자들로 채워져 있었다. 분위기가 어떤지 살피듯 혼자서 말없이 주변을 걸어 다니던 세연은 이벤트 행사가 시작되자 골드 홀로 입장하려 했다.

하지만 곧 관계자로 보이는 직원에게 저지당했다.

"저, 출입증이 있는지 보여 주시겠어요?"

"출입증이요?"

세연이 되묻자 직원이 상냥하게 말했다.

"네, 행사장엔 관계자 측만 입장할 수 있거든요. 아니면 사전에 이벤트 신청한 팬들만 정해진 좌석 번호에 앉기로 되어 있는데. 가지고 오셨나요?"

물론 그녀가 가지고 왔을 리가 없었다.

세연이 고개를 가로젓자 직원이 곤란한 표정을 지으면서 대답했다.

"죄송한데 입장은 안 되실 것 같네요. 저희도 규정이라서요."

"그럼 어쩔 수 없죠."

처음부터 쉬울 거라 생각은 안 했다.

게다가 상대는 유명 록 그룹 에어의 멤버다.

비록 지금은 개별 솔로 활동을 하듯 프로젝트 그룹을 하고 있지만 쉽사리 만날 수 있을 리가 없었다. 그건 그녀도 잘 아는 사실이었다. 현실적으로 볼 때, 기우를 아는 지인이 없는 이상엔 힘든 일이었다.

웅성웅성. 시간이 되자 하나둘씩 입장하는 사람들이 보였다.

결국 그녀는 골드 홀에 입장할 수 없었다.

그녀는 실망하고 막막해하는 대신에 소리 없이 빠르게 앞으로의 수를 가늠했다.

세연은 곧장 에스컬레이터를 타고 올라갔다. 1층의 골드 홀은 삼성동 골드 호텔과 연결되어 있었다. 폭신한 카펫이 깔린 쾌적한 호텔 내부의 인테리어를 흘낏흘낏 보던 세연은 얼마 안 있어 재즈 음악이 흘러나오는 검은 내벽의 공간과 마주했다.

골드 호텔의 라운지.

호텔 투숙객들만 이용할 수 있는 건가?

이미 그녀 말고도 손님들이 와 있는 모양인지 나지막한 웃음소리와 화기애애한 말소리가 흘러나왔다.

잠시 두리번거리던 세연은 호텔 직원의 안내를 받아 호텔 라운지 안으로 들어섰다.

"어서 오세요."

능숙하게 응대하는 바텐더의 인사를 받으며 세연은 라운지의 바에 자리를 잡았다.

엉겁결에 높다란 바 스툴에 걸터앉은 세연은 가지고 온 자그마한 핸드백을 내려놓았다. 그리고는 주문을 했다.

“저기, 시원한 물이랑 콜라 한 잔 주세요.”
목이 말랐다.
답답한 기분에 세연은 바텐더가 건네준 유리컵에 든 미네랄워터를 벌컥벌컥 들이켰다. 그래도 갈증이 멎지 않았다. 곧이어 바텐더가 준 레몬이 올려진 기다란 컵에 든 얼음이 가득 담긴 콜라를 들이켜던 세연은 고개를 돌렸다.
뭔가가 이상했다.
골드 호텔의 라운지에 가득한 재즈 선율, 키득거리며 흘러나오는 낮은 웃음소리, 그리고 즐거움이 묻어나는 말소리들에서 기시감을 느꼈다.
왠지 모를 이상한 기분에 세연은 서서히 시선을 고정시켰다. 잘못 본 게 아니었다. 맞춰 입듯 등 뒤에 크게 ‘R&T’ 로고가 박힌 검은 티셔츠를 입은 무리 서넛이 즐거운 듯 떠들고 있었다.
「일본에 돌아가면…….」
「니가타를 시작으로 쭉 한 바퀴 돌아서 다시 가와사키까지 오는 거지. 잊었어? 거기서 우리 첫 투어가 시작됐잖아.」
「아아, 니가타. 좋지. 첫 투어였던 라이브 하우스. 그때 참 좋았었어. 그렇지?」
어떻게 할까? 이대로 미친 척하고 직진할까? 아니면.
세연은 숨을 들이마셨다. 눈을 감았다 다시 뜨고 봐도 눈앞의 즐거이 떠드는 남자들의 모습은 없어지지 않았다. 아무리 봐도 기우의 멤버가 속해 있는 프로젝트 그룹의 스태프들이 맞았다. 이윽고 그녀는 가늘게 뜬 눈으로 유심히 무리들을 쳐다보았다. 그 가운데 문제의 인물로 추정되는 주홍색 머리가 보였다.
쿵쾅쿵쾅, 다시금 심장 박동이 빠르게 뛰기 시작했다.
「와하하.」

「시끄러워! 네 농담은 확실히 재미없다니까.」

떠나갈 듯 시끄러운 음성.

한창 잔을 들고 떠들던 이들 중 하나가 미끄러지듯 다가오는 세연을 흘깃흘깃 쳐다보았다. 아까부터 라운지 안에 들어선 이들이 유심히 쳐다보자 한두 번 눈이 마주쳤던 이들이었다. 그들 중 주홍빛 머리의 남자와 세연의 눈이 마주쳤다.

다음 순간 주변은 쥐 죽은 듯 조용해졌다.

세연이 확인하듯 호명했다.

「사토 류스케씨?」

이름이 불린 남자가 불쾌한 표정을 지었다. 스태프들이 흘깃흘깃 시선을 던지는 가운데, 우려하듯 세연을 보던 두 명이 서둘러 자리에서 일어났다.

개의치 않고 세연은 완전히 잠긴 목소리로 덧붙였다.

「그룹 에어…… 드러머인 류스케 씨 맞으시죠?」

「맞는데. 누구시죠?」

이윽고 인상을 찌푸린 낯익은 기우의 동료가 묻자 세연은 정색하며 말했다.

「류스케 씨와 할 말이 있어요. 기우…… 그러니까 더 에어의 객원 멤버였던 케이와 관련된 일이에요.」

세연은 정면으로 도전적인 시선을 보냈다. 더 이상 피하고 싶지 않다는 의지를 담아.

「난 그 녀석에 대해 할 말이 없는데.」

류스케의 첫 마디였다.

세연은 잠시 할 말을 잃어버렸다.

기적적으로 마련된 자리였다.

- 류스케는 어렸을 때 운동을 했거든. 성격이 직선적이고 뭐, 나 말

고 실제로 멤버들이 외국에서 살다 와서, 상당히 개방적이고 꽤 직접적으로 말하는 편이지. 이를테면 스트레이트, 돌려서 말하지 않거든.

「니, 알고 있었어. 솔직히 그때도 느낌이 좋지 않았었는데, 내 직감이 꽤 맞는 편이거든. 역시나 틀리지를 않네.」

류스케가 하이볼을 마시며 말했다. 그가 잔을 흔들며 마실 때마다 얼음을 넣은 유리잔 속의 짙은 액이 미세하게 흔들렸다.

「무슨 뜻이죠?」

세연이 낮게 묻자 류스케가 그녀를 한번 흘기더니 답했다.

「그 녀석은 따라다니는 여자들이 널렸었어. 그런데도 굳이 널 만났단 말이지. 난 보자마자 느낌이 안 좋았는데.」

류스케가 굳이 반감을 숨기지 않은 채 그녀를 쏘아보았다. 그리고는 목뒤가 뻣뻣한지 그녀를 노려보면서 손을 들어 주물렀다.

사람이 자길 싫어한다는데 괜찮은 사람이 있을까.

그럼에도 피하지 않은 이유는 단 하나였다.

더는 갈 곳이 없다.

「절 괜히 만났다는 뜻이네요?」

그는 아무 말도 하지 않았다. 그녀의 말을 정정하지도 않고 말없이 잔을 흔들면서 남은 하이볼을 홀짝거렸다.

개의치 않고 세연은 조용하게 덧붙였다.

「류스케 씨에게 물어보고 싶은 게 있어요.」

「그 질문이 뭐든 내가 왜 대답을 해야 되는데?」

그러고 보니 기우의 동료는 그와 닮은꼴이었다. 멀리 물러나 있던 스태프들이 절절매는 것만 봐도 그러했다.

웬만하면 감정을 드러내지 않고 상냥하게 대하는 주변인들과 달리 류스케는 굳이 그녀에 대한 반감을 숨기려 하지 않았다. 세연의 얼굴은 서서히 창백해졌다. 왠지 모르게 자신의 불안한 직감이 들어맞는 것 같았다.

여기까지 온 이상 그 이유를 알아야 했다.

그래서 세연은 피하는 대신, 당돌하리만큼 기우의 동료와 눈을 마주치며 직접적으로 말했다.

「그 사람, 왜 그렇게 변한 거죠?」

그러자 의아한 듯 보던 류스케가 정곡을 찔린 표정이 되었다. 놓칠세라 세연은 정면으로 눈을 마주하며 흔들림 없이 덧붙였다.

「아까 기우와 거의 연락하지 않는다고 했잖아요. 지금도 기우와 연락을 하긴 한다는 거 맞죠?」

「기우, 만났어?」

퉁명스럽게 들릴 정도로 직접적인 음성.

세연이 천천히 고개를 끄덕이자 류스케가 팔짱을 끼더니 입을 다물었다. 그러더니 더 이상 말하려 하지 않았다.

「탈퇴했다지만 한때 내 동료였어. 그 녀석은 내가 말하는 걸 바라지 않을 거야.」

「하지만 그 사람이 내게 이유를 알아오라고 했다면요?」

「뭐?」

그러자 단단한 바위를 연상케 하는 완고한 류스케의 표정이 조금 흔들렸다.

「그 녀석이 정말 얘기하라고 했단 말야?」

세연은 천천히 고개를 끄덕였다.

「류스케 씨가 아니면 영원히 알지 못할지도 몰라요.」

그녀가 절실하게 말했으나 여전히 류스케는 못 미더운 기색을 보였다.

「내 입으로 이야기하고 싶지 않아. 지난 일이지만 다시 생각해도 끔찍한 일이었지.」

그러다 무언가 기억이 되살아났는지 부르르 몸을 떨던 류스케가 이윽고 손을 들어 다시금 하이볼 한 잔을 추가해 마시기 시작했다.

「그럼 너 때문에 사고가 난 건 알고 있냐?」

그 말에 세연이 얼어붙었다.

第 14 幕

나 때문에 그가 사고가 났다고?

류스케의 고백에 세연이 홱 몸을 돌렸다. 부들부들 떨리는 다리로 간신히 류스케 앞에 돌아와서 서자 그가 앉으라 손짓했다.

그리고는 구겨진 종이처럼 험악해진 얼굴로 말을 이어 갔다.

「교통사고가 있었어. 아주 끔찍했던…… 사고였지. 차는 부서졌고 기우 녀석도 많이 다쳤어. 그래도 전신 타박상이라서 괜찮을 거라 생각했는데…… 그 녀석 끝내 손을 못 쓰게 됐어. 망가진 차처럼 완전히 박살이 난 거지.」

류스케가 납처럼 창백해진 그녀의 얼굴에 아랑곳하지 않고 덧붙였다.

「처음엔 멤버들도 장난하는 줄 알았어. 정말 만우절 거짓말처럼 느껴졌지. 그럴 수밖에. 이제 정식으로 멤버로 받아들이겠다고 발표할 시점이었는데. 투어를 앞두고 녀석이 연락두절이었어. 다른 사람은 몰라도 항상 칼처럼 일정을 지키던 녀석인데. 그리고 전화가 와서 달려가 봤더니 정말 병실에 그 녀석이 누워 있었어.」

술기운이 오른 걸까.

류스케가 거침없이 내뱉었다.

「죽은 듯이 누워 있었어. 이미 수술을 받은 후였지. 재활 치료를 했는데 결국 손을 못 쓰게 됐어. 아니, 겉으로 보기엔 멀쩡해 보이고 일상적인 생활은 가능할지 몰라도 더는 악기를 연주할 수 없게 됐어.」

그 말에 세연은 어지러워서 숨을 들이마셨다.

순식간에 주변이 빙빙 돌았고 다리에 힘이 들어가지 않아 비틀거렸다. 류스케가 그런 그녀를 흘낏 보았다.

류스케는 그녀가 가증스럽다는 표정이었다.

「손을 못 쓰게 된다? 적어도 베이시스트한테는 사형 선고야. 우리 같이 음악하는 놈들이 얼마나 많은 연주를 들어 봤을 거라 생각해? 정말 반짝반짝 빛나는 재능이었는데, 충분히 가능성이 있는데 어그러진 거지. 과장 아니야. 녀석이 좀 잘났어야지. 우리끼리 말이지만 그 잘난 외모서부터, 음악을 떠나서 못하는 게 없는 느낌이었지. 그런데도 한 곳에 정착을 못 하고 이리저리 기웃거리는 느낌이다가 겨우 좀 자리를 잡는다 싶었더니. 결국 녀석은 음악을 포기하고 사라졌어.」

류스케가 더 이상 못 참겠는지 스태프가 가져온 시가에 불을 붙였다. 시간이 지났어도 그때 기억을 다시 떠올리기 싫은 모양이었다.

「뭐, 기우가 그만두고 우리도 별수 있었겠어. 새 멤버를 찾아야 했지. 우리 모두는 그 녀석만 생각하면 떨떠름하다고.」

그녀를 전율케 하는 류스케의 말이 계속 이어졌다.

「아직도 멤버들은 그때 일을 잊지 못해. 그만큼 충격이었으니까. 사실 데뷔하고 우린 그리 크게 고생 안 하고 유명세를 얻었고 순탄하게 흘러온 편이지. 눈앞에서 사고가 난 사람을 목격한 건 그때가 처음이었어. 물론 제일 힘든 건 그 녀석이었겠지만.」

류스케가 묘하게 입술을 비틀며 고집스레 말했다.

「너, 그 녀석이 얼마나 창백한 얼굴로 누워 있었는지 모르지. 정말 유령을 보는 것 같았어. 물론 겉보기에는 냉정했지. 뭐, 그건 그 녀석 트레이드 마크니까. 고통스러운 재활 치료도 보란 듯이 다 이겨 냈는데.」

이윽고 류스케가 어이없다는 얼굴로 무섭게 굳어진 그녀를 노려보았다.

「급한 대로 세션을 불러서 투어를 끝마치고, 새벽에 그 녀석을 보러 갔는데. 불 꺼진 병실에서 그 녀석이…… 울고 있었어. 물론 소리는 내지 않았지. 독한 놈이니까. 그걸 보니 아주 기분이 더러웠어. 꼭 늑대가 자기 짝을 잃고 울부짖는 느낌이 들었다고 해야 되나.」

류스케가 꼼짝하지 않고 진지한 표정으로 덧붙였다.

「그런 모습을 다 봤는데 내가 예의를 갖춰서 대할 수가 없어서 미안.」

하지만 그다지 미안해 보이진 않았다. 그가 계속 읊조렸다.

「난 솔직히 이해가 안 가. 다른 것도 아니고 사람이 사랑 때문에 그렇게…… 망가질 수 있다는 게.」

류스케가 화난 표정으로 무섭게 굳어진 그녀를 보며 빠르게 중얼거렸다.

「알겠어? 겨우 추스르고 이제야 새로 시작한 놈을 더 이상 상처 주지 마. 그럼 정말 내가 가만 안 있을 거야.」

류스케는 끝내 반감을 숨기려 들지 않았다. 그 모습에 세연은 침묵했다.

확실히 기우는 좋은 친구를 두었다.

그를 진심으로 걱정하고 생각하는 친구를 두기란 말처럼 쉬운 일이 아니었다. 자기 일처럼 나서서 걱정해 주고 정말 어려울 때 도와주는 벗이 있다니, 새삼 그는 모든 걸 가졌다는 게 실감 났다.

그런데 왜 모든 걸 가진 그가 자신에게 이러는 것일까?

지끈지끈 골치가 아파서 세연은 머리를 눌렀다.

그러다 다리에 힘이 풀려 '앗' 소리를 내며 그대로 철퍼덕 바닥에 주저앉고 말았다.

"괜찮으세요?"

놀란 호텔 보안 직원이 서둘러 다가왔다. 부축을 받아 일어나며 세연은 계속 고맙다는 말을 되풀이했다.

"전 괜찮아요. 고맙습니다."

그런 그녀의 얼굴은 여전히 무서우리만큼 새하얗게 질려 있었다. 계속해서 식은땀이 흐르고 창백한 그녀의 얼굴을 보더니 호텔의 보안 직원이 우려하듯 말했다.

"그럼 잠깐 저기 앉아서 쉬었다 가세요."

세연은 힘없이 고개를 끄덕이며 비틀거리며 발걸음을 옮겼다. 그녀는 잠시 골드 홀 앞의 의자에 앉아 숨을 골랐다. 쉴 의자 옆에는 고맙게도 정수기가 있었다. 세연은 떨리는 손으로 정수기 물을 따라 마셨다. 자꾸 손이 떨려서 물이 바닥에 떨어졌다.

세연은 잠시 멍하니 바닥에 떨어진 흥건한 물에 시선을 주었다. 어디서부터 잘못된 걸까? 확실한 건 그와는 그녀의 의도와는 달리 모든 게 엉망이 되어 버렸고 다시 되돌릴 수 없다는 것이다. 정말 예외는 없는 걸까? 항상 신은, 운명은 그녀에게 최악의 수를 보냈다. 설마 이건 아니겠지? 하는 최악의 경우의 수를 다 보여 주었다.

이제는 돌이킬 수 없이 흥건하게 번져 버린 지난 세월이 몰려오는 기분에 세연은 고개를 숙였다.

'그는 나 때문에 상처받았다…… 나 때문에 다시는 베이스를 칠 수 없게 되었다. 영원히 돌이킬 수 없게 되어 버렸다.'

가슴이 콱 막힌 것 같아 세연은 계속해서 심호흡했다. 여전히 가파르게 뛰는 심장의 고동 소리가 잦아들 줄 몰랐다.

'나 하나로 충분한데. 그가 왜? 어째서?'

이 순간 그녀의 머릿속을 떠나지 않는 고민이었다.

나 하나로 충분하지 않았던 걸까?

'지난 세월로 충분하다고 생각하는데. 아직 모자란 걸까?'

괴로웠다.

아프고 고통스럽지 않다면 거짓말이었다.

하지만 더 이상 괴로워하기엔 이미 그녀는 홀로 숱한 눈물로 불면의 밤을 보냈다. 더 이상 고통 받고 아파하기 싫었다. 지금도 완전히 눈이 잘못되지 않을까 강박관념에 시달리는데. 세연은 잘근잘근 입술을 깨물었다.

"더는 고통받고 싶지 않아."

이것이 그녀의 솔직한 심정이었다.

그럼에도 류스케의 말은 그녀의 귓가를 떠나지 않고 세연의 가슴을 사정없이 찔러 댔다.

너무 괴로워서 병실에서 그 소리를 들었던 자신의 귀를 의심하게 된다고 했었지.

'마치 상처받은 짐승의 울부짖음 같았어.'

그 말이 귓가를 떠나지 않아 세연은 날카로운 뭔가에 찔린 것처럼 흠칫했다.

그가 나 때문에 다치고 인생이 완전히 바뀌었다니.

그것도 모자라서 그렇게나 고통스러워했다니.

너무나도 충격이 컸고 솔직히 그녀도 믿기지 않았다. 다시 본 기우는 바늘 하나 안 들어갈 정도로 너무도 냉철해 보였으니까. 정말 그가? 그럼에도 세연은 류스케가 거짓말을 하지 않았다는 걸 확신했다. 비록 두세 번 봤으나 무엇보다 세연을 원망스레 보는 눈은 친구를 다치게 한 상대를 보는 눈빛이었다.

'나 혼자면 상관없어. 나 혼자만 괴로워하면 되니까. 하지만 그가 나 때문에 그렇게 되다니. 어떡하지?'

암담하기만 했다. 세연은 하아, 숨을 들이마셨다.

이 상황에 답이 있을까?

아니, 그녀는 이미 답을 알고 있었다.

"너, 연예인을 다시 한다고 했다며. 그럼 연예인 소속사 들어가서 계약금 얼마 받니?"

침묵이 흘렀다.

잠시 그녀가 안쓰럽다는 듯 빤히 바라보자, 해옥 고모가 인상을 썼다.

"왜 그러니? 그 건방진 표정은 또 뭔데."

"감사합니다, 해옥 고모."

다음 순간 세연은 조용하게 말했다.

의미심장한 눈길을 던지며 침묵하던 세연이 너무도 공손하게 감사를 표하자, 해옥 고모는 얘가 왜 이러나 의중을 파악하듯 사납게 눈을 치켜떴다.

묘한 정적이 감돌았다. 당장이라도 그녀를 인정사정없이 후려칠 것 같은 심상치 않은 분위기 속, 세연은 잠시 허망한 눈길을 창가로 던졌다.

그녀의 아버지 영일이 무자비하게 짓이겨 만들었던 검지 손가락의 상처를 무심하게 누르며 생각했다.

'조용히 살고 싶었어, 잠시 그런 생각을 했었지.'

환한 햇살 속 평화롭고 조용한 하루를 시작하고 싶은 열망을 품었었다. 불가능한 바람인 줄 알면서도.

세연은 쓰게 웃다 이윽고 입을 열었다.

일렁이는 내면의 갈등을 갈무리하듯 싸늘한 어조였다.

"덕분에 제가 가야 될 길을 돌아보지 않고 가게 되었어요. 멈출 일

없이 속도를 낼 수 있을 것 같아요. 앞으로 갈등할 일도, 번민할 일도 없을 것 같아요."

"뭐? 얘가 지금 뭐라고 하는 거야? 내가 정신병원 넣는다는 말이 겁나서 너, 더 그러는 거지?"

그러자 그녀의 말에 분해하며 해옥 고모가 길길이 날뛰었다.

지금까지 그녀의 거처를 마련해 준 해옥 고모에게 진심으로 감사를 표하며, 세연은 흔들림 없이 차갑게 말했다.

"아뇨. 강제로 정신병원 넣으셔도 벌거벗고서라도 탈출할 거예요. 왜냐면 전 앞으로 꼭 해야 할 일이 있거든요."

해옥 고모의 표정이 변했다.

무슨 일이 있나 탐색하듯 새하얗게 질린 히스테릭한 얼굴로 유심히 뜯어보았다. 그러다가 화가 나서 못 견디겠다는 듯 그녀를 저주했다.

"마음대로 하렴! 마음대로. 넌 어차피 다시 가수를 하든 배우를 하든 다 망할 거야. 두고 봐라! 내가 장담한다. 지금껏 그랬듯이 시간 낭비를 하고 실패할 거야. 쫄딱 망해서 돈 한 푼 없이 다시 들어오면 내가 받아 주나 봐라!"

세연은 처음으로 목소리를 낮춰 조용하게 말했다.

"네, 저주하세요."

세연은 강렬한 눈빛을 던졌다. 그러자 분해하던 해옥 고모가 입을 다물었다.

"설령 실패해도 상관없어요. 이 지옥 같은 곳보다는 나을 테니까. 감사합니다, 고모님. 제게 지옥을 선사해 주셔서. 이제 탈출해서 다시는 돌아오지 않을게요. 원하시는 연예 소속사 계약금은 물론 은행 계좌로 부쳐 드리고요. 제가 안주하지 않게 절벽에서 밀어 주셔서 정말 마음으로 감사드려요."

이제 그녀가 갈 곳은 하나밖에 없었다.

보통 사람에게는 선택할 수 있는 자유가 주어진다고 했는데, 선택을 할 수 있다는 건 적어도 두 개의 선택지가 주어진다는 뜻이었다. 이제 그녀에게는 이 길밖에 없었다.

아무리 생각해 봐도 결론은 같다.

시청 앞 서원그룹 20층 사무실.

순식간에 얼어붙은 침묵 속 세연은 악몽 같은 해옥 고모의 집에서 처음으로 환하게 웃었다.

처음으로 해옥 고모의 얼굴에 두려움이 깃들었다. 세연은 그 표정에 왠지 모르게 흡족해졌다.

第 15 幕

도시의 마천루 속, 자리 잡은 서원 본사 건물.

20층에 있는 문제의 그의 사무실은 예상은 했지만, 무겁게 가라앉아 있으면서도 묘하게 시선을 잡아끄는 고급스런 분위기가 감돌았다. 그곳에 세연이 첫발을 들였다.

'결국 여기까지 왔다.'

애써 차분한 척했지만, 마음은 거세게 요동치고 있었다. 이윽고 고개를 돌린 세연은 애써 눈앞에 보이는 사무실의 전경에 시선을 고정시켰다.

들어서는 순간부터 보는 이의 시선을 사로잡는 반짝이는 호가스의 은빛 판화와 역시 절로 눈길이 고정되는 화가 호가스가 그린 그림. 그림의 제목이 정략결혼, 이라서 기억하고 있었다.

번들거리는 피카소의 영향을 받은 청동 조각상을 보자, 그가 일본에서 오래 생활했다는 실감이 났다. 반짝이는 뱅클롭옵슨 오디오나 눈에 띄는 은빛의 앰프 역시 북유럽에서 지냈던 그의 유년시절의 자취가 묻어 있었다.

그 광경을 보고 있던 세연은 고개를 돌렸다.

그 한가운데 테이블에 자리 잡아 서류를 검토하고 있는 그는 정작 담담한 모습이었다. 그런 그를 보면서 왠지 불편한 마음에 세연은 심호흡했다.

물론 마음만 불편한 게 아니었다.

그녀의 다리에 검은색 스커트가 달라붙으며 서걱거렸다. 자연스럽게 다리의 실루엣을 드러낸 타이트한 스커트는 오디션 면접 때 입고 옷장에서 꺼낸 적이 없었다.

그러나 결국, 권기우를 만나러 온 지금 입게 되었다. 그렇게 세연은 어색한 정장 차림으로 똑바로 버티고 서서 잠시 눈앞의 그에게로 시선을 주었다.

[서원그룹 전략 마케팅팀 실장, 권기우.]

정작 비서의 연락을 받았을 텐데도 그는 별다른 반응을 보이지 않았다.

그는 그녀를 만나기 전에 이미 냉정하게 상황 판단을 내린 것 같았다.

그런 그를 마주하고 용건을 말하기가 쉽지가 않았지만 말해야만 했다. 그러지 않으면 여기까지 찾아온 의미가 없을 테니까. 사무실을 무겁게 감싼 정적 속, 그녀는 심호흡했다.

결심을 굳힌 세연은 다음 순간 착 가라앉은 어조로 입을 열었다.

"권기우 씨. 보다시피 용건이 있어서 찾아왔어요."

그러자 미동 없이 서류를 들여다보고 있던 검은 두 눈이 그녀에게로 날아와 꽂혔다.

일시에 그녀에게로 고정된 고요한 눈을 보자 동요하지 않을 수 없었다.

세연의 시선이 정처 없이 흔들렸다. 여전히 단정한 머리칼과 하얀 실크 셔츠에 잿빛의 넥타이, 반짝이는 커프스 버튼까지 어쩐지 낯설었다.

그러자 빤히 그녀를 보던 기우가 웃으면서 말하는 게 아닌가.

"여기까지 왔으니 물론 결심하고 찾아왔겠지. 말해."

그녀의 손은 이토록 떨리는데 정작 맞닥뜨린 그는 태연했다.

더는 피할 수 없이 무겁게 사무실에 깔리는 정적 속 세연은 입을 열었다.

"말해요."

"뭘?"

그러자 기우가 여전히 메마른 눈으로 되물었다.

"다 듣고 왔으니까. 나, 류스케를 지금 만나고 오는 길이에요."

그럼에도 그녀의 말에 기우는 여전히 쉽사리 반응을 드러내지 않았다.

웬만한 이들이라면 저 무심한 눈초리에 질려 버렸겠지만. 그녀는 더 이상 물러날 곳이 없었다.

쉽지 않을 거라 예상했기에 세연은 자꾸 흔들리는 마음을 추스르며 힘주어 말했다.

"나 때문에 사고가 난 거죠? 베이스도 그래서 못 치게 된 거고……."

"그냥 난 세션이었던 거지. 정식 멤버가 아니라. 그리고 결국 그만두었고."

그러자 그가 보란 듯이 낮은 어조로 정정했다.

그 기이할 정도의 평정에 잠시 뚫어져라 보던 세연은 고개를 갸웃했다.

그는 그다지 불행해 보이지 않았기에.

"정말 괜찮아요?"

"뭐가?"

"정말 큰 사건이잖아요…… 인생을 바꿀 정도로. 어떻게 보면 나보다 더한 일을 겪었는데."

최대한 차분하게 이야기하려 했는데 말을 하면 할수록 이상하게 눈가가 촉촉해지는 기분이 들었다. 눈물은 지금 이 상황에서 안 어울리는 것 같아 세연은 입술을 깨물었다. 그것도 모자라서 목이 메어 왔다. 그녀는 그의 시선을 피하며 애써 평정 어린 어조로 말했다.

"그렇잖아요? 송두리째 인생이 뒤바뀔 사건인데. 웬만한 사람들은 망가져 버릴 텐데."

세연은 흘낏 그를 곁눈질하면서 덧붙였다.

"적어도 내 눈앞의 권기우 씨는 아무렇지 않아 보이네요."

"그런다고 뭐가 달라질까?"

기우가 보란 듯이 반문했다.

"말 그대로. 이미 사고는 났고 손은 다쳤고…… 다시는 연주를 할 수 없는데. 원래대로 돌아갈 수 없다면 현실을 받아들이는 수밖에. 현재 처한 상황에서 가장 나은 결정을 내리고 그걸 따라가는 게 최선이야."

믿을 수 없는 그의 말에 서서히 세연의 눈이 커졌다.

"……재활 치료받을 수 있었잖아요? 아닌가? 재활해서 연습하면."

"아니."

세연이 어렵게 말했으나 그는 보란 듯이 그녀의 가정을 묵살했다.

"물론 재활 치료는 받을 수 있겠지. 실제로도 받았었고. 약간의 희망이 있었던 건 사실이야. 하지만 신경을 깊이 다쳐서 더 이상은 악기를 잡을 수가 없었어. 그러니 애꿎은 희망은 버리는 게 좋아."

서서히 창백해지는 세연의 얼굴에 기우가 놀리듯이 피식 웃더니 덧붙였다.

"이게 그때 당시에 내가 생각한 거였지."

"아예 희망은 없는 건가요?"

왠지 모르게 절망적인 기분에 세연이 되묻자 기우가 팔짱을 꼈다.

"아마도? 뭐, 나쁘지는 않다고 생각했어. 어차피 오래 그룹 활동을 할 생각도 없었고. 인생의 터닝 포인트가 된 거지. 지금처럼 딱딱한 정장 차림에 효율적인 말투, 억양. 뭐 익숙해지는 데 꽤 시간이 걸렸지만 나쁘지는 않은 선택이었다고 생각해. 이제는 격투기도 몸 사리지 않고 마음껏 할 수 있으니까."

마지막엔 농담조로 덧붙인 그의 말에 세연은 고개를 저었다.

결코 쉽지 않았겠지. 하다못해 그녀도 5년 전 눈을 다쳤던 트라우마에서 벗어나지 못했는데, 저렇게 아무렇지 않게 말하려면 얼마나 힘든 터널을 지나왔을까.

그녀는 도무지 초연할 수가 없었다. 그녀는 고개를 가로저으며 말했다.

"그렇게 태연할 수 없는 일이잖아요?"

"뭐?"

"그렇게 멀쩡할 수가 없다구요. 다른 사람은 몰라도 난 알 수 있다구요……."

마지막엔 목이 메어서 그녀답지 않게 말끝을 흐렸다. 갈라지고 떨리는 목소리에 그가 비웃어도 할 수 없다고 여겼다. 하지만 여전히 기우는 감정 없는 눈길로 흘낏 그녀를 보았다.

"왜? 어째서? 물론 힘들긴 않았다면 거짓말이겠지. 그래도 지나갔어."

이상하게도 그 감정 없이 버석거리는 눈을 보자, 더욱 동요했다. 지금처럼 버석거리고 메마른 눈동자가 될 때까지 그가 겪은 고통이 느껴졌다. 세연은 잠시 말을 잇지 못했다. 그런 그녀의 모습을 기우가 빤히 바라보다 입을 열었다.

"날 동정하는 건가."

다음 순간 그가 물었다.

"왜 그렇게 생각하죠?"

"날 동정하거나 연민을 갖지 마. 정말 내 불행에 슬퍼하고 위로해주고 싶다면 그땐 평생 내 곁에 있어. 그때는 날 위해 실컷 울어도 되니까. 하지만 그러지 않을 거면 쓸데없는 동정과 연민은 넣어 둬."

책임지지 못할 행동은 그만두라고, 어쭙잖은 위로는 하지 말라고 그는 경고하고 있었다.

그럴 거라면 평생 그를 책임지라고, 떠나지 말고 그의 곁에 있으라고 한 것이다. 동시에 그 말에 세연은 딱딱하게 굳었다.

그것도 잠시, 세연은 자조적인 쓴웃음을 지었다.

'그래, 어차피 내게 남은 건 이것뿐이지.'

더 이상 선택의 여지가 없다는 걸 누구보다 잘 알고 있기에 세연은 눈을 치켜뜨고 그와 맞섰다.

"권기우 씨, 난 당신에게 연민을 품을 수 없는 건가요?"

세연의 반문에 예의 그는 매끄러운 입가에 뜻을 알 수 없는 묘한 미소를 머금었다. 거슬린다. 왠지 모르게 거슬렸다. 그런 그에게서 시선을 떼지 못하던 세연은 잘근잘근, 입술을 깨물면서 잘라 말했다.

"나 때문에 그렇게 됐는데. 내가 어떻게 책임감을 안 느낄 수 있죠? 인간이라면 누구나 이런 감정을 느낄 거예요. 그래서……."

세연은 서서히 미치게 만드는 사무실의 고요한 정적 속에서 말했다.

"아무리 생각해 봐도 결론은 같아요. 난 당신, 동정하고 연민해야겠어요."

그 도전적이리만큼 호전적인 음성에도 그의 침묵이 길어졌다. 왠지 모르게 초조해졌다.

"그럼 그렇게 하든가."

갑자기 불쑥 내뱉은 기우가 몸을 돌렸다.

허탈했다.

그럼에도 불구하고, 세연은 다시 용기를 냈다. 오늘의 방문 목적은 따로 있었으니까.

"왜 당신이 5년 만에 나타나 내게 이러는지 그 이유를 알아오면 제안을 고려해 보겠다고 했었죠."

침묵이 흐르고 세연은 그에게 시선을 고정시키며 천천히 말했다.

"나 때문에 사고가 났다는 것, 그게 내가 찾아온 답이에요. 그 제안은 유효한가요?"

하지만 그 어리석은 말도 안 되는 희망은 그로 인해 깨어졌다. 기우가 매끄러운 음성으로 잘라 말한 것이다.

"아니, 늦었어. 그렇게 해 봐야 너한테 돌아오려는 날 막을 수 없어. 그 누구도."

그것도 모자라 기우는 빤히 그녀를 보면서 보란 듯이 비웃기까지 했다.

"그리고 네가 그렇게나 숨기던 그 이유. 생각해 봤는데 별거 아니더군. 유지수가 계속해서 네 주변을 맴돌았을 것이고 나중엔 더욱 대담하게 네 가족들까지 접근해서 널 제치고 진짜 딸 행세를 했겠지. 그게 쌓이고 쌓여 폭발해서 넌 결국 여기까지 오게 된 거야. 아닌가?"

세연은 절로 할 말을 잃었다.

도대체 어디까지 그녀를 꿰뚫어 보고 있는 걸까? 세연은 이를 악물고 그런 그를 찬찬히 응시했다.

제안을 쉽게 들어줄 리 기대하지 않았지만, 냉정한 기세에 기가 질렸다. 말을 잃은 그녀를 보던 그가 그녀를 달래듯 말을 이었다.

"답은 틀렸지만 신경 쓰지 마. 어차피 넌 여기 찾아오게 되어 있었어."

"어차피 찾아올 거였다니. 그게 무슨 뜻이죠?"

"말 그대로."

그녀가 정색을 하며 물었으나 기우는 흔들리지 않았다.

"넌 더 이상 물러날 곳이 없을 테니까."

다음 순간 귀신에라도 홀린 표정으로 세연의 표정이 무섭게 굳어졌다. 기우가 팔짱을 낀 채로 말했다.

"한번 네 뜻대로 문을 열고 나가 봐. 그럼 뭐가 널 기다릴까?"

보란 듯이 그가 반문했다. 동시에 세연은 훅, 숨을 들이마셨다.

두 가지 이유로 그녀는 전율했는데, 첫 번째는 그가 손을 들어 그녀에게 나가라고 문을 가리켰기 때문이었다.

"그래, 물론 네게 또 다른 선택이 있을 수 있겠지. 어디 한 번 이 문을 열고 나가 봐. 그럼 뭐가 기다릴까? 한번 영원히 도망치며 살아 봐."

그녀를 전율하게 만드는 두 번째 이유. 지금 이 순간 그의 속삭임이 너무나도 부드러웠기 때문이었다.

"그럼 넌 네 눈을 다치게 만든 유지수에게 다 빼앗기는 거야. 네 부모도, 망가져 버린 네 인생도 하다못해 네 이름도. 자존심이라고는 없이 그렇게 한번 살아 봐."

"지금 뭐라는 거예요? 당신."

세연이 쉬어 버린 목소리로 항의했으나 기우가 아랑곳하지 않고 덧붙였다.

"사람은 태어나면 누구나 불릴 이름이 지어지지. 가족이 생기고 살 집이 생겨. 근데 넌 다 빼앗겼어."

그런 그의 어조는 여전히 거침없었다.

"돌아갈 곳도 없이, 그렇게 넌 평생 사는 거야. 왜냐면 그게 네 선택이니까."

"내 선택이라구요?"

그는 소름끼칠 정도로 간결하고 분명한 말들로 그녀가 할 선택을 주지시켰다.

"잘 들어, 이 방문을 열고 나가면 네 삶은 지옥이야. 지난 네 살아온 세월이 그걸 증명하니까. 하지만 나와 있으면, 네가 방문을 열고 나가지 않으면……."

다음 순간 새하얗게 질린 그녀를 보며 기우가 빙그레 웃었다.

"적어도 5년 전과 달라질 거야."

그리고 나서 그는 입을 다물었고 세연은 잠시 할 말을 잃었다.

그의 말대로 그녀의 지난 삶은 지옥이었다.

이 문을 닫고 나가면 잠시나마 마음이 편할지는 몰라도 결국 원점일 뿐이라는 것을. 변화를 원한다면 그녀가 직접 부딪쳐서 변화를 이끌어 내야 한다는 사실을 알고 있었다.

'내 앞에 놓인 길. 선택. 그래. 이제 길은 하나밖에 없어.'

짧은 순간 몰려오는 수많은 상념들. 하지만 결정은 빠르게 끝났다. 어차피 여기 들어왔을 때부터 선택의 여지는 없었으니까.

후각을 자극하는 고급스러운 포플러 잔향 속에 여전히 고요한 눈이 그녀에게로 향해 있었다. 꼭 그녀의 존재 자체도 송두리째 삼켜 버릴 것만 같은 검은 두 개의 눈동자, 비참한 이 순간에도 시선을 뗄 수 없었다. 잠시 끌려들듯 세연은 물끄러미 바라보았다.

꼭 그녀를 집어삼킬 것 같은 어두운 심연이 일렁이는 것 같았다.

세연은 꼿꼿하게 허리를 세우고 그의 시선을 받아 냈다.

"전에 만났을 때, 내게 제안했죠? 내가 팬텀 엔터테인먼트에 들어갈 수 있게 도와주고 결과적으로 유지수와 맞붙을 수 있게 해 주겠다고. 그 대가로 날 만나고 드라마를 찍게 되는 즉시 날 떠난다고 말했던 걸로 기억해요. 그 제안을 받아들이겠어요."

그녀의 최후통첩을 끝으로 일순간 방 안에 정적이 깔렸다.

도발이라면 도발일 그녀의 흔들림 없는 음성에 기우는 가만히 그녀의 눈을 응시했다.

"왜요?"

"더는 머뭇거릴 필요가 있을까. 이왕 할 거라면 확실하게 해."

세연은 심호흡했다. 그리고는 그 벗어날 수 없는 그의 어두운 눈을 보며 본능적으로 머릿속에 떠올렸다. 이건 우물이다. 결코 벗어날 수 없는 우물. 그만큼 깊고 그 끝을 알 수 없어 시리고 아득하다.

시선을 뗄 수 없는, 검게 가라앉은 눈으로 기우가 그녀를 보면서 말했다.

"난 내가 만족해야만 물러날 거야."

"무슨 뜻이죠? 그건?"

"만족할 때까지 낱낱이 널 탐하고 삼킬 거라고. 떠나는 건 그다음이야."

"삼켜요?"

의아해져 되묻던 세연은 그 표현에 깜짝 놀라고 말았다.

"아, 여기 온 이상 너 역시 동의한 거겠지? 어디까지나 쌍방 합의니까. 그렇지?"

나직한 중얼거림. 이상하리만큼의 부드러운 목소리였다.

그 말과 동시에 성큼성큼 그녀에게 다가온 기우가 그녀에게 키스했다. 아니, 난폭하리만큼 무자비하게 입맞춤했다. 말 그대로 삼킬 듯한 입맞춤이었다.

날것과도 같은 키스였다.

그 키스는 잊었던 그의 존재감에 대한 실감을 일깨웠다. 세연의 눈이 커졌다.

전혀 예상치 못한 입맞춤이었기 때문에 더욱 아득해지는 기분이었다. 일순간 머릿속이 멍해지면서 아무런 생각도 떠올릴 수 없었다.

"읍…… 그만!"

순식간에 세연은 몸부림쳤다.

장소에 대한 불안감이 치밀었다. 그제야 기우가 잠시 입술을 떼더니 낮게 속삭였다.

"여긴 내 사무실이고 내가 통제할 수 있는 곳이니까."

그는 다시 거친 숨결을 내뱉으며 보란 듯이 키스를 지속했다.

세연의 눈은 커다래졌고 가슴이 세차게 뛰었다. 이루 표현할 수도 담을 수도 없는 생생한 감촉이었다. 기우는 지그시 그녀를 눈에 담듯 무표정하게 내려다보면서 입으로는 무자비하게 그녀의 전부를 빨아들였다. 이 순간 전율하게 만드는 감각. 뜨겁게 얽히는 혀, 그녀의 모든 것을 가지겠다는 욕망이 넘실거렸다. 기우는 숨이 막히고 정신이 아득해져 망연자실한 표정을 짓고 있는 세연의 치아를 섬세히 훑고서야 멈췄다.

"이게 무슨……."

헉헉, 가쁜 숨을 내쉬면서 세연이 항의했으나 욕망이 고스란히 담긴 시선으로 세연을 보았다. 더 이상은 그녀에게로 향하는 자신의 감정을 숨기지 않겠다는 것처럼. 태도는 여전히 건조하리만큼 담담해서 그 느껴지는 간극에 미칠 것만 같았다.

곧이어 기우가 아무렇지 않게 말했다.

"보다시피 난 아직도 널 원해."

세연은 절박해졌다. 막아야 한다. 더 이상은 그가 그녀의 삶에 들어오는 것을 막아야 했다. 정말 힘들게 마음먹고 여기까지 왔는데. 이대로는 지수에게 반격은커녕 일방적으로 그에게 휘둘리다 끝나 버릴 것 같아서, 그리고 그렇게 고생했는데 5년 전과 아무것도 변한 게 없지 않나.

눈앞의 돌발 변수에 이대로라면 쉽사리 기우가 그녀의 인생에서 몸을 돌려 나갈 것 같지 않아 절로 마음이 급해졌다.

"이해할 수 없겠지. 널 원망하지는 않아. 그땐 나 역시 이해할 수 없었으니까……, 네가 떠나고 나서야 깨달은 사실이야. 나 역시 아무렇지 않을 거라 여겼지. 너에 대한 감정이 그것뿐이라고. 보이는 그대로일 뿐이라고. 하지만 괜찮지 않았어. 네가 떠나고 나서 보다시피 난 무너졌다."

이어지는 그의 말에 세연은 숨도 쉴 수 없었다.

기우가 그런 그녀에게서 눈을 떼지 않으면서 조용하게 덧붙였다.

"네 눈에 보이는 지금 내 모습, 그게 지난 5년 동안 내가 얼마나 황폐했는지 눈에 드러난 증거야. 네가 본 그대로야."

그는 간질한 시선으로 세연을 보다 말릴 새도 없이 팔을 뻗쳐 그녀를 안았다. 바짝 밀착해 껴안은 그의 실크 셔츠에서 잔향이 풍겨 왔다. 결코 벗어날 수 없는 유혹의 향기였다.

그는 이어서 그녀의 부드러운 머리칼을 쓰다듬었다. 그리고는 사로잡힌 것처럼 그의 손에 넣었다. 그다음엔 경건하게 굳어진 그녀의 이마에 고개 숙여 입맞춤했다. 그의 변치 않는 사랑을 담아. 세연은 눈을 의심했다. 동시에 세연이 비틀거렸다.

"괜찮아?"

그녀가 흔들리자 예외 없이 들려오는 나직한 속삭임.

일견 냉정하게 보이는 기우가, 바늘로 찔러도 피 한 방울 나오지 않을 그가. 세연은 훅 숨을 들이마셨다.

침묵이 흐르고 이윽고 세연은 나직하게 내뱉었다.

"아뇨, 안 괜찮아요. 권기우 씨."

이대로는 안 된다.

독해져야 했다.

그러지 않고선 다시 예전의 연장 선상일 뿐이므로.

"세연……."

아랑곳하지 않고 기우가 그녀를 다시금 껴안으려고 하자 다음 순간 찰싹, 소리가 모든 정적을 깨듯 주변을 갈랐다. 일방적으로 그의 페이스에 휩쓸려 간 게 왠지 억울하고 참을 수 없던 세연은 차갑게 쏘아붙였다.

"뭔가 착각하나 본데 이렇게 일방적이어선 안 돼요, 권기우 씨. 난 이러려고 당신 찾아온 게 아니니까."

동시에 그녀의 손자국이 그대로 남은 기우의 뺨이 눈에 들어왔다. 고요한 그 눈이 그녀의 마음을 마구 찔러 댔다.

참을 수 없어진 세연은 숨을 들이마셨다.

그리고는 힘겹게 후들 떨리는 몸을 일으켰다. 그리고는 여전히 집어삼킬 듯 고요한 방의 침묵 속에서 가라앉은 그의 눈과 마주하며 사납게 선언하듯 내뱉었다.

"잘 들어요, 권기우 씨."

일순간 창백해진 얼굴을 보며 세연은 차갑게 덧붙였다.

"유지수랑 끝이 나면, 당신도 내 인생에서 나가 줘요. 부탁할게요. 다시는 당신 보고 싶지 않으니까. 5년 전으로 충분해요. 난 충분히 고통받았고 이번만큼은 결코 당신 뜻대로 되지 않을 테니까."

사무실에 흐르는 기묘한 정적 속에 세연의 눈빛이 형형하게 빛났다.

"당신을 만나는 건 어디까지나 내 목적을 이루기 위해서예요. 그때가 되면 정말 끝내기로 해요. 바로 이게 내 조건이에요."

第 16 幕

상관없었다.

이렇게 해서 그를 다시 보지 않을 수 있다면.

방 안에 드리워진 정적 속에 서서히 세연의 얼굴에서 핏기가 가셨다.

그러나 정작 그는 조용했다.

"왜 아무 말 하지 않는 거죠?"

세연은 그런 그를 노려보면서 나직하게 물었다. 그제야 기우가 입을 열었다.

"네 지난 시간을 알고 있으니, 이런 반응이 놀랍지는 않아."

"여전히 침착하네요, 당신. 그리고 고맙게도 날 이해하고 있구요. 그런데 다 이해한다면서 왜 날 굳이 만나려는 거죠?"

세연은 여전히 물러서지 않고 명료한 어조로 잘라 말했다.

"내가 원하는 건 하나예요. 권기우 씨가 더 이상 내 인생에 끼어들지 않는 것."

"그렇게 할 수 있다면 여기까지 오지도 않았어. 아닌가?"

"그건 지극히 이기적인 발언으로 들리네요."

"그래, 너와 난 영원한 평행선이겠지. 하지만 적어도 우린 하나의 결론을 보지 않았나. 지금으로선 우리의 유일한 공통점 말야."

그 말과 동시에 기우가 손을 들어 다시금 그녀의 머리칼을 흐트러뜨렸다. 오로지 그만이 그녀를 좌지우지할 수 있다는 것처럼.

그가 곧이어 언제 그랬냐는 것처럼 흑단의 테이블에 올려놓은 재킷을 집어 들었다. 그리고는 그녀에게 의미심장한 눈길을 던지면서 아무렇지 않게 제안했다.

"이제 나오지 그래? 나와 함께 잠깐 가 볼 곳이 있는데."

"왜요? 여기서 끝난 얘기가 아니었나요?"

세연이 되물었으나, 이미 결심을 굳힌 것처럼 기우의 검게 일렁이는 눈은 어둡게 가라앉아 있었다.

"물론 여기서 얘기할 수도 있겠지. 하지만 본격적으로 시작하려면 장소를 바꾸는 게 더 효율적이야."

그 말과 동시에 기우가 앞장서 걸어가자 세연은 애꿎은 입술만 깨물면서 뒤따를 수밖에 없었다.

이것이 가장 명확하고 재빠르게 그와 끝낼 수 있는 방법임을 본능적으로 깨달았기 때문이다.

❄❄❄

회사 건물에서 조금 떨어진 사설 주차장엔 그의 차만이 주차되어 있었다. 반짝이는 롤스로이스 팬텀. 그는 아무렇지 않게 그녀를 태웠다.

차로 20분 남짓 달려 기우가 그녀를 데려온 곳은 놀랍게도 호텔 펜트하우스였다.

설마 사무실에서 그의 욕망을 채우지 않을까 우려했지만, 그는 이미 마음을 굳히고 그녀를 맞이할 모든 준비를 끝낸 것 같았다. 물론 그가 말한 대로 가까운 시일에 헤어지는 한시적 관계가 되겠지만.

이곳 역시 철저히 그가 의도한 장소였다.

기우가 통유리창을 일부 덮고 있는 새하얀 암막 커튼을 젖히자, 창밖으로 드넓은 한강이 펼쳐지는 동시에 눈부시리만큼 환한 햇살이 쏟아졌다. 그 비현실적인 광경에 세연은 꾹꾹, 욱신거리는 머리를 눌렀다.

좀 전까지 조용한 그의 사무실에 있었는데. 갑자기 호텔 펜트하우스로 오자 이 순간이 마치 꿈결처럼 생각되었다.

“얼마 전에 내가 빌려 둔 곳이야. 장기 렌트했으니까 당분간 여기로 오면 돼.”

기우는 빙긋 웃으면서 덧붙이기까지 했다.

“아무도 귀찮거나 성가시게 안 할 테니까. 그래, 우리가 잠정적으로 합의할 때가 될 때까지.”

“그러니까 당신이 일방적인 나를 향한 욕망을 채울 때까지?”

여기까지 온 이상 더 이상 물러날 곳이 없었다.

볼수록 위압감이 느껴지는 화려한 내부 장식들 사이에 버티고 서서 또 그만큼이나 무시 못 할 아우라가 느껴지는 남자를 향해서 한 치의 물러섬이 없이 도발하듯 차갑게 목소리를 높였다.

“마음대로.”

그가 입꼬리를 비틀어 올리며 천천히 말했다.

다음 순간 끼익 소리와 함께 마호가니 테이블 아래에서 의자를 빼내 앉은 기우가 조용히 그녀에게 양해를 구했다. 그리곤, 기다렸다는 것처럼 가방에서 서류를 꺼냈다.

그런 그를 세연은 점점 창백해진 얼굴로 바라볼 뿐이었다.

마음 깊은 곳에서는 꺼지지 않은 불씨처럼 꿈틀대는 생각. 도망치고 싶다. 여기까지 온 이상 이미 늦었고 돌이킬 수 없지만.

세연은 이를 악물었다. 혹여나 무너질세라 버티고 서서 그의 다음 말을 기다렸다.

한편 그는 셔츠를 걷어 올리곤 사무실에서처럼 서류를 검토하고 있었다. 흘깃 살펴보니 그녀와의 계약 서류를 준비해 둔 모양이었다.

이제 시작이라는 것을 알면서도 마음이 편하지 않았다.

"서류 읽어 봐."

그것도 잠시, 기우가 그녀에게 새하얀 서류들을 내밀었다.

세연은 서류를 건네받으며 그 내용에 잠시 시선을 주었다. 그 빳빳한 A4 종이들에 박힌 검은 글자들과 빈틈없이 정리된 사안은 악몽 같은 현실을 새삼 인식시켰다.

"앞으로 전속 계약을 하면 팬텀 엔터테인트먼트에서 3년 동안 정세연의 모든 홍보와 활동 일체를 지원하고 전담한다. 그럼 그 밑도 한번 검토해 봐."

그는 사무적인 말투로 계약 조건에 대해서 그녀에게 차분하게 설명했다. 세연은 말없이 경청했지만, 시간이 흐를수록 마음은 점점 더 불편해져 갔다.

"다 보면 펜으로 사인해. 내가 표시한 여기에 네 사인을 적으면 돼."

기우가 여유로운 미소를 머금었다. 의미심장한 그 미소는 불길하기까지 했다. 여전히 긴장을 풀지 못하는 그녀를 보며 그가 보란 듯이 펜을 내밀었다.

"……!"

펜에는 뱀 문양이 그려져 있었다.

몽블랑의 헤리티지 루즈 앤 노아. 왠지 모르게 관능적인 느낌을 주는, 은빛의 뱀이 친친 펜에 감겨 있었다.

꼭 그녀를 유혹하는 것처럼 느껴졌다. 더는 바닥으로 내려갈 수도 없는 위기에 몰린 그녀를 향해 어서 사인하라고, 그의 제안을 받아들이라는 듯 느껴졌다. 세연은 잠시 뚫어져라 반짝이는 은빛의 합금을 보았다.

그리고 나서 세연은 생각했다.

'그의 제안에는 내가 모르는 뭔가가 있을 거야.'

그동안 단련된 그녀만의 기민한 직감이 본능적으로 경고했다. 하지만 더 생각하기도 전에 기우가 서늘한 어조로 재촉했다.

"어떻게 할 거야? 여기까지 와 놓고 안 할 건가?"

그의 말대로 여기까지 온 이상 답은 정해져 있다. 더는 물러날 수 없는 진퇴양난 속 세연은 말없이 숨을 들이마셨다.

결국 펜을 받아 들었다. 펜의 서늘한 감촉이 꼭 쥔 그녀의 손바닥으로 파고들었다. 망설임도 잠시, 그녀는 보란 듯이 그가 내민 서류에 사인을 하고 말았다.

다음 순간 이루 말할 수 없는 복잡한 느낌이 전신을 휘감았다. 다시 그와 엮이게 된 상황이 어쩔 수 없이 착잡했다. 세연은 자꾸 의기소침해지려는 자신을 타일렀다.

'그만해. 각오했던 일이잖아.'

세연은 말없이 혀를 찼다.

익숙해져야 했다. 그럼에도 인간인 이상 자연스레 끊이지 않는 상념은 어쩔 수가 없었다.

"설명 잘 들었어요. 덕분에 계약 내용은 잘 검토했어요."

세연은 마음의 동요를 밖으로 드러내지 않고 차분하게 행동했다. 여러 감정들이 들끓었지만 분노하고 화를 내고 절망하는 건 지난 세월로 충분했다. 더는 그 앞에서 부끄러운 모습을 보이고 싶지 않았고 감정을 드러내기 싫었다. 무너지는 절망적인 모습은 이미 충분히 보였으니까.

이어지는 그녀의 말에도 기우는 침묵했다.

"권기우 씨 말이 맞아요. 나 각오하고 왔어요."

그 말에 기우가 되물었다.

"유감이지만."

"네?"

기우가 그녀를 똑바로 응시했다.

"그런 것 같지 않은데?"

"네? 무슨 소리죠?"

"넌 왜 연예인이 되려는 거지?"

"이미 말했을 텐데요. 왜 새삼 다시 묻는 거죠?"

거듭되는 그의 질문에 세연의 얼굴은 창백해졌다. 그럼에도 그는 멈추지 않았다.

"다시 묻지. 왜 지금껏 한국에서의 익숙했던 생활을 포기하고 고통스러운 길로 스스로 들어서려는 거야? 미리 말해 두지만, 앞으로의 네 연예계 생활은 꽤 험난할 거야. 잊을 만하면 유지수가 네 지난 기억들을 언론에서 끄집어낼 테니까."

그는 명확하게 경고했다. 그녀가 한국에서 연예활동을 시작하는 즉시, 지난 일본에서의 유지수와 얽힌 과거들은 낱낱이 파헤쳐질 것이고 실상 대단한 일이 아님에도 그 실체를 부풀릴 게 틀림없다는 것을.

"왜 한국에서의 생활을 다 포기하고 위험을 감수하는 거지? 두렵지 않나? 네 모든 걸 잃을 수 있는데도."

"……아까 사무실에서 다 끝난 얘기 아니었던가요?"

참다못한 세연이 차갑게 항변했으나, 그는 거침없었다. 그녀를 극한까지 몰아붙여야 자신이 필요로 하는 것을 얻을 수 있다는 듯이 특유의 싸늘한 어조로 재차 물었다.

"마지막으로 확인할 필요가 있어서. 왜 한국에 돌아와서 다시 연예인을 할 생각이 들었지? 그 모든 걸 포기하고. 네가 그렇게나 원하던 조용한, 사람들 속에 파묻혀 평범하게 살아가던 삶 아니었나? 그걸 왜 포기한 거지?"

그의 눈이 묻고 있었다.

네게 그러한 가치가 있느냐고.

그 말에 그녀는 침잠하기를 선택했다. 감정을 잃어버린 인형처럼 무표정한 얼굴로 기우를 보며 세연이 답했다.

"살면서 할 수밖에 없는 그런 일들이 있어요."

침묵이 흘렀다. 언제 그랬냐는 것처럼 평정을 유지하는 그녀를 기우는 예의 고개를 돌려 조용히 쳐다보고 있었다.

세연은 여전히 단정하리만큼 두 손을 모은 채로 꼼짝하지 않았다.

박차고 뛰쳐나갈 수 있는 상황에도 그 모든 것이 진정될 때까지, 침묵을 지키자 서서히 기우의 표정이 변했다.

그 변화에 세연이 말을 이었다.

"나는 때가 올 때까지 참을 수 있어요. 예전의 나라면 못 참고 뛰쳐나갔을지도 모르죠. 실제로 그랬구요. 솔직히 후회하고 있어요. 그때…… 5년 전에 그러니까 그 날, 당신에게 언성을 높이고 모든 걸 포기하고 절망한 모습을 보인 것. 두고두고 후회했어요."

예리하게 내리꽂히는 그의 시선 속에 세연은 차분하게 말했다.

"이제는 그런 모습 보이고 싶지 않아요. 나는 준비됐어요. 유지수와 싸우고 싶어요."

세연은 잠시 숨을 고르고서 애써 흔들림 없이 억양 없는 어조로 말했다.

"난 일방적으로 당하는 게 아닌, 단 한 번이라도 그 애에게 반격을 가하고 싶어요. 그게 잘못된 건가요?"

"모르겠어? 이제 데뷔하면 넌 앞만 보고 가야 돼. 중간중간 너를 산산조각 내는 언론의 보도, 가장 추악하고 너저분한 모습으로 널 공격해 오겠지. 유지수도 등 뒤에서 널 공격할 테고."

조용한 그 눈은 묻고 있었다.

'정말 넌 그대로 낱낱이 까발려져 끌어내려져도 상관없나? 무참히 뜯어먹히듯 난도질을 당해도. 너는 정말 견딜 수 있을까?'

세연은 한순간 대답을 주저했다. 인간인 이상, 고통과 슬픔을 느낄 게 분명했다.

그럼에도 말할 수밖에 없었다. 그동안 겪었던 세월의 고통과 절망, 무엇보다 이대로 다 포기해버리면 다시는 그를 마주 볼 수 없을 것 같아서, 그에게 가진 오랜 죄책감과 부끄럽기까지 한 감정을 영원히 간직한 채로, 되갚을 기회도 없이 그저 그렇게 삶을 마감할 것 같아서 그래서 용기를 냈다.

"이대로 뛰어들면 후회할 순간이 분명 있겠죠. 무슨 말인지 너무 잘 알아요. 이번에 다시 연예인으로 데뷔하면, 평범한 정세연. 아무도 쳐다보지 않아 익명 속에 묻혀서 좋았던. 한국에서의 조용했던 나날들도 끝이 나고. 혹시나 실패해도 다시 원래대로 돌아갈 수 없어요."

세연은 똑바로 그의 눈을 응시했다.

"후회할지라도 더는 앞을 볼 수 없는 캄캄한 어둠 속에 숨어 있고 싶지 않아요. 용기를 내서 이제 빛을 향해 나아가고 싶어요. 평생 이렇게 살면 편하기는 하겠지만 나 자신을 위해서라도 더더욱 안된다는 생각이 들어요. 그리고…… 그리고."

세연은 피하지 않듯 조용히 덧붙였다.

"다시 만난 당신을 위해서라도. 이래서는 안 되겠다는 생각이 들었으니까."

순간 그의 눈이 흔들렸다.

아주 찰나였긴 하지만 짙어진 검은 눈동자에 고통스런 빛이 스쳐갔다. 그 특유의 단정하고도 아름다운 얼굴이 고통으로 흔들리는 것 같았다. 꼭 오랫동안 침잠한 절망 같은.

그것도 잠시, 기우가 극으로 밀어붙이듯 꿰뚫을 것 같은 시선을 던지면서 조용히 대답을 재촉했다.

"정말 괜찮은 거야? 그새 잊은 것 같아서. 넌 다시 네 눈을 다칠 수도 있어. 그 이상의 일이 생길지도 모르지. 정말 앞을 보지 않게 되어도 상관없나?"

동시에 세연은 움찔 크게 몸을 떨었다.

본능적인 반응이었다.

지금도 마음 한편엔 '눈이 잘못되지 않을까.' 본능적인 두려움이 남아 있었다. 그래서 한국에 돌아와서도 강박관념에 가깝게 눈에 염증이 느껴진다 싶으면 곧바로 대형 안과로 찾아가 반나절을 기다려서라도 정밀 검진을 받았다.

그런데 그가 그녀의 가장 두려워하는 부분을 자극해 왔다.

"보다시피 이제 난 흔들리지 않아요. 유지수와 맞설 준비가 됐어요. 그러니 권기우 씨도 빨리 약속을 지켰으면 좋겠네요."

그러다 문득 깨달았다. 이미 너무 많은 눈물을 보였다. 소리를 지르고 실망하는 것은 이전으로 충분하지 않은가. 아이러니하게도 이 순간 극으로 몰아붙인 기우 덕분에 그 사실을 깨달았다.

'아뇨, 앞으로 실패해도 괜찮아요. 이 지옥에서 내 스스로 걸어 나갈 테니까.'

어차피 해옥 고모에게 담담히 고하고 집에서 빠져나온 지금, 다시는 예전으로 돌아갈 수 없다 느끼고 있었다.

세연은 과감히 기우의 얼굴에 바짝 자신의 얼굴을 갖다 댔다. 그리고는 보란 듯이 그에게 재촉했다.

"그러니 약속을 지켜요. 그곳이 이 펜트하우스든, 당신의 사무실이든 상관없으니까 난 빨리 권기우 씨가 계약을 이행하고 날 자유롭게 해 줬으면 좋겠어요. 거래는 거래니까."

침묵이 흘렀다.

선언하듯 흔들림 없이 말하는 그녀를 향해서 다음 순간 기우는 나직하게 웃었다.

"얼마든지. 여기는 내가 얻은 펜트하우스니까 아무도 귀찮게 하거나 성가시게 찾아오지 않을 거야. 그러려고 빌린 거니까. 우리 둘만의 공간이라 생각하면 돼."

그 말과 동시에 기우가 기다란 펜트하우스의 카드키를 내밀었다.

"이걸 갖다 대면 열려. 언제고 내가 부르면 찾아와."

그러자 세연의 눈이 동요로 흔들렸다. 그런 그녀에게서 눈을 떼지 않은 기우가 차갑게 웃으면서 속삭였다.

"그럼 나도 계약을 이행할 테니. 말했지만 네가 팬텀에서 가수로 데뷔해 1위를 차지한 날, 성공을 거두고 드라마를 찍게 되면. 소원대로 유지수와 맞닥뜨리겠지. 그때 넌 자유야."

여전히 움푹 팬 얼굴의 공허한 검은 두 눈동자로 그가 말했다.

"대신 어디까지나 거래는 거래니까. 적어도 이 안에서는 너는 나와 한없이 친밀해야 돼. 잊지 마. 다음 주 수요일 오후 3시."

이윽고 기다란 손가락이 의미심장하게 그어지듯 그녀의 손에 펜트하우스 키를 떨어뜨렸다. 그리고는 낮게 속삭였다.

"이 펜도 가져가. 선물로 주지."

동시에 그녀의 손에 들어온 뱀 문양이 박힌 차가운 은빛 펜의 감촉이 섬뜩하게 느껴졌다.

놓칠세라 그 차가운 매끄러운 음성이 그녀의 귓가를 떠돌았다.

"너와 나의 그린우드 호텔 펜트하우스."

第 17 幕

시청 앞 서원 본사 사무실 20층.

흑단의 테이블에 앉아 기우는 무표정하게 서류를 들여다보았다. 무심하게 서류를 좇는 그의 시선. 그러나 그는 이 순간 끊이지 않고 사무실에 흐르는 엄숙한 클래식 선율 속에 사라지지 않는 하나의 존재를 더듬고 있었다.

'네가 나에게 돌아올 줄은 알고 있었다.'

기우는 담담하게 마음속으로 반추하듯 떠올렸다.

'물론 네가 날 증오할 것도 알고 있었지.'

끊이지 않는 증오와 배덕의 감정.

이를테면 명확하게 대비되는 흑백의 콘트라스트처럼. 미움과 증오, 그리고 엇나간 운명. 지금껏 그의 삶 역시 극명하게 대비되는 명암의 혼돈 같았다. 그와 연결된 외가를 연상케 했다. 꼭 겉보기에는 우아하지만 섬뜩한 귀기가 꿈틀대는 고야의 그림처럼, 하다못해 세연을 만나기 전 그의 삶 역시 기형적으로 뒤틀린 느낌을 주었다.

– 당신을 만난 걸 후회해요! 우리, 죽기 전까지는 다시는 만나지 말아요.

그에게 일말의 시한부 선고처럼 내려진, 다시는 보지 말자는 그 말이 그 날 이후 강력한 주문처럼 떠나지 않고 그를 내리누르는 기분이었다. 결코 벗어날 길 없이 귀속된 느낌이 들었으니까.

– 네가 원한다면 기꺼이.

아무렇지 않게 이별을 받아들였다. 지금껏 그랬듯 그에겐 일말의 영향력도 행사하지 못할 거라고 여겼기에. 하지만 그 날 이후로 결코 그의 마음을 떠나지 않았던 세연의 존재. 어느 순간 그는 당연했던 삶의 방향을 잃고 어디로 갈지 모르는 고장 난 나침반처럼 허우적거렸다.

– 내가 당신을 만나고 싶으니까요. 만나 주실 거죠?

처음엔 그저 남다른 분위기가 그의 시선을 잡아끌어서, 자꾸 마음에 밟혀서 만나기 시작했다. 만나면서도 자신했었다. 제 삶에 아무런 영향을 끼치지 못할 것이라고. 그랬다. 쾅! 어느 순간 부딪쳐 그를 산산조각내 버린 사고가 날 때까지. 묘하게 시선을 끄는 반짝반짝 빛나는 그 눈에 결국 마음을 빼앗겨 버린 거다. 결국 철저하게 자신의 삶을 통제할 수 있으리라 자신했던 건 오만에 불과했다. 오케스트라처럼 완벽하게 조율할 수 있다는 삶의 균형과 경계는 무너진 지 오래였다. 이 순간 그는 생각했다.

'널 다시 보고 싶다. 네가 그립거나, 미치도록 보고 싶다는 원론적인 감정 때문이 아니야. 어떻게 보면 지독히 이기적일 수도 있겠지. 난 오직 살기 위해서 널 찾는 거야. 왜냐면 너 없이는 살 수 없으니까.'

그렇게 삶의 방향을 잃고 표류하듯 그는 꽤 오랫동안 허우적거렸다. 제어되지 않는 욕망과 신열처럼 들끓는 감정. 태어나 처음 느끼는 감정이었다.

첫사랑이었다. 스스로도 이해할 수 없는 일이었지만 그의 마음은 세연을 원했고 본능적으로 세연을 찾아 한국으로 돌아왔다. 그리고는 그 애를 다시 볼 수 있기 바라며 최선을 다해 왔다. 멈추지 않고 속도를 내 달렸던 나날들이었다. 그 광폭하게 질주하듯 달려왔던, 시뻘건 화염처럼 들끓던 나날들.

정신을 차려 보니 여기까지 와 있었다. 멎지 않는 클래식 선율 속에서 기우는 담담히 떠올렸다.

'넌 결국 네가 원하는 것을 이룰 것이다, 내가 그렇게 만들 테니까.'

세연에게 그렇게나 꿈꾸는 드라마의 여주인공 타이틀 롤을 쥐여 줘서, 그 꿈과 복수가 이루어지도록 도울 것이다. 그녀가 강렬하게 염원하는 대로.

다만 죽은 것 같은 나무에 다시금 파릇파릇 새순이 돋게 하는 고통스러운 과정은 그 덤이었다.

'왜인지 모르겠지만 너만은 내게 후회로 남아.'

'아무렇지 않을 줄 알았다. 지금껏 늘 그랬으니까. 그렇게 끝난 건 결코 돌아보지 않고 살아왔으니까.'

그 어떠한 일에도 초연하고 감정을 내색한 적 없었다.

– 하다못해 외조모가 시키는 대로 결혼도 지키지 못한 병신 머저리, 그게 네 엄마지? 재계 사람들은 다 그렇게 알고 있어.

이어지는 그의 사촌형의 도발에도 의연했다. 익숙하다고 여겼다. 익숙하다고 여겼는데. 이 순간 심연과도 같은 기우의 검은 눈이 흔들렸다. 그가 억지로 잡아 두었지만 결국 세연은 그를 떠나 해방되어 홀가분한 마음으로 자신의 목표를 향해 떠나갈 것임을 알았다. 영혼 없는 세연의 텅 빈 눈을 마주하느니 날것과도 같은 그 애의 증오를 원했다. 그것이 훨씬 생기 있으니까. 비록 영원히 손에 넣을 수 없을지언정. 앞으로 닥칠 고통을 외면하지 않겠다는 듯 기우는 무표정하게 정면으로 응시했다. 지금껏 그가 그러했듯이.

"형, 뭐 해?"

그늘에서 책을 읽고 있던 그에게 사촌 동생 효명이 물었다. 느지막이 한낮의 오수를 즐기고 있던 기우는 다시금 눈을 떴다. 그러자 터질 듯한 볼살이 귀여운 효명이 헤헤, 웃으며 그를 보았다.

"뭐 해? 형. 이런 데 숨어서. 집안 어른들도 찾고 있는데."

막내 효명은 온 집안의 귀염둥이로 자라며 애정을 많이 받았다. 특히나 평소 감정을 드러내는 데 인색한 명순도 손자를 많이 귀여워했다. 잠시 서늘한 검은 눈으로 말없이 보고 있던 기우는 나지막한 어조로 말했다.

"다시 자게 놔둬."

"아, 형. 그러지 말고 나랑 놀자."

칭얼대는 목소리. 효명은 무슨 일이 생길 때마다 그를 졸졸 따라다녔다. 그만이 해결책을 줄 수 있다는 것처럼.

그가 감당할 수 있는 선에서 해결책을 제시해 주기도 했다. 하지만 정작 효명의 친형 효중은 친동생인 효명을 교묘하게 괴롭히고 골탕 먹이는 걸 즐겼다. 그 나이 또래 아이들의 악동 기질과 장난기를 떠나 꼭 덫에 걸린 짐승을 지켜보면서 희희낙락거리며 즐거워하는 질 나쁜 뒤틀린 정서가 분명 그의 사촌 형에게 있었다. 어릴 때 병약하고 다리를 약간 절어 몸이 불편해 그럴 수도 있었을 거란 생각도 들지만, 시간이 흐를수록 더욱 심해지니 확실히 지나치단 생각밖에는.

– 너는 비명에 간 네 엄마를 어떻게 생각하니? 그래, 내 이모님이지.

그 일그러지듯 사악한 미소.

언제였던가.

– 형하고 어울리지 않을래?

낮에도 침침한 명순이 기거하는 오래된 가옥에서 오랜만에 외조모를 방문하려 들렀을 때, 기다리듯 복도에서 마주쳤던 그의 사촌 형은 입가에 묘한 웃음을 지었다. 그리고는 기우가 대답하지 않자, 의미심장하게 덧붙였다.

– 나랑 같이 어울리는 게 좋을 텐데? 안 그러면 사람들이 이상하게 생각하지 않겠어? 그래도 명색이 사촌 형인데. 안 그래?

효중은 그렇게 쉭쉭거리는 뱀처럼 다가와 간교한 혀를 놀렸다. 그리고 자신이 어울리는 재벌가 자제들과 환락의 밤으로 그를 끌고 갔다. 그날, 효중은 기우에게 술을 마시게 한 뒤 새카맣게 뒤틀린 진심을 털어놓았다.

– 우리 아버지가 병신 같아서 그룹을 먹지 못한 거야. 막중한 책임을 감당 못 하고 부담스러워 자살해 버렸으니 말해 뭐해. 게다가 외할머니는 생전에 외동딸인 네 엄마한테 기대를 많이 걸었는데 그렇게 죽어 버렸으니. 이제 내가 그룹을 이어서 제대로 해야 되지 않겠어?

대외적으로는 그룹의 차기 후계자로 교양있고 선량한 얼굴을 내세웠지만, 효중의 속은 그 누구보다 비틀려 있었다. 친아버지의 급작스러운 죽음 역시 그가 삐뚤어지는 데 일조했다. 꼭 덫에 걸린 들짐승이 발버둥 치는 모습을 즐기듯, 효중의 마음엔 타인을 향한 살기가 꿈틀대는 것 같았다. 효중은 평소에 독설로 상처 주는 것도 모자라서, 친동생 효명이 그와 같은 재벌가 자제들이 모이는 회원제 클럽에서 괴롭힘당하며 고통스러워하는 것을 구경했다.

[서원 그룹의 김효명, 여름 휴가차 들린 동남아 리조트에서 의문의 추락사로 급사]

몇 년 후 연일 헤드라인을 장식한 그의 사촌 동생의 급사에도 기우는 놀라지 않았다. 그 누구의 정교한 솜씨로 쳐 놓은 덫에 효명은 운 나쁘게 걸려든 것뿐이리라. 그렇게 생각하면서도 기우의 가슴 한편이 서늘해졌다. 내심 사촌 동생인 효명을 지켜 주지 못했다는 죄책감일까. 이제 와서 어쭙잖은 죄책감이라는 것을 그 역시 알았다. 기우 역시 결국 방관했다. 작은 경고를 하긴 했었지만.

– 당분간 국외로 나가 있어. 그리고 내가 연락할 때까지 절대로 네 친형하고는 접촉하지 마. 알겠지?

효명이 죽고 다음 상대는 기우였다. 기우는 기꺼이 즐겨 줄 생각이 있었다. 그 역시 순순히 당하지는 않을 테니까. 저 악취미를 즐기는 인간에게 일방적인 재미를 줄 아량은 없었다. 효중은 노골적으로 견제하듯 이사진을 자기 편으로 끌어들여 기우가 한국에 돌아와 본격적으로 경영자 수업을 받으며 거둔 성과가 명순에게 전해지지 않도록 막았다. 그것도 모자라 끈질기게 약점인 어머니의 존재를 꺼냈다.

“악기나 다룬 주제에 무슨 그룹을 경영한다고 그래. 지금이라도 영화배우라도 하지 그러냐? 요새 한류다 난리도 아니던데 지금이라도 안 늦었다. 자기 주제를 제대로 파악하면, 후계자 깜냥도 되지 않았던 네 엄마처럼 일찍 죽는 일도 없을 거야.”

언제나처럼 기우는 무표정했다.

“왜 그렇게 보는 거야? 기분 나쁜 개새끼가!”

이윽고 효중이 소리를 질렀다.

효중의 말을 들으면서 절로 그는 자신의 부모를 연상했다. 어찌 보면 불행한 정략결혼의 희생양이었던 이들을.

단 한 가닥의 머리칼도 흘러내리지 않게 깔끔하게 틀어 올린 웨이브 머리. 그리고 역시 목 끝까지 올라오는 새하얀 레이스 블라우스와 검은 스커트. 그의 어머니 혜원은 남들에게 책잡히지 않기 위해 최선을 기울였다.

어쩌면 가장 많은 시간을 보내는 사람일지도 모르는데, 그의 어머니 혜원은 남편을 처음부터 어려워했다.

– 응수는 대대로 법관을 지냈던 유학자 집안의 자제다. 선친 때부터 사업을 크게 일으켜 국내에서도 손꼽히는 대형 로펌과 회계 사무소도 운영하고 있지. 외관상 남들이 보기에도 깔끔한 결합일 뿐 아니라, 응수는 흠이 없는 것이 흠이다. 처음부터 네 짝으로 이미 점찍어 뒀으니 결혼 생활도 순탄할 게야.

명순은 그렇게 주장했지만, 유감스럽게도 그녀의 뜻대로 되지 못했다.

혜원의 결혼 생활은 순탄치 못했다. 응수는 결혼 생활에 소홀한 채 계속 밖으로 돌며 다른 여자와 외도를 지속했다. 특히 같은 회계 사무소에 근무하는 동료 여직원과 바람을 피웠는데, 응수가 만나던 여자가 성북동 저택에 찾아와 헤어져 달라며 혜원에게 당당하게 요구한 일도 있었다.

그때마다 그의 어머니는 이상하리만큼 무표정했다.

사랑하지도 않는 그의 아버지 앞에서 완벽하게 아내로서의 맡은 바 책임을 다하는 것. 그의 어머니는 일종의 연극배우와도 같은 셈이었다.

혜원은 늘 버석하게 메마른 식물 같은 눈빛으로 남편의 불륜 상대를 대했다.

– 왜 이런 얘기를 나한테 하는 거죠?

그러다 혜원은 인내심이 한계에 달하면 어렸던 기우를 데리고 산업 시설의 시찰을 이유로 외국으로 떠돌곤 했다. 포올 헨닝센, 아르네 야콥센, 베르너 팬톤의 여러 인테리어 조명. 그리고 칼한센&선(Carl Hansen&Søn). 아버지의 내연녀가 성북동 저택을 방문했을 즈음엔, 실제 혜원이 가구 브랜드를 런칭한 시점이어서 그녀는 기우를 데리고 오덴샤의 한 가구 공장을 방문했다. 덴마크에서 세 번째로 큰 도시인

오덴샤에는 역시 유명한 가구 브랜드가 있었다.

덴마크에서 유명한 수작업으로 만드는 시그니처 의자가 그것이었다. 휘게. 실제로 덴마크 사람들은 월급을 받으면 가장 먼저 유명한 시그니처 의자를 사들이곤 했는데, 그들은 사람이 태어나 가장 많이 시간을 보내는 집을 세상 그 어느 곳보다 편안하게, 그리고 안락하게 매만지는 것이 삶의 풍요를 불러온다고 믿었다. 어릴 적 그는 어머니를 따라 겨울의 도시에 가구를 보러 돌아다니곤 했다.

소리 없이 하얀 눈이 퍼붓고 있었다.

조용한 소도시의 밤이 찾아오며 하얀 눈이 소복하게 내렸다. 타닥타닥 단조롭게 장작이 튀는 소리를 내는 벽난로는 어린 그를 깜짝깜짝 놀라게 했다. 조용한 가운데 기우는 창가로 갔다. 그리고는 정적 속 창가에 비친 풍경을 둘러보며 돌아올 어머니를 기다렸다.

그렇게 얼마나 기다렸을까.

가구 브랜드 순회를 마친 혜원이 마침내 묵고 있는 호텔의 숙소로 돌아왔다.

혜원은 얌전한 아들의 머리를 쓰다듬으며 입을 열었다.

"나 때문에 너도 이렇게 지구 반대편 추운 나라까지 따라와서 고생하는구나."

그 말과 동시에 푸른빛의 털 코트를 벗으며 혜원은 서글프게 웃었다. 왠지 모르게 쓸쓸하면서도 부드러운 웃음. 단발머리의 소녀 같은 느낌을 풍기던 어머니가 고개 숙여 그의 이마에 입맞춤했다. 그리고는 우아하게 실크 스타킹을 벗어 의자에 걸쳐 놓았다.

"오늘 하루 뭐 하고 지냈니?"

"그냥 기다렸어요…… 그리고 엄마 옆에서 잠들고 싶다고 생각했어요. 졸려요."

잊을 수 없는 고요한 하얀 눈이 내리는 그 밤, 그의 어머니가 말했다.

"기우야, 네가 워낙 말도 없고 표정이 없어 감정을 느끼지 못하는 애가 아닐까 생각한 적도 있었단다. 그래서 내가 태교를 잘못한 게 아닐까, 아니면 부모로서 행복한 모습을 별로 보여 주지 못해서 그런 게 아닐까 자책했지."

그 말을 검은 머리칼의 차분한 표정의 소년이 단호하게 부정했다.

"전 괜찮아요, 정말로."

"정말 괜찮은 거니?"

"네, 전 엄마만 있으면 좋아요."

그는 가만히 말했다. 진심이었다.

그는 그저 자신의 엄마가 오래오래 곁에 있기를 바랄 뿐이었다. 하지만, 유감스럽게도 그러지 못했다.

그 친숙하고 부드러운 품의 감촉에서 위안받을 수만 있다면. 커서 아무리 냉혹하고 차가운 세상에 상처받고 지쳐도 돌아갈 그 따스한 품이 있다면 충분히 위로받을 것 같았는데.

유일한 그의 편이던 어머니도 그의 곁을 떠났다.

정확히는 남편이었던 이의 치명적인 배신 때문이리라.

그와 동시에 그는 마음의 문을 닫았다. 하지만 내심, 어머니가 제 귓가에 속삭였던 말이 그의 머릿속에 깊이 각인되었다.

– 어쩌면 넌 뭔가가 결핍된 아이인지도 몰라. 아직 엄마가 하는 말이 무슨 말인지 잘 모르겠지만, 사람의 마음엔 구멍이 있어서 아무리 해도 채워지지 않아. 언젠가 네가 사랑하는 사람을 만나서 그 구멍이 채워지길 바라고 있으마.

까악 까악.

그치지 않고 까마귀가 울어 댔다. 장지를 하던 교외에는 유난히 까마귀 떼가 많았다. 다른 건 몰라도 급작스레 세상을 떠나고 치러진 어머니의 장례식 날, 까마귀 떼가 요란하게 울어 댄 것만큼은 기억이 났다.

꿈을 꾸었다.

온통 피로 젖은 세상, 식탁에 너저분하게 널린 음식들엔 파리가 잔뜩 꼬였다. 파리 떼 소리가 그의 귓가에서 멎질 않았다.

[서원 그룹의 장녀 급사.]

비록 서원그룹 쪽에서 재빨리 무마하긴 했지만, 세상의 집요한 호기심은 급작스레 세상을 떠난 재벌가 장녀의 죽음을 파고들었다. 정략결혼의 희생양이라는 둥, 남편은 이미 내연녀가 있으며 부부 사이가 냉담했고 별거에 가까운 상태였다는 등 억측이 끊이지 않았다.

요란하게 터지는 카메라 플래시와 연이은 기사들. 그리고 사람들의 집요한 관심은 그칠 줄을 몰랐다. 어머니와 함께 유년시절을 보냈고 외가 쪽 친척이 있는 일본으로 떠날 때까지 계속되었다.

"다녀오렴."

어머니가 떠나고 남겨진 부자의 사이가 지독히도 어색했다. 갑자기 조용해진 드넓은 집안은 너무나도 황량했다.

그곳에서 그의 아버지는 어쩔 줄을 몰라 하며 뒤늦게 외아들을 향해 손을 내밀었으나, 기우는 여전히 무표정하게 앞만 볼 뿐이었다.

그는 그런 기우의 곁에서 웃기지도 않은 코미디 배우처럼 떠벌거렸다.

"넌 아직 어려서…… 어른들 일은 잘 모르겠지만. 난 네 엄마를 사랑했다. 그래……. 그래서 네 할머니가 먼저 내 딸과 결혼하자는 사주단자를 보냈을 때 기꺼이 응했던 거야. 네 엄마를 좋아했으니까."

그의 아버지는 계속 고백했다.

"네 어머니는 아름다운 여자였다. 넌 아직은 어려서 잘 이해 못 하겠지만, 나중에 커서 어른이 되면 아빠를 이해해 주렴. 알았지? 기우야. 넌 세상에서 하나뿐인 내 아들이니까. 아들이 아빠를 이해해 줘야지. 응?"

뭐가 그렇게 불안할까?

계속 의문이 들었다. 그래, 사랑. 아버지가 강조해서 말하는 그게 사랑이라면 머릿속에 드는 생각은 '차라리 그러면 안 하고 만다.'였다. 솔직히 그랬다.

'너무 사랑해서 결국 상대를 죽이고 마는 사랑.'

나이에 맞지 않게 형형한 그의 눈빛은 아버지의 유약함을 파고들듯 바라보고 있었다. 그리고 그 시선에 아버지는 괴로워하는 듯했다.

이후로도 아버지는 수시로 술을 마셨다. 꼭 그러지 않고선 제정신으로 버틸 수 없다는 듯이.

결국 기우도 그런 아버지를 두고 한국을 떠났다.

어머니의 숨이 멎던 날, 그 광경을 왜 자신이 목격했는지 신을 원망했던 적도 있었다.

그것도 잠시, 그는 괴로운 생각에 그리 오래 사로잡히지는 않았다. 그의 어머니는 아들이 괴로워하고 힘들어하는 모습을 보고 싶어 하지 않을 것이다. 세상을 떠난 어머니가 슬퍼할 거라 생각을 하자 이상하리만큼 마음이 편안해졌고 얼마 안 가 평정심을 찾았다.

그럼에도 여전히 사막처럼 메마른 것 같은 무감정의 상태는 지속되었다.

그 후로도 꽤 오랫동안 그러했다.

아마도 그 애를 만나기 전까지는.

– 나는 그쪽이 좋은데요. 이런 말 솔직하게 해서 우스운가요?

이런 말을 그의 눈을 똑바로 보면서 말할 수 있는 상대는 흔치 않았다. 그저 어리고 치기 어린 도발이 아니었다. 세연은 달랐다. 그런 그녀에게 서서히 빠져들었다.

– 그냥 좋다고 표현하고 싶어서요. 나중에 후회하는 것보다 나을 것 같아서. 앞으로 또 살면서 이런 감정이 올 것 같지 않으니까. 이상하게 들리겠지만, 난 확신이 드니까요.

스스로도 이해할 수 없는 일이지만. 내심 남들이 목숨 걸고 누군가를 사랑하는 감정은 그에게 어울리지 않는다고 생각했다. 감정적으로 피곤한 건 딱 질색이었으니까.

그저 지금처럼 무미건조하게 살아가게 될 줄 알았다. 그렇게 자신했다. 그러한 오만함의 대가를 치른 것일까. 정작 그는 세연을 떠나보낸 뒤 시일이 흐를수록 황폐한 사막처럼 메말라 갔다. 꼭 어느 날 갑자기 후각을 잃어버린 것처럼, 그 어떠한 음식에서도 냄새를 맡을 수 없듯. 아무렇지 않게 살다가도 불편한 감각이 가시지를 않았다.

'괜찮겠지, 괜찮을 거야. 시간이 지나면 나아질 거야. 언제 그랬냐는 것처럼 예전같이 돌아올지도 모르지.'

평소 기우는 주변에 무관심하리만큼 냉담했다. 아무래도 방황의 주기가 길었고 어렸을 때 전 세계 곳곳을 돌아다니듯이 자라기도 했고 사촌 형제들과 자주 어울리다 보니 남자들의 세계에는 겉돌지 않고 곧잘 적응했다. 남자들과는 곧잘 잘 지내는 편이지만, 여자들과의 관계에 있어서는 달랐다. 스스로도 치유 안 되는 자신의 마음의 권태와 무관심이 어찌할 수 없는 폐해를 드리웠다. 그러한 패턴이 길게 이어지다 보니 아무래도 피해를 보는 건 주변의 여자들이었다.

여자들은 왜 그가 줄 수 없는 애정을 갈구할까?

그래서 결국 벌을 받은 것일까? 시지프스가 영원히 독수리에게 심장을 쪼아 먹히듯, 받을 수 없는 애정을 일방적으로 갈구하게 되는 형

벌을 받고 있는 걸까. 그때 그는 까맣게 몰랐었다.

남은 건 거짓말처럼 찾아온 사랑의 아픔에 몸부림치는 자신이었다. 기우는 믿기지 않았다. 사랑이라는 감정에 사로잡히다니. 스스로를 비웃고 싶은 멈추지 못하는 충동에 사로잡혔다.

확실히 이런 광폭한 감정은 자신과 어울리지 않는다고 생각하며 기우는 쓰게 웃었다.

어느 순간 그는 인생의 방향을 바꿨다. 그 애에게 돌아오기 위해 지금껏 그 모든 것을 감수하고 달려왔고, 그 어떤 대가라도 치를 생각이 있었다. 하다못해 그 애를 위해서 뜨거운 지옥의 불길에 떨어져도 한없이 달콤하리라. 곧이어 기우는 핸드폰의 단축 버튼을 눌렀다.

– 여보세요?

그러자 기다렸다는 것처럼 팬텀의 김석준 대표의 직통 전화와 연결되었다.

❄ ❄ ❄

– 정세연.

그 차가운 음성에 잠시 잘못 들었나 싶었다. 잠시 동명이인을 부르는 게 아닐까 하는 의구심마저 들었다. 그렇게 널 원해, 라고 말하더니 일과 관련해서는 가차 없었다.

그 충격이 가시지도 전에 기우가 짧게 지시했다.

– 말한 대로 팬텀 엔터테인먼트 사옥으로 가. 네 오디션을 본다고 하니까."

간결하기까지 한 명령에 가까운 말이었다.

"내게 명령하지 말아요."

그녀가 가차 없이 지적하자, 기우가 짧게 웃더니 전화를 끊었다.

– 약속은 지켜야지.

밉살스런 한 마디만 남긴 채.

그리고 이 말도 덧붙였다.

– 그럼 팬텀 오디션 결과는 펜트하우스에서 만나서 듣기로 하자.

"……하나 묻겠는데, 혹시 나에 대해서 보고받고 있어요?"

문득 드는 의문에, 불쑥 그녀가 내뱉자 더는 들을 가치도 없다는 것처럼 달칵 수화기를 내려놓는 소리가 들렸다.

그 반응에 어이없어하는 것도 잠시, 세연은 고개를 저으며 오디션을 보러 갈 준비를 했다.

머릿속에서만 유지수를 상대해 왔으나, 이제 실전이었다. 세연은 복수를 향해 한 발자국 움직였다.

第 18 幕

삼성동의 한 건물에 자리 잡은 팬텀 사옥.

6층에 있는 연습실에 세연은 오디션을 보러 와 있었다.

감히 범접도 못 할 세계, 아니 어떻게 될지 빤히 결과가 보여 들어설 엄두도 냈던 세계. 이곳에 들어서자 폐부가 죄어들었다.

여전히 깔깔하게 달라붙는 입 안의 감촉을 느끼며 세연은 잠긴 목소리로 말했다.

"오디션 보러 온 정세연이라고 합니다."

그 짧은 소개에 심사를 보기 위해 자리를 잡고 앉아 있던 이들이 무심히 고개를 들어 그녀를 바라보았다.

"이름? 정세연. 나이 스물네 살."

시작은 이전에 봤던 오디션과는 크게 다르지 않았다.

그저 이름과 간단한 프로필을 말하고 짧은 시간 안에 그녀가 가진 특기와 존재감을 어필하는 것.

단지 차이점이 있다면 오늘은 그녀가 사실상 합격이 내정된 상태에서, 팬텀에 오디션을 보러 왔다는 것이다. 물론 100프로 확정된 건 아니었다. 하지만 기우가 끼어든 이상 웬만해선 그녀를 합격시킬 것이다.

그녀는 팬텀에 오디션을 보러 온 적이 있었다. 장소도 정확히 이곳이었다. 지금도 그녀를 비추는 전면 거울과 일제히 늘어서 있는 특징 없는 테이블들. 그리고 그녀에게로 향하는 예리한 시선.

얼핏 보기엔 예전과 크게 달라진 게 없었다.

그녀가 이름을 말했음에도 오디션장의 심사위원석에 앉아 있던 이들은 크게 흥미를 드러내지 않았으니까.

“전에도 오디션 보러 온 적이 있죠?”

펄럭 소리와 함께 포트폴리오를 넘기며 검은 정장 차림의 여자가 물었다. 깔끔한 커트 머리와 뿔테 안경을 낀 야무진 인상의 40대 초반의 여성이었다. 딱 떨어지는 목소리까지 왠지 모르게 긴장시키는 날 선 분위기가 있었다.

“기억나요. 탤런트 지망생이었잖아요? 맞죠?”

그러자 사람 좋아 보이는 웃음을 띤 회색의 셔츠와 검은 바지 차림의 중년 남자 역시 끼어들었다.

“아, 기억하고 있었어? 김 팀장도.”

웃음 띤 얼굴만큼이나 자애로운 목소리였다. 웃을 때마다 얼굴에 푸근한 주름이 잡혔다. 그러자 김소현 팀장이라는 야무진 느낌의 여자가 고개를 주억거리며 열심히 말했다.

“기억나요. 일본에서 잠깐 활동했다고 했잖아요. 토야는 일본에서도 알아주는 기획사예요. 거기랑 전속 계약을 맺었다고 했는데. 본격적인 활동까진 안 하고 한국으로 돌아왔다고 했었죠.”

그러자 세연의 표정이 변했다.

분명 전에 속해 있었던 곳이긴 하지만, 일본 소속사의 이름을 팬텀 오디션에서 듣게 되자 형용할 수 없이 야릇한 기분이었다. 눈 때문에 계약을 해지해야만 했던 상황을 되새기자 마음이 복잡해졌다.

김 팀장의 말에 남자가 고개를 끄덕였다.

"아, 그렇구만. 그런데 왜 우리 팬텀 오디션을 보러 왔는데 영입을 하지 않았지?"

그는 정말로 궁금하다는 듯이 묻고 있었다. 사람 좋은 웃음소리를 내며 덧붙이는 말이 왠지 심상치가 않았다.

"이렇게 더 좋은 기회로 만나려고 그랬나."

"아이 참, 대표님도. 그건 저 친구가 이무래도 일본 소속사에 속해만 있는 상태였지, 거의 활동하지 않았고 그땐 한국 연예계 실정에 대해 잘 모르는 것 같아서…… 그러니까 성장의 기회로 삼아서 오늘 이렇게 다시 만난 게 아닐까요? 난 그렇게 생각하는데."

그들은 세연을 없는 사람 취급하듯 말을 이어 갔다.

어떻게 보면 민망한 상황이었다. 당사자인 자신이 바로 앞에 있는데 적나라하게 점수를 채점하며 의견을 교환하는 게. 민망해 하는 세연의 기색을 알아차렸는지 금세 김 팀장이 말을 덧붙였다.

"이제 말이지만 그 때 세연 씨가 처음 오디션을 봤을 때 고민했어요. 의견 조율이 안 돼서 탈락시켰지만. 일단, 마스크도 눈길을 끄는 게 사실이고 아무래도 생초짜 신인인 것보다는 그래도 일본 소속사에도 속해 있었으니까. 기억에 남을 수밖에 없죠."

이어서 그녀가 생글생글 미소 지었다.

"팬텀의 문은 항상 신인들에게 열려 있거든요. 참, 그때는 분명 연기 쪽을 지망했던 것 같은데. 오늘은 가수로 오디션을 보러 왔어요?"

그러자 아까 전부터 흘낏흘낏 보고 있던 심상치 않은 외양의 남자가 끼어들었다. 반짝이는 금장 목걸이를 한 남자였다. 셔츠에 청바지 차림이긴 했지만 스냅 백까지 써서 꼭 힙합 가수를 연상케 하는 외양이었다. 회의실 안에 있는 정장 차림의 이들과 대비되어 더욱 눈에 띄었다.

"앞으로 2팀에 들어가게 될 거예요. 팬텀 2팀이요."

"2팀?"

김 팀장이 의아하다는 얼굴로 되물었다.

그 남자가 고개를 끄덕이며 말을 이었다.

"아, 팬텀 가수팀이요. 플로라 애들도 속해 있잖아요. 먼저, 가수로 데뷔하고 그 뒤에 연기로 선회할 것 같던데. 맞죠?"

그러자 의아한 듯 보던 김 팀장이 고개를 저었다.

"아니, 플로라 애들은 데뷔 날짜가 정해진 것도 아니…… 아, 이건 나중에 얘기하죠."

여전히 사람 좋은 미소를 띠고 있는 대표를 흘낏 보던 그녀가 서둘러 화제를 돌렸다.

"그럼 나중에 연기자를 지망할 거라구요? 맞죠? 연기자로 전향할 생각이 있는 거네요."

세연이 고개를 끄덕이자, 스냅 백을 쓴 남자가 건성건성 세연의 포트폴리오에 시선을 주었다.

"한국 돌아와서 그동안 뭐 했어요?"

작은 눈을 깜빡이던 남자는 그냥 한번 쓱 보는 듯하더니 특유의 쉰 듯한 목소리로 질문을 던졌다.

세연은 잠시 머뭇거리다 대답했다.

"그냥 쉬었어요. 쭉 쉬고…… 이제 다시 활동을 시작해 볼까 싶어서 이렇게 오디션을 보게 된 거예요."

"그러니까 그냥 쭉 쉬다가 이제 슬슬 다시 해 볼까 싶다구요?"

그 말에 남자가 탐탁지 않은 표정으로 무뚝뚝하게 말을 받았다.

"아예 연예계 활동을 할 생각이 없었나?"

"아, 그게…… 아르바이트를 쉬지 않고 쭉 계속해 왔거든요. 틈틈이 오디션을 봤지만 아무래도 시간 내기가 쉽지 않았습니다."

세연의 대답을 끝으로 침묵이 흘렀다.

남자가 무뚝뚝한 표정으로 말소리를 낮춰, 김 팀장과 뭐라뭐라 말을 주고받았는데 딱히 마음에 들지 않는다는 건 감지되었다.

그럼에도 세연은 전혀 동요하지 않았다.

김 팀장이 생긋 웃으면서 말했다.

"잘 알겠어요. 세연 씨라고 했죠? 오디션 보러 왔으니까 그럼 노래 불러 줄 수 있어요?"

그녀가 세연에게 거절할 수 없는 미소를 보내며 나긋나긋한 음성으로 요구했다.

일제히 그녀에게로 쏟아지는 시선.

흐뭇한 표정으로 웃고만 있던 팬텀의 대표 역시 그녀가 어떤 노래를 들려줄까 싶어 기대되었는지 얼굴에 볼우물이 패었다.

잠깐의 침묵이 흘렀다.

그 시선 속에 세연은 잠시 생각해 보다가 곧 진지하게 덧붙였다.

"여기까지 왔으니 솔직히 말씀드릴게요. 객관적으로 볼 때, 춤은 못 추는 편이구요. 노래는 춤보다는 나은데 고음이 잘 안 올라가는 편이에요. 음정을 낮춰서 부르면 그것보다는 나은데 솔직히 가수 수준으로 잘 부르는 건 아니구요. 노래방에서 부르면 83점 나오는 정도?"

이어지는 그녀의 심각하기까지 한 진지한 대답에 테이블에 앉은 이들이 황당하단 표정을 지어 보였다.

"오디션이라고 다들 빼어난 기량 뽐내는 거 아니에요. 그럼 팬텀 오기 전에 다른 소속사에서 다 데려갔지. 허허, 안 그래요? 냉정히 말해서 우리 차례까지 안 왔지."

김 대표는 사람 좋은 농담을 했지만, 그 잔뜩 기대하면서 보는 눈빛이 솔직히 부담스러웠다.

그녀가 노래를 부르면 실망할지도 모른다는 생각에 부담이 됐다.

다음 순간 팬텀의 대표가 빤히 그녀를 보면서 요구했다.

“노래.”

이미 주사위는 던져졌기에 세연은 고개를 끄덕였다.

폐부를 찌르듯이 다가온 피할 수 없는 순간, 세연은 낮게 헛기침을 하고는 입을 열었다.

“그럼 아델의 ‘someone like you’를 부르겠습니다.”

다시금 세연은 진지하게 말했다.

꼭 학생이 선생님 앞에서 발표하는 것처럼 또박또박 성실한 음성. 그녀는 정중히 허리까지 숙여 목례를 하고선 다시금 헛기침을 했다.

그리고는 마침내 오디션장의 이들이 지켜보는 가운데, 노래를 부르기 시작했다.

“I heard that you're settled down, That you found a girl and you're married now…….”

나직하게 가라앉은 듯한 저음의 목소리.

금장 목걸이를 한 남자가 곧 시큰둥한 표정을 지었다.

“팝송을 좋아하는가 보네.”

그가 김 팀장에게 소곤거리는 소리가 들려왔다.

“오디션 프로마다 어쩌나 이 곡을 불러 젖히는지. 가창력 테스트 곡인가 봐. 나도 이제 가사를 외워요 외워. 그나마도 몇 년 전에 한창 유행한 곡이라니까. 한물가고 요즘은 시들한데.”

굴하지 않고 세연은 노래의 하이라이트 부분, 목청껏 목소리를 높여 노랠 불렀다.

그러자 허스키하면서도 목청껏 높여 부른 음성에 팬텀의 대표가 고개를 끄덕거리는가 싶더니, 눈치를 보던 김 팀장이 입을 열었다.

“음정이 약간 틀렸지만 뭐 나쁘지 않아요. 성량도 쩌렁쩌렁 크고.

얼핏 듣기엔 사람들에게 노래 잘 부르는 것처럼 들리겠어요. 평소에 노래방에서 노래 자주 부르는 편이에요?"

김 팀장이 애써 질문을 던지며 말을 이어 나갔지만, 굳이 고개를 돌려 보지 않아도 눈앞의 냉담한 분위기는 절로 감지되었다.

갑자기 그녀의 귓가에 환청 같은 목소리가 들려오는 듯했다.

– 하지만 그닥 특별할 게 없지 않나요? 장난 안 하고 음반을 내겠다고 하루에도 몇십 명씩 세연 씨 같은 사람들이 와요. 우리가 왜 세연 씨를 선택해야하는지 이유를 알려 줄 수 있겠어요?

실제 눈앞의 말없는 시선들이 그녀에게 묻는 것처럼 느껴졌다.

– 그런데 왜 오디션을 보러 온 거죠? 관심도 없던 여가수가 되려는 거죠? 특출 날 게 하나도 없는데.

도망치고 싶었다. 하지만 여기까지 어렵게 와서 도망치는 모습으로 남고 싶지 않을뿐더러, 예의 그녀를 꿰뚫어 볼 것만 같은 무감한 눈빛을 던지는 기우가 떠오르자 절로 결의를 다지게 되었다.

예상은 했지만 싸해진 오디션의 분위기에 절로 그녀를 여기까지 오게 한 이를 연상했다. 세상에서 제일 상대하기 어려운 남자와 매번 맞서는데 이깟 오디션이 대수인가 싶었다. 동시에 멎지 않는 불길 같은 기운이 똬리를 틀듯 배 속을 꿈틀, 뎁히는 기분이 들었다.

세연은 결심했다.

낙하산 오디션일지언정, 그래, 할 수 있는 건 다 해 보는 거다.

그것이 그녀가 할 수 있는 예의였다. 비록 그것이 서툴고 우스워 보일지라도 최선을 다해야 했다.

"노래 잘 들었어요. 그럼 다음으로 넘어가죠. 굳이 안무는 보여 주지 않아도……."

김 팀장이 만면에 상냥한 웃음을 띠며 어떻게든 오디션을 진행하려고 했다. 굳이 안무를 보여 줄 필요가 없다고 했지만 세연은 동요하지 않았다.

곧이어 세연은 곧이어 고개를 들고는 나직한 어조로 요구했다.

"저기, 죄송한데 음악 좀 틀어 주실래요? 틀어 주실 수 있으시면."

헛기침을 하며 덧붙인 그녀의 조심스런 요구에 심사위원석의 이들이 눈길을 교환하더니 곧이어 스냅 백을 눌러쓴 남자가 손을 들었다.

"여기, 음악 좀 준비해 줄 수 있죠. 곡명이 뭐라구요?"

"아, 시애라 노래에요. 'work'. 원래는 재즈민 설리번 노래를 할까도 했지만, 그래도 제가 익숙한 곡으로 하는 게 나을 것 같아서요."

그녀가 가라앉은 목소리로 제목을 덧붙이자 팬텀의 실장이 심드렁한 표정을 지었다.

"팝가수라는데? 저 노래 깔아 줘."

팬텀 엔터테인먼트.

업계에서 요즘 가장 주목받는 더는 설명이 필요 없는 연예 기획사. 하루에도 얼마나 뛰어난 외모와 재능을 겸비한 이들이 찾아와 오디션을 볼까. 날고 기는 이들에 비해 세연이 보여 준 모습은 별 볼 일 없을 게 분명했다. 아델의 노래에 뒤이어 이어지는 춤에도 크게 기대할 게 없다는 반응이 심사위원들의 표정에서 드러났으니까.

그럼에도 멈출 수 없었다.

기우와의 만남을 조건으로 만든 기회이다. 어떻게든 필사적으로 잡아야 했다. 그녀가 할 수 있는 아주 작은 희망의 실타래라도 보인다면 결코 놓쳐서는 안 된다는 생각이 들었다.

그런 그녀를 재촉하듯 오디션장에 격렬한 여가수의 노래가 울려 퍼졌다.

세연은 꾸벅 목례를 하고는 희미하게 터져 나오는 심사위원들의 옅은 웃음소리를 뒤로한 채 몸을 흔들기 시작했다.

어쩐지 가게 오픈 행사 아르바이트 때, 길거리에서 사람들의 시선을 받으며 몸을 흔들어 대던 때의 기억이 떠올랐다. 그때와 지금의 자신이 겹쳐 보였다.

그럼에도 멈출 수 없으니까, 살아 있으니까.

이 순간 세연은 그녀를 엉망으로 쓰러뜨린 잔인한 현실에 절대로 굴하지 않듯 춤을 추었다. 동작 하나하나에 힘을 담아서.

"……!"

지금 흐르는 음악의 주인, 시애라는 유연한 춤이 특기인, 매끈한 몸매의 흑인 여성 랩퍼로 히트곡인 'work'는 쉴새 없이 몰아치는 격렬한 춤동작으로 유명했다.

특히나 거친 공사장을 배경으로 길고 늘씬한 팔다리를 강조하듯 작업복 차림의 댄서들과 모래 위에서 격렬하게 춤을 추며 랩을 하는 뮤직 비디오가 유명했는데, 팝 음악을 좋아했던 세연은 우연히 본 영상에 매료되어 자연스럽게 춤동작을 따라 하게 되었다.

주로 행사에서 막춤 출 때 애용했는데 이렇게 오디션에서 선보이게 되다니. 역시 인생은 한 치 앞을 알 수 없다는 생각이 들었다.

허우적, 허우적.

음악에 맞춰 세연이 고개를 숙이고 팔다리를 흔들기 시작하자 확실히 어설프게 보였는지 웃음이 터져 나왔다.

'푸핫' 특히나 스냅 백 남자는 대놓고 웃고 있었다.

세연은 개의치 않았다.

얼마든지 비웃어도 좋다고. 바보처럼 보여도 상관없다고 말이다. 난 내가 할 수 있는 최선을 다할 테니까.

얼마든지 돌을 던지라고. 이 순간 적어도 그녀는 스스로에게 진실했다.

익숙한 노래의 후렴구가 흐르자 세연은 동작을 바꾸었다.

어설프게 팔다리를 허우적거리며 꼭 모래 속에 빠진 것처럼 다리를 왼쪽 오른쪽으로 바꾸어 웃음을 자아내던 세연은 어느 순간 믿을 수 없게도 능숙하게 춤을 추기 시작했다.

정식으로 춤을 배워 본 적도, 체계적으로 기초 동작을 익힌 적이 없는 그녀였다. 하지만 부족하더라도 배우고 노력하면 어느 순간 몸에 익기 마련이었다. 세연은 여유 넘치는 동작으로 음악을 즐기듯 눈을 감고 고개를 젖히고는 긴 머리를 풀었다. 그리고는 격렬하게 몸을 흔들면서 춤을 추었다. 허리를 숙이고 리듬을 탔다. 여러 번 반복해 그간 몸에 익은 동작을 선보였다.

덕분에 아주 잠깐은 춤을 추는 댄서처럼 보일 수 있었다.

계속 엉거주춤 어색하게 고전하던 세연이 어느 순간 진정으로 음악에 녹아든 그 모습에 오디션을 보던 이들의 시선이 달라졌다. 그럴듯해 보였는지 분위기가 조금 진지해지는 게 느껴졌다.

그러다 문득 그녀는 기우가 그녀의 오디션을 보면 어떤 표정을 지을지 궁금해졌다.

"정세연 씨!"

이윽고 그런 그녀를 김 팀장이 불러 세우며 재빨리 마무리했다.

"여기까지. 오디션 보느라 수고 많았어요. 그럼 우리끼리 상의할 게 있으니까 나가서 결과를 기다려 줄래요?"

"아, 알겠습니다. 그렇게 할게요."

그러자 흘낏 김 팀장이 그녀를 보면서 의미심장하게 덧붙였다.

"상의 결과가 늦어질 수 있어요. 그렇게 되면 여기 포트폴리오에 나온 연락처로 전화할게요. 아셨죠?"

"네, 그럼 수고하세요."

권기우의 힘을 빌렸는데도 결국 떨어진 걸까. 세연은 쓰게 웃었다.

합격시킬 거라면 지금 이 자리에서 이야기하지, 나중에 연락할 일은 없으니까.

권기우를 찾아간 건 괜한 헛수고였을지도 몰랐다. 차라리 드라마 오디션을 보는 게 더 빠를지도 모른다. 아니, 단역이라도 출연할 기회를 잡으려면 아무래도 영화가 나으려나. 어쩌면 마음이 급해져서 너무 성급했는지도 몰랐다. 비록 유지수에게 바로 되갚아 줄 수는 없겠지만 시간이 많이 걸려도 서서히 절차를 밟아서 계단을 올라가는 수밖에 없겠다고 생각하며 세연은 공손히 목례를 하고는 몸을 돌렸다.

그렇게 돌아서 걸어가던 세연을 팬덤 대표가 불러 세웠다.

"정세연 씨."

그가 너털웃음을 지으면서 말했다.

"뭘 그렇게 정색을 하고 가요? 차나 한잔하면서 숨 돌리고 가지."

다음 순간 그가 아무렇지 않게 요구했다.

"노래, 안무는 됐고. 솔직히 필요 없어요. 이제 연기를 봐야지. 정세연 씨, 최종적으로 연기자가 되고 싶다면서. 연기해 봐요. 씬 36에 3."

그가 테이블에 놓여 있던 대본 중 하나를 잡아 건네며 요구했다.

동시에 일제히 날카로운 핀처럼 꽂히듯 그녀에게 날아오는 시선. 고개를 돌려 쳐다보는 김소현 팀장과 스냅 백을 올려 쓴 남자 역시 흥미롭게 그녀를 지켜보았다.

그녀의 연기가 어떨지 궁금해하는 기색이었다.

대체 어떤 연기가 펼쳐질지 짐짓 흥미진진해하는 시선들 속에 세연은 천천히 되물었다.

"씬 36에 3이요? 맞죠?"

팬텀의 대표가 고개를 끄덕이자 세연은 그가 내민 대본을 잠시 보았다. 실제로 스튜디오 팬텀, 을 설립해 본격적인 드라마 제작에 뛰어든 탓에 팬텀에는 대본이 쌓여 있었다.

"잠시만요."

눈을 크게 뜨고 뚫어져라 대본을 살핀 세연은 곧이어 대본의 글자

하나하나를 그녀의 머릿속에 새기듯 한동안 소리 내어 중얼거렸다. 그러다 어두워진 집에 불이 환하게 들어오듯 어느 순간 그녀의 눈동자의 동공이 커졌다.

그리고는 마침내 준비됐다는 것처럼 고개를 끄덕였다.

다음 순간 모두가 지켜보는 가운데, 놀라운 일이 일어났다. 직전까지 어설픈 춤과 노래로 웃음거리가 됐던 세연은 완전히 사람이 뒤바뀐 것처럼, 천천히 고개를 들었다.

그러자 팔짱을 끼고 보고 있던 팬텀의 김석준 대표가 말했다.

"하이힐 신었네."

김 대표의 말에 깜짝 놀란 것처럼 김소현 팀장과 오혁수 실장이 고개를 돌렸다. 세연이 완전히 인격이 뒤바뀐 것처럼 차갑고도 딱딱한 얼굴로 그들을 쳐다보는 게 아닌가.

자세부터가 달라졌다. 정말 하이힐을 신은 것처럼 세연은 발목을 곧추세우고 허리도 빳빳하게 바로 세웠다.

"정말 하이힐 신은 거 같네요. 마임 동작을 시도하는 걸까요?"

그 모습을 보던 김소현 팀장이 귀엽다는 듯 웃었다.

그러자 세연은 정나미가 떨어질 정도로 차갑고 매서운 시선으로 그들을 똑바로 응시하고는 천천히 손을 들었다.

그리고는 갑자기 놀랄 정도로 뚜렷하고도 명확한 발성으로 검사 선서를 하기 시작했다. 그녀는 손을 든 채 대사를 읊었다.

"나는 불의의 어둠을 걷어내는 용기 있는 검사, 힘없고 소외된 사람들을 돌보는 따뜻한 검사……."

그 목소리에서 신뢰감이 뚝뚝 묻어났다.

"그리고 오로지 진실만을 따라가는 공평한 검사가 되겠습니다……."

그 이후로도 한참 그녀의 연기가 이어졌다. 한 신이 모두 끝나고 나서야 비로소 세연이 원래의 표정으로 돌아왔다. 그녀의 평소의 목소리로 말을 보탰다.

"저는 꼭 팬텀에 합격하고 싶습니다. 이번에는 연습생이 될 수 있을까요?"

여전히 손은 선서를 하듯 높이 들어 올린 채였다.

팽팽한 긴장감 속에 세연이 대답을 기다리자, 김 대표가 허허, 웃으면서 입을 열었다.

"나 참. 대사는 언제 다 외웠어요? 그게 한번에 다 외워지나?"

곧이어 김 대표가 고개를 절레절레 저으면서 물었다.

그러자 세연은 조용히 대답했다.

"왜냐면 제겐 이 길밖에 없으니까요. 누구나 절박하게 바라고 꿈꾸면, 가능할 거라 생각합니다. 팬텀에 연습생으로 들어가고 싶습니다."

언제 서툴게 오디션을 봤나 싶게 딱 떨어지는 세연의 뚜렷한 어조에 모두들 어이없다는 표정까지 지으면서 허허실실 웃었다.

"나 참. 어린 친구를 왜 인간미 없는 누가 추천했는지 이제 알겠네. 하긴 이유 없이 추천할 리가 없지. 세연 씨, 노래나 춤도 제발 이 정도로 해 봐요. 세상에 마음먹고 해서 안 되는 게 어디 있어!"

그는 가수를 할 거라면 제발 연기하는 것의 반이라도 해 달라고 사정했다.

"나도 좀 먹고살아야지. 손해를 많이 입지 않으려면, 우리 연기 신동 정세연 씨가 노래와 춤도 기본은 해야지. 할 수 있죠?"

너스레를 떠는 그의 말에 세연도 결국 작게 소리 내어 웃고 말았다.

순식간에 분위기가 화기애애해졌다. 그렇게 오디션을 본 그녀는 한 발자국 더 가까이 '유지수'라는 목표를 향해 전진하게 되었다.

第 19 幕

마침내 팬텀의 오디션에 합격한 세연을 기다리는 것은 벗어날 수 없는 기우와의 약속이었다. 예외 없이 그와 약속한 시간은 다가왔다. 그녀가 고통스러운 대가를 치를 시간이.

째깍째깍, 이 순간에도 그와의 만남을 재촉하는 초침 소리가 들려왔다.

마음의 준비는 했지만 분명 쉬운 일은 아니었다.

5년 만에 다시 만난 그와 사적으로 엮인다는 것은.

그럼에도 이미 결심했기에, 팬텀의 오디션을 끝마친 세연은 약속 날인 수요일이 되자 결연하게 문제의 약속 장소인 호텔 펜트하우스로 향했다.

그린우드 호텔 1308호.

그가 정확히 계획을 이행하는 날.

물론 이곳에 온 자체가 그녀에게 쉬운 일은 아니어서 전날 잠을 설치기는 했지만, 그래도 단단히 결심했다.

'스스로 온 거지만, 꼭 도살장에 끌려가는 기분은 가시지를 않네.'

내내 착잡한 마음이 가시지 않아 문제였다. 세연은 고개를 저었다.

'이미 끝난 일이잖아.'

차라리 감정이 없다면, 아무것도 느끼지 못한다면 나을까. 그랬다. 항상 감정이 문제였다. 이것만 아니면, 이것에만 사로잡히지만 않으면 괜찮은데, 꼭 진눈깨비가 퍼붓는 일진 사나운 날씨를 접한 것처럼 오랫동안 시간을 지체하고 엉망이 되어 버렸다. 진흙탕으로 변한 길에 접어들듯 결국엔 방향을 잃어버리고 끔찍한 결과에 맞닥뜨리고는 했다.

세연은 애꿎은 입술만 꽉 깨물고 서둘러 걸어갔다.

무엇보다 목표를 명확하게 잡아야 한다.

유지수에게 다가가기 위해선 분명 기우와 몸을 섞고 가까워져야 하지만, 아이러니하게도 그녀는 기우를 밀어내고 싶었다.

분명 목표인 유지수에게 가까워지기 위해선, 현실적으로 기우와 몸을 섞고 친밀해져야 한다. 그 대가로 팬텀 엔터테인먼트에 최종적으로 들어가게 되고 가수로 트레이닝을 받는 게 아니던가. 다시 생각해 봐도 목표는 명확했다. 자신도 모르게 새어 나오는 나직한 한숨을 내뱉으며 세연은 고개를 저었다.

'왜 지금 와서 생각난 거야. 아예 여기 오기 전에 떠올렸으면 이렇게 고민하지 않아도 되잖아.'

이미 마음을 굳혔음에도, 확실히 기우는 만만한 상대가 아니었다. 그를 상대하려면 단단히 결심을 먹어야 한다. 무엇보다 기우와 '적당히' 친밀한 거리를 유지해야 하는데, 그게 안 돼서 문제였다. 세연은 서서히 힘이 들어가는 주먹을 질끈 움켜쥐었다.

'난 그와 멀어지길 본능적으로 원하니까.'

이미 5년 전에 최악을 경험했던 그녀였다.

다시 생각해도 끔찍하기만 한, 어둡고 캄캄한 끝도 없는 터널 속에 빨려 들어가는 기분이었다. 축축하고 그녀의 피를 빨아먹는 시뻘건 악귀들이 드글거리는, '호호' 끝없이 비웃음당하며 끔찍하게 시달린 악몽은 한 번으로 족했다.

다시 떠올리기만 해도 절로 식은땀이 나는 기억. 다시 과거를 되돌릴 수만 있다면 뭐든 할 수 있을 것만 같은 숨 막히고 절박한 심정.

붉게 피투성이로 점철된 끔찍한 악몽을 다시금 되풀이해야 한다니. 아이러니했다. 분명 유지수와 맞닥뜨리려면 기우, 정확히는 무시 못 할 그의 영향력이 필요하고, 그러기 위해 그와 깊은 관계를 맺어야 한다. 문제의 그린우드 호텔에서는 그래야 하는데, 시시각각 벗어나고 싶어져서 문제였다.

세연은 고개를 저었다.

'이미 여기까지 왔으니 더 이상 다른 선택지는 없어. 지금껏 그래 왔던 대로 싸우는 수밖에.'

조용한 호텔 복도.

그녀의 눈빛이 비장해졌다.

'물러날 수 없으니 부서질지라도 일단 부딪치는 거야. 결국 깨지는 건 내가 되겠지만.'

이미 그녀는 시끄럽고 고통스러운 과정이 펼쳐질 거라 예상했음에도 유지수와의 일전을 선택했다.

'매 순간순간 그에게서 벗어나려는 본능을 억누르면서 그와 싸우다 보면, 조금은 내 목표에 가까워져 있겠지.'

결심을 굳힌 세연은 다시금 발걸음을 옮겼다.

또각또각. 그녀가 걸음을 옮길 때마다 조용한 복도에 구두 굽 소리가 울려 퍼졌다.

"……!"

객실의 문이 열리자, 그는 미리 와서 그녀를 기다리고 있었다. 아니, 정확히는 서류를 검토하는 데 열심이었다.

"왔어?"

시선을 한번 던지고는 다시금 서류로 고개를 돌려 집중했다. 그러다가 생각났다는 것처럼 그녀에게 시선을 마주치며 아무렇지 않게 물었다.

"결심하고 온 거겠지?"

일상적이기까지 한 그 어조에 세연은 천천히 심호흡했다.

방심할 수 없다. 마음을 놓는 순간 그녀의 빈틈을 놓칠세라 치고 들어오니까.

잠깐의 침묵이 흐르고, 세연은 얼굴을 굳히며 딱딱하게 대답했다.

"물론이에요. 그러지 않았다면 여기 오지도 않았겠죠."

짐짓 비장하기까지 한 그녀의 말에 기우는 피식 웃으며 다시금 서류로 시선을 돌렸다. 은빛 만년필이 간혹 반짝였다. 그러다 생각났다는 듯, 서류를 검토하다가도 다시금 그녀에게로 시선을 돌리길 되풀이했다.

예상치 못한 그의 태도에 세연은 마음이 들끓었다.

시간이 흐를수록 스스로도 알 수 없는 화끈거리는 불길 같은 기운이 퍼져 나가는 것 같았다.

이윽고 그녀는 고개를 돌려 눈앞의 그를 보았다. 역시 낯익은 검은 셔츠에 검은 바지, 그리고 반짝이는 손목에 찬 은빛 시계까지. 아무 일 없는 것처럼 담담히 서류를 들여다보며 일에 몰두하는 그의 모습을 보자 마음의 바닥까지 들쑤셔지는 기분이 들었다.

세연은 눈앞의 그를 똑바로 응시하며 자신도 모르게 원망스러운 감정을 담아 말했다

"난 솔직히 이해가 안 가요. 권기우 씨랑 내가…… 그러니까."

절로 숨이 찼다.

여전히 감정이라고는 찾아볼 수 없는, 눈앞의 습윤한 그의 눈을 보며 세연은 이를 악물며 내뱉었다.

“이제 와 하는 말이지만, 당신은 내게 늘 냉담했어요. 웃는 모습도 잘 보여 주지 않았잖아요? 가끔은 내 일방적인 감정이 아닐까 생각될 정도였으니까……. 그런데 이런 당신이 너무 달라져서 나타나니까 아직도 꿈을 꾸는 것만 같고, 실감을 못 하겠어요.”

어쩔 수 없이 원망스럽게 그를 보는 세연의 눈이 일순간 불을 뿜는 듯했다.

“우리가 그런 사이였나? 대답해 봐요. 아무리 봐도 난 이해가 잘 안 가서 그러거든요. 아무래도 그쪽의 일방적인 감정…… 읍.”

순식간에 벌어진 일이었다.

세연의 입술을 순식간에 그가 빨아들였다. 동시에 세연의 눈은 휘둥그레 커졌다. 쿵쿵, 심장이 빠르게 뛰기 시작했다. 요동치듯 가슴이 덜컥 내려앉고 이루 형용할 수 없는 기분이 들었다. 통째로 삼키듯 그녀의 붉은 입술을 빨아들인 것도 모자라, 순식간에 흡입하듯 입 맞추길 여러 번 되풀이하더니 혀를 넣어 타액을 섞었다. 게다가 능숙하게 연약한 그녀의 점막을 헤집었다. 이 모든 게 실감할 수 없고 전광석화처럼 빠르게 이루어져 숨이 막힐 지경이었다.

순식간에 그녀의 붉은 입술이 부풀어 올랐고 머릿속은 새하얘졌다.

그럼에도 기우는 멈추지 않았다.

“헉헉.”

세연이 가쁜 숨을 몰아쉬는데도, 그는 특유의 무감한 눈길을 물끄러미 던지더니 잘라 말했다.

“여기까지 온 이상, 이미 서로 합의를 본 게 아닌가.”

그가 보란 듯이 천천히 되물었다.

“여전히 난 널 원해. 그것 말고 다른 말이 의미가 있을까?”

그러곤 다시금 짙은 키스를 퍼부었다. 그녀의 모든 것을 공략하듯 멈추지 않는 입맞춤이었다. 일순간 뇌가 마비된 것처럼 아릿해지면서 아무것도 떠올릴 수 없었다. 난공불락의 요새를 마주한 것처럼 도무지 멈추지 않는 난폭한 기세의 입맞춤이었다. 얼얼하게 뿌리까지 뒤흔드는 것 같은 세찬 키스는 순식간에 그녀의 정신을 앗아 갔다. 보란 듯이 세연이 항변했다.

“아, 이게 대체 무슨.”

“넌 벌써 잊어버린 거야? 그때 내 사무실에서 기세가 대단했는데. 박력 있게 그렇게 날 밀어붙였으면서. 펜트하우스에선 언제 그랬냐는 듯 잠잠해서 내가 꿈을 꾸지 않았나, 착각할 지경이야.”

그녀야말로 걷잡을 수 없는 기우의 태도에, 매끄럽게 그녀를 공격하는 능숙한 언변에 넋이 나가 얼떨떨해질 지경이었다.

세연은 심호흡하며 최대한 빨리 정신을 추슬렀다. 그러고는 질끈 눈을 감았다 뜨며 그에게 차갑게 내뱉었다.

“그럼 약속을 지켜 줘요. 여기까지 왔으니까. 물론 내가 어제 팬텀 오디션 본 건 알고 있겠죠?”

세연이 정색하자, 눈을 감았다 뜬 기우가 팔짱을 낀 채로 천천히 답했다.

“물론이야. 그러지 않아도 어제 팬텀의 김 대표와 만났어. 참, 김 대표가 오디션 결과도 전해 줬을 뿐 아니라, 내 제안에 관심을 보였거든.”

“무슨 제안이요?”

절로 목소리가 착 가라앉아 나왔다.

세연이 어쩔 수 없이 불안함이 묻어나는 어조로 묻자 기우가 흘낏 보더니 희미하게 웃음 지은 채로 덧붙였다.

“팬텀이 해외사업을 확장하는 중이니까, 그룹 차원에서도 한번 투자할 가치가 있다고 판단했지. 정확히 말하자면 서원 미디어 해외 사업과 관련이 있어. 이 투자 건은 내가 설명해도 네가 머리 복잡할 거 같으니까 생략하지."

내심 불안해하는 그녀에게 확신을 주듯, 그가 잘라 말했다.

"그냥 간단하게 생각해. 대단한 건 아니니까."

"물론 당신에겐 그럴 테죠. 비록 난 열 군데 넘게 엔터테인먼트 오디션에 떨어졌지만요. 어제 다시 본 팬텀의 오디션도 사실 아슬아슬했지만."

그러자 그녀를 흘깃 쳐다본 그가 물었다.

"그랬다고 전에 말했었지?"

"아, 정확히 열다섯 군데예요."

"그래, 열다섯 군데 떨어졌구나."

다음 순간 이어진 그녀의 솔직한 말에, 처음으로 기우가 웃음을 참는 표정을 지었다. 지금 상황에서 이렇게 느끼면 안 되는 걸 알지만, 왠지 모르게 그가 인간적으로 느껴졌다.

"다시 오디션을 봤어도 떨어질 수 있었어. 팬텀에 들어간 게 중요하지."

그녀를 위로하면서도, 아무렇지 않게 열다섯 군데 연예기획사의 오디션에서 떨어졌다는 자신의 말에 순간적으로 가늘어진 눈도, 억지로 웃음을 참는 듯한 그의 표정도.

그러고 보니 다시 만난 이후로 이 사람하고는 일상적인 대화나 농담을 나눌 여유가 아예 없었구나. 거기까지 생각이 미치다 세연은 다시금 얼굴을 굳혔다. 그렇게 다시 교류를 이어 가서 어떻게 할 건데? 책임지지도 못할 행동으로 또 어떤 결과가 나올지 뻔히 알면서. 그녀는 스스로를 자책하듯 표정을 굳히고선 흔들림 없이 말을 이었다.

"처음엔 한 달 넘게 대답이 없다가 유명한 소속사에서 불합격 통지를 받자마자 그때부터 줄줄이 떨어졌어요. 물론 처음엔 절망적이었고 힘들긴 했지만, 아무렇지 않다면 거짓말이겠죠. 나중엔 그 떨어지는 느낌을 꼭 자학하듯 받아들였던 것 같아요."

자조적으로 들릴 수도 있는 말.

그럼에도 고통스러운 시간을 딛고 긴 터널에서 벗어난 이들이 그러하듯 강한 의지가 묻어나는 어조에, 기우는 말없이 물끄러미 그녀를 응시할 뿐이었다.

그런 그에게 똑바로 시선을 던지며 세연은 천천히 덧붙였다.

"그때는 너무 힘들었지만, 고통스러웠지만 다 지나온 지금은 한층 단단해질 수 있는 계기가 된 것 같아 고마워요. 진심이에요. 아, 그래도 열다섯 군데 떨어진 건 너무 심했나?"

여전히 말이 없는 기우를 세연은 흘낏 바라보았다.

무슨 생각을 하는지 당최 알아차릴 수 없는 무감한 검은 눈은 여전히 그녀에게 못 박혀 있었다.

"차라리 잘된 거야. 빈말이 아니라, 팬텀에 들어가면 그 실패한 경험을 살려서 결국 넌 성공까지 가게 될 거야. 실패에서 얻은 게 있을 테니까."

잠시 삼십 대 초반의 나이에 어울리는 인간적인 모습을 언제 보여줬나 싶게 기우가 다시금 천천히 팔짱을 꼈다. 기우는 평소의 그로 돌아가 있었다. 그가 곧바로 용건을 꺼냈다.

"팬텀의 김 대표는 내 제안에 관심을 보였어. 그래도 절차는 제대로 밟아야 하니까. 아까 말했다시피 팬텀은 해외 사업도 확장하고 있고, 비록 배우 쪽 매니지먼트에 치중하고 있지만 연습생을 아예 안 뽑는 건 아니야. 실제로 그룹 플로라가 데뷔를 앞두고 있기도 하고. 팬텀의 1팀이 배우의 스케줄을 전담하고 있다면, 2팀은 신설돼서 음반 기획 및 총괄 제작을 하고 있으니까. 홍보팀도 있으니 아무래도 절차는 갖추는 게 좋겠지."

그의 말에 잊고 있던 오디션의 팽팽했던 긴장감이 떠올랐다.

눈앞에 버티고 선 그를 한번 흘깃하고는 세연은 숨을 들이마셨다. 그녀가 천천히 말했다.

"그래요. 당신 말대로 팬텀의 임원들이 보는 앞에서 오디션도 잘 치렀어요. 우여곡절이 있었지만…… 이제 목표를 향해 한 발자국 전진했으니까."

그 말과 동시에 세연은 보란 듯이 허리를 곧추세웠다. 그러고는 팽팽한 긴장감을 담아 그를 마주 보았다.

"그리고 난 그 대가를 치러야겠죠. 그러기 위해 여기 온 거니까. 아닌가요?"

짐짓 아무렇지 않게 날을 세워 확인하는 그녀의 말에, 그 역시 말없이 수긍했다. 세연은 그에게 미리 단호히 못 박았다.

"다시 말하지만 당신을 만나지 않기 위해선 뭐든 했을 거예요. 결국 이렇게 받아들였지만. 적어도 이건 알아 뒀으면 해서요. 날 이렇게 벼랑 끝으로 몰아가고, 평소에 하지 않을 심한 말과 행동, 극적인 제스처를 하게 만드는 건 당신이란 걸."

하지만 그는 전혀 아랑곳하지 않았다. 세연은 쉬어 버린 목소리로 경고했다.

"난 미리 확실하게 말해 뒀어요."

그 말을 끝으로 침묵이 흘렀다. 세연은 고개를 들었다. 그러자 나지막한 목소리가 그녀에게 날아와 꽂혔다.

"마음대로. 각오했던 바야. 그 정도 예상도 안 하고 시작한 건 아니니까. 그리고 하나 더 말하지. 이제 넌 내게서 벗어나는 게 불가능해. 앞으로 벼랑 끝에 몰린 네가 무슨 행동을 하든 난 네 곁에 있을 테니까."

그가 말했다.

"이제 내가 돌아온 현실을 받아들여."

여전히 그녀의 안을 헤집듯 서늘한 기우의 눈이 세연의 앞에 있었다. 그 눈을 피하기란 불가능했다. 못 박힌 듯한 그 시선은 어딜 가도 그녀를 놓지 않고 따라올 것이기에. 세상 어디에도 그녀에게 고정된 그의 눈빛을 피할 곳이란 없었다.

어차피 여기까지 온 이상 이미 결론은 정해져 있다.

"……."

굳게 마음먹은 세연이 다음 순간 걸치고 있던 니트를 벗자 기우가 표정이 변했다. 순식간에 싸늘하게 식어 버리듯 그가 차가운 눈으로 그녀를 응시했다. 그러고는 팔짱을 낀 채로 느릿하게 훑고는 말했다.

"그만. 벗지 마."

의미를 알 수 없는 말에 세연은 잠깐 멈칫했으나 그것도 잠시, 그를 노려보았다. 도대체 그는 언제까지 자신을 좌지우지할 수 있다고 생각하는 걸까. 이미 5년 전으로 충분하지 않나. 아무리 몸부림쳐도 결국 원점으로 돌아온 기분이다. 그녀는 고갤 돌려 차갑게 그에게 시선을 주면서 강하게 잘라 말했다. 보란 듯이 고개를 빳빳하게 치켜들면서.

"내게 강요하지 말아요, 권기우 씨. 더는 갈팡질팡하게 만들지 말라구요. 내가 여기까지 얼마나 힘들게 왔는데……."

굳이 그의 동의를 바라고 한 말은 아니었다.

이윽고 완전히 생각을 정리한 그녀는 잘라 말했다.

"난 내가 벗고 싶을 때 벗고 걸치고 싶을 때 걸칠 거예요. 내가 그렇게 하고 싶다 결정 내리고 그렇게 움직일 때 당신은 할 수 있어요. 그게 내 자유의사예요."

세연은 꼿꼿하리만큼 버티고 서서 차갑게 말을 이었다.

"그러니까 난 내가 하고 싶은 대로 하겠어요. 결심하고 온 거니까."

그녀가 흔들림 없이 그를 마주하자 기우의 표정이 변했다. 이윽고 기우가 팔짱을 풀고 천천히 말했다.

"좋은 자세야."

비웃는 게 아닌 순수하게 경탄하는 것 같은 어조.

믿지 못할 기우의 반응에 세연은 그대로 굳어졌다.

"이대로라면 나와 끝낼 수 있는 시간이 앞당겨지겠는데? 네가 원하는 대로 확실하게 방점을 찍을 방법이지."

그 말과 동시에 그가 성큼 그녀에게로 다가왔다. 코를 스치는 은은한 그의 체향. 그녀를 보는 눈빛 역시 어쩔 수 없는 욕망을 담고 있다. 세연은 애써 눈을 감았다. 우뚝 멈춰 서서 눈을 감았다 떴다. 그러자 점점 더 가까워지는 은은한 그의 체취. 그가 점점 더 다가왔다. 평소 단정한 머리칼 역시 약간 흐트러진 채 부드럽게 흘러내렸다.

그 느낌이란 이루 말할 수 없었다.

결심은 했지만, 갑자기 인정사정없는 얼어붙은 세계로 들어가는 것 같은 숨 막힐 듯한 느낌이 엄습해 왔다. 이건 현실이다. 말 그대로 몸과 몸이 부딪쳐 앞으로 그와 해결해야 했다. 닥쳐온 난제에 세연은 심호흡했다.

그리고 다음 순간 기우가 그녀를 불렀다.

"세연."

이윽고 그가 숨겨져 있던 본모습을 드러내듯 가차 없이 그녀에게 확인했다.

"더 시간 낭비를 할 필요가 있을까?"

침묵이 흐르고, 세연은 고개를 들어 피하지 않고 그를 마주 보았다. 그녀를 마주 보는 기우의 눈은 또렷하고 분명했다.

어느 순간 정지된 것 같은 조용한 펜트하우스.

눈이 내리듯 사락, 소리와 함께 그녀의 윗옷이 벗겨졌다.

세연의 윤기 흐르는 짙은 밤색 머리칼도 흘러내렸다. 이어서 부드러운 실크 블라우스가 흘러내린 후, 검은 스커트 역시 바닥에 떨어졌다.

순식간에 세연은 하얀 브래지어와 레이스 팬티만 걸친 채 서 있었다. 맹렬한 수치심과 부끄러움을 담은 채로. 펜트하우스의 조명 아래, 매끄러운 하얀 피부를 드러낸 세연의 눈빛은 마주 선 그를 향해 서늘한 빛을 쏘아 보내고 있었다.

그 순간에도 그녀를 결코 놓아주지 않겠다는 듯이 감싸는 은은한 그의 체향. 그녀는 질끈 눈을 감은 채 각오를 다지며 드디어 다가온 그의 몸을 받아들였다.

처음에만 어려웠지, 결심하고 금기를 깨는 건 어렵지 않았다. 검은 셔츠와 검은 바지, 그리고 메마른 화석처럼 감정 없이 그녀에게 고정되었던 시선.

게다가 마음의 문을 닫고 차갑게 그를 대하려 해도 지난 기억이 떠올라 동요하지 않을 수 없었다. 눈앞에 드러난 반라의 그의 모습을 보자 세연의 마음은 복잡해졌다. 그 역시 스커트와 블라우스를 벗은 내 모습에 마음이 복잡할까?

드디어 보기만 해도 아찔한, 오랜 시간 운동으로 단련된 단단한 근육질의 몸이 부딪쳐 왔다. 절로 숨이 막혀 왔다. 반라의 기우의 몸이 집요하게 집어삼키듯 그녀를 공략해 왔다.

"……!"

각오하고 그를 받아들이긴 했지만 말처럼 쉽지 않았다.

이 순간 생생한 기우의 체온이 느껴지고, 숨 막힐 듯한 그의 압도감에 그녀는 꼭 집어삼켜지는 듯했다.

다음 순간 그는 차갑게 명령했다.

"날 안아."

뜻밖의 말에 움찔 놀란 세연이 고개를 돌리자 비스듬히, 동요 없이 바라보는 기우의 얼굴이 눈에 들어왔다.

다짜고짜 그를 안으라니. 전혀 예상치 못한 일이었다.

예전 같으면 동요했을지도 모르겠다. 하지만 상관없었다. 세월이 흐른 지금, 이젠 그녀가 그에게서 직접 벗어날 테니.

여전히 못 박힌 듯 그녀에게서 움직이지 않는 그의 시선이 느껴졌다. 다음 순간 세연은 한 치의 망설임도 없이 손을 뻗어, 보란 듯이 그를 안았다. 그러고는 눈썹을 추켜세우며 담담하게 물었다.

"이렇게요?"

아무렇지 않게 그를 안았으나 그녀의 손은 어쩔 수 없이 후들, 떨리고 있었다. 사람인 이상, 아무런 감정을 느끼지 않을 리 없었다. 당연했다. 게다가 상대는 5년 전 그녀의 삶을 완전히 뒤바꾼 것도 모자라, 여전히 막강한 영향력을 발휘하는 인물이었다.

이 순간 세연의 눈은 어둡게 요동치듯 흔들렸다. 동요하지 않을 수 없었다. 느껴지는 그의 체온, 생생한 감촉. 그녀의 머릿속 상상이 아닌 뜨겁게 피가 흐르는, 게다가 뜨거운 체온과 향긋한 잔향이 절로 정신을 혼미하게 했다.

막연히 떠올리는 것과 실제로 부딪치는 것은 너무나도 큰 차이가 있었다. 작정하고 부딪쳤지만, 전혀 예상치 못한 순간 그녀의 긴장을 샅샅이 녹이듯 흡인력을 발산하니까.

"아니, 좀 더 진심을 담아서."

그 말에 더욱 힘주어 그를 안았던 세연은 다음 순간 퍼뜩 굳었다. 새삼 잊고 있던 기억을 그가 불러일으킨 것처럼.

"그래, 날 안아. 5년 전 그때처럼."

기우가 그녀를 보면서 쓰게 웃었다.

"그때처럼 날 사로잡아 봐. 그게 네가 나에게서 벗어날 수 있는 확실한 방법일 테니."

일순간 느껴지는 것은 공포였다. 여차하면 그에게 송두리째 사로잡힐 것만 같은 기분이 들었다. 이대로는 그의 영향력에서, 그녀가 그렇게나 노력했던 지난 5년간 의 기억에서도 다시는 못 벗어날 것 같은 공포감이 순간적으로 느껴졌다.

때문에 세연은 부서져라 그를 힘껏 껴안았다. 이것이 그에게서 벗어날 수 있는 유일한 방법임을 본능적으로 알았기 때문에. 그러고는 따스한 그의 입술을 찾았다. 예전이라면 그녀가 절대 하지 않았을, 그를 사랑했던 잔인했던 5년 전의 기억을 스스로 불러내듯 이 순간 기꺼이 그에게 사랑을 속삭였다.

"좋아해요……. 좋아했어요, 권기우 씨. 진심으로."

세연은 눈물을 머금고 그에게 말했다. 온 마음을 다해 진심을 그에게 속삭였다.

"그래서 진심으로 부탁해요. 날 놓아주세요."

침묵이 흘렀다.

"놀랍군."

이윽고 그녀에게서 시선을 떼지 않은 채로 기우가 낮게 중얼거렸다.

"나와 헤어질 수 있다면 뭐든 할 수 있다니. 이게 정말 네가 느끼는 순수한 진심인가?"

그 말과 동시에 그가 고개 숙여 세연의 입술에 차갑게 입술을 갖다 댔다. 세연은 흠칫 몸을 떨었다.

느껴지는 그의 생생한 입술의 감촉. 다가온 그의 입술은 델 것처럼 뜨거웠다.

세연은 순식간에 거칠게 감정을 발산하듯 다가오는 그에게 홀린 듯이 시선을 떼지 못했다. 그 역시 멈출 수 없는 열망에 사로잡힌 듯 머뭇거리지 않고 다가와 세연의 입술을 열었다.

"세연……."

주문처럼 나직하게 그가 이름을 부르자, 세연은 부르르 떨었다. 왜인지 떨림이 멎지 않았다. 각오했던 일인데 왜 이런지 모르겠다. 막상 뜨거운 그의 체온과 입술을 맞닥뜨리자, 정신이 아찔해졌다.

"세연아……."

게다가 말릴 수 없는 입맞춤이 계속 퍼부어진다는 게 문제였다. 그것도 그녀의 온몸에.

기우는 굳이 그녀의 놓아 달라는 애원에 화가 났다는 것을 숨기지 않았다. 그녀를 말없이 훑듯이 내려다보는 눈동자는 분노를 감추지 못한 채 서늘하게 짙어져 있었다.

그는 행동으로 보여 주었다. 그녀의 모든 것을 남김없이 샅샅이 탐하고 빨아들이려 했다. 강한 흡입력으로 그녀의 온몸에 인정사정없이 그만의 낙인을 찍듯이 멈추지 않았다. 그리고 무엇보다 불덩어리와도 같은, 응징하는 듯한 입맞춤에 세연은 마치 오랫동안 잠들어 있던 그녀 안의 뭔가가 깨어나는 기분이었다. 도무지 멈출 수가 없었다. 평소의 그녀답지 않았다. 도무지…….

"아……!"

다음 순간 세연은 고개를 젖히며 참았던 비명 섞인 신음을 내질렀다. 도저히 참을 수가 없었다. 더는 참을 수가 없다. 낯설고도 불타오르는 감촉은 송두리째 그녀를 태워 버리는 듯했다.

그의 키스는 끝끝내 멈추지 않고 그녀의 모든 것을 소유하려 들었다. 이건 그가 아니었다. 낯선 남자였다.

멈추지 않는 혼란과 혼돈. 그를 받아들이던 세연은 너무나도 열정적이고 격렬한 그가 꼭 커다란 불덩어리 같다고 생각했다. 도무지 멈출 기세가 없는 활활 타오르는 불덩어리. 그만큼 기우의 공세는 무자비했다.

"아……."

곧이어 질척거리는 뜨거운 혀가 그녀의 입술 안을 꿰뚫고 그녀를 탐했다. 물컹거리는 생경한 감촉과 함께 느껴지는 뜨거운 숨결. 연약한 그녀의 안을 인정사정없이 헤집고 사정없이 빨아들였다. 그것도 모자라서 뜨거운 숨결과 함께 그녀의 귓가에 대고 속삭였다.

"너는 날 미치게 해. 예나 지금이나…… 변하지 않았어. 정말 이거 하나는 경의를 표하고 싶어져. 아마도 넌 비웃겠지만."

그 속삭임에 본능적으로 고개를 돌리자, 어두운 눈동자와 마주쳤다. 그의 눈은 한없이 침잠해 있다. 세연은 말없이 시선을 주었다. 적어도 그 어두운 빛깔의 눈동자에선 거짓이라고는 느껴지지 않았다.

눈이 마주치자, 그가 낮게 속삭였다.

"가끔은 생각했었지. 널 만나지 않았더라면, 네게 속수무책으로 이끌리지 않았더라면 내 삶은 충분히 안정적이지 않았을까, 하고. 너 때문에 맛보았던 혼돈과 파국, 후회하냐고?"

여전히 기우가 그녀에게서 눈을 떼지 않고 말하자 세연은 절로 숨이 막혀 왔다.

"……널 더 사랑하지 않아서 후회한다. 멈출 수 없었어. 그 어떤 짓을 해도, 그 무엇을 해도 멈출 수 없었으니까."

그러곤 기우는 고개 숙여 거리낌 없이 그녀를 애무했다.

헉, 세연은 절로 숨이 막혀 왔다.

순간 시선을 뗄 수 없는 칠흑 같은 머리칼이 흘러내렸다. 그가 고개를 젖히고 능수능란하게 그녀를 애무하는 모습은, 막상 그녀가 겪는 일인데도 꼭 영화의 한 장면처럼 현실감 없게 느껴질 정도였다.

하지만 그것도 잠시, 믿지 못할 만큼 강렬하고도 이상야릇한 감각에 세연은 헉, 숨을 들이마셨다.

그만큼 기우의 유혹적인 체향이 그녀를 감싸고 고개 숙여 감미롭게 애무를 해 댔다.

"아, 헉……!"

절로 신음이 나왔다. 그럴 수밖에 없는 것이, 기우가 고개 숙여 그녀의 목가를 빨아들였기 때문이다. 이루 형용할 수 없는 감각이었다. 뜨거운 그의 입술이 닿을 때마다 절로 흠칫흠칫 몸을 떨게 됐다. 매끄럽고 하얀 그녀의 목가를 기우의 뜨거운 숨결이 감싸고 거칠게, 능수능란하게 유린했다.

그녀의 향기 나는 매끈한 목가의 감촉을 즐기듯이 깊숙이 빨아 대던 그가 어느 순간 이를 세웠다.

"헉!"

외마디의 신음이 새어 나가고, 세연은 자지러지듯이 고개를 젖히며 전율했다. 그가 거부할 수 없는 유혹처럼 그녀에게 속삭였다.

"이렇게 널 원해. 5년 전에 그랬던 것처럼 변함없이……. 아니, 영원히."

훅, 뜨거운 숨결이 끼쳐 왔다.

무더운 입김이 그녀의 귓구멍을 간지럽혀서 세연은 흠칫 몸을 떨었다. 그게 끝이 아니었다. 아랑곳하지 않고 할짝, 야릇한 그의 애무에 절로 머리끝이 곤두섰다. 한계였다. 냉담하게만 보이던 그가 대담하리만큼 그녀를 애무하니, 느껴지는 간극에 미칠 것만 같았다. 무엇보다 견딜 수 없는 건, 이대로 거침없는 그의 기세에 무기력하게 끌려들어 갈 것만 같아 반발심이 치민다는 것이었다.

그렇게 몸부림치다가, 문득 사라지지 않는 마음속의 그림자에 세연은 저도 모르게 불쑥 내뱉고 말았다.

"……케이, 당신이 보고 싶었어. 계속 당신에 대해 생각했어. 잊을 수가 없었어. 그래서 이렇게 다시 만났어. 5년 전과 같이."

그에게 똑똑히 들으란 듯이 그룹 에어에서의 예명을 부르자, 일순간이지만 기우의 눈이 흔들렸다.

그의 눈이 드물게 동요를 일으키며 자신을 바라보았다. 그 시선을 느낀 세연은 가쁘게 숨을 몰아쉬었다. 그녀는 천천히 힘주어 말했다.

"5년 전에는 난 이렇게 말했겠죠. 하지만 이젠 달라요. 난 당신과 헤어지고 싶어요, 권기우 씨."

"5년 전에도 넌……."

그가 잠시 숨을 들이마시더니 속삭이듯이 말했다.

"그때에도 넌 강철 같은 의지를 보이긴 했었지. 이 정도로 강인하지는 않았지만. 물론 그 징조는 보였었어. 그래서 날 사로잡았었지."

읊조리는 듯한 음성.

그렇게 말하는 것과 동시에 기우는 세차게 그녀의 흔들리는 가슴을 깨물었다. 세연은 흠칫하며 '아' 드높은 소리를 냈다. 그러자 기우가 어두워진 눈동자로 그녀를 내려다보며 다시 그녀의 가슴을 입에 베어 물었다. 그리고 놓칠세라 거칠게 입에 넣고는 굴렸다. 생각지도 못한 공세에 세연의 얼굴은 창백해졌다. 아랑곳하지 않고 그녀의 가슴을 힘차게 입에 굴리며 기우가 웃으면서 말했다.

"넌 날 미치게 만들었지, 지금처럼. 그건 확실해."

하아, 세연은 자신도 모르게 거친 숨을 들이마셨다. 기우가 아무렇지 않게 말했다.

"그런데 어쩌지? 이제 웬만해서는 널 향한 감정이 멈출 거 같지 않아."

이내 가슴에서 고통이 느껴졌다. 아앗, 세연은 자신도 모르게 새된 소리를 냈다. 무자비한 흡입력이었다. 그는 마음이 아니라 정말 그녀의 부풀어 오른 가슴을 아프게 했다. 그에게서 벗어나지 못하게 압박한 후 흉포하게 빨아들였다. 순식간에 부풀어 오른 가슴의 유두가 짙은 빛깔을 띠었다.

세연은 채 비명도 내지르지 못하고 몸부림쳤다. 이루 말할 수 없는 기분이었다. 순간 숨을 못 쉬게 들이차듯 기우가 인정사정없이 그녀를 내리눌렀다.

눈앞이 새하얗게 흐려지면서 미칠 것만 같았다. 차마 숨도 쉬기 힘들었다. 각오는 했지만 정말 그는 멈추지 않았다. 말 그대로 무자비하게 집어삼키듯 키스했고 유감없이 쥐어짰다. 기다란 손가락으로 신음하는 그녀에게서 쾌락을 이끌어 냈고 낱낱이 맛보았다. 그가 선언한 대로, 온전히 그녀의 모든 것을 손에 넣고 차지해야 직성이 풀리는 사람처럼, 꼭 이성을 잃어버린 사람처럼 유감없이 그녀를 맛보았다. 그 끝없는 시도에 세연은 절로 몸이 부르르 떨렸다.

"……!"

다음 순간 고개 숙인 기우가 아무런 주저나 망설임 없이 그녀의 은밀하게 젖은 아래를 빨아들이기 시작했다. 세연은 전율했다. 도저히 믿을 수 없어 순간 딱딱하게 굳어진 얼굴로 그를 쳐다보았다. 세연은 절로 경직되었으나, 기우는 개의치 않았다. 순식간에 화끈거리며 붉어지기 시작한 그녀의 아래를 탐욕스레 빨아들였다. 쪽쪽, 원색적이기까지 한 소리에 절로 그녀의 얼굴이 붉어졌다. 그것만이 아니었다. 삐걱삐걱. 기우가 움직일 때마다 침대는 흔들렸고, 절로 세연의 몸이 들썩였다.

참을 수 없는 고통 섞인 쾌락이 깊어 갈수록 세연은 자신도 모르게 새된 비명 소리를 내질렀다.

"아아아……! 그만, 아!"

절로 그녀의 은밀한 아랫부분이 경련하듯 긴장하는 느낌이 들었다. 자궁벽이 단단해지고, 수축하는 것처럼 딱딱하게 아파 왔다. 하지만 아랑곳하지 않고 기우는 계속해서 그녀를 애무했다. 멈추지 않고 그간 굳게 닫혀 있던 그녀의 몸과 마음을 열어 갔다.

그것도 모자라, 기우는 애써 이를 악물다시피 아무런 소리를 내지 않는 그녀를 차갑게 힐난하기까지 했다.

"왜 소리를 내지 않지?"

그 말은 그녀가 그를 제대로 만족시키지 않았다는 것처럼 들렸다.

'이래서는 아무것도 안 돼. 빨리 그가 떠나게 만들어야 한다. 어서.'

당황한 세연은 자신도 모르게 그녀의 부풀어 오른 가슴을 강도 높게 빨아들이는 기우의 몸놀림에 적극적으로 호응했다. 그의 단단해진 남성을 떨리는 손에 넣었다. 그러고는 부풀어 오르기 시작한 남성이 딱딱해질 때까지 계속 손에 쥐고 힘을 주고 자극했다. 그건 본능에 가까웠다.

그리고 그 순간 머릿속에 분명하게 떠오르는 세 글자, 유지수.

아이러니했다. 비록 그녀가 목적을 이루기 위해서는 기우와 더욱 가까워져야 하지만, 막상 이 문제의 그린우드 호텔에서 그와 몸과 몸으로 부딪치면 머릿속은 새하얘졌다. 회로가 엉망으로 뒤엉키는 것처럼, 정면으로 충돌했다.

'목표를 위해 그를 밀어내면 안 돼. 뭐 하는 짓이야.'

스스로를 타이르며 애써 억누르려 했지만, 상념은 멈추지 않고 이어졌다. 어떻게든 그를 떠나보내야 한다는, 과거의 악몽으로 되돌아가서는 안 된다는 강박관념과, 그렇게 하면 그녀가 목표로 하는 유지수에게 가까이 다가갈 수 없게 된다는 냉정한 현실에 어쩔 수 없이 현기증이 일었다.

그러면서도 숨을 쉬듯 그에게서 벗어나길 꿈꾸게 되는 것을 멈출 수가 없었다. 어쩔 수 없었다. 살기 위해 공기를 들이마시고 호흡하는 것처럼, 불가항력이었다.

어서 그를 떠나게 만들어야 된다는 생각에 절로 조바심이 났다. 그래서 그의 믿을 수 없으리만큼 격렬한 움직임에 호응했다. 이 순간에도 내리붓듯 쏟아지는 입맞춤에 절로 정신이 혼미해졌다.

'그만두게 해야 돼. 무슨 일이 있어도, 그 어떤 대가를 치르더라도.'

그녀는 자꾸 약해지려는 스스로를 채찍질했다.

'어떻게든 끝내야 해! 더는 안 돼. 서둘러.'

눈을 질끈 감고 두 팔로 그를 완전히 자신의 품 안으로 끌어들였다. 마치 스스로를 결박하듯, 혹여나 그를 놓칠세라 두 팔로 힘껏 그를 감쌌다. 그러고는 그의 다음 행위를 재촉하듯 힘껏 두 팔로 기우를 감싸고는 그를 받아들였다. 비정상적이기까지 한 관계에 서둘러 방점을 찍으려는 듯 세연은 절대 멈추지 않았다.

거듭 이어지는 그와의 팽팽한 몸의 대립. 질척하게 젖은 음란한 그들의 관계에 어떻게든 방점을 찍기 위해, 그래서 잠시라도 빨리 이 적응 안 되는 순간을 끝내기 위해 세연은 안간힘을 썼다.

"어서요!"

스스로를 벌주듯 가빠진 숨을 내쉬며 그를 재촉했다.

"하아…… 어서 놓치기 전에 서둘러."

그리고 그러한 그녀의 절박한 몸놀림은 기우의 심기를 건드린 것 같았다.

"어서요! 빨리."

거듭 약해지려는 자신을 채찍질하듯 충동질했다. 그의 마음이 변하기 전에 다음 행동을 촉구하듯 본능적으로 움직였다. 오로지 이 숨 막히는 듯한 둘만의 공간에서 나가고 싶다는 생각밖에 없었다. 그래서 본능적으로 서둘렀다.

"헉헉."

문득 가쁘게 숨을 들이마시던 세연은 멈칫했다. 언제부턴가 믿기지 않으리만큼 격렬하게 그녀에게 키스를 퍼붓고 그녀의 온몸을 쓰다듬던 기우가 움직이지 않았다. 그가 텅 빈 눈으로 천천히 내뱉었다.

"정말 대단한데? 너라는 여자. 이렇게까지 할 수 있다니."

그가 낮게 중얼거렸다. 씁쓸함까지 묻어나는 어조였다.

"그만큼 내가 떠나길 바라는 반증인가. "

굳이 답변을 바라고 묻는 것 같진 않았다. 기우가 그녀에게서 시선을 떼지 않고 담담히 말했으나, 이상하게 그 시선이 서걱거리며 사정없이 가슴을 찔러 대는 것 같았다. 하지만 세연은 끝끝내 대답하지 않았다. 그린 듯한 눈썹이 휘며 떠본 것도 잠시, 그가 딱 잘라 말했다.

"하지만 객관적으로 판단했을 때 아직 부족해."

그것도 이의를 제기할 수 없을 정도로 단호한 말투였다. 선언하듯 기우가 말하자, 순간적으로 할 말을 잃어버린 세연은 숨을 훅 들이마셨다.

"그건 무슨 뜻이죠?"

세연이 미덥지 못하다는 기색을 숨기지 않자 기우가 서늘하게 눈빛을 빛냈다. 그가 가차 없이 덧붙였다.

"유지수를 잊었나? 넌 그 애를 쓰러뜨리고 싶은 거 아냐?"

냉정한 말에 세연은 훅 숨을 들이마셨다.

"넌 그냥 손 하나 까딱하지 않고 그냥 받기만 해도 돼."

하지만 이내 기우는 담담히 그녀를 보며 혹독하고도 모진 음성으로 선언했다.

"하지만 다음에도 이러면 안 돼. 너도 내게 받은 감정, 모든 걸 돌려줘야 돼. 그래야 내 감정이 충족되어 널 떠날 수 있을 테니까."

눈앞의 그는 그녀가 보는 것을 의심하게 만든다. 평소의 모습이 상상도 안 될 정도로 거침없이 그녀를 탐했으면서도 결코 만족하려 하지 않았다. 여전히 그녀의 전부를 요구했다. 그녀가 감당할 수 없는 극한까지 쥐어짰다. 완전히 그녀를 샅샅이 함락하듯 그의 전부를 받아들이게 했다. 그렇게 함으로써 완전히 그녀를 소유할 수 있다는 듯이 멈추지 않고 그녀를 탐했다.

게다가 정작 그녀를 곤혹스럽게 만든 건 따로 있었다.

깜빡, 깜빡.

아무리 눈을 감았다 떠도 창백하리만큼 하얀 그의 얼굴이 눈에 들어왔다. 꼭 자신을 매혹하는 조각상을 바라보는 듯한 시선으로 그녀에게만 고정된 눈빛이 보였다. 참으로 견딜 수 없는 기분이었다. 열렬하게 숭배하듯 자신을 바라보는 그의 시선이란. 그것도 모자라서 그녀 눈앞의 조각상처럼 매끈한 느낌을 주는 아름다운 남자는 열렬하게 구애를 하듯 고개를 숙였다. 그리고 거리낌 없이 그녀의 숨겨져 있는 은밀한 골짜기를 거침없이 빨아들였다. 절로 낯이 화끈거리고 숨이 거칠어졌다.

한순간 멍해졌다. 이건 꼭 영화의 한 장면이 아닐까. 차라리 카메라가 돌아가고 연기였으면 좋겠다고 멍하니 되뇌는 순간이 찾아왔다. 사로잡힌 듯 바라보는 시선. 그것도 모자라 그답지 않게 속삭이듯 그녀의 이름을 부른다.

"세연…… 세연아."

어느새 펜트하우스를 채운 뜨거운 열기. 실오라기 하나 걸치지 않고 몸과 몸이 맺어지는, 온몸이 후끈 달아오르는 가장 뜨겁고도 격렬한 순간에, 냉정한 그 역시 어쩔 수 없이 숨겨진 본심을 드러냈다.

'이런 시선, 이상해. 낯설고 익숙해지지가 않아.'

마치 경건하게 숭배하는 듯한, 그녀를 사랑하는 마음을 숨기지 못하는 눈빛. 아무리 봐도 익숙해지지 않았다. 순간순간 스쳐 가듯 엿보이는 믿을 수 없는 그의 진심에 동요하게 된달까. 그것도 모자라 어느 순간 녹아들듯 그녀에게 입을 맞추며 나직한 어조로 속삭이기까지 했다.

"그냥 맡겨 봐. 숨 쉬는 것처럼 자연스럽게. 애써 밀어내려고 하지 말고."

그 말을 뱉자마자 그가 움직이기 시작했다. 더는 거칠 것 없다는 것처럼, 하지만 난폭하지 않게 부드럽게도 섬세하게 그녀를 안았다. 놀랍게도 그녀를 녹일 듯 조심스레 애무하기 시작했다.

조심스러운 그 손길에 그녀의 눈이 커졌다. 하지만 세연은 더는 견딜 수 없어 작심하고 그를 밀어냈다. 가만히 있다가 그의 페이스에 일방적으로 휩쓸리는 건 싫다. 더 이상은 거절한다.

"아뇨, 차라리 난 이게 편해요. 그러니까……."

그런 결심 하나로 세연은 난폭하게 공격하듯 그의 꿈틀거리는 남성을 손에 꽉 움켜쥐었다. 그러고는 흔들림 없이 그녀의 은밀한 아래로 가져갔다. 이미 계속 흘러나온 애액으로 안은 젖어 있었지만, 그래도 팽팽하게 휘어진 뜨거운 남성을 일방적으로 안에 넣기란 쉬운 일이 아니었다.

그럼에도 세연은 굴하지 않았다.

더 이상 일방적인 그의 페이스에 휘말리기도 지쳤고, 그녀의 자존심 또한 그걸 허락지 않았다. 차라리 고통스러운 게 나았다. 그게 머리가 쭈뼛 곤두설 정도로 고통스럽고 찢길 정도로 아플지라도.

"……!"

세연은 그의 성난 남성을 억지로 쑤셔 넣다시피 자신의 안에 넣기를 시도했다. 계속 멈추지 않고 흘러나오는 하얀 애액 속 꽃잎에 넣기를 멈추지 않고 시도했다. 물론 힘들다는 건 안다. 지금도 쭈뼛쭈뼛 머리를 찌르는 듯한 고통은 현재 진행형이니까. 이제는 그녀의 비밀스러운 안 역시 붉게 화끈거리며 아파 오기 시작했다.

"하아."

숨이 가빠 와 나직한 한숨을 토해 내며 세연은 머릿속으로 떠올렸다. 가빠지는 숨결 속에 자학하듯 일 초, 일 초 머릿속에 강렬한 고통을 흘려보냈다.

'이대로 멈추면 5년 전과 달라지는 게 도대체 뭐가 있지?'

그래서 멈추지 않았다. 아니, 멈출 수 없었다.

유지수, 오로지 목적한 유지수에게 가까이 가기 위해서. 세연은 이를 악물었다. 더할 나위 없이 친숙한 몸의 행위. 그럼에도 마음만은 그를 밀어내기 위해 안간힘을 썼다. 그녀조차도 느낀 이 극렬한 모순의 간극, 이율배반. 이 순간 어지럽게 머릿속에 글자들이 춤을 추었다. 본능적으로 5년 전으로 돌아가지 않기 위해 세연은 이를 악물었다.

실상 무자비하게 집어넣는 행위에 가까웠다. 그녀의 고통이 이어질수록 기우의 표정 역시 서서히 변하고 있었다. 그런 기우의 얼굴은 무서우리만큼 창백하게 질려 있었다. 검게 가라앉은 눈빛 역시 숨길 수 없는 그의 고통을 드러냈다.

"너는……."

이윽고 그가 낮게 말했다.

"이렇게까지 할 수밖에 없는 건가? 결국."

기우가 천천히 반문했다.

"날 꼭 이렇게 밀어내야 속이 후련하고 직성이 풀리나."

순간 세연은 가슴이 덜컹 내려앉았다. 눈앞의 기우는 믿을 수 없게도 그녀 때문에 괴로워하고 있었다. 자신 때문에 이렇게 괴로워하다니. 믿을 수 없었다. 아무리 봐도 실감할 수 없었기에, 세연은 눈에 보이는 믿기지 않는 광경에 눈을 의심하기까지 했다. 그랬다. 자신이 그를 이렇게 만든 것이다. 그 부정할 수 없는 사실에 쿵쿵 심장이 다시금 빠르게 뛰기 시작했고, 등줄기에 축축한 식은땀이 흘러내렸다. 그것도 잠시, 이대로 멈출 수 없다는 생각에 서둘러 움직였다. 석고상처럼 하얗고 딱딱하게 질린 기우가 자신 때문에 괴로워하는 걸 보자 고민이 됐지만, 번민은 짧았다. 세연은 고개를 저었다.

하지만 그녀가 단단히 마음먹고 다시 움직이려는 찰나, 기우가 더 이상 움직일 수 없게 그녀를 막았다.

"왜……? 왜 그러는 거죠?"

순간 당황한 표정을 숨기지 못하고 세연이 묻자 갑자기 기우가 그녀의 턱을 들어 올렸다. 그러고는 자기에게서 결코 벗어나지 못하게 힘주어 그녀의 고개를 돌려, 그대로 그를 보게 했다. 꼼짝할 수 없게 그녀의 시선을 자신에게로 붙박은 채, 짙어진 눈으로 그대로 입을 맞췄다.

"읍."

그녀의 모든 걸 흡입하는 듯한 키스에 절로 신음 소리가 흘러나왔다. 익숙한 그의 체향이 다시금 그녀를 휘감았다. 세연은 버둥거리며 그 손길에서 벗어나려고 몸부림쳤다. 그녀의 반응에 서서히 그의 표정이 변했다. 세연은 흠칫했다. 고개를 돌리자 차가워진 기우의 눈이 그녀를 노려보고 있었다. 그가 낮게 속삭였다.

"영혼 없는 눈. 꼭 딱딱한 나무토막이 생각나."

"네? 뭐라구요?"

기우는 대답 없이 그녀를 꽉 껴안았다.

그러곤 그조차도 깨지 못하는 악몽 속을 헤매듯 괴로워하는 눈빛으로 그녀의 입술을 찾는다. 또한 본능적으로 그녀의 안을 열어 갔다. 열어, 미친 듯이 탐했다. 꼭 사막을 헤매던 이가 오아시스를 발견하고 그 달콤하고도 황홀한 생명수를 빨아들이는 걸 멈출 수 없듯이, 허겁지겁 그녀를 탐하는 그 손길을 결코 멈추지 않았다.

"……."

어느 순간 당연하다는 듯이 뜨거운 입술이 그녀의 떨리는 입술을 덮었다. 하, 자신도 모르게 새어 나가는 신음을 세연은 바르작거리며 꾹 참았다. 입술을 깨물며 억누르려고 했지만, 파고드는 기우의 입술이 더 빨랐다. 그가 낮은 어조로 경고했다.

"내게서 벗어나지 마. 다시는."

그 자신조차도 멈출 수 없는 욕망에 잠식당한 듯, 세연의 입술을 파고드는 그의 키스는 간절해지고 있었다. 끊임없이 이어지는 기우의 입맞춤. 숨도 쉴 수 없이 진해져, 그녀는 송두리째 사정없이 삼켜지는 기분이었다.

그것이 끝이 아니었다.

평소의 그를 전혀 떠올리게 할 수 없는 그 몸놀림은 당최 멈출 줄을 몰랐다. 중도에 그만두는 건 모르는 사람처럼 낯설게 굴었다. 그렇게 정신없이 그녀를 탐했다. 늘 그녀를 차갑게 내려다보는 듯한, 서늘하게 이채를 발하는 눈도 정신없이 세연에게 사로잡힌 듯 굴어서 그녀의 눈을 의심하게 만들었다. 질식할 것 같은 다급함과 그치지 않는 조바심을 담아 공기를 마시듯 그녀를 빨아들이는 그의 행위는 결코 그칠 줄을 몰랐다.

고개를 저었다.

그녀조차도 이해할 수 없는 감정에 사로잡힌 그가 낯설다. 그녀의 새하얀 가슴을 입 안에 넣고 멈출 수 없는 고뇌와 번뇌에 시달리는 사람처럼 허겁지겁 해갈하듯 굴리는 그가 동일 인물일 리가 없었다. 기우는 절대 이런 짓을 할 리가 없으니까, 이런 믿기지 않을 행동을. 순식간에 신음 소리가 난무하고 멈추지 난무하자 뜨겁게 흘러나오는 하얀 정액. 끈적하다 못해 마음까지 아프게 찔러 대듯 파고드는 젖은 입술과, 교환되는 혀의 간절하기까지 한 뜨거움까지.

그것도 모자라서 놀라 경악으로 굳어진 그녀의 하얀 다리를 애무하고 아무렇지 않게 그녀의 촉촉해진 꽃잎을 입 안에 넣는 사람이 정말…… 그녀가 아는 기우일 리가 없으니까.

그일 리가. 뜨겁고도 불타오르는 것 같은 기둥이 이번에는 그녀를 붕 떠오르게 하듯 가장 깊숙한 부분의 윗부분을 찔러 댔다. 빈틈없이 그녀가 빠져나갈 수 없이 공략해 왔다.

"아, 헉."

그와 동시에 멈추지 않고 비명처럼 새어 나간 신음에 세연은 어쩔 줄을 몰랐다. 자신도 모르게 새어나간 비명과도 같은 신음을 억누르느라 입술을 달싹이는데, 아랑곳하지 않고 기우가 고개 숙여 그녀의 입술을 빨아들였다. 그 특유의 잔향이 나는 짙은 키스에 정신이 혼미해지면서 미칠 것만 같았다. 그것이 끝이 아니었다. 기우는 마치 연주하듯 그녀의 가장 깊은 은밀한 부분의 한 곳을 사정없이 찔러 댔다. 그렇게 하면 마치 그녀의 가장 깊은 곳 닿을 수 있다는 듯이 결코 멈추지 않고 끝없이 계속해서.

미칠 것만 같았다.

끝없이 이어지는 공략에 정신이 혼미해지면서 계속해서 공중에 붕 떠오르는 기분이 들었다. 그의 거칠 것 없는 세찬 연주에 정신이 녹아들고 혼미해지는 기분이다. 기우는 거듭해서 그녀의 입술을 빨고 그의 관능적이기까지 한 뜨거운 붉은 입술에 넣고서 샅샅이 맛보았다. 아무리 빨아들여도 모자라는 듯이. 세연은 어느새 헉헉거리며 가쁘게 숨을 몰아쉬었다. 꼭 깊은 물속에 빠진 것처럼 믿을 수 없는 그의 감정에 몸부림치며…….

어느 순간 머릿속이 하얗게 탈색되듯 세연의 의식은 거기서 끊겼다. 그녀는 축 늘어졌다.

희미한 펜트하우스의 불빛 아래, 늘어진 세연을 받쳐 든 기우가 말없이 가만히 그녀를 내려다보았다. 얼마나 침묵이 흘렀을까. 오랜 세월의 금기를 깨듯 그는 낮게 뇌까렸다. 스스로를 향한 맹세처럼 들렸다.

"이제는 놓지 않아……. 절대로. 그 무슨 일이 있어도."

그런 기우의 눈은 여전히 어두운 심연처럼 깊었다.

第 20 幕

꿈을 꾸었다.

분명히 달칵, 소리를 내면서 끝없이 계단을 오르락내리락했던 것 같은데 어느 순간 거짓말처럼 주변이 서서히 까맣게 물들었다. 그리고 그 어둠 속에서 정신없이 헤매다가 그녀는 자신이 입었던 빨간색 옷을 결국 잃어버렸다. 어떻게 해서 잃어버렸는지 기억나지도 않지만, 그 절박하고도 안타까운 심경은 남아 있었다.

결국 찜찜한 기분으로 세연은 잠에서 깨어났다. 그러자 서서히 희미한 시야 속에 하나둘씩 물체가 잡혔다. 제일 먼저 꼭 새하얗게 얼어붙은 겨울 여왕의 거울을 연상시키는 앤티크한 보랏빛의 반짝이는 거울과 역시 눈에 띄는 도도한 느낌의 자줏빛 의자, 그리고 예외 없이 고급스러운 마블링 무늬의 테이블이 보였다. 세연은 바짝 마른입을 축이곤 고개를 저었다.

아무리 봐도 해옥 고모에게서 독립해 급한 대로 마련한, 그녀의 비좁은 원룸의 풍경이 아니었다. 무엇보다 이 순간 째깍째깍 흘러가는 시계 초침 소리가 묘하게 잠에서 깨어난 그녀의 불안을 부채질했다. 게다가 그간 그치지 않은 고난에 단련된, 기민해질 대로 기민해진 그녀의 본능적인 감각이 뭔가 이상하다는 걸 감지했다.

째깍째깍. 그 순간에도 그녀의 집이 아닌, 낯설고 번들거리는 호화로운 공간에 보란 듯이 걸린 벽시계의 초침은 사정없이 흘러갔다. 꼭 겨우 눈을 뜬 그녀에게 어서 일어나라고 재촉하듯이. 무엇보다 느껴지는 고요한 침묵, 서서히 시야에 들어오는 새하얀 벽의 정적이 그녀를 미칠 것 같게 만들었다. 세연은 본능적으로 벌떡 몸을 일으켰다. 그러고는 비틀거리는 걸음으로 서둘러 객실 방문을 향해 갔다.

"……!"

얼어붙은 것 같은 새하얗게 번들거리는 대리석 바닥의 차가운 감촉이 그녀의 맨발로 스며들었다. 눈을 떴을 때 세연은 뭔가가 잘못되었다는 것을 알았다. 찰칵, 아무리 객실 문을 열어도 미동조차 않았다.

"혹시…… 고장 났나?"

꼭 내내 벗어날 수 없는 무더운 사막을 헤매는 느낌이었다. 운이 나빠 길을 잘못 들은 것처럼 찰칵, 소리와 함께 아무리 해도 열리지 않는 펜트하우스의 객실 문을 바라보며 세연의 얼굴은 서서히 새하얗게 질렸다.

"거기, 누구 없어요?"

아무리 펜트하우스의 차가운 금속 문고리를 돌려도 객실 문은 열리지 않았다. 무엇보다 아직도 노골적이리만큼 흥건한 정사의 흔적이 남아 있는 그녀의 투명하리만큼 새하얀 나신. 그녀를 향한 욕망을 멈추지 않을 듯이 격렬하게 탐하던 기우를 떠올리자 더욱 견딜 수 없는 기분이 되었다. 서둘러 이곳을 탈출해야만 했다. 절로 온몸이 욱신거렸다. 그렇게 가시지 않는 화염에 휩싸인 것 같은 몸뚱이를 붙들고, 세연은 계속해서 불러도 오지 않는 사람을 부르며 잠긴 펜트하우스의 문을 열려고 열심이었다.

"거기, 누구 없어요? 권기우 씨! 당신, 거기 있냐고. 대답해!"

아무렇게나 커다란 흰 목욕수건으로 몸을 감싼 채 쾅쾅, 미친 듯이 문을 두들겼다. 그가 자신을 가둔 것이다. 헉헉, 절로 가빠져 오는 숨결 속 세연은 고개를 저었다. 한 마디, 한 마디 끊어지게 신음하듯 단말마의 비명 소리를 토해 냈다.

"어리석었어, 내가! 바보같이 어리석게."

백화점에서 갑자기 나타난 그와 재회했을 때부터 이상하게 생각해야 했다. 처음부터 이상한 점이 많았고 의문점 역시 따라왔다.

– 이게 내가 제시할 수 있는 조건이야. 네가 유지수와 싸울 수 있도록.

– 아직 모르겠어? 오로지 나만이 널 도와줄 수 있어. 네가 그리도 간절히 원하는 목표를 이루는 데 말이야. 그러니 잘 봐. 어디까지나 철저히 네게 유리한 조건일 테니까.

확실히 이상했다. 의심 없이 호락호락 그를 믿었고 지금 호되게 그 대가를 치루고 있다. 뭘 믿고 돌아온 그가 맹목적이고 헌신적으로 자신을 도와줄 거라 생각한 걸까. 돌아온 그는 무서우리만큼 메마르고 건조한 눈빛을 한 낯선 사람이었는데. 세연은 뒤늦게 무조건적으로 그를 믿었던 자신의 눈 먼 판단에 가슴을 쳤다. 무조건 그를 신뢰했던 어리석음과 뒤늦은 판단 실수가 이러한 배반감으로 돌아왔다.

"……!"

쾅쾅.

이제는 부어오른 손으로 문을 부서져라 내리쳤다. 아무리 두들겨도 철저히 그가 의도한 것처럼 문을 열어 주러 오는 사람은 없는데도, 순식간에 숨이 가빠지고, 산발이 된 머리칼. 이성을 잃어버린 것처럼 핏발 선 두 눈을 한 채, 세연은 이를 악물었다. 그녀는 철저히 기우가 의도한 대로, 그에게 좌지우지되어 결국 여기 갇힌 것이다. 오로지 그가 원할 때, 그가 마음 내킬 때 와서 꺼내 줄 수 있는 것이다. 아니, 정확히는 철저히 그가 움직이는 체스 판의 말이 된 것이다. 겉으로는 그녀가 원하는 대로 유지수와의 승부를 치를 수 있게 해 준다는 조건으로 마음껏 몸으로 욕망을 취하고, 질릴 때쯤 내버려 두지 않을까. 그녀에게 질린 그가 풀어 줄 테니까. 아니, 그런 일이 있기나 할까. 문득 그런 의구심이 들었다.

쾅쾅!

끝까지 굴하지 않으며 세연은 끈질기게 문을 두들겼다. 완전히 자신이 잘못 판단 내렸다는 후회를 곱씹으며. 세연은 고개를 저었다. 5년 전과 똑같다. 아무것도 달라지지 않았다. 그녀는 여전히 기우가 좌지우지하는 어긋난 인생의 판에 이리저리 흔들리고 있었다. 세연은 이를 악물었다. 익숙한 기시감이 집요하게 그녀를 휘감았다. 여전히 무더운 사막을 헤매는 것처럼 절로 갈증이 나고 몸에 열이 났다. 사정없이 날아오는 모래바람을 마신 것처럼 목은 칼칼하고 무엇보다 그녀가 의도한 상황이 아닌, 철저히 상대가 의도한 상황에 빠져든 것에 분노가 치밀어 올랐다. 절로 느껴지는 배신감에 세연은 치를 떨었다.

'넌 뭘 믿고 그의 말을 그렇게 믿고 덥석 받아들인 거야? 그것도 의심 없이.'

세연은 고개를 저었다. 그러고는 어떻게든 다른 해답을 찾으려 애썼다.

5년 전과는 다른 판단을 하는 것. 그렇게 얼마나 시간이 흘렀을까. 싸늘해진 그녀의 눈빛만큼이나 마음 역시 돌처럼 딱딱하게 굳어져 가고 있을 때, 찰칵 소리와 함께 문이 열렸다. 정작 그녀를 여기 가둔 기우는 밤늦게서야 펜트하우스로 돌아왔다. 그러곤 화가 머리끝까지 치민 그녀를 아무렇지 않게 마주했다. 그가 아무 일 없었던 것처럼 너털웃음을 터뜨리며 태연하게 말했다.

"그럼 내가 아무렇지 않게 널 놔줄 거라 생각한 거야? 그럴 리가."

기우가 들으란 듯이 그녀를 향해 아무렇지 않게 내뱉었다. 그대로 그에게 따지며 달려들려던 세연은 퍼뜩 굳어졌다.

"물론 5년 전의 나였다면 그랬을지 모르지. 하지만 한국에 돌아와 여기까지 오면서 그동안 내가 어떤 일을 겪었을 거라 생각한 거야? 그냥 가볍게 일하는 거였다면 결코 여기까지 오지 못했어."

너털웃음 짓는 기우의 눈이야말로 섬뜩하리만큼 차가웠다.

"적당히 일하는 걸로는 결코 이 자리까지 올 수 없어. 워낙에 스트레스가 극심해서 중간에 나가떨어지는 경우도 종종 있지. 하지만 널 생각하면 다 참아지더군. 기꺼이 너 때문에 그 모든 걸 감수할 수 있었다고 내가 말한다면 넌 믿을 수 있을까."

그 말과 동시에 상쾌한 솔잎 향을 풍기면서 기우는 드러난 하얀 치아로 그녀의 떨리는 아랫입술을 깨물었다. 그 자연스런 동작에 세연은 정말 꼼짝할 수 없게 굳어져 버리고 말았다. 기우는 세연의 반응은 전혀 아랑곳하지 않고 잿빛의 가운 사이로 단단한 가슴팍을 다 드러낸 채 천천히 고개를 숙였다. 그러고는 뜨거운 혀를 내밀어 천천히 그녀의 부어오른 붉은 입술을 핥았다.

"단순하게 생각해. 난 단지 널 놓치고 싶지 않은 거야. 그래, 그냥…… 가벼운 확인 절차라면 이해가 될까? 난 네가 돌아왔고, 지금 내 곁에 있다는 걸 내 눈으로 직접 확인하고 싶을 뿐이야."

"그러면 당신 눈으로 직접 확인해요, 권기우 씨. 다시 말하지만 당신은 미쳤어! 제정신이 아니야."

그녀의 악담에도 기우는 여전히 재미있다는 듯 미소를 흘리고 있었다. 그것도 싸늘하게 얼어붙은 것처럼 검게 가라앉은 눈동자를 하고선. 그 속엔 결코 그녀가 이해하고 극복할 수 없는 지난 세월의 심연이 꿈틀거렸다. 정작 세연은 자신을 펜트하우스에 나갈 수 없게 만들어 놓고, 태연하게 돌아온 기우의 태연한 태도에 이가 갈렸다.
"정확히 얘기해요. 당신은 경호원을 붙여서 내가 도망가지 않고 당신 곁에 있는지 확인하고 싶은 거잖아. 그게 당신이 말하는 간단한 확인 절차라는 거겠죠?"
얼어붙은 듯한 어조였다. 그녀가 결코 납득할 수 없다는 듯이 싸늘한 울림을 담아 항변하자, 기우가 천천히 내려다보았다. 그는 그녀가 자신의 소유임을 확인하듯 날름 혀로 핥아 천천히 세연의 부어오른 붉은 입술을 빨아들이고, 기다란 손가락으로 그녀의 턱을 들어 올렸다. 그러고는 자신을 보게 했다.
"고마워해야 되나? 내가 말하는 수고를 덜어 주어서. 아니, 매 순간 순간 네가 내가 매료될 만한 여자인지 증명해 줘서 고맙다고 말이야. 확실히 스스로 가치를 증명하는 사람은 그리 많지 않지. 그렇지 않아?"
이 순간 보란 듯이 기우가 묻고 있었다.
"……!"
드디어 허물을 벗듯 숨겼던 자신을 완전히 드러냈다.
그리고 천천히 경악한 시선을 그에게로 고정한 세연은 여전히 못 박힌 것처럼 그녀에게로 향한 그의 눈을 보고선 깨달았다. 그 속에 담긴 아득하리만큼 깊은 심연. 그녀 눈앞의 이는 괴물이었다.
그는 치열한 경쟁 속에 살아남았고 그녀를 차지하기 위해 여기까지 온 것이다. 더불어 그녀가 알던 5년 전의 모습은 온데간데없이 자취를 감췄다.
"……내 눈앞에서 사라져요!"
눈앞의 이 인간미라고는 없는 사람이 그녀가 아는 권기우일 리가 없었다.
그녀가 기억하는 과묵하지만 그 속에 따스한 심성과 배려를 담고 있던, 냉정할 정도로 직언을 하기는 했지만 누구보다 그녀를 걱정하고 염려하는 마음을 담고 있던 속 깊은 그일 리 없었다. 누구보다 자유롭고 매혹적이던, 그룹 에어의 객원 멤버이던 케이라 불리던 남자는 온데간데없었다.

눈앞의 정나미 떨어지는 두려운 인물이 그녀가 기억하는 그일 리 없었다.

이건 완전히 다른 사람이다. 이 순간 세연은 똑똑히 그를 보며 말했다.

"내 눈앞에서 꺼져! 듣고 있어? 당신 같은 사람은 더는 보기 싫으니까."

부르르 몸을 떨며 원망과 미움에 가득 찬 소리를 지르는 그녀를 보며, 기우는 소리 내어 웃고 있었다.

"대단한 기세야. 그 누가 날 상대로 이렇게 대항할 수 있을까? 이렇게 끝까지 맞서는 건 확실히 너답다라고 할 수밖에."

여전히 짙은 머리칼과 눈빛으로 고개를 젖힌 채 웃음 짓는 모습은 아름답고 매혹적이었지만, 그녀의 마음은 두려움과 걷잡을 수 없는 원망으로 가득 차 있었다.

불길하게 웃는 모습이 마음에 걸릴 때쯤, 소리 내 웃던 기우가 다시금 그녀에게 바짝 다가왔다. 그리고 숨길 수 없는 열망이 꿈틀대는 키스를 퍼부었다. 삼킬 듯 세연을 바라보며 막 샤워한 젖은 머리칼 사이로 숨 막힐 듯 향기로운 잔향을 풍기며.

"그럼 이제 알았겠지? 내가 너한테 미쳐 있다는 걸."

그 말과 동시에 새하얗게 질려 마구 그에게 미움의 말을 쏟아 내며 밀어내려는 그녀를 부서져라 껴안았다. 그러고는 이성이 마비될 정도로 짙은 키스를 퍼부어 댔다.

"그리고 넌 잠시 잊고 있나 본데, 한때…… 멀쩡했던 내 손이 부서지고 망가져서, 이렇게 엉망이 된 채로 돌아오게 만든 게 너라는 걸 제발 기억해 줬음 좋겠어."

아무렇게나 걸친 기우의 잿빛 가운이 흘러내리고, 단단한 나신이 드러났다. 이윽고 기우가 쉰 듯한 목소리로 내뱉듯 중얼거렸다.
"항상 그랬지. 정신을 차릴 수가 없었어. 이성적으로 생각할 수도 없었을뿐더러…… 눈을 뜨면 이렇게 되어 있었어. 빌어먹을. 5년 전이나, 지금에나."
열에 들떠 신음하듯 계속해서 뭔가를 중얼거리며, 벌거벗은 단단한 몸이 마구 그녀의 몸에 부딪쳤다. 아플 정도로 단단한 그의 몸과 떨리는 그녀의 부드러운 몸이 맞부딪쳤다. 달아오르듯 섹시한 신음을 내뱉으며 그녀의 동그란 가슴과 순식간에 젖어 들기 시작한 꽃잎을 갈구하듯 빨아들이는 눈앞의 남자가 기우일 리 없었다. 어두운 펜트하우스, 그녀의 머리칼을 마구 흐트러뜨리며 어두운 눈동자로 변치 않는 사랑을 속삭이는 남자가, 그녀가 아는 냉정한 그일 리가.
그는 그녀에게 미쳤다. 그것도 모자라서, 차갑게 그녀에게 요구하기까지 했다. 보란 듯이 결코 그녀가 거부할 수 없는 조건을 제시했다.
"그저 의례적인 절차일 뿐이야. 그래, 통과 의례라고 해 두지. 넌 날 떠났잖아. 나도 5년 만에, 그것도 어렵게 네게 돌아왔는데 안심하고 마음 놓을 뭔가는 있어야지."
기우가 여전히 검게 가라앉은, 텅 빈 것 같은 눈으로 헛웃음을 지으면서 덧붙였다.
"그렇지 않아? 내가 마음 놓을 하나는 줘야지. 넌 항상 내게 벗어나려 하니까. 내게 냉정하니까. 나도 안심할 게 하나라도 필요해."
여전히 깊은 우물을 연상시키는 공허한 눈빛으로 아무렇지 않게 웃음 지으면서 칼날 같은 말을 내뱉는 그가 낯설고도, 솔직히 말해서 무서웠다.
"그냥 간단하게 생각해. 내가 널 보호한다고 말이야."
세연이 벗어날세라, 기우는 다시금 기다란 손가락으로 그녀의 딱딱하게 굳어진 얼굴을 쓰다듬었다.

"연습실에서 열심히 해. 아무리 생각해도 네가 먼저 가수로 데뷔해서 이목을 끌고 오디션 기회를 잡아서 유지수와 드라마를 찍는 게 맞아. 화제성이 있으려면 누가 봐도 그럴듯한 가수의 모습을 지녀야겠지."

절로 얼어붙게 만드는 거침없는 어조였다. 기우는 여전히 그녀를 뜨겁게 탐하면서, 신음 소리를 내면서도 세연에게 속삭이는 말을 멈추지 않았다.

"방해하지 않을 테니, 꼭두새벽부터 팬텀 사옥의 연습실에 가서 트레이닝을 받고 연습해. 그리고 밤에는 네가 지금 사는 원룸으로 돌아가. 단지 넌 때가 되면 이 펜트하우스로 오는 거야. 어때? 좀 성가시긴 하겠지만 보호를 받는다 생각하고 잠시만 지내면 돼. 대신 넌 완전히 네가 원하는 걸 이루는 거지. 이상적인 제안이라고 생각되지 않나?"

이어지는 애무. 그녀를 향한 그의 집념 어린 구애이자 변함없는 갈망처럼 느껴졌다. 세연은 자신이 감당할 수 없는 말을 줄줄이 내뱉는 눈앞의 예측불허인 남자를 뚫어져라 쳐다보았다. 그러고는 똑바로 시선을 고정하며 차갑게 되물었다.

"그게…… 날 가둔 이유인가요? 내가 도망치지 못하게 연습실과 펜트하우스만 오가게 하는 건가요? 그래야 안심이 돼요?"

왜 날 믿지 못하냐는 그녀의 물음에 공허한 메아리만 돌아왔다. 흐트러진 짙은 머리칼을 아무렇게나 쓸어 넘긴 채 기우가 헛웃음을 지으며 덧붙였다.

"여기까지 왔는데 더 물어볼 건 없잖아. 넌 그저 하나만 택하면 돼. 나야, 유지수야? 내 제안을 거절하면 물론 넌 유지수를 보지 못할뿐더러 솔직히 여기서 나갈 수 있다고 장담도 못 하겠어. 아무리 생각해도 내가 5년 전처럼 널 호락호락 놓아줄 것 같지 않으니까."

여전히 이성을 잃은 것처럼 기우는 그녀가 기겁할 만한 말들을 계속해서 지껄여 댔다. 그럼에도 눈앞의 모습은 여전히 흐트러짐 하나 없이 서늘한 느낌까지 내뿜었다. 세연은 눈앞의 증오스러운 그를 무섭게 노려보았다. 그러자 그가 나신을 감싼 잿빛 가운을 거추장스러운 듯 완전히 벗어젖혔다. 그러고는 어이없다는 듯 고개를 가로저었는데, 세연은 눈앞의 예측할 수 없는 그가 두려워 웃음이 나오지 않았다.

"그러니 날 받아들여. 내 제안은 여전히 유효해. 네가 가수로 앨범이 성공하고 유지수와 같은 드라마에 캐스팅되면 떠날 테니까."

"그 말을 어떻게 믿죠? 날 영원히 잡아 두려는 게 아니고요?"

그녀의 싸늘한 물음에 기우는 보란 듯이 음울한 시선으로 답했다.

"어차피 지금은 그것밖에 방법이 없을 텐데?"

침묵이 흘렀다. 잠시였지만 세연이 대답을 못 하자, 이윽고 기우가 보일 듯 말 듯 희미한 미소를 머금었다. 그러고는 녹아들듯 부드럽게, 딱딱하게 굳어진 그녀를 애무했다.

"난 너 없이 이제 못 살아. 그러니 적절하게 날 이용하는 게 좋을 거야. 우리가 펜트하우스에서 뜨겁게 시간을 보낼수록…… 서로를 증오할수록 네 목표엔 점점 더 가까워질 테니까. 그러니 날 사랑해. 적어도 이 펜트하우스에선 그런 시늉이라도 하는 게 좋겠지."

그러고 나서 여전히 정나미 떨어지는 어조로 기우가 신랄하게 뇌까렸다.

"말했을 텐데? 모순적이고 역설적이지만, 나와 가깝고 친밀해져야 목적으로 하는 유지수가 가까워진다."

꼭 타인에게 타이르듯 냉정한 어조였다. 세연은 숨을 들이마셨다. 늪처럼 고정된 시선이 이 순간 고요하게 그녀에게 머물러 있었다. 침묵이 흐르고 기우가 천천히 말했다.

"내가 만족해서 떠날 시간이 가까워질 줄 누가 알아? 네가 결정해."

세연이 쉽사리 대답하지 못하자, 기우가 이윽고 입가에 미소를 머금은 채 천천히 그녀를 애무했다. 세연의 얼굴은 납처럼 창백하게 질려 있었다. 그녀가 이해할 수도 없는 무자비한 말들을 생각나는 대로 지껄이는 그를 결코 용서할 수 없었다. 기우는 벼랑 끝에 몰린 그녀가 결코 거절할 수 없는 이상적인 제안을 하고선 더는 물러날 수 없게 몰아가고 있다. 그녀가 5년 전의 악몽을 반복하는 것을 끔찍해하는 것을 알면서도 그녀를 향한 숨길 수 없는 갈망과 욕망을 불태우는 그를 이해할 수 없었다. 결코 떨쳐 낼 수 없는 음울한 눈빛. 수척하게 여윈 모습으로 매 순간 자신을 사랑해 달라 말없이 호소하는 것 같은, 매 순간 그녀의 마음을 두드리는 그를 결코 용납할 수 없었다.

"세연……."

검은 실크처럼 부드러운 그의 머리칼이 그녀의 창백해진 뺨을 스치고 유혹적인 잔향을 풍기며 후각을 자극해 왔다. 그는 실오라기 하나 걸치고 있지 않았다. 펜트하우스의 그늘진 불빛 아래 격투기로 단련된 잔근육이 두드러지는 늘씬한 몸매로 열정적으로 세연을 애무하는 그는, 꼭 영화 속 한 장면에서 빠져나온 게 아닐까 싶게 완벽하게 이상적인 연인의 모습으로 비쳐졌다. 그럼에도 얼음같이 차가운 시선을 던지는 세연의 그린 듯한 눈썹은 몹시 구겨져 있었다. 그녀는 부르르 몸을 떨었다. 어떤 의미로 이 사람은 제정신이 아니었다. 5년 전의 그녀에게 끔찍했던 악몽은 그의 영혼까지 파괴한 모양이다. 결코 받아들일 수도, 허락할 수도 없었다. 안 그러면 그녀의 영혼까지 부서질 테니. 자신에게 미친 그는…….

"세연……."

이 순간에도 결코 답하지 않을 그녀에게 사랑을 속삭이는 그의 모습에 세연의 적개심은 활활 불타올랐다.

第 21 幕

이후로 세연의 일상은 변했다.

그녀가 한국에 돌아와 실감한 것은 아무리 힘들어도 때가 되면 계절은 바뀌고 아무리 고통스러워도 바뀌는 계절에 따라 펼쳐지는 풍광은 달라진다는 것이다.

자신이 아무리 고난을 겪어도, 차라리 눈을 뜨지 않는 게 낫지 않을까 번민해도 해는 지고 어김없이 날이 밝아 왔다. 거대한 운명의 흐름과 가득한 사람들, 세상 속에 그녀의 존재는 너무도 미약했고 아무리 번민해도 달라지는 것은 없었다. 그렇게 서서히 체념한 가운데, 환하게 날이 밝아 오듯 어느 순간 아침의 맑은 공기를 들이마시며 새롭게 삶을 시작할 용기를 냈다. 날이 밝으면 매일 일터로 향하는 많은 이들처럼 그녀도 일어선 것이다.

"……."

짹짹, 아침의 새가 지저귀고 익숙한 눈부신 금빛 햇살이 들어오기 비치자 세연은 눈을 떴다. 그리고 손을 들어 흐트러진 머리칼을 바로 하고는 자리에서 일어났다. 먼저 주방으로 가서 블랙커피를 타서 원룸 가장자리에 털썩 주저앉아 잠시 커피를 마셨다.

아직 자리를 못 잡은 탓에 변변한 세간 하나 없었지만, 그래도 독립해서 누군가 쫓아와 괴롭힐 염려 없이 그녀만의 작은 공간에서 잠시라도 숨을 고를 수 있는 것은 감사한 일이었다. 그렇게 새로이 목표를 향해 나아가는 기분 좋은 두근거림과 잔잔한 행복을 느끼고 있을 때였다. 그런 그녀의 희망과 긍정적인 기분을 일시에 짓밟는 일이 일어났다.

똑똑.

예외 없이 그녀를 감시하고 있었던 것일까.

원룸의 불이 켜지고, 얼마 안 있어 현관문을 두들기는 소리가 들려왔다. 어서 나오라고 재촉하는 게 아닌, 확인하듯 미약하게 노크하는 소리였지만 그녀의 기분이 좋을 리가 없었다. 누군가에게 간섭받고 그녀의 영역을 침범당하는 느낌에 세연의 얼굴이 찌푸려졌다. 그녀는 무시했다.

하지만 이번에도 예외는 없었다.

쾅쾅.

그녀가 아무런 대답이 없자, 재촉하듯 다시금 원룸 문을 두들기는 강도가 세졌다.

이제는 좀 마음 편하게 누려 보고 싶었던 아침의 적요를 일시에 깨는 침입자들의 노크에 세연은 천천히 팔짱을 꼈다.

쾅쾅쾅.

말없이 무섭게 현관문을 노려보던 세연은 급작스레 원룸 현관문을 힘주어 잡아당겼다. 그러자 기우가 붙인 경호원 두 명이 그녀를 보고 있었다.

"안녕하세요."

동시에 의례적으로 건네는 인사. 그에게 미리 지시를 받았는지 경호원들의 목소리와 경직된 표정이 딱딱하다.

인사를 건네더니 점점 그녀를 향해 다가온다. 세연은 낮게 말했다.

"더 이상 가까이 오지 않았으면 좋겠네요."

기우가 자신을 감시하기 위해 경호를 의뢰했다는 걸 알게 된 순간부터 분노를 억누를 수 없었다. 실상 이러한 심리상태는 그가 다시 나타나 결코 그녀를 떠날 생각이 없음을 선언했을 때부터 쭉 계속되었고, 당분간 해소될 것 같지 않았다.

마음 깊은 곳에 똬리를 틀듯 친친 얽힌 반감을 억누르기가 힘들었다. 지금 감정을 내세우면 좋을 게 없다는 걸 알기에 애써 억눌렀으나, 배 속에서부터 뜨뜻미지근하게 올라오는 열기를 가라앉히기란 역부족이었다. 어느새 분노의 불길이 활활 몸을 타고 퍼져 나갔으므로. 그녀도 사람인지라 억누르고 참는 데 한계가 있었다.

경호원들 역시 기우에게 뭔가 들은 게 있는지 순순히 물러났다.

"안 그래도 경호는 하되, 최대한 간격을 유지해서 살피라는 지시가 있었습니다. 앞으로 연습실이 있는 팬텀 사옥과 이곳 원룸, 그리고 그린우드 펜트하우스 이렇게 세 곳만 이동할 수 있게 신경 쓰겠습니다."

그녀가 불편하지 않게, 최대한 간격을 유지해서 멀리서 경호할 거라는 정해진 멘트를 거듭 강조했다.

그럼에도 세연은 참담하게 마음이 가라앉는 것을 어쩔 수 없었다. 납처럼 무겁게 느껴질뿐더러 침체된 기분이 쉽사리 나아지지 않았다.

잊을 만하면 나타나서 그녀를 팬텀 사옥의 연습실과 원룸만을 단조롭게 오가는 동선에 몰아넣는 것 같아 참을 수가 없어졌다. 실상 그녀를 따라다니는 경호원들을 처음 보았을 때부터 폭발할 것만 같았는데, 많이 인내한 거였다.

어느 순간 뒤바뀐 일상에 견딜 수 없어졌고, 소리를 지르면서 뛰쳐나가고 싶은 발작적인 감정을 억누르는 데 힘이 들었다. 세연은 초인적인 힘을 발휘해 필사적으로 참고 또 참았다.

이 사람들은 그저 기우에게 의뢰를 받고 그녀를 경호할 뿐이다. 금세라도 언성을 높이고 자신도 모르게 '따라오지 마세요, 네? 못 견딜 것 같으니까!' 이렇게 언성을 높이지 않아 얼마나 다행인지 모른다. 세연은 잘근잘근 부어오르기 시작한 도톰한 붉은 입술을 다물었다. 이제는 알고 있다. 오로지 참고 또 참는 것이, 인내만이 그녀를 구원할 것이라는 걸.

'결국 이 상황도 내가 선택한 거야. 이런 극한 상황에 처하지 않을 수도 있었어.'

그저 비참하게 웅크린 채로 이제껏 그래 왔던 대로 숨죽이고 살아갈 수 있었다.

결국 그녀가 최종적으로 선택한 것이다. 유지수와의 피할 수 없는 일전도, 그 대가인 기우와의 관계도, 최종적으로 유지수와 맞닥뜨릴 함께 찍을 드라마도. 생각을 정리한 세연은 천천히 말했다.

"그럼 팬텀 사옥까지 데려다주세요, 어차피 경호할 거라면. 그리고 거리를 확보하고 최대한 떨어져서 경호해 주시면 감사하겠어요."

비록 그녀가 최종적으로 선택한 것이긴 하지만, 피할 수 없다면 최소한 눈치를 보거나 비굴하게 굴지 않겠다 마음을 다잡으며 세연은 보란 듯이 고개를 들었다. 그러고는 소용돌이치듯 휘몰아치는 운명에 굴하지 않겠다는 듯 빳빳하게 허리를 세웠다.

세연은 쓰게 웃었다.

정말 감옥처럼 그녀를 펜트하우스에 몰아넣은 후 철저히 그가 의도한 대로 거기서만 지내다가 팬텀 사옥 연습실로 이동하지 않는 게 다행이었다. 그래도 집으로 올 수 있으니까. 그녀가 태어나 처음으로 얻은 독립한, 소중한 공간이었다. 지금은 다행히 팬텀에 들어가게 되었지만, 한때는 매달 월세를 내기도 버거울 때가 있었다.

180도로 뒤바뀐 현실에 얼떨떨하고 적응이 안 되다가도, 얼마 전까지의 막막한 상황을 떠올리면 그저 모든 것에 감사하고 이 모든 일상이 소중하게 여겨진다. 하다못해 그녀를 죄어 오고 매 순간순간 벗어날 수 없는 고통을 선사하는 기우와의 만남도 드디어 변화하는 그녀의 인생에서 빼놓을 수 없는 순간이 아닐까 하는 생각까지 문득 드는 것이다.

정작 그는 이 원룸을 못마땅해했지만.

– 마음 같아서는 그 좁은 원룸에서 널 빼내 오고 싶지만. 그러니까 당장 내가 사는 한강 근처 집으로 말이야. 물론 넌 거절하겠지만. 내가 사 주는 그 모든 것들을 거부하고 넌 경멸하니까. 결코 내 선물을 받고 싶어 하지 않으니까. 네가 유일하게 내게 받는 건 오로지 유지수와 맞붙을 수 있는 기회뿐이지.

사실이었다. 실제로 기우는 높은 한도의 신용카드를 내밀며 쓰라고 했지만, 세연은 거절했다.

– 하나도 받고 싶지 않아요. 권기우 씨에게선 그 무엇도 받기 싫어요.

그리고 어느 순간 그가 폭발하듯 으르렁거리면서 '네 싸구려 옷'이라고 험악하게 중얼거렸다. 하지만 세연은 들은 척도 하지 않았다. 그랬다. 다시 돌아온 그와 엮인 것도 초인적인 인내를 요구하는 일이기에, 그가 내미는 모든 걸 거절했다.

기억한다. 무엇보다 기우의 선물공세는 그게 다가 아니었으니까. 꼭 겨울의 얼어붙은 수정을 연상시키는 티파니의 블루북 다이아몬드와 리베르소 원 듀에토 문. 눈길을 끄는 블루 다이얼에 다이아몬드를 박은 달 모양이 박힌 푸른빛의 시계가 인상적이어서 기억하고 있었다. 물론 거절했다. 그 역시 기억하고 있는 것일까? 벗어날 수 없는 짙은 잔향 속, 서서히 어리기 시작하는 비감 어린 빛. 기우의 눈이 상처받은 빛을 띠었다.

– 넌 결코 내가 주는 걸 받으려 하지 않겠지만.

하지만 그녀가 결코 그에게 줄 수 없는 사랑을 요구하거나, 스스로 감정에 취해 비통한 어조로 비장하게 슬픔을 호소하는 대신 기우는 웃었다.

그리고 다음 순간 그가 말했다. 아무렇지 않게 그가 내리긋듯 내뱉는 말이 충격적이어서 세연은 절로 심장이 욱신거렸다.

– 넌 차라리 내가 죽기를 바라지?

그녀는 말없이 숨을 들이마셨다. 치명적인 공격. 5년 만에 돌아온 그는 우아한 짐승이 되어 있었다. 겉으로는 한없이 매끄럽고, 비즈니스와 관련된 모든 이들을 응대할 때는 흠잡을 데 없이 격식을 갖춘 태도. 하지만 그 정중함 속에 보이지 않는 칼날을 감추고 언제든 날카롭게 내리그을 수 있는 것이 그였다. 세연은 그 사실을 그때 깨달았다.

"……."

조용한 원룸 계단을 내려오다가 문득 떠오른 지난 기억에 세연은 고개를 저었다. 그녀가 목표로 한 것을 이루고 운 좋게 기우에게서 풀려나도, 왠지 그의 흔적에서 자유로워질 수 있을 것 같지 않은 생각이 든다는 게 문제였다. 무엇보다, 그녀는 연습하기 위해 팬텀 사옥으로 가는 것조차 쉽지 않았다. 원룸을 나와 세단이 있는 주차장까지 가기까지, 경호원들이 주고받는 신호가 문제였다. 실상 이들이 하는 말은 정해져 있듯 짧았고, 매뉴얼에 맞춰 행동하는 것처럼 대답 역시 단조로웠다.

"그럼 팬텀 사옥 연습실로 데려다드리겠습니다."

맞춘 듯 일정한 걸음걸이와 그녀가 혹여 시야에서 벗어날세라 매의 눈으로 감시하듯 지켜보는 이들을 보자 어쩔 수 없이 마음이 납처럼 무거워졌다. 그녀는 자신도 모르게 새어 나가는 한숨 소리를 가까스로 억눌렀다. 그래도 이것보다는 나은 건가?

'약속 장소인 그린우드 호텔로 데려다드리겠습니다.'

아니면.

'지금 당장 그린우드 호텔로 가야합니다. 실장님께서 기다리십니다.'

이를테면 이런 것 말이다. 이제는 익숙해졌다 여겼는데, 한 사람이 다니기 힘든 원룸 복도에 지키고 서 있다가 그녀가 나오자마자 따라붙으니 이런 협소한 장소까지 경호하는 이들이 안쓰럽다는 생각마저 들었다.

세연은 발작하듯 헛웃음을 내뱉었다. 이미 멈출 수 없는 열차에 몸을 실은 이상, 이젠 최종 목적지를 향해 가는 수밖에 없었다. 불필요한 감정은 사절이었다.

하지만 그 대가는 예외 없이 잔혹하리라.

"……."

보이지 않게 조여드는, 숨 막힐 듯한 무더운 열기 속. 이곳에 오면 서서히 미쳐 가는 느낌이 들었다. 그녀를 집어삼키는 무자비한 욕망의 사슬에 갇혀 몸부림치게 되는 것이었다.

평소에는 결코 하지 않을 행동을 하게 되는 것 역시 그러한 징후였다. 낯익은 공간에 있는 것 같다가도, 어느 순간 익숙한 장소가 아닌 섬뜩하도록 낯선 침실에서 깨어나 소스라치게 놀랐다. 항상 고인 물처럼 고정되어 있던 일상을 벗어나 급작스레 뒤바뀐 현실에 대한 자각이었다.

'계속 그를 만나야 한다. 유지수와 맞닥뜨릴 때까지. 그걸 전제로 그와 계약했으니까.'

결코 끝날 것 같지 않았다.

낯선 곳에 끌려와 그녀의 몸으로 대가를 치르기 전에는 결코 이곳에서 벗어날 수 있을 것 같지 않았다. 게다가 그는 그녀를 가두지 않았던가. 지금으로선 그의 감시와 통제에서 벗어나기란 사실상 불가능했다.

피땀 흘려 노력하기 전까지는 결코 벗어날 수 없는 사각의 연습실처럼, 끝내 해방될 날이 올 것 같지 않을 펜트하우스에서 세연은 이를 악물었다.

결코 끝나지 않을 고통스러운 터널에 갇힌 것 같았다. 그녀의 몸에 내리쬐는 터널의 주황 불빛이 해부하듯 집요하게 그녀를 탐했다. 기우와 함께하는 펜트하우스에서의 시간이 끝날 것 같지 않아서, 그의 욕망이 도저히 사그라들지 않을 것 같아서 두려웠다.

좌악.

다시금 차가운 물을 정수리에 끼얹은 것처럼 거듭되는 그의 공세에 세연은 번쩍 정신이 들었다.

'도대체 몇 번째야? 끝난 게 아니었나.'

그녀는 고개를 저었다.

아직도 끝이 아니었다.

그 밤이 지나기 전에 기우는 다시 그녀를 안았으니까.

이번엔 그녀의 가장 깊은 부분의 맨 아래를 거듭해서 찔러 댔다. 미칠 것만 같았다. 이제는 살갗이 닿기만 해도 전율하고 자지러지는 지경에 이르렀다. 비정상적인 열기와 더불어 서서히 정신은 혼미해져 가고, 세상에서 가장 민감하고 질척대는 구멍은 어느새 흘러내린 애액으로 비현실적으로 촉촉하게 젖었다. 그리고 그 좁은 사이로 믿지 못할 색스러운 소리가 울렸다. 찰싹 소리와 함께 기우가 오로지 그녀만 내려다보면서, 비현실적으로 몸을 빠르게 움직이자 하앗, 세연의 숨이 절로 가빠졌다.

그 격렬한 움직임에 자신도 모르게 서서히 호응해 가고 있었다. 여전히 깊은 물에 빠진 것처럼 허우적댄다. 전에 그녀가 알던 그라고 믿기지 않게 능숙하게 쾌락을 이끌어 내는 기우를 바라보며 세연의 눈은 동요하고 있었다. 각오했지만 이리도 몸과 몸이 부딪치는 생생한 감각은 지독히도 그녀를 혼란으로 몰아갔다.

무엇보다 그녀를 혼란스럽게 만드는 것은 그녀가 아는 그와, 눈앞의 기우의 간극이었다. 그녀가 기억하는 그는 냉담하리만큼 무표정하며 웬만하면 감정을 드러내지 않았다. 정말 웬만한 일이 아니고서는 언성을 높이거나 날것 그대로의 감정을 드러낸 적이 없었다.

– 넌 나랑 헤어져서 살 수 있어? 정말 그래?

실상 기우가 무너질 것처럼 그녀를 안고 유감없이 감정을 드러낸 건 마지막 만났을 때가 유일했다. 솔직히 무서웠다. 이 순간 사락, 흘러내리는 짙은 머리칼. 여전히 무서우리만큼 그녀에게 집중해서 기꺼이 자신에게 미쳐 가는 그를 보는 것이. 어쩌면 그녀의 삶에 가장 나타나길 원치 않았던 인물. 그런데 갑자기 등장해 순식간에 그녀 삶을 뒤죽박죽 혼란스럽게 만들더니, 그것도 모자라 숨 막힐 듯 잠식해 왔다. 그라는 파도에, 그를 향한 감정에 허우적대며 이끌려 가는 기분이었다. 철저히 의도된 그와 함께하는 믿지 못할 시간에 지독하게 취했다. 그의 말대로 부질없다는 것을 알면서도 세연은 몸부림쳤다. 비록 몸은 안 되더라도 그녀의 마음만은 그에게서 벗어나려는 시도를 멈출 수가 없었던 것이다.

"헉헉. 이거 놔."

취해 간다.

이성까지 마비되고 머릿속의 뇌수까지 새하얗게 탈색되는 것 같은 멈출 수 없는 광란의 편린이자, 악몽이다. 결코 깨지 않는 끔찍한 선잠에 잠긴 것처럼 그녀가 벗어날 수 없게 송두리째 집어삼켰다. 그녀의 영혼까지도 무자비하게 흡입하고, 그가 쳐 둔 덫에서 그라는 존재의 압도감에서 벗어날 수 없게 그물을 던지는 것만 같다. 벗어날 수 없는 그물은 그녀를 송두리째 집어삼키다 못해 그녀의 영혼까지 잠식한다. 다음 순간 견딜 수 없어 세연은 몸부림쳤다.

질퍽.

무엇보다 그의 남성은 그녀의 안에서 힘차게 똬리를 틀고 있었다. 그에게서 벗어나려 몸부림치는 그녀의 영혼을 완전히 집어삼키려는 양, 그 탐욕스럽기까지 한 몸짓을 전혀 멈추려 하지 않았다. 어느 순간 힘이 들어가지 않는다 싶으면 무서우리만큼 딱딱해졌다. 그러고는 폭발할 듯 팽팽한 기세로 사정없이 그녀의 안을 헤집었다. 세연은 호텔 펜트하우스가 떠나갈 듯 비명 소리를 내며 자신도 모르게 웅크렸다.

"아앗……… 아앗, 하아."

절로 숨이 가빠졌다.

그럼에도 그는 결코 멈추지 않았다. 사납게 바르작거리듯 평소에 결코 볼 수 없는 거칠어진 숨결을 가쁘게 내뱉으며 세연의 축 늘어진 몸에서 위아래로 격렬하게 움직이길 되풀이했다. 그 능숙한 활강과도 같은 빠른 몸짓에 호응하듯 세연의 숨 역시 서서히 거칠어졌던 건 물론이었다.

무엇보다 기우는 그 순간에도 그녀를 꼭 끌어안고 있었다. 실수로라도 그에게서 벗어나지 못하게 하려는 양, 그 사나운 몸짓과 격렬하리만큼 가파른 호흡을 결코 멈추지 않았다.

거기다가 그 밤의 그림자 역시 완전히 저문 게 아니었다. 그림자가 거둬지고 찾아온 밤의 종막.

결코 밤이 끝난 게 아니었다.

그 밤이 아스라이 가시기 전에, 기우는 격렬하게 그를 받아들여 고통스레 몸을 웅크린 세연의 등에 사로잡힌 듯 계속해서 입 맞췄다. 꼭 신열에 시달리는 사람처럼 고통스레 그녀의 이름을 부르며 엎드린 그녀의 하얀 등에 자잘하게 입을 맞췄다. 그리고 엎드린 그녀의 긴 하얀 다리를 조각과도 같은 커다랗고 하얀 아름다운 손으로 어루만지며 천천히 내려왔다.

그 밤의 거대한 그림자가 그들을 집어삼켰다. 그의 거대한 날개와 독 같은 품 안에서 벗어나지 못하게 하려는 듯, 기우는 강력한 염원을 담아 그녀의 안으로 들어왔다. 등 뒤에서 꽉 힘주어 그녀를 끌어안은 채. 벗어날세라 두 팔로 꽉 감싼 채. 그리고 거대한 밤의 장막이 가시기 전에 세연은 자신에게 침입한 악마를 보는 것처럼 비명을 질렀다.

"아아악!"

하지만 아랑곳하지 않고 그의 남성은 계속 침입해 왔다.

세연은 가쁜 숨을 몰아쉬었다.

"헉헉……!"

거듭된 그의 공세에 거칠어진 숨을 몰아쉬다가, 갑자기 질식할 것처럼 숨이 막혀 왔다.

세연은 충혈된 눈을 돌렸다. 그러자 예외 없이 그녀를 눈동자 속에 가득 채운 남자의 모습이 보이고, 커다란 침대가 눈에 들어왔다. 흔들림 없이 중심을 잡은 거대한 스탠드, 창문을 꽁꽁 싸매듯 드리워진 묵직한 벨벳 커튼, 그리고 위태롭게 반짝이는 빛을 발하는 샹들리에. 흔들리는 시야 속 벗어날 수 없는 펜트하우스의 전경이 눈에 들어왔다.

"하아……."

세연은 거칠어진 숨을 몰아쉬었다. 그녀의 붉게 충혈된 눈 역시 위태롭게 흔들렸다. 왜 그런지 모르겠다. 누가 봐도 압도적일 만큼 화려한 빛을 뿜어내는 펜트하우스의 전경도, 고개를 돌려 바라보면 누가 봐도 빚어 놓은 것처럼 조각처럼 아름다운 남자의 모습도, 오로지 그녀를 사랑한다고 하면서 무자비할 정도로 놓아주지 않는 남자의 애정도 그녀에게는 벗어날 수 없는 사슬과 다름없었다.

"우욱."

거기까지 생각하자 갑자기 참을 수 없는 욕지기가 치밀었다. 이 순간을 모면하기 위해 마신 양주의 취기가 참을 수 없는 갈증을 느끼게 했다. 양주의 익숙하지 않은 취기와 불쾌감. 괴로웠다. 세연은 몸부림쳤다. 그런 그녀를 기우는 놓아주지 않은 채 가만히 내려다보고 있었다. 감출 수 없는 우려와 걱정을 담은 채. 하지만 내색하지 않았다. 손가락 하나라도 뻗치면 그녀가 사라질세라 그저 가만히 내려다볼 뿐이다. 세연은 급작스레 몸을 떨었다. 한기가 멎지 않았다.

우둑.

다음 순간 다시금 느껴지는 것 같은 묵직한 눈의 통증이 결국 그녀를 멈출 수 없는 광염의 사슬로 몰고 갔다. 정신을 차렸을 때 그녀는 무표정하게 자신을 내려다보는 기우의 목을 조르고 있었다. 결국 이 벗어날 수 없는 공간과 그녀가 감당하기 힘든 삐뚤어진 그의 애정은 가공할 만한 결과를 초래했다. 머리가 어질어질했다.

자신도 멈출 수 없는 파국으로 치달아 가는 기분에 세연은 자신도 모르게 소리 높여 고함쳤다.

"내가 말했죠? 날 가지고 놀지 말라고! 난 당신 인형이 아니라고. 그런데도 일방적으로 욕망을 채우고 있어! 언제까지 날 좌지우지할 건데? 언제까지 날 갖고 놀아야 직성이 풀릴 건데!"

비명과도 같은 소리를 멈출 수가 없었다.

"왜!"

그녀 마음속의 의문이기도 했다.

사라지지 않는 의문. 영원히 그에게 귀속되어 벗어날 수 없을 것만 같은 본능적인 두려움.

일순간 그녀의 초점 잃은 눈이 불안하게 흔들렸다.

아니, 이미 답은 눈앞에 있는 것을.

결코 벗어날 수 없는 거대한 벽.

자신도 모르게 수세에 몰려 현실인지 비현실인지 실감할 수 없는 상태로 그의 목을 조르던 세연은 고개를 들었다.

하다못해 그의 하얀 목에 손톱을 세웠는데도, 기우는 눈 하나 깜짝하지 않았다.

오히려 그녀를 시퍼런 안광으로 바라만 볼 뿐.

아무렇지 않게 시퍼런 안광을 쏴대는 형형한 기세에, 세연은 솔직히 말해 질려 버렸다. 동요하지 않는다면 거짓이었다. 오히려 그녀를 보며 재촉하듯 이렇게 말하기까지 했다.

"그래, 차라리 날 죽여. 그게 나을지도 모르지. 이렇게 내가 생각해도 말도 안 되는 감정을 놓지 못해 널 품고 있는 것보다는. 이 기가 막힌 감정의 사슬을 끊어 낼 수 있다면야 환영할 일이야."

그녀가 목을 조르는 순간에도, 그는 한없이 어두워진 눈으로 음울하게 내뱉었다. 아무렇지 않게 그녀의 손을 잡아 더욱 자신의 목을 조를 것을 요구하기까지 했다.

형형한 기세로 자신의 목을 조를 것을 명령하는 그에게 질린 세연은 다음 순간 자신도 모르게 손을 놓았다.

"……!"

왜 정작 목을 조른 자신이 아닌 그에게서 스스로를 해치려는 살기가 느껴지는 건지 모를 일이었다. 이대로는 위험하다. 꼭 영화의 한 장면처럼 순간적으로 빠르게 머리를 스쳐 지나가는, 위험하다는 거듭된 메시지. 마치 멎지 않는 폭우에 댐의 물이 넘쳐흘러 마을을 덮치는 것처럼, 그녀가 허용할 수 있는 감정의 한계치를 넘어 버린 기분이었다.

이대로는 벗어날 수도, 도망칠 수도 없는 그의 감정 안에서 그대로 사장될 것 같다. 이대로는 기우의 자신을 향한 멎지 않는 감정 속에 질식할 것만 같다. 거듭해서 머릿속에 붉은 사이렌이 보이며 위험을 경고하는 느낌. 그 이루 말할 수 없는 위기감과 치명적인 위험에 견딜 수 없어 손을 놓았다.

하지만 그게 끝이 아니었다.

그녀에게 편안한 일상의 옷을 무자비하게 벗어 던지게 하고, 멈추지 못하는 광기의 사슬로 다시금 옭아매는 그가 원망스러웠다. 꼭 광기 어린 연주로 온 유럽을 집어삼키고 나중엔 친친 새하얀 붕대로 몸을 싸매고선 진흙 속에 묻힌 악마의 연주자를 연상시키는 그를 원망하고 또 원망했다. 그를 증오했다. 다시금 춥고 황량한 바람이 휘몰아치는 고통스러운 광야로 자신을 이끌어 낸 그를 용서할 수 없었다. 결코 용서되지 않았다.

결국 견디다 못한 세연은 비명을 질렀다.

"흐읍…… 하아, 읍."

하지만 그 순간에도 기우는 그녀의 등을 젖히고는 그녀의 안으로 깊숙이 결합해 왔다. 그 어느 때보다 깊게. 서서히 숨결이 거칠어지고 숨이 막혀 왔다. 헉헉, 가쁜 숨을 내쉬던 세연이 이 순간 깨달은 건, 결코 그에게서 벗어날 수 있게 허락되지 않는다는 절망이었다.

그만큼 기우의 남성은 그녀의 비좁은 안을 완전히 채우다 못해 뱀이 똬리를 틀듯, 그에게서 벗어나는 것을 결코 허락하지 않듯 그 어느 때보다 뜨겁고 힘찬 동작을 지속했다. 동시에 부서져라 꼭 깨물었던 세연의 입술에선 아릿한 피 맛이 느껴졌다. 아무리 억누르려고 해도 세찬 밀물이 몰려오듯 새어 나오는 비명에 세연은 이를 악물었다.

"아아아…… 응! 으음, 하아. 헉."

몸부림치며 신음하는 그녀를 기우가 두 팔로 부서져라 껴안았다.

그것도 모자라 힘차게 그녀의 안에서 움직이기 시작했다.

꿈틀, 멋지 않는 진동으로 힘차게.

그러고는 그녀의 안에 결코 끝나지 않을 것만 같은 뜨거운 씨앗을 흩뿌리고 나서야 멈췄다.

'드디어 끝난 걸까.'

축 늘어진 채로 세연은 마음속으로 안도했다.

그녀의 몸에 녹아들듯 입맞춤을 퍼부으며 붙잡고 놔주지 않던 기우가, 그녀를 안은 채로 그제야 쓰러지듯 잠들었다. 그것을 확인하자, 세연은 가느다란 숨을 몰아쉬었다. 온몸이 욱신거리고 아팠다. 정확히는 두려울 정도로 그가 그녀의 몸에 새겨 놓은 생생한 흔적들 때문에 동요했고, 경악했다. 각오하고 받아들였던 처음에도 이 정도는 아니었다.

무엇보다 완전한 그녀의 패배였다.

분명 처음엔 그를 제압할 수 있다 믿었다. 결코 감정을 드러내지 않으면, 메마른 것처럼 자신의 감정을 제어하면 적어도 대등하게 그와 맞설 거라 여겼다. 결코 그에게 끌려가지 않을 거라 믿었다. 실제로 어느 정도는 성과를 거두기도 했다. 하지만 어느 순간 눈으로 보고도 믿을 수 없게 날뛰듯이 저물지 않는 욕망을 남김없이 분출하는 그를 보면서 경악과 놀라움으로 완전히 무너져 내렸다. 그녀의 패배였다. 전혀 예상치 못했고 생각보다 자신을 향한 그의 마음의 깊이가 너무도 깊어서, 솔직히 충격이 가시지를 않았다. 그는 도대체 왜?

그녀의 눈으로 보고도 믿기지 않는 경악의 연속.

그럼에도 지그시 입술을 깨물며 세연은 보란 듯이 고개를 저었다.

하지만 익숙해져야 하리라.

지금도 울긋불긋 그가 새겨 놓은 흔적과, 숨도 쉴 수 없을 만큼 그의 근육질 몸과 맞부딪쳤을 때의 전율할 것 같은 생생한 감각. 숨 막히도록 압도적인 살과 살이 맞부딪치는 느낌은 그녀의 기억에서 오래 지워지지 못하게 새겨 놓은 선명한 자국이자, 결코 잊을 수 없는 낙인과 다름없었다.

세연은 그가 잠든 것을 확인하고 천천히 몸을 일으켰다. 그러자 하얀 피부에 울긋불긋 흔적이 드러나고, 적나라하게도 다리 사이로 하얀 애액이 흘러내린다. 지금이라도 번쩍, 그가 눈을 뜨고 끝날 것 같지 않은 밤이 다시 시작될 것 같아 본능적으로 두려워졌다.

혹시나 기우가 다시 깰까 싶어 소리 죽여 윗옷을 걸친 세연은 욱신거리는 다리로 조심스레 대리석 바닥을 걸었다. 걸을 때마다 그 어떤 스트레칭이나 안무 연습보다 더 허벅지가 당겼다. 그녀는 후들거리는 몸을 간신히 추슬러 드디어 펜트하우스 문에 다다랐다.

끼익.

혹여 그가 깰세라 살짝 금빛으로 반짝이는 손잡이를 돌리자, 거짓말처럼 문이 열렸다.

저벅. 어둠 속에 길게 펼쳐진 고급스러운 카펫이 깔린 호텔 복도를 걸어가며 세연은 새어 나오는 한숨을 억눌렀다. 걸을 때마다 절로 식은땀이 났다.

정말 몸이 너덜너덜해진 종잇장이 된 기분이다.

이러고 정말 앨범을 낼 수 있을까 싶어 헛헛한 웃음을 흘렸다가 푹푹 한숨을 쉬길 몇 차례, 덜컹 엘리베이터의 문이 열리고 올라탄 세연은 거짓말처럼 차갑게 얼굴을 굳혔다.

어차피 벗어날 수 없어.

몸으로 부딪쳐서 끝내는 것 외에는.

지금은 불가능해 보이는 앨범 발매처럼 그와의 관계 역시 끝을 보아야 하리라.

그간 절망하고 혼자 눈물 흘리고 자신만의 작은 방에서 우는 것은 실컷 했다.

더 이상은 질 수 없었다. 더 이상은.

눈으로 보고도 실감할 수 없었던, 미친 듯이 자신을 탐하던 그의 모습에 놀란 것도 잠깐이다. 그럼에도, 그럼에도 그녀는 다시 살아가야 할 테니. 이번까지다. 지금껏 무너진 걸로 충분하다.

결코 다시는 무너지지 않을 거라 세연은 맹세했다.

시청 앞 서원그룹 본사 20층.

핏빛처럼 붉은 석양이 서서히 번져 나가듯 주변을 붉게 물들이고 있었다. 벽에 걸린 반짝이는 은빛 호가스의 판화 '정략결혼'. 반짝이는 스테인드글라스와 듀라의 에칭. 흑단 테이블에 앞에 앉은 기우는 예외 없이 맹렬하게 업무에 집중했다.

여느 때처럼 결재할 서류를 검토하던 그는 진동으로 해 놓은 핸드폰이 울리자 무심코 액정을 확인했다.

"어떻게 됐지?"

이윽고 기우는 여상한 목소리로 물었다.

그의 눈빛은 목소리만큼이나 착 가라앉아 있었고 웬만해서는 감정을 드러내질 않았다. 실상 그런 그가 날것과도 같은 감정의 희로애락을 숨기지 않고 드러내는 건 세연이 유일했다. 비록 세연은 그런 그를 거부하고 필사적으로 밀어낸다지만.

기우는 쓰게 웃었다. 그러고는 감정의 동요를 실낱만큼도 내비치지 않은 채 입을 열었다.

"그러니까 집과 사무실만 오갔단 말이지?"

세연을 보이지 않게 전담 마크하는 경호원의 보고를 듣는 기우의 얼굴엔 별다른 표정이 떠오르지 않았다.

– 지시하신 대로 지켜보았더니 곧바로 삼성동에 있는 팬텀 사무실로 들어갔습니다. 팬텀의 김 대표와 개인 면담을 하는 걸로 보입니다.

"그럼 계속 지켜보고 보고할 게 있으면 알리도록."

짤막한 지시를 내린 후, 기우는 방금 생각났다는 것처럼 고개를 기울어 입가에 보일 듯 말 듯 미소를 머금었다.

"아, 팬텀 사옥에서 계속 안 나오면 오늘은 그냥 퇴근하세요."

그러자 경호원이 당황한 듯 물었다.

- 그냥 퇴근해도 되겠습니까?

"연습실에서 나오지 않는 거니까, 퇴근해도 됩니다."

기우가 대답했다.

별다른 동요 없는 건조한 눈길이라고 믿기지 않는 상냥한 어조였다.

실상 그가 사촌 형인 효중과 다른 점이기도 했다. 효중은 항상 돈을 뿌려 충성할 사냥개들을 키우지만, 그는 진심으로 대하며 서서히 상대의 마음을 열었다.

다시금 핸드폰 진동 소리와 함께 좌르르 메시지들이 떠올랐다. 기우는 무심히 보았다. 그가 가끔 몸을 풀러 나가는 격투기 도장의 이들이었다. 처음엔 서먹했지만 꾸준히 대련하며 친해진 이들과 기우는 격의 없이 대했다.

[시간되면 술 한잔하죠.]

기우는 여전히 별다른 표정 없이 메시지를 보내며 서서히 주변을 시뻘겋게 물들이는 핏빛처럼 붉은 석양에 시선을 던졌다.

핏빛의 석양을 보며 기우는 문득 노르웨이 박물관에서 본 뭉크의 그림을 떠올렸다. 사라져 가는 석양 속 얼굴을 감싸고 처절하게 절규하는 남자의 얼굴을.

실제로 어릴 때 그는 어머니와 함께 유럽의 박물관들을 심심찮게 들렀었다. 그중 그가 가장 인상 깊게 본 그림은 바로 루브르 박물관에 있었다.

'메두사의 뗏목'.

보통 인간은 사물을 어둡거나 밝게 보는데, 그가 처음 만났던 세연은 후자에 해당했다. 아직도 생생히 기억났다. 반짝이는 검은 눈으로 그를 보며 웃으면서, 부끄럽고 창피해도 순진하리만큼 무모하게 성큼성큼 자신의 목표를 향해 전진하는 모습.

– 아직도 또렷하게 기억나요. 어릴 때 이민한 일본에서 아버지가 오타루의 시장에서 일할 때 도왔는데, 그때 엄마 심부름으로 얼어붙은 길가를 걸어가다, 때마침 해가 일찍 져서 달이 떠올랐어요.

언젠가 세연이 한 말이 기억났다. 잊으려야 잊을 수 없었다. 그가 진심으로 그 애에게 이끌렸던 찰나였으니까. 세연이 말했다.

– 그때 추운 날씨에 얼어붙은 것 같은 달을 보면서 머릿속에 떠올렸어요. 아직 어렸는데 문득 이런 생각을 했던 것 같아요. 삶은 왜 이리도 힘들고 고통스러운 것일까……. 그럼에도 살아갈 수밖에 없다고 생각했어요. 왜냐면 살아 있으니까 포기할 수 없다고.

그때 그를 보던 유난히 빛나던 까만 눈. 이를테면 세연은, 난파당해 무작정 한 달 가까이 떠도는 절망적인 뗏목에서 우왕좌왕하는 인간들 사이에서도 결코 희망을 잃지 않는 자였다. 무엇보다 얼어붙은 고통스러운 인생일지라도 삶의 희망을 잃지 않는 세연의 모습은 그에게 깊은 인상을 남겼다.

그 무엇보다 세연은 솔직했다. 그에게 이끌리는 감정을 숨기지 않고 솔직하게 표현했다.

– 난 내일 당장이라도 만나고 싶은데요. 그쪽이 괜찮다면요.

물론 그의 인생에 낙관적이고 항상 웃는 밝은 여자들이 없었던 건 아니었다. 주변에 스쳐 가듯 보기만 해도 기분 좋아지는, 햇살처럼 해사한 미소를 지닌 이는 많았다. 그럼에도 그에게 감명을 불러일으키지 못했다. 잠깐 대화하면 기분이 좋아지지만, 그뿐이었다. 다시 보지 않아도 그만인 것이다.

그런데 세연은.

– 그쪽도 나와 마찬가지로 어릴 때 외국을 떠돌면서 자라지 않았나요? 아닌가요?

그 때문일까. 그와 마찬가지로 자신의 의사가 아닌 아직 어린 나이에 부모 손에 이끌려 타국을 떠도는 그 애의 눈을 보면 꼭 자신의 눈을 보는 기분이었다. 태어나 처음으로 이상한 기분이 들었다. 꼭 자신의 모습을 보는 것 같아서. 결국 기우는 자신과 닮은 것 같은 영혼의 분신을 밀어낼 수 없었다.

본능적으로 자신과 닮은 동족에게 이끌렸고, 정신을 차리고 보니 사랑하고 있었다. 삶에서 단 하나뿐인 자신의 여자라고 어느 순간 마음속에 떠올리고 있었던 것 같다.

그랬기에 그 애가 사라져 버리고 완전히 얼어붙은 자신의 삶을, 텅 빈 인생을 더욱 견딜 수 없었는지도 모르겠다. 잠시라도 그에게 따스한 온기를 남겼던 세연의 흔적을 찾아 본능적으로 두리번거렸다.

150명을 태운 뗏목의 처절한 항해에서 15명만 살아남았듯, 본능적인 살육과 학살, 생존에의 욕구로 서서히 남겨진 이들이 미쳐 가듯, 점점 세연에게 빠져들어 제정신을 차리지 못하는 자신을 기우는 생생히 느끼고 있었다.

세연의 어디가 자신의 메마를 대로 메마른 성정에 활활 불을 붙이는지 모를 일이라고 기우는 생각했다.

역시 동족이라 여긴 여자의 거부에 영혼이 황폐해졌던 걸까. 알 수 없었다.

확실한 건 그 애가 사라진 뒤 그의 마음엔 구멍이 뚫렸고, 무슨 짓을 해도 채워지지 않는 텅 빈 구멍을 채우려고 그답지 않게 몸부림친다는 것이었다.

지금 역시 건조하게 지시를 내리면서도 기우는 본능적으로 세연을 갈망했다. 확실히 그답지 않은 짓이었다. 세연이 자신과의 약속을 지킬 거란 걸 알면서도 경호원을 붙인 건 그답지 않았다. 평소의 그라면 그런 지시를 내릴 리도 없거니와, 조바심을 내는 일도 없었으리라.

– 내가 정말 재수 없는 게 뭔지 알아? 넌 항상 모든 게 네 쪽으로 유리하게 상황이 돌아가는 줄 알지? 세상이 다 네 편 같지? 지금도 회사가 내 손아귀에 들어온 것처럼 굴잖아. 재수 없는 개자식!

효중의 으르렁거리는 어조가 귓가에 선연했다. 그와 후계 자리를 놓고 경쟁하는 사촌 형은 바보가 아니었다. 기우가 본격적으로 경영에 뛰어든 지는 오래되지 않았다. 하지만 그의 사촌 형은 회사를 확실하게 가지기 위해 주변 사람들에게 돈을 뿌렸다. 유 전무를 위시로 해 그의 사람들을 꽤 오랫동안 착실하게 부려 왔다. 그런 효중이 못 견뎌 하는 건 바로 모든 것을 꿰뚫어 보듯이 그의 사촌 동생이 무심히 바라볼 때였다. 평소에도 그는 생각했다.

'내가 아니면 형도 인생이 좀 더 즐거웠겠지? 하지만 어쩔 수 없어. 그 애를 가지기 위해서니까. 세연이 다시 내게 돌아오게 만들기 위해서니까.'

실상 세연이 다시 그에게 돌아올 거란 헛된 희망으로 달려온 세월이나 다름없었다. 그랬다. 얼어붙은 그의 삶에 뜨거운 불꽃이 되어 타올라 그를 더 이상 춥게 하지 않을. 오로지 그 애가 돌아올 거란 마지막 희망을 원동력 삼아 무모하게 달려왔다.

별다른 말없이 기우는 착잡하게도 보이는 착 가라앉은 특유의 눈빛을 사촌 형에게 던질 뿐인데, 그 어찌할 수 없는 여러 감정이 섞인 착잡한 시선에 효중은 길길이 날뛰었다.

어쩌면 모든 걸 꿰뚫은 것도 모자라, 결국엔 그의 뜻대로 다 흘러갈 거라 알리는 듯한 자기 확신과 특유의 분위기가 기우의 메마른 눈빛에서 느껴진 탓일까. 효중은 아킬레스건을 다친 것처럼 화가 나서 어쩔 줄 몰라 했다.

– 다 아는 것처럼, 이미 결정된 것처럼 굴지 말아. 재수 없는 놈.

실상 그룹의 돌아가는 분위기가 기우에게 유리한 것은 사실이었다. 기우는 알고 있었다. 무엇보다 그 어떤 일에도 동요하거나 당황하지 않고 초연한 특유의 분위기가 거슬려 그의 사촌 형이 분해서 길길이 날뛰는 건지도 모른다고.

그런 그가 평정을 잃는 것은 실상 세연에 관련된 것이 유일했다. 지금 역시 바늘 하나 들어가지 않을 정도로 완벽한 슈트 차림으로 버티고 선 채로, 기우는 텅 빈 눈으로 툭툭 흑단의 테이블을 소리 내어 쳤다. 아무리 해도 채워지지 않는 그 애에 대한 갈망. 그의 기다란 손가락이 불안하게 흔들렸다. 툭툭, 기우는 그답지 않게 평정을 잃고 계속해서 손가락을 세워 테이블을 두드렸다.

빨리 그 애를 만나고 싶었다. 그래야 자신도 이해 가지 않는 이 미친 듯한 갈증이 완전히 사라질 테니까. 이윽고 석양이 사라지고 뉘엿뉘엿 주변이 어두워지는 가운데, 기우는 눈을 감았다. 그는 소리 없이 되뇌었다.

'이제 내일이면 그 애를 만날 수 있다. 이제는 놓아주지 않아. 절대로.'

어둠 속에서 꼼짝하지 않던 그는 이윽고 차가운 테이블 유리에 고개 숙여 입 맞췄다. 마치 세연에게 입을 맞추듯, 경건한 그만의 의식을 치르듯.

매 순간 기우는 세연을 향한 채워지지 않는 자신의 조급한 갈망과 끝없는 전쟁을 벌였다.

무엇보다 세연과 그의 전쟁은 현재 진행형이었다.

第 22 幕

이제 모든 준비는 끝났다.

심적으로나, 육체적으로나. 이제 당분간은 그에게 시달리지 않아도 되는 것이다. 지금껏 그랬듯 겉으로 내색하지는 않았지만, 세연은 마음속으로 이를 갈았다.

'이제 당분간은 그에게 시달리지 않아도 될 테지. 대가를 치렀으니까.'

물론 대가는 혹독했지만, 감수할 만했다.

한동안은 기우에게서 완전히 벗어나 자유를 만끽할 수 있는 것이다. 정확히는 팬텀에 들어가 본격적으로 트레이닝을 받고 더 이상은 그와 관련된 일에 신경 쓰지 않아도 된다. 오로지 연습에만 몰두할 수 있는 것이다. 드디어 그녀의 소원대로 되었다.

마침내 한 번 떨어졌던 팬텀에 연습생으로 들어가게 되고, 세연은 원룸을 얻어 이사를 했었다. 그간 변변한 세간살이 하나 없이 임시로 거주하는 느낌이 강했는데, 이제야 쫓기지 않고 안정된 느낌이 든다.

"너 때문에 지끈지끈 머리가 울려. 띵띵 터질 것처럼 정말 머리가 울린다니까. 어디 네가 잘되나 두고 보자. 난 앞으로 두고 보자는 말만 하는 사람이니까."

끝까지 그녀가 망하기만을 바라는 것일까?

실패해서 다시 자기 집으로 돌아와 평생 저 악담과 화풀이를 받으라는 걸까?

그녀를 보기만 하면 화풀이를 하듯, 저주와 원망을 퍼붓는 해옥 고모의 집에서 완전히 벗어났다.

처음으로 얻은 조용한 방 안. 그 누구의 방해도, 아픈 상처를 주는 이들도 없는 오롯이 그녀 혼자만을 위한 공간은 오래 머무르지도 못했다. 방을 얻어 일단 수건들을 빨아서 싹싹 문지르며 닦고 깨끗이 청소를 끝마치자마자, 기다렸다는 것처럼 소속사에서 그녀에게 전화 연락이 와 외출해야만 했다.

또각또각.

조용한 복도에 발걸음 소리가 울려 퍼졌다.

단숨에 팬텀 사옥에 들어와 엘리베이터에서 내린 세연은 곧장 복도를 걸었다. '하아' 나직한 숨을 내뱉으며 잠시 숨을 골랐다가 소속사 사무실의 문을 노크했다.

정말 숨 돌릴 새도 없었다.

똑똑 노크 소리가 들리자 비서의 연락을 받고 기다리고 있던 중년 남자가 자리에서 일어났다. 그러고는 긴장한 기색이 역력한 그녀를 보며 웃으면서 악수를 청했다. 세연은 그 낯익은 인자한 미소에 살짝 입가에 웃음 지었다.

바로 이 사람이 팬텀의 김석준 대표다.

오디션을 보았을 때 느꼈지만 이제 확실히 알겠다.

포털사이트에 있는 뭔가 경직된 표정의 얼굴과 실물의 느낌은 확연히 달랐다. 여전히 그녀에게 보내는 온화한 미소가 그러했다.

"반가워요, 정세연 씨? 우리, 오디션장에서 이미 봤죠? 여기까지 오느라 마음고생 많았을 텐데, 수고했어요."

그리 크지 않은 키에, 안경 낀 상냥한 웃음 띤 얼굴. 아무리 봐도 연예 비즈니스 기획사의 대표라기보다는 소탈한 느낌을 풍겼다. 이야기를 나눌수록 기본적으로 선량한 웃음을 짓고, 성격 좋고, 관대하다는 느낌까지 받았다.

"그러지 않아도 궁금했어요. 오디션 때 잠깐 봤지만 아무래도 사람은 직접 얘기를 해야 그 사람의 진면목을 알 수 있지 않겠어요? 하하, 여기 앉아요. 만나서 반갑고 내가 정세연 씨에게 할 얘기가…… 아, 내 정신 좀 봐라. 먼저, 뭐 좀 마실래요?"

대표실에서의 독대라 내심 긴장했는데.

팬텀 엔터테인먼트의 김석준 대표가 환한 웃음을 지으면서 친근하게 물어오자 잠깐 당황하던 세연은 곧 착 가라앉은 어조로 대답했다.

"네, 감사합니다."

"자, 물 먼저 마시고 시원한 매실차 한번 먹어 보겠어요? 마누라가 직접 담근 건데, 맛있어요."

김 대표가 말하자 세연은 내색은 안 했지만 당황했다. 기획사 대표가 아니라 정말 흔히 볼 수 있는 동네 아저씨 같은 친근한 느낌이다. 그만큼 내내 그녀를 격의 없게 대해서 완전히 예상이 엇나갔다.

어쩌면 긴장되는 상태에서 대표 사무실의 문을 여는 순간부터 그녀를 차갑게 닦달하듯 몰아칠 누군가를 연상했는지도 모른다.

이를테면 권기우 같은?

내심 문이 열리면 기우가 그녀를 맞아 줄 거라 생각했던 걸까? 물론 지금쯤 그는 서원그룹 본사의 드넓은 20층 사무실에서 일하고 있을 터다. 팬텀이 그녀를 영입하게 된 계기가 되었지만, 어디까지나 대표와의 친분으로 이어진 일이었고 그것도 서원그룹의 미디어사업 분야와 연결된 투자로 말 그대로 비즈니스 관계일 뿐이었다.

그런데 왜 그의 모습을 보기를 내심 마음속으로 기대한 것처럼 그가 나타나지 않자 허전한 느낌이 드는 걸까? 왜 묘한 실망감과 아쉬움이 느껴지는가? 스스로도 이해할 수 없어 세연은 이어지는 김 대표의 말에 더 귀를 기울였다.

"반가워요. 뭐 여기까지 오느라 수고 많았고, 정세연 양? 세연 양은 내가 구구절절 얘기하지 않아도 어떻게 할지 잘 알 것 같으니까, 딱 한마디만 할게요."

첫인상은 평범한 동네 아저씨같이 친근하게 보이던 김 대표의 진가는 곧 드러났다.

"앞으로 우리 식구가 되었으니까 이제 데뷔를 목표로, 아니 데뷔할 수 있는 실력을 갖추고 좋은 결과를 얻을 수 있게 최선을 다해 줬으면 좋겠어요. 뭐 처음부터 잘하는 사람은 없으니까 갈고 닦아서 좋은 결과를 얻을 수 있도록."

김 대표가 만면에 미소를 머금은 채, 온화한 표정으로 말을 이었다.

"지금껏 팬텀이 이룩한 성과를 보면, 확률상으로 70퍼센트 이상 성공을 거두고 있다고 감히 자신해요. 거창하게 말할 수도 있지만, 내 생각은 그래요. 서로 노력해서 최대한 실패를 줄일 수 있는 쪽으로, 최대한 좋은 방향으로 나아갈 수 있도록. 그럼 모두에게 만족스러운 결과에 가까워진다고 생각해요. 그러니까 세연 양이 힘들겠지만 조금만 더 수고해 줘요."

김 대표가 그녀를 다독이듯 상냥한 어조로 말했지만 세연은 눈치를 챘다. 팬텀은 물론 유명한 연예기획사이긴 하지만 뭔가 기업과 패턴이 비슷했다. 처음 김 대표를 만났을 때 받았던 느낌이 쉽사리 사라지지 않았다.

여러 방법들 중에 최대한 실패를 줄이는 쪽으로 투자하면 확실히 성공에 가까워지지리라.

여전히 온화한 미소를 지으면서 김 대표가 인터폰을 누르고 지시했다.

“팬텀 2팀의 김소현 팀장, 내 방으로 오라고 해요. 손님이 와 계시니까 말이야.”

김 대표가 호출하는 동안, 세연은 머릿속으로 떠올렸다.

‘얼핏 보기에는 참 소탈해 보이는데.’

물론 겉보기에는 격의 없고 상냥하기는 했다. 무엇보다 그녀와 눈을 마주치고 이야기하는 태도와 배려하는 말들은 거짓이 아니었고 진심이 느껴졌으니까.

무엇보다 상대를 배려하고 자신들이 할 수 있는 최대 범위 내에서 최선을 다해 지원해 주는 것. 정말 이상적이기까지 한 연예 엔터테인먼트의 모습이 아닐까 싶었다. 세연은 소리 없이 머릿속에 떠올렸다.

‘소탈하고 선량한 인간적인 첫인상. 대화를 할수록 느껴지는, 실수를 줄여 가는 왠지 모르게 완벽주의 느낌의 사업가. 그러고 보면 누굴 꼭 닮았네.’

그녀가 받았던 인상, 절로 기우를 연상시켰다.

잊으려고 했지만 이렇게 팬텀의 곳곳엔 부지불식간에 그를 떠올리게 하는 요소들이 곳곳에 존재하고 있었다.

하긴 뭔가 남다른 게 있으니 유명 엔터테인먼트로 명성을 떨치게 됐으리라. 그냥 쉽게 이 자리까지 올라왔을 거라곤 생각하지 않았다. 말 그대로 정글 같은 업계에서 살아남기란 녹록지 않으니까. 어쩌면 당연한 말인가.

똑똑.

“들어와요.”

곧이어 모습을 드러낸 팬텀 2팀의 김소현 팀장 역시 그녀가 받은 느낌이 틀리지 않았다는 생각이 들게 했다.

"안녕하세요?"

들려오는 또렷하면서도 야무진 목소리.

또각, 하이힐 소리가 들려오고, 고개를 돌리자 반짝이는 안경이 눈에 들어왔다. 눈이 마주치자, 오디션장에서 보았던 낯익은 얼굴이 빈틈없이 안경테를 추켜올리며 그녀를 바라보았다.

바지 정장.

제일 먼저 눈에 들어오는 것은 빈틈없으리만큼 딱 갖춰 입은 잿빛의 바지 정장이었다. 말없이 감정하듯 훑는 시선. 어찌 보면 기우와도 비슷하되 좀 더 감정이 없는 시선이었다. 말 그대로 철저히 프로의 시선으로 그녀를 판단하는 듯한 눈빛.

이윽고 여자가 웃으며 그녀에게 자신을 소개했다.

"정세연 씨? 오디션 때 봤었죠. 그럼 정식으로 소개할게요. 팬텀 엔터테인먼트의 김소현 팀장이에요. 원래 팬텀 1팀에서 배우들을 전담하다가, 이번에 신설된 2팀 팀장을 맡게 되었어요. 아직 정리가 안 돼서 자리가 안 잡히고 산만할 수도 있어요."

"아, 네. 반갑습니다."

침묵이 흘렀다. 명함을 내밀은 김소현 팀장이 세연이 명함을 받아 들자 그녀와 눈을 마주치며 의미심장하게 말했다.

"한마디만 할게요. 다른 건 몰라도 만약 선을 넘는 일이 있으면, 그 한도 내에서 일을 깔끔하게 처리하겠다는 것. 무용지물인 소속사가 아니라 그 최소한도 내에서 케어하겠다는 것. 이건 확실히 말할 수 있겠네요."

김소현 팀장의 말에 만면에 웃음을 머금은 김석준 대표 역시 고개를 끄덕였다.

"우리 식구니까 최대한 케어해야지. 결정할 때는 신중하지만, 막상 팬텀의 식구가 되면 최대한 편의를 봐줄 테니까. 또 그게 우리 방침이기도 하고.”

그게 다였다.

단지 오디션을 볼 때도 그랬지만 의미심장한 시선을 보내면서 오목조목 그녀를 훑어보았을 뿐이었다. 그것도 입가에 상냥한 미소를 머금은 채.

팬텀의 팀장은 가타부타 별다른 말은 하지 않았다. 단지 그 순간에도 울려 대는 전화벨과 김소현 팀장이 척 손을 들어 양해를 구하고 능숙하게 통화를 하는 모습으로 그녀의 유능함이 익히 짐작될 뿐이었다.

“김 팀장이 앞으로 잘 챙겨 줄 테니까. 그럼 앞으로 잘 논의해 보도록 하고, 여기까지 왔으니까 내친김에 우리 팬텀의 식구들을 다 소개해 줄게요.”

팬텀의 식구들을 다 소개해 주겠다고 말했다.

너무나도 인자하고 따뜻한 음성으로.

그럼에도 세연은 긴장을 놓을 수가 없었다. 차라리 철저하게 비즈니스로 대했다면 그녀도 그러한 분위기로 응수하면 되니까, 차라리 그게 나을지도 모르겠다.

하지만 화기애애하고 상냥하게 그녀를 대하니 자신도 모르게 그러한 분위기에 빠져들게 되면서 방심하게 되니 문제였다. 분명 김 대표의 말대로 이건 비즈니스고 좋은 결과를 얻는 게 이상적일 테니까. 중간중간 엿보이는 김 대표의 예리한 시선에 혹시나 긴장이 풀려 마음을 놓고 실수를 할까 봐 더욱 긴장하게 되었다.

김 대표가 연이어 소개해 준 팬텀의 다른 이들도 각기 다른 느낌을 주었다

“그럼 인사할까요? 김소현 팀장이 실제로 팬텀의 홍보팀에 있다가 이번에 2팀 팀장으로 승진했다면, 이쪽은 실질적인 매니지먼트 전담

이니까. 우리, 오혁수 실장. 로드매니저에서 이번에 승진했어요."

김 대표가 즐거워하며 그녀를 전담해 줄 또 다른 팬텀의 스태프를 소개했다.

"세연 씨 스케줄이 생기면 스케줄 장소로 이동하게 도와줄 거고, 또 앞으로 세연 씨를 쭉 맡아서 케어해 줄 거예요. 여긴 이번에 우리 팬텀의 식구가 된 정세연."

김 대표가 예의 인자한 미소를 띠며 '서로 인사할까?' 운을 떼기가 무섭게 박력 넘치는 목소리가 들려왔다.

"안녕하세요!"

김 대표 집무실 안으로 들어섰던 남자가 반갑다는 듯이 언성을 높였다. 그리고 친근하게 말을 건네는 게 아닌가.

"그때 인사했죠? 오디션 때. 정세연 씨 맞죠?"

목소리는 높았지만, 과장스럽거나 호들갑스럽진 않았다. 남자는 여전히 풍채 좋은 통통한 체격에 보란 듯이 스냅 백 모자를 눌러쓰고 있었다. 게다가 감색 트레이닝팬츠. 여기에 반짝이는 은목걸이만 차면 당장 힙합 가수처럼 보일 것만 같은 캐주얼한 차림이었다.

그런 남자를 세연은 조금은 신기한 눈으로 보고 있었다.

오디션장에서도 익히 느꼈지만, 김소현 팀장과 너무 분위기가 달라서였다. 오디션 때 그녀가 맘에 들지 않는다는 것처럼 가자미눈을 뜨고 깐깐하게 보았다면, 막상 대표가 영입하기로 하자 쾌활한 태도로 스스럼없이 대해서 절로 비교되었다.

"반가워요! 우리 앞으로 잘해 봐요. 세연 씨가 팬텀의 새 식구가 되어서 정말 기쁘거든요. 그것도 가수라니. 사실 플로라 이후로 새 식구가 들어온 적이 없어서요."

오디션 볼 때 못마땅한 표정을 지었던 게 잘못 본 것이 아닐까 싶을 만큼 눈을 의심할 정도였다. 자신을 오혁수 실장이라 소개한 남자가 보란 듯이 씩 웃었다.

"와, 신설된 팬텀의 2팀에, 그것도 가수라니 전혀 생각지도 못했는데. 반갑네요."

왠지 모르게 감개무량한 말투였다.

솔직한 마음으론 아직도 적응되지가 않았다. 이전 소속사라 해도 실상 활동이 전무했었다. 일본 TV 드라마 오디션을 보고 캐스팅되긴 했었지만, 그녀가 당한 사고로 흐지부지되기도 했었고. 사실상 아무런 활동이 없다고 해도 과언이 아니다. 이제야 제대로 연예기획사에 들어온 기분이 들었다. 항상 방치된 느낌이 들다가 이제야 제대로 출발선을 밟은 느낌이었다.

무엇보다 이렇게 관심을 받게 되자, 다시 들어올 일이 없으리라 여겼던 업계에 들어왔다는 실감이 왔다.

혁수가 눈을 찡긋하면서 진지한 어조로 덧붙였다.

"저도 이건 확실히 말할 수 있어요. 저희 팀에서 세연 씨를 전담할 수 있는 한도 내에서 최선을 다할게요. 좋은 결과를 얻을 수 있을 겁니다."

적응 안 되는 열렬한 혁수의 인사에 세연이 얼떨떨해하자, 김 대표가 빙그레 웃으며 말했다.

"그럼 잘 부탁해요, 오혁수 실장. 오랜만에 다시 활동 시작한다고 하니까 정세연 씨를 우리 혁수 실장이 잘 도와주고. 좋은 결과를 얻을 수 있도록."

"물론입니다."

2팀의 실장인 혁수가 서글서글하게 웃으며 대답하자, 김 대표가 고개를 끄덕였다.

"그럼 우리 오 실장은 방송 스케줄 때문에 가 보셔야 되고, 그리고 윤미희 실장. 아, 윤미희 실장은 팬텀 소속 배우들의 무대 의상을 전담하고 멋지게 꾸며 주는 역할을 하고 있어요. 윤 실장이 데리고 있는 스타일리스트도 있고. 배우는 게 많을 거예요."

시종일관 긴장을 풀 수 없던 그녀에게 꼭 상냥하게 타일러 주듯 김 대표가 사람 좋게 웃었다. 그는 마지막으로 보란 듯이 또 다른 팬텀의 팀을 불러냈다.

바로 윤미희 실장이 이끄는 팬텀의 스타일 팀이었다.

"안녕하세요, 대표님. 마침 이 근처에 있었어요. 제가 전담한 배우님 화보 촬영이 끝나서 바로 왔어요."

생글생글 웃는 음성.

오래 기다리지도 않았다.

김 대표가 호출하자, 정말 얼마 지나지 않아 기다렸다는 것처럼 스타일리스트가 들어오자 세연은 이제 어지럽기까지 했다. 윙윙대듯 말소리가 울렸고 꼭 이 순간이 현실이 아닌 것처럼 정신이 몽롱했다. 너무 많은 것을 갑자기 넣어 과부하가 걸린 것처럼 머릿속이 멍하기까지 했다.

"어머, 대표님. 그런데 무슨 일이길래 이렇게 갑자기 보자고 하시고. 아, 채희가 '언니, 빨리 좀 들어와 봐' 이러더니 정세연 씨가 기다리고 계셨구나."

또랑또랑하기까지 한 쾌활한 음성.

고개를 돌리자 아담한 체격에 강한 웨이브 파마, 안경을 낀 여자가 웃으며 그녀를 보고 있었다. 짐짓 흥미롭다는 듯이.

"반가워요. 이렇게 만나게 되네. 우리끼리 한 말이지만 상당히 궁금했어요. 팬텀에 가수가 들어오는 게 아무래도 흔한 케이스가 아니니까. 그런데 이렇게 만나게 되네. 이것도 인연이겠죠?"

그 말은 꼭 소속 연예인을 신중하게 받기로 정평이 난 팬텀에서 오랜만에 들어온 가수 지망생이 신기하다는 것처럼 들렸다. 세연이 고개를 돌리자 예의 호기심에 찬 눈동자가 그녀를 유심히 보고 있었다.

그렇다고 기분 나쁜 시선은 아니었다. 말 그대로 그녀가 연예인으로 어떨지 궁금해하고, 이리저리 어떤 콘셉트가 어울릴지 생각하는 분위기. 재빠르게 판단하는 눈이 보란 듯이 웃으면서 휘어지더니 곧이어 여자가 가볍게 악수를 청했다.

"이제 한 식구이니 우리 악수나 한번 할까요?"

팬텀의 스타일리스트인 윤미희 실장.

겉보기에는 무척이나 활달한 분위기였다. 덩달아 주변의 분위기까지도 밝게 만드는 것 같은 쾌활한 말투가 인상적이었다. 하지만 푸근한 말투와는 다르게 일할 때는 무척이나 프로페셔널할 것 같은 느낌도 풍겼다.

"어디 보자, 머리 색깔이……. 음, 지금의 검은 머리도 잘 어울리지만 눈동자 빛깔도 그렇고, 핑크 톤의 화장이 훨씬 잘 어울릴 것 같은데. 그럼 여기까지 왔으니까, 내친김에 컬러 테스트를 한번 해 보면 좋겠는데."

세연이 조금 놀란 눈으로 바라보자 윤미희가 너털웃음을 터뜨리더니 특유의 활달한 음성으로 말했다.

"아니, 원래 내가 컬러 테스트를 하는 걸 좋아해서. 왜냐면 각자 어울리는 색깔이 있으니까 어울리는 색으로 코디하면 분위기가 훨씬 살 수 있거든요. 어머, 나 좀 봐. 초면에 너무 수다를 떨었네."

윤미희가 그래도 괜찮지 않으냐는 시선을 던지면서 말했다.

"그럼 나랑 한번 가 볼래요?"

그렇게 엉겁결에 끌려가다시피 세연은 윤미희의 작업실로 갔다.

정확히는 팬텀의 스타일 전담팀 사무실로 가는 그녀를 보며, 김 대표가 특유의 너털웃음을 지으며 손을 흔들었다.

"다음에 또 봐요, 정세연 씨. 직접 가서 보면 배우는 게 많을 테니까 놓치지 말고 머릿속에 다 새겨 놔요. 앞으로 다 살이 되고 피가 될 테니까."

엉겁결에 가게 된 윤미희의 작업실은 정말 영화 속에서나 볼 법한 총천연색의 온갖 옷들과 패션 소품들, 그리고 색색의 신발들이 눈을 휘둥그레지게 만드는 공간이었다. 아무리 봐도 적응 안 되는 휘황찬란한 빛깔들의 옷들이 그녀의 눈을 공격하는 듯했고, 꼭 보물 창고 같기도 했다.

그곳에서 윤미희는 거리낌 없이 처음 만난 그녀에게 핑크빛과 주홍빛의 샘플 종이를 갖다 대고 컬러 테스트를 했다. 말한 대로 그녀에게 제일 어울리는 색깔 톤을 찾으려는 것이었다.

"역시 핑크 톤이 잘 어울리네. 기본적으로 파스텔 톤이 잘 어울리겠지만 의외로 무채색이나 강렬한 톤의 메이크업이 어울릴지도 모르겠어. 하지만 먼저 파스텔 톤으로 가는 게 좋겠죠?"

윤미희가 생글생글 웃더니 꼭 수수께끼를 던지듯 그녀에게 물었다.

"네?"

그 말뜻을 알 수 없어 세연이 눈을 깜빡이자, 윤미희가 묘하게 차갑게 느껴지는 눈으로 가만히 보았다.

"무슨 뜻인지 모르나 보네. 난 알 것도 같은데. 말 놔도 되죠? 난 세연이가 한동안 연예인 일을 쉬다가 다시 컴백한 친구라고 들었는데, 아무래도 소녀적인 콘셉트로 가지 않겠어? 대중성을 확보하는 편이 확률이 높지 않을까. 내 생각은 그런데."

여전히 입가에 부드럽게 미소를 머금은 채로 인자하게 이야기했지만, 그 내용은 예리했다. 그리고 꼭 네가 스스로 알아듣고 움직여라, 메시지를 담고 있는 것 같기도 했다.

자못 흥미롭게 그녀의 반응을 살피는 듯한 시선에, 세연은 자세를 똑바로 하고선 흔들림 없이 답했다.

"소속사에서 상의해서 결론을 내린 일인데 제가 따라야겠죠. 고심해서 정한 일일 텐데, 저 혼자 판단하는 것보다 나을 거라 생각해요."

잠깐의 침묵 끝에 흔들림 없이 답한 세연은 윤미희를 향해서 보란 듯이 인사하며 말을 이었다.

"이게 제 생각이에요. 아무래도 오래 쉬었고, 이번에 다시 한국에서 데뷔하게 돼서 아직 부족한 게 많아요. 그럼 앞으로 잘 부탁드립니다."

세연은 자신이 어떤 사람인지 판단하는 듯한 상대의 시선을 피하지 않고 눈을 마주치며 진심을 담아 말했다. 그러자 침묵이 흘렀다. 그럼에도 과하리만큼 정중히 인사한 세연은 자세를 흐트러뜨리지 않았다.

잠시 후 윤미희가 흥미롭다는 시선으로 눈을 깜빡이면서 말했다.

"일본에서 활동하다가 왔어?"

"네, 연예 소속사에 있었어요. 사실 활동은 거의 하지 않았지만."

세연이 고개를 끄덕이자 윤미희가 팔짱을 끼더니 다시금 인자한 목소리로 말했다.

"그럼 컬러 테스트도 하고 여기까지 왔으니까 한번 저기 걸려 있는 옷들 좀 입어 볼래? 내가 세연 씨한테 어울리겠다 생각한 소품이 몇 개 있는데."

윤미희는 세연의 이미지를 변하게 하는 것에 무척이나 관심이 많았고, 어떻게 보면 그저 화보 촬영이나 스케줄을 소화하는 일정에 맞게 코디하면 될 텐데도 세연의 분위기를 바꾸는 데 적극적이었다.

마침내 머리 염색과 파마가 끝나자 윤미희가 기대에 찬 눈길을 던지면서 풀 세팅한 세연을 만족스레 훑어보았다.

"좋아. 생각보다도 머리 색깔이 너무 잘 나왔네. 어때? 아까 들어올 때보다 훨씬 눈에 띄는 게 딴사람 같지?"

윤미희의 말 그대로였다.

미용실 거울에 처음과는 완전히 뒤바뀐, 달라진 그녀의 모습이 비쳤다.

커다란 거울 속에 눈을 크게 뜨고 바라보는 자신의 모습이 비친다. 검은 긴 생머리를 늘어뜨리고 지냈던 세연은 머리를 어깨 위로 짧게 자르고 금빛으로 염색한 후 웨이브 파마를 했다.

꼭 다른 사람을 보는 것만 같은 느낌이 든다면 착각일까?

화사한 핑크색의 아이섀도와 볼터치, 아이라인까지 옷차림도 그렇고 전체적인 인상이 화사하게 바뀌었다.

그 전에는 검은 긴 생머리에 수수한 옷차림이었다면, 지금은 그녀가 봐도 한눈에 띄는 느낌이었다. 윤미희 실장의 말대로 어디에 가도 사람들의 눈길을 끌 것만 같았다.

게다가 풍성한 털의 트리밍이 눈길을 끄는 새하얀 재킷은 또 어떤가.

팬텀의 윤미희 실장은 한눈에 곧바로 세연의 체형과 장단점을 파악해 재빨리 그녀가 돋보이는 스타일로 코디를 했다.

"어때? 마음에 들려나."

여전히 경쾌한 어조로 윤미희 실장이 확인하듯 물었다.

눈처럼 새하얀 벨벳 재킷 아래, 선명한 핑크빛의 프릴 블라우스, 그녀의 가느다란 허리와 골반을 강조하는 자줏빛의 스커트와 하이힐. 정말 그녀가 봐도 자신이 다른 사람이 된 것 같은 착각이 들 정도였다.

달라졌다.

그저 평범한 차림으로 팬텀 사옥을 왔다 갔다 했던 것 같은데, 이제는 자신이 봐도 연예인처럼 보이는 것 같았다.

확실히 검은 긴 머리를 늘어뜨리고 있는 듯 없는 듯 좋게 말하자면 조용하고 차분하게, 적나라하게 말하자면 음침하게도 보이는 사람에서, 일순간 반짝반짝 광채가 나는 존재가 된 것 같은 착각에 사로잡혔다.

그랬다. 구석에 있는 게 익숙했다면, 사람들의 눈길을 끄는 반짝거리는, 꼭 패션지에나 나오는 블링블링한 소품을 두른 느낌이었다.

그 전도 나쁘지 않았지만 완전히 이미지가 달라졌다.

"어때? 마음에 안 드나 봐. 계속 말이 없네."

"아니에요."

윤미희가 대답을 재촉하자 거울 속의 낯선, 처음 보는 자신을 뚫어져라 바라보던 세연이 고개를 돌렸다. 그러고는 서둘러 대답했다.

"너무 마음에 들어요."

"아, 그래? 그럼 다행이고."

윤미희가 앙증맞은 입술을 움직여 씩 웃어 보였다. 그러고는 만족스러운 웃음을 지으면서 팔짱을 낀 채로 말을 이었다.

"본인이 마음에 든다면 정말 더할 나위가 없지. 금상첨화니까. 난 무엇보다 이미지 변신이 되어서 너무 좋아. 당장 데뷔해도 되겠어."

"고맙습니다. 덕분에 새롭게 출발하는 느낌이 들어요."

마치 춤추는 듯한 말투로 윤미희가 힘주어 말하자, 세연은 천천히 심호흡하면서 말했다.

"여기까지 오느라 힘들었거든요……. 무엇보다 이전의 날 내려놓고 완전히 새롭게 바뀐 느낌이 들어 마음에 들어요."

"어머, 그게 무슨 소리래."

세연의 진심 어린 어조에 반짝반짝 빛나는 눈으로 쳐다보던 윤미희 실장이 정색했다. 그러고는 의미심장하게 잘라 말했다.

"벌써 놀라면 안 되지. 팬텀에서 세연 씨를, 세연이가 그 전에 듣도 보도 못한, 완전히 새로운 이미지의 가수로 만들 텐데 벌써 놀라면 안 돼."

다음 순간 윤미희 실장이 진지하게 충고했다.

"이제 연기자 정세연으로 다시 태어나는 거야."

윤미희 실장의 말대로, 팬텀은 바로 팬텀의 스타 데뷔 시스템을 풀

가동했다.

말 그대로 세연을 스타로 만들기 위해 곧바로 트레이닝에 돌입했다는 뜻이다.

미처 정신을 차릴 새도 없었다.

처음 팬텀의 건물에 들어왔을 때는 꼭 꿈을 꾸는 것만 같더니, 눈을 뜨자 세상이 바뀐 것만 같았다.

그건 머리부터 발끝까지 그녀의 생활이 180도 달라졌고, 그녀가 달라진 결과였다.

정신을 차렸을 때 세상은 달라져 있었고, 이미 그녀는 가수가 되기 위한 보컬 수업을 시작한 뒤였다.

사실 보컬 수업 들어갈 거란 생각도 안 했는데 기우에게서 생각지도 않은 전화가 걸려 왔다.

처음엔 핸드폰 전화벨이 울리는지도 몰랐다.

정신없이 시간을 보냈다. 중간에 핸드폰이 울려도 확인하거나 받을 정신이 없었고, 꼭 합숙 생활로 들어가 생활할 때처럼 개인 핸드폰과 물품들을 따로 담아 담당자에게 맡겼다.

'이제 다시 연예인을 시작한다. 유지수를 목표로 드디어 움직인다.'

그저 막연히 머릿속에 떠올리고 계획을 세운 것과, 그것이 실행되어 파도처럼 밀려올 때의 충격은 엄연히 달랐다. 예상했던 것보다 훨씬 강도가 높아 정신 차릴 새도 없이 이리저리 휩쓸려 다녔다.

때문에 기우에게서 전화가 와도 뒤늦게 알아차릴 수밖에 없었다.

"여보세요?"

발신인을 확인하고 수화기의 통화 버튼을 눌렀을 때 세연의 목소리는 반쯤 잠겨 있었다. 그리고 그녀의 심리 상태를 기우는 기민하게 알아챘다.

– 나야. 어디 아파? 안 좋은 건가?

얼핏 건조하게 들리는 나직한 음성.

그에게선 음울하기까지 한 회색의 공기가 떠도는 것 같다. 아니, 서서히 날이 저물어 가는 세피아빛 하늘에 드리워진 어둠처럼, 그 특유의 가라앉은 분위기가 느껴졌다. 꼭 쿵쿵, 음악 소리가 흘러나오고, 차창이 내려가고, 검은 선글라스를 낀 채로 그녀를 무표정하게 보던 5년 전과 달라지지 않았다. 그 특유의 떨쳐 낼 수 없는 진한 체취는, 그 고유의 드리워진 분위기는 그녀를 붙잡고 놓아주지 않는다.

세연은 잠시 말없이 수화기를 만지작거렸다.

"아뇨. 약간 감기 기운이 있긴 한데, 몸살이 올 것처럼 으쓱하긴 한데…… 그냥 괜찮아요. 그리고 내가 지금 제정신일 리가 없잖아요?"

낮게 가라앉은 목소리로 말한 것도 잠시, 이윽고 세연이 차갑게 날을 세워 답하자 기우가 피식 웃었다.

나직한 웃음소리가 손에 잡히지 않고 흩어져 간다.

– 그러니까 별일은 없는 거지?

"별일이 있을 리가. 있다면 당신이겠죠. 권기우 씨가 날 괴롭히고 있으니까……."

어쩔 수 없이 원망하고 책망하게 된다.

애꿎은 핸드폰만 힘주어 귓가에 갖다 대는 세연의 마음은 결코 편치 못했다. 쉽게 단정 지어 말할 수 없는, 이루 말할 수 없이 복합적인 감정들.

무엇보다 팬텀에 들어간 이후 입에서 단내가 날 정도로 바빠, 사람들과 교류가 없었다. 업무상으로 바쁘고 마주치는 업계의 이들은 많을지언정 마음은 항상 고독했다. 당연하게 일로만 상대하고, 외로움은 당연하고, 오히려 사치일 거라고 넘겼는데. 이렇게 생각지도 않게 울리는 전화벨에 흔들린다. 그녀를 걱정해 주고, 사소한 교류까지 하는 것 같아 순간적으로 고독한 섬과도 같은 외로움이 채워진다. 순간적으로나마 굳게 닫힌 마음이 열리는 기분이 들었다.

– 힘들면 나한테 전화해. 바로 조치해 줄 테니까. 나 역시 네가 힘든 걸 바라지 않으니까 말이야. 정확히는 펜트하우스에서 네 표정이 어두운 걸 보고 싶지 않아.

그녀에게 집착하고 놓아줄 생각이 없는 기우에게서 위안을 맛보는 자신이 한심해, 세연은 애꿎은 입술만 잘근잘근 깨물었다. 그래서 본능적으로 방어하듯 일부러 그를 상처 입히듯 순간적으로 날을 세웠다.

"괜찮을 리 없잖아요? 가뜩이나 신경 쓸 일이 많고 긴장의 연속이니까. 그리고 당신을 만나지 않는다면, 당신과 펜트하우스에서의 일만 아니라면 좀 더 마음 편하게, 여기에 최선을 다해 매달릴 텐데 어떡하죠? 당신이 이렇게나 마음 한편에 무겁게 부담이 되어서."

그녀가 날카롭게 힐난했는데도 수화기 너머에서 들려오는 소리는 없었다. 암전되듯 내내 무거운 분위기가 떠나지 않고 이리저리 떠돌았다. 그 침묵의 무게에 질식할 것만 같다. 그녀 자신도 주체할 수 없는 난폭한 공기의 흐름. 끊기지 않는 사고처럼 머릿속에 떠올린다.

왜 그와는 이렇게 고통스럽게 어긋난 관계를 이어 갈 수밖에 없을까? 분명 5년 전에는 한눈에 매료되듯 자석처럼 서로에게 이끌리던 시절이 있었다. 분명히 존재했고, 부인할 수 없는 사실이다. 꼭 동족처럼 서로에게 본능적으로 이끌렸는데, 왜 지금은 이렇게 서로를 상처 입힐 수밖에 없을까?

그에게 보이지 않는 날을 세우면서 그녀 자신도 고통스럽다. 상대에게 날카롭게 자르는 말을 하는데 그녀 역시 마음 편할 리가 없다.

지금 역시 수화기 너머 침묵이 길어지고 있었다.

그 침묵의 무게가 버거워 세연은 '하아' 숨을 들이마셨다. 그때 갑자기 수화기 너머에서 기우의 목소리가 들려왔다.

– 비록 마음 편하게 집중할 수 있도록 도움은 못 주지만, 그래도 속

도를 빨리할 수는 있지. 보컬 트레이닝 곧 시작될 거야. 이거 알려 주려고 전화했어.

“다행이네요, 진도라도 빨리 나가서. 어서 빨리 이 관계에서 해방되고 싶거든요. 진심으로.”

– 대신 잘해야 될 거야. 그냥 흉내만 내는 것만으로는 앨범을 내기는커녕 여기서 접어야 할 테니까 알아서 해.

기우가 아무렇지 않게 말했다.

봄눈 녹듯 다정하고 따스한 말로 잠시 그녀의 마음을 약하게 해 귀를 의심하게 만들더니, 일적인 부분에서는 봐주지 않는다. 다시금 혹독하리만큼 가차 없는 냉정한 말을 내뱉는다. 그것도 그녀를 필사적으로 매달릴 수밖에 없게 만드는, 가장 효율적이고 간결한 말을 내뱉으니 미울 수밖에 없었다. 꼭 보이지 않는 채찍질을 하는 것과 다름없었다.

잠시 마음이 흔들린 것을 자책하며 세연은 수화기를 꽉 움켜쥐었다. 그러고는 다시금 보란 듯이 차갑게 내쏘았다.

“그건 나도 제일 신경 쓰는 부분이에요. 그렇게까지 말하니 나도 한마디하겠는데요, 시작하자마자 사업 접지는 않게 해 드리죠.”

– 착각하고 있나 본데, 물론 내가 팬텀에 투자하긴 했지만 그건 어디까지나 내 사업 분야이고 난 네가 그만둬도 상관없어. 아니, 그만두면 더 좋아. 오롯이 나한테만 집중할 수 있을 테니까. 날 만날 시간이 많아지면 내게만 집중하게 만들 테니까.

일순간 느껴지는 칭칭 옭아매는 것 같은 독점욕에 숨이 막혔다. 아무렇지 않게 건조하기까지 한 담담한 말투로, 아주 조금의 틈이라도 노리듯 그녀의 마음 깊은 곳을 파고들어 미칠 것만 같다.

순간적으로 등줄기를 타고 서늘한 느낌이 흘러내리는데 곧이어 들려오는 믿지 못할 말은 충격을 배가했다.

– 너만 내 곁에 있다면 아무래도 좋아. 그러니 신경 쓰지 마. 혹여

팬텀에서 낸 앨범이 실패해도 지금보다 더 비참하게 내몰릴 일 없을 테니까. 그건 약속하지. 왜냐하면 내가 있으니까. 난 너만 있으면 돼.

속삭이는 듯한 어조.

얼핏 들으면 그녀에게 말하는 게 아니라 독백하는 것처럼 들리기도 했다. 낮게 읊조리는 음성은 유심히 듣지 않으면 정말 그녀에게 말하는 게 아니라, 잘못 들은 것처럼 그냥 넘어갈 수도 있었다. 하지만 세연은 분명히 들었기에 전율할 듯한 충격에 잠시 움직일 수 없었다.

무섭기까지 한 그의 진심에 온몸이 저릿해져, 그녀는 가쁘게 숨을 들이마시면서 이야기했다.

"그게 말이 돼요? 우린 5년 전에 끝났는데. 깨진 병을 붙이듯 억지스럽게 관계를 이어 갈 뿐이라는 걸 왜 몰라요? 아니, 당신은 머리 좋으니까 물론 모를 리가 없겠죠. 이미 냉정하게 상황 판단이 끝났을 테니까."

침묵이 흘렀다. 어떻게든 본능적으로 그를 밀어내고 이전과 같은 자유로운 상태로 돌아가고 싶은 그녀의 바람을 보란 듯이 기우는 차갑게 잘라 냈다.

– 지금 중요한 건 팬텀에서 데뷔하는 것 같은데. 그렇지 않나?

"난 그게……."

세연은 순간적으로 할 말을 잃었다.

바로 이것이었다. 절대로 마음을 놓아선 안 된다. 집요하게 그녀의 벌어진 틈을 노리다 순간적으로 방심할 때 치고 들어오니까.

그것도 잠시, 세연은 이를 악물었다.

이대로는 변한 게 아무것도 없으니까.

침묵이 흐르고 세연은 낮게 말했다.

"그건 걱정하지 않아도 돼요. 난 이미 준비됐으니까요. 그쪽 말대로 팬텀에 들어갔으니까, 그냥저냥 세월만 허송하는 게 아니라 바로 데뷔했으면 좋겠어요. 정신 못 차릴 정도로 빠르게. 그래요, 무서운 속도로 달리는 열차처럼 정신없이 속도를 내고 진행되어서 유지수와 바로 맞닥뜨릴 수 있다면 더 좋겠죠."

여전히 약이 오른다. 낯이 화끈거리고 숨 역시 가빠진다. 평정을 유지하려 했지만 냉혹한 그의 도발에 다시금 낄낄, 까마귀 울음소리처럼 그녀를 기분 나쁘게 뼛속까지 조롱하던 유지수의 웃음소리가 떠오른 탓이다. 다음 순간 세연은 자신도 모르게 빈정거리듯 말했다.

"권기우 씨가 말만 하는 게 아니라 확실하게 실현시킬 수 있다는 걸 몸소 보여 줬으면 참 좋겠네요."

– 염려하지 마. 참고로 난 실현 불가능한 일은 시작하지도 않으니까. 그리고 너야말로 데뷔할 수 있게 확실하게 준비하는 게 좋을 거야. 누구든 말로는 쉽게 할 수 있지. 하지만 정작 대중은 언제나 널 원하는 나와 다르게…… 준비되지 않으면 널 피라냐 떼처럼 가차 없이 먹어 치워 버릴걸. 그러니까 피투성이가 되지 않으려면 알아서 해.

보란 듯이 그녀에게 말하는 그의 음성엔 희미한 웃음기까지 묻어나서 정말 자신을 먹어 치울 것만 같았다. 통화하던 세연은 자기도 모르게 부르르 몸을 떨었다. 새삼 잊고 있던, 펜트하우스에서 극한까지 쥐어짜듯 그녀를 감정의 벼랑 끝까지 몰아붙였던 기우가 생각나서였다. 그러고 보니 기억났다. 나중에는 손가락 하나 움직일 힘도 없었지.

"정말 못 말려. 당신은 최악이야."

물론 그는 아랑곳하지 않았지만.

그녀가 보란 듯이 쏘아붙이자, 가차 없이 차가운 말투로 기우가 말했다.

– 각오하는 게 좋을 거야. 앞으로 네 말대로 급행열차를 탄 것처럼 속도를 내 줄 테니까. 대신 감당 못 하겠다고 울면서 뛰어내리면 안 돼.

그녀에게 들으란 듯이 웃으며, 기우는 전화를 끊었다.

화가 났지만 기우의 말이 맞았다.

오로지 그녀만 준비되면 되는 거였다.

기적적으로 팬텀에 입성한 이상, 이제 현실적으로 데뷔할 수 있는 것은 오로지 그녀에게 달려 있었다.

그의 말대로 당장 데뷔할 수 있게 준비되는 게 가장 중요했다.

'말처럼 쉽지는 않을 거야.'

하지만 기우가 지적한 대로 당장 데뷔할 수 있는 상태로 실력을 갖추기란 쉽지 않았다.

연기와 다르게 그녀는 전혀 가수가 될 준비가 안 되어 있었다. 애석하게도 최소한의 소질 자체도 없었다.

세연은 보컬 수업보다 첫 안무 연습 때 자신의 한계를 명확하게 알아차렸다.

– 말로만 끝내지 않고 데뷔할 실력을 갖출 거예요.

기우에게 호언장담한 것과 다르게 그녀는 가수로서의 가능성이 전무했다. 보컬 수업까지는 어떻게 해 볼 수 있었다. 상대적으로 차분한 음색이지만 평소 노래를 못 부르지는 않았고 웬만한 곡은 따라 할 자신이 있었다. 하지만 춤은 그녀도 어찌할 수 없는 분야의 영역이었다. 말 그대로 타고난 리듬감과 파워풀한 율동을 필요로 하는 것이다. 그건 연기와 마찬가지로 타고난 소질이 있어야 했다. 차라리 대본을 외우고 카메라 앞에서 연기하는 것에 자신이 있고 두려움이 없었다면, 춤은 도저히 넘을 수 없는 벽 같았다.

'하지만 그에게 말한 게 있으니 어떻게든 해야 돼.'

보란 듯이 큰소리쳤으니, 최소한 그럴듯하게는 보여야 한다. 단 한 순간이라도. 마음 같아서는 그냥 다 내려놓고 싶었지만, 이미 카운트는 시작되었다. 그만두려면 팬텀에 들어간 순간에 그만뒀어야 했다. 이미 되돌리기엔 늦었다.

전체적인 스타일링은 아무것도 아니었다. 곧이어 보컬 연습 그리고 혹독한 안무 연습이 이어졌다. 누가 봐도 그럴듯하게, 정 안 되면 한 순간이라도 가수의 모습으로 비쳐야 하기에. 그렇게 보이기 위해선 상상도 할 수 없을 정도로 치열한 연습이 필요했다. 실상 가장 힘들 때, 기우와의 약속은 그녀가 꺼낸 말이 멈추지 않고 목표를 향해 나아가도록 채찍질해 준 것이나 다름없었다. 극한의 감정까지 쥐어짜는 기우와 마찬가지로, 팬텀의 트레이닝 역시 그녀 안의 모든 것을 요구했다. 세연은 생각했다.

'역시나 세상에 쉬운 건 없어.'

문득 그녀는 기우와 팬텀 트레이닝의 공통점을 알아차렸다. 유지수에게 가까이 가기 위해 기우와 친밀해져야 하는 것, 뇌리 속에 떠올라 잊히지 않는 문제의 그린우드 호텔 펜트하우스. 그는 샅샅이 그녀의 모든 것을 요구했다.

기우와의 만남과 마찬가지로, 팬텀의 트레이닝도 엄격하게 그녀의 영혼까지 요구했다. 절대로 대충해서는 안 되는 것이다. 결코 호락호락하지 않았다.

여전히 감정의 희로애락이라고는 느껴지지 않는 화석처럼 메마른 눈. 기우는 자신이 목표로 하는 것을 위해서는 얼마든지 가면을 쓸 수 있었다. 몸에 걸친 완벽한 슈트처럼, 그는 상대를 대하는 데 능숙했다. 정확히는 상대에게서 자신이 이끌어 낼 수 있는 최대한을 끌어내는 데 능숙하다고 해야 할 것이다.

그럼에도 그는 그게 철저히 겉모습뿐이라는 걸 알았다. 그 안에는 흉포하게 울부짖는 짐승과도 같은 면이 있었다. 어쩌면 어린 시절 어머니의 죽음으로 인해 메말라 버린 성정의 괴물은 세연을 만나 본격적으로 눈을 뜬 건지도 몰랐다.

세연을 만나자 그 안에 도사리고 있던 사나운 본능이 눈을 떴다. 그간 급작스러운 이별로 메마를 대로 메마른 그의 영혼은 세연을 만나자마자 허겁지겁 맛을 보려고 했다. 굶주릴 대로 굶주리고 갈증에 시달리며 눈을 뜬, 그 안에 도사리고 있던 흉포한 짐승은 사납게 세연을 탐했다. 기우는 쓰게 웃었다.

'아무리 해도 만족할 수가 없어. 만족되지가 않아.'

第 23 幕

'연습실…….'

한참 연습을 하다가 문득 익숙하지 않은 이질감이 들어 세연은 마음속으로 나직하게 되뇌었다.

어느 날 갑자기 뒤바뀐 환경. 이상야릇한, 영 적응이 안 되는 느낌이었다. 아무렇지 않게 연습했는데, 고개를 돌려 바라보면 당연하게 여겼던 것들이 어느 순간 낯설게 느껴지는 기분. 한없이 낯설고 너무나도 이질적이어서 소름이 돋는다.

분명 똑같은 풍경이고, 익숙한 사람들과 눈에 익은 풍경인데 갑자기 세상에 혼자 뚝 떨어진 것처럼 사라지지 않는 이상야릇한 이질감.

어느 날 갑자기 완전히 뒤바뀐 생활이 적응되지 않는다.

분명 어제까지는 길게 늘어뜨린 검은 머리를 하고 있었는데. 그런데 지금은 낯선, 짧기까지 한 금빛이 도는 웨이브 머리칼을 하고선 노래를 부르고 있었다. 그것도 그냥 노래를 부르는 게 아닌, 보컬 트레이닝 수업이다. 말 그대로 가수 데뷔를 목표로 하는 전문적인 수업이었다.

이상했다.

그랬다. 이제는 눈을 감아도 떠올릴 수 있는, 커다란 거울과 음향 기기가 놓여 있는 그저 그런 일상적인 느낌의 사무실에 가까운 연습실.

대체 며칠이 지났는지 모르겠다. 그만큼 갑작스레 뒤바뀐 생활은 그녀의 평소 현실과 너무나도 동떨어져 있어, 얼마만큼 시간이 지났는지도 당최 가늠이 안 되었다.

"세연 씨, 안녕하세요?"

"세연이 안녕!"

처음 소속사 사람들과 인사하고 통성명을 나눈 이후로, 어느 순간부터 당연하게 따라붙기 시작한 로드 매니저, 그녀를 전담하는 스타일리스트와 메이크업 아티스트.

그리고 이어지는 소속사의 트레이닝.

정확히는 앨범을 내고 신인 가수로 데뷔하기 위한 트레이닝 과정이라 일컬어야겠지만, 그녀에겐 그 과정이 통용되지 않았다.

아니, 정확히는 어중간한 연습생이라고 해야겠지.

그것도 앞으로 가수를 할지, 연기를 할지 정확히 정해지지 않은 중고 연습생이라고 해야 할까.

세연은 누구보다 자신의 처지를 알았다.

무엇보다 지금 그녀의 위치는 어중간했다.

실상 팬텀은 오랜 연습생들로 이루어진 그룹 플로라를 마지막으로 걸그룹을 키우고 있지 않을뿐더러, 음반 사업에 주력하지 않는다는 게 가장 문제였다.

뿐인가. 쉬쉬했지만 서원그룹과 합병에 대한 준비로 분주하다는 것이 세간에 나돌고 있는 소문이었다.

세간에 떠도는 소문은 서원그룹의 미디어팀이 투자해 팬텀이 드라마 전문제작 스튜디오로 출범한다는 것이었다. 실제로 관련된 주식주도 상승했을뿐더러, 일본과 중국으로 팬텀에서 제작한 드라마를 수출한다고 했다.

이러한 상황에서 실상 기우가 팬텀 엔터테인먼트의 김석준 대표에게 그녀의 영입을 제안했으니 말이 안 나올 수 없었다. 물론 표면적으로는 내부 회의를 거쳐 결정된 사안이라며 그녀 앞에서는 웃는 표정을 했지만, 속이 좋을 리 없었다. 그녀도 그 정도 눈치는 있었다. 팬텀에서 주력하는 배우도 아니고 갑자기 여가수라니.

그것도 모자라 일본에서 데뷔했다지만 한국에서 경력이 전무한 그녀를 떡하니 들이밀다니. 결국 오디션을 통해 최종적으로 받아들였지만 모두 내색은 안 해도 껄끄럽겠지.

이러한 상황에서 그녀가 할 수 있는 일은 열심히 연습하는 것일 터였다. 그냥 '열심히' 해서는 안 되고 '잘'해야만 했다. 그러기 위해선 뛰어난 모습을 보여 줘야만 하는데, 안타깝지만 현재로서는 요원해 보였다.

"저, 그러니까 열심히 하는 건 알겠는데……."

그녀를 지도하고 보컬 수업을 담당하는 삼십 대 중반의 보컬 트레이너는 평소에 좋고 싫음을 감추지 못하는 직선적인 성격이었다.

"세연아, 반가워. 우리 잘해 보자."

처음엔 그녀에게 상냥하게 웃으면서 보컬 수업을 진행했지만, 수업이 진행될수록 점점 인상을 쓰는 횟수가 잦아지더니 결국엔 솔직하게 의견을 내보였다.

"열심히 하는 건 알겠어. 성실하지 않다는 얘기가 아니야. 하지만 음, 어떻게 얘기해야 할지 모르겠지만, 사람마다 각자 잘할 수 있는 분야가 있잖아? 세연이는 내가 볼 때 마스크가 눈길을 끄니까 배우가 더 어울릴 것 같은데, 어떻게 생각해?"

보컬 트레이너의 눈은 말없이 경청하는 세연에게로 향해 있었다.

얼핏 보기엔 그녀의 생각이 궁금해서 묻는 것처럼 보이지만, 사실은 이런 뜻에 가까웠다.

– 너는 노래에 재능이 없어. 시간과 체력을 낭비하느니 차라리 연기에 집중하는 게 낫지 않겠니?

이게 진짜 하고 싶은 말일 것이다.

물론 세연도 솔직한 마음으로는 동감했다. 그만둘 수 있다면 그렇게 했을 것이다.

그녀도 사람인지라 어쩔 수 없이 마음 한편이 찝찝했다. 꺼림칙하기까지 한, 불편한 마음까지 드는 게 사실이었다. 이렇게 비싼 돈을 들여 최신 시설의 연습실에서 보컬 트레이닝 선생님을 붙이고 체계적인 안무 연습에 외국어까지. 투자하는 입장에선 효율을 고려하지 않을 수 없으리라. 하지만 그녀 역시 절박했고, 마지막 기회였다. 이번 기회를 놓치면 다시는 벼랑 끝에서 기어 올라올 수 없는 것이다. 그러니 물러설 수 없었다.

노골적인 보컬 트레이너의 눈빛에 세연은 입꼬리를 올려 빙그레 웃었다. 마치 꽃봉오리가 살짝 벌어진 것처럼 한없이 곱고 상냥하기까지 한 웃음.

그녀에게 들으란 듯 날을 세운 말들. 면전에서 말했으니 무시할 수 없는 상황이었다. 이러한 상황에서 그녀가 아닌 다른 이들은 어떤 반응을 보일까. 실상 못 들은 척 어색하게 미소를 짓거나, 아니면 견디다 못해 불편한 표정으로 문을 열고 나갈지도 모른다. 계속 마음속 앙금처럼 남는 쓰라린 상처에 혼자 서글퍼질 수 있겠지만 세연의 선택은 달랐다.

침묵이 흐르고, 다음 순간 고개를 들은 세연은 보란 듯이 또렷하게 말했다.

"가르쳐 주시면 부족해도 최선을 다해서 따라가도록 할게요. 앞으로도 가르침을 주시면 감사하겠습니다."

여전히 그녀에겐 불가능한 까마득하게 높은 목표.

아찔하게 깎아지른 드높은 산을 산소통을 메고 올라가는 것처럼 매 순간이 고통스럽고 벅차지 않는다면 거짓말일 터다. 하지만 세연은 보란 듯이 웃었다. 그런 그녀의 눈엔 지난 고통의 터널을 빠져나와 어렵게 찾은 평온함이 잔잔하게 드리워져 있었다.

이미 고통의 늪은 충분히 겪었다. 부모님과 해옥 고모의 독을 세운 시퍼런 막말로 인한 가슴의 상처, 한없이 침잠했던 지난 5년의 세월을 거쳐 이미 알고 있었다. 이렇게 연습할 수 있는 기회도 쉽사리 오지 않는다는 사실을. 그래서 그저 한없이 감사하기만 했다.

무엇보다 살아남아야 했다. 모두가 보는 앞에서, 특히 팬텀의 이들이 보는 앞에서 생존해야 했다. 특히 기우가 보는 앞에서 보란 듯이 재기해서 일어서야 한다. 물론 완전히 중심을 잃고 고꾸라져 재기 불능의 상태가 될 수도 있다. 반전은커녕, 까무룩 시커먼 암흑 속에 갇힐 수도 있다. 그래도 뭔가를 시도한다는 게 중요했다.

그런 세연의 생각엔 변함이 없었다.

'이대로 무너질 수는 없어. 뭐든 해야 돼.'

설령 상대에게 얕보이고 비웃음을 당할지라도, 이렇게 트레이닝을 받을 수 있다는 자체가 그녀에겐 행복이고 기회였다. 세연은 5년 동안 영원히 빠져나오지 못할 것 같던 침침한 집에서의 그녀의 작은 방을 떠올렸다.

그래서 무너지지 않기 위해 허리에 힘을 주고선 보컬 트레이너와 눈을 마주쳤다. 입가에 경련이 날 것 같았지만, 웃으며 재차 인사를 했다.

"앞으로 정말 잘 부탁드려요. 비록 부족하지만 열심히 할 테니까요."

그녀가 상냥하게 고개 숙여 인사를 하자, 예의 깔보는 듯한 묘한 미소를 머금는 보컬 트레이너의 얼굴이 보였다.

"그래요. 그럼 그러든가요."

기세등등하게 꼭 죄인을 내려다보는 듯한 시선은 다음 순간 들려오는 목소리에 멈칫했다.

"물론 제가 부족해서 성에 안 찰 수 있고 화도 나시겠지만, 처음부터 완벽한 가수는 없다고 생각해요. 처음부터 완벽하다면 선생님이 절 가르치실 이유가 없을 테니까."

세연은 여전히 입가에 미소를 머금고 있었다. 그럼에도 순간적으로 보이는 눈빛은 강렬하고 무시할 수 없는 서늘한 기운을 담고 있었다. 여전히 사그라들지 않는 열의를 담아 보컬 트레이너를 보면서 세연은 웃었다.

"열심히 하겠습니다. 잘 부탁드려요."

비록 정중히 고개는 숙이되, 비굴하지는 않는 태도였다. 묘하게 분위기가 바뀌었다. 좀 전까지만 해도 지치고 피로한 기색이 어쩔 수 없이 흘러나오던 세연이 천천히 고개를 들었다. 그러자 범접할 수 없는 싸늘한 기운에, 보컬 트레이너의 표정이 서서히 변했다.

"정말 열심히 할 거예요? 말로만 하는 게 아니라?"

그럼에도 순간의 틈을 노리듯 예외 없이 집요하게 파고드는 탐색의 눈길에 세연은 흔들림 없이 눈을 마주쳤다.

여전히 정중하고 예의를 갖추되, 인정사정없이 그녀를 깎아내리는 무례함에는 가차 없이 대응하겠다는 서늘한 의지가 세연에게서 흘러나왔다.

물러설 기세가 없다는 걸 보이자, 보컬 트레이너가 한발 후퇴했다.

"그럼 한번 두고 볼게요. 얼마나 연습해서 오나. 다음 진도 나갈게요."

그러곤 보컬 트레이너는 마치 처음 본 것처럼 그녀를 기초부터 차근차근 가르쳐 주었다.

다행이었다.

마치 갱생하는 기분으로 그녀는 열심히 이어지는 수업을 경청했다.

비록 앨범이 발매되어 실패한다고 가정해도 그래도 일단 시도했다는 게 중요한 게 아닌가.

언제나 그랬듯이 유지수에게 끌려가는 게 아니라, 세연 자신이 반격을 가한다는 사실이 중요했다. 비록 엉망진창 실패투성이로 끝날지라도, 가시밭길에 찔려 피투성이가 된 맨발 때문에 괴로울지라도 소리 내어 웃으리라. 서서히 세연의 입가에 미소가 번졌다.

때문에 이어지는 가혹한 트레이닝에도 세연은 웃었다.

안무 연습 역시 실상 그녀에게는 쉽지 않은 일이었다.

객관적으로 볼 때 고통의 연속이라고 해야 할 것이다. 그럼에도 이번 역시 세연의 선택은 다르지 않았다. 뛰쳐나가는 대신 세연은 물속을 헤치듯 유연하게 훈련에 임했다. 웃을 때마다 시원하게 벌어지는 입, 히죽 기분 좋게 웃으면서 연습에 몰두한다는 말이 맞았다. 고통스러워하는 대신 이렇게 연습할 수 있는 기회에 웃을 수 있었다.

아이러니하게도 차라리 보컬이 나았다. 비록 보컬 강사는 성에 차지 않아 했지만, 그녀의 목소리는 오히려 록 음악에 어울릴 정도로 파워풀해서, 마이크를 들고 노래를 부르면 최소한 들어 줄만은 했다.

그럼에도 확실히 전문적으로 하는 이들과는 차이가 있었다.

안무 연습 역시 거듭되는 시행착오와 난관의 연속이었지만 세연은 굴하지 않고 굳건히 연습을 지속했다. 어떤 일이 있어도 그녀가 내린 결론은 변함없었기에. 어렵게 여기까지 왔다면, 칼을 뽑았다면 최소한 지금 여기서 집어넣고 싶지는 않았다.

"햇살이 맑은 날, 너와 함께 걷는 어여쁜 거리. 반짝반짝~ 어디서도 밝게 빛이 나…… 내 기분도 행복해져 날아갈 것만 같아. 앞으로도 우리 함께…….”

거듭 연습실 스피커에서 음악이 흘러나오는 가운데, 팬텀에 남아 있던 기존 연습생들은 일사불란하게 움직였다. 가요계 데뷔를 목전에 둔 그룹 플로라였다.

삼성동에 있는 팬텀 사옥의 지하 연습실. 전면 거울이 넓게 펼쳐져 있다. 연습생들은 팬텀이 곧 드라마 전문 제작사로 탈바꿈할지도 모른다는 뒤숭숭한 분위기 속에서도 연습하느라 마지막 구슬땀을 흘리고 있었다.

팬텀에서 어쩌면 마지막일 걸그룹 데뷔를 앞둔 이들이라 그런지 능수능란했고 안무 역시 몸에 익었는지 거리낌이 없었다. 연습생들은 흐르는 음악에 맞춰 춤을 추었다.

“반짝반짝~ 어디서도 밝게 빛이 나…… 내 기분도 행복해져 날아갈 것만 같아. 앞으로도 우리 함께…….”

한눈에 쏙 들어오는 멜로디.

딱딱 떨어지는 군무.

한 치의 흐트러짐도 없고 한눈에 보기에도 오랫동안 연습해 온 게 티가 났다. 틀린 동작도 하나 없었다. 그것도 중상 이상 난이도의 어려운 동작들까지 가미된 군무를 몇 분 동안 하나도 틀리지 않고 추었다.

지켜보던 세연이 기가 죽을 정도로 차례차례 맞춘 것처럼 동선을 바꿔 가면서.

세연은 그 동작들에 시선을 주었다.

손을 탁 치고 회전하듯 방향을 바꿔 살랑살랑 춤을 춘다. 톡톡 튀는 노래 가사에 맞춰서 이리저리 움직이는 봄날의 아지랑이처럼 화사하고 어여쁜 춤을 춘다.

‘어떻게 몇 분 동안 저 어려운 동작들을 이어 나가고 하나도 틀리지 않을 수가 있지?’

세연은 내심 경이롭기만 했다.

그녀 혼자서 하는 안무도 소화하기 어려운데, 어떻게 여러 명이 저렇게 하나도 틀리지 않고 맞춰서 춤을 출 수 있는지, 그저 볼수록 신기하기만 했다. 물론 내색하진 않았지만.

그래서일까.

처음 안무 연습실에 들어와 다른 연습생들과 통성명을 하고 인사를 나누는 것도 쉽지 않은 일이었다.

그러나 유지수의 얼굴을 떠올리며 의지를 다잡은 세연은 먼저 다가가서 인사를 했다.

"안녕하세요. 팬텀 연습생들이죠?"

"아…… 네? 정세연? 연기 지망한다고 들었는데. 맞죠?"

그녀의 기우였을까.

팬텀의 연기팀이 아닌 무려 걸그룹의 안무 연습실에 들어온 새로운 연습생. 자기들끼리 쑥덕거리며 특유의 호기심에 찬 시선을 던진 것도 잠시, 연습생들은 생각보다 그녀에게 큰 관심을 보이지 않았다.

갑자기 팬텀에 들어와 데뷔 앨범을 내는 세연이었다. 그룹도 아니고 그녀 혼자 연습하는 것이니, 도마 위에 올리려면 얼마든지 그럴 수 있었다. 노골적으로 말해서, 자기들끼리 씹으려면 얼마든지 험담할 수 있는 것이다.

그럼에도 자기들끼리 수다를 떨거나 안무 연습하는 것에만 온 신경을 쏟고 있었다.

유지수와 얽힌 사건으로 인해 트라우마가 생긴 걸까. 분명 세상엔 좋은 사람들이 더 많은데도 긴장을 풀 수 없었다.

생각보다 텃세가 없어 왜 그럴까 생각했으나 그녀의 의구심은 곧 풀렸다.

"들었어? 조만간 팬텀 스튜디오로 이름 바꾼다면서? SW미디어에서 투자한다던데."

"SW미디어면 서원그룹 계열이네? 맞지?"

"그럼 우리 앞으로 어떻게 되는 거야?"

안무 연습실에서 팬텀의 연습생들은 틈만 나면 쑥덕거렸다. 데뷔가 예정된 그룹 플로라는 연습실에서 계속 묵묵하게 연습하는 세연을 흘낏 쳐다볼 뿐, 자기들끼리 떠들기 바빴다. 정확히는 앞으로 자신들의 거취 문제가 어떻게 될지 시시각각 촉각을 곤두세웠다.

"우리, 데뷔는 할 수 있는 거야?"

"드라마 제작하고 배우들 매니지먼트하느라 바빠서 우리 신경 쓸 틈이나 있겠어?"

"그럼 앞으로 관리는 어떻게 해 주는 거지? 정산은? 이전에 한 계약은 어떻게 되는 거야?"

한마디로 데뷔도 하기 전에 팀이 공중분해가 될 수도 있기에 남에게 시시콜콜 신경 쓸 여력이 없었던 것이다.

그래서 처음엔 전문적으로 트레이닝을 받아 온 자신들에 비해 상대적으로 서툰 세연의 안무 연습에 고개를 돌리고 킥킥 웃음소릴 내는가 싶더니, 나중에는 완전히 흥미를 잃었다.

세연은 흘낏 그런 이들을 말없이 바라보며 계속 연습에만 몰두했다. 사실 혼자인 것에 익숙했다. 때문에 굳이 기분이 상하지는 않았다.

"목마르죠? 이거 마시면서 하세요."

무엇보다 그들은 기본적으로 친절한 편이었다.

"이거 저희가 마시고 남은 물이랑 음료수거든요. 입도 안 댔어요. 마시면서 연습해요."

소속사에서 안무 연습실을 먼저 사용하는 팀은 다음 팀이 연습할 수 있게 깨끗하게 청소해 놓고 나가는 것이 기본 규칙이었다. 그래서 다음 차례인 세연이 연습할 수 있게 말끔히 정리한 뒤 그녀가 마실 음료수와 물도 남겨 놓았다.

그렇게 몇 번 안면이 익자, 어느 순간 반말로 친근하게 말을 건네고 싶어 한다는 느낌도 받았다.

"앗, 안녕요!"

자기들끼리 킥킥, 또래 특유의 명랑하기 그지없는 웃음소리를 내면서 활달하게 인사하면서 나갔다.

그녀도 사람인데, 혼자서 연습하는데 외롭고 힘들지 않을 리가 없었다. 그것도 낯설기만 한 가수 트레이닝 과정이라면. 계속 벽만 보면서 혼자 연습하면 어느 순간 당연한 것처럼 사람의 온기가 그립고, 말 한마디도 고플 때가 있었다.

마음 같아서는 같이 어울려 수다를 떨고 싶었지만, 세연은 고개를 저었다. 그저 인사를 나누는 것만으로 만족하기로 했다.

지금은 그녀에게 주어진 것에 충실하자고, 이 소중한 기회를 잡자고 그렇게 생각했다. 지금 기회를 놓치면 나중에라도 정말 후회할 것 같아서였다.

그래서 계속 안무 연습실의 거울을 보며 혼자서 춤을 추고 또 추었다.

정확히는 가장 기초 중의 기초 동작인 '업 앤 다운'을 연습하고 또 연습했다. 서툴지만 멈추지 않는 것이 스스로 할 수 있는 유일한 일임을 직감적으로 알기 때문이었다.

"업! 앤 다운, 업업 앤 다운."

세연은 계속해서 연습실의 거울을 보며 기본 동작을 연습하고 또 연습했다. 많은 걸 바라지 않았다. 단 한 순간이라도 정말 여가수처럼 보일 수만 있다면, 사람들이 얼핏 TV 채널을 돌리다가 자신을 보아도 그러려니 납득할 수 있을 정도로만 보일 수 있다면 더는 바랄 게 없을 것 같았다.

열심히 연습하면 언젠가는 지금보다 나아진다고 생각했는데, 그것으로 끝나는 게 아니었다. 땀에 흠뻑 젖어 연습하던 세연은 가쁜 숨을 들이마셨다.

"하아, 하아……."

마음 깊은 곳에서 그냥 유지수가 출연하는 드라마에 어떻게든 출연할 기회를 달라고 제안하고 싶은 충동이 들지 않는다면 거짓말이었다. 드라마 오디션이라도 볼 기회를 달라고 요구하고 싶은데, 그러려면 최소한 아무런 경력이 없는 초짜가 아니라 뭔가 들이밀 수 있는 활동 내역이라도 있어야 했다. 불가능한 것을 알기에, 이 단계를 넘어야 목적한 곳으로 갈 수 있다는 걸 아는데도 그 과정이 녹록지 않은 게 사실이었다. 말 그대로 뼈를 깎는 노력이 필요했다.

'그래도 이 순간을 그 자체로 즐겨야지. 절대로 5년 동안 혼자 웅크리고 있던 나만의 방을 잊으면 안 돼. 그 방문을 열고 나오는 데 너무 오래 걸렸으니까.'

하지만 그럼에도 이런 기회를 잡은 것 자체가 기적이라는 걸 알기에, 세연의 입가엔 잔잔한 미소가 떠올라 있었다. 땀으로 흠뻑 젖어 헉헉 가쁜 호흡을 내쉬면서도 입가엔 환한 웃음을 짓고 있으니, 어떻게 보면 그것도 괴이했다. 세연은 연습실의 전면 거울에 비친 자신의 모습을 살폈다. 그녀 나름대로는 멈추지 않고 노력하는데, 전문가들 생각은 또 다를 터였다. 그녀의 경우, 안무의 기초 동작을 익히는 데도 바쁜 초보인데, 응용된 동작이 제대로 될 리가 없었다.

"기본적으로 유연성이 떨어지네요. 아무래도 이걸 연습하는 게 좋겠어요."

그녀는 계속 멈추지 않고 연습했지만, 아무래도 안 되겠다는 생각이 들었는지 그녀의 트레이닝을 맡은 안무 강사가 조심스레 덧붙였다.

"사실…… 음, 플로라 멤버들도 이걸 연습했거든요. 너무 무리하지는 말고요. 그러니까 내 말은 유연성을 키우는 데 도움이 될 거예요."

바로 폴 댄스였다.

처음엔 꼭 철봉대를 연상시키는 은빛의 봉을 잡고 다짜고짜 폴 댄스를 하라고 해서 얼마나 당황했는지. 겉으로는 내색하지 않았지만, 기본 안무만으로도 버거웠다.

제일 먼저 할리우드 영화 속에서 관능적인 댄서들이 봉을 잡고 춤추던 모습이 제일 먼저 떠올랐다. 그런데 내게 이 봉을 잡으라고?

자신과는 어울리지 않는다 여겼다. 어색한 동작에, 실상 남들이 보면 우습기 짝이 없을 것이다. 다름 아닌 그녀가 은빛으로 반짝이는 봉 위에 올라 유연하게 춤을 춘다는 자체가 아이러니했다.

하지만 세연은 그런 마음과 달리 열심히 했다.

비록 한 번에 뻣뻣한 몸동작이 유연해질 리 없겠지만, 혹시나 도움이 될지 모를 일이었다. 게다가 이렇게 그녀에게 시간을 투자해서 뭔가를 배우게 해 준다는 자체가 좋았다. 그저 감사했다. 내내 광야를 헤매다가 처음으로 외면당하거나 버림받지 않고 울타리 안에 있는 기분이었다. 그래서 기쁘고 감사했다.

광야를 헤매지 않았다면 그저 힘들고 고통스럽고, 데뷔할 수 있는 실력이 안 되어 기약 없이 무한정 미뤄지는 것만 같은 현재의 상황에 불만이 많았을 것이다.

하지만 그저 고맙고 행복하기만 했다. 지난 절망의 시간이 그녀를 이렇게 만들었다.

"좋아요. 그럼 여기 똑바로 서 볼래요?"

"네, 이렇게요?"

세연이 비틀거리면서도 끝까지 균형을 잃지 않고 은빛의 봉 위에서 버티자, 안무 강사가 고개를 끄덕였다.

"음, 유연성은 솔직히 좀…… 떨어져도 버티는 지구력은 있네요. 좋아요."

드디어 안무 강사가 신이 난다는 표정으로 의욕 있게 지시했다.

"그럼 계속 버티고 서서 이렇게 따라 해 봐요. 자, 봐요. 발을 이렇게 봉에 거꾸로 올려서 반대편으로 떨어지는 동작이에요. 할 수 있겠죠?"

물론 할 수 있을 리가 없었다. 그거야말로 전문적인 댄서들의 동작이었으니까.

1분도 채 지나지 않아서 세연이 한계를 보이자 안무 강사의 눈에 잠시 난감한 기색이 스쳐 갔다.

"아니, 어렵지 않다니까. 물론 처음 폴 댄스를 배우고 이런 동작이 불가능해 보이겠지만, 세연 씨도 할 수 있어요!"

안무 강사가 계속해서 땀을 뻘뻘 흘리며 은빛으로 반짝이는 낯선 봉 위에 올라선 세연을 독려했다. 하지만 하루아침에 될 리가. 언젠가 본 할리우드 영화 속 여배우처럼 유연하고 근사하게, 마음은 그러고 싶었지만 허벅지를 비롯한 온몸이 심하게 당길 뿐, 안무 강사가 지시한 대로 한 마리의 나비처럼 사뿐히 내려앉는 것은 결국 시연할 수 없었다.

"세연 씨, 할 수 있어요! 할 수 있다니까."

더웠다. 온몸이 타는 듯한 열기로 화끈거리는 느낌. 계속 낯설기만 한 은빛으로 반짝이는 봉을 타고 또 탔다.

땀이 송골송골 맺히는 가운데, 세연은 이제 그녀에게 할 수 있다 안타깝게 외치는 안무 강사를 바라보며 마음속으로 떠올렸다.

'비록 한 마리 나비처럼 사뿐히 봉을 타는 건 마음에 안 차겠지만, 눈을 감고도 춤을 출 수 있을 정도로 백 번, 천 번 안무는 꼭 익히겠다고 약속드리겠습니다.'

비록 노래와 안무까지, 그녀가 했었던 연기와 다르게 아무것도 특출 나게 잘할 수는 없었지만 그래도 땀을 뻘뻘 흘리고 배우다 보니 몸은 개운해졌다.

이렇게 소속사에서 관리받는 느낌은 오랜만이었다.

무엇보다 목표가 생겼다. 뚜렷한 목적을 향해 한 발, 한 발 앞으로 나아가는 기분이 나쁘지 않았다. 일본에서 불의의 사고가 있은 지 5년, 실상 그녀 인생의 암흑기였고 퇴보였다. 이런 보람찬 느낌은 정말 오랜만에 받았다.

게다가 안무라면 안무, 노래라면 노래, 외국어와 기본 소양 교육까지 받으니 뿌듯한 성취감까지 찾아왔다.

그래서일까. 자꾸 마음이 노곤노곤 녹진하게 녹는 듯한 기분이 들었다. 그랬다. 꼭 봄날의 아지랑이가 부드럽게 살랑이듯 그녀의 마음을 간질이는 것처럼.

그래서 그녀답지 않게 자꾸 나른하고 잠이 오는 듯한 느낌이 들었다. 뭐, 나쁘지는 않지만. 연습을 마치고 땀투성이가 되어 집에 돌아온 세연은 추리닝을 벗으며 혼잣말했다.

"졸려. 이대로는 겨울 곰이 잠을 자는 것처럼 계속 잠을 자게 되잖아."

그렇다고 아무 데서나 쓰러져서 자면 곤란했다.

세연은 계속 졸리는 걸 참으며 샤워를 했다. 쏴아, 따스한 물줄기가 흘러내렸다. 조용한 욕실에서 더운 물로 온종일 흘린 땀을 씻어 내자 그 어느 때보다 개운한 느낌이 들었다.

집에 돌아와 따스한 물로 기분 좋게 샤워하고 단잠을 취한 것도 잠시, 아주 잠깐이라도 모든 게 잘 풀릴 것 같은 느낌은 착각이었다.

며칠 지나지 않아 세연은 혹독한 평가에 직면했다.

그것도 기우가 보는 앞에서.

세상에서 제일 보여 주고 싶지 않았던 그 앞에서 예외 없이 화끈, 낯이 붉어지는 최악의 평가와 맞닥뜨렸다.

바로 팬텀에 들어온 이상, 피할 수 없는 월말 평가 시간에서였다.

팬텀에서는 매달 말일에 연습생들을 모아서 얼마만큼 실력이 늘었는지 팬텀의 임원들을 비롯한 다른 연습생들 앞에서 발표하는 공개적인 시간이 있었는데, 물론 그녀도 해당되었다.

긴장할 수밖에 없는 상황.

팬텀에 들어온 이래 그녀의 긴장이 최고조로 이른 가운데, 피할 수 없는 그와의 만남이 다가왔다.

第 24 幕

그렇게 다가온, 두 번째로 그를 만나는 날. 세연의 신경은 예민하게 달아올라, 누가 건드리기만 해도 금세 터질 것처럼 팽팽하게 곤두선 상태였다. 무엇보다 폐부를 타고 흐르는 긴장감은 사라지지 않았다.

아무래도 두 번째라 그럴 것이다.

물론 처음에도 엄두가 안 나긴 했지만 그럴 수밖에 없어 억지로 쥐어짜듯이 힘을 냈다면, 그에게서 벗어날 수 있다는 실낱같은 희망에 의지해 버텼다면, 두 번째는 달랐다.

뭔가 찜찜하면서도 다시는 돌이킬 수 없는 기분. 빼도 박도 못하고 이제는 끝을 향해 달려갈 수밖에 없는 것이다.

똑똑.

들어가기 직전까지 쉽지 않았던 마음이 거짓말인 것처럼, 흔들림 없이 문제의 객실 안으로 들어섰던 세연은 눈을 의심했다.

이번엔 서류를 보고 있는 게 아니었어?

워커홀릭처럼 서류를 가져와 맹렬하게 들여다보니까 이번 역시 그럴 거라 내심 가볍게 여겼는데, 그녀의 예측은 보란 듯이 빗나갔다.

이윽고 세연은 믿을 수 없어 심호흡했다.

살풍경하리만큼 넓은 호텔 객실. 꼭 황량한 바람이 불어오듯 폐부까지 그 건조하게 쥐어짠 듯한 메마른 공기가 스며드는 것만 같다. 그뿐만이 아니었다. 어느덧 객실 안을 가득 채운 이질적인 향. 후각을 자극하는 그것은 알코올 냄새였다. 세연은 고개를 돌렸다. 그러자 객실에 아롱지듯 드리워진 커다란 스탠드 옆 바에 앉아 있는 인영이 눈에 들어왔다. 어두운 인영에 본능적으로 시선을 피하자 침착한 목소리가 들려왔다.

“왔어? 먼저 와서 기다리고 있었다.”

그의 말에 세연은 굳어졌다.

자신이 본 것을 의심하듯 다시금 시선을 던졌으나 잘못 본 게 아니었다. 달칵, 불빛을 받아 반짝이는 병의 뚜껑을 연 기우가 아무렇지 않게 유리잔에 짙은 액을 따랐다. 여전히 방 안에 퍼지는 후각을 자극하는 냄새에 세연은 말없이 어깨를 으쓱했다.

언제부터 저러고 있었던 걸까.

기우는 술을 마시고 있었다.

스탠드 옆 기다란 아이보리빛 소파에 깊숙이 기대듯이 앉아 아무렇지 않게 잔에 양주를 따랐다. 능숙한 손놀림으로 은빛 핀셋으로 얼음통에서 얼음을 집어 들어 반짝이는 유리잔에 떨어뜨리고선 역시 아무렇지 않게 잔을 입가로 가져갔다.

“시간이 늦은 건가? 역시 들어오기 싫어서 최대한 늦춘 거겠지.”

시선이 마주치자 기우가 조용히 물어 왔다. 그럼에도 도저히 무시 못 할 서늘함이 느껴졌다. 그건 가라앉은 그의 눈빛 탓일까, 아니면 전신에서 팽팽하게 느껴지는 오라 때문일까.

이 순간에도 어두침침한 스탠드의 조명은 그녀에게로 내리쬐었다. 이대로는 아무것도 달라지지 않는다는 사실에 결심을 굳힌 세연은 다음 순간 거침없이 그에게로 걸어갔다. 그러고는 흔들림 없이 그의 맞은편에 털썩 걸터앉았다.

"나도 한잔 줄래요?"

그 말과 동시에 마음속의 두려움과 동요를 떨쳐 내듯 보란 듯이 테이블 위의 반짝이는 유리잔에 손을 뻗는 세연을, 기우가 고개를 돌려 응시했다.

조용히 그녀를 보는 눈. 예외 없이 그녀에게 못 박힌 검은 두 눈과 마주하자 쭈뼛, 소름이 돋았다.

그 심연과도 같은 눈을 마주하자 웬만해서는 벗어날 수 있을 것 같지 않았다.

그녀에게서 눈을 떼지 않던 기우가 제안한 건 그때였다.

"그럼 괜찮다면 한번 마셔 볼래?"

조용히 말하는 그를 세연은 한번 흘낏 쳐다보았다. 술을 마시다니, 그것도 이 순간에? 전혀 생각지도 못한 제안을 하면서도 기우는 침착했다. 예의 별다른 감정을 드러내지도 않았다. 감정을 익숙하게 조절하며 오랫동안 스스로 능숙하고도 기민하게 움직여 온 가면을 쓴 것처럼 여전히 그의 본심을 읽을 수 없다.

세연의 창백해진 얼굴에 숨길 수 없는 동요가 드러났으나 기우는 말없이 술을 마실 뿐이었다. 스탠드의 흐릿한 불빛에 반사된, 눈길을 뗄 수 없는 단정한 외양, 양주의 자극적이리만큼 독한 냄새가 코를 찌르는 가운데 술을 마시자, 평소와 다르게 약간 풀린 것 같은 특유의 예리한 눈은 세연에게 고정되어 있었다.

애써 피하지 않고 그에게 맞서듯 도발하는 세연의 모습에, 기우의 시선은 그녀의 본질을 꿰뚫어 본 것처럼 여상할 뿐이다. 세연은 아랑곳하지 않고 잔을 손에 든 채로 몸을 꼿꼿하게 세우고는 차갑게 그와 시선을 마주쳤다.

그때였다. 기우가 보일 듯 말 듯 입가에 희미한 미소를 지은 것은.

침묵이 흐르고, 이윽고 술잔을 손에 든 기우가 의미심장하게 말했다.

"역시 넌 변함이 없어. 그렇게 날 사로잡아."

세연은 움찔했으나 애써 눈에 동요를 드러내지 않았다.

더 이상 잃을 것도, 돌아갈 곳도 없었기에 그래서 오히려 용감해질 수 있었다.

세연은 그에게 보란 듯이 가느다란 손가락을 들어 반짝이는 크리스털 잔을 집어 들었다. 그러고는 주르륵 소리와 함께 양주병을 들어 잔에 따랐다.

달칵.

그러곤 크리스털 잔을 입가로 가져가 거침없이 한 번에 마셨다. 그런 세연을 기우는 예의 서늘한 눈빛으로 응시했다.

"독한 술이야. 굳이 원샷할 필요는 없을 텐데?"

심상치 않은 시선을 던진 것도 잠시, 지그시 턱을 괸 채로 그가 아무렇지 않은 어조로 말했다.

"굳이 마실 필요는……."

나른하게도 들리는 어조로 반문하듯 조용히 말끝을 흐린다.

잠긴 것 같으면서도 별다른 감정이 느껴지지 않는 목소리였다. 얼핏 보기엔 그녀를 사랑하는 것 같지 않았다. 냉정할 정도로 무관심해 보였으니까. 아니, 세연은 곧 알 수 있었다.

"……!"

얼핏 보기에 건조해 보이는 기우의 눈엔 차가운 욕망이 떠올라 있었다.

그조차도 멈출 수 없는 빛. 그녀만이 알 수 있는, 바싹바싹 피가 마르는 것처럼 건조하면서도 목을 죄어 오는 열망에 가까운 그 어떤 것. 그 자신조차도 이해할 수 없는 기이한 욕망이, 마음을 태우고 괴로워하는 빛이 이 순간 그의 눈에 떠올라 있었다. 멈추고 싶어 하지만 결코 거둘 수 없는 차가운 욕망이 불타듯이 세연을 보고 있었다. 휩쓸리지 않기 위해 세연은 이를 악물었다. 그래서 비스듬히 몸을 소파에 기댄 채로 애써 차가운 어조로 말했다.

"왜요? 마시고 싶은데 안 되는 건가요?"

도발하듯 턱을 들고 허리를 꼿꼿이 세우고는 보란 듯이 눈을 마주쳤다. 그러고는 웨이브 진 머리칼을 쓸어 넘기며 여전히 서늘하리만큼 무표정하게 그녀를 들여다보고 있는 기우의 무릎 위에 앉았다.

"……."

그녀의 돌발 행동에도 기우는 별다른 반응을 보이지 않았다. 동요하지 않을뿐더러 더더욱 서늘하게 가라앉는 그의 눈빛을 보자, 예상은 했지만 질리는 기분이었다. 그럼에도 세연이 물러서지 않자, 갑자기 기다란 손가락이 슥 올라와 그녀의 상기된 붉은 뺨을 내리눌렀다.

"뭐……?"

급작스러운 그의 행동에 절로 숨이 찼다. 세연이 가쁘게 숨을 내쉬며 의아해하자, 다음 순간 그녀와 서늘한 눈동자를 마주친 기우가 느릿느릿 말했다.

"취할 텐데. 잘 마시지도 못하는 독한 술을 원샷했으니, 어디 한번 끝까지 마음대로 가 봐."

그가 웃으면서 말했다. 여전히 듣는 이를 질리게 하는 서늘한 목소리. 그럼에도 그녀를 향한 멈추지 못하는 욕망에 귀기까지 흘렀다.

"기꺼이 휘말려 줄 의향이 있으니까. 지금껏 그래 왔던 대로."

"만약 내가 끝까지 간다면요? 멈추지 않고."

굴하지 않고 똑바로 눈을 마주치며 세연이 말하자, 기우가 물끄러미 바라보는 시선으로 그녀를 훑어 내렸다. 그늘진 스탠드의 불빛 아래 흐트러진 탐스러운 노란빛의 웨이브 머리칼, 상기된 뺨. 그럼에도 필사적으로 억눌러도 동요를 숨기지 못하는 창백하게 질린 얼굴. 그리고 리본이 살짝 풀린 여성스러운 핑크빛의 블라우스와 얇은 허리를 강조하는 크림빛의 스커트. 그와 시선을 피하지 않고 반짝반짝 빛나는 까만 눈을 마주치는 세연은 그 어느 때보다 만개한 매력을 뿜어내고 있었다. 보란 듯이 그의 노골적인 욕망의 시선을 받아 내며 세연은 허리를 꼿꼿하게 폈다. 역시 잘 손질된 손톱과 관리를 받아 윤기 흐르는 머리칼. 팬텀에 의해 꾸며진 그녀는 그 어느 때보다 사람들 눈에 아름답게 보일 터였다. 세연이 의도한 건 아니지만, 팬텀 엔터테인먼트에 들어간 이후 몸에 익은 티셔츠에 청바지, 아니면 동네 마트를 오갈 때 입는 추리닝 차림을 하지 않았다.

아르바이트를 할 땐 편하고 수수한 옷차림이었다면, 지금은 철저히 남들에게 아름답게 보일 수 있는 꾸밈을 추구했다. 평소와 다르게 밋밋한 차림에 포인트를 줄 수 있는 볼드한 액세서리나 드롭 이어링, 뮬 같은 다양한 소품을 착용했다.

"그래, 어디 한번 네가 하고 싶은 대로 해 봐."

그럼에도 낮게 읊조리며 눈앞의 그녀를 보는 기우의 눈은 흔들림 없이 고요했다. 유혹적인 그녀의 외양에 마음이 끌리지 않는다는 것처럼, 전혀 유혹에 응할 이유도 없다는 것처럼 그렇게 무심했다. 그 침잠하듯 가라앉은 시선이 드물게 세연의 가슴을 꿈틀거리게 했다. 왜 그런지 모를 일이었다. 확실히 화석과도 같은 그 시선은 세연의 마음을 자극했다. 그의 표정엔 묘하게 그녀의 마음을 건드리는 게 있었다.

그건 외로운 눈빛이었다. 믿기지 않게도 그는 고독해 보였으니까. 지난 시간, 그녀도 같은 눈빛을 하고 있었으니까. 너무 오랫동안 얼어붙은 것처럼 아무와도 연락하지 않고 아무도 만나지 않고…… 그저 혼자인 게 당연한 것처럼 일만 했던 나날들이 머릿속을 스쳐 갔다. 외롭고 마음 한편이 아프면서도, 담담하게 당연시하며 치부했던 지난날. 너무도 오랫동안 그렇게 살아왔다. 그렇게 어느 순간 그녀 역시 딱딱해지고 화석처럼 굳어진 표정으로 무표정하게 사람들을 대했을지도 모를 일이었다. 어쩌면 그를 만나지 않으면 계속 그렇게 살아갔을지도. 하지만 운명의 장난처럼 다시 그를 만났고, 모든 건 달라졌다.

그럼에도 세연은 느리게 숨을 들이마셨다. 고작해야 몇 초, 몇 분에 이르는 시간이지만 뇌리에 강하게 새겨지는 순간이었다. 달라질 건 없다. 이제 다시 그를 거절하고 원래대로의 나날들로 돌아간다. 캄캄하게 얼어붙고 춥고 헐벗은 감정의 공허 상태를 당연시했던 그 날들로, 절망인 줄 몰랐던 익숙했던 나날들로. 그녀에겐 익숙한 헌 옷 같은 그 나날들로 다시 돌아가 일상에 속함과 동시에 그를 떠나보낸다. 다시 그를 받아들이고 싶지 않다. 비록 눈앞의 그가 오랫동안 외로움과 고독에 지친 눈빛을 하고 있다 해도 더 이상 흔들릴 필요는 없다. 세연은 고개를 저었다.

다시금 그 혼란과 갈팡질팡하는 아픔을, 세상이 다 끝난 것 같은, 가장 밑바닥까지 가라앉은 것 같은 절망을 맛보고 싶지 않았다. 차라리 외롭더라도 그녀에게 익숙하고 친숙한 예전의 나날들이 낫다. 다시 그를 받아들이기 싫다. 내가 거부한다.

결정을 굳힌 세연은 거침없이 흐릿한 스탠드 불빛 아래 블라우스의 단추를 풀었다.

"내게 보이라고 했죠? 유감없이 내 감정을 보이고 끝까지 가 보라고."

몸이 떨렸지만, 세연은 거침없이 블라우스를 벗어던지고 강렬하게 반짝이는 검은 눈으로 기우와 시선을 마주치며 그를 유혹했다.

다음 순간 흔들림 없이 드러난 실크 브래지어에 손을 올리며 세연은 강조하듯 조용하게 말했다.

"그럼 똑똑히 봐 줘요. 이게 당신과 헤어지고 싶어 하는 내 감정이에요."

짐짓 비장하기까지 한 그녀의 선언에도 기우는 별다른 반응을 보이지 않았다. 그럼에도 어느 순간 그는 갑자기 그녀를 품으로 강하게 끌어들이듯 갑자기 손을 뻗쳐 끌어당겨 세연을 놀라게 했다.

"어디 한번 해 봐."

차가운 욕망이 꿈틀거리는 눈으로 그녀를 보면서 기우가 입가를 비틀듯이 웃었다. 그 누구라도 얼어붙을 것 같은 서늘한 한기를 발산하면서도 끝끝내 그녀를 향한 감정을 멈추지 못한다. 공허하기까지 한 그 웃음은 묘하게 세연의 마음을 아프게 했다. 신경에 거슬렸다.

여전히 보일 듯 말 듯 꼭 무너질 것처럼 짓는 메마른 웃음, 그러면서도 끝내 그녀에게서 떼지 못하는 시선. 술을 마셔 평소의 단정한 모습과는 달리 살짝 흐트러진 머리칼, 흘러내린 잿빛의 나이트가운 사이 아무렇게나 가슴이 드러나 보였다. 세연은 고개를 저었다.

눈앞의 그가 위태로워 보일수록 그녀조차도 이해할 수 없게 마음 한편이 불편했다.

아무렇게나 드러난 반라의 가슴, 익숙하고 늘씬한 근육질의 몸. 그녀는 이미 저 단단한 몸이 부딪쳐 오는 적나라한 감촉과 쾌락을 알고 있었다. 다른 사람은 몰라도 그녀는 알았다. 그 적나라한 손길, 그가 그녀의 몸에 불러일으키던 욕망의 흔적을 떠올리자 절로 손이 떨렸다.

"한번 끝까지 가 봐. 말했지만 날 이렇게 만들 수 있는 건 너뿐이니까."

그것이 끝이 아니었다. 다음 순간 그녀에게서 사로잡힌 것처럼 눈을 떼지 못하던 기우가 그녀가 걸친 진주 목걸이를 힘주어 잡아당겼다.

"……!"

동시에 사방으로 진주알이 흩어지고, 펜트하우스의 대리석 탁자 위에 올려진 짙은 장미향, 타이트하게 그녀의 다리를 감싼 스커트와 그의 손길에 마구 흐트러진 웨이브 진 머리칼까지, 숨 막히게 탐미적인 순간이 이어졌다. 짙은 양주의 취기가 가실세라 기우가 그녀에게 바짝 밀착해 관능적으로 키스를 해 댔다. 짙은 갈색의 위스키를 한 방울도 남김없이 빨아들이듯 본능적으로 깊게 그녀의 입술을 탐했다.

"하아, 하아……."

겨우 벗어난 세연은 가쁜 숨을 몰아쉬었다.

도저히 맨정신으로는 견딜 수 있을 것 같지 않아 손을 뻗었다. 그러고는 떨리는 손을 뻗어 크리스털 잔에 보란 듯이 짙은 액을 따랐다.

더는 참을 수 없어진 세연은 또다시 알코올의 힘을 빌렸다. 다시금 반짝이는 크리스털 잔을 입가로 가져가 잔 안에 담긴 짙은 액을 삼키고는 눈을 감았다. 취하고 싶었다. 도저히 제정신으로는 못 하니까, 이렇게 독한 알코올의 힘을 빌려서라도 그녀가 아닌 다른 사람이 되는 수밖에 없었다. 그랬다. 연기를 하는 것처럼.

그래야 이 제정신이 아닌 반쯤 미친 짓이 끝날 테니. 끝나지 않은 현실의 연기. 어느새 드라마 속 한 장면이 되어 버린 것 같은 일상. 유지수와의 대결이 다가 아니었다. 카메라 앞에서 유지수와 맞붙는다면, 카메라가 꺼지면 그녀는 기우와도 싸우고 있었다.

이를테면 2막. 펜트하우스 이곳은 그와 대립을 벌이는 무대나 다름없었다. 고개를 돌려 바라보면 압도될 것만 같은 펜트하우스의 전경은 또 어떤가. 기우가 선택한 펜트하우스 역시 마찬가지였다. 아이러니한 상황이지만 어찌 보면 세심한 그의 심미안과 취향을 엿볼 수 있는 장소였다.

무엇보다 눈을 끄는 것은 가구였다. 얼핏 보면 차분해 보이는 절제된 인테리어로 침실과 드레스룸이 분리되어 있었고, 반짝이는 투명 유리로 장식된 캐비닛은 하다못해 그녀와 원초적인 욕망을 나누는 장소인 펜트하우스에서도 그의 업무에 대한 집중력을 느끼게 했다.

펜트하우스를 장식한 소품들은 또 어떤가. 무늬목 가구를 세심하게 다듬은 테이블과 메탈, 우드, 반짝이는 글라스까지 시선을 끌었고 높낮이가 달라 단조로운 느낌을 탈피한 메이플 원목을 사용한 테이블까지. 밋밋한 느낌을 줄 수 있어서일까. 반짝이는 디바 파티션을 치기만 하면 이곳은 곧장 미러볼이 움직이는 유려한 느낌을 주면서 금세 활기찬 분위기로 탈바꿈한다. 역시 반짝이는 컬러와 마블링이 다른 테이블, 그리고 블루 컬러 아이스볼.

기둥 형태의 조명과 패브릭한 느낌의 가죽을 사용한 폭신해 보이는 암체어 역시 이곳이 눈이 내리는 왕궁이 아닐까, 착시 효과를 불러일으킨다. 반짝이는 얼음이 걸려 있는 것 같은 금색의 지오 폰티의 란다치오 거울 역시 그러한 느낌을 주는 데 일조했다.

이곳에서 그녀는 치열하게 기우와 싸우고 있었다. 그녀에겐 기우와의 매 순간순간이 그녀의 전부를 쥐어짠 일전이나 다름없었다. 매 순간 가공하리만큼 압도적인 그의 영향력에 휘둘리지 않기 위해서 신경을 곤두세웠다. 무엇보다 생생한, 날것 그대로인 원초적인 그 몸과 몸이 부딪치는 감각.

'다시는 5년 전처럼 사랑하지 않을 거야. 같은 실수를 되풀이하지 않을 거야.'

비록 드라마 속 인물처럼 5년 만에 만난 그와 아무렇지 않은 척 연기하며 확실한 끝을 향해 다가가고 있지만. 그럼에도 이 끝나지 않는 연극은 그녀를 지치게 만든다. 그래도 싸워야만 했다. 이 지긋지긋한 두 개의 연극이 지금껏 그래 왔듯 그녀를 송두리째 삼켜 버리게 둘 수는 없으니까. 순식간에 목구멍까지 뜨겁게 데우듯 꿈틀거리는 알코올의 기운으로 거침없이 그에게 다가갔다. 다음 순간 폐부를 활활 불태우듯 달아오른 알코올의 열기 속에서, 세연은 여전히 그녀의 마음에 못 박힌 것 같은 눈동자로 바라보는 기우를 끌어당겼다. 그러고는 곧장 향기가 나는 그의 단단한 가슴을 감싼 나이트가운을 벗겨 냈다. 그런 그녀의 손놀림은 어쩔 수 없이 떨리면서도 멈출 수 없는 절박함을 담고 있었다. 더 이상 여기서 물러날 수 없다는 간절함을 담아 세연은 서둘러 떨리는 손으로, 그러면서도 그의 못처럼 박히는 시선을 피하지는 않은 채 손을 놀렸다.

그는 저항하지 않았다. 오히려 말한 대로 온전히 그녀를 내버려 두었을 뿐만 아니라, 그녀가 어디까지 갈 수 있는지 지켜보겠다는 듯 담담한 태도를 취했다. 오로지 심상치 않은, 차가운 불꽃이 꿈틀거리고 멈출 수 없는 욕망을 담은 위험한 그 눈만이 세연에게로 향해 있었다. 세연은 그가 벗어날세라 힘주어 끌어당기고는 그대로 기우의 다리 위로 올라탔다. 순식간에 그녀를 숨죽이게 누르듯이 꿈틀대는 단단한 느낌을 비몽사몽간에 실감하며, 그대로 자신의 안으로 과감하게 받아들였다.

"……!"

세연은 몸부림쳤다. 기우는 여전히 그런 그녀를 삼킬 듯 무표정하게 응시하면서 꼭 흉기처럼 찔러 대듯 그녀를 바르작거리며 안았다. 다음 순간, 숨 막힐 정도로 깊게 그와 결합되었다.

"읍……!"

세연은 자신도 모르게 외마디 신음을 토해 냈다.

"흡, 하아. 하아."

스스로도 낯설게 들리는 신음이 새어 나오고 숨결 역시 가빠졌다. 마구 흐트러진 머리칼, 한없이 깊은 물속으로 빨려 들어가듯 몸부림치며 서로를 깊숙이 끌어들였다. 그렇게 함으로써 완전히 서로에게 속할 수 있다는 듯이. 그 보이지 않는 맹렬한 이율배반의 감정은 서로의 가슴을 타고 흐르며, 순식간에 방 안을 뜨거운 열기 속으로 몰아갔다.

하아, 세연은 밭은 숨을 헐떡였다. 갑자기 너무 더웠다. 추운 날씨임에도, 그녀는 식은땀인지 아니면 갑자기 열이 올라 얼굴이 붉게 화끈거려서 흘리는 건지 알 수 없게 땀을 흘리고 있었다.

이미 벗어나기엔 늦었다. 무엇보다 엎치락뒤치락하는 사이에 딱딱해진 그의 남성이 어느새 그녀의 안에 깊이 들어와, 세연은 자신도 모르게 전율했다. 뜨거웠다. 화끈거리며 뜨겁게 타오르는 것 같은 통증이 그녀의 안에 번져 가고 있었다. 그러면서도 기분 나쁘리만큼 흥건하게 자극하며 초콜릿처럼 녹는 느낌이 들었다.

"읏…… 하아!"

그러다 자신도 모르게 밭은 숨을 내뱉었다.

여전히 그녀의 비밀스런 아래에서 흥건하게 퍼져 가는 이상야릇한 낯선 쾌감, 이 뇌수가 녹아드는 것 같은 느낌을 쾌감이라 표현할 수 있다면.

세연은 흠칫 몸을 떨었다.

멈출 수 없는 거대한 추위에 서서히 얼어붙어 가는 것처럼, 눈 덮인 나뭇가지가 바람에 흔들리듯 본능적으로 그를 갈구했다. 그에게서 벗어나려는 약한 시도를 결코 멈추지 않았다. 미약하게나마 거듭해서 굳게 닫힌 문을 두드리는 시도를 결코 멈추려 들지 않았다.

다음 순간 세연은 웨이브 진 긴 머리칼을 마구 흔들면서 기우를 자기 안으로 끌어들였다. 언제 주저했냐는 것처럼, 꼭 춤을 추듯이 긴 기우의 다리 위에 거침없이 걸터앉아 율동을 하듯 거침없이 허리를 뒤흔들었다. 적극적으로 쾌락을 이끌어 내듯 거침없는 그녀의 자세는 꼭 사도 요한을 유혹하는 살로메처럼 거침없고 위험한 빛을 띠고 있었다. 아무리 위험해도, 다가올 파국을 예감해도 춤을 멈출 수 없는 무희처럼.

모두가 실패할 거라 예상하는 앨범을 내고 춤을 추는 무모한 도전, 멈출 수 없는 춤사위와 다름없었다.

"아아아……! 아, 하아."

멈추지 못하고 비명 섞인 신음 소리가 흘러 나갔다. 그녀의 귀로 들어도 과연 자신이 낸 소리가 맞을까 싶게 혼란스러워하는 외마디 비명이 토해진다. 기우가 다음 순간 깊숙이 자기에게로 세연을 끌어당긴 건 그때였다.

"……!"

동시에 움찔 놀란 세연이 혼란스러운 눈을 들어 그와 마주하자, 기우가 놓칠세라 그녀의 떨리는 입술을 깊숙이 빨아들였다. 거듭된 입맞춤으로 붉게 부어오른 탐스런 입술을 쪽 달콤하게 빨아들인 것도 잠시, 주저 없이 혀를 넣어 깊숙이 탐했다. 능숙하리만큼 깊숙이 탐한다. 그러고는 성난 그의 남성의 침입으로 일순간 움찔 굳어진 그녀를 두 팔로 힘주어 감쌌다. 그녀가 벗어나지 못하게 결박하듯 안았다.

그러더니 절로 비명 소리가 나올 정도로 재빠르게 그녀를 올렸다 내리길 되풀이했다. 그녀의 예민한 질은 꼭 불이 나는 것같이 화끈거렸다. 찌를 것처럼 날이 선 그의 남성이 자극해 올수록 예민하게 쏠리듯 아팠다. 그대로 그녀가 올라탄 자세에서 누워서 받아들이던 그가 힘주어 끌어당기자, 너무도 깊은 삽입에 절로 숨이 막혀 온다. 세연은 가쁜 숨을 내쉬었다.

"헉헉."

무엇보다 참을 수 없는 진동과도 같은 뜨거운 감각과 폭발할 듯한 고통 섞인 쾌감. 곧바로 능숙하게 성난 남성을 튕기는 그의 재빠른 움직임에 세연의 눈은 커지고 비명 소리 역시 새어 나갔다.

"아아악……!"

질퍽, 소리와 함께 더 이상 깊이 들어올 수 없을 정도로 그의 뜨거운 성난 남성이 찔러 오자, 일순간 세연의 머릿속은 새하얗게 변했다. 그런 그녀를 놓칠세라 응시하면서 기우는 가파르게 활강하듯 무서운 속도로 박아 올렸다. 순간 세연의 몸이 크게 흔들리면서, 외마디 비명을 내질렀다.

"아악!"

눈앞도 부옇게 흐려지고 의식 역시 가파르게 활강한다. 더 이상 어떻게 더 깊이 들어올 수 있을까. 더 이상 어떻게 더 깊이 결합할 수 있을까.

"헉헉, 하아. 헉."

지금이 몇 년도인지 순간적으로 헷갈렸다. 5년 전으로 돌아가 그와 사랑을 나누는 게 아닌지 혼동될 정도였다. 순식간에 숨이 가빠지면서 혼미해진 머릿속, 시간 개념이 사라지고 5년 전과 똑같은 장면에, 구분이 모호해져 갔다.

"헉……!"

그의 단단한 몸의 근육과 부딪칠 때마다 전율이 인다. 몸과 몸이 맞부딪쳐 자아내는 극한의 최절정. 피와 뼈, 살까지 생생하게 느껴지는 것 같은 착각에, 꼭 그녀가 부서지는 것 같은 느낌에 절로 부르르 몸이 떨린다. 게다가 그 눈. 오로지 그녀에게 고정된 것 같은 가라앉은 검은 두 눈. 오로지 그녀만 담아 극한의 고통까지도 느껴지는 그 황량하기까지 한 눈을 보자 미칠 것만 같았다. 절로 가슴 한쪽이 저려 왔다.

어느새 아득해진 정신 속, 격렬하게 몇백 미터를 달린 것처럼 가쁜 숨만 몰아쉬었다. 흐릿해진 의식 사이 이곳이 어디인지, 지금 시간이 얼마나 되었는지, 또 얼마나 그와 이런 시간을 가져야 하는지, 그 모든 의식이 가물거리며 멀어져 갔다. 오로지 남은 건 극명하리만큼 생생한 두 몸, 그의 몸과 그녀의 몸이 부딪쳐 만들어 내는 날것 같은 감각.

서서히 정신이 흐릿해지면서 멈추지 않는 심포니. 지금이 몇 시인지, 몇 날 며칠인지 모든 정해져 있던 것들이 흐릿해져 가고, 둘만의 동굴 같은 펜트하우스에서 사랑을 나누는 것처럼 멈추지 않고 탐닉했다. 정확히는 강렬한 감정을 숨기지 않은 채 그녀를 내려다보며 거칠게 움직이는 그의 몸놀림이 도무지 멎지를 않았다. 눈으로 보고도 믿기지 않게 능숙하리만큼 빠르고, 숨 막히게 몰아가는 현란한 움직임이었다. 무엇보다 그는 도무지 만족하지를 않았다. 오로지 그녀와 한 치의 오차도 없이 결합해야 만족하는 것처럼 끝없이 그녀를 몰아붙였다. 덕분에 빡빡할 정도로 깊숙이 결합했다.

"헉, 헉헉. 하아, 하아……."

뜨겁게 날 선 남성이 젖은 그녀의 안을 언거푸 찔러 댄다. 멈추지 않고 공략하듯 찔러 대자 미칠 것만 같았다. 은밀한 꽃잎 안으로 멈추지 않고 계속 침입해 온다. 그 탓에 젖은 아래는 붉게 화끈거렸고 불이 나는 것만 같았다. 날카롭게 날이 선 남성이 그녀의 클리토리스를 계속해서 자극하자, 견딜 수가 없었다.

"하아, 그만 놔줘……. 아, 아, 하악!"

하지만 그는 여전히 뚫어져라 형형한 눈빛을 그녀에게 고정시키면서 거듭 공략을 멈추려 하지 않는다.고정한 채 거듭 공략을 멈추지 않는다. 세연이 비명을 지르며 몸을 빼려 했지만, 절대 그러지 못하게 막았다. 그녀를 여전히 무릎 위에 앉힌 채 결박하듯 단단한 두 팔로 감싸고 몸으로 밀어붙이니, 견딜 수 없어졌다.

"헉헉……."

멈추지 않고 몇백 미터를 왕복한 것처럼 절로 숨이 찼다. 나중엔 후회할 지경이었다. 내가 왜 겁도 없이 하필 이 자세를 택했던가? 거침없이 그의 위로 올라갔던가? 폐부를 타고 흐르는 알코올의 기운. 쿵쿵, 악몽처럼 울려 대는 빨라진 심장 박동 속, 결박하듯 그녀를 절대 놔주지 않고 거듭 삽입해 오는 그 때문에 미칠 것만 같았다. 꼭 멎지 않는 도르래처럼, 빠르게 가속도가 붙었다.

"헉헉, 이만 놔줘! 놔 달라고."

세연은 후회하며 놓아 달라고 주먹으로 쳐 댔지만, 그는 여전히 꼼짝하지 않았다. 여전히 어두운 심연 같은 눈빛을 그녀에게 고정한 채로 재빠르게, 그리고 무지막지할 정도로 깊게 성난 남성을 찔러 댔다. 질퍽, 이제는 흥건하게 젖다 못해 예리한 통증까지 느껴지는 그녀의 질을 무서울 정도로 빠른 속도로 들어갔다 나오길 되풀이했다. 그렇게 맹렬하게 가속도가 붙은 것처럼 멈출 수 없는 쾌락에 도달했다. 어느 순간 아득하게 붕 뜬 감각 속, 질척한 감각이 회오리치듯 밀려오고 세연은 반쯤 정신을 잃었다. 자신도 모르게 흐느끼는 듯한 세찬 신음 소리를 내질렀다.

"아아아아……!"

현실과 비현실을 오가듯 그녀의 안에 뜨거운 정액이 가득 들이찼다. 그렇게 얼마나 있었을까. 축 늘어진 채 헉헉 가쁜 숨을 몰아쉬며 가팔라진 호흡을 고르길 여러 번. 그제야 찾아온 정적 속에 자신도 모르게 이제야 살았단 생각이 들었다. 그래서 겨우 숨을 고르는데, 거짓말처럼 그가 다시 움직였다. 아직 끝난 게 아니었다.

"이제 끝난 건가? 내 차례지?"

그 말과 동시에 기우는 다시금 거침없이 움직였다. 그가 아직도 떨림이 멎질 않는 그녀를 부서져라 두 팔로 끌어안았다. 그가 갑자기 세차게 껴안자, 세연은 본능적으로 두려워졌다. 이 잦아들 것 같지 않는 그의 기세가 어디까지 갈지 두려워진 것이다. 하지만 기우는 아랑곳하지 않고 완전히 닫혀 있는 그녀의 안을 열었다. 정확히는 젖은 그녀의 안을 순간적으로 깊숙이 빨아들이고는, 가느다란 실크 실처럼 늘어진 은빛 애액의 날실에 움찔 놀란 세연이 시선을 빼앗긴 사이, 온전히 그녀의 안을 연 것이다. 불타는 것 같은 불기둥이 그녀의 안을 다시 두드리자 세연은 순간적으로 멈칫했다. 하지만 기우는 멈추지 않았다. 정확히는 부서져라 그녀를 껴안고 등 뒤에서 결박한 자세로 그녀의 안을 끊임없이 찔러 댔다. 민감할 대로 민감해진 그녀의 안은 완전히 반응이 왔다.

"아, 아아…… 응!"

움찔 놀란 세연이 순간적으로 반응하자, 기우는 불꽃과도 같은 공세를 이어 갔다. 멈추지 않는 그들만의 춤을 추듯, 그들만의 비밀스럽고 잔혹한 시간을 이어 가듯, 그의 공세는 계속되었다.

기우는 거듭해서 세연의 안에 완전히 들어가길 반복했다. 마치 그치지 않는 음악처럼 격렬하고 결코 잦아들지 않는 움직임이었다. 활강을 하듯 온전히 그녀의 안에 불타는 것처럼 화끈거리는 쾌락의 씨앗을 뿌렸다. 그러자 그 거칠 것 없는 움직임에 불씨가 일듯 세연에게서 신음 소리가 흘러나왔다. 흥분이 고조되듯 점점 더 높아지는 예민하고 고통스럽기까지 한 신음. 폭발하듯 분신이 들어와 그녀의 가장 깊은 곳을 찔러 댐과 동시에 깊숙이 안착하자, 세연의 머릿속은 새하얗게 변했다.

밤은 끝난 게 아니었다.

그가 주도하는 밤은.

끝나지 않는 쾌락의 세계는.

기우는 세연의 두 팔을 들어 올려 마치 둘이 하나가 된 것처럼 밀착했다. 그러곤 결코 그치지 않는 기세로 샅샅이 그녀의 몸을 멈추지 않고 탐색했다.

그치지 않는 그 밤의 행위에, 세연은 서서히 흐릿해져 가는 머릿속으로 희미하게 떠올렸다.

아니, 끝이 있기는 한가? 끊임없이 부슬거리는 가느다란 빗줄기처럼 그의 공세는 결코 멎을 것 같지가 않은데.

第 25 幕

도대체 이 밤은 언제 끝날까.

유난히 길고 저릿하게 느껴졌다. 빛이라고는 찾아볼 수 없이 칠흑같이 캄캄한 밤은, 비록 여명이 조금씩 새어 들어왔지만 결코 밤의 종막을 고할 것 같지 않았다. 날이 밝아도 거짓말처럼 흐릿해서 지금껏 그래 왔듯 인생의 어둠에 갇힐 것만 같았다. 무엇보다 지금도 그녀 곁에서 거짓말처럼 쌕쌕, 고른 숨을 쉬며 벌거벗고 잠들어 있는 남자의 모습이 그 혼란을 부채질했다.

여전히 어두운 가운데, 그 모습을 바라보던 세연의 눈이 복잡해졌다. 말없이 그 모습을 뚫어져라 보는 강렬한 눈빛에선 감출 수 없는 온갖 복합적인 감정들이 꿈틀거렸다.

어쩔 수 없는 원망과 미움, 복잡하기 이를 데 없는 기분. 웬만해서는 숙면을 취하지 못하다가 그녀 곁에서 안심하고 잠든 것 같은 모습이었다. 꼭 죽은 것처럼 꼼짝하지 않고 가느다란 숨을 규칙적으로 내쉬면서 잠든 기우의 모습. 숨을 쉴 때마다 긴 속눈썹이 드리워진다.

빛은 것 같은 얼굴도, 펜트하우스의 창문에서 서서히 새어 들어오는 여명 속에 특유의 단정한 얼굴로 잠든 모습에 착잡했다. 그러다 결국엔 그녀의 인생을 이렇게 또 농락하나 싶어 멈출 수 없는 강렬한 분노가 치솟기도 했고.

다시금 5년 전으로 되돌아간 것 같은 기분에 참을 수 없는 굴욕감을 느꼈다. 잠든 기우를 말없이 내려다보던 세연의 기분은 한없이 가라앉았다. 실상 그를 다시 만나 끝없이 밀어내는 본질적인 이유는 그것이었다.

이렇게 다시 기우와 이루어지면, 지난 5년 동안 괴로워한 그녀의 세월은 어떻게 되는 걸까. 지독히도 고통스러웠던, 힘겨운 터널을 겨우 빠져나왔는데. 결국 그녀의 인생이 망가졌던 본질적인 원인이었던 유지수와, 사건 당시에 만나고 있던 기우와 다시 맺어지면 지난 세월은 의미 없는 허송세월이 되지 않겠는가.

몸뿐이야, 그러니까……. 하지만 그를 보면 욱신거리듯 심장 가운데가 아프다. 왜일까. 사라지지 않는 아리는 감각. 잠들지 않는 밤에 갇힌 기분에 세연은 입술을 힘주어 깨물었다. 이건 기시감 때문이다. 데자뷔처럼 예전 기억이 남아 있어 혼몽한 기억에 녹아내리듯 매 순간순간 그녀의 심장이 반응하는 것이리라.

"……!"

그러다 뒤늦게 이상한 걸 느낀 세연은 움찔했다.

분명 잠들어 있었는데 언제 깬 걸까?

언제부턴가 짙게 가라앉은 기우의 눈빛이 말없이 그녀를 보고 있었다. 그 깊은 심연의 눈빛은 꼭 그녀를 집어삼키는 듯했다. 이상하게 잠식당하듯 결코 벗어날 수 없는 기분이었다. 무엇보다 그는 예측할 수가 없었다.

꿈틀.

말없는 그의 눈과 마주치자, 예의 그 꿰뚫을 것만 같은 형형한 시선에 배 속 깊은 곳까지 꿈틀거리는 것만 같았다. 그러다 다시금 벗어날 수 없는 수렁에 갇힌 느낌에, 수세에 몰려 그의 목을 졸랐던 지난밤의 기억이 머릿속을 스쳤다. 꿈틀. 다시금 세연의 몸이 괴롭게 흔들렸다. 꼭 벗어날 수 없는 거미줄에 갇힌 벌레처럼 멈출 수 없이 꿈틀댄다. 이루 말할 수 없이 무기력하고 괴로운 기분이다. 절대로 그에게 굴복하고 무너지고 싶지 않아 이를 악물긴 했지만. 그런 그녀에게 잠시 짧게 기우의 눈길이 머물렀다.

침묵이 흘렀다.

이미 그녀의 찰나의 무너짐까지도 읽었던 것일까.

기우가 놀랍게도 속삭이듯 그녀를 불렀다.

"이리 와."

물론 그녀가 그대로 할 리가 없었다.

여전히 꿈틀거리는 벌레처럼 몸을 웅크린 채 한순간 그녀가 강렬하게 쏘아보자, 기우가 피식 웃더니 속삭이듯이 작게 말했다.

"역시 올 리가 없지. 그래, 지금 오면 널 내게서 풀어 주고 자유롭게 해 준다면 어떨까."

그 말에도 세연이 통 움직이지 않자, 기우가 그녀와 눈을 마주치며 다음 순간 나직하게 명령했다.

"이리 와. 그럼 널 풀어 줄 테니."

"……조만간, 이라고 덧붙여야죠. 날 놓아줄 것처럼 희망을 갖게 해야 할 테니까."

세연이 날카롭게 그의 틈을 파고들듯 서늘한 목소리로 말하자 기우가 고개를 끄덕였다.

그것도 잠시, 기우가 팔을 뻗어 그녀를 자기 품으로 끌어들이고는 힘주어 안았다. 그리고 지친 그녀의 눈을 자신의 커다란 두 손으로 덮었다.

"넌 지쳤어, 정확히 두 가지 이유로. 하나는 나 때문에, 그리고 유지수와의 말도 안 되는 결전을 향해 가기 때문에. 그 중간에 부딪히는 장애물들에 지칠 대로 지친 거지."

기우가 간결하게 말했다.

"그러니 잠깐 쉬어. 잠시라도 다 내려놓으라고."

"글쎄요? 그게 될까요? 이렇게 당신이 날 놓지 않는데."

회의적인 어조로 말한 것도 잠시, 세연은 기우의 커다란 두 손이 더 이상 아무것도 볼 수 없게 자신의 두 눈을 덮어 버리자 입을 다물었다.

……아무것도 보이지 않는다.

마음속의 모든 불안과 근심, 머리까지 새하얗게 만들 정도의 근원적인 공포와 두려움까지.

일순간 모든 게 사라진다.

남은 건 쿵쿵, 일정하게 뛰는 그의 심장 박동 소리. 맞닿은 그의 뜨겁고도 자극적이기까지 한 몸의 감촉. 생살의 감촉만큼이나 후각을 자극하는 오드코롱 향과 뒤섞인, 미치도록 유혹적인 체취. 기우는 세연의 두 눈을 가리고선 노래하듯 속삭였다.

"넌 언젠가 눈이 멀어 버리겠지. 나 역시 같아. 죽으면 누구나 앞이 보이지 않으니까. 그러니까 너무 눈앞의 두려움에 급급해서 살아갈 필요는 없어."

"……."

"물론 넌 불안하고 아프겠지. 네 숨 막힐 듯한 고통을 모르는 게 아니야. 나 역시 이해하니까. 하지만 적어도 지금은……."

적어도 지금만큼은 쉬라고.

쿵쿵. 일정한 심장 박동, 단단한 근육질의 두 팔. 그의 품에서 이 밤만이라도 편히 쉬라는 걸까. 알 수 없었다. 단지 환영처럼 들려오는 유혹의 속삭임만이 이어질 뿐.

"내 곁엔 네가 있어."

그녀가 들은 건 환청이었을까?

단지 졸음이 몰려왔다.

그녀를 놓아줄 의지가 전혀 보이지 않는 단단한 두 팔에 감싸여서일까. 아니면 커다란 그의 손바닥이 세상 모든 불안함과 그녀를 향한 공격, 원초적인 두려움과 공포에서 벗어날 수 있게 해 줄 것 같아서일까.

가장 검은 어둠과 끝없이 싸우던 그녀는 눈꺼풀에서 힘을 뺐다. 믿지 못할 잠깐의 짧은 안식처럼 서서히 잠이 몰려들었다.

다시금 밝아 온 아침 햇살 속, 세연은 뒤바뀌지 않는 현실 속에서 다짐을 했다.

아직 바뀐 건 아무것도 없고 그녀는 여전히 싸울 때니까. 무엇보다 오늘 그녀는 예외 없이 그와 맹렬하게 싸우며 대가를 치렀고, 다가올 팬텀의 테스트 또한 유효했다.

아무것도 달라지지 않았다.

第 26 幕

"그럼 지금까지 얼마나 연습했는지 팬텀 연습생들 테스트가 있겠습니다. 먼저 플로라팀, 앞으로 나오세요."

드디어 다가온 월말 평가.

예외 없이 시간은 흘러서 마침내 세연조차도 피할 수 없는 평가의 시간이 왔다.

이제 연습실에서 세연 혼자 연습하는 게 아닌, 철저히 타인들이 냉정하게 평가 내린 점수를 받는 것이다. 그녀의 실력이 얼마나 늘었는지 객관적으로 확인해 볼 수 있는 시간이었다.

무엇보다 팬텀 엔터테인먼트의 평가는 엄격했다. 물론 부드럽게 덧붙이는 말은 그렇지 않았지만.

"이건 어디까지나 평가니까, 긴장하지 마세요."

그동안 얼마만큼 땀방울을 쏟아 냈는지 평가하는 눈들은 상냥한 웃음을 담고 있었지만 결코 호락호락하지 않았다. 그것은 꼭 냉정하게 상품의 가치를 따지는 투자자들의 눈을 연상시켰다.

팬텀 엔터테인먼트의 김석준 대표 역시 만면에 미소를 담고선 여유롭게 연습생들의 면면을 평가했다.

"혜령이 춤이 늘었네? 안무가 많이 안 틀렸어."

"소미는 아직 발성 연습을 더 해야겠다. 배우가 일단 대사가 잘 들려야지. 그 뒤에 연기가 뒷받침되는 거고."

김석준 대표가 반짝이는 안경 렌즈 사이로 선량해 보이는 눈을 들어 팬텀 연기팀에 속해 있는 신인 탤런트들을 향해 조언을 했다.

"소미가 연기 욕심이 많은 건 알겠는데, 좀 천천히 가자. 하루아침에 되는 게 아니잖아. 어쨌든 잘하고 있어."

"감사합니다, 대표님."

"지금까지 열심히 해 왔으니 좋은 결과 있을 거야. 힘이 될 수 있게 서포트를 할 테니까. 아, 그러고 보니 앞으로 많이 바빠지긴 하겠네……. 소미는 하반기에 들어갈 드라마 대본 리딩도 하고 레슨도 받고. 알았지? 앞으로 우리가 제작할 드라마가 많아질 것 같아서 그래."

잠깐의 정적이 흘렀다.

그때였다. 껄껄 사람 좋게 웃던 김 대표가 정작 아무 말이 없는 누군가에게 고개를 돌려 생각났다는 듯 물은 것은.

"그런데 특별히 참관하러 오신 권기우 실장님은 통 말이 없네? 쭉 보셨을 텐데 무슨 생각을 하시는지?"

여전히 아무 말이 없다.

연습생들이 가벼운 웃음소릴 내는 가운데, 김 대표가 농담을 하듯 일부러 말끝을 늘이며 권기우 실장님, 이라고 존칭을 썼는데도 들었는지 못 들었는지 여전히 심사석에 앉은 그는 말이 없었다.

어쩌면 그가 올 수도 있겠다고 예상은 했지만, 낮익은 펜트하우스가 아닌 연습실에서 마주치자 세연의 마음 역시 어쩔 수 없이 복잡하기만 했다. 지금껏 그랬듯 감정을 얼굴에 드러내지 않은 채 다른 연습생들과 뒤섞여 차례를 기다리고 있긴 했지만.

이윽고 모두가 지켜보는 가운데 매끄러운 그의 목소리가 흘러나왔다. 그가 아무렇지 않게 반문했다.

"제 의견이 도움이 될까요?"

"야아, 무슨 소리. 이제 와서 치고 빠지면 곤란합니다?"

김 대표가 재미있다는 표정으로 특유의 존대 섞인 말투로 농담을 했다. 웃을 때마다 눈가 가득 주름이 잡히는 것이, 연예기획사의 대표라기보다는 꼭 순박한 농부처럼 보였다. 연습생들의 점수를 매기던 다른 임원들도 김 대표의 말에 일제히 웃었다.

그렇다고 억지로 만들어 낸 것 같지 않은, 몸에 밴 듯 오랜 시간 어울리고 꿈이라는 하나의 목표를 향해 전진해 온 이들이 뿜어내는 열정적이고 친근한 분위기. 세연은 고갤 돌려서 바라보았다. 은연중에 내뿜어지는 자연스러운 공기에 절로 느끼게 된다. 이들이 얼마나 열심히 살아왔는지, 또 아직 꿈을 버리지 않았는지. 솔직히 아직까지도 열정적으로 반짝반짝 빛나는 눈동자를 보자 놀라울 지경이었다. 나이를 먹어도, 이렇게 성공을 이뤄 내도 여전히 열정을 간직하고 있다는 것에 말이다.

동시에 자신의 존재가 이 공간에 어울리지 않는 불청객이 된 것만 같았다.

냉정하게 판단해서, 그녀와 같은 선상에 있는 연습생들 중에 자신이 제일 처졌다. 객관적으로 봤을 때, 실력도 떨어지고, 그래서 불협화음 같은 존재가 바로 자신이었다. 세연은 비릿하게 웃었다.

'다 알고 왔잖아. 여기까지 온 이상 피할 수 없어.'

애써 피한다 해도, 풀숲에 고개 숨긴 타조처럼 비참하게 그 몸뚱이만 드러날 뿐이다. 때문에 마침내 세연에게도 가차 없는 평가의 시간이 다가왔지만, 그녀는 당황하거나 눈물 흘리지 않았다.

어디까지나 냉정하게 현실을 마주해야만 했다.

여기까지 어렵게 온 만큼, 적어도 비굴하게 남의 눈치를 살피면서 냉혹한 평가에 쩔쩔 매는 모습은 보이고 싶지 않았다. 그녀에게로 쏟아지는 시선들 속에서 동요하며 부들부들 떨고 싶지도 않았다. 지금껏 그런 모습은 충분히 보였으므로.

특히나 그의 앞에서라면.

"……."

여전히 여유로운 모습으로 팬텀의 임원들과 트레이너들 속에 섞여 특유의 냉정한 시선을 던지는 남자. 평소와 다름없는 모습이었지만, 그 안에 내포되어 있는 의미심장함을 알기에 초연할 수 없었다.

몸에 밴 여유로운 태도로 반짝이는 은빛 시계를 들여다본다. 그러고는 잠시 생각에 잠겼다가, 눈에 익은 은빛의 만년필로 거침없이 검토하듯 뭔가 써 내려가는 것이 심상치 않은 전조였다.

"아, 그럼 이번엔 팬텀에 새로 들어온 친구인데. 어린 친구, 이 새로운 연습생에 대해서 이야기해 볼까."

처음 포문을 연 것은 김석준 대표였다.

팬텀의 대표가 예의 선량한 웃음을 지으면서 생각났다는 것처럼 세연에게 물었다.

"어때요? 안무 연습은 좀 되어 가나요? 힘들지 않나. 뭐, 처음부터 잘하는 사람이 어디 있겠어요? 너무 부담 갖지 말고, 그동안 연습한 걸 확인받는 차원에서 한번 보여 줄 수 있겠어요?"

한없이 상냥하다.

그럼에도 세연은 긴장을 풀지 않은 채 조용히 대답했다.

"네, 노력하기는 했는데 아직 부족할 수 있습니다."

그녀의 진지한 대답에 의아한 듯 보던 이들 사이에서 나지막한 웃음이 새어 나왔다.

곳곳에서 터져 나오는 웃음소리. 전혀 예상치 못했지만 팬텀의 테스트는 화기애애한 분위기였다.

"대답을 바로 하는 걸 보니 열심히 했나 보네요. 그럼 어디 한번 볼까요? 우리 친구가 얼마나 연습을 했나."

김 대표가 만면에 인자한 미소를 띠고서 주변을 둘러보았다.

"오늘은 맛난 회식을 하죠. 고기에 된장찌개 먹어야지. 하하."

정감 어린 농담을 해도 긴장을 완전히 풀 수 없는 이유는 따로 있었다.

반짝이는 금테 안경 속, 말없이 냉철하게 판단하는 눈빛이 느껴지니까. 역시 팬텀의 대표이자 권기우의 지인다웠다.

기우 앞에서 그녀가 지금껏 연습했던 안무를 보인다는 것은 쉽지 않았다. 실상 그녀도 두려운 일이었다. 다음 순간 세연은 자신도 모르게 움직였다.

"그럼 잘 부탁합니다."

어색한 말투로 중얼거리며 꾸벅 고개를 숙였다.

그간 혼자서 움츠리던 스스로에 대한 보상이라도 하듯 고개를 살짝 숙인다. 그러고는 말없이 흥미롭게 지켜보는 사람들에게 마침내 보란 듯이 그간 연습해 온 서툴기까지 한 안무 동작들을 선보였다.

쏟아지는 세상의 시선에 굴하지 않겠다는 그녀의 의지를 보이듯, 비록 우습게 보이더라도 부족하지만 날것 그대로인 그녀의 안무를 선보였다.

업 앤 다운.

업 앤…….

분명 쑥스러운 일이었다. 남들이 보는 앞에서 아직 몸에 익지 않은, 익숙하지 않은 동작을 선보인다는 것은. 그럼에도 멈추지 않고, 그간 안무 강사에게 트레이닝 받은 대로 연습한 동작을 선보이자 잠시 묘한 침묵이 감돌았다.

그 정적의 의미를 그녀 역시 모르지 않았다.

"헉헉……."

의미심장한 정적이 깔린 가운데, 가쁜 숨을 내쉬며 내심 쑥스럽기 그지없는 동작을 끝마친 세연은 잠시 말없이 서 있었다. 온몸의 세포들이 일어서듯 쏠리는 그 간지럽기까지 한 따끔한 감각은 일순간 그녀가 이룬 서툰 동작들이 얼마나 민망하고 무참한 결과인지 스스로 깨닫게 했다. 그럼에도 피하지 않았다.

모두의 시선이 쏠린 가운데, 다음 순간 세연은 보란 듯이 정중하게 고개 숙여 인사했다.

"끝까지 봐 주셔서 감사했습니다."

당당하게 인사를 하고 자리를 갈무리했다.

연습실은 여전히 조용했다. 뭔가 의미심장한 정적이었다.

그녀가 월말 평가를 마친 뒤 곧이어 팬텀에서 마지막 데뷔를 앞둔 걸그룹 플로라의 화려한 시범이 있었다.

월말 평가이지만, 꼭 지상파 가요프로의 실사판을 보는 듯했다. 말 그대로 데뷔를 앞둔 프로들의 능수능란함 그 자체였다.

음악에 맞춰 그간 갈고닦은 개인 기량을 유감없이 펼치는 현란한 춤 동작들, 몸에 익은 화려하기까지 한 안무의 연속, 딱딱 떨어지는 군무까지. 어쩌면 저게 당연한 일일지도 몰랐다. 무엇보다 겨우 기초 동작을 연습하는 세연이 우스워 보일지도 모르겠다. 생글생글 웃는 플로라 연습생들의 얼굴에 약간의 비웃는 기색이 스쳐 간 것도, 자기들끼리 뭐라 들뜬 어조로 속닥거린 것도 그녀가 잘못 본 것은 아니리라.

– 저 앤 왜 가수로 데뷔하려 하지?

– 이제야 기초 동작을 연습하다니. 그것도 우리처럼 잘하지도 못하는데.

분명하지는 않아도 그들이 뭐라 말했는지는 얼핏 들렸다.

– 차라리 연기를 하지. 왜?

잘못 들은 게 아니겠지?

역시나 팬텀의 김석준 대표 또한 확인 사살해 주었다.

"음, 잘 보았어요. 열심히 했는데……."

김 대표가 반짝거리는 금테 안경을 추켜올리며 사람 좋은 미소를 지어 보였다.

"뭐 하루 이틀 만에 잘하면 그게 사람인가? 단번에 너무 잘해도 정나미 없지 않아요? 우리 친구 다음 무대도 기대해 볼게요."

그때였다, 다음번을 기대해 보자는 선량한 목소리에 쐐기를 박듯 딱 떨어지는 말이 들려온 건.

"글쎄요, 굳이 위로해 줄 필요는 없을 것 같은데."

모두의 시선이 쏠린 가운데, 기우는 안경을 벗으며 빙그레 웃었다. 그러고는 단정한 입매를 움직여 말했다.

"아닌가? 유치원 학예회로 시간을 낭비시킨 것에 대한 위로는 받아야겠죠?"

그러자 김 대표가 딱하단 표정을 지어 보이며 말했다.

"뭐 그럴 필요까지야. 이 친구야, 말했지만 하루 만에 다 잘하면 그게 사람인가? 인간미가 없잖아, 인간미가."

'앞으로 더 잘하겠지' 하고 김 대표가 덧붙였으나, 기우는 한마디로 묵살했다.

"다른 사람들 의견도 같을 겁니다."

그러고 나서 기우는 아무렇지 않게 덧붙였다.

"시간 낭비한 건 맞지 않습니까?"

모두가 나가고 조용한 가운데, 이윽고 세연은 결심한 듯 천천히 앞으로 걸어갔다.

그 와중에도 기우는 심사석에 앉아 은빛으로 반짝이는 만년필을 든 채로 뭔가를 검토하느라 바빴다. 그는 그녀와 마찬가지로 나갈 생각이 없어 보였다.

"할 말이 없는 상황이긴 하지만."

심상치 않은 정적이 깔리는 가운데, 세연은 고집스레 입술을 깨물며 말을 꺼냈다. 인간인 이상, 자신을 호되게 비난하는 말에 아예 아무렇지 않을 사람은 없다. 하지만 그래도 할 말은 해야 했다. 여전히 눈앞의 그가 침묵하는 가운데, 세연은 숨을 골랐다.

실상 이대로 문을 열고 도망칠 수 있었다. 그녀가 일을 벌이기 전에 멈출 수 있었다. 그랬다, 보란 듯이 그녀가 실패하고 혹독한 쓴맛을 맛보기 전에 말이다. 하지만 세연은 고개를 저었다. 예외 없이 냉정한 기우의 말이 귓가에 떠돈다.

– 학예회 발표회로 시간을 낭비한 건 인정해야겠죠.

초연하려 해도 절로 속이 타서 입이 바짝바짝 마른다. 그럼에도 세연은 굴하지 않고 고개를 들었다. 그리고 여전히 침묵을 유지하는, 그녀에게는 세상에서 가장 어려운 한 남자를 향해서 입을 열었다.

"그래도 이 말을 해야 할 것 같아서."

낭랑한 그녀의 목소리가 울려 퍼지자, 침묵하던 기우가 조금 관심이 생긴 것처럼 고개를 돌렸다. 세연은 그제야 흥미가 생긴 것처럼 느릿하게 한쪽 눈썹을 추켜세우는, 여전히 서늘한 얼음 조각처럼 빚어 놓은 것 같은 눈앞의 남자를 향해서 말했다.

"아직 부족한 건 인정해요. 물론 학예회 발표 소리 들을 정도로 형편없는 실력이긴 하지만, 그래도 마지막으로 최소한 멈추지 않고 노력한다는 말은 하고 싶어서, 그래서 왔어요."

그런 그녀를 비웃기라도 하듯 기우가 끼익, 소리와 함께 의자를 밀고 일어섰다. 세연은 필사적으로 내색하지 않았지만 숨 막히는 침묵을 깨는 날카롭게 긋는 듯한 소음이 들리자 기절할 듯 깜짝 놀랐다.

"그랬어? 최선을 다해 노력했단 말이지."

이윽고 기우가 빙그레 미소 지으면서 아무렇지 않게 말끝을 올리며 말하자, 세연은 멈칫했다. 그녀답지 않게 망연자실 올려다보던 멍한 표정은 곧 깨어졌다. 그녀는 날카롭게 반격하듯 말을 이었다.

"물론 권기우 씨가 볼 때 어이없고 아직 보잘것없는 실력인 거 알아요. 특히 팬텀의 대표와 임원진들 앞에서 당신을 망신시켜서 미안하구요. 하지만 앞으로 노력해서 최소한 지금보다 나아질 거라는 건 말해 두고 싶었어요."

"그래."

여전히 평정 어린 말투로, 쉽사리 속내를 비치지 않는, 유심히 봐도 무슨 생각을 하는지 알 수 없는 창백한 얼굴. 그래서 더욱 시선을 뗄 수 없고 빨려 들어가듯 바라보게 된다. 그를 보며 세연은 생각했다. 왜 눈앞의 매혹적인 인간은 도무지 종잡을 수가 없는 것일까.

그런 그녀의 물음에 답하듯 쾅 소리가 난 건 그때였다. 소리 나게 벽을 친 기우가 차갑게 미소를 머금은 채 이렇게 말한 것이다.

"아무렇지 않게 똑같은 말을 되풀이하네. 언제까지 열심히 노력하고 지금보다 나은 모습을 보여 줄 거란 네 말을 들어야만 하지. 이제 행동으로 보여 봐. 난 슬슬 지겨워지는데."

겉으로 보기엔 호흡 하나 흐트러지지 않는다. 억양 톤도 높지 않아서 유심히 보면 이 사람이 화를 내는 것인지, 그녀를 막다른 벼랑으로 모는 것인지 헷갈렸다. 그럼에도 순간적으로 심장까지 얼어붙게 만드는 한기가 느껴지니, 절로 대단하다는 생각이 들었다. 지금 역시 서늘한 미소를 입가에 머금은 채 기우는 아무렇지 않게 그녀를 몰아붙였다.

"대답해 봐. 난 언제까지 다음에는 나은 모습을 보여 줄 거란 네 말만 들어야 하는 건지. 응? 난 궁금해지는데."

세연이 쉽사리 대답하지 못하자, 여전히 그녀에게서 눈을 떼지 않은 채 기우가 한쪽 입가를 살짝 끌어 올리면서 천천히 덧붙였다. 그녀에게 들으란 듯 강조하면서 아주 천천히.

"대답을 할 수 있다면 좋겠지만, 글쎄."

나지막하게 덧붙이는 회의 어린 어조에 그녀의 분노가 폭발했다. 어떻게든 그에게 감정을 드러내지 않으려 필사적이었지만, 그는 감정의 치명타를 건드리는 것에 능숙했다.

여전히 깰 수 없는 단단한 벽 그 자체로 그를 마주한 채, 세연은 천천히 입을 열었다.

"……노력했어요."

"그래, 세연아."

그러자 기우가 고개를 기울이며 천천히 말을 받았다.

"노력했어요. 하지만 어쩔 수 없는 것도 있어요. 나는 연기라면 모를까, 노래와 춤은 타고난 게 그러니, 아무리 노력해도 플로라 애들처럼 될 수는 없어요."

"알고 있어."

그녀의 진지한 항변에 기우가 짤막하게 답했다.

"다 알고 있는 사실 아닌가? 누구라도 그렇게 말할 거야. 처음부터 다른 출발점 위에 서 있는 거야. 전문적으로 트레이닝 받고 가수 데뷔를 목표로 한 애들과는 비교할 수 없겠지."

"그건, 다른 사람들이 듣는 앞에서 혹독하게, 그것도 팬텀의 임원들이 보는 앞에서 아주 잘 들었어요."

"그런데?"

기우가 낮게 반문했다.

침묵이 흘렀다. 세연은 천천히 눈앞의 그에게 시선을 고정했다.

"더 말해야 하나요. 지금 연습실로 가서 지칠 때까지 계속 연습할 생각인데. 신물이 올라올 정도로 연습할 생각이고……."

여전히 찌를 듯 그의 눈이 머무르는 가운데, 세연은 화를 내고 소리를 지르는 대신 초연한 태도를 취했다.

그러자 기우는 잠시 생각에 잠겼다가 가라앉은 눈으로 팔짱을 낀 채로 답했다.

"간단하게 생각해. 널 혼낼 수 있는 건 나야. 다른 사람이 널 혼내는 것보다는 낫지 않아? 적어도 다른 사람들이 혼내고 망신 주는 일은 없을 거야. 그럼 더 창피했을걸."

그의 말이 이어질수록 서서히 숨이 가빠진다.

혹독하고 가차 없는 그의 지적에 분명 흔들렸으나 이미 마음을 굳힌 그녀는 고개를 저었다. 그러고는 여전히 오랜 시간 단련된 서늘한 텅 빈 시선을 그에게로 보냈다. 하지만 기우는 거침없이 덧붙였다.

"다행으로 여겨, 내가 널 꾸짖는 것만으로 널 혼내려고 벼르던 팬텀의 모든 사람들이 엄두를 못 낼 테니까. 어때? 꽤 괜찮은 일이지 않나?"

나중에는 장난기가 다분한 음성이었다. 그럼에도 세연은 떨고 있었다. 왜일까. 그는 본능적으로 자신을 전율하게 만든다. 아마도 상대의 가장 깊은 곳을 간파해서겠지. 지금 역시 몸의 떨림이 멎지 않았다.

"이미 다 알고 있는 얘기에요. 난 이미 정리가 끝났구요. 그럼 그만 연습실로 가 볼게요."

멈출 수 없었다. 그 앞에서는 마치 거칠어진 물살처럼 건잡을 수 없는 흐름을 타듯, 그 무표정한 특유의 눈을 보면 어떻게든 그의 숨겨진 감정을 이끌어 내고 싶은, 스스로도 이해할 수 없는 충동이 불현듯 치솟는다. 그래서 서둘러 몸을 돌렸다.

그때였다. 기우가 그런 그녀를 보란 듯이 돌려세운 것은.

"놔주세요."

세연이 쉬어 버린 목소리로 말했으나 그는 여전히 말이 없었다. 세연은 절로 숨이 막혀 왔다. 그는 세연을 놓아줄 생각이 없는 듯했다.

"놔 달라구요."

그녀가 요구하자 조심스레 손을 놔주고 살짝 몸을 틀어 섰지만, 도무지 그녀 앞에서 비켜 줄 생각은 없어 보였다. 여전히 폐부에 가득 들이차는 묘하게 자극적인 그의 체취. 그녀의 기억에 향수를 섞어 쓴 것 같은데 그의 체취와 어우러져 변함없이 유혹적이었다. 절로 세연의 심장 박동이 빨라졌다. 침묵이 흐르고, 그녀는 당황하고 동요해서 그대로 물러서는 대신 말없이 그를 쏘아보았다. 그러고는 여전히 물러설 기세가 없는 그에게 차갑게 내쏘듯 덧붙였다.

"내게 원하는 게 뭔지 궁금하네요. 내가 알아맞혀야 하나요?"

여전히 음산하리만큼 말이 없다. 그럼에도 그녀를 압도하듯 느껴지는 팽팽한 긴장감. 숨이 막혀 올 정도였다.

그저 말없이 고개를 옆으로 돌릴 뿐 생각나는 것처럼 평정 어린 태도로 나직하게 말을 덧붙일 뿐인데, 왜 압도되는 건지 모를 일이었다. 그의 서늘한 기운 때문일까. 그에게서 느껴지는 오라에 한기가 느껴지면서도 쉽사리 기우에게서 눈을 떼지 못하게 되는 것은.

웬만한 이들이라면 그 압도감에 순간적으로 멈칫하거나 어쩌면 자리를 피할지도 모르겠다.

그럼에도 굴하지 않고 세연이 용감하게 눈빛으로 맞서자, 기우가 웃었다.

"너의 그런 면이 마음에 들었었지."

이윽고 그가 나른한 어조로 중얼거렸다.

"꼭 인생 다 산 것 같은 애늙은이처럼 조숙하게 말하면서도, 아이처럼 순수하게 도전하는 걸 멈추지 않는. 확실히 그게 마음에 들어 다시 만난 널 기꺼이 팬텀이 영입하게 도와줬는지도 모르지."

그 의미심장한 어조에도 세연은 쏘아보기를 멈추지 않았다.

적어도 그가 보는 앞에서 겁에 질리고 굴복하고 싶지 않았기에 마치 전진만 하는 불도저가 된 기분이었다. 지금껏 도망만 치지 않았나. 하나도 좋은 결과가 없었기에, 스스로를 채찍질할 수밖에 없었다. 비록 그 결과가 무모할지라도 손에 가진 패라곤 없었기 때문에 물러날 수 없다.

"그럼 당신이 예측하는 결과는 어떤데요? 만약 어렵게 데뷔한다면, 내 앨범이…… 성공할 것 같나요? 실패할 것 같나요?"

"글쎄."

그녀의 물음에 기우는 지그시 시선을 던지면서 가라앉은 어조로 답했다.

"성공할 수도, 실패할 수도 있겠지? 내가 예언가도 아니고 어떻게 알겠어? 그 누가 확실하게 결과를 장담할 수 있을까. 아닌가?"

"어느 정도 예측하고는 있잖아요, 당신. 그래서 내 앨범을 내주겠다 제안한 것일 테죠."

"어느 정도는."

가라앉은 시선을 던지던 기우가 빙그레 웃었다.

"어느 정도는 결과를 가늠해 볼 수 있지. 물론 너는……."

그 말과 동시에 그가 의도적인 것처럼 말끝을 올려 살짝 억양을 끌어올렸다. 그러고는 의미심장하게 덧붙였다.

"노력하고 있어. 그 누구도 노력하고 있지 않다고 말하지 않아. 네 말대로 타고난 재능이 정해져 있다면, 지금의 넌 풀가동해서 끌어 올린 거겠지."

"정말…… 그렇다면요? 거짓말이 아니라면요?"

혼란스러운 시선을 던지면서 세연이 완전히 쉬어 버린 목소리로 말하자, 기우가 동요하지 않은 침착한 눈빛으로 응수했다.

"그럼 넌 두 가지 선택을 할 수 있겠지. 지금처럼 몸치에 가깝지만 조금은 나아진 모습으로 앨범을 내고, 그리고 결국 망하는 것.”

가차 없이 그녀의 실패를 점치는 모습에 절로 숨이 가빠진다. 세연은 화끈거리며 붉어진 얼굴에도 개의치 않고 차갑게 다음 대답을 요구했다.

“또 다른 선택은요?”

“글쎄…… 또 뭐가 있을까. 운이 좋으면 성공할 수도 있겠지. 확실히 운도 무시 못 하니까. 그럼 한번 이렇게 가정하지. 온 우주의 에너지가 너의 성공을 원한다면, 너의 성공을 뒷받침하듯 술술 풀려 가게 도와준다면 못 할 것도 없지 않나.”

그러곤 기우가 빙그레 웃었다.

단정한 입매로 신랄하게 내뱉는 어조에, 더 이상 견딜 수 없어진 세연은 차갑게 내쏘았다.

“그럼 당신이 생각하는 실패하지 않는 방법은 뭐죠? 어떻게 하면 성공할 수 있죠?”

그럼에도 그가 대답하지 않자, 세연은 꿈틀, 눈썹을 추켜세우며 그의 냉담한 태도에 굴하지 않고 차갑게 뇌까렸다.

“다른 사람도 아니고 당신이라면 알겠죠. 알려 줘요. 정말 알고 싶어서 그래요. 내 앨범이 성공할 수 있는 방법.”

그에게 꼭 선전 포고하듯 의미심장한 그녀의 말을 끝으로 정적이 흘렀다.

담담하던 기우는 세연이 물러설 기세를 보이지 않자, 천천히 손을 들었다.

그러고는 마침내 안경을 벗었다.

드러난 그의 까만 눈동자는 차분하리만큼 고요했고 한없는 깊이로 그녀를 끌어당겼다. 세연은 숨도 쉴 수 없었다. 이 순간 그의 맑고 검은 눈동자가 오로지 그녀에게로 향해 있었다.

"그렇게 알고 싶어? 그럼 알려 주지. 그리 중요한 건 아니니까."

다음 순간 그가 똑바로 시선을 던지면서 말하자, 세연은 귀를 의심했다.

"연기를 해. 그럴듯하게 보이도록."

이윽고 기우가 빙그레 웃었다.

"그 누구도 네가 전문적으로 연습해 온 플로라 멤버들처럼 완벽해 보이라고 말하지 않았어. 단지 그럴듯하게 보이라는 거지. 누가 봐도 무대 위에선 그럴듯하게 춤추고 노래하는 가수가 되어야 해. 순간적으로 속아 넘어갈 정도로. 무슨 말인지 알겠지?"

기우가 아무렇지 않게 말하자, 세연은 전율에 휩싸였다.

"무대 위에서 완벽한 가수를 연기해. 나는 정말 가수다, 이렇게 생각하고 그렇게 보여 주려 노력해. 알겠나? 너는 지금 연기를 하는 거야."

쿵쿵, 그의 말에 그녀의 심장 박동이 빨라지기 시작했다. 이 순간 그는 정확히 그녀가 되고 싶어 하는, 아니 되어야 하는 목표를 제시했다.

기우가 천천히 덧붙였다.

"그러지 않으면……."

"그러지 않으면요?"

홀린 듯이 그에게서 시선을 떼지 못하면서 세연이 묻자, 기우가 씩 웃었다. 그러고는 급작스레 한없이 가라앉은 무기질과도 같은 눈동자로 차갑게 내뱉었다.

"타고나길 몸치인 걸 알아. 이를테면 네 재능은 연기 쪽에 국한된 거겠지. 대충 연습해도 좋아. 지금처럼 힘들어하면서 팬텀에 나와서 그냥 시간 때워도 상관없어. 하지만 단 한 번도, 무대에서 단 1초라도 진심이 느껴지지 않으면, 한 순간이라도 날 사로잡았던 진심이 네 안무와 노래에서 느껴지지 않는다면, 대중들을 사로잡지 못한다면 그땐 가만있지 않아. 내가 용납 못 해. 알아듣겠나?"

여유롭게 웃던 것도 잠시, 기우가 그녀를 집어삼킬 것처럼 서늘한 시선을 던지면서 오싹하게 선언했다.

"그때는 용서 못 해. 왜냐면 그건 관객 모독이니까. 그러라고 네게 투자하지 않았어. 비록 팬텀이 서원의 자회사라고 해도 기꺼이 모두의 반대를 무릅쓰고, 그만한 손해를 감수하고 널 캐스팅하게 김 대표를 설득한 건 네가 그만한 가치가 있을 거라고 판단했기 때문이야."

"당신에게 손해를 입히면 용서할 수 없다는 건가요?"

세연이 되묻자 기우가 고개를 저었다.

"아니, 내가 아니라 대중들이 널 판단하겠지. 또 하나, 이건 명확히 해 두자. 오로지 내 욕망을 채우기 위해서야. 아무리 번지르르한 말로 포장하고 돌려 말해도 그 사실은 변하지 않아."

"……뭐라구요?"

세연이 그의 말에 눈을 떼지 못하고 의아한 듯 되묻자, 기우가 빙그레 웃었다.

"나뿐만이 아니라 팬텀의 임원들에게 찬물을 끼얹는 거지."

농담하듯 그가 말했으나 여전히 떨고 있는 세연을 보는 그의 눈은 한없이 차가웠다.

세연은 그런 그에게 빨려 가듯 시선을 떼지 못하며 떨리는 목소리로 물었다.

"대체 왜 날 캐스팅한 거죠? 그 모든 위험을 감수하고."

"말했을 텐데, 널 원해서라고."

기우가 가라앉은 눈으로 빙그레 웃었다.

"그렇지 않으면 내가 왜 널 캐스팅했겠어. 지극히 낮은 확률에도 불구하고. 어디까지나 유지수를 향한 네 개인적인 복수를 도와주겠다는 구실로, 원하고 욕망하는 널 손에 넣기 위해서였지."

그의 가감 없는 발언에, 그녀 역시 고요하지만 응축된 감정을 터뜨리듯 천천히 말했다.

"솔직히 말해서 다시 만난 권기우 씨는 꼭 다른 사람 같아서 아무리 봐도 적응이 안 돼요. 정말 내가 모르는 낯선 사람을 보는 기분이에요. 세월이 흘러서 더 무시무시한 사람이 된 기분이 든다고 해야 할까."

"넌 결국 성공하게 될 거야. 비록 우여곡절이 있더라도 네가 원하는 걸 얻을 테지."

그녀의 원망 섞인 음성에도 개의치 않으며 기우가 간결하게 잘라 말했다.

"보다시피 이렇게 팬텀에서 앨범을 내고 드라마까지 출연할 기회를 주고 있는데 아직도 만족하지 못한 거야? 그 말뜻은 계속 나와 만나고 싶다는 것처럼 들려."

그 말과 동시에 기우는 기다렸다는 것처럼 붉은 벨벳 상자를 꺼냈다.

"내가 할 얘긴 다 끝났어. 대신 난 이걸 네게 주고 싶은데."

그의 말에 세연의 눈이 가늘어졌다.

그녀의 시선이 기우가 내민 붉은 벨벳 상자에 고정됐다.

"이건 뭐죠? 대체……."

그녀가 의아한 시선을 던지자 달칵, 소리와 함께 그가 머뭇거리지 않고 벨벳 상자를 열었다. 동시에 세연의 눈이 커졌다. 말릴 새도 없이 순식간에 일어난 일이었다. 놀랍게도 기우가 그녀 앞에 무릎을 꿇었다. 그러고는 좀 전까지의 냉담한 기색은 믿기지 않게, 벨벳의 상자에서 나온 반짝이는 뭔가를 그녀의 발목에 손수 채워 주는 게 아닌가.

"러브 컬렉션이야. 웬만해서는 빠지지 않아. 특수 제작된 드라이버로 열어야만 열리지."

세연이 당황해 말없이 시선을 던졌으나, 그는 아랑곳하지 않은 채 그녀의 발목에 직접 채운 발찌에 물끄러미 시선을 고정했다. 그러고는 잠깐의 침묵 끝에 이렇게 덧붙였다.

"역시 잘 어울려. 네게 잘 어울릴 거라 생각했지."

"잠깐만요! 이게 무슨 뜻이죠? 그러니까…… 지금 이걸 차고 춤을 추라는 건가요?"

눈앞에서 벌어지는 믿기지 않는 그의 행동에 놀라고 당황한 것도 잠시, 서서히 세연의 숨이 거칠어졌다. 그녀는 여전히 습윤하리만큼 가라앉은 기우의 눈동자에서 시선을 떼지 못했다.

"이걸 발목에 차고 춤을 추라는 거죠? 매번 연습할 때도 꼭 발목에 차고선 흔들리는 소리를 내면서 안무를 춰야겠네요. 그렇죠?"

내면에 꼭 불꽃처럼 넘실거리는 분노를 간직한 것처럼 억누른 듯한 음성으로 그녀가 되물었으나, 기우는 여전히 가라앉은 눈길만 던질 뿐.

침묵이 흐르고, 이윽고 그가 답했다.

"네가 하고 있으면 좋겠다고 생각했지. 그것뿐이었다."

그럼에도 그 진심 어린, 침착하기까지 한 음성은 그녀를 진정시키지 못했다. 비록 겉으로는 차분했으나 수치심, 보이지 않는 부끄러움이 맹렬히 그녀의 가슴을 좀먹고 있었다. 내심 아무렇지 않게 태연하게 굴려 했지만, 바로 좀 전까지 모두가 보는 앞에서 다른 연습생들에 비해 보잘것없는 결과를 낸 것에 아직도 낯이 화끈거렸다.

이대로는 위험하다.

1초, 2초, 3초.

아무리 억누르고 참으려 해도, 스멀스멀 사라지지 않는 불안한 느낌에 결국 세연은 한쪽 눈썹을 추켜세우고선 물었다.

"또 시작되는 건가요? 아직도 끝나지 않았나. 펜트하우스에서 그러는 걸로 충분한데. 끝나지 않았어. 진심으로 아직도 우리가 옛날로 돌아갈 수 있다고 생각해요?"

섬세한 백금의 정교하기까지 한 은빛 플래티넘.

카르티에의 러브 컬렉션은 그의 말대로 전용 드라이버를 이용해야만 발찌가 풀어진다.

"못 들었나요? 아직도 그 생각엔 변함없냐 물었어요."

"그럴 리가. 난 아직도 널 원해."

변함없는 대답.

기우의 그 말에 세연의 분노가 폭발했다.

찰싹.

다음 순간 그녀는 손을 들어 가차 없이 그의 뺨을 내리쳤다.

"내가 그렇게 반복해서 말했는데도! 처음부터 내 말엔 관심도 없었고 귀도 기울이지 않았죠? 그저 일방적으로 당신의 뜻대로 밀어붙이면 될 거라 생각했죠?"

참다못한 세연이 언성을 높였다.

결국 모두가 보는 앞에서 이어진 그의 냉정한 평가는 그간 참고 참았던 그녀의 억눌렀던 분노를 폭발시키고야 말았다. 아무렇지 않게 그가 소유욕을 드러내듯 선물한 플래티넘 발찌가 더욱 분노를 배가시켰는지도 모르겠다. 세연은 이를 악물었다.

"그냥 일방적으로 밀어붙여서 다시 나랑 잘해 보려고 한국에 돌아온 거죠? 내가 그렇게 힘들어하는데, 내 고통 따위는 처음부터 관심도 없었어! 모르겠어요? 펜트하우스도 모자라서 결국 이 팬텀의 연습실에까지! 당신의 그 영향력을 유감없이 펼쳐 보여서 이제 만족해요?"

그러자 꿈틀, 그 억누른 듯한 울부짖는 음성에 기우가 괴로운 표정을 지었다. 하지만 눈썹을 추켜세우며 괴로워하는 듯한 그 한 순간의 표정은 곧 사라져 버렸다.

"다시 연습해 봐."

"네? 지금 뭐라고?"

또다. 잘못 들었나 싶어 세연이 되묻자, 기우가 고개를 돌려 차갑게 가라앉은 눈빛으로 그녀를 바라보며 담담한 어조로 지시를 내렸다.

"말 그대로, 다시 연습해. 네가 아까 추었던 안무 제대로 다시 보고 싶으니까."

게다가 이렇게 덧붙이기까지 했다.

"모두가 보는 앞에서 학예회를 했다는 내 말은 취소하지 않겠어. 그러니 이번엔 제대로 보여 봐. 정말 네가 연습을 했다는 걸 증명해 봐. 내가 보는 앞에서."

단호한 어조였다.

그럼에도 그녀를 도발하는 듯한 어조. 차갑게 가라앉은 그 눈빛을 보자 본능적으로 다시금 그의 앞에서 춤을 춰야만 한다는 것을 깨닫는다.

변함이 없다. 말없이 버티고 서 있기만 해도 느껴지는 위압감. 5년 전 그녀에게 굳이 말로 하지 않아도 온몸으로 자신의 존재감을 주지시켰듯, 지금 역시 눈빛만으로 그녀가 무엇을 해야 하는지 자연스레 깨닫게 한다. 그가 원한다면 수십 번, 수백 번이라도 안무 동작을 보여야 할 것이다. 그는 팬텀에 투자했고, 실질적으로 무시 못 할 영향력을 행사하는 이였다.

"좋아요. 그렇게 하죠."

다음 순간 세연은 지금껏 그랬듯 피하지 않고 착 가라앉은 목소리로 대답하고는 몸을 움직였다. 그러자 기우의 표정이 변했다.

"얼마든지, 다시 춰 드리죠. 대신 날 속박하는 이 발찌 좀 풀어 줄래요? 난 권기우 씨 소유물이 아니니까."

그녀의 나지막하지만 뚜렷한 어조는 여러 의미를 담고 있었다. 말 그대로 난 당신 소유가 아니라는, 노골적인 거부의 의사를 담은 말.

그 말에도 기우는 눈 하나 깜짝하지 않았다.

다른 남자들 같으면 건방진 소리 하지 말라며 화를 내거나 언성을 높일지도 모른다. 너무도 직접적인 거절에 얼굴을 붉히거나 당황해 물러날 남자도 있을지 모르겠다.

하지만 권기우는 그 어느 쪽에도 속하지 않았다.

여전히 눈썹 하나 까딱하지 않은 채 별다른 표정 변화 없이 담담하게 그녀를 마주 보기만 했다.

도발하는 것을 알면서도 결국 기꺼이 그 앞에서 춤을 출 수밖에 없다. 그가 바로 자신을 팬텀으로 이끈 장본인이나 마찬가지이기에.

그러므로 그 어떤 수모와 수난을 겪어도 연습하는 것을 멈출 수 없었다.

그 어떤 시련과 고난에도 멈추지 않았다. 이 과정을 거치지 않으면, 또한 그라는 관문을 지나지 않으면 그녀의 적 유지수도 만날 수 없다.

다음 순간 이제는 수십, 수백 번을 들은 MR만 흘러나와도 욕지기가 쏠렸지만, 그가 보란 듯이 춤을 추었다.

그녀에게 주어진 유일한 기회. 더는 놓칠 수 없었었다.

때문에 풀려나듯 기우에게서 벗어나 곧바로 연습실로 향했다. 그러고는 더욱 연습에만 열중했다.

그것만이 그에게서 벗어날 수 있게 해 줄 테니까.

"진성, 탁성. 일단 내지르지 말고 배에 힘을 준단 느낌으로. 어제도 말하지 않았나요?"

이것도 텃세라면 텃세일까. 딱 꼬집어 말할 순 없지만, 어느 순간부터 그녀를 대하는 보컬 트레이너의 태도가 미묘하게 다가왔다. 처음 보컬 수업을 시작할 때는 분명 그렇지 않았었다. 기억한다.

– 앞으로 더욱 열심히 하겠습니다.

그러니 가르침을 달라는 그녀의 진지한 말에, 잠시나마 눈빛이 달라졌던 보컬 트레이너였다. 시간이 거듭될수록 어중간한 그녀의 위치와, 무엇보다 데뷔 날짜도 정해진 게 없고 기약이 없다는 것을 알았는지 확실히 대하는 태도가 달라졌다.

"왜 한 번 말하는 건 바로바로 못 알아들을까? 답답하게. 그죠?"

지금 역시 왠지 못마땅하게 훑어보면서 세연에게서 동의까지 얻으려 했다.

기우를 비롯한 팬텀의 팀장, 실장, 팬텀의 직원 앞에서는 한없이 성격 좋고 쾌활한 웃음을 보이지만, 둘만 있게 되면 뭔가 심사가 비틀린 듯 쌀쌀맞은 표정으로 전날에 배운 성과를 바로 확인하려 든다. 하지만 비호의적인 보컬 트레이너 앞에서도 정작 세연은 담담했다.

"어제 내가 분명히 말했는데, 보컬 연습을 여기까지 해 오라고 말이지. 왜 딱히 변화가 보이지 않는 거 같지?"

살짝 지나가듯 말하면서도 꼭 세연을 시험하듯이 미묘하게 언성을 높인다. 제대로 연습해 오는지 안 오는지 그녀를 툭 찌르며 먼저 떠보는 것 같은. 그렇게 시험하듯 눈을 번뜩이고 지켜보다가, 곧장 면박을 주며 민망하게 만들었다.

"이렇게 하면 곤란해요. 세연 씨, 지금 기대를 한 몸에 받고 있는 거 알죠? 알다시피 팬텀의 상황이 뒤숭숭하고, 엔터테인먼트 사업부 개편 소문이 있는 이 와중에 세연 씨를 받아들인 거예요. 그것도 사실 플로라를 끝으로 가수팀을 안 받다시피 했는데."

보컬 트레이너는 팬텀의 앞날에 관심이 많은지 줄줄이 떠들어 댔다.

"서원그룹 계열사에서 투자하고 본격적으로 드라마 제작 스튜디오 팬텀으로 바뀌면 또 상황이 어떻게 바뀔지 모르죠. 안 그래요?"

그것도 모자라서 꼭 세연의 동의를 구하듯 되물었다.

"사람들이 얼마나 촉각을 곤두세우고 있는데. 어떻게 할래요?"

그제야 세연은 천천히 고개를 들었다.

굳이 아는 얘기를 또 상기시키듯 말할 필요가 있을까.

말 한 마디로 금세 세연을 연습도 열심히 하지 않고 뺀질거리는, 민폐를 끼치는 존재로 전락시켰다.

꼭 사정없이 비난하는 것 같은.

사실 저러한 시선은 익숙했다. 아예 겪지 않은 것도 아니었다.

익숙했다, 호시탐탐 그녀를 노리는 시선. 꼭 유지수의 눈을 연상시키는. 계속해서 감시하듯 눈을 번뜩이며, 조금의 틈이나 허점을 보이면 바로 득달같이 달려들어 숨통을 끊어 버릴 것 같은.

때문에 세연은 인정사정없이 끌어내리려는 보컬 트레이너의 시도에도 빙그레 웃을 수 있었다.

"……!"

상대에게 보란 듯이 웃어 주었다.

살짝 그늘졌던 표정이 언제 그랬냐는 것처럼 화사하게 얼굴에 웃음이 피어났다.

얼마든지 웃을 수 있었다. 그녀를 가르치는 보컬 트레이너는 무엇보다 실력이 출중하니까. 그녀가 배울 점이 아주 많으니까.

물론 상냥하고 친절하게 가르치는 보컬 트레이너는 얼마든지 많겠지. 하지만 실력이 출중한 만큼 다른 강사들을 제치고 팬텀에서 세연의 가수 트레이닝 과정에 합류시켰을 거다.

때문에 이의를 제기하고 싶은 마음이 들지 않았다. 그래서 시선을 마주치며 보란 듯이 상냥하게 미소 지었다.

"세연 씨, 어른이 얘기할 때는 눈을 봐야죠. 그리고 내가 세연 씨 마음가짐과 각오가 남달라야 한다고 이야기하고 있는데. 분명히 앞으로 어떻게 할지 각오를 물었는데 왜 대답 안 해요?"

그럼에도 재차 보컬 트레이너가 사납게 대답을 재촉해 댔다. 그래서 한마디는 해 주었다. 아무리 그래도 최소한 할 말은 해야 하니까. 그녀는 꿀 먹은 벙어리가 아니었다.

"무리한 걸 요구하시면 저도 사람인데 한계가 있죠. 이를테면 팬텀의 앞으로의 인수합병 상황이라든지. 그건 제가 어찌할 수 있는 부분이 아니고 앞으로의 유동적인 상황이에요. 보컬 수업을 받는데 쫓기듯이 불안한 기분을 꼭 느껴야 할까요? 게다가 그게 누군가 의도적으로 계속 이야기하는 거라면."

침묵이 흘렀다.

세연은 더 이상 아무 말 하지 않고 보컬 트레이너의 눈을 뚫어져라 들여다보았다. 보컬 트레이너가 발끈하며 뭐라고 언성을 높이려다가, 흔들림 없이 냉기를 발산하는 세연의 심상치 않은 태도에 입을 다물었다. 꼿꼿하게 세운 허리, 그만큼 말없이 버티고 선 세연에게선 불필요한 도발엔 그대로 당하고 있지 않겠다는 팽팽한 결의까지 엿보였다.

"아니, 그게……."

보컬 트레이너가 다시 입을 열려는 찰나, 세연은 화제를 돌리며 대화를 풀었다.

"열심히 할게요. 말씀해 주신 것 한마디도 놓치려 하지 않을게요. 노래도 계속 연습할게요. 거짓말하는 게 아닙니다. 집에 가서도 계속 연습했어요. 하지만 아직 부족한 건 제 실력이 부족해서겠죠. 평생 노래를 불러 본 적이 없다고 하지만 그게 변명이나 핑곗거리가 될 수 없다는 거 알아요. 그러니……."

세연은 보컬 강사를 향해 언제 그랬냐는 듯이 다음 순간 환하게 웃으면서 말했다.

"그러니 제게 가르침을 주세요. 열심히 하겠습니다. 물론 아직은 마음에 차지 않으시겠지만, 지금은 이 말밖에 못 하겠지만요."

얼마든지 매달리고 애원까지 할 수 있었다.

지금의 미비한 실력을 채울 수만 있다면. 인정하고 싶지 않았지만 그의 말은 틀리지 않았다.

기우의 말대로 최소한 프로처럼 보여야만 했다. 그게 아주 찰나의 순간이라도 대중들을 사로잡으려면 그냥 허투루 해서는 안 되는 것이다. 아직은 어설프다 해도 그 정도는 알 수 있었다.

때문에 입으로만 떠드는 게 아닌, 정말 목숨을 걸고 연습했다.

"업! 앤 다운, 업 앤 다운."

노래뿐만이 아니다. 굳어 있는 몸을 풀듯이 가장 기본적인 동작부터 시작해, 앞으로 그녀가 발표하게 될 앨범의 안무를 익히는 데 주력했다.

무엇보다 이제 막연히 머릿속에 떠올리는 게 아닌, 정말 체감할 수 있을 정도로 가수로서의 데뷔 무대가 다가왔다. 이제 정말 코앞이었다. 게다가 그녀는 플로라처럼 걸그룹으로 데뷔하는 게 아니었다.

앞으로 그녀 혼자 무대에 서게 될 것이다.

오로지, 그녀 혼자.

더럭 겁이 나지 않는다면 거짓말이다. 익숙한 연기라면 모를까. 대본을 보고 끝없이 반복하듯 외우고, 맡은 역할의 대사 하나하나, 토씨 하나도 틀리지 않게 기억하고, 꼭 싹을 틔우듯 어느 순간 강조할 대사에 억양을 넣고. 연기가 반복적이고 몸에 익은 그립기까지 한 작업이라면, 가수 데뷔는 말 그대로 무모하게 뛰어든 격이었다. 그녀에게 익숙한 분야가 아니었다. 반복해서 춤 동작을 연습하고는 있지만 정말 과연 될지 의구심이 드는 게 사실이었다. 무엇보다 팬텀의 이들에게 피해를 끼치지 않을까, 조심스러워지는 게 사실이었다.

더불어 어렸을 때부터 연습생으로 놀라울 정도로 프로의 실력을 가진 다른 이들을 보자 비교가 안 될 수가 없었다.

지금껏 해 온 주력 분야가 아니니까, 당연히 그들과 같을 수 없다고 마음을 추슬렀지만, 사람인 이상 동요하지 않을 리 없었다.

그것도 잠시, 세연은 세차게 고개를 저었다.

자꾸 약해지려는 스스로를 채찍질하듯 다시금 고개를 들고는 차갑게 허리를 꼿꼿이 세웠다. 그러고는 힘주어 소리 내서 혼잣말했다.

'지금껏 여기까지 온 걸 생각해 봐. 이번 가수 데뷔 무대 역시 아무것도 아니야.'

세연은 발끝에 힘을 주어 천천히, 그러나 차분하게 걸음을 옮겼다.

그녀는 돌아보지 않고 차갑게 연습실 문을 닫고 밖으로 나왔다. 그러곤 꼿꼿하게 허리를 세우고 앞으로 전진했다.

第 27 幕

세 번째로 그를 만나는 날.

당연한 일이지만 그녀의 상태는 좋지 못했다.

거듭된 안무 연습과 보컬 트레이닝으로 신경이 곤두서 있었고, 시간이 지날수록 불가능해 보이는 목표에 이제는 아득함까지 느끼고 있었다.

– 다음 달까지 데뷔했으면 좋겠어요.

이제는 정말 데뷔가 가능할까 의심이 될 지경인데, 자신이 먼저 말을 꺼낸 마당이라 뒤로 후퇴할 수도 없었다. 이제 와서 무를 수도 없는 상황에, 이제는 뛰어넘어야 할 거대한 산처럼 보이기까지 하는 안무에 과연 자신이 소화해 낼 수 있을지 마음 깊이 의구심마저 들었다. 하지만 오로지 연습에만 몰두했다.

그 탓에 그녀의 스트레스 지수는 최고였다. 게다가 그녀가 팬텀 건물과 집을 오갈 때마다 예외 없이 따라붙는 기우가 붙인 경호원들 역시 분노를 부추겼다.

세연은 펜트하우스 안을 잠시 응시했다. 영원히 벗어날 수 없을 것만 같은 공간. 하지만 주저하는 것처럼 보던 것도 잠시, 언제 그랬냐는 것처럼 세연은 성큼성큼 안으로 들어섰다.

주저 없이 들어서는 그녀의 얼굴은 딱딱하리만큼 차갑게 굳어 있었다. 더 이상의 두려움은 사절이다. 차라리 기우와 맞부딪쳐 끝장을 보는 게 낫지, 더 이상 저 어두운 커튼 너머에서 두려운 뭔가가 다가올까 공포와 두려움에 사로잡혀 보내고 싶지는 않았다. 하다못해 유지수와도 맞부딪칠 기회를 찾아 헤매고 있지 않는가. 세연이 들어서자, 그녀를 놓칠세라 기우가 힘껏 자기 품으로 끌어들였다.

세연은 흠칫 놀랐다.

이번엔 의례적이나마 왔냐고 묻지도 않았다. 게다가 기우는 그녀의 입술을 본능적으로 찾아 세연을 잠시 당황시키기도 했다. 그녀의 눈을 의심하게 만들 정도로 사납게 달려들었다.

"아, 이건……."

절박한 입맞춤. 이제는 익숙해질 때도 되었지만 정말 그녀가 아는 권기우가 맞나 싶었다. 꼭 기갈을 해소하는 듯한 본능적인 입맞춤에 세연의 눈이 커다래졌다. 아무리 마음을 단단하게 먹고 왔어도 이건 적응되지 않기에.

멎지 않는 소나기처럼 격렬하게 그녀의 입술을 빨아들이더니 그녀의 연약한 점막을 사정없이 훑었다. 동시에 세연의 신음 소리가 높아졌으나 기우는 아랑곳하지 않고 블라우스 단추를 벗겨 냈다. 능숙한 손길로 단추를 풀더니 기다렸다는 것처럼 그녀를 번쩍 안았다. 그러고는 순식간에 폭신한 침대에 그녀를 내려놓았다.

"왜 이런?"

이번에도 쉬어 버린 목소리가 채 흘러나오기도 전에 그녀를 차지했다. 기우가 순식간에 굶주린 것처럼 그녀의 스커트를 벗겨 냈다. 곧이어 팬티스타킹에 감싸인 다리가 드러나자 잠시 습윤한 눈길을 던지더니, 아무렇지 않게 덧붙였다.

"이미 넌 나와 계약을 했다."

"알고 있어요."

세연은 냉담하게 대답했다.

"그럼 잘됐군. 난 잠시 잊은 줄 알았지. 이렇게 된 이상, 여기까지 왔으니 더는 시간 낭비 안 하는 게 최선이야."

곧이어 기우가 명령하듯 그녀에게 잘라 말했다.

"그러니 날 안아. 그러지 않으면 결코 끝나지 않을 테니."

이윽고 독약과도 같은 말이 인정사정없이 그녀에게로 파고들었다.

그와의 악몽 같은 밤은 이제 시작이었다. 정적이 흐르고 서로의 시선이 얽혔다. 딱히 많은 말을 하지 않아도, 의미심장하게 오가는 시선 속에 자연스럽게 흘러가는 분위기. 더 이상 그에게 유혹하는 눈빛이나 밀어를 던지지 않아도, 평소 차가운 그의 검은 눈에 떠오른 것은 확연한 욕망이었다. 결국 그를 여기까지 오게 한 원동력인 그녀를 향한 멈출 수 없는 욕망. 이제는 알겠다. 느껴진다. 그녀에게 자신을 내던지듯 유감없이 보인 그의 모든 행동과 눈빛이 그 사실을 깨닫게 해주었다. 세연은 가느다란 팔목을 드러낸 채 그의 몸 위에 올라탔다. 그리고는 기다렸다는 것처럼 성난 남성을 그대로 삽입하는 그를 무표정하게 내려다보았다.

얼마나 깊이 들어갈 수 있을까? 얼마나 깊이 결합해야 그가 그녀를 잊을 수 있을까. 얼마나 더 맺어져야 이 이해할 수 없는 기이한 욕망을 멈출 수 있을까. 이제는 나도 모르겠다. 자신도 모르게 자포자기한 감정에도 아랑곳없이 새어 나오는 낮은 신음 소리. 아무리 감정을 죽이고 억누르려고 해도 가느다란 한숨처럼 흘러나오는 걸 막을 수 없다.

"하아, 하아……."

절로 숨이 가빠진다. 격해진 호흡 속, 얼마나 시간이 흘러야 당신은 날 완전히 지울 수 있을까? 이 순간에도 결코 믿기지 않는, 그녀를 놓지 않겠다는 듯 으르렁거리며 부르는 음성. 웬만해서는 흥분할 것 같지 않은 그가 거칠어진 숨을 내뱉으며 고통스러울 정도로 그녀의 이름을 속삭이며 자신을 불태운다. 그리고 마침내 무너져 내리는 것을 세연은 오늘도 눈으로 확인하고야 만다.

도대체 당신은 언제 날 놓을 수 있을까? 이렇게 화끈거리고 타오를 것 같은 뜨거운 남성이 들어와. 비밀스러운 나의 안은, 붉게 화끈거리며 불타오르는 것만 같고 남성의 침입에 모든 것이 탐욕스레 먹어 치워지는 것 같아서 전율하는데. 꼭 내 영혼까지 가져가야 만족한다는 것처럼 그 멈추지 않는 시도에 견딜 수가 없어지는데.

무엇보다 이 순간에도 고통스러울 정도로 꿈틀대듯 생생한 감각, 여전히 낙인을 새기듯 결합하는 그의 몸놀림에 기우의 존재를 느끼게 된다. 이 순간 세연의 눈은 사라지지 않는 번민으로 강하게 흔들렸다. 무엇보다 결코 이 밤이 끝나지 않을 것 같아, 강철 같은 그녀의 신경을 결국 누그러뜨린다. 기약 없는 이 순간이 영원처럼 이어질 것 같아 결국 잠시라도 틈을 보이게 되는 것이다. 그 찰나를 놓칠세라 기우가 더욱 집요하게, 그녀를 절대로 놓치고 싶지 않다는 듯 거세게 공략하니 어쩌면 이건 철저히 그가 의도한 게 아닐까 생각될 수밖에.

"하아, 하아."

이어지는 그의 공세에 절로 거칠어진 숨결. 세연은 멈추지 않으며 가빠진 호흡을 내뱉었다. 결국 절로 숨이 막혀 오고, 영원히 이 곳에 갇혀 맑은 공기를 마실 수 없을 것만 같은 답답함과 기갈이 몰려와 더욱 팽팽하게 그와 맞서게 된다. 기우는 여전히 그녀의 빈틈을 집요하고 파고들었다. 끝없이.

이번 역시 웬만해서는 막을 내릴 것 같지 않았다. 하지만 정작 그녀를 폭발하게 만든 것은 따로 있었다. 동요하지 않는 그녀를 자극한 건 정작 예상을 엇나간 것이었다. 이상하게 그 모든 뾰쪽하게 솟은 마음의 동요와 자극제가 된 것은, 금세라도 폭발할 듯 날카로운 그녀 신경의 도화선이 된 건은, 그의 키스였다.

깊게 숙인 고개, 지그시 바라보는 눈. 언제나처럼 그녀의 영혼까지 빼앗는 것 같은 차가운 키스는 송두리째 세연의 이성을 앗아 갔다. 영혼까지 송두리째 뒤흔들리는 기분이었다. 배까지 아릿하게 아프고 절로 긴장되어 그녀 자신조차도 주체할 수 없는 감정의 폭풍우 속으로 빨려 들어가는 기분이었다. 평소와 다르게 가파르게 떨리는 마음의 동요를 좀처럼 진정할 수 있을 것 같지 않았다.

예외 없이 조용한 펜트하우스, 바늘 하나 떨어지는 소리마저 들릴 만큼 고요하다. 이 세상에 오롯이 그와 단둘만 있는 것 같다. 이마저도 그가 의도한 것이겠지만.

여전히 욱신거리는 가운데, 연고까지 바른 입 안을 예외 없이 섬세한 그의 입술이 훑어 내려가자 세연의 신경은 기민하게 곤두섰다. 가뜩이나 아픈데. 혹독한 트레이닝 때문에 입병이 나도, 그는 예외 없이 그녀의 영혼까지 빨아들이듯 깊숙이 흡착한다.

그 모든 게 어느 순간 핀트가 어긋나듯 거슬리기 시작했고 참을 수 없어졌다. 다음 순간 세연은 자신도 모르게 손을 들어 날카롭게 그를 밀쳐냈다. 그러자 의아한 얼굴로 기우가 시선을 보냈고, 예외 없이 그녀의 모든 것을 감지하는 듯한 기민한 시선에 신경이 거슬린 세연은 결국 이렇게 말했다.

"그만해요. 입 안이 아프니까. 정말…… 신경이 거슬릴 정도로 욱신욱신 쑤셔 대고 있으니까요. 더는 참지 못하게. 거슬려."

당장에라도 그만두고 싶다고 목 끝까지 올라오는 소리를 차갑게 억누르며, 다음 순간 세연은 의아해하는 그의 시선 속에 천천히 내뱉었다.

"오늘은 좀 다르게 하고 싶은데요. 괜찮다면…… 좀 다르게. 그러니까 뭐랄까…… 평소와 다르게 좀 거칠게."

쿵쿵, 그의 맑은 눈동자를 보자 다시금 심장 가운데가 욱신거리듯이 찔리는 기분이 들어 세연은 고개를 돌리며 천천히 말했다.

"그러니까 잠시라도 잊고 싶으니까요. 이 행위를 통해서."

당신과의 이 일련의 행위를 통해서 모든 걸 잊고 싶다고, 잠시라도 망각하고 싶다고. 망설이다 느리게 덧붙였지만, 그가 그 의미를 알아듣지 못할 리가 없었다. 그 누구보다 올곧이 그녀에게만 집중하는 사람이니 말이다. 그녀를 마주 보는 그 깊고 까만 눈빛에 그의 동요가 고스란히 드러났다.

잊고 싶다.

모든 걸 잊고 싶다.

물론 부질없는 시도이고 바보 같다는 걸 안다. 하지만 이 격하리만큼 의미 없고 공허하기까지 한 관계를 통해 잠시라도 모든 걸 망각할 수 있다면, 그것만으로도 괜찮지 않을까. 그와 무의미한 관계라는 걸 아는데, 물론 아는데, 알면서도 잠시라도 모든 걸 잊고 싶은 갈망이 불시에 치달았다.

어차피 가수 데뷔를 하고 성적이 좋아야 드라마를 찍을 수 있다. 시한이 정해져 있고 어디까지나 결과가 좋아야 대결이 이루어질 것이기에 절로 마음이 초조해지고 진정이 되지 않는지도 모른다.

이 와중에 영원히 벗어날 수 없는 작은 방처럼, 보이지 않는 감옥처럼 그가 옥죄어 오니 마음은 본능적으로 벗어나길 꿈꾼다. 훨훨 벗어나 자유롭게 날아가고 싶은 것이다. 그게 여의치 않으니 꼭 자해하듯이 결코 벗어날 수 없는 관계에서 몸부림치는지도.

어차피 일정한 시간이 될 때까지 그가 정의한 일방적인 관계에서 빠져나갈 수 없다면, 그것도 그녀가 뼈를 깎듯이 노력해야 맞닥뜨릴 수 있는 시간이라면, 그 안에서라도 벗어나기 위해 어떤 시도라도 하겠다. 설령 그게 무의미할지라도.

세연은 흠칫 눈을 떨었다.

이 순간에도 그녀를 보는 그의 눈, 잠식하듯 벗어날 수 없는 시선.

바로 저 눈 때문이었다. 결코 이해할 수 없는 일이지만 그 어떤 일이 있어도 놓지 않겠다는 메시지를 담고 있는 맹목적인 저 눈을 보면 흔들렸다. 오로지 그녀를 담고 놓아주지 않는 그 눈을, 그 시선을 보면 견딜 수 없어졌다.

결코 그에게서 도망칠 수 있을 것 같지 않았다. 그 올곧은 시선이, 그 눈의 깊은 심연이 그녀를 집어삼킬 것 같아서. 이 순간 그를 보는 세연의 무표정한 검은 눈은 혼돈으로 가득 찼다.

그럼 대체 5년 전과 다를 게 뭔가? 벗어날 수 없는 것이 냉엄한 현실이라면, 어차피 그와 맺어질 수밖에 없다면 잠시라도 잊고 싶었다. 스스로 뼈를 깎는 고통스런 시간 속에서 설령 무의미할지라도 잠시의 망각이 필요하다. 그게 어리석을지라도 시도하는 수밖에. 잠시 일렁이듯 복잡해졌던 세연의 눈빛은 서서히 평정을 되찾아 갔다.

시간이 정지했다. 어느 순간 차가운 그의 입술이 다가왔다. 그녀의 모든 것을 감싸는 듯한 키스.

"세연……."

나직하게 부르는 음성. 오늘도 예외 없었다. 놓칠세라 비스듬히 고개를 기울이고 단단한 두 팔로 감싸듯이 꽉 안고서 부르는 그녀의 이름. 오늘은 왠지 견딜 수 없어졌다. 세연은 본능적으로 다시 그를 밀어내려 했고, 기우는 다음 순간 침대에서 떨어질 뻔했다. 그러자 그의 눈빛이 약간 변했다. 까만 심연과도 같은 눈이 일렁이며 그녀를 삼키듯 바라보았다. 그가 말없이 세연의 두 손을 들어 자신을 감싸게 했다. 그러고는 다음 순간 말없이 깊게 박아 올렸다.

"아아아…… 헉! 아, 하아."

각오는 했지만 그가 너무나도 안에 깊이 들어와 세연은 신음했다. 아무리 신음 소리를 억누르려고 해도 새어 나간다. 놓칠세라 그녀의 안에 거듭해서 멈추지 않고 들어오는 그 때문에 신음 소리를 멈출 새가 없는 것이다. 아무리 억누르려고 해도 새어 나가는 신음. 깊숙이 박힌 그녀의 안에서 끝없이 흘러나오는 하얀 애액.

도저히 멈출 수가 없다.

평소 때 같으면 중간에 밀어내려고 하거나 팽팽한 긴장감 속에 그와 맞서려 했을 테지만, 이번에는 달랐다.

아예 자각하지 못했으면 모를까. 한번 동요하기 시작하자 더욱 강한 자극을 바라게 된다. 모든 걸 잊을, 그 어떤 때보다 깊이 망각할 수 있는 자극을. 그녀와 다양한 각도에서 깊숙이 결합했다. 처음이자 어쩌면 마지막으로 그녀가 준 믿지 못할 이 기회를 놓칠세라 그는 기민하고도 재빠르게 움직였다. 그러고는 숨도 쉴 수 없을 정도로 순식간에 기다렸다는 것처럼 그녀를 차지했다. 그가 너무도 깊숙이 들어와 세연은 참을 수 없어 비명 섞인 신음 소리를 내질렀다. 바르작거리며 매만지는 거침없는 손길이 그녀를 숨도 쉴 수 없게 들쑤시는 기분이었다. 거침없이 그녀를 앗아 갔다.

"헉헉, 하아……."

세연의 몸이 심하게 들썩였는데도 기우는 멈추지 않았다. 이번의 기회를 도저히 놓일 수 없다는 듯 그녀에게 숨 막힐 듯 키스를 퍼부었다. 그러고는 어느새 땀방울이 뚝뚝 떨어지는 늘씬한 근육질의 몸을 현란하게 움직이다시피 하며 그녀에게 멈추지 않은 쾌락을 퍼부었다. 그녀에게 온 체중을 실어 너무나도 적극적으로 이끌듯 리드하며 숨도 쉴 수 없는 원초적인 쾌감을 선사했다.

"아. 헉. 아, 이건…… 하아, 하아. 헉헉."

스스로 듣기에도 자지러지는 소리를 내는 자신이 낯설기만 한데, 그 순간 그가 그녀를 침대에 바로 눕혔다. 그러고는 다시금 깊게 들어왔다. 동시에 전율하듯 온몸에 극렬하게 퍼지는 쾌락이 극대화되었다. 그녀가 느끼기에도 감당하기 힘들 정도의 깊은 쾌감이었다.

그가 자유자재로 그녀의 안에서 깊숙이 씨를 흩뿌리듯 여러 각도로 멈추지 않고 움직였다. 꼭 활활 타오르는 불꽃으로 산화되듯 거센 움직임을 결코 멈추려 하지 않았다. 딱딱하게 부푼 그의 남성이 믿기지 않게 그녀의 예민해진 안을 들쑤셨다. 조금의 자극에도 폭발할 정도로 섬세해진 질에 꼭 기름을 붓는 기분이었다. 거듭해서 화끈거리며 들쑤시듯 아파 왔다. 그의 남성에서 흘러내린 하얀 정액이 뚝뚝, 축 늘어진 그녀의 하얀 배에 떨어졌다. 후들, 다리가 떨려 왔다. 어느새 경련하듯 그녀는 떨고 있었고 다리 역시 발작을 일으키듯 떨렸다. 그럼에도 떨리는 배에 벌거벗은 기우의 믿지 못할 따스한 감촉은 생생히 느껴졌다.

"너는…… 아름다워."

그리고 덧붙이는 한마디. 환청처럼 스치듯 들려와서 정확히 들은 건지 확실하지 않았다.

너는 아름답고 소중해. 왜일까. 이 순간 그녀에게 머무른 그의 까만 눈동자가 먹먹하게 느껴졌다. 기우가 고개 숙여 깊숙이 그녀를 들여다보았다. 세연은 떨고 있었다. 발작과도 같은 알 수 없는 떨림이 멎질 않았다.

그 알 수 없는 한마디를 남긴 채 기우는 그녀를 높이 번쩍 들어 올려 안았다. 그러고는 거듭된 자극과 긴장으로 부풀어 오른 딱딱해진 그녀의 배를 쓸어내리더니 다시 깊숙이 박았다. 딱딱하고 뜨거운 그의 남성이 흉건하게 찔러 대자 세연은 다시 축 늘어졌다. 멎지 않고 흘러나오는 하얀 애액 속, 꼭 성을 내듯 그가 움직일 때마다 근육질

몸이 꿈틀거리며 가만히 의식을 잃은 세연을 안았다.

도대체 몇 번이나 안은 것일까.

과연 이 밤이 끝나기나 할까.

꼭 영원히 갇힌 것만 같은 이곳에서 광폭하기까지 한 그의 갈망에서 그녀가 자유로워지는 시간이 과연 오기나 할까. 이 순간 세연은 문득 그런 고민이 들었다.

그렇게 얼마만큼 난폭하게 내달리듯 끝을 향해 달려왔을까. 이제는 어느 게 현실이고 어느 게 비현실인지 확실하지 않을 정도로 머릿속이 혼미해지고 숨 역시 거칠고 가빠진다. 온몸에서 느껴지는 뜨거운 호흡. 그런 그녀를 놓칠세라 기우가 등 뒤에서 꼭 껴안았다. 그의 무더운 체온이 서서히 그녀를 다시금 가시지 않은 절정 속으로 밀어 넣었다. 동시에 사라지지 않는 절망과도 같은 감정.

"으음……."

부풀어 오른 그녀의 가슴을 놓칠세라 유두를 핥았다. 그러고는 그녀가 올라타게 했다.

내심 팬텀의 어려운 오디션을 통과하고 녹록하지 않은 팬텀의 트레이닝으로 예민해진 세연의 신경은 여전히 긴장으로 팽팽하게 터질 듯했다. 이 모든 게 그 때문이다. 그가 아니면 실상 시작되지도 않았을 일들이었다. 가시지 않은 그 모든 미움과 혼란, 원망을 담아 세연은 그대로 기우의 몸 위에 올라탔다. 정확히는 부풀어 오른 그의 남성을 그녀의 분노할 대로 분노한 하얀 다리 사이로 한껏 받아들이면서 마음껏 그간에 쌓인 울분과 울화를 터트렸다. 도대체 어디까지 갈 수 있을까……? 이 무한한 분노는 결코 멎지 않는다. 끝끝내 마지막까지 끝을 봐야 할까?

"아아아……!"

세연은 한껏 소리를 내며 유감없이 터트렸다.

한바탕 극렬하게 터트린 뒤 찾아온 것은 견딜 수 없을 만큼의 공허함이었다. 그리고 헛헛함이었다. 감당할 수 있을 만큼의 행동만 벌이자고 결심했건만. 분명 감당할 수 있을 거라 믿었건만, 스스로도 견딜 수 없었던 일탈이었을까. 견디기 힘든 수치심과 부끄러움을 떨쳐 내기가 힘이 들었다.

그 수치심과 부끄러움은 맑은 물속에 비친 자신을 들여다보는 것처럼 적나라한 느낌을 선사했다. 때문에 자신을 이렇게 만든 그를 어쩔 수 없이 원망할 수밖에 없었다. 그를 미워하고 증오했다. 그만 아니면.

실상 계속 유지수를 목표로 했다지만, 연예기획사의 오디션을 봐도 다 떨어지면 그녀도 방법이 없었다. 결국 계획을 접는 수밖에. 기우만 아니었다면 현실로 이루어질 일도 없었을 터였다.

그냥 5년 전의 일은 싹 잊고 지내거나, 아니면 계란으로 바위치기라도 하듯 부딪쳐서 처참하게 망가지고 결국엔 잊었을 터다. 미움, 증오 그리고 사라지지 않는 애증. 왜 그는 이리도 날것과도 같은 생생한 감정들을 느끼게 하고 그녀를 바닥에서 꿈틀대게 하는가. 멈추지 않고 계속해서 스스로의 껍질을 깨게 만드는가. 왜 이리도 벌거벗은 것처럼 적나라하게 자신을 마주 보게 하는가. 너무도 고통스러워 이를 악물었다. 마음 깊은 곳에서는 제발 자신을 그만 뒤흔들어 달라고, 내버려 달라고 호소하고 싶었다. 자신은 아프다고, 끝없이 깨져 너무도 고통스럽다고 말이다.

하지만 자기 연민에 빠져 허우적거리는 꼴이 너무나도 우습고 싫었기에 입술을 꾹 깨물고 고집스레 아무 말도 하지 않는다. 세연은 냉담하게 보란 듯이 턱을 치켜들고 마음속 감정을 억눌렀다. 그런 그녀를 놀랍게도 기우가 뒤에서 껴안았다. 무더우리만큼 아픈 체온이 느껴지는 벌거벗은 몸으로 그녀를 껴안고선 너무나도 관능적이고도 에로틱한 음성으로 속삭였다.

"그거 아나? 오로지 너만이 날 살릴 수도, 죽일 수도 있어. 기꺼이 널 위해서 스스로 날 죽이는 죽음의 길로 간다는 거."

유혹의 음성. 희미하게 꺼질 듯 속삭이는 어조와 다르게, 눈빛만은 삼킬 듯 무시무시하게 강렬한 염원을 드러내며 그녀의 하얀 다리를 들어 올렸다. 그러고는 완전히 자신을 소진시키듯, 보란 듯이 그의 모든 것을 내던지며 마치 흐느끼듯 속삭였다.

"……네가 아직 모르나 본데, 너를 위해서라면 기꺼이 죽음에 휩쓸릴 수도 있어. 지금껏 그런 것처럼. 그래, 예나 지금이나 달라진 건 없어."

그녀의 귀로 듣고도 믿기지 않는 소리에 세연은 그대로 얼어붙었다. 이루 형용할 수 없는 기분이었다. 그렇게도 팬텀의 대표와 팀장과 실장, 하다못해 팬텀의 연습생들이 보는 앞에서 그녀를 망신 주더니. 바늘 하나 들어갈 수 없는 냉철함 그 자체인 그가 한 말이라고는 믿기지 않았다. 이 감당할 수 없게 퍼붓는 폭우와도 같은 감정을 어떻게 해야 할까. 그녀를 향한 사랑을. 그녀답지 않게 잠시 창백한 얼굴로 믿기지 않는 말을 쏟아 내는 기우를 보던 세연은 천천히 눈을 감았다.

第 28 幕

이해할 수도 이해하고 싶지 않은 말들.

더는 그를 받아들일 수도, 흔들릴 여유도 없었기에 세연은 계속 멈추지 않고 트레이닝에 임했다. 보란 듯이 연습에 몰두했다.

거듭된 극한의 스트레스로 입 안의 부어오른 물집이 터져도, 발의 물집 역시 터져도 그저 묵묵히 연습에만 매달릴 뿐이었다.

그동안 후퇴와 패배는 지겹게 해 왔다. 남은 건 전진뿐이다. 이제 그녀에게 유일하게 허락된 것은 오로지 멈추지 않고 앞으로 나아가는 것밖에 없다는 듯이. 항복은 지금 그녀에게 죽음을 의미했다.

시간이 흐를수록 납처럼 무겁게 잠기는 기분이다.

기약 없는 팬텀에서의 연습생 생활과 결코 벗어날 수 없는 기우와의 시간 역시.

익히 각오했던 일이고 세상에 아무도 도와줄 사람이 없다는 걸 아는데, 그녀 혼자서의 싸움이라는 걸 알면서도 가끔은 지칠 때가 있다. 그녀는 감정이 없는 로봇이 아니기에, 인간인 이상 복잡한 감정을 느껴서 역시 문제였다.

그날 역시 기약 없는 데뷔 날짜를 앞두고 파김치가 된 몸으로 연습실을 나와 계단을 내려갔다. 그러고는 여느 때처럼 어둠 속에 잠긴 건물 문을 열고 버스 정류장을 향해서 발걸음을 옮겼을 때였다.

빵빵.

그녀가 걸어 나오자 기다렸다는 것처럼 차 경적이 울렸다. 지친 몸으로 걸어가던 세연은 차 경적 소리에 고개를 돌려 쳐다보았다. 그러고는 무심하게 지나쳤는데, 그때 노란 차의 헤드라이트가 그녀를 비췄다.

'뭐지?'

고개를 돌려 다시 바라본 세연은 다음 순간 어두운 차 유리창 너머로 비치는 운전석의 얼굴을 보고 숨을 훅 들이마셨다.

어두운 차창 너머 낯익은 얼굴이 있었다. 눈이 마주치자 무표정하게 바라보던 기우가 다음 순간 빙그레 웃었다. 꼭 환한 전구가 켜지듯이, 그렇게 그녀와 눈이 마주치자 무표정하던 그가 환하게 웃음 짓는다. 생각지도 못한 일에 세연은 깜짝 놀랐다.

웬만해서는 웃을 것 같지 않던 그가, 특유의 가라앉은 눈빛의 그가 자신을 보자마자 환하게 웃어서 잠시 눈을 의심했다. 이윽고, 위잉 하는 소리와 함께 차창이 열렸다.

"타."

기우가 짧게 말했다.

"……그냥 걸어갈게요. 그게 나을 것 같아서."

그를 보자 어쩔 수 없이 펜트하우스에서의 시간들이 연상되었다.

여전히 자신에게 머무르는 시선을 느끼며 세연은 딱 잘라 말했다.

"그리고 오늘은 펜트하우스에서 보는 날짜가 아닐 텐데요?"

그러자 기우가 아무렇지도 않게 말했다.

"데려다주고 싶어서 그래. 열심히 연습하는데, 연습실에 찾아가서 보는 것보다 이렇게 한 번쯤 데려다주는 게 나을 것 같아서."

부드럽게 휘어지는 웃음 띤 눈. 운전대를 잡고 그녀에게 보란 듯이 미소 짓고 있지만, 세연은 속지 않았다. 이 순간에도 그녀를 보는 눈은 한없이 차다.

"그럼 모두가 보는 앞에서 연습실 찾아가길 바라?"

그 말에 숨이 턱 막힌다.

때마침 뒤에 늘어서 있던 차들이 재촉하며 경적을 일제히 울려 댔다. 여차하면 사고라도 날 기세였다. 그럼에도 기우는 차창을 내린 채 꼼짝하지 않았다. 두 사람의 눈이 마주쳤다. 그를 피하지 않고 뚫어져라 노려보던 세연은 조수석으로 걸어가, 탁 소리와 함께 차 문을 열고 올라탔다.

"빨리 출발해요."

그러곤 세연은 입을 다물었다. 차에 올라타 운전석 옆에 앉은 그녀가 아무 말 없이 무서우리만큼 앞만 보고 있자 기우가 보일 듯 말 듯 희미하게 웃더니 그대로 차를 출발시켰다.

'정말 마음에 들지 않는다니까.'

흘낏 보며 세연은 고개를 저었다.

만나고 싶지 않았다. 점점 더 극한으로 치달아 서로에게 상처를 주는 건 펜트하우스로 충분하니까.

다시금 눈에 통증이 느껴지는 것 같았다. 세연은 쓰게 웃었다.

그는 결코 모르겠지. 꼭 눈에 흙먼지가 낀 것같이 텁텁하고 불안한 느낌을. 혹시나 다시 잘 보이지 않을까 봐 뿌연 안개처럼 마음속에 사라지지 않는 한 줄기 불안함을, 그녀의 본능적이기까지 한 깊은 두려움을 그는 결코 모를 것이다.

게다가 지금 차 안에는 클래식 음악이 흐르고 있었다. 그가 운전하는 차 안에 흐르는 낯설기까지 한 클래식 음악이라니. 세연은 말없이 곁눈질했다.

강렬하게 건반을 두드리듯 이어지는 연주, 꼭 듣는 이의 마음을 두들기듯 장엄하게 연주가 이어지다가 어느 순간 물방울처럼 흩어지는 건반 소리가 경쾌한 종처럼 울려 퍼졌다.

“쇼스타코비치.”

이윽고 운전을 하던 기우가 핸들을 손가락으로 툭툭 두드리며 나직하게 말했다.

“‘두 대의 피아노를 위한 콘체르티노 연주’. 물론 과거의 일이지만…….”

그녀가 차에 올라타자마자 핸들을 꺾으며 어디론가 달려가던 그가 상념에 잠기듯 말했다.

“지난 일이긴 하지만 분명히 너와 한때 마음이 통했다고 느낀 적이 있었지.”

세연은 잠시 자신이 잘못 들은 게 아닐까 싶었다.

차 안에 깔리는 정적 속에, 잠시 의도적으로 똑바로 앞만 보던 세연은 헛기침을 하며 입을 열었다. 느껴지는 그의 시선이, 차 안에 무겁게 깔리는 분위기가 말하지 않는 게 낫다고 본능적으로 느끼게 했지만, 그래도 말해야 했다.

“하지만 우린…… 끝난 사이이고 예전의 일이잖아요? 당신도 알다시피.”

아무렇지 않게 그녀가 반문하자, 아무 말 없던 그가 다시금 차 오디오의 재생 버튼을 눌렀다. 그러자 이번엔 마치 속삭이듯 각각의 악기들이 빚어내는 멜로디가 이어졌다. 나지막한 속삭임처럼 각각의 악기들이 뿜어내는 소리, 간간이 끊이지 않고 이어지는 연주. 그러다 악기들의 소리가 커지면서, 어느 순간 해일이 밀어닥치듯 차 안이 떠나갈 것처럼 특유의 격정적인 멜로디가 가득 들이찼다.

"물론 우린 예전에 끝났지."

운전을 하며 기우가 아무렇지 않게 긍정했다. 그런 그의 눈은 여전히 음울한 빛을 띠고 있었다.

"상식적으로도 말이 안 되는 일이라는 걸 알아. 5년의 세월이 지나 어느 날 갑자기 나타난 날 네가 다시 받아 줄 거라 생각하지 않으니까. 너도 시간이 필요할 거야."

신호에 걸려 잠깐 멈춰 섰던 기우가 다시금 차를 출발시키며 음울한 미소를 입가에 흘렸다. 세연은 운전석의 그에게서 눈을 뗄 수 없었다.

"당연히 시간이 걸릴 수밖에 없겠지만, 난 기다릴 생각이야. 그리고 네가 끝까지 원하지 않는다면……."

여전히 차 안에 깔리는, 내재된 격통을 간직한 것 같은 격정적인 클래식 선율 속에 그가 느릿느릿하게 말했다.

"끝까지 네가 원하지 않는다면, 네 눈앞에서 완전히 모습을 감춰 버릴 테니 안심해. 원한다면 네 앞에 다시 나타나지 않을 것처럼 사라져 줄 테니 그건 걱정하지 않아도 좋아. 참고로 말하자면 네가 좋아하는 추리 소설 말이야. 그 속에 나오는, 꼭 세상에 존재하지도 않은 듯 흔적을 지운 것처럼 난 그런 거에 익숙하니까. 그러니……."

조용한 차 안. 나직한 그의 어조가 울려 퍼지자 세연은 창백해진 얼굴로 꼼짝 않고 경청하듯 말없이 귀를 기울였다. 격정적인 음악의 선율 때문일까. 문득 세연은 생각했다.

'어떻게 보면 이 사람은 그저 날 계속 사랑할 뿐인데.'

비록 나는 그 사랑을 돌려줄 수 없어도.

아무리 해도 익숙해지지 않는다. 그를 상처 입힌다는 것에.

아무리 극한으로 치달아 서로를 상처 입혀도, 이 순간 격정적으로 흐르는 클래식 선율과 그가 언급한 추리 소설이 어쩔 수 없이 그들이 통한다는 것을 느끼게 하는 것처럼. 그녀도 사람인지라 마음이 편할

리 없었고 죄책감을 느꼈다.

곧이어 운전하던 기우가 여전히 눈을 뗄 수 없는 부드러운 미소를 입가에 담은 채로 말했다.

"단지 네가 원하는 건 연습을 열심히 하는 거겠지. 그래서 사실 불가능한 미션이기는 하지만, 네가 가수로 주목을 받게 되고 그렇게나 원하던 드라마에 캐스팅되면, 네 삶을 엉망으로 만든 유지수와 네 방식대로 대면한다면, 그래, 정면승부를 벌인다면 ……."

기우가 나른하게 들리는 음성으로 천천히 말했다.

"결국 넌 원하는 걸 얻겠지. 믿어 의심치 않아. 그 결과가 어떻게 되든 그럼 너는 더 이상 한 치의 미련도 없겠지. 그래, 네 부모와 널 둘러싼 환경, 지금껏 네 삶을 괴롭히고 엉망으로 만든 것들에 대해서 네 나름대로 응징을 가하는 거야."

"어떻게 그렇게 확신해요? 이러한 상황에서 어떻게 내가 성공할 거라 확신하죠?"

여전히 그 앞에서 긴장을 풀 수 없어 굳어진 얼굴로 경청하던 세연이 되묻자, 기우가 아무렇지 않게 말했다.

"왜냐면, 넌 내가 처음으로 좋아한 여자니까."

순간 망치에 한 대 얻어맞은 것 같은 충격에 휩싸였다. 몇 초간 정적이 흐르고, 세연은 어이없다는 표정으로 아무런 말도 못 했다. 이윽고 기우가 피식 웃으며 차를 운전해 목적지로 보이는 건물 주차장으로 향해 갔다.

"내가 아무 여자나 좋아할 거라 생각해? 아니. 한두 번의 시련으로 절망해 결국 주저앉을 여자라면 아예 선택하지도 않았을 거야. 오만하게 들릴지도 모르지만, 이게 진실이야."

기우가 그녀를 데려간 곳은 호텔 지하에 위치한 바였다.

평일이라 사람은 그렇게 많지 않았다.

"어서 오십시오."

매니저의 정중한 안내를 받아 기우와 함께 호텔 지하로 향하는 계단을 내려가던 그녀는 곧 웅장한 내부에 그대로 압도당했다.

탁 트인 시야, 드높은 천장.

겉보기에는 평범한 호텔 바처럼 보일지 몰라도 실상 이곳의 회심의 장소는 따로 있었다.

바로 눈으로 보고도 믿을 수 없는 번들거리는 검은 대리석. 얼핏 보기엔 마노처럼 음영 진 대리석으로 보이던 그것은 자세히 보니 진짜 돌이었다. 말 그대로 돌을 깎아서 동굴로 만든 곳에 보란 듯이 호텔의 바를 오픈한 것이다.

뚝뚝. 정말 동굴 천장에서 물이 떨어지는 것처럼 물방울이 떨어지는 가운데, 통째로 돌을 깎아서 동굴처럼 만든, 보기만 해도 압도되는 바 라운지에 보란 듯이 들어온 기우는 정작 매니저가 안내한 외진 자리에 앉아도 말이 없었다.

그녀를 이런 근사한 장소로 데려온 장본인인 그가 정작 말이 없자, 초조해지는 건 세연이었다.

변하지 않았다.

무엇보다 그를 처음 만났던 시절, 학교와 집만 오가던 그녀를 접해보지도 못했던 근사한 장소로 데려갔던 그때랑 달라진 게 없지 않은가. 꼭 연습에 지친 그녀를 위로하고 기분 전환 겸 이런 인상적인 호텔 바에 데려온 것처럼. 세연은 순간적으로 기시감에 휩싸이면서 사라지지 않는 불안함을 느꼈다. 그런 그녀의 초조함을 꿰뚫어 봤을 텐데도 정작 그는 말이 없었다.

대신에 매니저를 불러 능숙한 태도로 주문을 했을 뿐이었다.

"위스키 스트레이트로, 곁들여 먹을 과일 안주와 카나페. 그리고 세연아, 넌 뭘 마시겠어?"

그냥 뭐 마시겠냐고 무심히 물어봤다면 그러려니 했을 것이다. 하지만 입가에 가벼운 미소까지 띠고선 여유롭게 뭘 마시겠냐고 그녀의 의사를 묻는 걸 보니 이상한 기분이 들었다. 예전으로 돌아간 듯한 기묘한 기시감이 사라지지 않았다.

저렇게 한없이 부드러운 태도로 물으니 정말 예전으로 돌아간 것 같잖아. 이렇게 하나하나 반응해선 답이 없다.

바의 음영 진 조명 아래, 세연은 쓰디쓴 미소를 지으며 답했다.

“칵테일도 되죠?”

매니저가 고개를 끄덕이자 그녀는 치치 칵테일로 달라고 덧붙였다.

그러자 기우가 그녀를 보면서 말했다.

“이제 콜라는 마시지 않네? 아, 세월이 흘렀으니 당연한 건가?”

자연스러운 그의 말에 그녀 역시 잠긴 목소리로 답했다.

“그땐 얼음을 넣은 콜라를 마실 수밖에 없었죠. 아직 어렸으니까. 라임을 넣은 모히토도 그랬고.”

“그래서 그 칵테일은 평소에 좋아하는 거야?”

“아니, 그냥…… 맛있어서.”

이렇게 어두운 바 조명 아래에서 자신에게로 향하는 그의 눈을 마주하자 세연은 갑자기 할 말을 잃어버렸다. 그녀는 페이스를 잃지 않으려 애쓰며 천천히 덧붙였다.

“물론 성인이 돼서 마실 수 있는 칵테일의 종류는 많지만, 이게 자극적이지 않고 약간 복숭아 맛이 나는 것 같아서 맛있더라고요.”

“그럼 많이 먹어.”

내심 긴장을 풀 수 없었는데, 기우가 씩 웃더니 말을 돌려 버렸다.

어떻게 보면 핀란드의 유명한 암석 교회가 생각나기도 하는 비주얼이었다. 막상 보기만 해도 압도되는 위용의 바에 들어왔지만, 그 말을 끝으로 정작 그는 말이 없었다.

바에서는 끊이지 않고 음악이 흘러나왔다. 그것도 클래식 선율이었다. 처음 바에 들어왔을 때는 잠시 나른한 재즈 선율이 흐르는가 싶더니, 곧이어 편곡한 것 같은 메탈릭한 느낌의 연주곡이 연달아 흘렀다. 그러더니 그녀도 한 번 들어 본 적이 있는 문제의 클래식 연주곡이 흘러나왔다.

처음엔 꼭 할리우드의 첩보 영화를 연상시키는 탕탕, 두들기는 것 같은 몽환적인 느낌의 연주곡. 거듭되는 금관 악기의 연주가 꼭 다른 차원의 세계로 빨려 들어갈 듯이 몽환적인 기분을 주었다.

바로 야나체크의 '신포니에타'였다.

어둑한 바의 조명은 꼭 밤의 정기를 흡수하는 것만 같다. 클래식 연주곡이 울려 퍼지는 동안, 기우는 여전히 말이 없었다. 잠시 사색에 취한 것처럼 보이기도 했다. 그러다 생각난 것처럼 찰랑이는 잔에 담긴 짙은 갈색의 액을 마시다가 그녀에게로 고개를 돌렸다. 그녀로 말하자면, 이 익숙하지 않은 동굴과도 같은 인상적인 바에 들어온 순간부터 어색함을 느끼고 있었다.

무엇보다 계속해서 바에 메아리치듯 울리는 독특하고 이국적이기까지 한 클래식 선율에, 아무리 해도 적응되지 않았다. 그동안 집과 아르바이트하는 회사, 그리고 해옥 고모의 가게만 오가다가 갑자기 팬텀의 연습생이 되어 연습실에서 길을 잃은 느낌이었다. 그랬다. 사방이 거울로 둘러싸인 연습실에서, 이 순간 꼭 낯설고 거세게 쏟아지는 폭포수 아래로 떨어진 기분이 들었으니까.

지금 이 거대하고 동굴을 연상시키는 멋지고 이국적인 장소의 바가 그러한 느낌을 던져 주었다. 이 순간에도 쿵쿵대며 울리는 '신포니에타'의 메아리치는 선율이 탈일상과 야릇하고 신비롭기까지 한 공명감을 선사해 줬는지도 모르겠다. 평소와 다른 몽환적인 느낌까지 선사했으니.

"……."

이게 다 들을수록 기묘한 느낌을 주는 커다란 금관 악기의 연주 때문이다. 지금도 바에 흐르는 웅장한 선율을 들으며 세연은 눈을 감았다 떴다. 그리고 칵테일 한 모금을 마셨다. 그런 그녀에게 지그시 시선을 던지던 기우가 마침내 위스키를 마시며 입을 열었다.

"뭐가 그렇게 불안한 거지? 걱정하지 마. 근심하지 말라고 말했을 텐데."

곧이어 그가 의미심장하게 말했다.

"말했지만 넌 결국 네가 원하는 걸 이루고 성취해 낼 거야. 그게 아무리 가시밭길이고 고통스러워도 넌 멈추지 않을 테지."

턱을 괸 채 물끄러미 그녀에게 시선을 던지는 기우의 이어지는 말엔 웃음이 섞여 있었다.

"그래, 날 밟고서라도 넌 끝내 네가 원하는 걸 성취할 테지."

"지금 날 이렇게 불안하게 만드는 사람은 권기우 씨예요."

여전히 신경을 긁는 금관 연주, 그가 의도한 것일까.

칵테일을 마시던 세연이 허스키하게 잠긴 어조로 그에게 보란 듯이 항변하자, 기우가 놀랍게도 소리 내어 웃었다. 꼭 그녀에게 한방 맞았다는 얼굴로.

그럼에도 세연은 눈앞의 그 때문에 웃을 수 없었다.

오늘 기우의 차림은 무척이나 이질적이었다.

바로 청량한 느낌을 주는 시어서커, 면 소재의 넉넉한 하얀 셋업슈트와 속에 받쳐 입은 잿빛의 셔츠, 그리고 시선을 뗄 수 없는 새하얀 진까지. 그것도 모자라 검은 발등까지 올라오는 구두를 신고 있었다. 무심하게 걸친 것 같은데 무척이나 그에게 잘 어울렸고, 새삼 기우가 옷을 잘 입는다는 사실을 실감했다. 어둑한 바에서 그런 기우의 모습은 꼭 패션지에서 빠져나온 것 같았다.

그의 격식을 갖춘 정장 차림은 그동안 질리게 봤다. 아무리 경영 수업을 받고 있다 해도 아직 삼십 대 초반의 나이였다. 커프스 소매, 칼처럼 날을 세운 넥타이에 익숙해지지 않았는데, 오늘은 자기 나이대에 맞는 차림이라 좀 더 편안하고 여유로운 느낌을 준달까.

사실 바에 들어서는 순간부터 사람들의 시선이 쏟아졌다. 그가 들어서자 미리 와서 마시고 있던 남자들과 동행한 여자들까지 흘낏흘낏 시선을 던지는 것이 느껴졌다.

이제는 익숙해질 때도 됐지. 마시던 칵테일 잔을 손에 든 채로 세연은 씁쓸하게 웃었다.

그럼에도 눈앞의 남자는 너무나도 불행해 보였다. 왜 이렇게 웃는 모습이 쓸쓸해 보이는 건지.

세연은 잠시 자신이 잘못 본 게 아닐까 싶어 고개를 갸웃해야 했다.

하지만 아니었다.

비록 그녀를 향해 웃고 있지만 왠지 모르게 황폐한 느낌까지 드는 특유의 건조한 눈길, 순간적으로 피로감이 짙게 묻어나는 딱딱한 얼굴 표정까지, 5년 전과 다르게 달라진 징후는 그의 모습 여기저기서 포착됐다. 물론 쉬운 일은 아니었겠지. 뮤지션에서 경영인으로 완전히 새로운 인생을 살아야 했을 테니. 그 역시 무심하게 던지는 말로 암시하지 않았던가.

무엇보다 그가 무슨 말을 할지 안심이 되지 않아 긴장을 풀 수 없었지만, 그럼에도 세연은 눈앞의 그에게서 눈길을 뗄 수 없었다.

무슨 일이 있었기에 5년의 세월 동안 우리는 이렇듯 송두리째 바뀌어 버릴 수밖에 없었나. 새삼 그녀가 회한 비슷한 감정에 젖었을 때였다. 음악 소리에 맞추듯 짙은 갈색의 액이 출렁대는 잔을 비우던 그가 입을 열었다.

"가끔은 생각해 보곤 하지. 왜 하필 너였을까? 그리고 너는 왜 아직까지 내게 영향력을 행사하고 있을까?"

끊길 듯 끊기지 않는 타악기의 리듬이 섞인 멜로디 선율 속에, 그의 목소리 역시 이어졌다.

"그리고 왜 아직까지 너인가. 왜 꼭 너여야만 할까?"

칵테일의 취기 탓일까.

아니면 계속해서 웅장하게 때려 대듯이 울려 퍼지는 클래식의 선율 탓일까. 꼭 잊고 있던 과거 속으로 끌어당겨지듯, 도저히 눈앞의 그를 외면할 수 없다.

세연은 잠시 황망하게 눈앞의 남은 칵테일 잔을 바라보고 있다가 그대로 마셨다. 그러고는 미세한 취기에 의지하듯 손을 꽉 맞잡고선 차갑게 항변하듯이 말했다.

"그래서 결론은 어떻게 났나요?"

여전히 여유롭게 잔을 입가로 가져가 위스키를 마시던 기우가 눈썹을 추켜세웠다. 무슨 뜻이냐는 듯이.

이제는 물러설 수도 없었다. 연습실에서처럼 더는 갈 곳이 없으니까. 세연은 차갑게 정색하며 말했다.

"그래서 결론이 어떻게 났냐고 물었어요. 상식적으로 몇 년 동안 만나지 못했는데, 지나고 나서 생각해 보면 잠깐의 만남이었는데 나한테 그렇게 의미를 부여할 필요가 있을까 싶어서요. 아닌가?"

기우가 긍정의 뜻으로 고개를 끄덕이며 계속 말하라는 듯 눈짓을 보내자, 세연은 심호흡한 뒤 다시금 입을 열었다. 그녀의 손은 미세하게 떨리고 있었다.

"그렇잖아요? 몇 년 전에 잠깐 만난 건데 다시 만난 다음에도 그 감정이 유효할 거라 생각해요? 웬만한 경우엔 그런 감정은 흔적도 없이 사라져 버리고, 또 그럴 가능성은 희박하다고 생각하거든요. 다시 만나도 예전의 감정이 바로 다시 타오를 일은 없다고."

세연은 천천히 심호흡했다.

사라지지 않는 그에 대한 묘한 죄책감까지 담아, 그녀는 똑바로 그를 응시하면서 떨리는 목소리로 말했다.

“그러니까 그냥 이 말도 안 되는 감정을 당신이 접었으면 좋겠어요. 당신만 접으면 쉬워요.”

그녀가 말하자 침묵이 흘렀다.

정적.

그녀의 완강한 말에도 그는 말이 없었다. 이윽고 기우가 고개를 기울여 아무렇지 않게 위스키 병을 집어 들어 잔에 찰랑, 짙은 액을 따랐다. 그러고는 그녀에게 부드럽게 권유했다.

“한잔 마시지 않을래? 기분이 나아질 거야.”

그답지 않게 드물게 부드러운 어조였으나 세연은 고개를 저었다.

“아뇨, 마시고 싶지 않아요.”

“그럼 계속 네가 하고 싶은 얘기를 해 봐. 날 만나면 뭐가 떠오르지? 네가 기억하고 싶지 않은 뭐가 생각나? 연달아 연상되는 것들.”

“혼돈, 파멸 그리고 파국, 다시는 뒤집어쓰고 싶지 않은 시커먼 오물. 이미 다 잊고 잘 지내고 있다 생각했던 과거의 끔찍한 악몽. 그리고 이제는 다 잊었다고, 지나고 보면 별일 아니었다, 다 치유했다 여겼는데, 당신을 보니 그 시커먼 악의의 세상을 다시 마주하는 것 같아서 견딜 수 없어요. 그래서 소름 끼쳐요, 권기우 씨. 이제 만족하나요?”

음악이 흐르고, 흐릿한 조명 속에 세연은 똑바로 그를 보면서 말했다.

“이게 내가 하고 싶은 대답이에요. 이게 다예요.”

알코올의 미약한 취기가 퍼져 가듯 탁하게 가라앉은 음성. 그녀가 조용히 힘주어 말했으나 그는 눈 하나 깜짝하지 않았다.

“그럼 나는 어땠을 것 같아?”

이윽고 기우가 태연하게 위스키가 담긴 잔을 단숨에 비우며 천천히 되물었다.

"나는 어땠을 것 같아? 너에게 그런 돌이킬 수 없는 상처를 주고, 그래. 분명 내가 습격한 일은 아니었지만 나와 관련된 일이었지. 그래서 남겨진 나는 어땠을 것 같아?"

그녀가 남긴 거부할 수 없는 흔적 속에서 살아왔다. 기우는 빙그레 미소 지은 채로 물었다.

"그래, 세연아. 이렇게 묻는 건 처음이자 마지막이야. 내가 행복하게 잘 살았을 걸로 보여?"

그의 반문에 일순간 세연은 할 말을 잃어버렸다.

기우가 그녀에게 시선을 고정한 채로 천천히 힘주어 말했다.

"물론 너는 너무 힘들었을 거야. 그래서 널 도와주고 싶어. 우스운가? 다시 널 만나서 말한 그대로야. 이대로는 아무것도 되지 않을 테니까. 이대로는 아무것도 될 수 없어. 지금 고통받는 그대로 예외 없이 네 생은 끝날 테니까. 그래서 널 도와주고 싶다는 거야. 물론 네가 원한다면. 널 이렇게 시궁창 속으로 빠뜨린 장본인에게 단 한 번이라도 반격을 가할 수 있도록. 그게 잘못된 건가?"

세연은 다시금 할 말을 잃어버렸다.

"참고로 말한다면 오래 걸리지 않을 거야. 널 괴롭게 만드는 펜트하우스에서의 시간도. 난 그저……."

잔을 비우며 그가 복잡한 눈빛으로 말했다.

"난 네 곁에 있고 싶은 거야. 스스로도 이해할 수 없는 내 감정이 채워질 테까지, 네가 반격을 가할 때까지. 그냥 네 앙갚음의 동행자로 생각해. 나도 책임이 있으니까."

이윽고 기우가 고개를 돌린 채로 쉬어 버린 목소리로 천천히 덧붙였다.

"네가 연습하느라 많이 힘든 것 같아서 술을 사 주고 싶었지. 그리고 다른 곳에서 한번 얘기하고 싶기도 했어. 펜트하우스가 아니라."

명료한 그의 목소리가 울려 퍼지는 동시에 그녀를 괴롭게 만들던 바에서 흘러나오던 클래식 선율이 딱 끊겼다. 기우가 마치 축배를 들 듯 위스키 잔을 손에 들어 올린 채로 말했다.

"결국 넌 승리하겠지. 멈추지 않을 테니까. 한 가지 위안이 될 만한 사실은 나로 인해 괴로움을 느끼는 시간은 길지 않을 거라는 거야."

"그럼 하나 더 묻죠. 정말 내게 책임을 느껴서 속죄하려는 마음이 다인가요? 아까 날 다시 만났을 때, 예전의 감정이 유효한지 물었어요. 설마 정말 예전의 감정이 계속 이어진다고 말하려는 건가요? 다시 날 만나서?"

혼란스러워하는 세연의 물음에 기우가 지그시 그녀를 보면서 다시금 입을 열었다.

"내 대답을 원해?"

반문만 할 뿐 기우는 아무 말도 하지 않았지만, 세연은 그녀를 향한 그의 감정이 현재 진행형이라는 걸 느꼈다.

그래서 적응되지 않았다. 혼란스러웠다.

여전히 기우가 말없이 술을 마시는 가운데, 세연은 고개를 저었다.

그녀가 기억하는 그는, 이를테면 소리 내서 울지 않는 사람이었다. 절대로 뭔가를 내색하거나 감정을 터뜨리거나 분노하고 통곡하지 않고 속으로 삭이는 쪽에 가까웠다.

– 이게 너의 뜻이야? 이게 마지막이라고?

실상 그가 생생하게 감정을 드러내던 모습은 마지막으로 병원에서 만났을 때가 유일했다. 그때 환자복을 입고 눈에 감았던 붕대를 풀었던 그녀를 보며 기우는 비감 어린 얼굴로 물었었다. 완강하게 고개를 저으며 그를 밀어내는 그녀의 어깨를 붙잡고선 그대로 감정을 여과없이 드러냈었다. 그것이 마지막이었다. 이 순간 눈앞의 그를 보자 세연의 눈은 감정의 동요로 흔들렸다. 그게 유일했으니 세월이 흘렀다 해도 크게 변화는 없겠지.

그저 소리 없이 마음으로 눈물을 흘리는 자이니 분명 보이지 않는 내상을 입을 것이다. 연주가 끝나고 마침내 라운지 바 안에 정적이 찾아온 가운데, 기우가 턱을 괸 채 묘한 미소를 지으면서 물었다.

"네가 아는 나는 어땠지? 네가 기억하는 나는 어떤 인간이었지? 나보다 네가 잘 안다고 확실하게 말할 수 있나."

건조한 목소리, 꼭 남의 이야기를 하는 것처럼 무감한 눈빛, 그리고 담담하기까지 한 반문. 꼭 5년 전 알던 그로 돌아간 기분이었다. 그럼에도 세연의 마음은 복잡했다. 꼭 남의 이야기를 하는 듯한 담담한 어조가 왠지 모르게 슬프게 느껴져서였다.

"처음엔 몰랐는데, 아무래도 내 안의 어딘가가 메마른 모양이야. 결핍되어서 감정을 잘 느낄 수가 없어. 그렇게 무미건조하던 내 일상에 네가 나타났지."

이제는 음악 소리도 들려오지 않았다.

꼭 세상에 둘만 남겨진 것 같은 느낌이 든다. 담담하게 토로하듯 말을 잇는 그의 나직한 말소리에 세연은 일순간 아무 말도 할 수 없었다. 여기서 섣불리 그녀가 뭐라 이야기하면 그것대로 경솔한 것 같고, 또 그녀가 함부로 말할 수 있는 사안도 아니었다.

무엇보다 이러한 상황에서 그녀가 무슨 말을 하겠는가? 그의 책임질 수 없는 감정도 부담스럽고. 게다가 그녀는 그의 손을 다치게 한 책임이 있었다.

'미안하지만, 이건 내가 들을 얘기가 아닌 것 같네요. 권기우 씨.'

마음 같아선 이렇게 말하고 싶었지만, 이 말을 입 밖에 꺼내지 않는 것이 그를 알던 지난 시간에 대한 예의였고, 그녀가 할 수 있는 최선이었다. 그래서 세연은 아무 말도 하지 않고 이어지는 그의 말에 귀를 기울였다. 웬만해서는 표정 변화를 드러내지 않고. 그것이 그녀가 할 수 있는 최선이었기에.

자신 때문에 사고가 나서 손을 다치고 송두리째 인생이 뒤바뀐 한 남자를 향한 위로.

달칵, 다시금 남은 위스키를 잔에 따라 스트레이트로 마시면서 기우가 무표정하게 말을 이어 갔다.

"생각해 봤지. 널 만난 것에 그렇게 큰 의미를 부여하지 않아. 그렇지 않나? 실상 내가 살아온 인생에서 그렇게 많은 시간을 만난 것도 아닌데 말이야."

능숙한 동작으로 위스키를 마시던 그가 곧 무감하게 덧붙였다.

"그런데 난 왜 널 잊지 못할까? 왜 잠시 스쳐 가듯 만난 너를 잊지 못했을까? 왜 의미를 부여했는지 알 수 없군."

이 순간 무기질과도 같은 그의 눈이 그녀에게 말없이 머물러 있었다. 꼭 꿰뚫리는 것 같은 느낌에 세연은 숨도 쉴 수 없었다.

다시금 잔을 집어 들어 스트레이트로 위스키를 마시며 그가 흔들림 없이 덧붙였다. 여전히 아무것도 투영되지 않은 눈동자로 그녀를 바라보며.

"왜 너일까? 난 왜 잠깐 만난 널 잊지 못하는 걸까. 모르겠어. 내가 아는 건 내가 드물게 허전함을 느낀다는 거야. 지금껏 아무렇지 않게 감정 없는 상태로 살아왔는데 네가 떠나고 나서…… 거짓말처럼 네가 사라져 버리고 허전함을 느꼈다. 꼭 텅 비어 있는 것 같은 느낌을 받아서, 그게 사라지지 않아서 그래서 널 찾았는지도 모르지."

잔을 비운 기우가 그녀를 응시하면서 조용히 말을 이었다.

"나 자신도 이해가 가지 않지만 본능적으로. 이게 내가 말할 수 있는 전부야."

세연은 여전히 아무 말도 할 수 없었다.

'날 아직도…… 좋아하는 걸까? 사랑하는 걸까? 아직도 내게 이끌리는 걸까? 왜.'

펜트하우스에서도 순간순간, 평소 차가운 그가 드러낸 믿기지 않을 정도로 뜨거운 감정의 간극에 당황했지만. 이해할 수 없었고, 또 이해해서도 안 됐다. 그의 말대로 잠깐 만났던, 스쳐 지나갔다면 스쳐 지나간 사이고 이미 예전에 끝난 일이었다. 또 만나서 좋은 일은 없으니까. 그러니까…….

머리가 아팠다.

순간적으로 어지럽고 혼란스러웠지만 세연은 천천히 말했다.

"난 할 말이 없어요. 뭐라 말할 수 있는 상황이 아니기도 하고."

분명하게 말함과 동시에 세연은 입을 다물었다.

"넌 그게 당연해. 물론 너도 네 감정이 있을 테고, 내 감정은 이해해 달라는 말은 하지 않겠어. 내가 말하고 싶은 건 지금 당장은 네 곁에서 사라지지는 못하겠지만, 잠깐 시간을 달라는 거야. 그래, 팬텀. 네가 하고자 하는 목적을 이룰 때까지."

그가 술잔을 만지작거리며 감정이 담기지 않은 음성으로 조용히 말했다.

"난 부나방처럼 네게 뛰어들었어. 불꽃처럼 타오르는 내 감정도 언젠가는 꺼지겠지. 그때까지 기꺼이 널 돕겠다는 거지."

잔을 내려놓은 기우가 의미심장한 어조로 말했다.

"이미 다시 널 만났을 때 다 끝난 얘기지? 말했다시피 네 반격을 돕겠어. 그게 내가 해야 할 몫인 것 같으니까. 그러니 너도 굴하지 말고 네 할 일을 해."

믿기지 않게도 이 순간 부드러운 그의 말이 귓가를 떠돈다.

"연습을 하면서 힘든 걸 알고 있어. 물론 연기자 지망도 아니고 가수를 하라고 하니까 갑자기 외딴 행성에 떨어진 것처럼 지치기도 하겠지. 하지만 본질적으로 네가 원하는 걸 생각해. 그걸 이루기 위한 과정이라는 거야."

기우가 확신에 차 천천히 덧붙인다.

"결국 넌 즐기게 될 거야. 네 목표를 이루기 위한 고통 그 자체도."

그 말과 동시에 그가 입을 다물었다.

암전이 찾아온 것처럼 완전히 대화는 끝나 버렸다. 기우가 그녀에게 양해를 구하며 담배를 피워 물었다. 그럼에도 세연의 마음엔 이 순간 믿기지 않는 그의 위로와 격려가 꺼지지 않는 불씨로 남았다.

찰칵, 소리와 함께 일순간 불꽃이 피어올랐다. 기우가 예의 무기질 같은 눈으로 그녀를 응시하면서 거침없이 담배 연기를 내뿜었다. 잠시 빨려들듯 그 하얀, 묘하게 몽환적인 느낌을 주는 담배 연기를 쳐다보고 있다가 세연은 천천히 말했다.

"담배."

"응?"

기우가 무표정하게 되물었으나 세연은 개의치 않고 조용하게 말했다.

"뫼비우스, 계속 이거 피워요?"

기우가 의아한 듯 보았지만, 세연은 흔들림 없이 말했다.

"일본에서 만날 때도 이거 피웠잖아요. 맞죠?"

"맞아, 기억해?"

다시금 상냥한 어조였다.

그런 그를 응시하면서 세연은 말끝을 흐렸다.

"그때도 그랬으니까……."

기우가 여전히 무표정하게 담배 연기를 내뿜으며 그녀를 보았다.

"미안, 끊으려고 많이 노력했는데 습관이라서 쉽지 않네."

그가 담배 연기를 내뱉으며 부드럽게 사과했지만, 세연은 그 의미심장한 음성에 묘하게 가슴이 시큰거렸다.

"어쨌든 무슨 말인지 알겠어요. 그러니 잠깐은…… 괜찮아요. 이미 당신과 나는 펜트하우스에서 대화하고 있지만, 거기서는 꼭 팔팔 끓고 열이 오르는 것처럼 제정신이 아닌 기분이 들어서. 그러니까…… 한동안 내 곁에 있는 걸 허락해요. 말했다시피 내가 그 애에게 반격을 가할 때까지."

곁에 있어도 좋다는 허락에, 기우가 무슨 생각을 하는지 알 수 없는 가라앉은 눈으로 말없이 보다가 고개를 끄덕였다.

"이제 바닥에서 올라와. 그동안 한없이 밑으로 내려가기만 했으니, 이제 헤엄쳐 올라올 때도 되지 않았나. 바로 앨범이 나올 수 있게 지원할 생각이니까."

그의 현실을 지적하듯 냉정한 말에 세연 역시 입술을 깨물며 고개를 끄덕였다.

"나 역시 그렇게 생각하는 바예요."

세연은 착 가라앉은 음성으로 차갑게 잘라 말했다.

그는 결국 그녀에게서 원하는 걸 얻어 냈다. 그녀 역시 그렇게 될까?

아직은 알 수 없었다.

팬텀으로 본격적인 입성이 시작되었고, 이제 데뷔가 목전까지 차올랐다는 것 외에는.

第 29 幕

지금껏 마음대로 되지 않았던 세연의 인생에서 분명하고 확실한 대답을 준 사람은, 바로 권기우일 것이다.

적어도 그는 자기 입 밖으로 내뱉은 말은 구체적으로 실행에 옮기니까.

"바로 앨범을 낼 거야."

간결한 그 말과 동시에 기우는 곧바로 드림팀을 가동시켰다. 말 그대로 팬텀 엔터테인먼트의 핵심이라고 해도 과언이 아닌, 노련한 스타 트레이닝팀이었다. 이를테면 스타를 만드는 매니저와 실장, 최종적인 이미지를 완성하는 스타일리스트, 그리고 팬텀 엔터테인먼트의 홍보팀.

그는 말한 것을 지킨다. 말한 그대로 이행시킨다. 적어도 허언에 그치지 않는다.

지금껏 그녀의 삶은 정체되어 있었고, 꼭 유지수의 일이 아니더라도 풀리지 않는 일들의 연속이었다. 어렸을 때 전학을 자주 다니고 어느 날 갑자기 낯선 외국에 가게 된 건 그렇다고 치자.

그것 말고도, 가령 소속만 되어 있었을 뿐 전혀 관리하지 않았던 전 소속사. 실상 일본에서의 연예계 활동은 존재하지 않았다 해도 무방했다. 그리고 이제는 생각하기도 싫은 그녀의 가족사와 개인사. 거기다가 지수와의 사건 이후, 세연의 삶은 저도 모르게 보이지 않는 밧줄에 꽁꽁 묶인 것처럼 잘 풀려 나가지 않는다는 생각을 해 왔다.

그랬기 때문에 술술 일이 풀려간다는 느낌을 받은 것은 참으로 오랜만이라 감회가 남달랐다.

그렇게 맞닥뜨리게 된 팬텀의 드림팀은 의외로 소박했다. 그녀의 예상처럼 그렇게 대단한 사람들은 아니었다.

그저 자기가 맡은 책임과 분야에서 최선을 다하는 사람들일 뿐이었다. 그들과 만난 지 얼마 지나지 않아 세연은 그 사실을 깨달았다.

“세연 씨? 이번 하반기까지 계획을 다 잡았어요. 먼저 데뷔 미니앨범 발표가 최대 관건이고, 현재로선 가장 중요한 일이겠죠. 앨범 홍보와 마케팅은 회사에서 다 알아서 하니까 세연 씨의 마음가짐이 제일 중요해요. 일단 세연 씨가 준비가 되지 않으면, 이 모든 게 아무런 의미가 없겠죠?”

먼저, 김소현 팀장.

꼼꼼하게 세연의 현재 상태와 할 수 있는 것과 불가능한 것을 메모지에 적어서 보란 듯이 내미는 모습이 누군가를 연상시켰다.

그녀가 느낀 팬텀은 김석준 대표가 말한 대로 성공에 가깝게 되도록 실패 확률을 줄이는 것을 가장 중요하게 생각하는 듯했다. 따라서 팬텀 엔터테인먼트에 소속된 직원들도 되도록 돌발 상황을 줄이려고 꼼꼼하게 확인하고 일한다는 느낌을 주었다.

지금 역시 마찬가지였다. 팬텀의 김소현 팀장은 가수 활동 경력이 전무한 그녀의 활동에 우려를 드러내면서도, 그녀가 지금 할 수 있는 일을 메모지에 적어 한눈에 볼 수 있게 일렬로 정리해 왔다.

“솔직히 회사 쪽에서는 세연 씨가 과연 잘해 낼 수 있을까 아직까지 못 미덥고 의구심을 가지고 있거든요. 서운하게 들릴지 몰라도 이해하죠? 아무래도 세연 씨가 이쪽으로 활동이 전무하니까. 그래서 한눈에 보기 좋게 정리해 봤어요. 지금 세연 씨가 할 수 있는 일이요."

깔끔하게 정리되어 있는 서류엔 이번에 잡힌 하반기 활동 계획과 그녀의 대망의 데뷔 앨범의 발표, 이어지는 지상파와 케이블 채널의 음악방송 출연과 행사 및 사인회 등등 각종 스케줄이 김소현 팀장의 성격 그대로 꼼꼼하게 적혀 있었다.

"만약 세연 씨가 준비되지 않은 상태로 나가면 엄청난 혹평을 들을 거예요. 아무래도 요즘 인터넷 댓글들도 그렇고, 음악 팬들 눈 역시 높아서 극성스러운 성향이 있는 이들도 존재하니까요. 그러니까 단단히 준비해서 나가는 게 아무래도 좋죠."

어디까지나 일차적인 책임은 세연 그녀에게 있다는 것을 강조하듯 주지시켰다.

일면 차갑고 정나미 없는 스타일이라고 볼 수 있지만, 그렇지도 않았다. 일단 까다로운 팬텀의 오디션을 통과해서 들어오면, 말 그대로 팬텀의 지붕 아래 보호하고 감싸며 자기 식구로 생각해 잘 챙겨 주었기 때문이다.

"그나저나 세연 씨, 많이 무리하는 거 아니죠? 피곤해 보이는데. 바로 옆 건물에 건강검진도 하는 의원이 있거든요. 시간 내서 잠깐 들러요. 그 건물 안에 한의원도 있고 스포츠마사지 하는 곳도 있으니까 나랑 같이 가요."

빈말이 아니었다.

뚫어져라 보는 눈이 상품으로서 그녀를 대하는 게 아니라 정말 인간적으로 걱정하고 염려하는 느낌을 강하게 풍겼다. 지금도 세연이 거듭된 마음고생으로 눈가 아래에 짙게 그늘이 드리워진 걸 걱정스레 보더니, 기다렸다는 듯 비타민과 마그네슘 영양제가 든 하얀 통을 주었다.

“정말 병원 안 가도 되겠어요? 그럼 시간 날 때 이거 하나씩 먹어요. 우리는 세연 씨가 잘되길 바라니까 너무 무리하지는 말구요.”

상부상조하자는 걸까. 유심히 보았지만 거짓은 느껴지지 않았다.

그동안 한국에 돌아와 쭉 일하면서, 숱한 아르바이트를 하며 그녀가 자연스레 깨우치게 된 것이 있다.

적어도 눈앞의 사람이 거짓으로 대하는지, 진심인지 정도는 식별할 수 있었다. 마음으로 느껴졌으니까.

물론 단점도 있을 수 있다.

그럼에도 자신들의 일에 충실하며 어떻게든 이상적인 결론을 내기 위해 동분서주하는 모습은 서서히 그녀를 감복시키기에 충분했다. 세연은 생각했다. 이런 이들에게 누가 되지 않기 위해서라도 앨범 결과가 좋아야 되는데.

로드매니저에서 팬텀의 새로 신설된 팀의 실장이 된 혁수 역시 마찬가지였다.

이제 곧 있을 앨범 발매 스케줄을 김소현 팀장에게 전해 듣고 나오자, 예의 회의실 앞에서 혁수가 어슬렁대고 있었다.

“팀장님이랑 얘기 다 끝났어요? 그럼 뭐 마실래요?”

무심한 듯 툭툭 던지는 말투.

잔뜩 쉰 듯한 목소리와 여전히 짙은 마호가니 빛깔과도 같은 갈색 피부와 탈색한 머리카락. 늘 힙합 음악을 듣고, 얼핏 보면 무서울 정도로 거칠어 보이지만 의외로 섬세하게 그녀를 배려한다.

“캔커피 별로 안 좋아하죠? 보니까 카페라테 좋아하는 거 같아서 사 왔어요. 자, 이것도 마시고 힘내시고. 카페인 파워 업!”

혁수가 아무렇지 않게 툭 던지듯 그녀에게 자양강장제 뚜껑도 따서 주었다.

“이거 마신 김에 기세를 몰아서, 그놈의 업 앤 다운 연습은 이제 좀 끝내고 다음 동작으로 넘어가죠? 제발."

마지막에 장난스럽게 '제발'이라고 덧붙인 혁수가 그녀에게 들으란 듯 반문하며 킥킥 웃었다.

넉넉한 풍채만큼이나 커다란 웃음소리가 들려왔으나 세연은 기분 나빠하지 않고 그저 빤히 쳐다봤을 뿐이다.

무엇보다 팬텀에 새로 신설된 팀의 실장으로서 전담하는 그녀에 대해 기본적인 관심도가 있었고, 그녀를 위한 마음이 담긴 농담 섞인 어조였기에 기분 나쁘지는 않았다. 그러고 보면 의외로 섬세하게 상황을 캐치하는 것 같다. 어쩌면 이게 팬텀 직원들의 기본적인 성향 같지만.

정적이 감돌았다. 세연이 특유의 맑은 검은 눈으로 말없이 빤히 쳐다보자 이윽고 혁수가 쉰 목소리로 말했다.

"카페라테 안 좋아해요? 쭉 보니까 우유 들어간 커피 좋아하던데. 블랙커피보다 카페라테 캔커피 주로 사 마시던데. 나한테 사 달라고 하지 그랬어요? 누구 심부름시키는 거 같아서 안 좋아해요? 안 그래도 돼요. 세연 씨는 열심히 연습을 하고 난 매니저로 케어를 하고, 서로 돕는 거니까."

그녀가 대답이 없자 혁수가 어깨를 으쓱했다.

"아니에요? 나 잘 맞히는데. 여자 친구가 떡볶이 먹고 싶다고 할 때 취향에 딱 맞춰서 포장해서 가져가면 감탄하던데. 사실 내가 팬텀에 들어오기 전에 드라마 촬영 현장에서 일했거든요. 제작팀에서 세트도 세팅했는데, 그때부터 관찰하는 습관이 생겼어요. 그 사람이 어떤 취향인지, 어떤 생각을 하는지 쭉 관심 갖고 보면 보이거든요."

"……맞아요. 우유 들어간 커피 좋아해요. 맛있으니까요. 그런데 이제 안 마셔요. 되도록 안 마시구려구요."

"왜요? 맛있다면서요? 한번 사는 인생, 이왕이면 먹으면 행복해지고 좋아하는 거 먹어요. 그래야 좋지 않나?"

세연의 대답에 혁수가 의아한 듯 보자 그녀는 조용히 대답했다.

"아뇨, 이제 제대로 해 보려구요. 이왕 결심하고 나선 거니까, 늘 씁쓸하고 긴장된 상태로 있으려구요. 우습게 들릴 수도 있겠지만, 쓰고 사약 같은 블랙커피를 마시면 일순간 정신이 번쩍 들면서 긴장할 수 있어서요."

생생하게 살아 있다는 감각이 그녀를 멈추지 않게 채찍질했다. 그 꼬집히듯 느껴지는 고통스런 감각은 살아 있다는 실감과 다름없었다.

"사약 같은 맛이요? 으하하, 알았어요. 뭐, 꼭 그렇다면야 말리지는 않을게요. 다음부턴 델 정도로 뜨거운 아메리카노로 테이크아웃해 올게요. 제대로 사약 같은 맛을 느낄 수 있게!"

혁수가 넉살 좋게 말했다.

"매니저로 우리 배우님이 제대로 스탠바이 들어간다는데 가만있을 수 없죠. 내가 제대로 지옥의 맛을 선사해 줄게요."

그러고 나서 혁수는 그녀가 엉뚱한 말을 한다는 표정으로 호탕하게 웃기는 했지만. 그래도 그 이후에 왠지 모르게 그녀를 대하는 태도가 한결 부드러워져서 일하기가 편했다.

"자, 이건 다음 스케줄 표. 그리고 이거 전에 얘기한 내 여자 친구가 좋아하는 떡볶이인데, 좀 남아서요. 한번 먹어 볼래요?"

마음을 여니 일하기가 수월한 건 그녀 역시 마찬가지였다.

팬텀에 소속된 연예인의 전체적인 스타일을 조율하는 윤미희 실장 역시 마찬가지였다.

"어, 나는 솔직히 이번 데뷔 앨범 맘에 안 드는데. 사실 메인타이틀곡부터 딱히 귀에 안 들어와서. 세연아, 우리 여러 번 봤잖아? 이제 낯도 익었고 이런 말 해도 기분 안 나쁘지? 그냥 내 개인적인 느낌을 이야기하는 거니까."

일순간 그녀의 귀를 따갑게 할 정도로 분주한 윤미희의 말이 이어졌다.

"물론 팬텀 홍보팀 직원이 그랬다면 기분 나쁘겠지만. 말 나온 김에 이번에 세연이 미니앨범 타이틀 곡으로 정해졌다는 '페퍼민트' 말이야, 김소현 팀장이 정해 준 거야? 이거 말고 다른 곡은 없대? 서브타이틀 곡도 있을 거 아니야?"

김소현 팀장과 면담이 끝난 후, 얼마 지나지 않아 팬텀은 그녀의 데뷔 미니앨범 타이틀 곡이 정해졌다면서 '페퍼민트'라고 알려 왔다.

그녀와 일정을 소화하며 앞으로 활동하게 될 타이틀 곡인 '페퍼민트'를 준비하면서도 윤미희는 대놓고 불만을 드러냈다.

"아니, 곡은 그렇다 치고 전체적인 스타일링도 아무리 봐도 좀 아쉬워서. 내가 전체적인 스타일링에 톤을 맞추긴 했는데, 세연이랑 좀 겉도는 느낌이 들어서 그렇다는 거야."

윤미희가 가수로서 데뷔를 앞둔 세연을 위아래로 훑어보며 무심한 듯 눈길을 던지면서 잘라 말했다.

"시간에 쫓긴 것도 그렇고 영 아쉬움이 남는데. 그래도 세연아, 머리도 갈색으로 물들이고 한결 부드러워진 인상에 그래, 화장도 체리블라썸! 꼭 벚꽃처럼 화사한 빛깔로. 요새 유행하는 눈썹 모양에 짙은 립까지 딱 보면 느낌이 와. 그냥 예뻐! 그래도 뭔가 아쉬움이 남는다니까."

여전히 뽀글거리는 파마머리에 동그란 안경, 작은 체구 어디에서 이런 열정적인 힘이 뿜어져 나올까 신기하기까지 할 지경이었다. 평소의 윤미희는 에너지가 넘쳤다.

"어우, 답답해. 얘, 그게 뭔지 모르겠어. 딱 꼬집어서 말할 수는 없는데 꼭 뭐가 마려워서 제대로 해결 못 한 것처럼 찜찜해서 마음에 걸린다니까. 어쩌지? 아쉬워서 그래."

직설적인 성격 그대로 화끈한 말투로 줄줄이 말을 잇던 윤미희가 뚫어져라 세연을 쳐다보았다.

그때였다. 언제나처럼 조용히 윤미희 실장의 일을 돕던 스타일리스트 채희가 입을 열었다.

"어깨 너머 기장으로 자르고 밤색으로 염색해 보는 건 어때요? 이 목구비가 워낙에 뚜렷해서 어떻게 보면 부담스러울 수도 있는데, 한층 여성스럽고 인상이 부드러워질 것 같아요. 일단 트렌드에 맞춰서 눈길을 끄는 것도 나쁘지 않을 것 같아서요."

평소 노란빛을 띤 갈색 단발머리에 통통한 체격의 채희는 말이 많지 않았다. 그런 채희는 항상 이어폰으로 음악을 들으면서 시큰둥한 표정을 짓기 일쑤였다.

지금 역시 허스키한 음성으로 절대 목소리를 높이지 않는다. 하지만 진심이 담긴 투박한 목소리엔 이상하게 상대의 마음을 움직이는 힘이 깃들어 있어서, 상대도 묘하게 수긍하게 되는 것이다. 윤미희 실장도 그러했다.

"응, 으음? 그럴까."

이번 세연의 첫 싱글 곡에 맞춘 전체적인 스타일링을 딱히 마음에 차지 않아하던 윤미희는 같은 팀 스타일리스트인 채희의 말에 수긍하며 고개를 끄덕였다.

"뭐 곡이 딱히 마음에 안 들어도 어쩔 수 없지. 일단 이렇게라도 사람들 시선을 붙잡아야겠지. 일단 시선을 끌어야 다른 기회도 생길 테니. 그러려면 꾸준히 음악 순위프로 녹화에 열심히 참여해야겠어. 대중들 눈도장을 찍어야 광고도 찍고 다른 연예 프로그램에 섭외도 되고……."

윤미희가 여전히 물 만난 고기처럼 끝없이 이야기를 늘어놓는 동안, 세연은 고개를 돌려 다시금 말없이 배우들의 의상을 정리하는 채희를 흘낏 쳐다보았다.

"혁수 오빠, 떡볶이 먹을래? 우리 배우님 예쁘게 단장 끝나서 잠시 짬이 생겼네."

좀 한적하다 싶으면 이어폰을 꽂고 음악 듣는 것에 여념이 없는 채희는 평소 무슨 생각을 하는지 알 수 없었지만, 항상 세연을 아름답게 꾸미는 데 심혈을 기울였다. 그런 채희는 매니저인 혁수와 마찬가지로 세연을 우리 배우님, 이라고 지칭했다. 그녀가 최종적으로 배우를 지망한다는 뜻인 걸까.

"난 우리 배우님이 항상 어딜 가도 돋보이고 예뻤으면 좋겠어요. 난 그러기 위해 곁에 있는 사람이니까."

말수가 많지는 않지만 우직한 심지를 지녀서, 가끔은 사적인 대화를 나누고 싶을 때가 있었다.

그런 채희를 보며 문득 세연은 한국에 돌아와 우연히 마주쳤던 초등학교 때 동창과 또래의 이들을 떠올렸다.

그러고 보니 친구가 없었던 것은 아니었다.

비록 한때였지만 친하게 지냈던 유키도 있었고.

유키(ゆき). 이름처럼 하얀 눈이 내리는 풍경을 배경화면으로 꾸며 놓았었다. 유키는 가끔 가다 거기에 일기장 형식으로 글을 올리곤 했었다.

도쿄 인근의 대학을 졸업한 유키는 사는 곳에서 멀지 않은 규모가 큰 가구 회사에 취업했는데, 아무래도 내성적인 성향이다 보니 직장 생활에 적응하기 힘이 드는지 종종 글을 올렸다. 대부분 직장 생활의 고충을 토로하거나 사는 게 힘들다는 하소연이었다. 그리고 외로웠는지 방문자 수를 집계했고 방문자가 어디서 접속하든지 아이피 주소가 꼭 뜨게 만들어 놓았다. 세연은 생각했다.

'내 아이피 주소도 뜰 테니까, 어쩌면 내가 들어오는 걸 유키가 알고 있을지도 몰라.'

종종 잊을 만하면 유키의 홈페이지에 들어가 보곤 하던 그녀였다.

지금 역시 세연은 소리 없이 하얀 눈이 흩날리는 유키의 홈페이지 배경화면을 바라보고 있다가 컴퓨터의 창을 꺼 버렸다. 아직 '잘 지내니?' 같은 안부 글을 남길 수 없는 것이 그 이유였다. 세연은 소리 없이 머릿속에 떠올렸다.

'아직은 그때 일을 완전히 잊어버린 것처럼 유키를 대할 수가 없어.'

끝까지 그날 목격했던 사건을 함구했던 유키. 그 탓에 세연에게 폭력을 행사했던 이들은 아무도 처벌받지 않았고 그저 며칠 쉬었던 것처럼 아무렇지 않게 학교에 복귀해 졸업했다. 눈을 다친 그녀만 결국 학교에 다시 가지 못했다.

용서?

그런 거창한 말은 알지 못한다. 세월이 흐른 지금, 그저 유키가 잘 지내길 바랄 뿐이었다. 그래도 한때 친구였으니까.

그리고 그녀도 그러한 상황에서 모든 두려움과 압박에서 벗어나 단호하게 증언할 수 있을 거라 장담할 수 있던가? 그때 당시 리나와 토모코 무리들이 위협적이었던 건 사실이었기에, 유키가 그때 당시엔 솔직히 원망스러웠지만, 이제는 그 처지가 이해가 됐다.

세연은 아직 5년 전 악몽에서 완전히 벗어나지 못했다. 노력했지만 지긋지긋하고도 지독한 트라우마에서 벗어나지 못했나.

오늘 역시 비록 웃고는 있지만, 온종일 연습하느라 고단한 하루였다.

돌아온 방 안에 흐르는 침묵 속에 세연은 손을 들어 그때까지도 지끈거리는 눈을 가렸다. 그러고는 어둠 속에서 더듬더듬 손을 뻗어 특수 제작된 렌즈를 뺀 혹사당한 눈을 감싸듯 덮고, 손에 들어온 약병을 아무렇게나 열었다.

'아직은 잊을 수 없어. 다 없었던 일로 할 수 없다구. 끝나지 않았어. 아직도 현재진행형이니까.'

그대로 눈 영양제들을 입에 털어 넣고 세연은 천천히 눈을 감았다. 무엇보다 그녀는 아직 싸우고 있었다.

第 30 幕

〈페퍼민트〉

마침내 신비스러워 보이는 녹색 머리를 한 그녀의 앨범 재킷 사진이 나왔다. 한때 불가능해 보이기만 했던 그녀의 데뷔 미니앨범. 앨범 재킷 사진을 보는 세연의 마음 역시 감개무량했다.

첫 번째 앨범 활동이라니.

기본적인 앨범 홍보는 팬텀의 홍보팀에서 담당했다. 앨범의 마케팅은 팬텀에서 알아서 할 일이기에 소속사에 맡기고 정작 그녀가 해야 할 일은 따로 있었다.

바로 음악프로 녹화였다. 데뷔 미니앨범 발매와 더불어 음원사이트에서 그녀의 차트 순위가 정해진다면, 앨범의 홍보 역시 무척이나 중요했다.

드디어 불가능하게 느껴졌던 그녀의 가요계 데뷔가 눈앞의 현실로 다가온 지금, 세연은 침착하게 떠올렸다. 현재 상황에서 자신이 할 수 있는 일을 반복해서 머리에 새겼다.

'인지도가 전혀 없는 내가 유지수와 같은 드라마에 캐스팅되는 건 불가능하니까. 먼저 가수로 데뷔해서 인지도를 올린 뒤에 드라마 오디션을 본다.'

그저 막연하게 떠올리고 정했던 목표가 용광로처럼 달아올랐다. 이제 가열되어 쇳물을 생산하기 일보 직전인 것이다.

이 순간 세연은 꼼꼼하게 앞으로 자신이 해야 할 일을 머릿속에 확인하며 되새겼다.

제일 먼저 그녀의 데뷔 무대를 갖기로 한 음악프로에 출연하여 리허설을 무사히 끝내고 곧바로 사전녹화를 끝마치면 된다.

행사와 사인회는 그다음이다. 미리부터 생각할 필요는 없다. 지금 할 수 있는 일을 하자.

현재 가장 중요한 것은 음원이 공개된 후 지상파 음악프로 녹화를 무사히 끝마치는 것이다.

그렇게 결심을 다졌는데도, 막상 녹화 당일이 되자, 막중한 책임감에 속이 울렁거리고 토할 것만 같았다. 보이지 않는 중압감이 내내 위를 짓누르는 것만 같았다.

인생에서 가장 중요한 날, 숨 막힐 듯한 중압감 속 결승점을 향해서 전력 질주하는 기분이었다. 그 기분이란 이루 형용할 수가 없었다. 머리끝이 꼭 감전된 것처럼 쭈뼛쭈뼛 곤두서고 쿵쾅쿵쾅, 심장이 뛴다.

마침내 찾아온 음악프로 녹화 날.

음악방송 녹화를 앞둔 세연은 방송국으로 향하는 밴 승합차에서 잠시 꼼짝하지 않았다.

지금의 기분을 어떻게 설명할 수 있을까.

그럼에도 정작 결정적인 시간이 닥쳐오자, 오히려 이상하리만큼 담담해져 평정을 유지한다. 꼭 공중에 붕 뜬 듯이 미세하게 어지러운 느낌에 이 폐부로 다가온 순간순간을 인지하게 되는 것이다.
확실한 건 결전을 앞두고 있다는 것이다.
링에서 치열하게 싸운 복서가 마지막을 불태우듯 의자에 앉아 잠시 휴식을 취했다.
그 고독한 휴식.
그것도 마지막까지 싸운 자만이 가능하겠지. 아직 그녀에겐 그러한 휴식조차도 허용되지 않았다.
긴장의 순간.
때가 되면 울리는 알람처럼 한 치의 오차도 없이 목전까지 차오르는 녹화 시간과 사전 리허설, 그리고 쏟아지는, 아직은 두렵기까지 한 사람들의 시선 속에 마침내 그녀는 밴에서 내렸다. 여전히 짓누르는 것 같은 심장의 압박감이 사라지지 않는다.
찰칵, 찰칵.
그녀가 밴에서 내리자마자 집요하게 파고들듯 일제히 카메라 플래시가 터졌고, 언론사를 비롯해 각종 매체의 사진 기자들이 세연을 찍어 댔다.
그 순간 다른 가수들의 팬으로 보이는 여고생들의 외침도 들려왔다.
“저 여자 누구야?”
“신인 가수인가 봐.”
웅성웅성.
실상 연예인으로 활동하는 기간이 거의 전무하다시피 했으니, 이번 데뷔가 본격적이라 할 것이다. 하지만 그 조용히 묻혀 지내다시피 한 5년의 시간이 너무도 길었던지 찰칵찰칵, 곳곳에서 카메라 플래시가 터지자 강렬하기까지 한 빛에 본능적인 두려움이 일었다.
긴장한 것도 잠시, 다음 순간 돌아갈 곳이 없음을 깨달은 세연은 보란 듯이 고개를 들었다.

그러고는 일제히 쏠리는 눈들에 정면으로 강렬하게 시선을 마주했다. 쏟아지는 카메라 플래시 속에 굴하지 않듯 허리를 쭉 펴고는 우아하고 흔들림 없이 걷기 시작했다.

“잠깐만요!”

“잠시 여기 좀 봐 주세요!”

기자들이 그 순간에도 포토라인에 멈춰 서 달라 아우성이었다.

생방송으로 진행되는 음악방송에 출연할 출연자들, 걸그룹과 아이돌 가수들의 사진을 찍기 위해 방송국 입구에서 대기하고 있던 취재기자들은 새롭게 데뷔하는 그녀를 보자 놓칠세라 일제히 카메라 플래시를 터뜨렸다.

“세연 씨? 잠깐 촬영 좀 하고 갈게요.”

잠시 터지는 카메라 세례 속에, 세연은 몸을 돌려 포토라인에 섰다.

“여기 보고 웃어 주세요!”

“이번에 데뷔하는 정세연, 맞죠? 소속사 팬텀?”

“세연 씨!”

여전히 실감되지 않는 광경. 떠나갈 듯 크게 들려오는 소리. 낯설기까지 한 그녀를 부르는 소리였다.

바로 어제까지 아무도 바라보지도, 주목하지도 않았는데. 각오는 했지만 갑자기 달라진 현실에 본능적으로 쭈뼛 머리끝이 곤두섰지만, 세연은 웃었다.

여기서 물러나면 더는 갈 곳이 없으니까.

더불어 차가운 물을 머리에 부은 것처럼 번쩍 정신이 들었다. 그녀의 머리를 스치고 지나가는 자각. 그러고 보니 이건 유지수에게 보란 듯이 하는 선전 포고이기도 했다.

유지수는 지금쯤 언론 매체에 올라간 그녀의 사진을 보고 있을까?

“세연 씨!”

"여기 좀 봐 주세요."

찰칵, 동시에 쏟아지는 카메라 플래시 세례에 포토라인에 서서 환하게 웃음 짓던 세연은 당당하게 허리를 폈다. 적어도 못 올 데 온 것처럼 쭈뼛쭈뼛, 눈치를 보면서 비굴하게 방송국으로 걸어 들어가고 싶진 않았다. 해옥 고모에게도 보란 듯이 그녀의 당당한 모습을 꼭 보여 드리고 싶었다.

'지금껏 움츠렸던 걸로 충분해.'

그래서 세연은 보란 듯이 당당하게 고개를 들고 더 꼿꼿하게 허리를 세웠다. 경련이 날 것 같았지만 입가에 여유로운 미소를 띠고선 보란 듯이 카메라를 바라보았다.

"……!"

찰칵, 카메라 플래시가 터졌다.

화사하게 웃는 신인 가수 세연.

기자가 찍은 사진 속의 그녀는 그 어느 때보다 아름답고 눈부시게 빛났다.

각오는 했지만 음악방송 녹화장 앞에의 모여든 소녀 팬들의 열기와 떠나갈 듯한 함성, 고함 소리를 듣는 순간 머릿속 사고는 정지했다.

가장 중요한 음악방송 녹화를 앞둔 지금 역시 그러했다.

그때 그녀를 전담하는 실장 혁수를 비롯해서 낯익은 윤미희의 스타일리스트 팀원인 채희의 모습이 보였다.

"안녕하세요? 세연 씨."

그리고 역시 낯익은 메이크업 아티스트의 얼굴도. 그것도 모자라서 그녀와 함께 무대를 꾸밀 백댄서들까지.

그것도 모자라 지금 세연은 화려한 무대 의상에 눈에는 음영을 강조한 반짝이는 글리터 화장을 하고 역시 입술을 도톰하게 강조한 반짝이는 네일 피그먼트를 칠했다.

절로 부담감이 꾸역꾸역 폐부까지 차오르는 것 같다. 분장실, 대기실. 태어나 처음 와 보는 낯선 장소에, 순간적으로 맹렬하게 죄어 드는 느낌이 들었다. 고개를 돌리자 예외 없이 그녀를 조이듯 곳곳에 설치된 조명들과 음향 장비들까지.

"오늘 뮤직트레인 출연자시죠? 이거 다세요."

쿵쿵, 문제의 리허설을 하기 위해 마이크를 옷에 달자 절로 심장이 빠르게 뛰었다.

"곧 카메라 리허설 있어요! 준비해 주세요."

거기다가 촬영감독이 재촉하자 그 뒤부터 정신이 흐릿해졌다.

너무 긴장해서일까?

이상한 일이었다. 이후로는 아무리 생각해도 그때의 떨리는 순간은 아무리 애를 써도 분명하게 기억되지가 않았다. 분명히 그녀가 겪었고 경험한 일인데 뚜렷하게 떠오르는 잔상이 없었다.

'이런 적이 전에도 있긴 했지. 일본에서 다쳤을 때. 그때 너무 충격을 받아서 그랬는지 시간, 날짜 개념이 없어지긴 했었어. 오늘이 며칠인지 순간적으로 가물거릴 정도로. 이번 데뷔 무대 역시 너무 긴장한 걸까.'

그저 선명하게 인식되듯 붉은 방청객 의자에 앉은 사람들, 그리고 숨 막힐 듯 열광적인 환호성과 끊이지 않는 응원. 녹화가 시작되자 '세연? 누구야?' 하며 의아하게 보는 시선들과 호기심이 가득한 눈길이 따라다녔다.

리허설을 마친 그녀가 노래를 부르고 안무를 시작하자 쏟아졌던 시선들. 그리고 거듭 반복해서 들려오던 말들.

꼭 손에 칼을 들고 사람들 앞에서 춤을 추는 무희가 된 기분이었다. 언젠가 어렸을 때 TV에서 틀어 주던 영화에서 봤던 것 같은데. 사람들은 이리저리 묘기를 부리듯 춤을 추는 무희를 보면서 계속해서 고개를 돌려 쳐다보았다. 어렸을 때 본 영화라 내용이 기억나지 않지만, 여주인공은 죽기 위해 성에 잠입했던 거였다.

원래 살수인 여주인공은 나라를 망가뜨리는 간신을 죽이기 위해 완벽하게 고립된 성채에 무희로 잠입했다. 그리고 몸에 칼을 숨기고서 간신이 보는 앞에서 춤을 춘다.

여주인공 역시 살아서는 성채를 빠져나갈 수 없다는 걸 알고 죽음의 춤을 춘다.

내용은 잘 기억이 안 나지만 영화 속 여주인공의 팽팽한 긴장감 속의 위태롭기까지 한 춤을 기억하고 있다.

그때 받았던 느낌을 지금 이렇게 직접 겪게 될 줄이야. 이러다 영화에서 받은 온갖 인생의 희로애락을 몸으로 깨우치는 게 아닌가 싶어 세연은 본능적으로 희미한 미소를 흘렸다. 언제였던가. 기우에게도 그 영화에 대해 언급했던 기억이 났다. 자신도 모르게 그녀는 그리운 눈빛이 되었다. 그 순수했던 시절로 돌아가고 싶은 것처럼.

동시에 그런 그녀를 놓칠세라 대낮 같은 조명이 내리쬐었다. 세연은 숨을 들이마셨다. 방송국에 들어서는 순간부터 긴장을 풀 수 없어서 내내 안개 속을 헤매는 것 같던 순간.

새하얘진 머릿속이 그제야 맑아지면서 현실로 돌아왔다.

"그럼 녹화 들어갈게요. 3, 2, 1……."

그리고 환영처럼 들려오는 연출을 맡은 피디의 목소리가 스튜디오에 울려 퍼지는 가운데, 놀라운 일이 일어났다. 적어도 그녀의 인생에선 그러했다. 유지수에게 얻어맞고 한동안 후퇴하는 것에 익숙해져 있었는데, 어느 순간 무대의 스포트라이트를 받아 반짝, 영롱하리만큼 환하게 빛났다.

다음 순간 세연은 거짓말처럼 능숙하게 춤을 추기 시작했다. 이제는 눈을 감고도 떠올릴 수 있는 몸에 익은 안무 동작을 그럴듯하게 소화했다. 그런 세연의 모습은 정말 기우의 말대로 TV 채널을 돌려 가며 보던 이들이 잠깐 시선을 주어도 완벽한 가수인 것처럼 보였다.

그간의 거듭된 강도 높은 트레이닝과 그에 따른 최고조의 스트레스와 복합적인 여러 감정들이 언제 그랬냐는 것처럼, 꼭 엄살을 부린 게 아닌가 싶게 완벽하게 무대를 끝마쳤다. 그녀의 아버지 일영의 말이 맞았다. 정말 엄격하다 못해 막말로 그녀를 상처 주기 일쑤였던 그녀 부모님의 말 그대로였다.

'살면서 공짜는 없다.'

그건 그동안의 소용돌이에 휘말려 들어가듯 점성 높은 고통에 시달린 대가였다. 허무하리만큼 빨리 무대가 끝났다. 절대 함락되지 않은 노력의 결실을 보란 듯이 세연은 카메라 앞에서 선보였다. 무대 화장으로 몸에 반짝이는 펄을 살짝 바르기도 했지만, 땀으로 흠뻑 젖은 그녀의 몸은 다이아몬드처럼 반짝였다.

마침내 데뷔 미니앨범 〈페퍼민트〉의 음악방송 녹화를 끝마쳤다.

긴장 속에 무사히 첫 데뷔 무대를 끝마쳐서일까. 세연의 입가엔 처음으로 환한 웃음이 떠올라 있었다. 마침내 자신만만하게 무대를 끝마친 그녀는 카메라를 보며 능숙하게 무대를 끝마친 웃음을 입가에 띠며 히죽 웃었다.

음악방송 녹화를 마친 것이 끝은 아니었다.

마침내 첫 음악방송을 마치고 복도를 걸어 대기실로 향하며 그녀가 들었던 수많은 말들, 그리고 어디를 가도 쏟아지는 사람들의 시선들.

그 날것과도 같은 시선들은 어디를 가도 피할 길이 없었다. 꼭 하나뿐인 외나무다리로 쏟아지는 사람들을 지나 아슬아슬하게 걸어가는 느낌. 애초에 도망치는 것은 허용되지 않는다. 그녀가 가야 할 길은 오로지 하나뿐, 최종적으로 유지수에게 다다르는 방송국의 외나무다리를 지나지 않으면 목적지까지 갈 수 없는 것이다.

"저 여자 뭐야?"

그리고 거듭 들려오는 킥킥, 와하하, 웃음소리. 그녀가 지나가자 자세히 아래위로 뜯어보며 여고생들이 자기들끼리 수군대며 비웃는 소리였다. 그뿐만이 아니었다. 대기실 복도를 걸어오는 음악방송의 다른 출연자들의 호기심 어린 시선, 스태프들이 쳐다보는 시선까지. 그녀는 이미 각오하고 사각의 링으로 뛰어들었다. 더는 피할 곳이 없다.

각오했기에 세연은 쏟아지는 사람들의 호기심 어린 시선들에 피하지 않고 당당하게 고개를 치켜들었다.

'옛날 같았으면 도망갔겠지. 하지만 더 이상 그런 나는 없어.'

이번이 마지막 기회라는 것을 알기에 가수로서 첫 녹화를 마친 세연은 쏟아지는 시선들에 굴하지 않고 복도를 걸어 마침내 대기실로 갔다.

하지만 운명의 장난일까.

피하지 않겠다는 그녀의 의지에 꼭 하늘이 쉽지는 않을 거라고, 네 뜻대로 수월하게 풀리지는 않을 거라고 나름 메시지를 보낸 것일까.

어디선가 환청처럼 까르르, 커다란 웃음소리가 들려왔다.

"호호."

웬만하면 그냥 지나쳐서 대기실로 들어갔을 테지만 차갑게 비웃는 소리가 묘하게 기분 나빴고 귀에 거슬렸다.

순간적으로 드는 기묘한 느낌에 고개를 돌려서 보자, 저만치에서 걸어오던 낯익은 얼굴이 웃으며 그녀를 보고 있었다.

"어머, 이게 누구야?"

매니저와 스타일리스트와 나란히 함께 걸어오던 유지수가 팔짱을 낀 채로 웃으며 세연을 쳐다보았다.

"처음엔 잘못 본 줄 알았네. 응? 다른 데도 아닌 방송사 복도에서 너랑 마주치다니. 그렇지? 세연아, 그런데 걸어오는 걸 보니까 정말 네가 맞지 뭐야?"

유지수가 아무렇지 않게 말을 건네 온다. 그것도 소름 끼칠 정도로 친근하게 그녀의 이름을 부르며. 꼭 이런 날이 올 줄 알았다는 것처럼. 아니면 그녀가 가요 프로에 출연하는 것을 알고 일부러 어슬렁거린 걸까?

그런 유지수를 보자 세연의 얼굴이 차갑게 굳어졌다. 순간 얼음물을 머리에 부은 것처럼 섬뜩한 감각이 스치고 지나갔다.

이 상황이 너무도 꿈결 같아서 오히려 현실감이 없었다. 그녀의 눈으로 보고서도 눈앞에 보이는 인물이 유지수가 맞는지 의구심이 일었다.

첫 음악방송 녹화를 마치고, 지금껏 여기 오기까지 준비한 모든 것들이 떠오르며 여러 모로 마음이 복잡하고 생각이 많을 수밖에 없는 상황. 그런데 이런 가장 복잡 미묘한 시기에 딱 타이밍을 맞춘 것처럼 유지수가 나타났다. 드라마 몇 편을 찍고 톱스타의 자리에 올라선 뒤, 도통 조용하고 좀처럼 움직이지 않던 유지수였다.

아니.

"호호."

이 순간에도 그녀를 쳐다보며 비웃는 웃음소리가 들려왔다. 환영이 아닐까, 잘못 들은 게 아닐까 싶었지만, 아니었다.

"호호, 진짜 재미있다."

긴가민가했지만, 검은 털옷에 늘씬한 다리를 강조한 검은 가죽 바지와 킬힐을 보자 지수가 맞았다.

"오랜만이네. 세연아, 언제였지? 맞다, 네 생일 때 일식집에서 식구들하고 같이 봤었잖아. 그때 이후로 처음이네. 그렇지?"

게다가 보란 듯이 태연하게 이런 말까지 던진다. 너무나도 친근한 어조로 말들을 늘어놓았다.

"연락 좀 하지 그랬어? 왜 이렇게 통 연락이 안 되니? 응, 세연아."

침묵이 흐르고, 세연은 싸늘하게 시선을 주었다.

잊으려야 잊을 수가 없었다. 선명한 검은 아이라인으로 강조한 눈 사이로 세연을 향한 섬뜩한 살의가 반짝였다.

순간적으로 스쳐 지나갔지만 이리저리 눈을 굴리며 가늠하는 듯한 노골적인 악의, 말없이 그녀를 보는 충혈된 붉은 눈이 정말 꿈에 나올 것같이 섬뜩했다.

꼭 '넌 잘못 걸렸어' 내지는 '역시 거슬려. 뼈도 못 추리게 해 줄게' 이러한 일련의 살의가 담긴 메시지를 담고 있는 것처럼.

웅성웅성.

"유지수다!"

"유지수야. 옆에는 누구지?"

지금도 방송국 대기실 복도에서 딱 마주쳐 호기심 어린 사람들의 시선이 쏠리는 가운데, 지수가 친밀한 미소를 지으며 아무렇지 않게 고개를 숙여 속삭였다.

"우리, 어디 가서 잠깐 얘기할래? 세연아, 응? 이렇게 만나는 것도 쉬운 일은 아니잖아?"

마치 쉭쉭거리며 다가오는 뱀처럼, 그 즐거워하며 사악하게 웃는 표정은 말하고 있었다.

이번 만남 역시 충분히 의도적일지 모른다고. 저번에도 그랬고 늘 그래 왔듯이.

쾅!

지수는 세연과 이야기를 하고 싶다며 자연스레 화장실로 그녀를 이끌었다. 그리고 동행한 스타일리스트와 매니저에게 눈짓해 화장실의 문을 잠그게 했다.

그러자 재빨리 지수의 스타일리스트가 연습장을 꺼냈다. 그러고는 사인펜으로 커다랗게 적어서 화장실 문 앞에 붙이는 게 아닌가.

[고장 수리 중]

눈 깜짝할 사이에 일어난 일이었다. 기다렸다는 듯이 민첩하게 스카치테이프로 익숙하게 화장실 문 앞에 붙이는 것이, 아무리 봐도 여러 번 해 본 솜씨였다.

문득 데자뷔처럼 스쳐 가는 일본에서의 기억. 유지수의 무리들에게 둘러싸였던 지난 기억에 세연은 미세하게 얼굴을 찡그렸다.

그러자 놓칠세라 생글생글 웃으면서 눈앞의 유지수가 말했다.

“밴에 따로 불러서 얘기하고 싶지만 그럼 사람들의 눈길을 끄니까. 아무래도 이게 낫겠지?”

일방적으로 화장실로 끌고 온 것도 모자라, 그녀의 동의를 구하기까지 했다.

세연은 팔짱을 낀 채로 잠시 말없이 보았다.

생각지도 않게 갑자기 유지수의 얼굴을 본 탓일까. 꼭 입이 얼어붙은 것처럼 말이 나오지가 않았다. 단지 몇 초였지만 본능적인 반응이었다. TV 화면 속의 인물이 갑자기 그녀 앞에 튀어나온 것처럼 지독히도 현실감이 없었으니까. 각오는 했지만 그늘 속에 의도적으로 몸을 숨기고 있다가 갑자기 불쑥 튀어나온 것처럼 기억 속의 그 얼굴을 보자 절로 소름이 끼쳤다.

잠시나마 어이가 없어 할 말을 잃어버렸다는 게 적합했다. 길어야 1, 2분? 짧은 순간이었지만 꼭 긴 시간이 지나간 기분이었다.

끼익.

그러거나 말거나, 유지수는 세면대의 물을 틀어 손을 씻기 시작했다. 그것도 일거수일투족 붙어 다니는 스타일리스트에게 눈짓을 하자, 스타일리스트가 다시금 기다렸다는 것처럼 붉은 색깔의 병을 꺼냈다. 그러자 지수가 여유롭게 병을 들어 세면대의 물에 뿌렸다.

순간 피가 거꾸로 솟는 기분이 들었다.

'이 와중에도 거품을 내서 손을 씻고 있어?'

눈앞에서 벌어지는 일련의 광경을 세연은 섬뜩한 기분으로 시켜보았다.

거품과 함께 향기로운 냄새가 가득 화장실에 들어차자, 손을 씻던 지수가 생글 웃으면서 말했다.

"그동안 잘 지냈지? 어떻게 방송국 복도에서 마주치니."

변함이 없었다. 세연은 가빠진 숨을 억누르며 말없이 버티고 서서 시선을 주었다. 애교 어린 말투와 꼭 강아지가 애처롭게 눈을 빛내면서 주인에게 달라붙듯이 짐짓 사랑스럽기까지 한 태도. 그러면서도 특유의 간교한 눈을 빛낸다.

지수가 꿀처럼 달라붙듯 애교 어린 말투로 말했다.

"얘기 들었어. 세연아, 너 가수로 데뷔해서 음반도 냈다면서? 응? 오늘이 첫 녹화방송이라면서. 그런데 이렇게 만날 줄 몰랐네."

지수가 생글 웃으면서 말했다.

"너무 반가워서 잠깐 대화 좀 나누려는 거야. 우리 본 지도 오래됐잖아. 안타까워서 그래. 그래도 한때 자매처럼 친하게 지냈는데. 참, 내가 시간이 많이 나지는 않네."

그러더니 급작스레 지수의 표정이 바뀌었다. 필요한 걸 얻으려 할 때나 자신이 그래야겠다고 판단할 땐 착 달라붙지만, 아닐 때는 행동이 바뀌는 것도 빨랐다.

그랬다. 꼭 급작스레 달려들어 공격하는 레슬러를 연상시키듯 신속하고도 민첩하게, 순식간에 입가에 야비한 미소를 띠며 지수가 팔짱을 낀 채로 말했다.

"얘, 너 정말 나랑 싸울 거야? 나랑 제대로 붙어 보고 싶어?"

순식간에 얼굴이 뒤바뀐 지수가 소리 내어 세연에게 비아냥거렸다.

"응? 넌 절대로 날 이기지 못할 텐데. 일본에서 그렇게 당해 놓고도, 혼쭐이 나고도 아직 정신 못 차렸니?"

여전히 눈을 의심하게 만들 정도로 담대했다. 일식집에서 아무렇지 않게 나타나 딸인 자신보다 더욱 딸처럼 그녀의 부모님을 대했던 지수가, 지금 역시 세연에게 들으라는 듯 눈을 마주치며 생글생글 웃으면서 말했다.

"아직 정신 못 차렸니? 정말 제대로 붙어 보고 싶은 거야?"

정적이 흘렀다.

여전히 화장실 문은 걸어 잠근 채다. 이 모든 상황을 흥미진진하게 지수와 지수의 스타일리스트와 매니저가 키득거리며 지켜보고 있다. 세연은 천천히 숨을 들이마셨다.

보인다. 가물거리는 시야 속, 선명한 불빛처럼 비쳐 들듯 그녀를 보며 득의양양하게 악몽 같은 미소를 짓는 지수의 얼굴이. 시커먼 아이라인 속, 결코 잊지 못할 공포스러운 그 얼굴을 마침내 돌아온 한국에서 마주했다. 물밑에서 그 모든 일을 꾸며 아이들을 시켜 세연을 습격하게 했던 지수는 여전히 그녀의 목을 조르고 있었다. 동시에 숨이 가득 차올랐다.

"하아……."

폐부 깊숙이 역한 거품 향이 찔러 대듯 들어오는 가운데, 화장실에 갇힌 이 끔찍한 순간을 피하지 않은 채 세연은 다음 순간 비릿하게 미소 지었다.

"마음대로."

"뭐?"

세연이 속삭이듯 낮게 가라앉은 어조로 말하자, 지수가 사납게 눈을 치켜떴다. 그럼에도 세연은 아랑곳하지 않았다.

일본에서 기억하는 모습 그대로인 한 치의 오차도 없는 눈앞의 모습에 왠지 웃음이 나오려고 했다.

"뭐라고? 너, 지금 뭐라고 말했어?"

지수가 카랑한 어조로 대답을 재촉했다.

세연은 천천히 고개를 저었다.

그러고는 지수와 무리들이 지켜보는 가운데 보란 듯이 착 가라앉은 목소리로 조용하게 말했다.

"이번엔 네 마음대로 안 될 거라고 했어. 일본에서 그랬던 것처럼 앞에서는 웃으면서 다가와서 방심하고 있을 때 뒤에서 넘어뜨리는 거, 그래서 이렇게 사정없이 망가뜨리는 짓, 이제는 네 뜻대로 안 될 거라고."

그 말과 동시에 세연은 무서우리만큼 무표정하게 초점 없는 눈을 갖다 댔다. 많이 좋아져서 촬영을 위해 렌즈를 끼고 있지만 아직 완벽하게 시력이 회복되지 않았다. 어쩌면 이대로 계속 눈이 나빠질 수도 있다.

세연이 초점 없이 흔들리는 텅 빈 눈을 지수에게로 고정하자, 지수의 옆에 있던 이들이 흠칫하는 게 느껴졌다.

그러자 지수가 입꼬리를 끌어 올리며 비웃는 듯한 어조로 물었다.

"보이니?"

다음 순간 지수가 사나운 어조로 말했다.

"세연아. 너 눈, 이제 보이니?"

우지끈. 동시에 세연의 머릿속 어딘가가 무너져 내렸다. 눈앞에 시퍼런 불꽃이 이는 기분이었다. 지수가 똑바로 그녀를 쳐다보며 이제 보이냐고 말하자, 더 이상은 참고 억누를 수가 없었다. 무엇보다 이렇게 그녀를 만든 장본인이 보란 듯이 비웃으며 조롱하자 세연은 마침내 폭발했다.

철썩.

다음 순간 세연은 손을 들어 생글거리는 눈앞의 지수를 노려보면서, 아찔하리만큼 세게 지수의 웃음 짓는 뺨을 후려갈겼다.

"……!"

순간 문이 잠긴 화장실에 정적이 흐르는 가운데, 세연은 씩씩거리는 지수를 향해서 흔들림 없이 말했다.

"이건 확실히 말할 수 있어. 최소한 5년 전처럼 아무것도 못 하고 무기력하게 당하고만 있지는 않을 거야. 그래, 이걸 말해 두고 싶었어."

세연은 여전히 무서우리만큼 텅 빈 서늘한 시선으로 분해서 어쩔 줄 모르는 지수를 마주 보았다. 그러고는 흔들림 없이 한 마디, 한 마디 선포하듯 힘주어 내뱉었다.

"적어도 방심하다 네 일격에 당해 힘없이 주저앉는 일은 없을 거야. 그걸 알아 둬. 난 예전의 내가 아니니까."

여전히 뱀처럼 쉭쉭거리듯 시커먼 아이라인 속 무시무시하게 노려보는 지수의 시선에 개의치 않듯, 세연은 조용하게 말했다.

"재미없게 네가 하고 싶은 대로 날뛰게 내버려 두지는 않아. 일방적으로 당하지는 않을 테니까. 알겠지? 그런 뜻에서 이게 너한테 하는 내 인사야."

"재밌네."

세연의 선전 포고에 처음으로 움찔 동요한 것처럼 일그러진 얼굴도 잠시, 지수가 곧바로 손을 들어 사정없이 세연의 뺨을 후려쳤다.

철썩.

역시 그녀를 괴롭히고 나락에 빠뜨린 유지수답게 호락호락한 상대가 아니었다. 예상은 했지만 사정없이 내리꽂히듯 뺨을 스치고 지나가는 얼얼한 감촉은 생생하게 현실을 일깨웠다.

앞으로도 결코 쉽지가 않을 거라는 것을.

역시 세상은 호락호락하지가 않았다. 머릿속으로는 세연이 생각한 대로 쉽게 흘러갈 것만 같은데. 이 순간에도 불이 나는 것처럼 화끈거리며 지수가 거침없이 때린 뺨이 아파 온다.

그런 그녀를 지수가 비웃듯이 쳐다보고 있었다. 얼마든지 자신에게 도전해 덤비라는 듯이 사납게 눈썹을 추켜세우며.

고개를 돌린 세연이 차갑게 노려보자 지수가 쿡쿡 기분 나쁘게 비웃는 소리를 내면서 말했다.

"그래, 한번 덤벼 봐. 등신 같은 게 얼마나 기어오를지 지켜봐 줄 테니까. 너, 팬텀 엔터테인먼트에 들어갔다면서? 하긴 넌 늘 그랬었지. 얌전한 척 가증스럽게 굴다가, 마지막에 항상 운 좋게 대형 프로덕션에 들어가서는, 이건 뭐 한국 와도 마찬가지네."

이 순간 지수가 보란 듯이 그녀를 조롱했다.

"그것도 재주라면 재주라고 해 줄게. 사람은 안 변하니까. 호호, 어디 한번 기어 올라와 봐. 기다려 줄게."

쾅쾅, 그때 밖에서 누군가가 화장실 문을 두드려 댔다. 이윽고 세면대의 물을 시끄럽게 틀어 댄 지수가 그녀에게 선전 포고를 했다.

"들었지? 제대로 자근자근 밟아 줄 테니까. 이번엔 아예 눈이 보이지 않게 해 줄게. 아무것도 안 보여서 바닥을 기어가게 만들어 줄 테니까."

지수가 해사하게 웃으면서 똑똑히 들으란 듯 의도적으로 말끝을 올렸다.

"지금이라도 도망쳐도 뭐 늦지 않고."

"도망 안 가."

지수와 무리들이 흥미롭게 보는 가운데, 세연은 어느새 붉게 부어오른 뺨을 아무렇게나 손바닥으로 누르며 굴하지 않듯 똑똑히 내뱉었다.

“도망치려면 여기까지 오지도 않았어. 알겠어?”

“그럼 그러든가. 일본에서 고등학교 때 당한 것보다 더 혹독하게 밟힐 테니 그건 알아 둬. 알겠지? 호호, 피눈물 흘리면서 처절하게 후회해 봐야 소용없어. 다 네가 자초한 거야. 난 미리 말했으니 잘못 없다고.”

세연이 화가 나서 길길이 날뛰게 만드는 게 목적일까?

여전히 한없이 자극하듯 지수가 비웃듯이 말했지만, 세연은 한 치의 굴함도 없이 서늘한 어조로 못 박듯이 내뱉었다.

“그럼 똑바로 해.”

“뭐?”

“이번엔 똑바로 하자고. 잘 들어. 물론 방심할 때 뒤통수치거나 이간질하는 게 네 특기겠지만, 이번엔 제대로 해. 그러지 않은 이상 물러나지 않을 테니까.”

정면 승부가 아니면 인정하지 않겠다는 세연의 의지가 느껴진 것일까. 아니면 물밑에서 움직여 지저분하게 끌어내리는 자신의 치부를 무리들이 듣는 앞에서 말한 것에 발끈한 것일까. 일순간 동요하듯 지수의 눈이 꿈틀했다. 그것도 잠시, 사납게 웃으며 도발하듯 내뱉었다.

“웃기고 있네. 그러고 싶으면 그러든가.”

쾅쾅, 다시금 화장실 문 두들기는 소리가 들리자 더 이상 안 되겠다 싶었는지 지수가 생각나는 대로 내뱉듯이 인상을 쓰며 말했다.

“그럼 좋아. 그렇게 해. 어떻게 팬텀에 들어갔는지 모르지만, 넌 항상 얌전한 척 상대한테 점수 따는 애니까.”

지수가 호호, 웃으며 빈정거렸다.

“이제 가수를 하신다고요? 그럼 제발 좀 히트해서 유명 가수가 되어 주세요. 부탁드릴게요. 그리고 나랑 같이 출연하는 드라마 꼭 찍으러 오길 바랄게. 솔직히 말해 세연이 네가 그럴 짬밥은 안 되잖니. 꼭 음악방송 1위를 찍고 나랑 드라마 찍으러 오셔야죠."

비웃음 섞인, 꼭 드라마 대사를 치는 것 같은 음성. 지수가 노골적으로 그녀를 내려다보면서 말했다.

"글쎄? 과연 내가 죽기 전까지 되려나."

그것은 명백한 조롱이자 거침없는 도발이었다.

지수가 무리에게 나가자고 눈짓하며 호호 웃으면서 말했다.

"어디 한번 네가 꼴리는 대로 해 봐. 이번엔 네 소원대로 가만히 있어 줄게."

지수가 기묘한 미소를 지었다.

"내가 봐줄게. 수단 방법 가리지 말고 그럼 한번 안간힘을 써 봐요, 불쌍한 정세연 씨."

확실히 지수는 상대를 도발하고 어떻게 하면 화를 내게 만드는지, 그 방법과 수단이 참으로 능숙했다. 이런 걸 보고 타고난다고 하는 걸까. 본능처럼 지수는 어떻게 하면 상대를 폭발시킬지 누구보다 잘 알고 있었다.

'정세연 씨.'

지금도 보란 듯이 그녀를 존칭으로 부르면서 도발하지 않았는가. 보기만 해도 피가 들끓는 것만 같다. 자신도 모르게 마음속으로 눈앞에 저 애가 없어지면, 자연스럽게 세상에서 사라지면 정말 얼마나 내 삶은 평화로울까, 본능적으로 떠올리게 되는 것은 어쩔 수 없었다. 그녀 안에 용광로처럼 끓어오르는 분노와 사라지지 않는 원한에 스스로 퍼뜩 놀라게 될 정도로.

그럼에도 소용없다는 걸 알기에, 세연은 지금도 무리들과 보란 듯이 웃으며 언제 그랬냐는 것처럼 몸을 돌려 유유히 빠져나가려는 지수를 불러 세웠다.

"잠깐만."

"뭐? 아직 할 말 남았어?"

지수가 표독스레 물었다.

"아까 내가 뺨 때렸을 때, 뒤에서 스타일리스트가 핸드폰으로 동영상 찍던데, 지워."

다음 순간 세연은 조용하게 말했다.

"지금 내가 보는 앞에서 안 지우면 곧바로 경찰서 가서 저 동영상 처음부터 끝까지 틀어 볼 테니까. 물론 거기엔 네가 있는 힘껏 내 뺨을 때린 장면도 찍혀 있겠지."

"그럼 내가 이 핸드폰 바로 변기에 넣고 물 내리면 어떻게 되지?"

당황한 얼굴로 수군수군하는 지수의 일행들을 뒤로한 채, 지수가 재미있다는 듯 묻자 세연은 흔들림 없이 대답했다.

"그럼 내가 고맙지. 알아서 네 패거리들이 찍은 동영상 다 지워져 있을 테니까."

그녀가 의도적으로 패거리들, 이라고 똑바로 지수의 눈을 쳐다보면서 또박또박 말하자 지수가 이를 가는 것이 느껴졌다. 세연은 웃으면서 말했다.

"분명 좀 전까지 뒤에서 둔기로 머리 내리치는 짓은 안 한다고 했잖아. 난 그렇게 들었는데? 아, 역시 못 믿겠어. 그렇지?"

그 말과 동시에 세연은 몸을 돌려 쾅 소리와 함께 거침없이 화장실 문을 열고 나왔다.

第 31 幕

그렇게 문을 부서뜨릴 기세로 유지수가 보는 앞에서 박차고 나온 건 좋았는데. 금세라도 때려 부술 듯 흉흉하게 기세를 올린 건 좋았는데.

유감스럽게도 현실은 세연의 뜻대로 흘러가지 않았다. 만약 누군가 지금 그녀에게 심정을 물어본다면 세연은 이렇게 답할 것만 같았다.

그냥 웃음이 난다.

지금 상황이.

“세연 씨, 왜 웃어요?”

그때마다 그녀의 일거수일투족에 촉각을 곤두세우듯 케어하던 김소현 팀장이 눈썹을 추켜세우며 물어 왔으나, 세연은 미소 지었다.

“아뇨, 그냥 웃고 싶어서요.”

그러면 안 되나요? 소리 내어 묻고 싶어졌다.

물론 웃을 상황은 아니었다만.

그랬다, 유감스럽게도.

모두가 웃을 수 있는 행복한 상황이면 참 좋았겠지만, 아쉽게도 결과는 그렇지가 않았다.

마음 깊은 곳에선 막연하게 괜찮을 거라 여겼는데 아니었던 모양이다.

사실 그녀의 예상보다 더 충격적인 결과였다.

'발표 당일은 실시간 음원 차트 30위, 그다음 날은 40위, 그 다다음 날은 70위…… 그리고 지금은.'

100위권 밖으로 나가서 그녀의 곡명은 보이지도 않았다. 막말로 차트 광탈.

아무리 이유를 갖다 대 봐도 완벽한 실패였다. 이미 그녀의 데뷔 미니앨범은 실시간으로 뒤바뀌는 음원 순위에서 아무리 눈을 크게 뜨게 찾아봐도 그녀의 앨범은 없었다.

— 세연 씨, 앨범 차트 순위가 좀 저조하긴 하지만 그래도 음악방송 녹화가 나가면 노래 홍보도 되고 반응이 지금보다는 괜찮을 거예요.

그녀를 달래듯이 위로했던 김소현 팀장의 말 역시 보기 좋게 빗나갔다.

한마디로 크게 반응이 없는 상황. 게다가 시기도 안 좋았다. 하필 영화제 시기와 겹쳐서 줄줄이 올라오는 화려한 시상식 사진과 연예계 기사들에 그녀를 다룬 기사는 묻혔고, 앨범의 반응 역시 뜨뜻미지근했다.

이대로라면 팬텀에서 그녀를 가수로 출격시킨 기획이 처음부터 나동그라졌다고 말하기 딱 좋은 상황. 누가 봐도 기세 좋게 낸 데뷔 앨범이 빛을 보지 못하고 스러진 상황이었다.

이유는 하나뿐이었다. 대중들은 냉정했다. 기우도 그러지 않았던가. 단 한 순간이라도 그럴듯한 가수로 보인다면 대중들은 호응해 줄 거라고 말이다. 그녀 나름대로는 발랄하게 춤 안무를 했다 생각했지만, 가수로 보일 만큼 그럴듯하게 보이지 않았을지도 모른다.

'역시 그게 문제였나.'

동시에 잊히지 않던, 내심 뇌리에 남아 있던 그의 말도 귓가를 스쳐 갔다.

– 단 1초의 찰나라도 진심이 보이지 않는다면 대중들은 냉정하게 외면할 거야.

지나고 보니 그의 말이 정확했다. 세연은 말없이 질끈 눈을 감았다 떴다. 그녀 혼자만의 결과였으면 상관없었다. 아무리 절망적인 상황이라도 살아 있는 이상 끝날 때까지 끝난 게 아니니까. 희망이 있는 이상, 다시 일어설 수 있으니까 말이다.

하지만 그와 연결된 것은 달랐다. 차라리 그녀 혼자 실패했다면 좋았을 것이다. 엄밀히 말하자면 연예기획사 팬텀의 손실인 것이고 그에게까지 피해를 입혔다. 그 생각이 떨쳐 낼 수 없는 상념으로 그녀를 괴롭혔다.

'이러고 싶지 않았는데, 이미 괴로운 건 일본에서의 일로 충분한데. 내가 그에게 피해를 입혔어.'

괴로워한 것도 잠시, 세연은 다시 마음을 가다듬었다.

아직 끝난 게 아니었다.

끝날 때까지 끝난 게 아니니 살다 보면 다시 기회도 있으리라. 물론 그 기회가 다시 찾아오리란 보장이 있는 것도 아니었지만.

잠시 절망적인 생각이 들지 않았다면 거짓말이겠지만 얼마 지나지 않아 익숙한, 지긋지긋하기까지 한 기시감이 느껴졌다. 그동안 숱하게 겪었다. 이불을 뒤집어쓰고 소리 죽여 우는 것, 목이 메고 가슴이 떨려 와 자신도 모르게 뜨거운 눈물이 쉴 새 없이 줄줄 흐르는 것.

지긋지긋했다. 그런다고 누가 알아주기나 하는가. 집에서도 바보 취급은 신물 나게 겪었고 독립하는 순간까지 해옥 고모의 악담과 저주에 시달렸다.

혼자 웅크리고 소리 죽여 울어 봐야 아무것도 달라지지 않는다는 것을 잘 알고 있기에, 그녀는 이제 절대로 울지 않았다.

무엇보다 유지수 때문에 운다면 더욱 억울하지 않는가.

비록 지수에게 계속 시달리고 결국 그녀의 이름과 가족, 가족들과 함께 지내던 집까지, 당연하게 여겼던 그녀의 자리가 없어졌지만 좋은 점도 있었다.

그 생각을 하자 용수철처럼 절망에서 튕겨져 나왔으니까.

다시 연습실로 향하게 되었으니까.

조용한 연습실 안.

이곳에 보란 듯이 다시 돌아온 세연은 나직하게 소리 내어 중얼거렸다.

"결국 이렇게 되었어."

더 무슨 말이 필요할까. 결국 이렇게 되어 버렸다.

지금쯤 유지수는 그녀가 실패할 줄 알았다고 고소해하며 득의양양 승리의 미소를 띠며 즐거워하고 있으리라. 어쩌면 수족 같은 스타일리스트와 매니저와 술 한잔 기울이고 있을지도 모른다.

어차피 상관없었다.

다시 일어나면 되니까……. 다시 도전하면.

하지만 또 다른 기회가 있을까? 어쩌면 살면서 그녀의 마지막 운까지 이번 데뷔 앨범에 써 버린 게 아닐까? 마음 깊은 곳에 꺼지지 않는 불씨처럼 의구심이 들었다. 계속해서 드는 의구심을 보란 듯이 꺼뜨리듯 연습하는 수밖에.

이것밖에 할 수 있는 게 없으니까.

지금쯤 누가 오지 않는 게 당연한, 캄캄한 연습실 안에서 세연은 이를 악물었다.

비록 어렵게, 유일하게 잡은 천금 같은 기회는 물거품처럼 사라져 버렸지만. 이렇게 다시 추운 연습실에 나와 있지만, 그래도 포기할 수 없었다.

조용한 연습실 안, 거짓말처럼 순식간에 끝나 버린 안무 동작을 다시금 연습하는 세연의 눈에 서서히 비감 어린 빛이 어렸다. 그것도 잠시, 그녀는 오기 어린 독기를 뿜어내는 눈으로 불 꺼진 연습실을 노려보며 보란 듯이 계속해서 안무를 연습했다. 오로지 이것이 그녀의 꺼지지 않는 마지막 삶의 불꽃인 것처럼 그렇게.

그렇게 얼마나 연습했을까.

갑자기 요란한 소리가 사방에 울려 퍼지더니 바깥이 칠흑같이 어두워지고 비가 세차게 퍼부었다. 천둥 번개가 쳤으나 세연은 개의치 않고 연습했다.

다시금 하늘의 노성처럼 쿠르릉, 하는 소리와 번쩍이는 번개가 창문을 세차게 때렸다. 그때 문 열리는 소리가 들려왔다. 세연은 고개를 돌렸다. 거짓말처럼 연습실의 문이 열리고, 낯익은 외양의 그가 모습을 드러냈다.

동시에 세연은 숨을 삼켰다.

그녀는 반사적으로 손목에 찬 시계를 쳐다보았다. 오늘은 그와 만나는 날이 아닌데. 펜트하우스가 아니고 다른 곳도 아닌 팬텀의 연습실에 그가 왜 찾아왔을까.

하지만 의문도 잠시, 갑자기 놀랍게도 그녀가 안무 연습을 하던 연습실로 모습을 드러낸 기우는 말이 없었다.

"여기 왜 온 거죠?"

세연이 조용히 물었으나, 기우는 여전히 침묵했다. 세연은 가시지 않는 의구심 속에, 서서히 어둡게 가라앉은 시선을 돌리며 생각했다.

이미 결론을 내리고 마음속에 깊은 말들을 간직한 채, 내게 입을 열어 이야기하지 않을 뿐이라고 해야겠지.

기우가 복잡한 감정의 동요를 숨기지 못하는 그녀를 지그시 바라보았다.

"이미 네 스스로 답을 알고 있을 텐데."

"하지만 당신 입장에서는 할 말이 있을 텐데요? 아닌가요? 권기우 씨."

그녀의 물음에 한없이 침잠한, 꼭 심연을 연상시키는 가라앉은 눈동자의 그가 고개를 저었다. 왜 자신에게 이런 질문을 하냐는 듯이.

이윽고 고개를 돌린 기우가 그녀와 눈을 마주치며 여유로운 태도로 말했다.

"왜 그렇게 생각하지? 신경 쓸 필요 없어. 넌 그냥 네 일을 열심히 하면 돼."

이윽고 기우가 회전의자에 앉더니 빙글, 의자를 돌리며 그녀를 마주 보았다. 그의 입가엔 예외 없이 보일 듯 말 듯 희미한 미소가 어려 있었다. 세연은 잠시 말없이 그를 응시했다.

꼭 투명하게 비쳐 보이지만 그 속은 한없이 깊은 우물을 보는 기분이 든달까. 분명히 의도가 있을 텐데, 그게 가늠이 되는데, 그가 패를 펼쳐 보이지 않으니 서서히 기분이 나빠졌다.

거슬린다. 한없이 거슬린다. 왜일까.

인정하고 싶지 않지만 그가 솔직하게 자신에게 감정을 드러내지 않는 것에 대한 서운함이라고 해야 할까. 순간 세연은 당황해 버렸다. 왜? 이제 와서? 왜 서운함을 느끼는가? 스스로도 이해할 수 없는 감정이었다. 오히려 그가 자신에게 거리를 두거나 멀리하면 기뻐해야 되는 게 아닌가? 그녀가 내심 두려워하던 5년 전의 끔찍한 악몽을 끄집어내는 그와 다시금 연관되지 않아서, 다시 시작할 가능성이 없어지니 오히려 기뻐해야 하는 게 당연한 건데. 그런데 왜?

한번 떠올린 의문은 꼬리를 물고 이어졌다.

때문에 이어지던 상념은 결국 잔잔한 호수에 돌을 던지듯 불현듯 그에게 질문을 던지게 만들고야 말았다.
"정말 내게 할 말이 없어요? 엄밀히 말해서 권기우 씨도 투자를 했잖아요."
"그래서? 네 실적이 부진하면 내게 재산상의 손해를 입힌다고? 나에게 금전상으로 손실을 입혔을 뿐만 아니라 막대한 피해를 입혔다고 지금 말하려는 건가?"
여전히 농담 섞인 어조.
그녀에게 들으란 듯 웃음 띤 목소리로 말했지만 기우의 눈은 서늘했다. 가벼운 미소를 입가에 띤 채 팔짱을 끼고선 중얼거렸다.
"걱정하지 않아도 돼. 가끔 넌 쓸데없는 것에 너무 염려하는 경향이 있어. 그러지 않아도 된다고, 내가 이미 말했을 텐데?"
"하지만 마음이 편하지 않은 게 사실이에요. 권기우 씨도 알다시피 특수한 상황이잖아요."
그 말과 동시에 그녀는 자신을 꼭 꿰뚫는 듯한 그의 시선에 맞서듯 기우의 시선을 피하지 않고 정면으로 응시했다. 그러고는 한 마디 한 마디 그녀의 진심을 담아 말하듯 끊어 말했다.
"신경 쓰이지 않는다면 거짓말일 거예요. 실상 데뷔를 목표로 훈련받은 연습생들에 비해서 내 실력이 떨어지는 게 사실이니까."
당신의 눈으로 직접 확인하지 않았냐는 그녀의 뉘앙스에도 기우는 아무 말이 없었다. 그 침묵은 좋지 않은 전조였다. 방심하고 있다가 갑자기 날카로운 유리로 내리긋듯 그녀의 심장까지 얼어붙게 만드는, 또 어떤 의미심장한 말을 내뱉을지 모르니까.
지금 역시 마찬가지였다.
빤히 그녀를 응시하면서 기우가 천천히 대수롭지 않다는 듯 말했다.
"이미 다 아는 사실 아니었나? 굳이 입 아프게 확인시켜 줄 이유가 있을까. 애초에 3년, 5년 넘게 연습생으로 꾸준히 훈련해 온 아이들과 네가 같을 리가 없잖아."

"……물론 알고 있어요."

"그럼 신경 쓸 필요 없을 텐데? 더더욱 마음에 담아 둘 필요도 없을 테고. 왜 뒤늦게 이러는지 모르겠네."

"그건 신경 쓰지 않아요. 어차피 현실적으로 이루어지기 힘든 일에 뛰어들었을 때, 예상했던 일이니까."

그러자 세연은 기우가 보란 듯이 똑바로 쳐다보며 말했다.

"그 정도 힘든 일이 없을 거라 생각하고 뛰어들지는 않았어요."

"그럼 문제 될 거 없지 않나."

기우가 대수롭지 않게 말을 받았으나, 세연은 물러서지 않았다. 침묵이 흐르고 그녀는 정색을 하며 잘라 말했다.

"하지만 신경 쓸 수밖에 없는 일도 있어요."

"이를테면?"

가벼운 기우의 반문에 세연은 여전히 흔들림 없이 대꾸했다.

"나 혼자라면 상관없지만 팬텀에 손해를 끼친 게 사실이니까."

"그런데? 뭐가 문제라는 거야?"

하지만 기우는 여전히 웃고 있었다.

"넌 지치지도 않는 거야? 포기하지를 않네."

그가 천천히 말을 이었다.

"정말 이런 널 볼 때마다 어떻게 말해야 할지, 난감한 기분이 들어. 다시 말하지만 세상에서 날 이런 난처한 입장에 놓이게 하는 건 네가 최초다. 웬만해서는 당황하지 않을뿐더러, 날 그런 상황에 놓이게 하지 않으니까 말이야."

그녀에게서 눈을 떼지 못하며 기우가 낮게 중얼거렸다. 그런 그의 움푹 파인 눈은 귀기까지 발산하는 듯했다. 그녀를 향한 오랜 멈추지 않은 사랑을 간직한 채로 오로지 그녀만 눈에 담았다. 변치 않는 사랑을 속삭였다.

세연은 자신도 모르게 우뚝 멈춰 선 채로 뚫어져라 그를 바라보았다.

연습실의 내리쬐는 푸른 조명을 받아 특유의 조각 같은 그의 옆얼굴은 꼭 시린 달빛과도 같은 빛을 띠고 있었다. 그것은 심연의 빛깔이었다. 결국엔 그가 어떤 생각을 하는지 추측도 예측도 할 수 없는, 캄캄해서 꼭 먹혀 버릴 것만 같은 빛깔.

연습실의 조명 아래 기우가 천천히 팔짱을 꼈다. 그러고는 아무렇지 않게 그녀를 보면서 말했다.

"지금이라도 그만두는 게 이상적일 텐데. 딴 일을 찾아보는 게 어때. 그게 모두에게 이상적인 결말 아닐까? 문득 난 궁금해지는데."

유심히 봐도 화가 난 것 같지는 않았다. 그녀의 앨범이 결국 실패해 분노한 것 같지도, 그렇다고 멸시하는 것도 아닌. 가만히 지그시 그 본질을 응시하듯이 건조하게 바라보는.

"굳이 내 투자가 실패했다는 사실을 깨우쳐 주려고 그런 건 아니야."

세연은 보란 듯이 웃었다. 5년 전으로 되돌아간 것처럼, 아이처럼 그의 앞에서 울고 싶지 않아서 마지막까지 경련하듯 미소를 입가에 짜냈다.

"포기하는 게 낫다는 걸 누가 모르나요? 하지만 멈출 수 없어서 계속하는 사람들도 있어요. 멈추는 순간 삶의 목표가 사라져 버리니까. 살아도 사는 게 아니니까 계속할 수밖에 없다구요. 만약 멈추면, 그대로 죽게 되니까."

조용한 연습실의 적막 속에서, 세연은 화를 내거나 그가 들으란 듯 아이처럼 소리를 지르는 대신 일부러 감정을 죽였다.

"그게 마지막 희망이니까 멈출 수가 없다구요."

"어리석네. 무모하기도 하고."

이윽고 기우가 입가를 일그러뜨리며 웃었다. 그러고는 딱히 맘에 들지 않는다는 눈초리를 던지면서 말했다.

"지금이야 말하지만, 유지수는 유지수고 너는 너대로 잘 사는 거 그게 복수야. 결국 네가 원하니까 나 역시 합류했지만, 그런 내 생각엔 변함이 없어."

"여전히 당신은 냉정하네요."

세연이 지적했다.

그러자 기우가 보란 듯이 어깨를 으쓱했다.

"하지만 보다시피 난 망가진 채로 살아가. 보기 흉하게 부서진 악기로 이렇게 계속해서 생의 연주를 하는 것처럼 그렇게 살아가지. 뭐, 그렇게 거창하게 표현할 필요는 없지만. 그냥 살아 있으니까 사는 것뿐이야. 그리고 비록 부서진 악기지만 계속 연주하면 나름대로 들을 만한 멜로디를 들려주니까."

언제 다가왔는지 기우가 등 뒤에서 그녀를 안아 놀라게 했다. 항상 그랬다. 전혀 예기치 않은 순간 그는 그녀를 절실하게 바라고 놓지 않아 놀라게 한다. 지금 역시 기우가 굳어진 그녀의 머리카락을 놓칠세라 긴 손가락으로 섬세하게 쓸어 넘기며, 향기를 빨아들였다.

"그래도 널 바라보는 걸 멈출 수 없어. 말이 안 된다는 걸 알면서도. 이미 머릿속에서는 냉정하게 안 된다 결론을 내리고 이쯤에서 그만둬야 한다는 걸 아는데. 그런데도 널 바라보는 걸 멈출 수가 없어."

깊은 심연과도 같은 짙은 눈동자가 못 박힌 듯 그녀만 바라본다.

"왜냐고? 평소의 나라면 하지 않았을 그런 미친 짓을 널 통해서 하고 있으니까. 네 눈으로 보지 않았나?"

왜일까. 그녀를 뒤에서 끌어안은 그가 가슴에 유리처럼 박혔다. 세연은 고갤 돌려 물었다.

"만약 내가 포기하지 않고 계속하면 어떻게 할 거죠? 여기서 굴하지 않고 새 앨범을 낸다면?"

“그럼 난 널 기다릴 수밖에 없지. 5년을 기다렸는데 그 이상도 못 기다릴까.”

“권기우 씨 때문이라도 꼭 이번 앨범을 성공시켜야겠네요. 그게 당신에게서 날 벗어나게 해 줄 테니까요. 당신에게서 날 해방시켜 줄 테니까. 그게 내 존재 이유예요. 지금으로선 유일하게 버틸 수 있는.”

이윽고 서서히 힘을 회복한 세연이 고개를 들고는 보란 듯이 몸을 돌려 그와 마주 보며 또박또박 힘주어 말했다.

“그게 날 살게 해 주는 원동력이에요.”

침묵이 흘렀다.

더는 기우도, 그녀도 말을 하지 않았다.

기우가 다시금 그녀를 힘주어 안은 건 그때였다.

“……!”

세연은 굳어진 채로 말했다.

“이거 놔줘요.”

그녀가 말했으나, 기우는 아랑곳하지 않고 자신에게서 벗어날까 힘주어 끌어안으며 부드럽게 속삭였다.

“너는 변했어. 이렇게 포기하지 않고 연습실에 나와 안무 동작을 연습하고 있고. 모든 게 멈춰져 있는 것 같지만, 너는 변했어.”

그가 의미심장하게 힘주어 말했다.

“그래. 꼭 느리지만 물이 멈추지 않고 흘러가듯, 그대로인 게 아니야. 세월이 흘렀고 넌 변했어. 그러니 두려움 갖지 마.”

기우가 반복해서 말했다. 꼭 그녀를 위로해 주듯, 떨리는 그녀의 마음 깊은 곳에 용기와 한 줄기 빛을 비춰 주듯 그렇게 멈추지 않고 거듭 말했다.

너는 달라졌다고, 그러니 두려워 말라고.

그 말은 거부 못 할 메시지를 내포하고 있었다.

그러니 피하지 말고 싸우라고.

그녀 역시 분연히 일어섰다.

눈앞의 자신 때문에 메마르고 말라가는 남자에게 보란 듯이 패배한 모습을 보여 주고 싶지 않아서. 그건 정말 못할 짓처럼 여겨졌던 것이다.

세연은 기우의 품을 벗어나 그를 바라보았다. 여전히 무슨 일이 있어도 그녀를 놓지 못하는 남자를.

믿기지 않게도, 너무나도 냉정한 남자의 검은 눈동자가 오롯이 담는 건 그녀 하나다. 여전히 그에게서 벗어나고 싶고 또 그러기 위해서 멈추지 않을 것이지만, 적어도 그 검은 눈동자 속에 담긴 자신이 비참하게 스러지는 모습을 보여 주고 싶진 않았다.

그래서 세연은 보란 듯이 다시 일어섰다.

第 32 幕

조용한 연습실. 아무리 해도 떨쳐 낼 수 없는 숙명.

꼭 수험생이 독서실 문을 열고 책상에 앉듯, 다시금 수험 생활과도 같은 연습이 시작되었지만 마음은 가볍기만 했다.

무엇보다 마음 한구석에 사라지지 않던 불안과 무거운 부담감이 사라지자 한결 홀가분한 기분이 들었다. 꼭 원 없이 울고 나서 개운하면서도 뭔가 쑥스러운 기분이 드는 것처럼. 그렇게 다시금 돌아온 연습실을 왠지 모를 감회에 젖어 말없이 바라보던 세연은 낮게 혼잣말했다.

"그래, 한결 낫구나……. 다신 못 돌아올 줄 알았는데."

그녀의 진심이었다.

다신 돌아오지 못할 것만 같았다.

물론 노력했지만 일시에 아찔한 급류에 휩쓸려 '앗!' 뒤늦게 정신을 차려 보니 이미 모든 것은 끝나 있었다.

모든 건 순식간에 이루어졌다.

단지 음악방송 녹화만 한 번 했을 뿐인데, 그날 실시간으로 발표되는 앨범 순위, 실시간 차트, 상위권에 올라가지 않으면 순식간에 광탈되는, 모든 게 말 그대로 실시간이었다.

꼭 제대로 시작도 하기 전에 어정쩡하게 끝난 기분.

그런 어정쩡한 기분에 뭔가 꺼림칙하면서 찝찝한 기분이 들었는데, 이미 순식간에 승부는 끝나 있고 졸지에 그녀는 첫 데뷔 앨범이 실패한 패자가 되어 있었다.

벼르고 벼르던 중요한 시험에 나가서 제대로 실력 발휘도 못 한 기분. 하다못해 몸이 풀리지도 않았는데. 그럼에도 인정하고 받아들여야지 어떻게 하겠는가. 세연은 고개를 저었다.

그래도 아예 다 잃은 건 아니었다.

내심 최악의 경우도 가정했다.

비록 기우는 다시 시도해 보자 했지만, 팬텀에서 그녀의 다음 프로젝트를 거절할지도 모른다는 최악도 내심 각오하고 있었다. 실제로 팬텀에서는 보란 듯이 저조한 성적을 낸 그녀의 앨범 실패에 난색을 표하며 다음 결정을 유보했다. 그러고는 자체 회의를 거쳐야 한다며 신중한 입장을 취했다.

– 세연 씨, 아무래도 이번 앨범이 어렵게 발매된 거잖아요. 회사 측 입장도 있고 아무래도 이번 인수 합병 건 때문에 분위기도 뒤숭숭해서, 사실 후속곡을 내기엔 어중간한 시기예요. 그래도 일단 최종 회의를 거쳐서 결정할 거니까 그때 다시 얘기해요.

실제로 그녀의 다음 곡 발매 문제로 팬텀의 2팀 회의가 소집되었다. 2팀이라 해 봐야 그룹 플로라만 있을 뿐, 앞으로 가수 투자에 대한 상황이 어떻게 될지 확실하지 않은 상황에서 팬텀의 신설된 2팀을 이끄는 노련한 팀장인 김소현이 회의실에 들어가 있었지만, 어떤 결과가 나올지 도무지 예측이 안 되는 상황이었다. 무엇보다 김석준 대표가 최종적으로 어떤 결론을 내릴지.

그리고 마침내 나온 결과.

– 세연 씨, 다음 싱글 곡까지 발표하기로 했어요.

전혀 예상치 못한 결과였다. 내심 미니앨범의 실패로 계약을 해지하는 것까지 예상했는데. 이렇게 다시 최종 회의를 거쳐 다시금 도전할 기회를 얻게 되니 기적 같다는 느낌이 들었다. 꼭 다시 태어난 기분이 이러할까. 그렇게 한결 맑아진, 머리가 싸한 기분으로 새하얀 벽의 독서실 책상을 마주하듯 연습실의 벽을 또다시 마주했다.

물론 달라진 건 있었다. 아무리 최대한 긍정적으로 생각한다고 해도 그녀의 정식 데뷔 미니앨범이 실패했으니, 예전과 똑같을 수 없었다.

"이거 마셔요."

이를테면 평소와 마찬가지로 그녀를 데리러 왔던 로드매니저 겸 실장인 혁수가 평소와 마찬가지로 그녀가 즐겨 마시는 차가운 카페라테를 건네주다 어느 순간 분통을 터뜨리듯 언성을 높이는 것도 해당되었다.

혁수가 피곤하다는 표정을 지으며 머리를 긁적이더니 들으란 듯 일침을 놓았다.

"저기요, 세연 씨가 연습하느라 지치고 피곤한 건 알겠는데 저희도 그냥 거저먹는 거 아니에요."

그러곤 혁수가 그녀에게 들으란 것처럼 줄줄이 말을 이어 갔다. 꼭 입이 근질거려서 이런 말을 할 기회를 기다렸다는 것처럼.

"이건 명확히 해 둘게요. 세연 씨가 매일 업 앤 다운 힘들게 연습하고 대표님이랑 팬텀 이사진들 앞에서 보란 듯이 깨졌다고 쳐요. 그동안 저는 뭐 하냐면 말이죠, CP(Chief Producer, 총괄 프로듀서)를 만납니다."

스냅 백을 거꾸로 눌러쓴 혁수가 툭툭 손가락으로 밴 승합차의 검은 시트를 두드렸다. 그러자 꼭 그녀에게 항변하듯 랩을 하는 것처럼 혁수의 목소리는 일정한 음률을 띠고 차 안에 퍼져 나가기 시작했다.

"보통 총괄하는 프로듀서가 여러 프로그램을 담당하거든요. 음악방송 그냥 출연하는 거 같죠? 그냥 출연 순서 받는 거 같죠? 물밑에서 얼마나 치열한데요. 우리끼리 하는 말인데, 컴백하려는 팀이 많을 때는 대형, 중소 총망라해서 백 명도 넘어요. 그렇다고 팬텀에서 아이돌 그룹 키우는 것도 아니고 고작해야 플로라가 다인데, CP한테 제시할 수 있는 선이 솔직히 없잖아요?"

세연에게 현실을 알기를 바란다는 듯이, 혁수가 쉰 목소리로 입을 열었다.

"그렇잖아요? 뭐든 그냥 얻어걸리면 나도 그렇고 세연 씨도 그렇고, 얼마나 편해. 그런데 속사정은 이래요. 생색낸다고 할까 봐 말 안 하려고 했는데, 세연 씨 컴백하기 전부터 뻰질 나게 음방 사무실에 드나들어서 출연하는 거예요."

혁수가 순간 생각났다는 것처럼 산만하게 까닥까닥, 이리저리 고개를 흔들면서 말했다

"전에 내가 앨범에 사인 하나 해 달라는 거 있었죠? 세연 씨는 시큰둥했지만 그 앨범 들고 세연 씨 프로필 사진이랑 곡 샘플까지 들고 '잘 부탁드립니다' 하고 세연 씨 잘되길 바라는 마음으로 정성을 들여야 돼요. 여기저기 발에 불이 나게 뛰어다녀서 성사된 거라구요. 그냥 가만히 있으면 우리가 노는 거 같죠?"

혁수가 여전히 대답 없는 그녀를 빤히 쳐다봤다.

"그렇다고 세연 씨가 예능 프로그램에 나가는 것도 아니고. 신비주의 고수하잖아요. 그렇죠? 까놓고 말해서 연기하려고 가수하는 거잖아요."

"혹시."

그때까지도 두 손을 모으고 정자세로 이상하리만큼 아무 말 없이

침묵하던 세연이 차분하게 말했다.

"팬텀에 소속된 배우들 중 한 명이 그 총괄 프로듀서가 맡은 프로그램들 중 하나인 예능 프로에 나가기로 했어요?"

갑작스런 그녀의 말에 혁수가 허를 찔린 것 같은 표정을 하고 쳐다봤다. 여전히 세연은 개의치 않고 침착한 음성으로 되물었다.

"그렇죠? 그래서 제 음악방송 출연이 성사된 거죠?"

혁수가 순간적으로 할 말을 잃어버린 것처럼 쳐다보자 세연은 조용하게 덧붙였다.

"그냥 논다고 안 했어요. 제가 연습하는 동안 열심히 뛰어다니고 전담하기 위해 노력하시는 거 알아요. 아무리 연습실에 틀어박혀 있어도 저도 그 정도는 알아요. 그래도 명색이 팬텀에 소속된 가수인데 말이죠."

세연은 혁수에게 보란 듯이 빙그레 웃으면서 고개를 끄덕였다. 부정하지 않고 명료하게 긍정했다.

"저, 연기하기 위해 가수 하는 거 맞아요."

다음 순간 그녀의 명쾌한 대답에 혁수가 깜짝 놀란 표정을 지었다. 세연 역시 이번 기회를 놓칠세라 매니저를 향해 천천히 말했다. 기회가 닿으면 한 번쯤은 꼭 하고 싶은 말이었으니까.

"난 정말 절박하게 연기하는 거거든요. 꼭 캐스팅되고 싶은 드라마가 있어요. 그래요, 아이돌 백 명, 아니 연기자 수천 명들을 제치고 캐스팅되어야 하는 거라 시간이 너무 걸려서 가수로 먼저 데뷔하는 수밖에 없었지만, 결국 이 방법을 택한 거지만 이건 분명히 말하고 싶어요."

그러고는 흔들림 없는 어조로 조용히 말을 이었다.

"저 감사히 열심히 하고 있어요. 아무것도 모르는 것 같지만, 저도 십 대 때부터 춤과 노래를 갈고 닦아 치열하게 연습생이 되고 그중 극소수만 데뷔 무대에 오를 수 있다는 걸 알고 있어요. 그래서 늘 미안하고 제가 잡은 기회에 감사해하고 있어요."

드물게 혁수가 침묵하는 가운데, 세연은 천천히 말을 덧붙였다.

"냉정히 말해서 몸치에, 주변에서 걱정하는 걸 알아요. 옆에서 답답해 보일 거란 것도. 하지만 절대로 지금 내가 어렵게 잡은 기회의 소중함도, 고마움도 모르지 않아요."

세연은 한 마디, 한 마디 힘주어 말했다.

"그 무게감과 책임에서 결코 자유로울 수 없다구요. 그래서 허투루 하고 싶지 않아요. 전문으로 트레이닝 해 온 연습생들에 비하면 우스워 보인다는 거 알아요. 하지만 조금만 더 기다려 주면 안될까요? 옆에서 보기에 부족해 보일지 몰라도, 저 나름대로 계속 멈추지 않고 연습하는 거라서요."

힘들었지만 어느새 마음에서 묻어나기 시작한 여유. 세연은 혁수와 눈을 마주치며 처음으로 잔잔히 웃으면서 말했다.

"느리게 걷는 거북이가 어디까지 갈 수 있는지 보여 주고 싶어서요. 그러니 좀 더 시간을 주세요. 누구에겐 우습게 보일지 몰라도 난 노력하고 있으니까."

그녀의 말을 끝으로 밴 안에 침묵이 깔렸다. 처음으로 혁수가 어깨를 으쓱하며 입을 다물자, 세연은 조용하게 마지막 말을 덧붙였다.

"그 연습하고 노력한 시간의 무게가 우습지만은 않다는 걸 보여 줄게요. 내 무대를 본 사람들이 다 비웃지는 않게. 그중 몇몇은 괜찮게 느낄 수도 있다는 걸, 진심을 담아 노력할게요."

물론 혁수에게 장담했던 성과가 나온 건, 훨씬 뒤의 일이었다. 말 그대로 초짜 신인 가수가 패기 넘치게 호언장담하는 모습이 얼마나 우스워 보였을까.

그녀의 등 뒤에서 킬킬 비웃었을지도 모를 일이었다.

하지만 그녀는 약속을 지켰다.

혁수에게 장담한 대로 최소한 무너지지는 않았으니까. 이어지는 앨범의 실패에도 눈물 한 방울 보이지 않았다. 물론 마음 같아선 펑펑 울고 싶었지만, 내색하지 않고 당당히 고개를 들고는 경련이 나도록 입가에 미소를 지었다. 웃기게 보이더라도 불쌍하게 보이는 것보다는 나았으니까. 그것이 그녀의 최후의 자존심이었다.

감정의 골이 폭발한 것도 잠시, 혁수는 그 뒤로 완전히 마음을 열고 편하게 그녀를 대했고, 나중에는 첫 앨범의 실패까지도 농담의 소재로 입에 올리는 여유까지 보였다.

"이제 와 말이지만, 그럼 성공할 줄 알았어요?"

스타일리스트 채희와 노닥거리듯 떡볶이를 먹고 있던 혁수는 그럼에도 진지한 반응을 보였다.

"누가 앨범 한 번에 대박이 나요. 그건 한마디로 로또와 같은 확률이에요."

혁수가 창백해진 세연의 얼굴을 곁눈질하며 강조하듯 말했다.

"신경 쓰지 말아요. 다음번에 더 잘하면 되지. 이번에 너무 결과가 안 좋아서 차라리 마음 편할 수도 있겠다. 뭘 해도 이번 앨범보다는 성공해요. 내가 보장하니까 발 뻗고 편하게 자요. 알았죠?"

혁수가 재차 농담으로 세연을 위로했다.

"앨범 실패한 본인이 이렇게 쫄아 있으면 옆의 사람들이 뭐가 되나. 그럼 더 세연 씨 눈치 보고 우리가 불편하니까, 마음 편하게 있어요. 우리가 더 열심히 홍보하고 더욱 신경 써서 케어할 테니까. 그것보다 세연 씨한테 내가 설명할 게 있어요."

그 말과 동시에 혁수가 본격적으로 방송국 드라마의 제작 시스템에 대해 설명해 주었다.

"내가 드라마 제작 스태프로 일했었다고 얘기했죠? 내가 일한 방송국 말고 타 방송국은 다르겠죠? 아무래도 세연 씨가 배우를 지망하니까, 그냥 참고하는 선에서 나쁠 건 없으니까 그냥 알아 둬요."

"네, 그렇게 할게요."

"TCS방송국에서 돌아가는 시스템은 대충 이렇게 돼요. 일단 스튜디오는 총 여섯 개이고 녹화세트장 네 개에서 제작돼요. 매주 돌아가면서 일일드라마, 주말드라마를 촬영합니다. 만약 세연 씨가 운 좋게 미니시리즈에 캐스팅이 되면, 지방의 스튜디오에서 촬영을 할 거예요."

혁수가 평소 보기 힘든 진지한 표정으로 설명을 이어 갔다.

"드라마 스태프들은 여러 팀으로 나눠지는데 먼저 크레인 장비팀, 동시녹음, 미술팀 그리고 세트팀, 소도구팀과 분장, 미용, 스튜디오와 야외팀이죠."

혁수가 이참에 머릿속에 새겨 두라는 것처럼 세연을 흘낏 보고선 줄줄이 말을 이었다.

"그리고 소도구팀이 세팅을 마치면 촬영에 들어가죠. 감독님과 조연출님, FD가 진행을 하고 매 신마다 큐! 액션, 원투쓰리! FD들이 복창을 하고. 알다시피 매주 촬영 스케줄은 빡빡한 편이에요."

"잠깐만요."

이어지는 혁수의 설명을 놓칠세라 세연이 노트를 꺼내 꼼꼼하게 적었다.

"그걸 왜 적어요? 그냥 외우지."

혁수가 면박을 주자, 세연은 눈 하나 깜짝하지 않고 진지하게 대답했다.

"계속 보면서 공부하려구요. 누구처럼 머리가 그렇게 좋지 않거든요."

"머리 좋은 거 같던데?"

새까맣게 그을린 혁수가 묵직하게 나온 배를 두들기며 눈 하나 깜짝하지 않고 농담을 했다.

"안 그러면 그 많은 드라마 대본을 어떻게 다 외워요?"

"그거야 대본이니까, 해야만 하니까요."

결연한 세연의 대답에도 아랑곳하지 않고 혁수가 말을 이어 갔다.

"가요 프로그램 녹화할 때도 그렇고, 보면 덜덜 떠는 것 같은데 막상 들어가면 녹화를 너무 잘해. 사람들 구름같이 몰려들어도 눈 하나 깜짝하지 않고 해치우는데 아주 강심장이야."

"꼭 그렇지도 않은데."

항변하듯 세연이 작게 말했으나, 혁수는 들은 척도 하지 않더니 계속 노트에 적으라는 듯이 눈짓을 했다.

"그럼 적어요. 달달 외워서 나쁠 건 없으니까."

세연은 연기에 대한 설명은 하나라도 놓치고 싶지 않아 노트에 빠르게 적었다.

"어쨌든 이어 말하자면, 세팅장에서 드라마 녹화를 시작합니다. ENG 카메라, 스틸 카메라가 클로즈업 샷, 풀 샷을 잡고 그리고 조명, 장비, 드라마 동시녹음팀, 감독님이 컷 오케이 사인 보내면 그때 모니터 화면 보면서 세연 씨가 연기한 걸 확인하는 거예요."

거기까지 속사포처럼 말한 혁수가 목이 타는지 차가운 커피를 한 모금 마셨다.

"어디까지 얘기했지. 그럼 얼추 다 얘기한 거 같으니까 궁금한 거 있으면 물어봐요. 내가 알고 있는 건 다 알려 줄 테니까. 연기 지도 받는다고 했죠? 뭐 기본적인 건 알고 있겠지만, 그래도 현장 분위기라는 게 있으니까 혹시 도움될지 몰라서 얘기했어요."

혁수가 강조하듯이 말했다.

"그래서 좋은 결과가 나온다면 뭘 못 하겠어요."

"전에는 꼭 성공 안 해도 된다고 했는데 그렇지는 않은 것 같네요."

세연이 카페인의 힘에 버티듯 연거푸 커피를 마시는 혁수를 보며 처음으로 농담을 섞어 말하자, 혁수가 작은 눈으로 뚫어져라 쳐다보았다.

"왜요?"

세연이 낮게 되묻자, 혁수가 잘라 말했다.

"안 그럼 내 월급 누가 줍니까. 어우, 내가 웬만하면 이런 소리 안 하려고 했는데 이번엔 꼭 성공시키세요. 이번에도 망하면 내 덩치 보이죠? 내가 화내면 무서울 것 같아요, 안 무서울 것 같아요."

세연은 천천히 고개를 돌렸다.

그러자 우락부락 근육질인 혁수가 보란 듯이 온몸의 근육에 힘을 주었다. 그 위협적인 기세를 찬찬히 보던 세연이 농담을 했다.

"무서워서 정말 성공시켜야겠네요. 목숨을 걸고."

"네! 그래요, 바로 그겁니다. 그럼 오늘도 열심히 일하러 가죠. 우하하."

오랑우탄이 위협적인 소리를 내면서 밀림에서 그녀의 등 뒤로 쫓아오면, 잡히지 않기 위해서라도 목숨 걸고 싸워야지 어떻게 하겠는가.

가슴을 두들기며 웃음을 짓는 매니저를 찬찬히 보며, 세연은 꼭 이번 앨범은 성공시켜야겠다는 결심을 다졌다.

第 33 幕

그런 생각은 세연 혼자서 한 게 아닌 모양이다.

일과 관련된 것이라면 한 치의 흔들림도 없는 기우 역시 마찬가지였다. 아무리 둘만의 비밀스러운 펜트하우스에서 그간 자제하고 억눌렀던 욕망을 폭발시킨 그이지만, 일에서만큼은 예외가 없었다.

"생각해 둔 곡의 콘셉트가 있어?"

이번 역시 그러했다.

한 치의 빛도 들어오지 않는 펜트하우스에서 그와 벗어날 수 없는 정사를 마치고 새하얀 등을 드러낸 세연이 화장대 앞에 앉아 빗질을 하자, 기우가 그런 그녀의 등에 자잘하게 입을 맞췄다. 이어지는 입맞춤. 세연이 본능적으로 고개를 가로젓자, 기우가 그녀에게서 그늘진 눈빛을 떼지 못하면서 물었다.

"이제 마지막 기회인데 정말 아무런 생각이 없어?"

정적이 감돌았다.

그닥지 않게 강렬하게 밀어붙이는 기세에 잠시 가늠하듯 말없이 올려다보다가, 세연은 이윽고 깨달았다. 이건 이를테면 그의 배려였다. 그녀가 벼랑 끝으로 내몰렸을 때 생각지도 않게 나타나 말도 안 되는 제안을 한 것처럼. 아니, 그건 배려가 아니라 그녀를 차지하기 위해 그가 고군분투한 거라고 해 두자. 그것 말고 기약 없는 연습만 이어지던 그녀의 데뷔 앨범 직전에도 그는 생각지도 않게 나타났었다. 그리고 깎아지른 듯한 동굴을 연상시키는 바로 데리고 가서 기분 전환을 시켜 주었었지.

"……."

이 순간 말없는 세연의 눈은 그에게 머물러 있었다.

지금 역시 그 일환이라고 생각하면 될까?

아니다. 그에겐 차라리 내가 재기할 수 없을 정도로 실패하는 게 나을 텐데. 그럼 그에게서 평생 벗어날 수 없게 될 테니까.

그것도 잠시, 세연은 고개를 끄덕였다. 그녀에게 다시 시작할 기회를 주려는 그의 마음을 모르지 않았다. 지금껏 봐 온 그의 모습이 그 사실을 증명했다. 그는 다치고 상처받은 그녀를 일으켜 세워 주고 세심히 상처를 달래주는 건 못 한다.

때문에 세연은 두 눈 가득 눈물을 담고 억울해하거나 그에게 항의하고 소리를 높이는 대신, 천천히 진지하게 물었다.

"그럼 권기우 씨는 생각해 둔 콘셉트가 있어요?"

"정말 뭐든지 할 수 있나?"

익숙한 그의 차가운 목소리가 들려왔지만 세연은 개의치 않았다. 그녀는 꿋꿋이 말을 이었다.

"유지수가 보는 앞에서 바닥으로 더 떨어지기 않기 위해, 그러지 않기 위해선 난 뭐든지 할 수 있어요."

다음 순간 그녀는 보란 듯이 그를 마주 보며 당당하게 요구했다.

"그러니 권기우 씨가 생각한 콘셉트가 뭔지 알려 줘요. 뭐든 지금의 내게 희망이 되는 거라면 거절 안 할 테니까. 난 물론 받아들일 준비가 되어 있고, 알고 싶어요."

침묵이 흘렀다.

다음 순간 세연은, 잿빛 나이트가운 차림의 기우가 자신의 머리칼 속으로 손을 넣어 미끄러뜨리고 난폭하게 귓불을 깨물고 순식간에 뜨겁게 붉은 입술을 탐해 깜짝 놀랐다. 기우가 아랑곳하지 않고 거친 숨을 내쉬면서 낮게 말했다.

"확실히 이상한데? 펜트하우스에서 너와 나, 싸우지 않으니까. 익숙해지지 않아."

"그래서요?"

도발하는 걸까?

세연이 맑고 검은 눈동자를 깜빡이면서 초점을 그에게로 고정한 뒤 흔들림 없이 보자, 기우가 보란 듯이 그녀의 뺨을 꼬집었다. 그러고는 어둡게 웃으면서 입을 열었다.

"이제야 내 어쭙잖은 충고를 듣는다니 고마워해야 되는 건가?"

"화났어요?"

세연은 그런 그에게서 눈을 떼지 않은 채 조용히 물었다.

"왠지 심술이 난 것 같아서."

그러자 그가 낮게 너털웃음을 터뜨렸다. 어이가 없다는 것처럼 말없이 그녀를 보더니 번쩍 들어 올려 안았다. 세연은 자신도 모르게 나이대에 맞게 '꺄악' 낮게 소리를 냈다. 아랑곳하지 않고 기우가 그녀와 눈을 마주치면서 선언하듯 말했다.

"팬텀 사옥에 있는 음향실로 와. 네가 좋아하는 노래를 찾을 거야. 이번에는 남이 정해 주는 게 아니라, 정말 네가 부르고 싶고 잘 표현할 수 있는, 관심 있는 노래. 내 전직을 살린다고 해 두지."

그렇게 해서 생각지도 않게 가게 된 팬텀 엔터테인먼트 사옥 7층에 위치한 음향실.

세연은 특유의 무심한 듯 서늘한 시선으로 눈앞의 마스터 키보드를 능숙하게 다루는 기우를 바라보았다.

확실히 몸에 익은 거침없는 손놀림이었다.

얼마 안 있어 스피커에서 보란 듯이 그가 만든 곡의 멜로디가 흘러나오기 시작했다. 그 순간 세연의 눈이 커졌다.

스피커에서 멜로디가 흘러나오자 마치 베이스를 빠르게 연주하듯 기우의 망가진 손이 건반을 연주한다. 세연은 귀를 의심했다. 이 순간 거짓말처럼 정확히 리듬에 맞춰 쪼개진 음이 그녀의 귀에 들려오고 있었으니까.

세연이 고개를 돌려 그를 보았다. 그러자 기우가 피식 웃었다. 그러고는 아무렇지 않게 물었다.

“다시는 손을 못 쓸 것 같았는데, 내가 악기 연주하니까 이상해?”

“아뇨……. 그런 건 아니지만 이러니까 다시 예전으로 돌아간 기분이 들어서요.”

망설이다가 주저하지 않고 똑바로 그와 시선을 마주치면서 말하자 기우가 보란 듯이 낮게 말을 내뱉었다.

“예전에 했던 일이니까. 비록 처참하게 부서졌더라도 보다시피 흔적은 남아 있지.”

그러곤 기우가 나지막하게 말을 이었다.

“감상에 젖을 때가 아니야. 뒤를 한번 돌아봐. 이 문을 열고 나가면 네 뒤에 작곡과 편곡 프로듀서가 기다리고 있어. 잊지 말라고.”

이제는 익숙해진, 냉혹하게도 들리는 어조로 그가 아무렇지 않게 지적해 왔다.

“이제 새로운 곡을 만들어야지. 언제까지 감상에 젖어 있을 건데?

이번에도 또 실패할 수는 없으니까."

아무렇지 않게 그녀에게 냉엄한 현실과 정면으로 맞닥뜨리게 한다. 더는 피하지 말라는 것처럼. 세연은 그런 그를 말없이 바라보았다.

이렇게 악기를 연주하자 어쩔 수 없이 예전 생각이 나는 걸까? 확실히 5년 전 그녀와 처음 만나던 때를 떠올리게 한다. 잠시 그에게서 시선을 떼지 않던 세연은 천천히 입을 열었다.

"물론 해야겠죠. 그러니 도망치지 않고 여기 와 있는 거겠죠? 권기우 씨, 현실을 정면으로 바라보게 해 줘서 고마워요."

그러자 기우가 흥미를 잃어버린 것처럼 피식 웃었다. 그러고는 악기 쪽으로 시선을 돌렸다.

그런 그에게서 여전히 시선을 떼지 못하며 세연은 천천히 심호흡하면서 물었다.

"베이스 연주하고 싶을 때 있어요?"

침묵이 흘렀다.

그는 왜 그런 걸 묻느냐는 질문조차 하지 않았다.

여전히 속을 가늠할 수 없는 깊고 검은 눈으로 빤히 그녀를 응시하면서 아무렇지 않게 대답했다. 꼭 남의 이야기를 하는 것처럼 지극히 무감각하고 평정 어린 어조. 이상하게 그게 더 가슴 아프다.

"가끔. 비가 오거나 사고가 난 날도 아닌데 유독 욱신거리고 아픈 날이 있어. 꼭 손이 잘린 것처럼. 환상통을 앓는 것처럼 잘린 손을 보는 선득한 느낌이 들 때가 있지. 하지만 그것보다 더한 게 있어."

한없이 깊은 심연을 담은 것 같은 눈. 너무도 아득하고 깊어서 계속 바라보고 있자 문득 섬뜩함마저 느껴졌다. 도대체 그녀가 알지 못하는 사연과 세월의 아픔을 얼마나 담고 있는 걸까. 그녀의 책임을 통감하게 만들어서 도무지 죄책감에서 자유로워질 수 없게 한다.

지금도 역시 기우가 그녀를 미치게 만드는 예의 그 깊고 검은 눈동자로 지독히도 감정 없는 메마른 어조로 말했다.

"베이스 악기는 쇠를 다루는 것과 비슷해. 금속의 쇠를 힘주어 누르면서 뽑어내는 무거운 기운. 말 그대로 기본적으로 드럼과 맞물려 받쳐 주면서 한 번씩, 한 번씩 리듬을 유려하게 뽑는 느낌이 얼마나 끝내주는지. 그래, 가끔 공명하는 것 같은 환상적인 느낌을 아마 넌 모를 거야."

그가 세연에게서 시선을 떼지 않으면서, 오싹하리만큼 억양 없는 어조로 덧붙였다.

"결코 잊을 수 없어. 그 차갑기까지 한, 묵직한 쇠를 힘주어 누르고 압력을 가해서 리듬을 끌어내는 그 특유의 느낌. 그래, 손을 다치고 다시는 연주할 수 없는 내가 유일하게 연주할 수 있는 건 지금 너라고 해 둘까? 정확히 네 몸?"

이 순간 기우는 새하얗게 질린 창백한 얼굴의 그녀에게서 눈을 떼지 못했다. 그러고는 감미롭게 속삭였다.

"네 몸을 연주하면, 일시적으로나마 상실감이 사라져. 그래서 네게 더 집착하는지도 모르지."

믿을 수 없으리만큼 유혹적인 속삭임.

그러고는 보란 듯이 그가 만든 곡의 선율을 연주한다.

그런 그를 바라보는 세연의 얼굴은 어느새 하얗게 질려 있었다. 그의 말이 폐부에 와 박힌 탓이다.

그녀의 눈으로 보고도 믿기지 않게 마스터 키보드의 건반을 자유자재로 누르더니, 흘러나오는 멜로디 속 아무렇지 않게 그녀에게 제안한다.

"이번엔 어떤 곡을 만들고 싶어?"

"네?"

갑작스러운 그의 질문에 세연이 의도를 파악하듯 눈을 깜빡이자,

기우가 예외 없이 그녀의 허를 찌르듯이 말했다.

"아직도 아무런 생각이 없어? 보다시피 네 데뷔 앨범은 실패했는데. 기적처럼 두 번째 디지털 싱글 곡을 내기로 했으면 어떻게 해야 할지 이쯤에서 머릿속에 있어야 하는 게 아닌가?"

아무렇지 않게 물끄러미 시선을 던지면서 예의 칼날처럼 날카로운 말들을 쏟아 내자, 그 매끄럽기까지 한 공격에 세연은 절로 말문이 막혔다. 기우가 빙그레 웃으면서 아무렇지 않게 말하기까지 했다.

"아니면 이번도 실패해도 상관없다는 건가?"

잠시 방심하고 있다가 얻어맞는 기분이다. 여전히 그녀를 보는 눈은 차가운 욕망을 담고 있는데, 바로 좀 전까지 베이스 악기를 잊을 수 없듯이 널 영원히 놓을 수 없다고, 듣기만 해도 낯이 화끈거리는 말을 내뱉지 않았던가. 분명 뜨겁게 그녀를 원한다고 말하면서도, 일적인 부분에선 사정없이 날카롭게 몰아친다. 예외 없이 매끄럽게 미소를 담은 채로 날을 세워 공격해 왔다. 이제는 익숙해질 때도 됐는데, 그 간격에 절로 숨이 막혔다. 세연은 천천히 말했다.

"권기우 씨, 업무 능력이 탁월하고 회사에서 빈틈없이 프로젝트를 진행하는 건 잘 알겠는데, 날 비난하지는 말았으면 좋겠어요. 당신은 내 상사도 아니고 난 부하 직원도 아니니까."

세연은 미동 없는 그를 보면서 천천히 숨을 들이마셨다.

"그리고 아예 날 생각 없는 사람으로 치부하는데, 저번엔 전적으로 팬텀에 일임해서 성적이 좋지 않았던 것도 사실 아닌가요? 나도 어디까지 드러난 문제를 되짚는 거니까."

이해해 줬으면 좋겠다는 그녀의 덧붙이는 말에도 기우는 말이 없었다. 그런 그를 향해서 세연은 흔들림 없이 말을 이어 갔다.

"저번 미니앨범은 처음이라 시행착오도 있었고 아쉬운 점이 많았던 것도 사실이니까. 이번엔 정말 내가 하고 싶은 음악을 하자 생각하고 있어요. 아니, 냉정히 말해서 음악 세계라고 말할 수도 없는 초짜니까. 엄밀히 말해서 뮤지션이라고 입에 올릴 수도 없으니까. 그냥 내가 하고 싶고 표현하고 싶은 음악과 콘셉트로 가자 생각하고 있어요."

무표정하게 응시하면서 순식간에 깊은 곳까지 헤집어 놓는 그의 도발에도 당황하지 않고 그녀가 대답하자, 기우가 눈을 감았다. 그러고는 아무렇지 않게 또 문제의 핵심을 지적해서 그녀를 당황하게 했다.

"말이 많네? 생각이 많으면 원래 말이 장황하지 않을까. 딱 잘라서 대답하지도 못하는 것 같고."

이윽고 눈을 감은 채로 기우가 빙그레 웃으면서 말했다.

"한마디로 간단하게 대답해. 결과적으로 볼 때 그게 시간 낭비를 줄이는 길이니까. 모두에게 이상적인 결론을 낼 수는 없지만, 확실히 시행착오는 줄일 수 있겠지."

예리하게 지적한 기우가 눈을 가늘게 뜨고는 생각났다는 것처럼 덧붙였다.

"이번엔 네가 좋아하는 걸 하자고. 역시 그게 좋을 것 같아. 결정했어."

"그럼 내가 좋아하는 걸 다 말해야 하나요?"

"음, 그건 내가 잘 아는데. 넌 먼저 겨울을 좋아하고 겨울 달을 좋아하고, 또 생각나는 게 커피와 홍차도 좋아하고 예쁜 카페, 인테리어 장식, 고전 영화도 좋아하지. 의외로 운동에도 취미가 있고. 그렇다고 나처럼 격투기를 하지는 않지만."

기우가 나른한 어조로 매끄럽게 말을 이어 가자 세연은 기가 막혔다. 기우가 아랑곳하지 않고 덧붙였다.

"시나리오 쓰는 것도 좋아하지만 무엇보다 연기하는 걸 좋아하지. 또 뭐가 있더라. 북유럽 추리 소설들을 읽는 것도 좋아하고 미국 하드보일드 소설들도 마찬가지지. 어떻게 보면 애늙은이처럼 조숙하고, 어릴 때 본 문고판을 달달 외우는 걸 보면. 그리고 클래식 음악과 발레도 좋아하지. 내 말이 틀렸나?"

"아니라고는 안 할게요. 나보다 더 정확하게 나에 대해 파악하고 있으시네요."

그녀의 빈정거리는 대답에 기우가 잠이 쏟아지는지 눈을 감으며 희미한 웃음기 어린 어조로 말했다.

"발레 좋아하는 거 맞아? 전에 한번 들었던 것 같은데."

"아…… 자주 보지는 못했지만. 어렸을 때 종종 오사카 회관에서 공연하면 보러 가곤 했거든요. 주로 크리스마스 날 호두까기 인형 같은 거였지만."

언제나처럼 성실한 그녀의 대답에 기우가 눈을 감았다. 웃음기 어린 어조로 말을 받았다.

"이를테면 잠자는 숲속의 공주 이런 건가?"

"그렇죠. 주로…… 지젤, 로미오와 줄리엣 이런 공연을 좋아했지만."

"확실히 낭만적이야, 넌. 내가 잃어버린 순수를 가지고 있어서 마음에 드는 걸까. 언제 네가 추는 발레 동작을 보고 싶은데. 언제 가능할지 궁금해지는데."

이제는 차가움과 뜨거움의 온도를 수시로 오가는 기분이다. 그는 뜨겁게 그녀를 욕망하고 절로 낯이 화끈거릴 정도로 마음을 고백해도 일적인 부분에서만큼은 가차 없다.

바로 좀 전까지도 칼날같이 자신을 몰아붙였던 기우가 웃음 띤 어조로 말했으나, 세연은 정말 진지하게 받아들이듯 생각에 잠겨 있었다.

"발레는 해 본 적이 없지만, 그래도 안무 연습보다는 나을지도 몰라요. 내가 버티는 근력이 차라리 낫거든요. 음, 봉에 매달려서 유연하게 춤을 추는 것보다는 차라리 아령을 들고 러닝머신 뛰거나 케틀벨 운동을 하는 게 나아요. 이건 잘할 수 있어요."

대답이 없었다.

기우가 침묵해서 잠든 게 아닐까 생각했던 그녀는 곧이어 그가 보란 듯이 두 팔을 벌려 그녀를 품으로 끌어들이자 깜짝 놀라고 말았다.

"그럼 내친김에 이번엔 네 발레를 볼까? 세연아, 기대해도 되겠지?"

이 순간 그가 아무렇지 않게 반문했다.

"이를테면 아까 들었던 쇼스타코비치, 민둥산의 하룻밤, 무소륵스키, 그리고 림스키의 전람회 기억해?"

갑작스런 그의 질문에 세연은 고개를 저었다. 펜트하우스에서 그와 격렬하게 맺어질 땐 실제로 눈길을 끄는 은빛의 오디오에서 맹렬한 클래식 선율 역시 흐르고 있었다. 무엇보다 림스키의 전람회는 12악장까지 연주가 되어 잊으려야 잊을 수가 없었다. 예기치 않게 그와 끝없이 사랑을 나눴으니까. 세연의 얼굴이 확 붉어졌다.

"네…… 그렇다면요? 왜 갑자기 그걸 묻죠?"

아무렇게나 화끈거리는 뺨을 내리누른 세연이 의아한 듯 묻자 기우가 팔짱을 끼더니 나른한 어조로 말했다.

"아니, 림스키의 전람회에 나온 클래식 선율이 어울릴 것 같아서. 참고로 제목이 '알에서 깨어난 병아리의 발레'야."

그녀에게로 기울어진 나른한 눈이 아찔할 정도로 명료한 빛을 내뿜었다. 세연은 잠시 잘못 본 게 아닌가 싶어 눈을 의심했다.

다음 순간 기우가 그녀를 끌어당기며 보란 듯이 분명한 어조로 선언했다.

"다음 앨범 콘셉트를 정했어."

지금껏 그래 왔듯 그는 말이 떨어지자마자 바로 실행했다. 허언은 하지 않는 남자니까. 어찌 됐건 불도저 같은 추진력이 그가 서원그룹에서 최종적으로 경영 수업을 받아 승진하게 된 원동력이 아닐까 생각해 보게 하는.

"안녕하세요, 정세연 씨? 오늘부터 발레 강습을 맡게 된 연지희라고 합니다."

말 나온 김에 바로 그녀에게 발레를 배우라며 그다음 날, 전문 강사를 초빙한 것이다.

다소 딱딱하게 들리는 첫인사로 자신을 소개했던 것과 달리 발레 강사는 상냥했고, 초보자인 세연에게 친절하게 발레의 기초 동작을 가르쳐 주었다.

"그럼 오늘은 몸을 풀고 스트레칭을 할 거예요. 서서히 동작을 몸에 익히는 단계로 갈게요. 갑자기 몸에 익지 않은 동작을 하면 몸이 놀라니까, 일단 스트레칭으로 몸의 근육을 풀어 주는 거죠."

그 덕분에 생각지도 않게 발레를 배우는 시간을 가지게 되었다.

노래와 안무 연습처럼 이것 역시 문외한이라 전문 강사가 엄격하게 지적할 줄 알았는데 아니었다.

"그럼 다시 어깨와 팔을 움직여서, 하나둘 셋. 한 번 더. 다시 무릎을 굽히고 위로 올라가서 하나둘……."

발레 강사의 지도로 몸을 풀고 낯설기만 한 발레 동작을 실제로 몸을 움직여 해 보자 의외로 만족감이 느껴졌다. 열심히 스트레칭하고 발레 동작을 따라 하자, 땀이 송골송골 맺히면서 심장도 빠르게 뛰고 몸의 에너지가 순환되는 느낌이 드는 게 기분이 좋았다. 뿌듯하기까지 했고 생각지도 않은 만족감이 찾아왔다.

"시간이 다 됐네요. 그럼 오늘 수업은 여기까지 할게요."

강사가 만면에 미소를 띠며 인사하자, 세연 역시 공손히 고개 숙여 인사했다.

"하아……."

그러고는 연습실 바닥에 앉아 잠시 숨을 돌리고 있다가 벌컥벌컥 생수를 마셨다. 소리 없이 되뇌듯 머릿속에 떠올렸다.

'계속하자. 멈추지 말고.'

일단 한 달, 앞으로 한 달만 계속 매일 이렇게 열심히 연습하면, 맡은 할당량을 채우듯 꾸준히 멈추지 않고 매일매일 계속해서 전력을 다하면 어느 순간 일정한 수준에 도달할 거라는 막연한 생각이 있었다.

마음속에 서서히 고개를 쳐드는 한 줄기 희망이 있었다.

그 희망에 의지해서 매일매일 8시간씩 연습을 지속한다. 전문 발레리나도 아니고 정말 힘든 일이긴 했다. 매일 스트레칭을 하고 발레 동작을 지속한다는 건, 실상 10분, 아니 1분도 하기 힘들었고, 어떻게 버텼는지 모르겠다.

물론 발레 연습만 하지는 않았다.

중간중간 계속해서 안무 연습도 하고 보컬 연습도 했다. 그런데도 왜 자꾸 딴짓하는 불안한 느낌이 드는 건지 모르겠다. 그래서 억지로라도 기다시피 한두 개 헬스 트레이닝 동작을 하는 것처럼 계속 연습했다. 몰아서 하지 않고 찔끔찔끔 비가 내리듯 중간중간 하더라도 포기하지 않고 계속하려고 노력했다.

실상 5시간도 무리였다. 절대로 쉽지 않았다. 온몸이 고문받는 것 같은 욱신거리는 느낌이 들었으니까. 근육통에 시달리면서도 멈추지 않은 것은 땀을 흘리는 느낌이 좋았으니까……. 정말 열심히 하고 살아 있다는 느낌이 들었다. 살면서 이렇게 뭔가에 열중해 본 적이 있던가? 앞으로 펼쳐질 결과를 두려워하지 않고 물처럼 흘러가는 이 순간을 즐기듯 여유롭게, 편안한 마음으로 발레 동작에만 집중해서 연습해 본 게 얼마 만인지. 아니, 실상 처음이었다.

'항상 쫓기거나 불안해했지…….'

반복해서 동작을 연습하던 세연은 그러다 드는 생각에 쓴웃음을 지었다.

– 알에서 깨어난 병아리의 발레라니.

기우가 이렇게 말했던가. 그 말과 동시에 속전속결로 곧바로 그녀가 발레 수업을 받을 수 있게 한 그였다. 그러고 보니 지금 발레 동작을 연습하는 자신이 막 알에서 깨어나 다른 세계로 나아가는 게 아닐까 싶어, 그다운 비유에 뒤늦게 웃을 수밖에 없었다. 세연은 떠올렸다.

'그러고 보면 확실히 그는 악취미야. 짓궂은 데가 있어. 다른 사람도 아닌 내가 발레라니.'

어울리지 않았다. 그리고 생각했다.

차라리 자신 말고 다른 여자를 사랑했다면 좋았을 거라고.

5년 전 충격적인 사건 이후로 180도로 뒤바뀌어 버린 자신이 아니라. 세연은 고개를 저었다.

그럼에도 선물처럼 주어진 발레 강습에 묘하게 처음으로 텅 빈 가슴이 채워지는 기분이 들었다. 일시적이고 잠깐 동안이라도 채워지는 기분이었다.

무엇보다 이제껏 느껴 보지 못한 여유롭고 풍요로운 느낌이 들어 익숙하지 않았다. 실상 지금껏 잠시라도 여유를 느낀 적이 없었다. 특히 한국에 온 뒤로는 더더욱. 항상 쫓기는 느낌이 들었다. 부모님은 돈이 떨어지고 생활 수준이 성에 안 차자 인상을 찌푸리고 짜증 내는 날이 많아졌고.

그러다 화사하게 인사하면서 찾아온 지수가 한 번, 두 번 계속 생활비를 대고 나중엔 아예 딸 노릇을 하게 되면서, 부모님과 세연은 아예 연락을 끊게 됐다. 그러자 마음에 여유와 평안함은커녕, 잠도 잘 이루지 못하는 날들이 이어졌다. 가장 근간이 되어야 할 집이, 그녀가 원래 속해 있던 자리가 사라져 버렸으니 어린 나이에 차마 감당 못 할 스트레스였고 커다란 짐이 돼 버린 것이다. 무거운 짐을 메고 터벅터벅 한없이 먼 길을 걸어가는 느낌이었다. 끝도 보이지 않는, 칠흑처럼 캄캄한 기약 없는 길을. 그러다가 다시 그를 만났다.

세연은 냉정하게 곱씹었다.

'그래도 그 덕분에 이렇게 싸울 수 있게 됐지.'

그래도 그를 만나서 다시 좋은 점은 있다고.

이렇게라도 유지수와 마주할 수 있는 기회라도 잡을 수 있어 다행이었다.

'그래서 더욱 감사하고 소중해. 더 늦기 전에 이렇게 현실과 맞닥뜨렸으니까.'

그래서 연습을 멈출 수가 없었다.

이전의 데뷔 앨범이 부담스러운 질주 같았다면, 물론 지금도 힘들긴 하지만 그렇게까지 뼈를 깎는 것처럼 고독하고 지치는 일방적인 레이스는 아니었다.

가쁘게 숨을 내쉬며 땀을 흘리며 발레 동작을 연습하는 순간의 희열감에 뿌듯했다. 아주 잠시지만 벅찬 보람도 찾아왔다. 그리고 막연하게 기분이 좋아졌고 미래가 기대되었다. 비록 결과가 안 좋더라도 뭔가 기분이 좋고 들뜨는 느낌, 이러한 느낌을 어떻게 설명해야 할까.

그랬다. 꼭 성공하지 않아도 지금처럼 뭔가 기분이 들뜨고 충만한 느낌이 들면, 뭔가 기분 좋은 일이 생길 것 같은 여유로움과 안정을 느낄 수 있어 좋았다. 지금껏 늘 허겁지겁 쫓기는 느낌이었는데 그게 사라져서일까. 이 믿기지 않는 따스한 햇살에 취하고 싶을 뿐. 얼마 만에 느끼는 안정이던가.

"하아……."

계속해서 발레 동작을 연습하던 세연은 연습실 바닥에 앉아 가쁘게 숨을 몰아쉬었다.

세연의 입가엔 한 줄기 여유로운 미소가 떠올랐다.

하지만 그것도 잠시, 세연은 순식간에 차가워진 눈빛으로 떠올렸다.

'이번 앨범도 실패하면, 영원히 기우에게 사로잡혀서 더는 벗어날

수 없는 거야. 정신 차려.'

세연은 가정했다.

'만약 그렇게 된다면…….'

세연은 표정의 변화 없이 담담하게 떠올렸다.

'유지수와 맞닥뜨리지도 못할뿐더러, 난 영원히 터널 속에 갇히는 거야.'

끔찍한 결과를 가정하면서도 세연은 담담하게, 표정의 변화 없이 침착했다. 비록 그를 만나 순간순간 이끌리는 순간이 있어도, 어쩌면 영원히 그녀에게 찾아오지 못하리라 생각했던 사랑이란 감정을 그가 아니면 느끼지 못하지 않을까 생각하면서도, 순간의 동요를 단호하게 떨쳐 내 버리듯이.

이미 모든 갈등과 아픔을 떨쳐 내고 결론을 얻은 것처럼, 세연의 눈은 이상하리만큼 평온했다.

'지금껏 난 늘 혼자였어. 다시금 그 끔찍했던 5년 전의 반복으로 돌아가고 싶지 않아. 비록 그에게 다시 이끌릴지 몰라도 결과는 같아. 비록 목표인 유지수에게 가깝게 다가가기 위해선 그와 가까워져야 하지만.'

그랬다. 그녀는 그와 계약을 했다. 분명 일시적이나마 세상에서 제일 친밀한 관계가 되기로 했다. 그럼에도 엄밀히 말해 목표인 유지수에게 다가가기 위한 수단이라는, 끝내 극복할 수 없는 딜레마로 인해 생기는 간극.

그 모든 복잡한 그녀의 마음과 갈등 속에서도 보란 듯이 최선을 다해야 했다.

결정적으로 기우가 변함없이 그녀를 몰아치고, 역으로 영원히 벗어날 수 없을 것만 같은 펜트하우스의 존재가 그녀를 지탱할 수 있게 해주었다. 돌이켜 보면, 그래서 버틸 수 있었다.

무엇보다 최소한의 시도라도 할 수 있다는 느낌이 확실하게 와서 계속해서 속도를 낼 수 있었다. 부지런히 노력한다는 실감, 땀을 흠뻑 흘리며 발레 동작을 연습할 때의 희열과 함께.

더 이상은 그녀 머릿속 상상으로만 끝나는 가상의 적이 아니었다. 그녀는 착실히 한 발자국, 한 발자국 지금도 TV를 틀면 활발하게 나오는 유지수를 향해서 가고 있었으니까. 세연은 고개를 저었다.

'정지된 게 아니야. 이제 모든 판이 깔렸다고 말할 수 있을 그 순간을 향해서 나아가고 있는 거야.'

그녀는 조용히 눈을 감은 채로 숨 쉬는 순간에도 결코 잊을 수 없는 상대를 떠올렸다.

'유지수, 네가 아니었다면 어쩌면 인생의 쓴맛과 절망을 하나도 몰랐을 거야. 그래서 다른 의미로 네게 감사해. 네가 아니었다면 이 판도라의 상자를 연 것처럼 끔찍한 절망과 독약을, 귀에 퍼붓는 것 같은 저주를 몰랐을 테니까.'

그래서 고마웠다. 벌레처럼 꿈틀거리며 짓밟혔어도 그 원망과 복수심을 원동력으로 보다시피 일어나 기어서라도 상대에게 다다를 수 있어서. 아니면 오로지 세상이 아름답다고만 생각하고, 이렇듯 이를 악물며 뼈가 녹는 것처럼 연습하고 열심히 살지 않았을 테니. 그러고 보니, 이게 절망의 반작용인 건가.

유지수.

조금씩, 조금씩 착실하게 전진하듯 연습을 마친 세연은 비릿하게 미소 지었다.

세연은 최종 목표를 향해 가열하듯 멈추지 않고 전진했다.

"다음 달에 싱글이 발매될 거야."

"다음 달이요?"

그녀가 되묻자, 기우가 특유의 습윤한 눈동자로 무심히 시선을 던지면서 천천히 팔짱을 꼈다.

"그래. 바로 네 싱글을 낼 거야. 겨울 방학이기도 하고 연말을 앞둔 시즌이기도 하니까."

아무리 봐도 저건 팬텀의 개인 투자자가 아니라 팬텀 엔터테인먼트를 이끄는 수장의 말처럼 들린다. 그만큼 기우는 개인적으로 친분이 있는 팬텀의 김석준 대표에게 무시 못 할 영향력을 행사하고 있으리라.

어떻게 보면 무슨 문제냐는 듯이 그녀에게 반문하는 것처럼 들렸다. 그러고 보면 서원그룹에 관련된 업무로 바쁜 기우가 그녀의 앨범에까지 신경을 써 준다는 것에 감사해야 할까.

기우가 정면으로 그녀와 눈을 마주친 뒤 입가에 나른한 미소를 띠었지만, 세연은 별다른 이의를 제기하지 않았다. 어차피 그녀는 유지수와의 정면 승부가 중요했으니까. 단 한 번이라도 반격을 가하는 것. 그러기 위해선 이 모든 기회가 반갑고 고마울 따름이었다.

기우가 여전히 입가에 보일 듯 말 듯 한 미소를 띤 채로 이야기했다.

"알다시피 더는 미루면 곤란해. 원래 예정대로라면 데뷔 앨범 발매 이후에 바로 후속 싱글을 냈을 테지만."

그가 흔들림 없는 어조로 말을 이어 갔다.

"하지만 아쉽게도 결과가 좋지 않았으니. 시일이 늦춰졌고 더는 미룰 수 없어. 알겠지?"

그건 더는 승부를 미룰 수 없다는 말처럼 들렸다. 그렇게 기우는 조용한 어조로 이야기했다.

"앞으로 한 달 남았어. 다음 달 중순 이후에 지상파 음악프로에 출연한다. 후속 싱글을 발표할 거야. 후속곡 제목은……."

그의 한없이 가라앉은 것 같은 눈동자에서 시선을 뗄 수가 없다. 처음 만났을 때 그랬듯이 그는 무저갱처럼 끝을 알 수 없는 아득한 어둠으로 그녀를 사로잡는다. 그랬다. 본능적으로 그런 그에게 시선을 뗄 수 없었다. 이 순간 파멸을 예감하면서도 속수무책으로 끌려들어 간다.

"참고로 곡명은 '윈터 문'이야."

"'윈터 문'이요?"

그녀의 반문에 기우가 나직하게 웃으면서 말했었다.

"그래. 겨울 밤하늘에 떠오른 달. 겨울을 좋아하고 겨울 달을 좋아하는 누구 때문에 정한 제목이니까 좋은 결과가 나왔으면 좋겠는데."

그녀로 말하자면, 전율했다. 내색하지 않았지만 정말 마음으로 떨렸다.

어쩌면 이번이 마지막 기회라는 걸 본능적으로 알았기 때문일까.

그녀가 침묵하자 특유의 가라앉은 눈으로 버티고 서서 말없는 그녀를 바라보던 것도 잠시, 그가 고개 숙여 말했다.

"날 봐."

나직한 어조에 끌리듯 세연이 고개를 들어 바라보자, 기우가 그대로 거침없이 그녀의 입술을 빼앗았다.

"사실 실패해도 상관없어. 성공 못 해도 돼. 앨범 따위는 아무래도 좋아……. 이제 와서 하는 말하지만, 다시 한국에 왔을 때, 너를 보았을 때 그저 너를 가지고 싶다는 생각뿐이었다. 아무래도 좋다고 생각했어."

여전히 아무 말도 할 수 없었다. 여긴 영원히 벗어날 수 없을 것 같던 그 펜트하우스가 아니다.

마치 천상의 선율처럼 녹듯이 들려오는 그 믿을 수 없으리만큼 감미로운 말에, 잠시 할 말을 잃었기 때문에. 그래서 아무 말도 못 했다. 이러한 달콤한 꿀과도 같은 감미로운 순간은 확실히 그들에게 어울리지 않는다.

그러다가 문득 영원히 그에게서 벗어날 수 없을 것만 같은 본능적인 두려움이 엄습해 와, 세연은 고개 돌려 그를 바라보았다. 똑바로 그를 마주하면서 말했다.

“아니요, 난 실패하지 않을 거예요.”

말없이 그녀에게 가라앉은 시선을 던지는 그를 향해서 세연은 한 글자, 한 글자 또박또박 힘주어 말했다.

“실패하지 않게 노력할 거예요. 왜냐하면 당신에게서 벗어나고 싶으니까요. 그래서 놓치지 않을 거예요. 더 이상은 시간을 허비하고 싶지 않아요.”

이것이 그녀의 진심이었다. 어떻게든 그에게서 벗어나고 싶다. 그녀의 변하지 않는 명료한 음성에 기우가 희미하게 미소 지었다. 그러고는 한없이 나른하게, 그녀가 지금껏 들어 본 그 어느 때보다 달콤한 어조로 말했다.

“물론 기꺼이. 넌 결국 네가 원하는 걸 쟁취하겠지. 그 강철과도 같은 의지로 끝까지 밀고 나가서 기꺼이 두려움 없이. 이번 앨범이 성공하면 축배를 들자. 아니, 성공하는 게 좋을 거야. 이번에도 실패하면 널 영원히 놔주지 않을 테니까.”

그 말과 동시에 기우가 고개 숙여 거리낌 없이 그녀에게 키스했다.

그 한없이 달콤하고 감미로운 키스와 일순간 오싹하리만큼 냉혹한 선언의 간격에, 세연은 자신도 모르게 부르르 몸을 떨며 떠올렸다. 어떻게든 이번 앨범은 목숨을 걸고 성공시켜야겠다고.

그건 결코 벗어날 수 없을 것만 같은 그와의 펜트하우스에서의 만남을 예고하는 것처럼 들렸다.

第 34 幕

시청 앞 서원그룹 본사.

서서히 뜨거워지는 한낮의 햇살. 맹렬하게 일하는 분위기는 변함이 없었다.

끼익.

20층 사무실에서 기우는 잠시 들여다보던 서류를 밀어 놓고 자리에서 일어났다. 그러고는 커다란 창으로 내다보이는 변함없는 마천루들의 풍경 속에 무심하게 담배를 입에 피워 물었다. 사실 그가 근무 시간에 이렇게 잠시 머리를 식히는 경우는 드물었다.

기우는 피우던 담배를 아무렇게나 재떨이에 비벼 껐다.

'그럼에도 난 너를…….'

그답지 않게 지난날들을 떠올리며 헛웃음 지었다.

한국에 돌아와 본격적으로 경영에 참여하며 강박적으로 업무를 손에서 놓지 않으려 했다.

그건 어서 빨리 자리를 잡아야 세연을 다시 그의 삶의 반경에 들일 수 있다는 강박관념 같은 것이었다.

꼭 멈춰 있던 것 같던 지난날. 매일매일 지겨운 악몽에 시달리며 조금씩, 조금씩 그 멀어진 간격을 줄이려는 나날들이었다. 이를테면 그가 놓친, 영원히 손에서 잃어버린 소중한 존재를 되찾으려는 시도와 다름없었다.

그러면서 기우 그 자신도 실감하지 못했다.

자신은 왜 이리도 세연에게 마음을 쏟는가? 왜 그답지 않게 마음에서 놓지 못하는가.

왜?

끊이지 않는 의문이었다.

처음엔 세연에게 왜 끌리는지 이유조차 자각하지 못했었다. 처음엔 아무 생각이 없다시피 했다. 그저 눈을 뜨면 그 애가 없구나, 무심하게 떠올릴 뿐이었다. 실상 지금껏 그는 감정이 없는 데 익숙했으니까.

– 사실 엄마는 걱정하지 않아. 넌 항상 침착한 아이니까.

언젠가 세상을 떠난 그의 어머니가 그렇게 말했었다.

– 혹시나, 정말 혹시나 중간에 아무리 방황하고 길을 잃어도 넌 결국 네 길을 찾아갈 거야. 내 아들, 엄마는 그렇게 믿어. 밤하늘에 변함없이 반짝이는 별들을 따라서 말이야.

변함없이 그의 삶을 관통하는 메시지. 어머니가 세상을 떠난 이후에도 그 말은 기우의 뇌리를 떠나지 않았고, 중간에 길을 잃고 헤매도 종국엔 다시 길을 찾을 거라는 믿음을 새겨 주었다.

비록 겉보기엔 위태로울지라도 마지막엔 그가 원하는 길을 가고 있을 거라는 변함없는 신념이 있었기에. 그러한 그의 삶의 흐름을 제대로 관통하는 이가 있었으니 바로 그 애였다. 결국 기우는 길을 잃었다.

처음엔 그의 삶을 들쑥날쑥 뒤흔드는 것도 자각하지 못했었다. 그만큼 그의 생활은 단조로웠고 마음 역시 메말라 있었기에. 어렸을 때부터 쉽사리 정착하지 못하는 것처럼 그의 닫힌 마음은 그 누구에게도 열릴 줄을 몰랐다.

아마도 눈앞에서 어머니의 죽음을 목격한 이후부터였겠지만, 인간에 대한 혐오와 불신이 마음속에 자리 잡았다. 한때 방랑하듯 전 세계를 정착하지 못하고 떠돌며 허무하고 공허한 생활을 지속했다. 그래서 벌을 받았는지도 모른다. 항상 기우는 삶을 관조했다.

– 솔직히 말할까? 죽든지 말든지 나와는 상관없어.

그랬던 그가 영원히 가질 수 없는 것을 바라고 염원하는 기분이란. 멈출 수 없는 갈망에 서서히 말라가듯 눈은 퀭해지고 가슴 역시 욕망의 간극에 타들어 갔다. 이윽고 습관처럼 검토하던 쌓인 서류들을 밀어내며 기우는 스스로를 조소했다.

"생각보다도 더 비참하군."

그는 낮게 중얼거렸다.

"아무리 포장해도 비참하고 초라한 건 사실이야."

손에 넣지 못할 세연의 애정을 갈구하며 서서히 병들어 가는 것. 그의 손에 넣을 수 없는 것을 소유하기 위해 몸부림친다.

그럼에도 이대로 제발 자신을 사랑해 달라, 한 번만 봐 달라 애원할 수는 없는 노릇이었다. 기우는 쓰게 웃었다. 갖지 못할 애정을 갈구하며 내가 이렇게 아프다고 투정 부리거나 내색하느니, 그는 차라리 묵묵히 일하는 걸 택했다. 아무리 속으로는 곪아 가고 휘청거릴지언정, 여전히 그는 보란 듯이 냉철하게 일했다.

물론 그 애를 차지하고 싶지만, 지금 세연이 백조처럼 우아한 모습으로 일순간 무대를 빛내기 위해 물밑에서 치열한 싸움을 벌이는 것처럼, 그도 한가롭게 놀지는 않았다. 그 역시 치열하게 일해 왔다.

올해 하반기 흑자경영 유치. 유력 매체의 경제 신문을 모조리 장식한 메인 기사의 타이틀이었다. 올해는 그에게 무척이나 중요한 의미를 지녔다. 처음 경영진과 주주들 일부의 반대가 있어도 과감하게 밀어붙인 수로쇼핑몰 사업이 흑자로 전환되었고, 그로 인해 불안하던 그의 입지 역시 확고해진 시기이기도 했다.

물론 쉽지만은 않았다. 기우가 그룹으로 돌아와 그룹 경영에 본격적으로 참여했을 땐, 경영진 및 주주들의 반대와 이미 그룹 본부장으로 자리 잡고 있던 효중과 윗선들의 견제 역시 거셌다. 젊은 나이에 녹록지 않은 프로젝트를 성공시켰음에도 그의 성과가 명순에게 제대로 전달되지 않은 자체가, 효중을 지지하는 그룹 임원들이 견제하고 방해했음을 뜻했다.

그럼에도 최종적으로 그가 주도했던 거대한 규모의 프로젝트가 성공리에 안착한 것이다. 서원유통 자회사인 아스다의 대표이사인 박재민과 그가 주도한 마린스퀘어 쇼핑몰은 성공을 거두었다. 처음 개점을 했을 때 진열대처럼 층층이 전시된 매장과 가족들이 쉬어 갈 수 있는 힐링 공간을 접목한 인테리어가 연일 화제를 몰고 왔기 때문이다.

[신기한 수로쇼핑몰! 여기가 사진 잘 나오는 핫 플레이스. 고딕형의 샹들리에가 눈길을 사로잡네요.]

[일단 천장이 높아서 시원한 느낌을 받았고 인테리어 전문숍처럼 꾸며진 감각 있는 공간들이 너무 마음에 드네요. 정말 외국 쇼핑몰 못지않아요.]

SNS에서 소위 '핫 플레이스'로 하루에도 수많은 게시물이 올라온 것이 주효했다. 무엇보다 사람들의 시선을 한눈에 사로잡는 것은 거대한 꽃의 탑이었다.

그랬다. 금세라도 향기를 뿜어낼 것 같은 꽃들이 쌓아 올려져 무성한 탑을 이루고 있었다. 그 압도적인 규모는 절로 보는 이들의 탄성을 자아냈다. 색색의 튤립들이 꼭 카드 병정들처럼 한 치의 오차도 없이 쌓아 올려져 주변을 장식하고 있었다. 금세라도 산타루치아를 부르며 뱃사공이 수로 속을 통과하면서 튤립을 흘낏 쳐다볼 것만 같은 묘한 낭만도 선사했다. 확실한 건 이 모든 게 그의 노력의 산물이라는 것이다. 세연을 향한 스스로도 이해할 수 없는 무모한 열정처럼.

어느새 쇼핑몰의 명소로 자리 잡은 꽃의 탑. 론칭 오픈식에서도 평소 때처럼 그는 별다른 감정 변화를 드러내지 않았다. 기우의 눈은 말없이 수로쇼핑몰 옆 상징적인 장식물을 훑고 있었다. 그는 넥타이를 하지 않았을뿐더러 하얀 실크 셔츠에 의례적인 검은 슈트만 걸쳤을 뿐이었다. 연일 언론의 주목을 받는 독특한 이력만큼이나 파격적인 행보였다.

덕분에 얼마 전 열린 이사회에서는 그 때문에 연일 딱딱하게 굳어진 얼굴과 어깨에 힘이 잔뜩 들어간 효중을 볼 수 있었다. 그 하나로 의의가 있다 여겼다. 기우는 담담히 떠올렸다.

'물론 여기까지 오는 게 쉬운 일은 아니었지만.'

처음 한국에 돌아와 본격적으로 그룹 경영 수업을 받으면서 근무하게 된 마케팅팀. 그가 처음부터 그룹의 생리와 경영 체제에 능숙했을 리 없다.

처음 발령된 팀의 습성을 파악하는 데도 시간이 걸렸다. 이어지는 회의와 회의.

서원그룹의 각 부서는 톱니바퀴처럼 긴밀하게 맞물려 연일 바쁘게 움직였다. 그가 그룹이 돌아가는 것을 다 파악하고 정확한 판단을 내리기까지 시간이 꽤 걸린 셈이었다.

하지만 그는 운이 좋았다. 그에게 기꺼이 가르침과 해결책을 주려는 멘토들도 있었고 결정적인 순간, 해외 투자유치도 잇따랐다.

대표적인 이가 그룹 전략실장인 박재민 사장이었다.

서원그룹에 입사해 서원백화점의 부점장을 시작으로 주요 요직을 두루 거친 그는 기우를 서원유통 자회사의 마케팅 실장으로 불러들였다.

외국 투자자들의 대규모 투자를 받은 수로쇼핑몰이 성공적으로 안착하기까지, 실상 서원그룹 각 분야에서 두각을 나타내는 전문 경영인들의 협력 없이는 실상 불가능한 일들이었다.

하다못해 서원미디어에서 독립해서 나간 스튜디오 팬텀. 요즘 가장 흥행 중인 드라마를 제작하는 그곳에도 매니지먼트와 가수 출신 연기자를 받아들이라고 종용하기까지 했으니. 자신과 친분이 있는 김석준 대표를 떠올리며 기우는 어둡게 웃었다.

[올해 서원그룹의 경영실적은 모두 흑자를 기록했다.

더불어 권기우 실장의 그룹 후계자로의 승계 가능성이 커졌다. 권기우 실장은 마케팅 팀장으로 수로쇼핑몰 사업을 총괄한 장본인이다. 마린스퀘어의 성공으로 순식간에 권기우 실장은 그룹의 중심 인사로 부상했고, 김효중 본부장의 중국 쇼핑몰 사업은 연이은 부도로 불리한 상황이다.

정작 이명순 회장이 후계자로 내정하고 주식을 증여했던 김영렬 부사장은 9년 전 자살을 해, 이명순 회장은 큰 상심에 젖은 바 있다. 고(故) 김영렬 부사장은 권기우 실장과 경영권을 두고 경쟁하는 김효중 본부장의 부친이다.

실상 서원가(家)의 비극은 10여 년 전으로 거슬러 올라간다.

이명순 회장은 슬하에 1남 1녀를 두었는데, 애지중지하던 장녀 김혜원 양이 급작스런 심장마비로 세상을 떠났다.

서원그룹의 '젊은 피'인 권기우 전략마케팅팀 실장의 생모인 외동딸의 급작스런 비보는 철의 여인으로 그룹을 이끄는 이명순 회장도 받아들이기 힘든 것이었다.

연달아 찾아온 불행은 그뿐만이 아니다.

친아들이 자살로 생을 마감한 것도 모자라, 몇 년 전에는 막내 손주인 김효명 군이 휴가차 떠난 동남아 리조트에서 변사체로 발견된 것이다.

'이어지는 비극, 과연 서원그룹의 왕좌는 누구에게로?'

서원가에 짙게 드리워진 죽음의 그림자.

그럼에도 흔들림 없는 고목같이 그룹을 이끌어 온 이명순 회장의 최종 결정에 누가 서원그룹의 후계자가 될 것인지 재계의 이목이 일제히 쏠리고 있다.

–경제매거진 나우 이코노믹스 中]

[서원그룹이 연일 공격적인 행보를 보이고 있다.

그룹 성장을 견인한 건 일본에서 성장해 후계자 수업을 받은 여성 오너의 외손자 권기우(32세)가 주도한 수로 쇼핑몰을 위시한 대규모 사업이다. 오너 리스크가 있을 수도 있다는 세간의 우려를 불식시킨 주목할만한 성과여서 앞으로의 서원그룹의 행보에 관심이 쏠리고 있다.

–경제 매거진 now economics 기사 中]

이제 그를 생각하면 제일 먼저 펜트하우스에서의 정사가 생각난다.

쉽사리 표현할 수 없는 과정들의 연속. 꼭 소리를 지르듯 극렬하게 서로에 대한 묵은 감정과 쌓인 원망과 미움을 발산하고…… 그렇게 묵은 감정들을 터뜨린 뒤 찾아왔던 일련의 후회와 공허하기까지 한 쓸쓸한 감정들. 쥐어짤 대로 쥐어짜서 더 이상 터트릴 감정도 남아 있지 않았다. 남은 건 마음 가장 밑바닥의 텅 빈 공허함뿐이었다. 마치 거센 폭풍우가 스치고 지나간 폐허처럼 남겨진 고독. 꼭 황량한 사막에 홀로 남겨진 것만 같은 허탈함이 찾아왔다.

기진맥진해진다. 지칠 대로 지쳐서 눈물 한 방울 쥐어짤 감상 한 가닥도 남아 있지 않다는 표현이 적합했다.

그렇게 바스러진 마음을 가지고 그의 전화에 마지막 힘을 짜내서 기어가듯 마지못해 펜트하우스를 찾아갔다.

그때쯤 반은 체념한 상태였고 이래저래 끊이지 않는 상념들로 마음은 복잡하기만 했다.

차라리 끊어 낼 수 있었으면 좋겠다. 이미 엎질러진 물처럼 돌이킬 수 없는 상황인데도 본능적으로 그러한 바람이 사라지지 않는다. 그에게서 벗어나 다시금 예전의 자유롭던 생활로 돌아가고 싶은 마음이 불쑥불쑥 고개를 쳐든다. 물론 그가 없던 시간은 그녀 혼자서 생존하기 위해 괴로웠던 시간이지만, 지금처럼 마음이 괴롭진 않았다. 이렇게 불쑥불쑥 시시때때로 마음을 찔러 대지 않았었다. 그 사라지지 않는 불편한 감각. 때문에 본능적으로 그에게서 벗어나 자유를 염원하는 것이다.

딩동.

이제는 귀에 익은 금속음.

낯익은 펜트하우스로 향하는 조용한 엘리베이터 안에서 세연은 어쩔 수 없이 가슴을 쥐어짜듯 폐부를 가득 채우는 그의 존재감을 의식하며 숨을 들이마셨다. 스스로 생각해도 우스운 감정이지만 어느새 이렇게 되어 버렸다. 여러모로 용납할 수 없는 상황임에도 세차게 불어오는 바람에 이리저리 흔들리는 갈대처럼 그가 일으킨 무시할 수 없는 감정의 회오리들로 그녀의 마음은 흔들렸다.

철저히 그가 의도한 상황이 아닐까 의구심을 품는 상황에서도 문득문득 그가 보내는 눈빛, 시선 그리고 무시할 수 없는 압도감에 흔들렸다.

매 순간순간 기우의 존재감은 그녀를 숨 막히게 했다. 무엇보다 적응되지 않는 것은 그가 그녀에게 얼마만큼 영향력을 행사하는지 눈으로 확인하게 되는 거였다.

하다못해 이제는 길가를 걸어갈 때 거리에서 들리는 음악에서도 그를 떠올렸다. 연습실에서 나와, 너무 힘들고 마음이 적적해서 들어간 커피숍에서 흘러나오는 록과 재즈를 들으면서도 자연스레 기우가 연상되었다. 그렇게 매 순간순간 그녀의 삶 곳곳에 새겨 놓은 그의 흔적과 영향력에 대해 어쩔 수 없이 실감했다.

지금 역시 마찬가지였다.

다시금 찾아온 펜트하우스. 웅장한 클래식 선율이 흘러나왔다. 들려오는 음악은 차이코프스키. 이곳에 오면 어쩔 수 없이 마음이 복잡해진다. 웅장하면서도 비감 어린 클래식 선율에 귀를 기울이던 세연은 결심을 굳히고 문을 열고 들어갔다.

디릭.

이제는 익숙한 펜트하우스의 전경이 눈에 들어오고, 그녀는 본능적으로 낯익은 그의 모습을 찾았다.

……있었다.

제일 먼저 낯익은 검은 머리가 눈에 들어왔다. 예외 없이 그녀를 보는 단정한 짙은 눈동자를 보자 쿵쿵 심장이 빠르게 뛰기 시작했다.

"왔어?"

문이 열리자 고갤 들어 그녀를 바라본 기우가 무심히 말했다. 그러고는 하던 일을 계속했다. 세연은 잠시 눈을 의심했다. 달칵 소리와 함께 반짝이는 유리잔, 알코올 특유의 자극적인 냄새가 코를 찔렀다. 기우는 술을 마시고 있었다. 브랜디를 따르던 기우가 세연이 굳어진 표정으로 우뚝 서서 꼼짝하지 않자 피식 웃었다. 그가 반짝이는 통에 들어 있는 얼음을 핀셋으로 집어 들어 잔에 떨어뜨렸다.

"왜? 난 술 좀 마시면 안 되나? 내가 그렇게 잘못한 건가."

"……언제부터 마셨어요?"

"그렇게 많이 마시진 않았어."

그러곤 기우가 반짝이는 크리스털 잔을 빙글빙글 돌렸다. 마치 그녀가 오기를 기다리고 있었다는 것처럼. 당황한 세연을 보며, 그가 묘한 미소를 지었다.

"그렇게 당황할 것 없어. 너무 못 볼 걸 본 것처럼 굳어질 필요 없다고."

기우가 다시금 잔을 그린 듯한 단정한 입가로 가져갔다.

"마시지 않겠어?"

그것도 모자라 그녀에게 술을 권했다. 하지만 세연은 고개를 저었다.

"술을 마실 기분이 아니에요."

그러자 말없는 기우의 시선이 꿰뚫을 듯 그녀에게 머물렀다. 그녀의 깊은 곳까지 꿰뚫듯 응시하는 그 눈길에 이대로 절망적인 자신의 심정을 들킬 것 같아 세연은 바짝 마른 입술을 축였다. 그러고는 천천히 말했다.

"당신도 알다시피 새 앨범 작업에 바빠서……."

"그렇겠지. 이제 더는 널 자극할 필요가 없어. 다신 이 펜트하우스에서 질릴 정도로 널 안을 일은 없을 테니까."

낮고 나지막한 목소리.

기우가 아무렇지 않게 말을 잇자 세연은 귀를 의심했다.

"정말 내게 손을 대지 않는다구요? 분명…… 유지수와 맞붙기 전까지 당신은 나와 관계를 맺기로……."

혹시 벌써 질린 건가? 본능적인 생각이 머릿속을 스쳤다. 세연이 쳐다보자, 기우가 어두워진 눈으로 미소 지었다. 그러고는 다시금 유혹하듯이 찰랑거리는 짙은 액이 담긴 크리스털 잔을 입가로 가져갔다. 기우가 아무렇지 않게 벌컥 마시며 말했다.

"벌써 질릴 리가 없잖아. 뭐, 이건 사소한 배려라고 해 두지."

"배려라구요?"

여전히 혼란스러워하며 세연이 쉬어 버린 목소리로 되묻자 기우가 그녀에게 습윤한 시선을 고정하며 천천히 말했다.

"이번 앨범에 사력을 기울이는 걸 알아. 물론 마음 같아서는…… 너를 끝없이 안고 싶지만 되도록 승부를 볼 때는 집중하는 게 낫겠지. 난 확실한 걸 좋아하니까."

그가 아무렇지 않게 웃음 지었다. 여전히 눈길을 뗄 수 없는, 무엇을 생각하는지 가늠할 수 없는 화석과도 같은 눈길로. 기우가 눈에 띄게 굳어져 있는 그녀의 얼굴을 매끄럽고 기다란 손가락으로 쓰다듬었다. 그의 손길이 닿자 세연은 멈칫했다. 기우는 옅게 웃으며 매력적인 허스키한 음성으로 속삭였다.

"간단하게 생각해. 너도 잘 알다시피 난 확실하게 하는 걸 좋아하니까. 단타로 칠 승부라면 확실히 집중하는 게 좋아. 그리고 네가 좋은 결과를 얻어야 내게도 기회가 생길 테지."

침묵이 흐르고, 기우의 검은 눈동자와 마주쳤을 때 세연은 왠지 모를 충동에 이렇게 말하고 말았다.

"그 말은 꼭 내가 당신의 투자 상품이라는 것처럼 들려요."

침묵이 흘렀다.

그녀의 말에 그 진의를 파악하려는 듯 잠시 말없이 보던 기우는 피식 웃음을 터뜨렸다. 허물어진 눈빛, 어이없다는 듯 그녀에게 시선을 고정하면서도 서늘한 눈길은 그녀를 꿰뚫는다. 기우가 아무렇지 않게 되물었다.

"정말 네가 투자할 만한 가치가 있다고 생각해? 천만에, 이런 말 미안하지만 솔직히 평소의 내 투자 형태에 비춰 볼 때 세연아, 넌 절대로 투자하고 싶지 않은 상품이야."

우울한 듯 나른한 목소리가 그녀의 귓가에 울린다.

"절대로 투자를 고려해 보지 않았을 상품, 리스크가 너무 클뿐더러 마이너스 하락 위험까지 있는. 실제로 그랬지. 게다가 내 결재 서류에 있었다면 가차 없이 밀어냈을, 고려 사항이 없는 1순위."

그녀를 비웃는 걸까? 여전히 귓가를 울리는 나른한 목소리가 유려한 울림을 담고 울린다.

세연은 그에게서 못 박힌 듯 눈길을 뗄 수 없었다.

투자할 가치가 없다느니, 투자를 전혀 고려하지 않을 1순위라느니,

이런 말을 서슴없이 하면서도 기다란 매끄러운 손가락은 사로잡힌 듯 그녀의 붉은 입술을 천천히 쓰다듬었다. 닫힌 입술을 손가락으로 벌리고선 열병에 빠진 듯한 눈길로 세연에게 입을 맞춘다. 한없이 말은 냉정하게 하면서 차마 그녀에게서 눈을 떼지 못하는 것이다. 그녀를 어찌할 줄 모르고 놓지 못하는 것이리라.

눈앞의 기우를 보는 세연의 눈은 찰나지만 흔들렸다. 표현할 수 없는 기분이었다. 다시 만난 순간부터 적응되지 않았던, 정나미 떨어지는 가차 없는 냉혹함. 실리주의 기업가 그 자체인 듯하면서도 쉴 새 없이 그녀에게 사랑을 갈구하듯 입맞춤을 퍼붓는 그를 이해할 수 없었다. 용서하고 받아들일 수 없었다.

눈앞의 그런 그를 바라보는 세연의 눈은 어쩔 수 없이 혼란으로 가득 찼다.

"왜 내게 그런 말을 하는 거예요? 이미 우리 사이에 합의는 봤고 계약이 성립된 것과 마찬가지잖아요. 이제 와서 투자 대상을 고려해 보겠다는 것도 아니고……."

그럼에도 애써 혼란을 밀어내듯 차갑게 되묻는 세연에, 기우는 맑은 웃음소리를 내며 시선을 떼지 못하고 바라보았다.

"보다시피."

그가 나른하게 고개를 기울이더니 천천히 말했다.

"……난 네게 패배했다."

그가 아무렇지 않게 덧붙였다.

"이미 봐서 잘 알 텐데? 세상에서 누가 날 이렇게 만들 수 있을까. 날 이렇게 만들 수 있다는 건 네가 유일하단 걸."

"그럼 확실히 해 줘요. 정말 앞으로 내가 여기 안 와도 되나요? 당신이 있는 이 펜트하우스에?"

거듭 이어지는 그의 말에 혼란을 감추듯 세연이 애써 차갑게 날을 세운 어조로 되묻자, 기우가 고개를 갸웃하는 듯하더니 덧붙였다.

"그럴 리가 없잖아. 난 이미 네게 사로잡혔는데……."

기우가 말끝을 흐렸다.

그 말과 동시에 팔짱을 끼더니, 좀 전까지도 그녀의 애정을 갈구하던 그라고는 믿기지 않게 오싹할 정도로 명료한 어조로 명령했다.

"말한 그대로야. 넌 분명한 걸 좋아하는 것 같으니까. 앞으로 넌 나와 섹스할 필요가 없어. 물론 널 원하지만 네가 앨범 작업을 무사히 마칠 때까지 널 안지 않겠다는 얘기야. 말했지만 이번 앨범은 무척이나 중요하니까. 나 역시 내 투자 대상이 성공하길 바라니까 말이야."

그 말과 동시에 검은 눈길이 뚫어져라 끈질기리만큼 그녀를 응시했다.

거듭해서 그녀가 혼란을 드러내고 갈팡질팡해 어쩔 줄을 모르면서 그에게 무슨 뜻인지 물어보길 바랐을까. 어떻게든 마음을 바꿔 빨리 이 관계를 청산해 달라 애원하길 바랐던 걸까. 물론 그녀는 그럴 생각이 없었다. 이래서는 아무것도 예전과 변하지 않을 테니까. 뒤바뀌는 게 없다. 마음 한편의 자꾸 나약해지려는 마음은 저편으로 밀어 두었다. 그래서 세연은 허리를 쫙 펴고 냉엄하게 표정을 굳히며 대답했다.

"그렇게 해 준다면 고마워요. 앨범에만 집중할 수 있겠네요."

세연의 분명한 대답에 기우가 희미하게 웃으며 대답했다.

"그렇게 너무 좋아해서는 곤란해. 노골적으로 기뻐하면 솔직히 내 기분이 썩 좋지는 않으니까."

그러더니 브랜디를 한 모금 마시고 차분히 말했다.

"그 대신에 나와 함께 지내. 지금과는 다른 변화를 원해."

"무슨 뜻이죠?"

다시금 세연이 표정에 혼란을 드러내자 기우가 비스듬히 고개를 기울였다. 잿빛의 가운 사이로 아무렇게나 단단한 가슴팍이 드러났다. 그의 눈빛은 조금은 쓸쓸해 보였다.

"말 그대로."

이윽고 긴 손가락으로 아무렇지 않게 매끈한 입가를 누르며 기우가 덧붙였다.

"난 너와 데이트를 하길 원해. 다음번엔 이 펜트하우스를 벗어나서 식사도 하고 영화도 보고 그러자."

그는 담담하게 말했지만 세연은 믿을 수 없는 그의 말에 다음 순간 무섭게 굳어졌다.

"뭐라구요?"

당황한 목소리로 되묻자, 기우가 벗어날 수 없는 검은 눈동자를 그녀에게 고정하더니 이윽고 아무렇지 않게 되물었다.

"나랑 그만 만나고 싶은 거 아니었어? 어떻게든 내게서 벗어나고 싶은 거 아니었나?"

"그렇긴 하지만……."

세연이 말끝을 흐리자, 가운 차림의 기우가 짙은 액이 든 잔을 흔들면서 피식 웃으면서 말했다.

"그냥 편하게 생각해. 어차피 넌 내게서 벗어나고 싶어 하니까. 그래, 그냥 변화를 준다고 생각해."

그래도 세연의 얼굴이 굳어져 있자, 기우가 나른하게 웃으면서 덧붙였다.

"이 펜트하우스 안에만 있는 것도 지긋지긋하지 않아? 그러니 변화를 좀 갖자고."

정말 지루하게 느껴져서 견딜 수가 없다는 투였다.

그가 긴 손가락으로 아무렇지 않게 굳어진 그녀의 머리칼을 쓸어올렸다. 그의 형형한 눈빛에, 세연은 빨려 들 듯 바라보았다.

"응? 그렇게 심각하게 의미를 부여하지 마. 너도 즐거울 테니까."

그래도 그녀가 쉽사리 응하지 않자 그가 웃으면서 벗어날 수 없는 압력을 가한다. 이제는 익숙해진 5년 만에 다시 만난 권기우의 방식이다.

“너도 즐거울 거야, 약속하지. 그리고 내가 너라면 어떻게든 내게서 빨리 벗어날 방법을 연구할 거야. 그게 눈앞에 있는데 거절할 이유가 있을까?”

하지만 세연은 지름길인 걸 알면서도 쉽사리 그의 제안을 받아들일 수 없었다. 그를 안 보는 곳으로 도망치고 싶다. 지금이라도 다 내려놓고 벗어나고 싶은 마음이 간절했다. 그만큼 첫 앨범이 처참히 실패하고 다시금 도전하기란 쉽지 않다.

그것도 잠시, 세연은 고개를 저었다.

‘예전 같았으면 어떻게든 거절하고 그에게서 벗어나 도망치려 했겠지. 하지만 이제 더는 피하지 않아.’

그래서 세연은 다음 순간 그에게 보란 듯이 고개를 들고는 흔들림 없이 꼿꼿한 어조로 말했다.

“원한다면 그렇게 해요. 여기까지 온 이상, 못 할 게 뭐 있겠어요? 난 권기우 씨에게 벗어날 수 있다면 뭐든지 할 수 있으니까.”

그녀가 그와 차갑게 일렁이는 눈빛을 마주쳤지만 기우는 그저 웃었다. 그러고는 그녀의 귀를 의심하게 만드는 꼭 청량한 바람과도 같은 부드러운 음성으로 답했다.

“그럼 그러든가. 내가 원하는 건, 너와 영화를 보는 거야.”

다음 순간 기우가 아무렇지 않게 제안했다.

“다음엔 나와 영화 보러 가자.”

여전히 벗어날 수 없는 유혹적인 그의 잔향이 그녀를 휘감았다.

第 35 幕

그다음 날 오후, 세연은 그가 원하는 시간대와 장소에서 만났다. 그에게서 벗어날 수 있다면 뭐든 할 수 있다는 생각엔 변함이 없었으니까.

“밥 먹으러 가자.”

낮게 내뱉은 기우가 짐짓 아무렇지 않게 그녀를 이끌었다.

그에게 이끌려 가게 된 곳은 문을 연 지 오래된, 이리저리 오가는 사람들이 하나둘씩 들어와 편하게 밥을 먹고 가는 친근한 분위기의 허름한 밥집이었다. 차에서 내려 성큼성큼 앞서 걷던 그가 지하상가의 때가 묻은 계단을 내려가자 세연은 흘낏 시선을 주었다. 전혀 예상치 못한 장소였다. 내심 구석에 숨겨진, 범상치 않은 분위기의 식당에서 성찬이 이어질 거라 예상했는데, 그는 정말 평범한 외관의 밥집으로 그녀를 데려왔다.

설마설마했는데, 그가 정말 평범한 식당에 오자 세연은 잠시 말없이 시선을 주었다.

또 무슨 생각인 거지?

오후 3시를 지난 시간이라 점심때를 넘겨서 그런지 한산한 식당 안엔 그들뿐이었다.

"식사하시려고?"

그들이 식당 안에 들어서자 연신 부채질을 하던 검게 그을린 인상의 여인이 물었다. 큰 눈을 껌뻑껌뻑하는 순박한 인상이었다. 그러고는 대답하지도 않았는데 스테인리스 쟁반에 주전자와 밥 그릇 두 개를 내왔다.

"물 말아서 드시라고. 숭늉이에요."

전혀 생각지도 못한 곳에 와서일까. 엉거주춤 자리에 앉은 세연이 의아해서 보고 있자, 여인이 입가에 웃음을 띠어 보였다.

"이것도 드셔 봐. 식당 뒤 텃밭에서 뜯어 가져온 상추랑 깻잎이랑 같이 된장 찍어서 먹어요. 내가 직접 가꾼 거예요."

친근하고 정감 어린 말투였다.

식당 여주인의 말대로 엉겁결에 상추를 된장에 찍어서 먹고 있자, 말없이 보던 기우가 피식 웃었다. 그가 낮게 말했다.

"밥그릇 이리 줘."

의아해서 그녀가 보자, 기우가 쟁반에 올려진 주전자를 집어 들었다. 그러고는 직접 주전자를 들어 뜨거운 숭늉을 밥그릇에 따라 주는 게 아닌가.

"이거 먹고 있어. 곧 식사 나올 테니까."

왜 여길 데려온 걸까. 그가 자주 오는 데일까?

여전히 눈앞의 그가 낯설고 가늠이 되지 않아 세연은 말없이 곁눈질했다. 반질반질 윤이 나게 닦기는 했지만 낡고 오래된 냄비와 그릇들, 아무리 봐도 빼곡하게 붙은 종이에 적힌 메뉴와 사람들이 낙서한 벽까지, 왜 그가 여기 오는지 알 수가 없었다.

"많이 먹어요."

그의 말대로 식당 여주인이 기다렸다는 것처럼 줄줄이 음식들을 내왔다. 식당 여주인이 직접 텃밭에서 땄다는 푸른 상추와 깻잎, 고추를 비롯한 야채들과 두부와 콩나물, 콩자반까지 정말 매일 친근하게 식탁에서 접하고 먹을 수 있는 반찬들이었다.

"된장도 직접 담근 거야. 아주 맛있어요. 내가 요새 장에 관심이 많아져서, 여기까지 왔으니까 한번 먹어 봐요."

역시 식당 여주인이 자부심을 가지고 직접 담갔다 자랑하는 보글보글, 두부를 넣어서 끓인 된장찌개와 석쇠에 구운 고등어까지 나왔다.

"이거 곁들여서 먹어 봐요. 잃었던 입맛까지 되찾아 준다니까."

여주인이 짐짓 너스레를 떨었다.

푸른 잎에 가득 칼칼한 붉은 고춧가루를 뿌린 겉절이도 함께 곁들여졌다. 세연은 잠시 시선을 주었다. 정말 먹음직스러워 보였고 없었던 입맛까지 돋을 것 같았지만, 갑자기 생각지도 않은 장소에 오게 돼서인지 도무지 적응이 되지 않았다. 그것도 잠시, 식당 여주인이 재촉하자 세연은 젓가락을 집어 들었다.

"많이 먹어요. 또 필요한 거 있으면 말하고."

고민은 잠시였다. 이리도 소박한 성찬이 눈앞에 펼쳐졌는데 밥을 안 먹을 수가 없었으니까.

소박한 식탁이었지만 세연은 맛있게 식사를 했다. 무엇보다 큼직큼직하게 자른 두부까지, 얼핏 보면 투박하게 보였지만 여주인의 정성이 담겨 있었고 먹을수록 감칠맛 나고 정감 어린 맛으로 그녀를 끌어당겼다.

'그러고 보니…… 여기 숨겨진 노포 맛집일까. 물론 맛없는 곳에 그가 데려오진 않았겠지만.'

세연은 생각했다.

지금도 기우가 무슨 생각을 하는지 알고 싶어 세연은 숟가락질을 하며 말없이 그를 곁눈질했다.

기우는 천천히 턱을 괸 채로 갑자기 끌려와서 당황해하는 표정의 세연에게 말없이 시선을 주고 있었다.

다음 순간 시선을 떼지 않은 채로 기우는 웃었다. 당황한 걸 애써 숨기듯 새침한 표정을 하고 있지만, 눈을 깜빡이는 세연이 왠지 귀여워서였다.

그러고 보면, 한국이 좋았다.

확실히 일본보다는 그가 태어나 어린 시절을 보낸 모국이 마음을 끌어당겼다. 그건 본능적으로 핏줄에 이끌리는 감정이라고 해야 할 것이다. 아무리 담담하려 해도 그에게는 지워지지 않는 어머니에 대한 기억과 향수처럼. 그에게 고국은 그리운 곳이었다. 그리고 세연을 되찾은 곳이었다. 잠시라도 그의 손에 넣고 잃어버리지 않을까 두려워하지 않아도 되는. 온전히 세연을 독점하고 차지할 수 있는 곳이기도 했다. 물론 온전히 그의 욕심이지만. 기우는 쓰게 웃었다.

– 밥 먹으러 왔어? 어서 와.

언제였던가. 서원그룹 본사 근처의 오래된 백반집이 유명하다고 해서 팀원들과 온 적이 있었다.

– 밥 잘 먹어야지. 그래야 먹고 일할 힘이 나지.

그때 들렀던 그를 기억하고, 이후에도 이것저것 맛난 반찬들을 상에 늘어놓던 식당 여주인의 말은 꼭 잘 먹어야 싸울 수 있다는 것처럼 들렸다. 그제야 기우는 왜 다시 이곳을 찾았는지 이유를 알았다. 그것은 본능적으로 친근한 모국에 대한 향수였다. 매일 먹는 하얀 쌀밥과 힘을 북돋아 주는 정겨운 반찬들이 불러일으키는, 어린 시절 그가 잃어버린 그리움이었다. 잘 먹어야 하루를 버틸 수 있고 힘이 난다는 그 교훈을 그는 오랫동안 잊고 살았다.

그런 장소에 세연을 데리고 왔지만, 세연은 그저 멀뚱멀뚱 볼 뿐이었다. 아니, 평소 때처럼 날을 세워 말을 하지 않으니, 다행이라 해야 하나. 기우는 피식 웃었다. 세연은 도무지 자신을 이곳으로 데려온 이유를 알 수 없어 눈앞의 그를 잠시 쳐다보았다.

그러자 예외 없이 그녀에게로 파고드는 그 검은 두 눈이 보였다. 웬만해서는 벗어날 수 있을 것 같지 않은 그 눈. 이런 곳에 데려오다니 확실히 그녀의 예상을 뛰어넘었다.

"식사 다했어요? 그럼 이거 마시고 가요. 내가 직접 탄 커피인데 아주 맛있다니까."

게다가 기우는 식당 여주인이 후식으로 먹으라며 직접 보온병에서 따라 준 커피를 마시고 있었다. 그것도 흙먼지가 피어오르는 길거리에서.

서서히 어두워지기 시작하는 주변. 저물어 가는 하루의 무거운 공기를 머금듯 낮게 깔리기 시작한 음악. 식당 옆의 역시 오래되어 보이는 레코드 가게에서 재즈 선율이 흘러나오기 시작했다.

허름한 머그컵을 손에 든 채로 커피를 마시던 기우가 턱을 괸 채로 귀를 기울였다. 그런 그를 흘낏 보던 세연이 물었다.

"내 기억에 예전에 재즈 좋아했던 것 같은데, 아닌가?"

"아니, 정확히는 추운 계절에 잘 듣게 되지만."

나직한 어조로 아무렇지 않게 덧붙이던 기우가 다시금 생각났다는 것처럼 말했다.

"사실 여름에도 좋아. 뉴욕의 브릴리언트 공원에 피크닉 갔었던 기억이 나거든."

여전히 절로 귀를 기울이게 만드는 매끄럽게 귀에 감기는 어조였다. 하다못해 그에게는 오래된 낡은 레코드숍에서 흘러나오는 재즈 선율도 그럴듯하게 느껴지게 만드는 특유의 매혹적인 분위기가 존재했다. 세연은 애써 외면하며 고개를 돌렸다.

꼭 5년의 세월을 뛰어넘은 기분이었다.

이 순간에도 흙먼지가 피어오르는 길가에서 투박하기까지 한 프림과 설탕을 넣은 커피를 마시고 있다는 게 도무지 현실감이 없었다. 그것도 그녀 곁에 있는 사람이 기우라고는 도저히 믿기지 않았다.

기우가 그녀에게 물끄러미 시선을 고정한 채로 천천히 말을 이었다.

"이를테면 내게 음악은 내게 머물렀던 장소와 추억을 환기시키거든. 너무 거창한가? 어찌 됐건 음악이 추억을 불러일으키는 건 사실이니까. 누가 뭐래도 내게는 음악을 들으면 그리운 게 생각나니까…… 부인할 수 없는 사실이야."

그 말을 할 때의 그의 가늘어진 눈빛. 말없이 턱을 괸 채 물끄러미 붐비고 시끄러운 길가로 시선을 던지는 모습은 또 어떤가. 그녀가 처음 보는 복합적인 여러 감정들이 그 시선에 담겨 있었다.

차라리 펜트하우스에서 감정을 발산하며 서로를 탐닉하는 게 나았다. 활활 타오르는 불꽃처럼 그치지 않는 그의 욕망에, 집요하리만큼 그녀를 탐하는 그의 멎지 않는 탐색에 마치 영혼까지 빨리는 듯한 기분을 느끼는 게 차라리 나을지도.

이 순간 그녀의 맞은편에 앉은 남자를 보는 세연의 눈은 혼란을 담고 있었다. 감출 수 없는 혼란.

이상했다.

5년 전의 시간으로 돌아간 것 같은 기시감을 떨쳐 내기가 힘이 들었다.

그랬다, 눈앞의 남자 때문에.

그런데 다음 순간, 믿기지 않게도 눈에 익은 하얀 눈이 흩날리기 시작했다는 것이다.

꼭 하늘에서 맞춘 것처럼 하얗게 흩날리는 눈송이, 순식간에 길거리에 있는 이질적이기까지 한 그와의 순간이 눈부신 프리즘으로 채색

되는 느낌이 들었다.

게다가 귀에 익은 재즈 음악. 익숙하다는 것은 친숙하면서도 아프게 가슴을 찌르는 것일까. 이 순간 청아하게 흘러나오는 '언포게터블'이 결코 잊지 못할 낭만적인 느낌으로 뇌리에 기억되었다. 친숙하고 서글프기까지 한 음색이 겹쳐져, 그와 함께한 이 순간을 결코 잊지 못할 추억으로 채색한다. 그랬다. 그와 비록 좋지 않게 헤어졌다고 해도, 이 순간 그를 의식하듯 생생하게 곤두선 오감은, 그와 함께 있어 더욱 긴장된 신경은 찌를 듯 느껴지는 기민한 감각들을 그대로 유감없이 흡수해 버렸다.

생생하게 곤두선 감각 속에 이어지는 기우의 아무렇지 않은 고백은 더욱 그녀의 신경을 곤두세웠다.

"오래전 일이었지. 내게 기억이란 그렇게 많은 추억을 내포하지 않아. 지나서 생각해 보면 남들보다 많은 일을 겪긴 했지만 글쎄, 그렇게 내가 끔찍하게 불행하다고 여기지 않았고. 어느 순간 감정이 메말라 버려서…… 이상하게 아무것도 느끼지 못하게 되었지."

기우가 무표정하게 그녀를 응시했다. 그렇게 함으로써 꼭 그를 옥죄이고 괴롭혔던 과거에서 벗어날 수 있다는 듯이.

이상한 일이었다. 그저 무심한 시선일 뿐인데, 애써 아무렇지 않아야 하는 모습이 그녀의 마음을 할퀸다. 왜일까. 내심 자신과 닮은 느낌을 받았던 걸까. 그와 동족임을 본능적으로 알아보았던 5년 전 그때처럼. 그간 많은 일들이 있었다. 세월이 흘러 그녀는 변했고, 돌아갈 수 없는 강을 건넌 것처럼 서로를 보면 못 잡아먹어서 으르렁거린다. 그런데 왜 가슴이 아픈 건지 모를 일이었다. 세연은 애써 가슴 속 통증을 억누르며 떠올렸다. 건조하리만큼 무심한 눈빛, 아마도 기우 때문인지도 모르겠다고.

"꼭 맛을 느낄 수 없는 것처럼, 그저 관성적으로 이어 가는 날들의 연속이었지. 아, 물론 무너지지는 않아. 적어도 내 자리는 어떻게든 지키는 것. 회사에서 누가 좋아할 일은 벌이지 않거든. 오기일지 몰라도 그게 내가 할 수 있는 유일한 거라 생각하니까."

그 말과 동시에 기우가 똑바로 그녀를 건너다보았다. 그래야 그의 탄생과 더불어 시작된 삶의 고통이 멎을 수 있다는 듯이.

그러고는 긴 손가락으로 아무렇게나 턱을 천천히 쓰다듬었다. 그의 눈은 여전히 건조하리만큼 아무것도 떠올라 있지 않았다. 꼭 그가 느끼는 절망처럼 모든 게 어그러져 있는 것처럼. 세연은 똑똑히 보았다. 다음 순간 뒤틀린 기우의 입가에 떠오른 건 괴로운 웃음이었다.

"이를테면 그건 내 자존심이었다. 남들 앞에서 무너진 모습을 보이고 싶지 않았으니까. 왜일까. 더 이상 무너질 수 없는 최악의 상황에서 사람들의 동정이나 가여워하는 감정은 상황을 더 비참하게 만들 것 같았거든. 그래서 계속 치열하게 싸우는 것, 말 그대로 널 위해 다시 돌아온 내 자리에서 살아남는 것. 그게 내 인생의 화두였다면 화두였어."

여전히 감정이라고는 묻어나지 않는 담담한 음성. 이건 변함이 없었다. 아니, 세월이 흘러 더욱 지독해졌다고 해야 하나. 꼭 그가 마시는 짙은 브랜디처럼, 이야기를 듣는 그녀의 이성을 서서히 마비시키는 듯한 아릿한 느낌에 견디기 힘들었다. 이어지는 그의 고백을 듣자 점점 견딜 수 없는 기분이 들었다. 내색할 수는 없었지만 감정이 쫄깃쫄깃 쫄리고 이루 말할 수 없이 답답한 마음의 감옥에 갇힌 느낌. 그 벗어날 수 없는 답답한 느낌이 그녀를 절망시킨다. 무엇보다 끔찍한 건 끝이 보이지 않는다는 것. 그녀가 맞닥뜨린 최악의 결과였다.

그는 여전히 그녀를 사랑한다. 제발 시간이 흘러 잊기를 바라는 그녀의 바람과 다르게, 세월이 흘러 그의 사랑은 더욱 깊어졌고 맹목적으로 변했다. 이유는 모르겠지만 더욱 절실하게 그녀를 바라본다.

그랬다. 이 순간에도 말없이 그녀의 마음을 찔러 대는 건조한 시선이 한없이 그녀를 자극했다. 차라리 슬퍼하거나 감정적으로 언성을 높이면 나을지 모르겠다. 그의 말도 안 되는 넘치는 감정을 다시 담으라고 가차 없이 소리 지를 수 있을 테니. 하지만 생각지도 못한 의외의 곳에서의 공격에, 세연은 약했다.

무엇보다 오로지 너만이 날 구원할 수 있다는, 그 담담하리만큼 확신에 찬 믿음이 그녀의 마음을 아프게 쥐어짜는지도 모르겠다.

다음 순간 그가 아무렇지 않게 선글라스를 꺼내서 썼다.

세연은 훅 숨을 들이마셨다.

이 순간 떼려야 뗄 수 없는 기우의 검은 선글라스 속 눈동자가 숨 막힐 듯 그녀를 바라보았다. 침묵이 흐르고, 이윽고 그가 낮은 어조로 명령했다.

“내게 키스해. 이 순간만큼은 정말 평범한 다른 연인들처럼 데이트하는 거야. 그럼 널 놓아주지.”

그럼에도 세연이 응할 기색이 없자, 기우가 그녀의 가느다란 팔목을 비스듬히 잡으며 재촉했다.

“약속해.”

그 말은 정말 그녀를 놓아준다는 의미였다.

내색은 안 했지만 짙은 빛을 띤 세연의 눈이 보란 듯이 흔들리고 있었다. 이상하게 마음의 떨림이 멎질 않았다. 왜 그런지 모를 일이었다. 그건 순간순간 바람처럼 스쳐 가듯 찰나의 감정이었다. 검은 선글라스를 쓴 기우의 어두운 눈이 그녀에게 머물렀을 때, 놓칠세라 그녀를 훑어보았을 때, 표현하지 않았지만 그녀의 마음은 동요했다. 언제였을까? 그건 마치 턴테이블에 올려놓은 멎지 않는 오랜 노랫소리와도 같았다.

– 네가 만나길 원한다면, 다시 만나자.

아무리 지우려 해도 되살아나는 기억. 아이들에게 습격당했을 때, 집단 린치를 당했을 때의 기억이 너무도 생생해 본능적으로 몸을 움츠리게 된다. 본능적으로 5년 전의 기억을 지우고 싶지만, 그럼에도 분명 그녀가 겪었고 생생히 되살아나는 기억이었기에 어쩔 수 없이 떠올리게 된다.

= 안녕? 다시 만났네?

두 번째로 만났을 때 여전히 건조하게 들릴 만큼 무덤덤한 어조였지만 희미하게 웃음 띤 음성이 너무 듣기 좋았었다. 검은 선글라스를 낀 채로 내려가는 차창 속, 나른하게 그녀와 시선을 마주쳤었지.

그때처럼 지금도 언뜻언뜻 그림자가 비쳐 보이는 어두운 선글라스를 통해 기우가 무표정하게 그녀를 바라보고 있다. 그럼에도 그 언저리에선 그녀를 향한 애정을 감출 수가 없다. 그는 이곳이 길거리라는 것은 전혀 개의치 않는지, 아무런 망설임 없이 고개 숙여 강하게 그녀에게 입을 맞췄다.

"……!"

각오하고 있었음에도 세연은 움찔 놀랐다.

시커먼 먹구름이 몰려오고 급작스레 하늘에서 요란한 소리를 내며 세찬 빗줄기가 퍼붓는 것만큼 기우의 예기치 못한 행동은 항상 그녀를 놀라게 했다. 생각해 보니 재회한 후로 그와의 만남은 항상 그녀를 놀라게 만드는 순간의 연속이었다.

= 늘 생각했었지. 널 다시 만나고 싶다고.

다시 만난 그는 늘 건조하고 무심했으며, 순간순간 칼날처럼 날카로웠다. 그래서 당연히 그녀에게도 별다른 감정을 표현하지 않을 거라 여겼다. 그런데 전혀 예기치 않은 순간에 기우가 부서져라 그녀를 껴안는다. 더 이상 자신의 감정을 숨기지 않고 뜨겁게 그녀에게 입 맞춘다. 쿵쿵, 동시에 폭발할 듯 세연의 심장 역시 가파르게 뛴다.

"헉……!"

절로 세연의 숨결이 가빠졌다. 그녀의 붉은 입술이 도톰하게 부어오를 정도로 세차게 빨아들인다. 그것도 모자라, 그녀의 입 안을 흡입하듯 자신에게로 끌어들였다. 그러고는 놓칠세라 순식간에 그녀의 입 안을 휘젓는다. 탐색에 이어 능숙하게 치아를 세웠다. 그 모든 일련의 과정이 너무나도 자연스러웠을뿐더러, 꼭 그녀에게 매달리듯 절실하기에 더욱 혼란스러웠다. 제정신일 수가 없게 만들었다. 세연은 거친 숨결을 내뱉었다.

"헉헉……."

후들, 세연의 다리가 떨렸다. 주체할 수 없으리만큼 떨려서 아무렇지 않게 걸어가는 게 오히려 더 힘들 정도였다. 차라리 그에게 그만하라고 소리 내 외치고 화를 냈다면 기분이 풀렸을지도 모르겠다. 하지만 그의 앞에서 그러기엔 그녀의 자존심이 허락지 않았다.

이미 그에게 예기치 못한 키스를 당하자 정신을 차릴 수가 없었다. 말 그대로 기가 빨렸다. 그럼에도 평소와 다르게 세차게 밀어내고 매정하게 대할 수 없었던 건 그 눈동자 때문이었다. 너무도 간절하게 그녀를 바라보던 그 눈이 절박한 빛을 담고 있어서 일순간 이끌려 들었다.

게다가.

또 하나는…….

어두컴컴한 조용한 실내.

숨소리도 들리지 않는 어두운 그곳에 몇몇 사람들의 뒷모습이 보였다. 정확히는 커다란 스크린 사이로 뒤통수가 간혹 보였다. 꼭 떠오르는 검은 공을 보는 것 같기도 했다.

그만큼 안은 어두웠고 관객들은 별 없었다. 처음엔 갑자기 캄캄한 장소에 들어오자 적응되지 않았지만 시간이 흐를수록 이상하게 편안했다.

그리고 들려오는 다음 대사.

– 난 너와 헤어지려고 했어, 하지만…….

영화 속 남자주인공이 말했다.

– 하지만 내 적성을 살려서 은행을 털기로 했지.

세연은 고개를 돌려 눈앞에 펼쳐지는 커다란 화면에 시선을 고정했다.

'극장에 오다니. 그것도 그와 함께.'

처음 극장에 들어왔을 땐 긴장이 되고 마음이 편치 않더니, 서서히 적응이 되자 제일 먼저 눈에 들어온 건 화면이었다. 그녀의 눈앞에 펼쳐진 커다란 화면에서 눈을 뗄 수 없었다. 뜻하지 않게 기우와 영화를 보러 온 세연은 이 순간 빨려 들듯 눈앞의 화면에 시선을 고정했다.

눈에 보이는 건 오로지 거대한 설원. 주변을 압도하는 하얀 설원이 펼쳐져 있었다.

기우가 함께 보자고 한 영화는 겨울을 배경으로 시작되었다.

그녀의 눈앞에 거대한 몬태나의 설원이 펼쳐져 있었다. 왠지 모르게 그녀의 꿈속에서도 나타날 법한 정말 거대한 새하얀 눈의 벌판이었다. 그리고 헉헉거리며 설원을 헤매는 등장인물의 모습이 보였다. FBI의 용의선상에 오른 범인을 잡으려 하지만, 나중엔 거대한 설원이 꼭 주인공을 집어삼키듯이 그 모습까지 흐릿해진다. 종국에는 자신이 헤매는 곳이 어디인지, 그를 잡을 수는 있는 건지, 정말로 자신이 잡으려는 대상이 누구인지 점점 더 흐릿해져 간다. 그리고 눈 위에 찍힌 발자국이 거대하게 퍼붓는 눈 속에 흔적도 없이 사라지듯 모든 건 미궁 속에 빠진다.

외국 영화제에서 수상했다고 들었는데, 영화는 영리하게 할리우드 영화의 공식을 따라갔다가 나중에 거대한 하얀 설원을 헤맬 때는 꼭 엘도라도의 황금 섬을 찾아 헤매는 스페인 정복자들을 떠올리게 하는 철학적인 느낌도 선보였다. 손에 잡힐 듯 잡히지 않는 존재의 허무를 잘 그렸다. 무엇보다 설원에 사는 늑대의 눈으로 바라본 줌 인 카메라 워크가 인상적이었다.

[THE END]

그렇게 순식간에 끝난 영화를 보는 세연의 눈은 복잡했다.

그럼에도 이렇게 영화를 보고 그와 헤어질 수 있다면, 다행이리라.

하얀 눈이 내려왔다.

소리 없이 하나둘씩. 주변을 새하얗게 물들이듯 소리도 없이 내리는 작은 눈송이는 역시 소리 없이 쌓여서, 문득 고개 돌려 바라보면 거짓말처럼 주변은 하얗게 변해 있었다.

그와의 만남 역시 마찬가지였다.

평소 회색빛의 아스팔트 거리가 새하얗게 이질적인 눈에 뒤덮이듯 순식간에 아름답고 낭만적으로 뒤바뀌는 것처럼, 눈 깜짝할 사이에 그에게 빠져들었다. 정신을 차려 보니, 정신을 혼미하게 만든 낭만적이고 눈부신 설경은 사라지고, 사람들의 발자국이 지나간 곳은 물이 맺혀 질펀거리는 진흙처럼 추하게 녹아 갔다.

어떻게 이럴 수가 있을까. 내색하지 않았지만 허무한 심정이었다. 분명 칙칙하던 주변을, 지루하던 일상의 풍경을 숨 막힐 정도로 아름답고 낭만적으로 채색하던 하얀 눈을 생생히 기억하는데. 꿈을 꾸다 깨어난 심정이었다. 깨고 나니 주변의 모든 것은 변해 있었다.

세연은 고개를 저었다.

그런데 영화가 끝나도 끝난 게 아니었나.

그녀가 기억하는 과거, 그리고 그에게서 벗어날 수 없는 현재가 한데 뒤엉켜 눈이 오고 녹은 길처럼 질펀거리며 수렁으로 몰고 갔다.

그런데 어쩌지. 아직도 눈이 멎은 것 같지 않은데.

세연은 서서히 열에 들뜬 눈을 들었다.

지금 역시 멈지 못할 순간적으로 그녀를 매혹했던 눈의 마법은 그녀의 주변을 하얗게 얼리듯 결코 놓아주려 하지 않았다. 뜨거운 그의 품에서.

"그냥 이렇게 안고 있을게."

처음엔 분명 속삭이는 어조로 그녀에게 동의를 구하듯 시작했던 것 같은데.

드디어 영화가 끝나고 영화관에서 나오자 키우가 그녀를 차에 태웠다. 그녀의 귀에 익은 '언포게터블'이 차에 흐르는 가운데, 키우는 그녀의 손을 자기 손으로 감쌌다.

"안 추워?"

그러고는 그녀가 추워할까 봐 자신의 커다란 손으로 얼어붙은 그녀의 손을 말없이 녹여 주었다. 그걸 세연은 말없이 보았다. 영화를 보고 주차장에 세워 둔 차까지 이동하는 그 짧은 순간에 얼마나 얼었다고. 어이가 없었지만 잠깐 흘깃 보고 내버려 두었다. 이대로 그녀를 집까지 데려다주리라. 그러면 그에게서 벗어날 수 있으리라. 그런데 이 모양이었다.

Unforgettable in every way

And forever more,

that's how you'll stay……

달려가는 차 안에 음악이 흐르고 있었다.

신호가 걸리면 그는 톡톡 운전대를 손가락으로 두드리는 버릇이 있었다. 무표정하리만큼 똑바로 앞을 주시하면서 신호가 바뀌면 다시큼 힘차게 속도를 냈다. 꼭 어쩔 수 없이 운명의 출발선 앞에 섰지만, 자신이 달려야 할 때가 오면 전력을 다하는 사람처럼. 그러고는 오로지 앞만 보고 질주할 것만 같은데, 생각난 것처럼 가끔씩 그녀를 바라보았다. 포커페이스를 유지하는 그답지 않게 초조한 기색을 드러내며 조수석에 앉은 세연의 모습을 확인하고는 꼭 불우불이 된 것 같은 희미한 웃음을 지었다.

그 보일 듯 말 듯 한 미소를 보자 묘하게 가슴이 아릿해졌다. 여전히 그에게 적대감을 가지고 있는데도. 뭔가가 가슴에 걸린 것처럼 뭉클하고 저릿하면서도 묘하게 신경 쓰이는 불편한 감각이 사라지지 않았다. 마음에 들지 않아 세연은 얼굴을 찡그렸다.

That's why, darling, it's incredible…….

차 안에는 여전히 음악이 흐르고 있었다. 그리고 멈추지 않고 달려가는 차 안에서 세연은 애꿎은 입술을 잘근잘근 깨물다 문득 하늘을 보았다. 거짓말처럼 하늘은 어두운 진눈깨비를 흩뿌리며 다가올 심상치 않은 폭풍우를 예고하고 있었다.

세연은 문득 숨을 삼켰다. 왠지 모르게 이 숨 막히게 낭만적인 순간이 앞으로도 오래도록 기억날 것 같아서였다.

앞으로도 길을 가다가 눈에 익은 검은 벤츠를 보면 절로 시선이 갈 것 같았다.

이대로는 5년 전 만났던 그가 문득문득 계속 떠오르던 지난 시간과 같지 않은가. 아니, 오히려 더 증후가 나빴다.

이제는 가슴에 걸린 그림자처럼 결코 그를 떨쳐 내지 못하고 계속 떠올리게 될 테니까. 세연은 이를 악물었다.

문득 세연은 잊을 수 없는 그의 말을 떠올렸다.

– 물론 좋은 순간만 있는 건 아니었어. 살면서 맑은 날씨만 있는 게 아니니까. 궂은 날이나 폭우가 내리는 날도 있었지.

그리고 아무렇지 않게 나직하게 웃으면서 덧붙이던 허스키한 음성.

– 뭐, 나라고 화려한 곳에서만 산 건 아니야. 이를테면 고용인들이 가득한 저택에서 우아하게 신문 읽으면서 차를 마실 것 같지만, 꼭 그렇지도 않았어. 어릴 때 어머니를 따라서 주로 북유럽 쪽에 머물렀지. 어머니가 가구 브랜드를 내게 되어서 시장 조사 겸 시찰을 했거든. 그리고 아버지가 뉴욕지사에 근무해서 뉴욕에서도 있었지. 그 뒤로 쭉 일본에서 살았지만. 뉴욕에서도 화려한 곳만 가지 않았어. 의외겠지만 내가 주로 머무른 곳은 브룩클린 아니면 브롱크스야. 그때 즈음에 아버지가 내연녀와 동거를 해서……. 그 화려한 세간들로 채워진 맨해튼에 있는 아파트가 왠지 모르게 불편해서 견딜 수가 없었어. 왜인지는 모르겠어.

그리고 이어지던 공허한 웃음.

– 차라리 사람들로 북적거리고 어떻게 보면 위험할 수도 있는 낯선 곳에 가 있고 싶었지. 어려서 그랬는지도 몰라. 확실한 건 거칠다면 거친 사람들이 북적거리고 싸우는 소리도 들려오는 그곳에서, 누가 봐도 이방인이지만 묻혀서 푸짐하게 쌓은 푸에르토리코 가정식을 먹으면 잠시 모든 걸 잊을 수 있었어. 우스운가?

나직하게 반문하던 음성. 쓸쓸한 그 말이 이상하게 귓가를 떠돌며 사라질 것 같지 않았다.

– 물론 다른 아지트도 있었지. 꼭 브룩클린만 가지 않았어. 물론 룸베르디 피자가 맛있지만 말이야. 내가 간 다른 곳은 원래는 기차역이었는데 폐쇄되었다가 지금은 산책로로 개조된 곳이야. 하이파크, 거기 자주 가서 그냥 햇볕 아래 누워 있곤 했어. 분명 사람들을 태우고 달렸던 기찻길이었는데 아무도 찾지 않는 폐쇄된 곳이 되었다가 세월

이 흘러서 다시 녹색 풀과 꽃으로 꾸며지고 사람들이 하나둘씩 모인 그곳을 보면서 내 가슴속에 희망도 싹튼 건가? 그럴지도 모르지. 네가 나타났으니까.

왜일까. 아무렇지 않게 그녀를 훑듯이 바라보던 간절한 검은 눈동자가 뇌리에 박힌 것처럼 사라지지 않았다.

– 그 전까지 나는 오만했었어. 꼭 인생을 다 산 것처럼 허무해하면서도 또한 뭐든지 이룰 수 있다고 자신만만했었지. 어느 정도 사실이기도 했고. 그렇게 세상을 다 산 것처럼 완벽주의자처럼 굴다가 널 만났지. 그리고 깨달았어. 널 만나지 않았다면 내 인생은 얼마나 허무했을까. 널 만나서 이끌리고 널 보살피고…… 그래, 삭막하게 메마른 내 마음에 꽃을 피운 것처럼 정성껏 물을 주고 마음으로 보살피지. 물론 넌 끝까지 거부하고 밀어내지만. 하지만 난 네 존재로 인해 살아 있는 것 같아. 살아 있다는 감정을 그 어느 때보다 생생하게 느끼니까.

다음 순간 믿기지 않게도 기우가 희미하게 웃으면서 말했다. 세연은 귀를 의심했다. 자신이 듣는 것을 믿을 수 없었다.

– 지금 그래서 행복해.

그 말이, 그녀에겐 저주와도 같은 그 말이 계속 귓가를 맴돌았다. 그의 제안으로 생각지도 않던 어느 날의 점심, 허름하지만 정감 있는 식당. 거기까지는 좋았다. 그의 말대로 그저 식사와 영화를 보면 확실하게 벗어날 수 있을 테니. 사실 그래서 그의 제안에 응했던 거였다.

거기까지는 좋았다.

– 넌 평생 날 원하지 않고 난 영원히 널 가질 수 없겠지……. 그 정도는 알고 있어. 내가 그렇게 머리 나쁜 놈은 아니거든. 하지만 이렇게 이길 확률이 0인 어리석은 승부에 올인한 것은 태어나 처음이자 마지막이야.

하지만 예기치 않은 담담한 그의 고백은 계속해서 그녀의 귓가를 떠돌고, 앞으로도 계속 생각날 거라 더욱 문제였다. 그녀에겐 저주나 다름없었다. 계속해서 그의 쓸쓸한 눈빛이 마음에 걸려 평생 잊히지 않고 자신을 괴롭힐 테니까.

다시금 신호에 걸리고, 세연은 애꿎은 입술만 잘근잘근 깨물었다. 때마침 키우가 고개를 돌렸다. 그러고는 무서우리만큼 창백해진 그녀와 눈을 마주쳤다.

"왜?"

그의 심연과도 같은 눈이 그녀를 바라보고 있었다. 세연은 고개를 돌린 채 차갑게 잘라 말했다.

"아무 말도 하고 싶지 않아요. 오늘은 아무 말도."

"왜?"

그러다 키우가 기민하게 반응하자 세연의 억눌렀던 이성 역시 폭발했다. 그녀는 자신도 모르게 언성을 높였다. 정확히는 그에게 흔들리는 자신의 동요를 들킬까 봐, 그랬다.

"아뇨, 아무 말도 하지 말아요. 난 당신과 아무런 대화도 하고 싶지 않아요! 못 들었어요? 난 당신과 아무 말도 하기 싫어요. 왜냐하면, 왜냐하면……."

차마 그다음 말은 할 수 없었다.

왜냐하면 당신에게 다시 이끌릴까 봐 두려워서라고.

다시 그에게 이끌릴 건 불 보듯 뻔한 일이었다. 그와 자신은 이미 예전에 서로를 이해하고 공명했으니까.

아무리 불씨가 꺼졌다고 해도 다시 불이 붙는다면 결코 꺼뜨릴 수 없다. 꼭 자연스러운 발화 현상처럼 멈출 수 없어 더욱 문제였다. 그녀에겐 참으로 심각한 문제였다.

무엇보다, 앞으로 천신만고 끝에 얻은 기회가 그녀를 기다리고 있었다. 실상 두 번째 앨범 제작에 세연은 온 신경이 가 있었다. 절로 신정이 곤두섰다.

그래서 그녀는 애써 감정의 동요를 억누르며 차갑게 고개를 들고 말했다.

"다시 날 데려다줘요. 연습실로. 오늘 약속대로 당신과 데이트했으니까 앞으로 연습에만 전념할 거예요."

다행히 기우는 별다른 이의를 제기하지 않은 채 차를 돌려 펜텀 사옥으로 향했다. 그녀가 애써 굳게 입을 다물고 어둑해진 사옥에 내리자 비웃듯이 마지막 말을 던지기는 했지만.

"즐거웠길 바라. 물론 너는 아니겠지만. 그래도 이제 정말 멈출 수 없는 승부를 불태우게 될 테니까, 잠깐의 휴식이 필요할 거야."

"아뇨. 이거 하나는 분명히 말해 둘게요. 당신이 날 차지하겠다 의지를 불태우는 동안, 난 연습실에서 전의를 불태우고 있을 거예요. 거기서 잠깐 벗어나게 해 주는 게 선의라고 착각하지 말아요."

멎지 않는 눈송이처럼 서서히 그녀 마음속에 스며든 동요를 애써 밀어내듯 세연은 차갑게 잘라 말했다.

"난 어디까지나 이 기적처럼 잡은 기회를, 두 번째 앨범이 성공해서 당신에게서 벗어나는 게 목표니까. 그때 정말 해방된 휴식 같은 기분을 맛볼 수 있겠죠."

"글쎄."

기우가 천천히 말했다.

"네 목표는 유지수가 아니고?"

날을 세우듯 차갑게 비웃으며 기우가 차 문을 닫았다. 그가 차창을 내리더니, 웃음 띤 어조로 부드럽게 속삭였다.

"지옥에서 전의를 불태우길 바라. 이번엔 실패하지 않는 게 좋을 거야. 아까도 펜트하우스에서 초조해하면서 말했었지? 네가 그렇게나 두려워하는 거. 잘 알다시피 네가 이번 앨범에서 실패하면 영원히 내게서 벗어날 수 없을 테니까."

그러고는 나른하게 덧붙였다.

"그건 물론 내가 원하는 바야."

말을 마치자마자, 퍼붓는 눈 속에서 악마처럼 차를 운전해서 가 버리는 그를 세연은 무섭게 입술을 깨물며 노려보았다. 퍼붓는 눈처럼 황홀하고도 달콤한 느낌도 잠시, 눈은 금세 녹아 버렸고 이 모든 게 깨지 않는 악몽처럼 느껴졌다.

얼어붙은 눈처럼 싸늘한 현실이 그녀를 기다리고 있었다. 팬텀에서의 벗어날 수 없는 연습이 그녀를 기다렸다.

날이 밝으면 세연은 다시 연습해야 한다.

第 36 幕

두 번째로 잡은 기회.

세연은 다시 한번 마음을 다잡았다.

'그냥 기적처럼 주어진 이번 기회에 충실하자. 더는 아무것도 바라지 말고 내게 주어진 일에 최선을 다하자.'

때문에 이번에야말로 모든 걸 내려놓았다. 아무것도 기대하지 않았으니까.

그렇다고 모든 걸 포기한 것이 아니었다. 다른 건 필요하지 않았다. 묵묵하게 그녀에게 주어진 기회에 충실하고 오로지 이 순간의 현실에만 집중했으니까. 더 이상 과거의 실패와 알 수 없는 미래의 두려움이 그녀의 발목을 잡지 않았다.

'기자간담회와 뮤직비디오 촬영, 기대도 안 했는데 기회가 주어졌어. 정말 열심히 내 전부를 오롯이 쏟아부어야지.'

때문에 그녀는 곧장 거침없이 뮤직비디오 촬영 장소로 갔다.

오늘 '윈터 문'의 뮤직비디오 촬영이 진행되는 장소는 용산에 있는 한 스튜디오였다. 이미 그녀가 온다는 걸 연락받았는지 스튜디오는 한창 세트를 마무리하는 데 분주했다.

"안녕하세요? 세연 씨."

스튜디오에 도착하자마자 그녀는 미리 준비되어 있던 콘티를 전달받았고 촬영 스케줄도 지시받았다. 꼭 만화 웹툰을 보는 것처럼 검은 펜으로 그려진 그림들은 앞으로 그녀가 찍을 뮤직비디오가 추구하는 방향과 표현해야 할 내용이 꼼꼼하게 담겨 있었다.

"그럼 세연 씨, 잘 부탁할게요."

오늘 뮤직비디오를 촬영하기로 한 감독이 웃으면서 인사를 했다. 세연 역시 미소 지으면서 고개를 끄덕였다. 곧이어 스튜디오에 그녀가 발표한 신곡 '윈터 문'의 선율이 넘쳐날 듯 흐르기 시작했다.

"계속 콘티대로 갈게요. 지금 동작도 좋은데 좀 더 발레 동작을 크게 했으면 좋겠어요. 여기 동선에서는 벗어나지 않게."

화기애애한 분위기 속에서 뮤직비디오 촬영은 진행되었고 세연 역시 부담감을 갖지 않고 뮤직비디오 속으로 녹아들기 시작했다. 세연은 생각했다.

'내가 원하는 노래와 춤! 내가 하고 싶어 하는 음악 세계.'

확실히 그녀가 주도하고 이끄는 뮤직비디오는 한층 더 매력적이었다.

뮤직비디오의 내용은 한국과 뉴욕을 교차하듯 진행된다. 뮤직비디오의 시작은 뉴욕을 연상시키는 요란한 사이렌 소리가 들리면서 시작을 알렸다. 세트장으로 꾸며진 또 다른 회색의 공간에서 세연이 뒷모습을 드러내며 천천히 빗질을 하면서 시작된다.

……달, 얼어붙은 하얀 겨울달

나는 바라보고 있네

속삭이는 듯한 노래의 오프닝과 더불어 생각지도 않게 모습을 드러낸 세연은 자연스럽게 뮤직비디오 속에서 연기를 했다.

시리도록 하얀 달

나는 얼어붙은 하얀 달을 바라보고 있네.

그녀가 절치부심해 발표할 디지털 싱글 '윈터 문'의 멜로디가 울려 퍼지는 가운데, 정작 뮤직비디오의 내용은 특별할 것이 없었다. 그저 평범한 그녀의 일상을 담담하리만큼 카메라에 담아내다가 어느 순간 눈부신 하얀 달빛이 내리쬐고 얼어붙은 겨울밤 황홀한 그녀의 비상을 다룬다. 똑같은 사물을 보아도 각각의 반응이 다르듯 그 모든 건 그녀의 마음가짐에 달려 있다고, 그녀의 마음속에 이미 변화의 해답이 담겨 있음을 뮤직비디오는 암시하는 것이다.

계속해서 세트장이 떠나가라 음악 소리가 크게 울려 퍼지고 조명들과 환풍기가 돌아가는 가운데, 끝없이 뮤직비디오의 콘티에 따라 움직였다. 감독이 만족할 때까지 연기를 했고, 돌아가는 환풍기 바람 속에서 발레복 차림으로 발레 동작도 취했다.

얼어붙은 하얀 달, 나를 비추고 있네

그간의 분위기와는 미묘하게 달랐다. 마침내 촬영하게 된 뮤직비디오에서 세연은 거듭된 안무 트레이닝과 레슨으로 단련된 깊은 눈빛과 섬세한 손동작, 곧은 자세로 특별한 분위기를 만들어 냈다.

"분위기 좋은데요, 세연 씨. 생각보다 좋아."

뮤직비디오 감독 역시 크게 기대하지 않았는지 깊어진 그녀의 표정 연기와 무르익은 감정에 연신 감탄을 했다.

그럴 수밖에 없는 것이, 세연도 카메라에 비친 자신의 모습을 모니터했지만, 모니터 화면 속에 잡힌 그녀의 모습은 뭔가 예전과는 달랐다.

평범한 일상의 하루를 담은 뮤직비디오의 콘티는 단순했지만, 그녀가 연기하자 그렇지 않았다. 그녀의 보다 깊어진 눈빛과 뭐라 딱 지적할 수 없지만 깊어진 감정만큼이나 섬세한 연기 때문일까. 예전이 투박스러웠다면, 지금은 미묘하게 느낌이 다른, 꼭 질감이 다른 섬세한 도자기의 느낌을 덧입히듯 세심한 연기를 이어 나갔다.

그렇게 마무리된 촬영.

분명 환하게 밝을 때 촬영이 시작됐는데 어둑어둑 해가 질 무렵에야 촬영이 끝났다.

"수고하셨습니다."

끝없이 울리며 귓가를 자극하던 음악, 바로 그녀가 부른 노래였다. 이제껏 거리에서 울리거나 커피숍에서 흘러나오는 음악을 들으면 무심히 넘기기 일쑤였는데, 지금은 무덤덤하게 들어도 심장 박동이 빠르게 요동쳤다. 초연할 수 없는 것이 그저 흘러나오는 노랫소리를 듣고만 있어도 익숙한 노랫말에, 그리고 어디서 많이 들어 본 목소리에 쭈뼛 머리끝이 곤두서는 것이다.

다른 사람도 아니고 자신이 부른 노래가 이렇게 세상에 나와 울려 퍼진다는 사실을 실감할 수가 없다. 매일매일 같은 하루, 눈에 익은 거리의 풍경이 일순간 근사하고 낭만적인 분위기를 풍기는 마법처럼 느껴진다. 이루 말할 수 없는 두근거림과 마음속 일치감을 맛보았다.

쿵쿵.

마침내 결전의 날처럼 다가온 그녀의 디지털 싱글 발표회. 여전히 동요하듯 빠르게 뛰는 심장 속, 검은 코트를 걸친 세연은 천천히 고개를 들었다. 그러고는 두근거리는 그녀를 조용히 감싸듯 내리쬐는 달빛을 보며 고개를 돌렸다.

왠지 모르게 이 순간이 오랫동안 그녀의 뇌리 속에 남을 것 같았다. 사라지지 않을 그녀의 분신을 연기했다. 왠지 모르게 두근거리는 기분 속에 세연은 천천히 눈을 감았다 떴다.

第 37 幕

며칠 후 오후, 서울 삼성동 가넷 호텔의 볼룸 홀에서 예정대로 그녀의 디지털 싱글인 '윈터 문'의 발매 기념 기자간담회가 열렸다.

"안녕하세요. 처음 뵙겠습니다. 신인 가수 세연입니다. 제가 가수 데뷔를 하면서 미니 앨범으로 먼저 인사드렸는데요, 이번에 두 번째로 디지털 싱글을 가지고 찾아왔습니다."

이날 열린 기자간담회에서 세연은 발매된 싱글인 '윈터 문'의 음원을 모두가 보는 앞에서 공개했다.

"이번에 디지털 싱글로 발표된 신곡 '윈터 문'입니다. 1집 미니 앨범인 '페퍼민트'와는 다른 느낌을 내고 싶어 완전히 다른 방향에서 접근해 신곡을 내게 되었어요."

기자들이 일제히 카메라 플래시를 터트리는 가운데, 이제는 그녀가 자면서도 떠올릴 수 있는 '윈터 문' 노래가 기자간담회가 열리는 가넷 홀을 가득 채웠다.

그럼에도 홀의 음향 시설 속, 퍼져 나가듯 쨍쨍하게 울리는 자신의 목소리가 왠지 모르게 낯설게도 느껴졌다. 꼭 남의 목소리를 듣는 것 같고 몸이 간질간질하면서도 적응이 안 되는 기분이었다. 절로 얼굴이 붉어지는 것 같기도 했다.

'이건 평생 익숙해지지 않을 것 같아.'

이러면서 어떻게 일제히 사람들의 시선이 쏠리는 무대에 서느냐고, 그것도 춤추고 노래를 부르기까지 하느냐고 의아해할 것이다. 소위 말로 끼가 없으면 못 하는 것이 가수인데, 어떻게 그럴 수 있느냐고 묻는다면, 그저 눈을 질끈 감고 해치우는 것에 가까웠다.

연기와는 다르다.

스튜디오의 붉은 불이 켜지고 카메라가 그녀를 잡고 그리고 깔리는 정적. 그러다 다음 순간 대사를 할 때의 그 짜릿한 희열. 평소의 그녀와 완전히 다른 대본 속 인물이 되어 갈 때의 희열, 그 흡족함. 한없이 납작 엎드린 채 꼭 신의 접선을 받아 어느 순간 찾아오는 것 같은 몰아의 경지. 그녀 같지 않은 인물이 될 때의 완벽한 일치감은 이루 말할 수 없었다.

때문에 연기할 때의 그 완벽한 순간을 위해서라면, 가수 활동쯤이야 눈을 질끈 감고 해치울 수 있었다. 어차피 한 번이다. 유지수와 맞붙을 단 한 번의 무대라면 기꺼이, 얼마든지. 그녀의 최종 목표를 위해서라면.

시리도록 하얀 달이 얼어붙어 있네

오늘 다시 달이 떠오르네

사람들이 어떤 반응을 보일지 내심 초조하면서도 평소와 다르게 붕 떠 있는 것 같은 미약한 환각 상태가 지속되는 기분이었다. 누가 봐도 그녀가 아닌 신인 가수 세연으로 화려한 쇼를 그럴듯하게 해내야 하기 때문이리라.

하얗게 얼어붙은 겨울 달은 상처 입은 내 마음을 비추네
아픔은 사라지지 않아
하지만 다시 달은 떠올라

그녀에겐 한없이 익숙한데, 클라이맥스 부분이 마음에 드는데, 다른 사람들에게도 좋게 들릴지 반응이 궁금하기도 했다.

세연은 천천히 심호흡했다.

그럼에도 그녀가 해야 할 일이고, 해내야 했다. 어떻게든 남들이 볼 때 그럴듯하게 이 난관을 넘어야만 했다.

'내가 스스로 넘어야만 해. 아무도 대신 해 줄 수 없어. 오로지 나만이.'

결심을 굳히자 세연의 창백하리만큼 새하얗게 질려 있던 얼굴은 결연히 굳어졌고, 일순간 무서우리만큼 싸늘한 빛을 내뿜었다.

찰칵, 찰칵.

지금 역시 피할 수 없는 대낮처럼 카메라 플래시를 일제히 기자들이 터트리는 가운데, 세연은 천천히 얼굴을 들어 정면을 마주 보았다.

오늘 운명의 신곡 발표를 맞아 세연은 특별히 제작된 목 끝까지 올라오는 보랏빛 무대 의상을 입고 있었다. 핏빛처럼 붉은 립스틱과 기다랗게 늘어진 하얀 레이스 소매와 목가의 레이스 장식이 섬세하면서도 로맨틱한 느낌까지 선사했다.

머리 역시 촉촉하게 왁스를 발라 빗어 넘기고 기다란 구불거리는 웨이브 머리칼을 하나로 늘어뜨렸다.

세연은 그 어느 때보다 아름다웠고 금세라도 부서질 것 같은 도자기와도 같은 섬세하고 연약한 매력까지 뿜어냈다.

"세연 씨! 이번이 두 번째 신곡 발표로 알고 있는데, 저번 앨범의 성적이 솔직히 부진했잖아요. 이번 곡은 잘될 거라고 생각하세요?"

인터뷰를 하던 기자가 물었다.

"음원 차트 성적은 몇 위 정도로 예상하나요?"

그녀는 피할 수 없는 기자의 민감한 질문이 쏟아지자, 결연하게 고개를 치켜들었다.

"만약 '윈터 문'이 음원 차트 50위 안에 들면 공약으로 발레 동작을 선보이겠습니다. 앙디올 피루엣을 무대에서 보여 드리겠습니다."

그 말과 함께 능숙하게 포즈를 취하는 그녀에게 쏟아지듯 찰칵, 카메라 플래시가 터졌다. 단단히 결심한 세연은 화려한 가면을 쓴 것처럼 보란 듯이 고개를 치켜들고는 카메라를 향해 유혹적인 눈빛을 보냈다. 붉게 칠한 립스틱이 두드러지는, 요염하고 섬세한 매력을 뽐내는 그녀를 향해 집요하게 카메라 세례가 이어졌다.

다음 순간 카메라 앞에서 그 어느 때보다 빛나는 모습으로 세연은 또박또박 힘주어 말했다.

"오늘 이렇게 기자간담회에 와 주셔서 정말 감사의 마음 전합니다."

❄❄❄

"생방송 뮤직트레인! 이번 주엔 특별히 기대되는 무대들이 기다리고 있는데요. 먼저, 1위를 다투는 두 팀의 치열한 무대, 그룹 비아탄과 라그렌이 격돌합니다. 이 치열한 다툼의 승자는 누가 될까요? 또한 정상의 걸그룹 세 팀의 환상적인 무대가 기다리고 있으니 채널~ 고정!"

음악방송 프로인 뮤직트레인.

두 개의 고정 카메라가 놓칠세라 출연자들을 잡는 가운데, 녹화가 진행되는 스튜디오 안에 낭랑한 목소리가 울려 퍼졌다.

이어지는 방송 멘트. 유난히 선명하게 두드러지는 입술 색깔, 탤런트 윤해나였다. 보란 듯이 반짝이는 틴트를 바른 앳된 얼굴의 진행자가 특유의 발랄한 어조로 진행을 이어 갔다.

“그것뿐만이 아니죠! 민트 씨, 오늘 아주 특별한 무대가 기다리고 있다면서요. 소개 좀 해 주시겠어요?”

“네, 저 역시 기대되는데요, 이번 주에만 컴백하는 팀이 세 팀이나 되는데, 얼마나 환상적인 무대를 보여 줄지 모두들 주목하고 있는데요. 여러분, 오래 기다리셨죠? 오늘 소개할 특별한 컴백 무대는 바로 세연입니다!”

공동 진행을 보는 또 다른 가요 순위 프로그램의 진행자가 목소리를 높였다. 튀는 짙은 녹색 머리. 꼭 할리우드 블록버스터 영화의 한 장면을 연상시키는 할로윈 분장을 하고선 계속해서 멘트를 이어 갔다. 한창 인기를 얻고 있는 아이돌 그룹의 멤버인 MC민트가 그녀를 소개했다.

“그럼 우리 한번 외쳐 볼까요! 세연!”

“세연!”

사람들이 그녀를 부르고 있었다.

그녀 역시 화답할 차례였다.

어쩌면 처음이자 마지막일 그녀의 무대. 여기까지 오느라 얼마나 힘들었던가. 주마등처럼 재빠르게 지난 시간이 머릿속을 스치고 지나간다.

더 이상은 미룰 수 없기에.

하이 큐.

붉은 전조등.

그냥 티셔츠에 반바지, 편한 옷차림으로 노래를 불렀던 리허설과 다르게 본격적으로 음악방송 녹화의 시작을 알리는 붉은 사인이 들어왔다. 동시에 그녀의 머릿속에도 붉은 경고등이 켜졌다. 순간적으로 차갑게 살갗을 훑고 지나가는, 날카롭게 느껴지는 실패한 앨범 활동의 기억.

음악방송 녹화 날, 일정에 맞춰 밴에서 내리고 팬들이 가득한 방송국 입구를 지나 눈에 익은 대기실에 이르기까지, 그 모든 장면이 주마등처럼 지나갔다.

그러다 고개를 들자, 예외 없이 드높은 천장에 달린 시커먼 레일이 보였다. 어디서 많이 본 광경, 놓칠세라 그녀를 향해 유혹하듯 빛을 뿜어내는 수많은 조명 기기들. 운명의 순간이 목 끝까지 다가왔다는 자각이 들었다.

순간 차가운 물을 머리에 끼얹은 것처럼 오싹해지면서 정신이 들었다.

'아, 그래. 나 지금 음악방송 녹화 중이었지. 그것도 첫 번째가 아닌 두 번째 디지털 싱글.'

그랬다, '윈터 문'.

그녀를 잡고 있는 카메라와 모니터 화면을 보는 순간, 오싹한 전율이 등줄기를 타고 흘렀다. 아무리 싫어도 어김없이 오고야 마는, 모두가 주목하는 가운데 어김없이 냉정한 평가 무대에 선 기분이었다. 무대 모니터에 뒤이어 그녀를 잡고 있는 카메라 감독의 얼굴이 보이자, 동시에 강박관념과도 같은 초조한 감정이 그녀를 휘감았다. 잘 해내야 한다. 아니, 이 기적처럼 주어진 두 번째 기회를 어떻게든 놓쳐서는 안 된다. 첫 무대에 섰을 땐 너무 얼어붙어서, 그저 틀리지 않고 안무 동작을 무사히 해내야 한다는 생각에 절로 마음이 급했었다.

'더는 이 기회를 놓쳐서는 안 돼. 서둘러야 돼.'

째깍째깍.

이 순간 보이지 않는 시계 초침이 빠르게 흘러가는 것처럼 귀에 울린다.

가득한 카메라와 여전히 사막의 신기루처럼 반짝반짝 요란한 빛을 내뿜는 조명, 여차해서 실수하면 나락으로 빠질 거라고 마치 경고하듯 시커먼 악마처럼 버티고 선 검은빛의 음향 기기들. 타 방송국과 다르게 약하게 깔리는 AR은 유감없이 그녀의 라이브 실력을 드러낼 것이기에 마음을 놓을 수 없었다.

다시금 고개를 돌렸다. 스튜디오 곳곳에 무선 인터컴을 착용한 스태프들의 모습이 보였다. 순식간에 긴장으로 머릿속이 새하얘졌지만, 신기하게도 저절로 몸이 움직여졌다.

"조명!"

무대 스탠바이 큐 사인이 들어오고 어김없이 반짝이는 무대의 조명이 내리쬐자, 동시에 그 순간을 놓칠세라 세연은 기민하게 움직였다.

"저기 봐."

"세연이야! 세연."

안 들리면 모를까, 이 순간에도 마치 촉각이 곤두서듯 저절로 들려오는 방청객들의 수군거림. 하다못해 그녀를 흥미롭게 바라보는 카메라맨을 비롯한 스태프들의 시선.

여기서 무너지지 않기 위해 세연은 이를 악다물었다. 보란 듯이 곧게 허리를 세우고 꼿꼿하게 고개를 들어 쏟아지는 사람들의 시선을 받아 냈다. 모두가 보는 앞에서 무참하게 무너지는 모습을 보이고 싶지 않아서였다. 그런 그녀의 눈빛은 결연했다.

'신이 아니라, 내가 나를 구원한다.'

오로지 나만이.

지난 5년, 햇수로 6년에 가까운 고통스러운 세월도 결국 아무도 끝내 줄 수 없었다. 그녀의 손으로 해결해야만 하는 것이다. 손에 보이지 않는 피를 묻혀서라도 오직 나만이.

"……!"

그때 이상하게 그가 떠올랐다. 정작 낳아 준 부모도 그녀를 지지하지 않았을 때, 키워 준 부모와 친지, 하다못해 믿었던 친구도 보란 듯이 그녀를 배신했다. 그녀에게 돌을 던지고 아무도 그녀 편을 들어주지 않았다. 어린 나이에 혼자 서야만 했을 때, 그녀를 세상에 나가게 한 것은 기우였다. 아이러니하게도 무자비할 정도로 혹독하게 몰아붙인 그였다.

그녀를 무대에 서게 했다.

짧은 순간, 수없이 많은 생각들이 교차했다. 일생에서 가장 긴장되는 순간, 그저 표정 없이, 온화하기까지 한 상냥한 얼굴로, 그러나 눈빛만큼은 심연처럼 어둡고 깊은 채로 말없이 팔짱을 끼고서 그녀를 바라보고 있을 그의 모습이 떠올랐다.

그저 기우의 모습을 떠올렸을 뿐인데도 마음이 가벼워졌다. 이상하리만큼 차분히 무대에 임할 수 있었다.

다음 순간 음악이 울려 퍼지자, 세연은 믿을 수 없으리만큼 민첩하게 움직였다. 그런 그녀의 기민한 동작은 본격적인 워밍업을 알리는 신호탄이었다.

쿵쿵쿵.

곧이어 위험스럽게 들리는 인트로 전주가 깔렸다.

꼭 야수의 울부짖음 같기도 했고, 그르렁거리는 소리는 단말마의 비명 소리처럼 들리기도 했다. 게다가 무대 연출. 사람들이 아이돌이나 걸그룹 하면 떠올리게 되는 반짝이는 조명과 발랄하고 상큼한 무대와는 거리가 있었다.

팟.

붉은 화염이 내뿜어지는 것처럼 새빨간 조명이 타오르는 무대. 일시에 무대는 뿜어져 나오는 새하얀 드라이아이스에 휩싸였다.

마치 시뻘건 용암이 활활 타오르는 것 같은 착시 효과를 주는 무대.

그 안에서 꼭 마왕을 연상시키는 것처럼 짙게 분장을 한 남자 댄서들이 관능적인 춤을 추었다.

본격적인 노래의 시작을 알리는 가운데, 마침내 무대의 하이라이트 조명이 내리쬐고 세연이 무대 한가운데에 나타났다.

카메라는 그런 그녀의 모습을 잡았다.

여전히 새하얀 드라이아이스 연기가 흘러나오는 가운데, 놀랍게도 마왕을 연상시키는 검은 분장을 한 남자 댄서들은 그녀를 끌고 가듯 두 팔을 붙잡고 무대에 설치된 붉은 계단을 올라갔다.

끌려가는 세연은 눈이 부시도록 새하얀 의상을 입고 있었다. 칠흑처럼 새까만 머리는 틀어 올려, 꼭 발레리나처럼 하얀 작약과 진주 장식을 머리에 꽂고 있었다.

새하얀 순백의 의상은 특유의 가냘픈 세연의 팔다리와 어우러져 그녀가 인정사정없이 끌려가는 느낌을 주었다.

마왕에게 제물로 바쳐지는 여인.

그러다 본격적인 노래의 멜로디가 시작되고, 이어마이크를 꽂은 세연이 노래를 부르기 시작했다.

시린 달빛이 나를 비추고
얼어붙은 눈보라 속에서 나는 춤을 추네

위협적인 몸놀림. 여전히 그녀를 강제로 끌고 가는 우악스런 댄서들 사이에 섞여 무대 위의 붉은 벨벳 계단을 걸어 올라가면서도 세연은 노래를 멈추지 않았다.

이 밤이 깊어 가지만 나는 춤을 멈출 수 없어

낮게 읊조리듯 노래하는 음성.

그러나 왠지 서글프게도 들리는 노랫말은 강렬한 인트로에 이어 묘하게 귀를 잡아끄는 중독적인 멜로디와 어우러져 듣는 이들의 귀를 사로잡았다. 이제는 몸에 익은 춤, 그치지 않고 연습한 안무 동작.

한 발자국, 한 발자국. 마치 피로 얼룩진 것 같은 계단을 밟는 것처럼 세연은 꼿꼿이 허리를 세우고 안무 동작을 소화하면서 붉은 벨벳 계단을 멈추지 않고 올라갔다. 그러한 세연의 동작은 고통과 영욕으로 얼룩진 그간 그녀의 삶을 연상시켰다. 그럼에도 꿋꿋이 일어난다는 듯이 멈추지 않고 춤을 추었다. 마치 그녀의 정신만큼은 짓밟을 수 없다는 듯이 카메라를 바라보는 세연의 눈빛은 올곧았고 단호했다.

이 밤, 나는 춤을 추네

결코 멈출 수가 없는 꿈, 당신을 유혹하는 춤

노래를 부르면서 세연은 투명한 거미줄처럼 반짝이는 얇은 하얀색 상의를 서서히 능숙한 손놀림으로 벗어젖혔다. 그러자 그 광경을 보던 방청객들이 '앗!' 소리를 냈다.

세연은 댄서들과 마찬가지로 강렬한 검은 의상을 입고 있었다. 눈화장 역시 눈꺼풀에 살짝 덧댄 핑크빛이 도는 비닐 접착제를 벗겨 내자, 기다렸다는 것처럼 강렬한 검은 아이라인과 반짝이는 새파란 눈화장이 그 모습을 드러냈다.

세연의 모습은 꼭 영화 '블랙 스완'의 발레리나를 연상시켰다. 순결한 오데트를 연기하다가 어느 순간 악마에게 영혼을 담보로 계약하고 발화한 것처럼 타오른 오딜. 강렬한 멜로디의 음악이 흐르고 세연은 거침없이 춤을 추었다. 더 이상은 그녀의 잠재되었던 욕망을 숨기지 않겠다는 듯이, 그간 억눌렀던 대중들을 유혹하는 끼를 발산하듯, 그간 숨겨 두었던 본연의 매력을 유감없이 내뿜었다.

추운 겨울밤, 시린 달빛이 내 마음속으로 파고드네

그의 마음속에도 닿을 수 있길, 그를 사로잡을 수 있길

이 밤, 얼어붙은 겨울 달을 보며 나는 춤을 추네

어느새 격렬한 안무 동작을 유감없이 소화해 내며, 땀으로 흠뻑 젖은 그녀는 바짝 이어마이크를 입 가까이 끌어당겼다. 그리고 모두에게 들으란 듯 소리 높여 노래했다.

그를 유혹하는 춤을 추네

멈출 수 없는 겨울밤의 춤, 윈터 문

유혹의 춤사위. 세연의 등줄기는 땀으로 흠뻑 젖었고, 그간 단련된 고된 트레이닝으로 자연스레 자리 잡은 등 근육이 유난히 두드러졌다. 몇 초의 찰나, 클로즈업된 조명에 굴곡진 등 근육. 그녀가 얼마나 노력했는지, 얼마나 많은 땀을 흘렸는지 자연스레 느껴지게 했다.

어두운 조명, 몇 초의 찰나 세연은 무대 위의 발레리나처럼 보였다. 서서히 어두워지는 조명 아래, 유감없이 안무를 소화해 내며 가쁘게 숨을 내쉬는 세연의 얼굴이 클로즈업되었다. 슬픔과 기우를 향한 미움, 그리고 그녀 내면에 복받치듯 올라오는 어쩔 수 없는 그리움. 몇 초의 순간, 복합적인 눈빛의 세연은 프리즘에 반사되는 다양한 빛깔처럼, 그 누구라도 시선을 끄는 매혹을 뿜어냈다. 그런 그녀의 입가엔 이 모든 걸 의도했다는 것처럼 처음으로 자신만만한 미소가 떠올랐다.

"……!"

이윽고 카메라가 그녀를 클로즈업하는 가운데, 세연은 고개를 들어 시청자들을 향해 강렬한 매력을 뿜어내듯 매혹적인 시선을 던졌다. 그러고는 처음으로 온몸에서 내뿜는 자신감과 도도함으로 허리를 쫙 폈다. 긴 터널을 지나와 깊어진 세연의 눈빛은 그 누구라도 끌어당길 것 같은 강렬한 미혹을 발했다.

윈터 문, 그녀를 바라보는 모두를 유혹하듯 멎지 않는 겨울밤의 춤을.

❄❄❄

음악방송 녹화가 끝나고 만난 기우는 정작 한마디도 없었다. 그저 그녀에게 여전히 고통스럽게 느껴지는 펜트하우스의 시간만을 이어 갔을 뿐이다.

그런데 오히려 그가 이상하리만큼 철저하게 그녀와 관련된 일 얘기를 하지 않아 차라리 나았다.

그 와중에 기우가 아무렇지 않게 그녀의 일에 대해 언급하면 순식간에 와장창, 위태로운 경계가 무너지는 것처럼 극심한 스트레스와 긴장 속에 버티던 그녀의 이성 역시 폭발할지도 몰랐다. 그래서 차라리 그가 아무런 언급을 하지 않아 다행으로 여겼다.

사실 반쯤은 체념한 상태였다. 냉정히 봐도 현재 상태에선 그녀가 지수와 드라마에서 맞닥뜨릴 확률은 적었기에.

그때까지도 그녀는 고작 며칠 후에 무슨 일이 일어날 줄 전혀 예상치 못했다.

때문에 세연은 얼마 안 있어 이어진 반전을 꼭 남의 일처럼 한 발자국 떨어져 놀란 눈으로 지켜볼 수밖에 없었다.

'데뷔 앨범의 실패 때문인가. 전혀 기대하지 않았는데 이게 대체 무슨 일이지?'

정말 상상도 못 한 결과. 단 한 번도 떠올려 보지 않은 상황이라 그녀는 눈앞에 벌어지는 현실에 어안이 벙벙하기까지 했다.
처음 시작은 이용자가 많은 커뮤니티의 음악 관련 사이트에서였다.

[이번 주 생방송 녹화본이요.]

매주 지상파와 케이블 방송사의 음악방송 라이브와 녹화가 끝나면 일제히 이용자 수가 많은 커뮤니티에 가수들의 출연분이 올라왔는데, 물론 그중에 세연이 출연한 음악방송도 포함되어 있었다. 커뮤니티 사이트에 접속한 세연은 방송 이후, 사람들의 반응을 살폈다.

[신인 가수 세연이라고 하네요.]

[아, 저번에 '페퍼민트'인가 발표하지 않았나요? 반응이 저조했던 걸로 기억하는데.]

얼핏 보기에는 상황이 크게 달라지지 않은, 비판적인 댓글들이 달렸다. 그녀도 사람인지라 처음 보았을 때는 절로 심장 박동이 빨라졌지만, 별다른 기대 없이 단지 후회는 남기지 말자는 생각에 최선을 다 했기에 침착해질 수 있었다.

[맞아요. 데뷔 앨범은 저조했는데, 이번에 디지털 싱글로 컴백했는데 전혀 생각지도 않은 대박이네요.]

전혀 기대하지 않은 호의적인 평은 그렇게 시작되고 있었다. 데뷔 앨범 때 하도 악플에 시달려서일까. 실감이 나지 않아 세연은 의외로 담담하게 평가를 받아들일 수 있었다.

[전혀 기대 안 했는데 뮤직비디오 분위기가 괜찮더라니. 생각보다 컴백 무대가 괜찮네요. 저번에는 어울리지 않는 옷을 입은 느낌이 있었거든요. 물론 예쁘긴 했지만, 아이돌 느낌을 주려고 염색한 금발 머리에 무대 의상도 그렇고, 뭔가 겉도는 느낌이었어요. 그런데 이번에 발표하는 디지털 싱글은 분위기도 차분하고 잘 어울리네요. 발레 동작을 가미한 춤도 신곡 분위기와 잘 어울리고 몽환적이라서 계속 듣게 되네요. 중간에 정말 발레 백조의 호수, 오딜처럼 분위기가 뒤바뀌면서, 군무하는 백댄서들하고 춤을 추는 것도 합이 좋구요. 이번엔 잘 어울리는 곡으로 컴백한 느낌이에요.]

[나도 봤어요. 저번엔 순위에서 보이지도 않더니 이번엔 꽤 선전하네요. 계속 순위가 올라가는데 이러다 1위 하는 건 아니겠죠? 그리고 이번엔 라이브 무대로 컴백했는데 의외로 노래를 못하진 않네요. 많이 노력한 것 같아요. 솔직히 비주얼만 앞세운 가수인 줄 알았고 처음엔 뭔가 어설펐는데.]

분명 그녀의 데뷔 앨범에 대해선 너덜너덜해질 때까지 날을 세워 비판했던 기억이 생생한데, 의외로 대중들의 반응은 호의적이었다. 음악방송 관련 가장 가감 없는 의견이 제일 많이 올라오는 커뮤니티의 반응은 이렇게 마무리되고 있었다.

[그런데 소속사가 팬텀이네요? 몰랐는데 팬텀에서 가수도 키우나요?]

[있어요. 플로라라고 걸그룹이 있는데, 데뷔는 했는지 모르겠지만. 팬텀에서 요새 드라마 제작으로 잘나가서 그렇지 가수도 키울걸요. 이번에 서원미디어 그룹하고 합병하면서 아예 드라마 전문으로 제작하는 스튜디오 팬텀, 으로 이름 바꿀 거라는 소리도 있던데요.]

[요새 잘나가는 배우들이 소속되어 있어 그런지, 솔직히 세연 마스크도 배우 느낌 아닌가요? 저번 앨범 망해서 그렇지, 카메라 클로즈업하면 무척 예쁘다고 생각했어요. 가수 말고 연기하면 어울릴 것 같은데. 차라리 연기를 하지.]

생각지도 않게 '윈터 문' 뮤직비디오의 시청 소감 댓글이 이번에는 두 자리 수를 넘겼다. 그때부터 조짐이 나쁘지 않더니, 정말 이번엔 반응이 심상치가 않았다.

– 세연 씨, 섭외가 들어왔는데 매주 음악방송에 출연하는 가수들이 모이는 큰 규모의 행사라고 보면 돼요. 이번에 경기도에 지어진 돔 경기장에서 열리는데, 리허설 시간에 맞춰서 늦지 않게…… 내가 혁수 실장한테 미리 부탁해 놓을게요.

팬텀의 김소현 팀장이 드물게 들뜬 목소리로 그녀에게 직접 전화를 걸어 왔다. 실상 처음 잡힌 행사였다.

다행이었다. 신곡의 반응이 나쁘지 않아서 이번에야말로 그간 마음의 빚을 갚을 수 있어서. 그래서 상황이나 여건이 주어지면 자신이 할 수 있는 선에서 최선을 다하자 결심했다.

"네, 열심히 할게요. 감사합니다."

– 그래요, 세연 씨. 열심히 해요. 음원 순위 이번에 괜찮은 거 알고 있죠? 신곡 반응 나쁘지 않으니까 세연 씨가 열심히 하면 더욱 좋은 결과가 있을 거예요. 그럼 회의가 있어서 이만 끊을게요.

이상하게 커뮤니티에서 그녀의 신곡에 대한 호의적인 반응을 보았을 때 실감하지 못했던 '윈터 문'의 순항이 김소현 팀장의 밝은 목소리를 듣자 폐부로 확 실감되었다.

이를테면 '아, 이번에는 나, 실패하지 않았구나.' 같은.

항상 축축하고 습한 토양을 구불구불 기어가던 지렁이가 급작스레 일렁이듯 비치는 햇빛을 본 기분. 나쁘지 않았다.

무엇보다 결코 끝나지 않을 것 같던 그와 함께 있던 펜트하우스, 빛이라고는 들지 않는 암굴 속에서 몸부림치며 신음하다가, 전혀 기대하지도 않은 서광이 비친 것 같은 호의적인 소식에 서서히 마음이 차올랐다. 감사하고 또 감사해서, 그간 시행착오와 실패만 겪다가 믿기지 않는 기쁜 소식이 너무나도 소중해서…… 혹여 그녀가 몸을 움직여 뭐라도 하게 되면, 지금의 믿기지 않는 현실이 깨어질까 봐 그저 조용히 숨만 쉬고 있었던 것 같다. 그렇게 다른 의미에서 살얼음판을 걷는 것처럼 조심스럽고 조용히 기쁨에 젖은 믿지 못할 시간들이 이어졌다.

물론 그런 그녀를 놓칠세라 화려하게 반짝이는 네온사인처럼 반짝이는 음악방송 녹화가 연이어 이어졌다. 그녀를 집요하게 훑는 두 세대의 카메라. 어느 순간 정신이 멍해지면서 이제는 어느 것이 현실이고 환상인지 헷갈린다. 병원에서 엑스레이 촬영을 하듯 영혼까지 스캔당하는 듯한 기시감까지 느껴졌다.

이 순간에도 예외 없이 톡톡 튀는 멘트, 역시 달콤한 솜사탕처럼 형광 색깔로 머리를 물들인 진행자들이 마이크를 든 채로 웃으면서 진행을 이어 갔다.

"생방송 뮤직트레인! 이번 주에도 대거 컴백한 팀들의 면면 역시 무척이나 화려한데요. 역시 저번 주 뮤직트레인으로 컴백해 멋진 무대를 보여 준 슈퍼 루키, 세연! 두 번째 '윈터 문' 무대가 기다리고 있으니까 놓치지 마세요. 채널 고정!"

"그럼 이번 주 차트 발표가 있겠습니다. 13위에서 20위까지 순위를 살펴볼까요! 가장 눈에 띄는 건 신인 가수 세연의 컴백곡인 '윈터 문' 인데요. 음원 발표와 동시에 껑충 순위가 뛰어 13위를 기록했습니다. 앞으로도 세연의 약진을 기대해 볼게요."

무지갯빛으로 반짝이는 길을 끝없이 걸으며 아릿하기까지 한 환상에 취하는 기분이었다. 확실히 연달아 이어지는 음악방송 녹화는 어느 순간 그녀의 정신을 멍하게 만드는 꿈의 공장 같은 분위기가 있었다.

"안녕하세요!"

대기실 복도에서 마주치면 구십 도로 인사하는 이들과 색색의 화려한 무대 의상과 총천연색의 염색, 평소에 보기 힘든 아이돌 그룹들이 그러한 분위기를 가열하듯 부채질했다. 역시나 이어마이크를 착용한 스태프들과 카메라, 반짝이는 조명, 끝없이 길게 구불거리며 이어지는 검은 레일과 음향 기기들까지, 끝나지 않는 꿈을 꾸는 기분이었다.

그 속에서 그녀 역시 멈추지 않는 원동력으로 끝없이 내달리는 기분이었다. 그만큼이나 어지러웠고 현실감이 없었다. 두근두근, 여전히 믿기지 않게 가파르게 뛰는 심장 박동 소리를 들으며 꿈속에서도 멈추지 않고 내달렸다.

이제는 어느 게 꿈이고 현실인지 가물가물한 가운데, 실제로 갑자기 스케줄이 많아져 수면 시간이 모자라기도 했다.

"잘하고 있어요. 이번 주 녹화 또 잡혔는데 감당할 수 있죠?"

어느 순간 밴 승합차 안에서 그녀의 스케줄을 전담하는 혁수의 격려 섞인 말을 들으며 가물가물 잠이 들었는데, 깨어나면 스케줄 장소인 녹화장이었다. 그렇게 기진맥진해진 채로 모두가 잠든 새벽 시간대에 원룸으로 돌아와 비몽사몽간에 침대에 몸을 내던지듯 누이고는 잠을 청했다. 그러고는 두세 시간 눈을 붙였을까. 거의 기절하듯 눈을 붙인 가운데 무의식 속에서 잠꼬대를 하듯 간간이 떠올렸던 것 같다.

'어떻게든 그에게서 벗어나야 한다. 기우에게서 벗어나야…….'

그리고 가물가물 희미해져 가는 의식 속에서도 스스로 드는 의구심.

'그런데 그럴 수 있을까? 그러려면 먼저 가수 활동이 좋은 반응을 얻어서 연기로 이어져야 해. 드라마 캐스팅이 되어야 지수와 맞닥뜨릴 수 있는데. 현재로서 그게 가능할까?'

꿈속에서 떠올려도 아직은 먼 길처럼 요원해 보였다. 꼭 안개로 가득한 불길한 길을 끝없이 헤매는 것처럼.

그렇게 눈 깜짝할 사이에 2집 컴백 활동을 시작한 지 한 달이 되어 갔다. 눈 깜짝할 사이에 어느 순간 그 달 막바지에 도달해 있었다.

"이번 주 뮤직트레인 1위! 세연의 '윈터 문'! 축하합니다!"

그리고 정신이 들었을 땐, 요란한 펑 소리와 함께 금빛의 샴페인이 터지듯 사방에 꽃가루가 흩날리고 그녀는 축하해 주는 동료 가수들과 함께 있었다. 여전히 끝나지 않은 환상 속을 헤매는 것처럼, 색색으로 물들인 화려한 이들이 박수를 치며 일제히 축하를 해 주었다.

"세연 씨! 1위 수상 소감을 부탁드릴게요."

여전히 이게 현실인지 꿈인지 실감 나지 않아 얼떨떨해진 그녀에게 금빛 트로피와 함께 마이크가 들이밀어졌다. 세연은 자신도 모르게 바짝 마른 붉은 입술을 달싹여 마이크에 대고 뭐라 뭐라 중얼거렸다. 머릿속이 새하얗게 변한 것처럼 아무런 생각도 나지 않았다. 터질 듯 시끄러운 음악방송 녹화장의 환호성 소리 속, 이렇게 말했던 건 분명히 기억났다.

"감사합니다."

드디어 그에게서 벗어날 수 있게 해 주셔서 감사하다고.

태어나 처음 그녀에게 기적이 일어난 것처럼, 어느 날 갑자기 세연은 감옥에서 풀려나 자유의 몸이 되듯 드디어 기우에게서 벗어날 수 있게 되었다. 전혀 예기치 못한 순간, 신은 기적을 선사한 것이다.

마침내 믿기지 못하게도 그에게서 해방되었다.

– 2권에서 계속

윈터 문 1

초판 인쇄 2020년 12월 23일
초판 발행 2020년 12월 30일

지은이 은지윤
펴낸이 신현호
편집부장 예숙영
편집 이세련
편집디자인 한방울
영업 · 관리 김민원 조인희
물류 이순우 박찬수

펴낸곳 ㈜디앤씨미디어
출판등록 2002년 5월 1일 제117-90-51792호
주소 서울시 구로구 디지털로 26길 111 JnK디지털타워 503호
대표전화 (02)333-2513 팩스 (02)333-2514
전자우편 dncbooks@naver.com
디앤씨북스 블로그 http://blog.naver.com/dncbooks

ISBN 979-11-264-5428-0 (04810)
ISBN 979-11-264-5427-3 (SET)